AF178289

|grafit|

Mehr von Silke Ziegler im Grafit Verlag:
Im Schatten des Sommers – Spurensuche im Roussillon.
ISBN: 978-3-89425-481-0
Die Nacht der tausend Lichter. ISBN: 978-3-89425-488-9

© 2017 by GRAFIT Verlag GmbH
Chemnitzer Str. 31, 44139 Dortmund
Internet: http://www.grafit.de
E-Mail: info@grafit.de
Alle Rechte vorbehalten.
Umschlaggestaltung: Nele Schütz Design unter Verwendung von
shutterstock/Seaphotoart (Hafen), Grisha Bruev (Strand)
Druck und Bindearbeiten: GGP Media GmbH, Pößneck
ISBN 978-3-89425-491-9
1. 2. 3. / 2019 18 17

Silke Ziegler

Im Angesicht der Wahrheit

Rückkehr ins Roussillon

Kriminalroman

Die Autorin

Silke Ziegler, Jahrgang 1975, lebt mit ihrem Mann und zwei Kindern in Weinheim an der Bergstraße. Die gelernte Finanzassistentin arbeitet nach Anstellungen in diversen Kreditinstituten inzwischen an der Universität Heidelberg.

Die Reisen, die Silke Ziegler mit ihrer Familie unternimmt, inspirieren sie immer wieder zu neuen Geschichten.

www.autorin-silke-ziegler.de

Für Christian

Prolog

Die Wellen schwappten über ihre Füße. Die Kälte des Wassers ließ sie für einen kurzen Moment zurückzucken. Es war Mai, das Meer hatte noch keine zwanzig Grad. Sie warf einen Blick über ihre Schulter. Die Strandpromenade von Argelèssur-Mer lag menschenleer hinter ihr, der schwache Schein der Straßenlaternen zeichnete dunkle Schatten auf den Weg. Sie spürte den nassen Sand an ihren Fußsohlen. Das Mondlicht spiegelte sich auf der glatten Meeresoberfläche. Entschlossen setzte sie einen Fuß vor den anderen.

Als ihr Rock in das Wasser eintauchte, presste sie die Kiefer fester zusammen. Der Stoff wölbte sich um ihren Körper. Ein Schrei gellte in ihren Ohren. Sie presste die Hände an den Kopf. Doch die Stimme verstummte nicht. Verzweifelt verstärkte sie den Druck ihrer Finger. Unerbittlich schritt sie weiter durch das flache Wasser.

Als sie sich umdrehte, war der Strand in der Dunkelheit kaum noch zu erkennen. Die leichten Wellen umspülten mittlerweile ihre Oberschenkel.

Die Schreie wurden schriller. Erst als sie bis zur Hüfte im Wasser stand, registrierte sie, dass es ihre Kehle war, der die schmerzerfüllten Töne entwichen.

Erschrocken verstummte sie und dachte an den zurückliegenden Abend, ließ die Geschehnisse noch einmal Revue passieren. Die Demütigungen, das höhnische Gelächter, das Gegröle. Sie hasste sie. Wenn sie sich ins Gedächtnis rief, was sie ihr heute angetan hatten, konnte sie die Erinnerung, die furchtbaren Gedanken kaum noch ertragen.

Wieder blickte sie sich um. Sie war ganz allein. Niemand, der sich um sie scherte. Niemand, der sich für sie interessierte.

Nein, ihr blieb nur dieser eine Ausweg aus ihrem Schmerz. Ein Schmerz, der sich so tief in sie hineingebohrt hatte, dass er ihr kaum noch Luft zum Atmen ließ. Der so unerbittlich ihr Innerstes zerfraß, dass sie sich nach Erlösung sehnte. Nach Vergessen.

Als ihre Arme in das kalte Wasser eintauchten, stöhnte sie leise auf. Nur noch wenige Sekunden. Schwerelos ließ sie die Hände durch das Wasser gleiten. Ihr Rock klebte wie eine zweite Haut an ihrem Körper. Müde legte sie den Kopf in den Nacken und starrte in den schier unendlichen Sternenhimmel.

Ja, sie hasste sie. Noch nie in ihrem Leben hatte sie in dieser Intensität empfunden. Würde jemand sie vermissen? Was würde das Meer mit ihrem Körper anstellen? Würde die Strömung sie hinaus in die Weite ziehen oder würde sie an irgendeinem x-beliebigen Strand angeschwemmt werden? Wenn sie ehrlich war, erschreckte sie die Vorstellung, nicht zu wissen, wo sie hintreiben würde. Aber war das letztendlich nicht egal? Zählte nicht nur das Ergebnis?

Als das Wasser ihren Oberkörper erfasste, hielt sie kurz den Atem an. Sie war nur noch einen Wimpernschlag von ihrer Rettung entfernt. Traurig schloss sie die Augen und lauschte dem sanften Plätschern des Meeres. Sog den Salzgeruch ein und ließ los.

Der nächste Schritt ging ins Leere. Mit ausgestreckten Armen trieb sie im Wasser.

Wie lange würde es wohl dauern?

Vorsichtig schlang sie die Arme um ihren Körper und ließ sich in die Tiefe gleiten. Ihr Herzschlag wummerte in den Ohren. Sie öffnete kurz die Augen, konnte aber nichts erkennen. Die Dunkelheit war undurchdringlich.

Ihre Lungen begannen zu rebellieren. Ihr Körper zuckte, wehrte sich gegen den Druck, wollte zurück an die Wasseroberfläche. Langsam verschwammen ihre Gedanken. Sie spürte die Kraft des Meeres von allen Seiten. Spürte die verlockende Rettung.

Als sie nach oben schaute, erkannte sie undeutlich den Mond. Für den Bruchteil einer Sekunde erhellte sich ihre Umgebung fast taggleich. Das Wasser um sie herum schien durchsichtig zu sein.

Sie atmete aus und strebte mit aller verbleibenden Kraft nach oben. Japsend durchbrach sie die Wasseroberfläche und schnappte gierig nach Luft. Sie konnte kaum noch klar denken, sammelte ihre letzte Energie und schwamm mit hastigen Armbewegungen zum Strand zurück.

Als sie aus dem Wasser kroch, klebte die Kleidung an ihrem Körper. Völlig erschöpft ließ sie sich in den kalten Sand fallen. Sie rollte sich auf den Rücken und wartete, bis ihr Atem sich endlich beruhigt hatte.

Tausende Sterne funkelten am Nachthimmel. Nein, so leicht würde sie es ihnen nicht machen. Sie würde nicht einfach verschwinden, als ob sie nie existiert hätte. Ohne Spuren, ohne Konsequenzen. Nein, ihr Dasein sollte einen Sinn haben.

Irgendwo hinter ihr im Gebüsch schrie eine Katze. Sie setzte sich langsam auf und starrte auf das Meer, das sich endlos und unheimlich vor ihr erstreckte. Alle Welt sollte von ihr wissen. Sie war kein kleines Mädchen, das man demütigen und erniedrigen konnte, wie es einem beliebte. Nein, es käme der Tag, an dem sie bereuen würden, was sie ihr heute angetan hatten. Alle. Sie würde sich rächen. Und wenn es Jahre dauern sollte. Sie hatte Zeit. Keiner von ihnen käme ungestraft davon. Ein Lächeln legte sich auf ihre Lippen. Eine tiefe Zufriedenheit breitete sich in ihr aus. Sie würde sich rächen. Für alles. Sie brauchte nur Geduld, musste abwarten.

Wieder tauchten die Szenen des zurückliegenden Abends vor ihrem inneren Auge auf. Die Anfeuerungen, die Schreie. Die Demütigung, die Schande. Ja, sie hatten es verdient. Sie wusste nicht wie und sie wusste nicht wann, aber der Tag würde kommen. Sie würde sich rächen.

1

Achtzehn Jahre später
Montag, 25. Oktober
Argelès-sur-Mer

Estelle richtete sich auf und strich sich abwesend eine Haarsträhne hinters Ohr. Ihr Rücken schmerzte nach dem stundenlangen Streichen. Vorsichtig dehnte sie ihren Nacken. Sie trat einen Schritt zurück und betrachtete nachdenklich ihr Werk.

Die Wand vor ihr erstrahlte in einem hellen Fliederton. Sie drehte sich um und musterte die weißen Holzmöbel. Ja, die Kombination gefiel ihr. Genauso hatte sie es sich vorgestellt. Estelle wollte aus jedem einzelnen Zimmer etwas Besonderes machen. Etwas Einzigartiges. Dies war erst der zweite von neun Räumen und ihr war klar, dass noch eine Menge Arbeit vor ihr lag.

Als sie vor zehn Tagen in Argelès angekommen waren, hatten die beauftragten Handwerker bereits ganze Arbeit geleistet. Das Dach war wie besprochen erneuert worden, die Sandsteinfassade gesäubert. Auch die Elektrik war bereits generalüberholt.

Estelles Blick fiel auf das bodentiefe Fenster. Sie ließ ihre Hand, die noch immer die Farbrolle hielt, sinken und trat an die Glasscheibe mit den breiten Sprossen. Das Zimmer befand sich auf der Rückseite der *Auberge*. Von hier aus hatte man einen freien Blick in den Garten des Nachbarhauses.

Estelle wusste bereits, dass in dem zweigeschossigen, gepflegten Gebäude eine Familie mit zwei kleinen Söhnen wohnte. In den letzten Tagen hatte sie die vier mehrfach beobachten können. Die Mutter schien zu arbeiten, während ihr Mann sich um die Kinder kümmerte. Zumindest hatte Estelle ihn schon öfter tagsüber im Garten gesehen. Die beiden Jungen schätzte sie im Grundschulalter.

Sie wischte sich über die Stirn. Als ihr Blick auf die Uhr im Flur fiel, registrierte sie, dass sie vier Stunden lang gestrichen hatte. Ob Noah schon zurück war? Er wollte heute Morgen in die Stadt gehen und einige Besorgungen erledigen. Sie hatte ihn jedoch nicht heimkommen hören. Wahrscheinlich saß er noch am Meer. Schließlich waren die Nähe zum Wasser und das warme Wetter ihre entscheidenden Argumente gewesen, um ihn von dem Umzug nach Südfrankreich zu überzeugen.

Als Estelle vor zehn Monaten über den Tod ihrer Großmutter informiert worden war, hatte sie nicht ahnen können, dass sich ihr Leben im Laufe des Jahres komplett ändern würde. Damit, dass ihre Oma ihr die *Auberge* vererbte, hatte Estelle nicht gerechnet. Als sie an jenem Tag den Absender auf dem Brief erblickt hatte, die französische Adresse in Argelès-sur-Mer, war ihr gleichzeitig heiß und kalt geworden. Im ersten Moment hatte sie die aufkeimenden Gefühle, die mit den Erinnerungen an ihre alte Heimat verbunden waren, kaum ertragen können. Glücklicherweise war Noah in der Schule gewesen und hatte sie nicht in diesem Zustand erleben müssen.

Sie hatte sich mehrfach gefragt, was ihre Großmutter mit der Aktion bezweckte. Natürlich war Estelle tieftraurig gewesen, als sie vom Tod der alten Frau, die weit über achtzig gewesen war, erfahren hatte. Aber warum sollte Estelle erben? Ihre Schwester Emily und ihr Vater lebten noch in Argelès. Warum hatte die Großmutter nicht ihnen das kleine Hotel am Stadtrand vermacht?

In den ersten Wochen hatte Estelle krampfhaft versucht, einen Makler zu finden, der die *Auberge* für sie verkaufen sollte. Doch von Heidelberg aus war das nicht so einfach gewesen. Die meisten ansässigen Experten vermittelten aus Prinzip keine Auslandsimmobilien. Als sie endlich jemanden gefunden hatte, der ihr zusagte, sich um die Angelegenheit zu kümmern, wurde sie sehr schnell ernüchtert. Der Preis, den sie sich vorgestellt hatte, war nicht annähernd realistisch. Das Interesse an kleinen südfranzösischen Hotels hielt sich in sehr engen Grenzen.

Nach langem Nachdenken war Estelle zu dem Schluss gekommen, ihrem Leben einen neuen Impuls zu geben. Sie lebte mittlerweile seit knapp achtzehn Jahren in Heidelberg. Das Hotel, in dem sie arbeitete, sollte in wenigen Monaten schließen, weil sich der Besitzer aus Altersgründen zur Ruhe setzen wollte. Estelle hätte sich eine neue Stelle suchen müssen, was nicht einfach geworden wäre, da sie auf ihrem damaligen Posten den Betrieb praktisch allein geführt hatte. Der Eigentümer hatte ihr bei allen Entscheidungen freie Hand gelassen und Estelle hatte keine Lust gehabt, woanders wieder von vorne anzufangen. Daher war langsam der Gedanke in ihr gereift, das Erbe ihrer Oma als Chance zu sehen. Ein Wendepunkt in ihrem Leben.

Als sie Noah von ihrer Idee erzählte, war der alles andere als begeistert gewesen. Er hatte zwar in der Schule Französisch gelernt und vor Jahren im Rahmen eines Schüleraustausches einmal eine Woche in der Bretagne verbracht, konnte sich aber nicht vorstellen, für immer dort runterzuziehen. Sein ganzes Leben spielte sich in Heidelberg ab.

Doch Estelle ließ nicht locker. Im Juni hatte Noah seinen Schulabschluss gemacht und sie rang ihm das Versprechen ab, zumindest für ein Jahr mit ihr nach Argelès zu kommen. Wenn die Vormundschaft im nächsten Jahr erlosch, weil er volljährig wurde, dürfte er selbst entscheiden, ob er mit ihr in Frankreich bleiben oder lieber nach Heidelberg zurückkehren wolle. Nach tagelangen Diskussionen hatte er sich schließlich auf ihr Angebot eingelassen.

Obwohl sie noch keine zwei Wochen hier waren, hatte Estelle das Gefühl, dass Noah sich schon etwas eingelebt hatte. Gestern hatte er ihr erzählt, er habe eine Gruppe Jugendlicher am Strand kennengelernt.

Sie drehte sich um und erblickte im angrenzenden Garten den Nachbarn mit seinen beiden Söhnen. Der Größere der beiden hielt einen Fußball in der Hand, während sein kleiner Bruder an der Hand des Vaters zerrte. Unwillkürlich trat Estelle einen Schritt zurück, da sie unentdeckt bleiben wollte. Der ältere Junge schoss den Ball zu seinem Bruder, der augenblicklich den Vater losließ.

Neugierig betrachtete Estelle den Mann. Er war groß und hatte dichtes blondes Haar, das ihm wirr in die Stirn fiel. Sie schätzte, dass er und seine Frau etwa im gleichen Alter wie sie selbst waren.

Als der Nachbar gerade auf den Ball zustürmen wollte, fasste er sich hastig an die Gesäßtasche und zog ein Handy heraus. Er bedeutete den Jungen, dass er kurz telefonieren müsse. Estelle beobachtete, wie er aufs Display sah und sein Gesicht genervt verzog.

Die Söhne rannten aufgeregt dem Ball hinterher, während ihr Vater wild gestikulierend am Rand des Gartens entlanglief. Ab und zu warf er den Kindern einen Blick zu, hörte aber nicht auf, wütend in das Telefon zu sprechen.

Die Szene versetzte Estelle einen kleinen Stich. Wie musste

es sein, heimzukommen und von einem liebenden Ehemann begrüßt zu werden, der auf die Rückkehr seiner Frau wartete?

Die Mutter hatte sie heute noch nicht gesehen, wahrscheinlich arbeitete sie wieder bis in den späten Abend.

Wie gebannt starrte Estelle auf das Grundstück, musterte die hohen Zypressen, die zur Straße hin wuchsen, und bemerkte zu spät, dass der Vater der Kinder sich umgedreht hatte und zu ihr hinaufsah. Noch immer sprach er unentwegt in das Handy, doch er wandte den Kopf nicht ab, sondern blickte weiter in ihre Richtung.

Estelle fühlte sich ertappt und wusste nicht, was sie tun sollte. Sie hatte sich noch nicht vorgestellt, da sie kein Bedürfnis danach verspürte, nachbarschaftliche Beziehungen zu knüpfen. Unbeholfen hob sie ansatzweise ihre Hand, bevor sie sich hastig abwandte. Sie wollte für sich bleiben. Allein.

Wieder blickte sie zu der frisch gestrichenen Wand. Ein Bild wäre hübsch, schoss es ihr durch den Kopf. Eine schöne große Schwarz-Weiß-Fotografie. So könnte sie jedem Zimmer seine individuelle Note verleihen.

Estelle ging in das kleine angrenzende Badezimmer, um die Farbrolle auszuwaschen. Ihr Rücken schmerzte noch immer. Sie würde erst morgen damit beginnen, den Nebenraum zu streichen. Da noch keine Buchungen eingegangen waren, konnte sie sich mit der Renovierung Zeit lassen.

Als sie aus dem Zimmer trat, erblickte sie den massiven Holzschrank, der in der Mitte des Flures thronte. Estelle erinnerte sich daran, dass das Möbelstück schon vor achtzehn Jahren hier gestanden hatte.

Sie näherte sich dem Schrank und fuhr langsam mit der Hand über das dunkle Holz. Sie würde ihn hier stehen lassen. Er passte an diesen Platz und verlieh dem Gang das gewisse Etwas. Einen Hauch von Gemütlichkeit. Sie könnte Handtücher und Bettwäsche für die Gäste darin lagern.

Estelle drehte vorsichtig an dem Knauf und öffnete die Türen. Der Schrank war leer. Als sie vor einigen Monaten angereist war, um die *Auberge* zu begutachten, waren alle Zimmer mit alten Möbeln vollgestellt gewesen. Mittlerweile hatte sie die Räume entrümpeln lassen. Diesen Schrank wollte sie jedoch nicht weggeben.

Sie fuhr über einen der Einlegebögen und blieb plötzlich an etwas Hartem hängen. Im Dämmerlicht des Flures konnte sie nichts erkennen. Sie nahm den Gegenstand hoch und trat damit ans Fenster. Es war ein nicht allzu dickes, schwarzes Notizbuch im DIN-A4-Format. Estelle schlug den Deckel auf und kniff überrascht ihre Augen zusammen, als sie auf dem ersten Blatt ihren Namen las. Irritiert blätterte sie die Seite um.

Estelle, meine geliebte Enkelin. Solltest Du jemals diese Zeilen lesen, ist meine schlimmste Befürchtung eingetroffen.

Es war die Schrift ihrer Oma. Der Anblick der kleinen, akkuraten Buchstaben weckte in Estelle tief vergrabene Erinnerungen. Erinnerungen an ihre Kindheit, als sie jede freie Minute hier bei ihrer Großmutter verbracht hatte und ihr an den Wochenenden half, das Frühstück für die Gäste herzurichten. Sie erinnerte sich an den alten Thierry, der nur fünf Häuser weiter gewohnt hatte und trotzdem jeden Morgen sein Croissant und seinen Kaffee bei ihrer Oma bestellte. An den Geruch der Reinigungsmittel, wenn neue Gäste erwartet wurden. An die Hektik, wenn das Hotel ausgebucht war.

Auf einmal wurde Estelle von einer entsetzlichen Trauer übermannt. Trauer um ihre viel zu früh verstorbene Mutter, um ihre Oma, die sie so lange nicht gesehen hatte. Trauer um das Leben, das sie hinter sich gelassen hatte, als sie Argelès verließ.

Sie sank zu Boden und lehnte sich gegen die offene Schranktür. Das Buch klappte sie zu und hielt es mit beiden Händen umklammert. Ihre Oma hatte ihr einen Brief geschrieben. Vielleicht eine Art Abschiedsbrief?

Estelle war zu spät gekommen. Wie gern hätte sie ihre Großmutter ein letztes Mal in den Arm genommen. Ein letztes Mal mit ihr herumgealbert. Wenn sie ihre Augen schloss, tauchte das gütige Gesicht der älteren Frau in ihren Gedanken auf. Sie hatte sie so geliebt. Vielleicht wurde ihr erst jetzt bewusst, wie sehr.

Im nächsten Moment schlichen sich verschwommene Erinnerungsfetzen in ihre Gedanken. Düstere Bilder, denen allerdings Kontur fehlte. Und doch hatte Estelle nichts davon vergessen, empfand sie denselben Schmerz wie damals. Tief in ihrem Inneren wartete ein Teil von ihr bis heute auf Erlösung. Auf Vergessen. Und auf Rache.

Das war der zweite Grund für ihre Rückkehr nach Argelès. All die Jahre hatte sie auf ausgleichende Gerechtigkeit gehofft. Auf ein Wunder, dass all die furchtbaren Momente auslöschen würde. Doch Estelle hatte vergebens gewartet, die Albträume begleiteten sie bis heute. Als sie in Deutschland mit dem Gedanken gespielt hatte, die *Auberge* zu übernehmen, nahm das Gefühl der Vergeltung einen immer größeren Stellenwert in ihren Überlegungen ein.

Als ihr Handy klingelte, schrak Estelle zusammen. Obwohl die inneren Zwiegespräche ihr allein vorbehalten blieben, fühlte sie sich unsinnigerweise schuldig. Sie blickte aufs Display. »Tatti«, begrüßte sie erleichtert ihre Freundin.

»Hallo, meine Liebe, wie geht es euch?«

Estelle berichtete ausführlich von den Renovierungsarbeiten, die langsam, aber stetig voranschritten.

Sie hatte Tatjana Hartmann kurz nach ihrem Umzug nach Heidelberg kennengelernt. Tatjana war etwas älter als Estelle und hatte sich all die Jahre um ihre Belange gekümmert. Sie arbeitete seit über zwanzig Jahren bei der dortigen Stadtverwaltung. Über die lange Zeit hatte sich eine enge Freundschaft zwischen den beiden Frauen entwickelt. Wenn es eine Person gab, die Estelle von ganzem Herzen vermisste, dann war es Tatjana. Die Gespräche mit ihr, ihre Ratschläge, ihr Humor und ihre unendliche Geduld. Als sie nun der Stimme ihrer Freundin lauschte, wurde ihr fast wehmütig zumute.

»Was macht Noah?«

Tatjana hatte Estelle vor vielen Jahren auch bei der Vormundschaft für Noah geholfen, kurz nach Silvias Tod, deren letzter Wille es war, dass Estelle die Vormundschaft übernehmen sollte.

Estelle und Silvia hatten eine Zeit lang gemeinsam in einem kleinen Hotel in Dossenheim gearbeitet. Als feststand, dass die Freundin einen unheilbaren Hirntumor hatte, wollte sie unbedingt die Zukunft ihres Sohnes gesichert wissen. Estelle war damals noch sehr jung gewesen, hatte aber keine Sekunde gezögert. Da Silvia keine lebenden Verwandten gehabt hatte, hätte Noah ansonsten übergangsweise in einem Kinderheim unterkommen müssen. Dieses Schicksal wollte Estelle ihm um jeden Preis ersparen. Der Junge war damals drei Jahre alt gewesen.

»Er ist mit Bekannten unterwegs«, antwortete sie auf die Frage ihrer Freundin.

»Er hat also schon erste Kontakte geknüpft.« Tatjana klang zufrieden.

»Sieht so aus«, stimmte Estelle zu.

»Und du?«

Sie schwieg einen Moment.

»Estelle?«

»Es ist nicht so einfach …« Sie zögerte.

»Du wusstest, dass es nicht einfach werden würde.«

Estelle seufzte. »Du hast recht. Es ist nur …« Sie brach ab. Von ihrem Termin am späten Nachmittag wollte sie Tatjana nichts erzählen. Sie wusste, dass ihre Freundin die Aktion nicht gutheißen würde.

»Das wird schon alles.« Tatjanas Stimme hatte wieder diesen mitfühlenden Unterton. »Ganz bestimmt.«

Estelle traten Tränen in die Augen. »Sicher.« Sie schluckte.

»Hast du denn den einen oder anderen netten Mann getroffen?« Ihre Freundin bemühte sich um Unverfänglichkeit.

Dankbar griff Estelle den Themenwechsel auf. »Na ja, mein Nachbar …« Sie dachte daran, wie er vorhin zu ihr heraufgestarrt hatte.

»Dein Nachbar?« Tatjana lachte. »Ich hoffe, er passt nicht in dein übliches Beuteschema.«

»Er wohnt dort mit seiner Familie.« Estelle grinste. Natürlich wusste Tatjana, dass sie sich grundsätzlich nur für Männer interessierte, die nicht auf der Suche nach einer festen Beziehung waren.

»Dann solltest du die Finger von ihm lassen.« Die Stimme der Freundin klang ernst.

»Du bist doch sonst nicht so ein Moralapostel.«

»Estelle! Du kannst dich doch nicht auf einen Mann einlassen, dessen Frau du jeden Tag auf der Straße begegnest.«

»Wer hat denn gesagt, dass ich mich auf ihn einlassen möchte?« Estelle spielte Empörung vor. »Bis jetzt habe ich noch kein Wort mit ihm gewechselt. Er sieht einfach nett aus.«

»›Einfach nett‹! Ich kenne dich. Bitte lass die Finger von ihm. Du handelst dir nur Ärger ein.«

»Danke für deinen Ratschlag, Mama.« Sie lachte. Im Stockwerk unter ihr wurde die Eingangstür geöffnet.

»Estelle! Wo bist du?«

»Hier oben«, rief sie etwas lauter. »Tatti, Noah ist gerade gekommen. Ich melde mich in den nächsten Tagen bei dir.«

»Alles klar. Grüß ihn ganz lieb von mir.« Tatjana machte eine Pause. »Und Estelle?«

»Hm?«

»Lass die Finger von deinem Nachbarn.«

Schmunzelnd verabschiedete sich Estelle von ihrer Freundin, als Noah auch schon auf dem Treppenabsatz auftauchte.

»Was machst du denn hier auf dem Boden?«

Unauffällig schob sie das schwarze Notizbuch in den Schrank zurück, bevor sie sich hastig erhob. »Ich mache eine Pause. Tatti hat gerade angerufen.«

»Bist du mit dem Zimmer schon fertig?« Er sah sie überrascht an.

Sie deutete in den Raum hinein. »Schau es dir an.«

»Wow!« Noah war sichtlich beeindruckt. »Ist zwar nicht meine Lieblingsfarbe, aber …«

Estelle lächelte, als sie sich neben ihn stellte.

Der Jugendliche überragte sie um einen ganzen Kopf. Manchmal fragte sie sich, wo die Zeit bloß geblieben war. Sie konnte sich noch genau daran erinnern, wie sie Noah zu sich genommen hatte. Es fühlte sich an, als wäre es gestern gewesen.

Sie wandte ihren Kopf und sah ihn von der Seite an. »Wie war dein Tag?«

Er zuckte mit den Schultern. »Ganz gut, schätze ich.«

»Wo warst du?« Sie wollte ihn nicht ausfragen, aber es war ihr wichtig, dass er sich hier wohlfühlte.

»Wir waren am Strand.«

Estelle nickte. Am Strand also. Sie selbst war seit achtzehn Jahren nicht mehr dort gewesen.

»Du warst nicht allein.« Es war eine Feststellung, keine Frage.

Noah nickte. »Nein, ich habe mich mit einigen Leuten aus dem Ort getroffen.«

»Ich freue mich, dass du schon Bekannte gefunden hast.«
Estelle meinte es ernst. »Ich muss gleich noch mal weg.«

Noah sah sie an. »Ein Date?«

Sie lachte und stieß ihm ihren Ellenbogen in die Seite.
»Ich und ein Date! Nein, ich habe …«, sie zögerte, »… ich
habe noch einen Termin.«

Obwohl Noah sie weiter fragend anschaute, beließ sie es
dabei. Sie konnte ihn auf keinen Fall mit ihren Problemen
belasten.

2

Matthieu Clereau hatte die Anklageschrift bereits zum dritten Mal gelesen und wusste trotzdem immer noch nicht, was
er seinem Mandanten sagen sollte. Er stützte seinen Kopf in
die Hände und starrte frustriert auf die vor ihm liegende
Akte. Er konnte sich einfach nicht konzentrieren.

Seine Gedanken drehten sich unablässig im Kreis, während
sein Blick auf das Foto fiel, das am Rand des Schreibtisches
stand. Es zeigte seine Frau Michelle am Strand in Spanien.
Ihre Arme hatte sie um Nicole und Etienne gelegt. Das Bild
war vor zwei Jahren entstanden. Seine Familie. Sein Leben.
Das er sich nicht zerstören lassen würde. Von niemandem.
Der Abend der Abschiedsfete fiel ihm ein. Es kam Matthieu
fast vor, als habe seine Schulzeit in einem anderen Leben stattgefunden.

Er kratzte sich am Kinn und schob die Akte zur Seite. Es
hatte keinen Sinn. Sein Mandant erwartete erstklassige Arbeit,
zu der er heute nicht in der Lage war.

Nachdenklich ließ er seinen Blick durch das Büro wandern.
Die hochwertigen Tapeten, die mit Fachliteratur vollgestellten dunklen Mahagoniregale.

Matthieu arbeitete seit sieben Jahren in der angesehensten Anwaltskanzlei Argelès'. Ihre Mandanten setzten sich fast ausschließlich aus Größen der Region zusammen. Industrielle aus Perpignan, viele Winzer, die ihre Besitztümer immer weiter vergrößerten. Diese Leute erwarteten, dass man stets hundert Prozent gab.

Im vorliegenden Fall ging es um die Beschuldigung eines ehemaligen Angestellten, der Matthieus Mandanten des Betrugs und der Verleumdung bezichtigte. Nichts Außergewöhnliches.

Matthieu war klar, dass seine Unruhe nichts mit der Arbeit zu tun hatte. Wieder überlegte er, was er tun sollte. Er musste unbedingt wissen, was auf ihn zukommen könnte. Mit seiner Frau konnte er darüber nicht reden. Wenn er ehrlich war, gab es nur drei Personen, denen er bei diesem Thema vertraute.

Er nahm den Telefonhörer langsam auf, sträubte sich jedoch noch immer aus Sorge, eine Lawine loszutreten, wegen etwas, das sich im Nachhinein als heiße Luft herausstellen könnte. Bevor er weitergrübeln konnte, tippte er schnell die Nummer in den Apparat.

Es klingelte mehrmals. Matthieu wollte schon auflegen, als am anderen Ende doch noch abgehoben wurde.

»Dugout.«

»Patrick? Hier spricht Matthieu.«

Einen Moment lang herrschte Stille. »Matthieu!« Patrick Dugout klang überrascht. »Was verschafft mir die Ehre? Wir haben uns ja ewig nicht gesprochen.«

Matthieu räusperte sich. »Die *Auberge* eröffnet wieder.« Als keine Antwort kam, befürchtete er schon, sein Freund aus Jugendtagen habe aufgelegt. »Patrick?«

»Ich bin noch dran.«

Matthieu hielt irritiert inne. »Du klingst nicht überrascht.«

»Emily hat mir erzählt, dass Estelle die *Auberge* geerbt hat. Von der alten Miroux.«

Matthieu bemühte sich, ruhig zu bleiben. »Wie lange weißt du schon davon?«

Patrick zögerte. »Eine Weile.« Er klang unsicher.

»›Eine Weile‹?« Matthieu konnte es kaum glauben. »Und du hast es nicht für nötig erachtet, uns darüber zu informieren?«

»Ich dachte nicht, dass es relevant wäre.«

Matthieu lachte bitter auf. »Sie war fast zwanzig Jahre weg. Was will sie hier? Was sagt Emily?«

»Ich weiß nicht«, entgegnete Patrick gedehnt. »Emily hat ihre Schwester seit damals nicht gesehen.«

»Die beiden haben keinen Kontakt?«

»Nein, Estelle hat wohl mit der ganzen Familie gebrochen.«

Matthieu schnaubte verächtlich. »Was will sie dann hier?«, wiederholte er seine Frage.

»Warum bist du so nervös?«

»Machst du dir keine Sorgen?«

»Warum sollte ich? Wir haben Estelle doch Ewigkeiten nicht gesehen.«

Matthieu schüttelte seinen Kopf. Patrick hatte Nerven. »Vielleicht solltest du Emily mal zu ihr schicken. Sie könnte doch mit ihr reden. Von Schwester zu Schwester. Insbesondere, da Emily jetzt mit dir zusammen ist.«

»Was soll das, Matthieu?« Patrick klang wütend. »Warum machst du dir in die Hose? Estelle ist zurückgekommen, um das Hotel ihrer Großmutter weiterzuführen. Das klingt für mich nach einem durchaus nachvollziehbaren Grund.«

»Ich traue ihr nicht. Nachdem, was …«

»Du hast sie doch seit damals überhaupt nicht mehr gesehen.«

»Genau deswegen befürchte ich ja, dass sie auf Ärger aus

ist.« Matthieu machte sich ernsthaft Sorgen. »Erst haut Estelle ab und niemand weiß, wohin. Und dann taucht sie fast zwanzig Jahre später einfach aus dem Nichts wieder auf.«

»Matthieu, jetzt beruhige dich mal.« Patrick lachte. »Sie war damals siebzehn und ist eben umgezogen. Jetzt kommt sie zurück, weil sie das Hotel geerbt hat.«

Doch Matthieu blieb skeptisch. »Mir gefällt die ganze Sache nicht.«

»Warum machst du nicht einfach Feierabend, fährst nach Hause zu deiner Familie und kümmerst dich ein wenig um die Kinder? Das wird dich auf andere Gedanken bringen.«

Patricks gönnerhaftes Getue erboste Matthieu noch mehr.

»Vergiss sie. Wirklich.«

»Ich hoffe, du hast recht. Ich kann mir nämlich keinen Ärger leisten.« Vorgestern hatte sein Chef mit ihm über seine beruflichen Perspektiven gesprochen. Für dumme Gerüchte oder rufschädigende Lügen wäre jetzt der absolut unpassendste Zeitpunkt.

»Was für Ärger?« Patrick schien nicht im Geringsten beunruhigt.

»Vielleicht sollten wir Jérôme und Yves informieren«, probierte es Matthieu ein weiteres Mal.

»Wozu?«

»Ich weiß es nicht, Patrick. Aber ich habe die dumpfe Vorahnung, dass hier irgendetwas vor sich geht, das böse für uns enden könnte. Solange sie weg war …« Hatten sie nichts zu befürchten gehabt, setzte er in Gedanken hinzu.

»Vergiss Estelle. Mach dir einen schönen Abend mit deiner Frau und lebe dein Leben.«

Patrick und seine Politikerfloskeln. Matthieu seufzte. So kam er nicht weiter. Immer noch beunruhigt, verabschiedete er sich und beendete das Gespräch.

Minutenlang starrte er gedankenverloren ins Leere. Er war

noch nie der Typ gewesen, der den Dingen einfach ihren Lauf ließ. Er war ein Macher. Daher verachtete er Patricks ignorante Einstellung. Doch Politiker drehten sich die Tatsachen eben immer, wie sie sie brauchten.

Nein, er würde nicht abwarten. Er konnte nicht abwarten. Matthieu musste wissen, was Estelle Miroux vorhatte. Und wenn ihre überraschende Rückkehr auch nur im Entferntesten mit ihm zu tun hatte, würde er sich passende Maßnahmen überlegen. Matthieu Clereau hasste Überraschungen. Und er hasste das Gefühl, die Kontrolle zu verlieren. Doch so weit würde er es gar nicht erst kommen lassen.

3

Das Büro von Albert Ardèche lag in einem unscheinbaren Haus am anderen Ende von Argelès. Der Mann wollte nicht auffallen, dachte Estelle, während sie ihren Wagen abstellte. Das Wohngebiet bestand fast ausschließlich aus Bungalows. Nicht gerade das typische Umfeld für die Wirkungsstätte eines Privatdetektivs. Keine heruntergekommenen Hinterhöfe, keine zwielichtigen Gestalten. Wahrscheinlich schaute sie zu viele schlechte Krimis.

Estelle umklammerte nervös den Griff ihrer Handtasche und durchquerte den Vorgarten. Der Lavendel, der neben dem gepflasterten Weg wuchs, duftete mit dem weißen Jasmin dahinter um die Wette. Vorstadtidylle, schoss es ihr durch den Kopf.

Nachdem sie geklingelt hatte, hörte sie hinter der Tür Schritte, bevor ein älterer Mann im Türrahmen erschien.

»Madame Miroux?«

Sie schätzte Albert Ardèche auf Ende fünfzig, Anfang sechzig. Sein schütteres Haar war bereits ergraut. Der Privatdetektiv war einen halben Kopf kleiner als Estelle, leicht untersetzt und machte auf sie den Eindruck eines Mannes, der mit sich und der Welt zufrieden war.

Sie nickte und reichte ihm die Hand.

»Bitte.« Ardèche trat zu Seite und ließ Estelle eintreten. »Gehen wir in mein Büro.«

Sie folgte ihm in den Keller des Hauses, der offensichtlich als Geschäftsräume diente und registrierte ein kleines Wartezimmer, dem sich, nur durch eine Glastür getrennt, ein Büro anschloss.

Der ältere Mann betrat den Raum und zeigte auf einen Stuhl vor dem breiten, unaufgeräumten Schreibtisch.

Estelle setzte sich und beobachtete schweigend, wie Ardèche bedächtig die herumliegenden Akten auf dem Schreibtisch übereinanderstapelte.

Als er fertig war, blickte er Estelle in die Augen und lächelte. »Madame Miroux«, wiederholte er ihren Namen. »Was kann ich für Sie tun?«

Estelle holte einen Notizblock aus ihrer Tasche und legte ihn vor sich. »Monsieur Ardèche, ich weiß nicht genau, wie ich …« Sie brach unsicher ab.

»Madame«, er beugte sich vor und verschränkte seine Finger ineinander. »Ich arbeite seit über fünfzehn Jahren als Privatdetektiv. Davor war ich zwanzig Jahre lang im Polizeidienst.« Er zwinkerte. »Glauben Sie mir, es gibt wenig, was ich noch nicht gehört oder gesehen habe.« Er machte eine bedeutungsvolle Pause. »Sind Sie mit der Familie Miroux verwandt, nach denen der vorzügliche Wein benannt ist?«

Estelle spürte seinen aufmerksamen Blick auf sich. Doch seine freundliche Art konnte sie nicht täuschen. Sicher hatte er bereits Nachforschungen über sie angestellt. Gehörte es nicht zu jedem neuen Auftrag eines Detektivs dazu, erst einmal Erkundigungen über den Auftraggeber einzuholen?

Aufgrund ihrer Überlegungen entschied sie sich für die Wahrheit, obwohl sie vermeiden wollte, zu viel von sich preiszugeben. Doch es wäre ein Leichtes für ihn, ihre Verbindung zu der wohlhabenden Winzerfamilie herzustellen, wenn er nicht sowieso schon darüber Bescheid wusste.

Sie nickte. »Pierre Miroux ist mein Vater.«

Ardèche verzog keine Miene. Estelle konnte nicht erkennen, ob ihm diese Tatsache bereits bekannt gewesen war. »Um was geht es, Madame Miroux?«

»Ich möchte …« Sie atmete tief durch und schob ihm ihren Notizblock hin. Der Privatdetektiv drehte ihn herum und betrachtete die Namen, die sie darauf notiert hatte. Als er seinen Kopf wieder hob, sah er sie fragend an.

Estelle zeigte auf den Block. »Ich möchte, dass Sie herausfinden, welchen Dreck diese vier Herren am Stecken haben.« Sie senkte erleichtert ihre Schultern. Jetzt war es heraus.

Ardèche sah erneut auf ihre Notizen und nickte langsam. »Kein Problem. Haben Sie irgendwelche Tipps für mich, in welche Richtung meine Nachforschungen gehen sollten?«

Estelle zögerte kurz, bevor sie den Kopf schüttelte. »Nein, keine bestimmte Richtung.«

Ardèche kaute auf seiner Unterlippe. »Sind Sie sicher, dass es bei den …«, er suchte nach den richtigen Worten, »… bei diesen Herrschaften etwas zu finden gibt?«

»Gibt es das nicht bei jedem?« Estelle sah ihn trotzig an.

Der Privatdetektiv wiegte langsam seinen Kopf. »Kommt darauf an.«

»Auf was?«

»Was Sie erwarten.« Jetzt blickte er ihr offen ins Gesicht.

»Ich möchte wissen, was diese vier Männer in den letzten zwanzig Jahren getrieben haben. Werdegang, private und berufliche Fehltritte, geheime Doppelleben, was auch immer Sie finden.«

Wieder nickte Ardèche. »Ich werde sehen, was ich tun kann, Madame. Dugout dürfte etwas schwierig werden. Er ist ein aalglatter Politiker. Und Clereau? Ein aufstrebender Staranwalt, der, wenn man den Gerüchten glauben mag, eiskalt agiert.«

»Sie kennen die Männer«, stellte Estelle ernüchtert fest.

»Sie sind hier in Argelès.« Der Detektiv lachte kurz auf. »Was haben Sie erwartet?«

Sie zuckte mit den Achseln.

»Cousteau ist ein bekannter Fotograf. Nur Lafayette …« Er tippte mit dem Zeigefinger auf das Papier. »Jérôme Lafayette. Der Name sagt mir nichts.«

»Ist es ein Problem, dass es sich um …«, Estelle hielt inne, »… um sogenannte Säulen der Gesellschaft handelt?«

»Nein, keine Sorge. Wenn Sie Informationen über diese Herren möchten, besorge ich sie Ihnen.« Der Detektiv holte ein Formular aus der Schreibtischschublade und begann, es auszufüllen.

»Ist es üblich, dass Sie Ihre Aufträge schriftlich festhalten?« Estelle nestelte nervös an ihrer Kette herum. Sie hatte gedacht, in der Branche sei Diskretion das A und O.

Wieder schenkte ihr Ardèche einen verständnisvollen Blick. »Alles, was wir besprechen, bleibt in diesem Raum. Sie müssen sich keine Sorgen machen.« Jetzt schmunzelte er. »Ich gehe nicht davon aus, dass Sie die Informationen, die Sie von mir bekommen, für das Ausüben einer Straftat verwenden wollen?«

Estelle sah ihn überrascht an und mühte sich ein erzwungenes Lächeln ab. »Ich brauche die Fakten für …«

Während sie krampfhaft überlegte, winkte der Privatdetektiv bereits ab. »Sie müssen mir nichts erzählen, Madame.« Er schaute kurz auf das Formular vor sich. »Sie kaufen eine Dienstleistung. Nicht mehr und nicht weniger.« Er machte eine Pause. »Und ich liefere Ihnen diese Dienstleistung. Alles andere interessiert mich nicht.«

Estelle hob entschuldigend ihre Achseln. »Es tut mir leid, aber ich bin nicht … Ich habe so etwas noch nie gemacht.«

»Kein Problem. So geht es den meisten meiner Mandanten.«

»Was denken Sie, wie lange …?« Estelle wollte nicht ungeduldig wirken.

Ardèche verzog seinen Mund zu einem nachsichtigen Lächeln. »Ich mache mich noch heute an die Arbeit, Madame. Ich denke, ich werde Ihnen morgen schon erste Ergebnisse liefern können.«

Sie nickte zufrieden. »Ich möchte alles über die vier wissen, Monsieur Ardèche. Alles!«

Er sah sie einen langen Moment schweigend an, bevor er sich wieder dem Ausfüllen des Auftrags widmete. Estelle beschlich das ungute Gefühl, dass er sie durchschaut hatte. Doch war das überhaupt möglich? Und was konnte er über sie herausgefunden haben?

Als Estelle in den kleinen Empfangsraum der *Auberge* zurückkehrte, stand Noah am Tresen und telefonierte. Während er sprach, sah er sie an und schnitt eine Grimasse. Estelle musste ein Lachen unterdrücken.

»Nein, ich habe Eveline Miroux leider nicht gekannt.« Er verdrehte seine Augen. »Ja, das sagten Sie bereits.«

Sie sah sich in dem Raum um und versuchte, den Empfang mit den Augen eines Gastes zu sehen: die hell getünchten Wände, der moderne Holztresen mit den eingelassenen Glaselementen.

Hinter der Rezeption befand sich ein kleines Büro, das vorübergehend sowohl als Archiv wie auch als Arbeitsplatz dienen sollte.

Rechts vom Empfang führte ein Rundbogen in den großen

Wintergarten, der sich um die gesamte Außenfassade des Hotels erstreckte. Er sollte als Frühstücksraum für die Gäste fungieren, mit seinen vielen Glasflächen, die die Sonne hereinlassen würden und einen Blick auf die mediterrane Bepflanzung davor freigaben. Direkt dahinter befand sich die kleine Küche.

Estelles Oma hatte den Umbau der *Auberge* nach deren Erwerb von einem Architekten planen und durchführen lassen. Die vorhandene praktische Anordnung der Räumlichkeiten hatte Estelle die Renovierungsarbeiten um einiges erleichtert.

Sie hatte vor einem halben Jahr einen Bauleiter aus Argelès mit der Überwachung der Umbauten beauftragt und war selbst nur zweimal persönlich vor Ort gewesen, um die Fortschritte zu begutachten. Der Mann war sein Geld wert, stellte Estelle ein weiteres Mal zufrieden fest. Es standen zwar noch einige Restarbeiten an, diese könnte sie aber entweder selbst erledigen, wie die Streicharbeiten, oder entsprechende Handwerker dafür suchen.

»Am Donnerstag?« Als Noahs Stimme sie aus ihren Gedanken riss, drehte sie sich um. Er sah sie fragend an.

Estelle hob ihre Augenbrauen und schüttelte unsicher den Kopf.

»Einen Moment bitte.« Noah betrachtete den Hörer stirnrunzelnd. Als er die Taste gefunden hatte, die er suchte, schnaufte er aus. »Eine Anfrage wegen eines Doppelzimmers. Die Herrschaften wollen bereits in drei Tagen anreisen. Die Dame meinte, sie seien jahrelang Stammkunden deiner Oma gewesen.«

Estelle überlegte kurz. Irgendwann mussten sie ins kalte Wasser springen. Warum also nicht jetzt? Es war Ende Oktober. Um diese Zeit kamen nicht allzu viele Touristen in die Region. Umso wichtiger war es, die wenigen, die sich doch hierher verirrten, nicht zu verprellen. Daher nickte sie langsam. »Das schaffen wir. Das Zimmer ist fertig gestrichen. Morgen rücken wir noch die Möbel zurecht und hängen ein paar Bilder auf. Das Bad ist ja Gott sei Dank bereits fertig.«

»Was ist mit der Küche?«, warf Noah ein.

Estelle zögerte. Er hatte recht. Die Arbeitsplatte war noch nicht montiert und sie hatte bisher auch keinen Handwerker engagiert. »Zur Not stelle ich einen Klapptisch nebendran. Irgendwie werden wir das mit dem Frühstück schon hinbekommen. Es sind ja nur zwei Personen.«

»Und wenn der Raum nicht fertig werden sollte, könnten wir die Möbel in mein Zimmer tragen«, ergänzte der Jugendliche eifrig.

Über den Gästezimmern befand sich im zweiten Stock der *Auberge* ein gemütliches Appartement, in dem Estelles Oma jahrelang gewohnt hatte. Estelle hatte die Wohnung für sich umbauen und renovieren lassen. Noah jedoch hatte auf ein eigenes Reich bestanden. Schließlich einigten sie sich darauf, dass er in das größte der Gästezimmer zog. Das besaß praktischerweise einen eigenen Flur, der durch eine Extratür von der restlichen Etage abgetrennt war. So hatte Noah ein Bad für sich allein, einen großen Wohn- und Schlafraum und war trotzdem von den Gästen separiert. Und wenn er Sehnsucht nach ihr hatte, konnte er jederzeit nach oben kommen, hatte Estelle ihm augenzwinkernd angeboten.

»Nein«, widersprach sie ihm jetzt. »Du hast dir dein Zimmer selbst hergerichtet. Der andere Raum ist doch fertig.«

»Vergiss nicht die Tür«, erinnerte Noah sie daran, dass sämtliche Türen der Gästezimmer ausgehängt worden waren, weil sie erst abgeschliffen werden mussten.

»Ja, das ist ein echtes Problem«, murmelte Estelle nachdenklich. Sie grinste. »Die Gäste wollen sicher nicht ohne Tür schlafen.«

»Nein, wohl kaum«, stimmte Noah lächelnd zu.

»Ich kümmere mich darum. Morgen«, erwiderte Estelle entschlossen. »Es kann doch nicht so schwer sein, einen Schreiner aufzutreiben, der mir ein wenig zur Hand geht.«

Der Teemager drückte erneut auf die Tastatur am Telefon und entschuldigte sich für die lange Unterbrechung. Er notierte sich die Daten der Gäste und sagte ihnen zu, dass das Zimmer in drei Tagen für sie bereitstehe.

Estelle hob ihre Hand und Noah schlug ein. »Unsere ersten Hotelgäste!« Zufrieden blickte sie ihn an.

Doch als sich die Eingangstür öffnete und ein großer dunkelhaariger Mann den Empfangsraum betrat, verflog Estelles gute Laune schlagartig.

Der Besucher blickte einen Moment lang verunsichert zwischen ihr und Noah hin und her, bevor er seine Fassung wiederfand. »Estelle.« Er nickte ihr leicht zu. Noah hingegen beachtete er nicht weiter.

Estelle stand wie angewurzelt vor dem Tresen, nicht fähig, sich zu rühren. Ihr Herz pochte wie wild. »Was willst du hier?«, fauchte sie ihn an, während sie nervös zu Noah blickte.

»Aber …«, begann der Mann, bevor er ebenfalls zu dem Jugendlichen sah.

»Würdest du uns bitte kurz allein lassen?« Estelle erkannte ihre eigene Stimme nicht mehr. Sie spürte Noahs Verunsicherung. »Bitte, es ist alles in Ordnung«, bemühte sie sich angestrengt, die Situation zu entschärfen.

Der Teenager nickte knapp und ging Richtung Frühstücksraum.

Als er aus ihrem Sichtfeld verschwunden war, atmete Estelle tief durch und versuchte, Ruhe zu bewahren. »Was willst du hier?«

»Das Gleiche wollte ich eigentlich dich fragen«, erwiderte ihr Besucher und lächelte süffisant.

»Ich glaube kaum, dass ich dir Rechenschaft schuldig bin«, entgegnete sie voller Zorn, während sie verzweifelt gegen die Bilder in ihrem Kopf ankämpfte, die grauenhafte Erinnerungen weckten.

»Mir ist zu Ohren gekommen, dass du die *Auberge* deiner Großmutter geerbt hast.« Matthieu Clereau schien sich von Estelles Wut nicht beeindrucken zu lassen.

»Lass mich in Ruhe, Matthieu.«

Sie kochte. Doch auf keinen Fall durfte Estelle vor ihm Schwäche zeigen. Sie würde sich nie wieder von ihm demütigen lassen. Nie wieder.

Als sie spürte, wie ihr schwindlig wurde, hielt sie sich unauffällig an dem Empfangstresen fest.

»Warum so unfreundlich?« Er kam einen Schritt auf sie zu. »Ich wollte lediglich einer alten Freundin Guten Tag sagen.«

Sie betrachtete ihn: die spitze Nase, das vorstehende Kinn, die glatt frisierten Haare. Hass stieg in ihr auf. »Verlasse mein Hotel, sonst …« Den Rest ließ sie unausgesprochen. »Sofort.«

Matthieu schien einen Moment über seine Optionen nachzudenken, wandte sich dann aber zur Tür. Doch bevor er die Klinke berührte, drehte er sich noch einmal um.

Estelle beschlich das beklemmende Gefühl, ein unsichtbares Gewicht drücke erbarmungslos auf ihre Lunge.

»Ich warne dich. Keiner von uns will dich hier haben. Nur weil du eine Miroux bist …« Er machte eine Pause. »Wir wollen keinen Ärger. Alors, leben und leben lassen. Vergiss das nicht. Leg dich nicht mit den falschen Leuten an. Sonst kannst du dein Hotel ganz schnell wieder schließen.«

Estelle konnte kaum noch klar denken. Für wen hielt er sich, dass er ihr so unverhohlen drohte? Ausgerechnet er. Sie hatte den Ehering an seiner Hand registriert. Ein Wort zu seiner Frau und …

Sie konnte sich nicht mehr beherrschen. »Raus«, schrie sie unbeherrscht. »Sofort raus hier!« Sie machte zwei Schritte auf ihn zu. »Und lass dich nie wieder blicken.«

Betont gleichgültig öffnete Matthieu die Tür und schüttelte leise murmelnd seinen Kopf.

»Lass mich in Ruhe«, schrie Estelle ihm hasserfüllt hinterher. »Falls nicht, bringe ich dich um!«

Im nächsten Moment herrschte eine gespenstische Ruhe. Die Worte klangen in der Stille nach.

»Vielleicht sollten wir lieber ein andermal wiederkommen?«, erklang eine leise Frauenstimme hinter Matthieu.

Der drehte sich ein letztes Mal um und winkte Estelle mit übertriebener Geste zu. »Sie scheint heute nicht ihren besten Tag zu haben«, hörte sie ihn noch sagen, bevor er aus ihrem Blickfeld verschwand.

Als Estelle erkannte, wer vor der Tür stand, erstarrte sie. Es waren ihre Nachbarn. Der gut aussehende blonde Mann, seine Frau und die beiden Jungen. Sie schloss kurz die Augen und versuchte, wieder Herr der Lage zu werden. Leise zählte sie bis zehn. Matthieus Bemerkung ignorierend, bedeutete sie den vieren, einzutreten. »Bonsoir, kommen Sie doch herein.« Angestrengt versuchte sie, das Zittern ihrer Hände unter Kontrolle zu bekommen.

»Salut.« Die Frau lächelte leicht und betrat das Hotel, während ihr Mann schweigend folgte.

Die Jungen stießen sich abwechselnd die Ellenbogen in die Seite und kicherten. Der Größere hatte einen Fußball unter den Arm geklemmt.

»Ich bin Caroline Bauvall. Das sind Louis und Théo.« Die Nachbarin streckte Estelle die Hand hin. »Wir wollen nicht stören. Anscheinend kommen wir gerade ungelegen ...« Sie deutete über ihre Schulter.

»Nein, nein«, beeilte Estelle sich zu sagen. »Das war nur ...«

Sie hielt kurz inne. »Das war nur jemand, der sich für wichtiger hält, als er ist.«

Caroline nickte unbestimmt.

»Ich heiße Estelle Miroux.« Sie gab erst Caroline, dann deren Mann die Hand.

»Tom Bauvall.« Der Nachbar zwinkerte ihr zu. »Wir haben uns schon … gesehen.«

Estelle tat, als ob sie überlegen müsse. »Ja, stimmt. Als Sie mit den Jungs Fußball spielten.«

»Wir wollten uns einfach kurz vorstellen. Jetzt, wo wir Nachbarn sind.« Caroline musterte sie freundlich. Das brünette Haar umspielte ihre schlanken Schultern. Sie war genauso attraktiv wie ihr Mann, dachte Estelle.

Verlegen strich sie sich eine kurze Haarsträhne aus der Stirn, als ihr etwas einfiel. »Einen Moment.« Sie wandte sich Richtung Frühstücksraum und rief Noah.

Als dieser durch den Rundbogen trat, war sein Gesichtsausdruck leer. Estelle konnte nicht erkennen, was er von dem Gespräch mit Matthieu mitbekommen hatte. Wenn er verunsichert war, ließ er es sich zumindest nicht anmerken.

»Bonsoir.« Noah gab den vieren nacheinander die Hand und stellte sich ebenfalls vor.

»Sie haben das Hotel von Eveline übernommen?«, erkundigte sich Caroline höflich.

»Eveline war meine Großmutter.« Estelle nickte. »Sie hat mir die *Auberge* vererbt.«

»Sie war eine tolle Frau.«

Natürlich, die Bauvalls waren die Nachbarn ihrer Oma gewesen. Estelle kam es merkwürdig vor, fremde Leute von ihr reden zu hören, während sie selbst sie fast zwanzig Jahre lang nicht gesehen hatte.

»Sie waren im Ausland?«, schaltete sich nun Tom Bauvall in das Gespräch ein und sah sie eindringlich an.

Estelle wich seinem Blick aus. Diese braunen Augen! »Ja«, antwortete sie unverbindlich, während sie zu Noah sah.

»Wir kommen aus Deutschland«, erklärte dieser in gebrochenem Französisch. »Meine Mutter und Estelle arbeiteten zusammen in einem Hotel in Heidelberg. Als …«

»Ich denke nicht, dass die Nachbarn an unserem ganzen Lebenslauf interessiert sind, Noah«, unterbrach ihn Estelle in scharfem Ton.

»Ich dachte ja nur …«, murmelte der Teenager leise vor sich hin und verschwand ohne ein weiteres Wort in dem kleinen Büro hinter dem Tresen.

Caroline Bauvall räusperte sich und ließ ihren Blick durch den Raum wandern. »Die *Auberge* ist wirklich kaum wiederzuerkennen.«

»Ja«, erwiderte Estelle, erleichtert über den Themenwechsel. »Es war ein ganzes Stück Arbeit, aber es hat sich gelohnt.«

»Wann eröffnen Sie?« Tom bedachte sie wieder mit diesem Blick.

Estelle bemühte sich um Gleichgültigkeit. Sie hatte noch nie zuvor solche Augen gesehen. »Am Donnerstag.«

»Schon?« Caroline sah sie überrascht an.

»Ja, es ist etwas kurzfristig«, gab Estelle zu. »Aber wir hatten vorhin die erste Anfrage. Und …« Sie brach ab. »Es ist fast alles fertig. Ich muss morgen nur dringend einen Schreiner beauftragen. Die Türen müssen gerichtet werden und die Arbeitsplatte in der Küche …«

»Einen Schreiner?«, erwiderte Caroline lächelnd und blickte zu ihrem Mann. Die Söhne rempelten sich hinter seinem Rücken an und stritten lautstark um den Fußball.

»Ja, kennen Sie vielleicht einen?«

»Allerdings«, erwiderte Caroline und grinste. Jetzt war sie es, die ihrem Mann den Ellenbogen in die Seite stieß.

Unwillkürlich musste Estelle schmunzeln.

»Tom ist Schreiner, er arbeitet zwar nicht mehr in seinem Beruf, aber …« Caroline sah ihn an. »Du hast doch heute Morgen noch gesagt, dass du mit dem Krimi fast durch bist?«

Tom hob die Augenbrauen. »Ja, schon …«

»Sie sind Autor?«, wollte Estelle interessiert wissen.

»Gott bewahre, nein. Ich bin Lektor.« Er grinste unbeholfen.

Deshalb war er also so oft zu Hause. Estelle war sein Zögern nicht entgangen, als seine Frau ihn aufgefordert hatte, Farbe zu bekennen. »Ich mache mich morgen auf die Suche. Sicher gibt es in Argelès einige fähige Schreiner.«

Caroline sah stirnrunzelnd von ihrem Mann zu Estelle. »Tom«, ergriff sie erneut das Wort. »Du hast doch die nächsten Tage Zeit.«

Er zuckte mit den Achseln und starrte auf den Tresen.

»Das ist wirklich nicht nötig«, versuchte Estelle ein weiteres Mal, ihm beizustehen.

Tom Bauvall hob seinen Kopf und sah sie einige Sekunden lang schweigend an. »Wenn Sie möchten, kann ich Ihnen morgen Vormittag helfen. Die Jungs sind in der Schule. Und du …« Er wandte sich an Caroline. »Du musst arbeiten.«

Seine Frau nickte zufrieden. »Genau.« Sie lächelte Estelle verschwörerisch an. »So kommt er wenigstens nicht auf dumme Gedanken.«

»Es ist wirklich …«, setzte Estelle erneut an, doch sein Blick ließ sie verstummen. Mein Gott, was hatte sie sich da eingebrockt? Der Kerl hatte zwei Kinder. Tatjanas Stimme erklang in ihrem Unterbewusstsein: ›Lass die Finger von deinem Nachbarn.‹ Leichter gesagt als getan.

4

Seit zehn Minuten hing Tom an derselben Stelle fest. Es war zum Verzweifeln! Er wusste genau, was die Autorin mit der Passage sagen wollte, sie hatte sich aber unglücklich ausgedrückt und er musste nun eine andere Formulierung finden. Es wollte ihm jedoch einfach nichts einfallen. Genervt starrte er auf den Stapel Papier, der neben ihm lag, und dachte nach. Abwesend fuhr er sich über seinen Kopf.

»Was ist denn mit dir passiert? Deine Haare stehen ja zu Berge.«

Tom hatte gar nicht bemerkt, dass Caroline schon wieder die Treppe heruntergekommen war. Als er irritiert aufsah, grinste sie und zeigte auf seinen Kopf.

»Es ist zum Verzweifeln«, erwiderte er und winkte ab. »Schlafen die Jungs?«

»Sie sind zumindest im Bett«, entgegnete Caroline und setzte sich ihm gegenüber auf die Couch. »Musst du noch viel überarbeiten? Ich dachte, du wärst so gut wie fertig.«

»Bin ich auch.« Tom schob den Stapel zur Seite. »Es sind nur noch wenige Stellen, die ...«, er rümpfte die Nase, »... die noch nicht so richtig passen.«

»Soll ich dir helfen?«

»Nein, besser nicht.« Er lachte. »Dein kriminalistischer Spürsinn hat mich schon des Öfteren in Teufels Küche gebracht. Ich habe keine Lust, nach vierhundertfünfzig überarbeiteten Seiten nochmals Grundsatzdiskussionen über Polizeiarbeit oder andere Fehler in der Verbrechensbekämpfung zu führen.«

Caroline zog einen Schmollmund, bevor sie in sein Gelächter einstimmte. »Apropos Verbrechensbekämpfung.« Sie deutete mit dem Daumen über die Schulter. »Was hältst du von ihr?«

»Von wem?« Tom stockte kurz, bevor er kapierte. »Ach, von Evelines Enkelin?«

Caroline nickte und erhob sich. »Auch einen Schluck Wein?«

Er zuckte mit den Achseln und beobachtete, wie sie in die Küche ging. »Ja, warum nicht?«

Als sie mit zwei vollen Gläsern zurückkehrte, sah sie ihn neugierig an. »Und?« Sie hielt ihm eines der Gläser hin.

»Was, und?«

»Evelines Nichte«, erinnerte sie ihn ungehalten.

»Ach so.« Er überlegte. »Ich weiß nicht …«

»Irgendetwas stimmt nicht mit ihr.« Caroline ließ den Wein in ihrem Glas kreisen.

»Was meinst du? Immerhin war es doch dein Vorschlag, dass ich ihr helfen soll.«

»Ja, ich weiß«, gab sie zu. »Aber du hast doch gehört, was sie diesem Kerl hinterhergerufen hat.« Ihre Augen funkelten ihn an.

Tom zuckte mit den Achseln. »Jeder sagt mal etwas, was er nicht so meint.«

»Hast du schon irgendwann jemandem gedroht, ihn umzubringen?« Sie beugte sich abwartend vor.

»Nein, aber …«

»Siehst du«, erklärte Caroline triumphierend. »Und dieser Hass in ihrer Stimme.« Sie blickte versonnen durch die Terrassentür.

»Jetzt übertreibst du aber«, beschwichtigte Tom sie. »Schließlich kennst du die Frau doch gar nicht. Wir sind da einfach in irgendetwas hineingeplatzt.«

Caroline nickte grimmig. »Allerdings sind wir das.«

Tom blickte sie nachdenklich an. »Sie war doch ganz nett, als sie mit uns gesprochen hat.«

»Ja, bevor sie diesen Noah angefaucht hat.«

Tom schüttelte seinen Kopf. »Du hast Feierabend. Also hör auf, das Verhalten deiner Mitmenschen bis ins kleinste Detail zu analysieren.«

»Berufskrankheit«, erwiderte sie leichthin. »Außerdem hat sie kalte Augen.«

Er runzelte die Stirn. »Was stört dich denn bloß an ihr?«

»Sie hat eisblaue kalte Augen«, wiederholte Caroline, ohne auf seine Frage einzugehen.

»Eiskalte blaue Augen.« Wieder schüttelte er den Kopf, während er missbilligend seinen Mund verzog. »Und was habe ich dann?« Er zwinkerte sie an.

Caroline grinste. »Haselnussbraune Augen«, erwiderte sie, ohne zu zögern.

»Du spinnst.« Er tippte sich an die Stirn und nahm den Papierstapel wieder auf.

Caroline zog die Brauen hoch und nippte an ihrem Glas. »Hör auf meine Worte, Tom. Irgendetwas stimmt mit dieser Frau nicht.«

5

Estelle rieb sich müde über die Stirn, während sie die Treppe zum ersten Stock hinaufstieg. Vor Noahs Zimmer blieb sie stehen und zögerte kurz, bevor sie an seine Tür klopfte. Nachdem sie ihn vor den Bauvalls derart angefahren hatte, war er den ganzen Abend verschwunden gewesen. Jetzt wollte sie sich unbedingt bei ihm entschuldigen.

»Ja?«

Sie betrat das Zimmer und entdeckte ihn vor dem großen Fenster, das zum Garten der Bauvalls zeigte. »Hast du einen Moment?«

Noah drehte sich nicht um. »Was gibt's?«

Estelle seufzte und stellte sich neben ihn. Sie musterte nachdenklich sein Gesicht. »Wegen vorhin …«

Er drehte den Kopf und sah sie abwartend an.

Sie zog eine Grimasse. »Es tut mir leid.«

Noah nickte.

»Ich weiß auch nicht.« Sie hob unsicher ihre Hand. »Ich dachte einfach … Schließlich kennen wir diese Leute überhaupt nicht.«

Wieder nickte er, erwiderte jedoch nichts.

»Ich hätte dich nicht so anfahren sollen, Noah.« Estelle berührte ihn leicht am Oberarm. »Vielleicht, wenn wir etwas länger hier sind …« Sie brach ab, als sie seinen prüfenden Blick auf sich spürte.

»Wer war der Mann?« Er wandte sich wieder zum Fenster.

»Welcher Mann?«

Noah zog genervt seine Augenbrauen hoch. »Der, den du umbringst, wenn er sich noch mal hier blicken lässt«, erwiderte er trocken.

»Noah …«, begann sie zögernd.

»Was ist los mit dir?«

Estelle presste ihre Lippen aufeinander. Sie wollte ihn nicht anlügen, aber die Wahrheit konnte, durfte sie ihm auf keinen Fall sagen.

»Ist er der Grund, warum du jahrelang nicht zurück nach Hause wolltest?«, bohrte Noah unerbittlich weiter.

Sie konnte ihm nichts vormachen. Dafür kannte er sie zu lang. Estelle nickte.

»Was hat er denn getan?«

Sie blickte zu ihm auf. »Nichts, was noch wichtig wäre. Bitte.« Sie schaute aus dem Fenster. »Es ist so lange her.«

Das Wohnzimmer ihrer Nachbarn war hell erleuchtet. Tom Bauvall saß, über einen Stapel Papiere gebeugt, am Schreibtisch und schien nachzudenken. Caroline war nirgends zu sehen.

»Sie sind nett, oder?« Noah blickte Estelle grinsend an, die missbilligend ihr Gesicht verzog.

»Kann sein.« Sie bemühte sich um einen unbeteiligten Tonfall.

»Na, immerhin hast du jetzt deinen persönlichen Schreiner direkt nebenan.«

Sie verdrehte genervt ihre Augen. »Ein Schreiner, der Kriminalromane lektoriert.«

»Nicht ganz alltäglich«, merkte Noah an.

Estelle lachte. »Schlaf gut«, verabschiedete sie sich kurz darauf von ihm und verließ das Zimmer.

Als sie sich dem Treppenaufgang zu ihrer Wohnung zuwenden wollte, fiel ihr das Notizbuch ihrer Oma wieder ein. Sie durchquerte den Flur und betrat den Gästetrakt. Neugierig öffnete sie den Schrank und holte das Buch hervor.

Einen Moment lang blickte Estelle nachdenklich auf den schwarzen Einband, bevor sie es fest an ihre Brust presste und den Weg zurückhastete.

In ihrer Wohnung angekommen, nahm sie am Esstisch Platz und legte das Buch feierlich vor sich. Was hatte ihre Oma ihr bloß geschrieben?

Estelle öffnete den Deckel und ließ die Seiten durch ihre Finger gleiten. Das war ja ein halber Roman, dachte sie überrascht.

Sie war davon ausgegangen, ihre Oma habe ihr eine Art Abschiedsbrief hinterlassen. Doch dies hier war kein Brief. Es waren unzählige Seiten, vollgeschrieben mit der kleinen akkuraten Schrift ihrer Großmutter. Für einen Augenblick betrachtete Estelle wehmütig die erste Seite, auf der ihr Name stand, bevor sie gespannt zu lesen begann.

Estelle, meine geliebte Enkelin,

solltest du jemals diese Zeilen lesen, ist meine schlimmste Befürchtung eingetroffen. Dann weile ich nicht mehr unter den Lebenden und habe keine Möglichkeit, dir alles zu erklären. Dir mein Leben zu erklären.

Estelle, ich weiß überhaupt nicht, wo ich anfangen soll. Meine Gedanken rasen, ich bekomme keinen von ihnen zu fassen. Was habe ich nur getan?

Du bist ein so wundervoller Mensch. Niemals wäre es mir in den Sinn gekommen, dass ich einmal der Auslöser für dein größtes Leid sein könnte. Niemals. Alles, was ich mir immer für dich und deine Schwester gewünscht habe, war, dass ihr euren Weg im Leben findet. Dass ihr euer Glück findet. So wie ich meinem Glück vor vielen Jahren begegnet bin, als ich euren Großvater traf.

Doch nun musste ich erfahren, dass mein Handeln, mein Leben, meine Entscheidungen, die ich im Laufe der vergangenen Jahrzehnte getroffen habe, dir so unbeschreiblich viel Schmerz verursacht haben. Nie hätte ich gedacht, dass Menschen so grausam sein können. Niemals.

Die schlimmste Erkenntnis, die mich wie ein Blitz traf, war, dass ich es nicht mehr gutmachen kann. Diese Endgültigkeit der Geschehnisse. Das Wissen, dass ich dein Leben unwiderruflich zerstört habe. Es tut mir so unendlich leid, Estelle. Ich kann nicht in Worte fassen, wie sehr ich mein Tun bereue.

Als dein Vater vor wenigen Tagen mit mir gesprochen hat, mir endlich die Wahrheit über die damaligen Ereignisse erzählte, konnte ich es im ersten Moment nicht glauben. Nein, dachte ich. Nein, das kann nicht sein. Nicht Estelle. Und doch musste ich schließlich erkennen, dass ich durch mein egoistisches Handeln viele Menschen verletzt habe. Verletzt und vor den Kopf gestoßen.

Du warst immer mein kleines Mädchen. Deine Geburt war für mich wie ein Wunder. All die Jahre hatte ich mir eine Tochter gewünscht, doch nach der Geburt deines Vaters war deinem Großvater und mir bedauerlicherweise kein weiteres Kind vergönnt. Als ich dich zum ersten Mal sah – deine kleinen strammen Beinchen, die Ärmchen, die du nach mir ausgestreckt hast –, spürte ich sofort, dass zwischen uns eine besondere Bindung besteht. Auch Emily hat einen Platz in meinem Herzen. Doch du … Du bist wie ich. Deine Art zu denken, deine Sicht auf die Welt. Im Laufe der Jahre habe ich immer wieder mit großer Freude Seiten an dir entdeckt, die mich an mich selbst erinnert haben. Als ich jung war. Unschuldig und unwissend.

Mein größter Wunsch ist es, dir alles persönlich erklären zu können. Dir erzählen zu können, was damals wirklich geschehen ist. Und welche furchtbaren Konsequenzen mein Handeln ausgelöst hat. Ich würde mich so gerne persönlich bei dir entschuldigen können. Auch wenn ich genau weiß, dass es für das, was ich getan habe, keine Entschuldigung gibt.

Aber ich bin alt. Ich spüre, dass mir nicht mehr viel Zeit bleibt. Und ich kann nicht gehen, ohne dir alles zu erklären. Ich weiß nicht, ob dieser Brief die richtige Form für mein Anliegen ist. Doch mir fällt nichts anderes ein. So gern hätte ich dich noch einmal in meine Arme genommen, noch einmal über dein wunderschönes schwarzes Haar gestrichen. Leider ist es zu spät, Estelle.

Das Wichtigste, was ich dir mitteilen möchte, ist, dass ich dich sehr liebe. Du warst und bist für mich die Tochter, die ich nie hatte. Immer, wenn sich dein kleiner Mund zu diesem unwiderstehlichen Lächeln verzogen hat, war die Welt für mich in Ordnung. Unantastbar. Voller Sonnenschein.

Die Grausamkeit, die du für mein Handeln ertragen musstest, halte ich kaum aus. Ich habe einen Fehler gemacht. Einen furchtbaren, nicht wiedergutzumachenden Fehler, für den du jetzt büßen musst. Der Gedanke an deinen Schmerz lässt mich nachts kaum noch schlafen. Manchmal bekomme ich das Gefühl, als ob mir jemand die Luft abdrücke.

Diese Last, die auf meinen Schultern liegt, ist wohl die gerechte Strafe für meine vor vielen Jahren getroffenen Entscheidungen. Eine Last, die manchmal so schwer wiegt, dass ich unter ihr zu zerbrechen drohe. Und doch ist sie nichts gegen das, was du ertragen musstest.

Ich würde so gern die Zeit zurückdrehen. Zwar bin ich mir nicht einmal sicher, ob ich mich heute wirklich anders verhalten würde, doch dein Schmerz stellt mein komplettes bisheriges Leben infrage.

Ich kann nichts mehr rückgängig machen. Was geschehen ist, ist geschehen. Was mir bleibt, ist, dir zu erklären, wie es zu all dem Furchtbaren kam. Du musst die Zusammenhänge kennen. Ich habe Schuld auf mich geladen, von der du wissen sollst. Große Schuld.

Das Leben geht seine eigenen Wege. Es gibt Wendungen, auf die wir keinen Einfluss haben. Und dann gibt es Ereignisse, deren Konsequenzen wir zwar abwägen, deren wahre Tragweite wir aber bestenfalls erahnen können. Jeder einzelne Tag besteht aus unzähligen solcher Entscheidungen. Große wichtige, aber auch kleine unbedeutende.

Niemals hätte ich gedacht, dass ein einziger Entschluss, eine simple Antwort noch Jahrzehnte später so weitreichende, unüberschaubare Folgen haben könnte. Diese Erkenntnis war selbst für mich, einen Menschen, der den Großteil seines Daseins hinter sich hat, unfassbar. Unfassbar grausam und unfassbar schmerzvoll.

Ich kann nur hoffen, dass du mir irgendwann verzeihst. Mehr bleibt mir nicht. Ich werde dir meine Geschichte erzählen. Eine Geschichte größten Glückes, aber auch unendlichen Schmerzes. Vielleicht kannst du mir vergeben. Vielleicht auch nicht.

Nimm die Auberge *als Zeichen meiner aufrichtig empfundenen Reue. Du liebst sie, genau wie ich sie liebe. Ich weiß, dass du sie gut behandeln wirst. In den letzten Jahren habe ich sie etwas vernachlässigt. Mir fehlt die Kraft, um alles wieder in Schuss zu bringen. Aber ich bin mir sicher, dass du sie in das Schmuckstück zurückverwandeln wirst, das sie all die Jahre war. Ein Hotel, das seine Gäste auf eine besondere Art willkommen heißt. Das sie umsorgt und beherbergt und sie ein kleines Stück ihres Lebens begleitet.*

Als dein Großvater gestorben ist, hat mir die Auberge *neuen Mut, eine neue Aufgabe gegeben. Ich möchte, dass sie für dich ebenfalls zu einem Teil deines Daseins wird. Wenn du sie pflegst und auf Vordermann bringst, wird sie dir viel Freude bereiten. Sie wird dein Leben bereichern, so wie du das Leben deiner Gäste bereichern wirst. Ihr werdet beide voneinander profitieren.*

Es ist nur eine Kleinigkeit, die ich für dich tun kann. Mehr bleibt mir leider nicht. Ein kleiner Teil deines persönlichen Puzzles. Vielleicht wird er zu einer Schlüsselstelle. Vielleicht markiert er einen neuen Abschnitt.

Eine Wiedergutmachung kann das Hotel nicht darstellen, dafür wurde dir zu großes Leid angetan. Aber vielleicht kann die Auberge dein Leben ein kleines bisschen glücklicher machen.

Was gäbe ich dafür, dir noch einmal begegnen zu können? Estelle, du bist eine starke Frau. Viel stärker als ich es je war. Du wirst die richtigen Entscheidungen treffen.

Und du wirst dein Leben meistern. Niemand kann dich zerstören. Deine Kraft wird dich vor der Schattenseite des Lebens bewahren. Du wirst immer einen Platz in meinem Herzen haben.

Estelle ließ das Buch sinken und wischte sich die Tränen weg. Die Worte ihrer Oma hatten sie in ihrem Innersten berührt. Aber was hatte sie getan? Estelle konnte sich keinen Reim darauf machen. Was hatte ihre Oma mit den Ereignissen vor ihrem Weggang aus Argelès-sur-Mer zu tun? Sie konnte sich beim besten Willen nicht vorstellen, wie die alte Frau in den Vorfall verwickelt sein konnte. Und doch behauptete sie genau das.

Ein unangenehmer Schmerz bahnte sich in ihrem Hinterkopf an. Es war bereits nach elf. Auch wenn sie kaum abwarten konnte, zu erfahren, was ihre Oma ihr zu sagen hatte, klappte sie das Buch zu und beschloss, morgen weiterzulesen.

Doch auch als sie eine halbe Stunde später im Bett lag, ließ Estelle der Gedanke an die Worte ihrer Oma nicht los. Sie starrte in die Dunkelheit und versuchte krampfhaft, nicht an den schlimmsten Albtraum ihres Lebens zu denken.

6

Dienstag, 26. Oktober

»Bonjour, Schlafmütze.« Estelle lächelte, als Noah die kleine Küche hinter dem Wintergarten betrat.

»Ist doch erst neun«, knurrte er, während er auf seine Uhr blickte.

»Mitten am Tag für die arbeitende Bevölkerung.« Sie holte eine Tasse aus dem Schrank. »Kaffee und ein Croissant?«

Noah nickte.

»Komm. Ich setze mich zu dir.« Estelle stellte ihren eigenen Kaffee zu der Tasse und einem kleinen Teller für das Croissant auf ein Tablett und bedeutete Noah mit dem Kopf, ihr zu folgen.

Sie legte alles auf einem Tisch ab, der sich direkt an einem der großen Fenster befand. Noah setzte sich ihr gegenüber.

»Wann kommt dein Schreiner?« Er grinste.

»Mein Schreiner …« Sie schüttelte amüsiert den Kopf, bevor sie mit den Achseln zuckte. »Keine Ahnung. Falls er irgendwann auftaucht, soll er sich zuerst um die Tür des Zimmers kümmern.«

Noah starrte schweigend nach draußen. Estelle folgte seinem Blick. Die Zypressen wiegten sich leicht im Wind. Es war ein sonniger, klarer Tag. Nur wenige Wolken trübten den blauen Himmel.

»Dir gefällt es hier«, merkte sie vorsichtig an.

Noah verzog keine Miene und sah weiter nach draußen.

»Oder?«

»Kann sein«, murmelte er leise.

»Oder hältst du es für einen Fehler, dass wir hergezogen sind?«

»Es ist ganz nett hier.« Er brach ein Stück von seinem Croissant ab und stopfte es sich in den Mund.

»Was hast du heute vor?« Estelle nippte an ihrem Kaffee.

»Weiß noch nicht genau.«

Nachdenklich musterte sie den Jugendlichen. Estelle konnte ihn gut verstehen. Als sie so alt gewesen war wie er, hatte sie auch an einem Scheideweg in ihrem Leben gestanden. Unzählige Entscheidungen hatten schließlich dazu geführt, dass sie jetzt hier saß. Die Ausbildung zur Hotelfachfrau, ihr Alltag in Heidelberg, die Vormundschaft für Noah, die Erbschaft ihrer Oma.

»Mir ist klar, dass es nicht so einfach ist, Noah. Die neue Sprache, die fremde Umgebung.« Sie beugte sich vor und sah ihn eindringlich an. »Lass dir die Zeit, die du brauchst. Finde heraus, was du willst. Dir steht alles offen. Ich werde dich unterstützen, so gut ich kann.«

Sein Gesicht nahm einen misstrauischen Ausdruck an. »Was ist denn mit dir los? So gefühlsduselig kenne ich dich gar nicht.«

Estelle schwieg einen Moment lang. »Es ist dieser Ort«, erwiderte sie schließlich. »Meine Heimat. Ich habe meine halbe Kindheit in der *Auberge* verbracht.«

»Erinnerungen?« Noah legte seinen Kopf schief.

»Auch«, wich sie aus und dachte an die Worte ihrer Oma. »Ich möchte einfach, dass du glücklich bist. Das ist alles.«

»Bist du denn glücklich?«

Jetzt war es Estelle, die ihr Gesicht abwandte. »So einfach ist das nicht.«

»Aber du willst doch, dass ich es bin.« Er ließ nicht locker.

»Du bist noch jung.« Sie sah ihn wieder an.

Er lachte. »Stimmt, und du bist ja uralt. Ich vergaß.«

»Manchmal denke ich das.« Sie lächelte leicht. »Der Vorteil der Jugend ist, dass man immer eine gute Entschuldigung hat, wenn man eine falsche Entscheidung trifft.«

»Und du hast falsche Entscheidungen getroffen?«

»Alors, ein Tag für Grundsatzgespräche.« Estelle hob ihre Augenbrauen.

»Ich glaube, du hast angefangen.« Der Jugendliche sah sie schelmisch an.

»Asche auf mein Haupt. Und, was hast du nun heute vor?«

»Ich treffe mich gleich mit ein paar Leuten aus dem Ort.« Wieder blickte er aus dem Fenster. »Meiner Mutter würde es hier bestimmt gefallen.«

»Ich habe ihr oft von Argelès-sur-Mer erzählt. Bei der Arbeit.« Estelle dachte an Silvia. »Wir hatten uns vorgenommen, irgendwann einmal gemeinsam herzukommen. Sie liebte das Meer.«

»Und du hasst es«, erwiderte Noah amüsiert.

»Ich hasse es nicht«, widersprach sie heftig. »Ich mag es nur nicht.«

»Aha«, neckte er sie.

Sie winkte genervt ab.

»Vielleicht werde ich Koch«, wechselte Noah ohne Vorwarnung das Thema.

»Koch?« Estelle war überrascht.

»Ja«, bestätigte er. »Hier gibt es einige tolle Restaurants. Die Fischgerichte …« Seine Mundwinkel zuckten. »Ich glaube, das würde mir gefallen. Vormittags lange schlafen, dann die Küche in irgendeinem Sternerestaurant anwerfen und den Tag über tolle Gerichte zaubern.« Noahs Gesicht leuchtete vor Begeisterung.

»Klingt gut.« Estelle lächelte. »Dann erweitern wir die *Auberge* und bauen noch ein Restaurant für dich an.«

»Meinst du das ernst?« Der Jugendliche starrte sie mit offenem Mund an.

Estelle zuckte mit den Achseln. »Warum nicht? Ein Restaurant ist doch quasi der kleine Bruder eines Hotels, oder nicht?«

»Schon, aber ich hätte nicht gedacht, dass du die Idee gut findest.«

»Ich möchte, dass du zufrieden bist.« Sie hielt kurz inne. »Und wenn es das ist, was du machen willst …«

»Ich habe schon in einigen Küchen angefragt«, fuhr Noah eifrig fort. »Es gäbe die Möglichkeit, ein mehrwöchiges Praktikum zu absolvieren. Ich bin mir noch nicht ganz sicher, aber …«

»Das ist eine gute Idee«, unterbrach ihn Estelle. »Da kannst du herausfinden, ob der Job wirklich so ist, wie du ihn dir vorstellst.«

»Brauchst du mich denn nicht hier?« Er sah sie irritiert an.

»Ich habe dich doch nicht als Arbeitskraft mitgenommen. Du musst erst mal herausfinden, wie deine Zukunft aussehen soll.«

»Aber die *Auberge* ist noch nicht fertig ...«

»Ich habe doch jetzt einen Schreiner direkt nebenan.« Estelle grinste. »Mach dir keine Sorgen, ich schaffe das schon. Und wenn es zu viel wird, kann ich eine Aushilfe einstellen.«

Noah blickte auf seine Uhr. »Ich muss dann auch los.«

Sie nickte. »Warten deine Freunde?«

»Na ja, als Freunde würde ich sie noch nicht bezeichnen«, druckste er herum. »Aber sie sind ganz okay.«

»Und mit dem Sprechen klappt es?«

Noah hatte zwar einige Jahre in der Schule Französisch gelernt, aber sich hier im Alltag zurechtzufinden, war eben doch etwas anderes als das Vokabellernen in Deutschland. Estelle war es ähnlich ergangen, als sie nach Heidelberg gezogen war. Obwohl ihre Mutter zu Hause immer Deutsch mit ihnen gesprochen hatte, war es für Estelle eine große Umstellung gewesen, während der Ausbildung nur noch Deutsch zu schreiben und zu sprechen.

»Sie nehmen Rücksicht. Was ich nicht verstehe, erklären sie mir.«

»Das scheinen nette Leute zu sein. Bring sie doch mal mit«, schlug sie vor, da sie neugierig darauf war, wen Noah in so kurzer Zeit schon kennengelernt hatte.

»Ja, vielleicht«, erwiderte er unverbindlich.

Sie erhoben sich und brachten das Geschirr in die Küche.

Als Noah das Hotel gerade verlassen wollte, klingelte es an der Tür.

7

Matthieu drehte den Kugelschreiber in seiner Hand und starrte auf die Tischplatte. Was sollte er tun? Patrick nahm ihn nicht ernst. Mit Michelle konnte er auf keinen Fall über Estelle Miroux sprechen.

Die halbe Nacht hatte er wach gelegen. Irgendwann war er wieder aufgestanden und in sein Büro gegangen, da er doch keinen Schlaf mehr gefunden hätte.

Seit sieben saß er nun am Schreibtisch und versuchte, sich endlich auf seinen aktuellen Fall zu konzentrieren. Er gähnte. Seine Unruhe wuchs. Er dachte an den Rausschmiss gestern in der *Auberge* und an Estelles hasserfüllten Blick.

Matthieu erhob sich und suchte in seinem Bücherregal nach einem bestimmten Fachbuch. Als er es endlich gefunden hatte, studierte er konzentriert das Inhaltsverzeichnis, bis er das entsprechende Kapitel entdeckte, und blätterte nervös zu der angegebenen Seite. Fahrig überflog er die Sätze. Nachdem er einige Augenblicke über das gerade Gelesene nachgedacht hatte, fiel ihm ein, wen er anrufen konnte.

»Cousteau.«

»Yves, hier spricht Matthieu.« Als es am anderen Ende der Leitung ruhig blieb, setzte er nach: »Clereau.«

»Ich weiß, wer du bist, Matthieu.« Yves klang noch genauso arrogant, wie Matthieu ihn in Erinnerung hatte. »Lange nichts von dir gehört.«

»Estelle ist wieder in Argelès.«

»Estelle?«

Matthieu entging das Zögern in Yves' Stimme nicht. »Estelle Miroux.«

»Ah.«

»Mehr fällt dir dazu nicht ein?« War Yves etwa genauso ignorant wie Patrick? Matthieu wollte es nicht glauben.

»Was willst du?«

»Was ich will?« Er spürte, wie sich sein Puls beschleunigte. »Ist das dein Ernst?«

»Hör zu, ich bin gerade dabei, eine Ausstellung in Montpellier vorzubereiten. Das wird eine echt große Sache.« Yves schnaubte. »Ich habe im Moment wirklich wenig Zeit. Was hältst du davon, wenn ich mich bei dir melde, sobald ich mehr Luft habe? Dann können wir einen trinken gehen und die guten alten Zeiten wiederaufleben lassen.«

Matthieu ballte seine linke Hand zur Faust. »›Die guten alten Zeiten wiederaufleben lassen‹?«

»Ja«, erwiderte Yves unbekümmert. »Oder hat dein Anruf einen anderen Grund?« Seine Stimme nahm einen scharfen Unterton an.

Matthieu lachte kurz auf. »Ich werde mir mein Leben von dieser Schlampe sicher nicht zerstören lassen. Aber euch scheint das in keiner Weise zu interessieren.«

»›Euch‹?« Yves klang überrascht.

»Mit Patrick habe ich auch gesprochen«, erwiderte Matthieu wütend. »Behauptet später nicht, ich hätte euch nicht gewarnt.«

Yves schwieg für einen Moment, bevor er seufzte. »Alors, was ist mit Estelle?«

Matthieu erzählte ihm von der Erbschaft und seinem gestrigen Besuch. Als er erwähnte, was Estelle ihm nachgerufen hatte, lachte sein Gesprächspartner laut auf. »Du findest das witzig?« Er schüttelte ungläubig den Kopf.

»Du kennst doch den Spruch ›Hunde, die bellen, beißen nicht‹. Ich würde mir an deiner Stelle nicht so viele Gedanken machen.«

»Hast du dich mit Patrick abgesprochen?«

»Patrick? Den viel beschäftigten Herrn Politiker habe ich seit Ewigkeiten nicht gesehen.«

»Yves, wir haben alle viel zu tun. Denkst du, ich verdiene mein Geld im Schlaf?« Matthieu verlor langsam die Geduld.

»Was willst du denn tun? Sie aus der Stadt treiben?«

»Was will sie hier?«

Yves lachte wieder. »Das hast du mir doch gerade erzählt. Sie hat das Hotel ihrer Oma geerbt.«

»Ja und? Das hätte sie auch verkaufen können. Sie war seit Ewigkeiten nicht mehr hier und zieht jetzt plötzlich zurück? Und wo war sie all die Zeit?« Er konnte Yves' Naivität kaum fassen. Sein alter Freund wusste genau, was Matthieu meinte. Was sollte das also? »Sie ist damals nur wenige Tage nach … Plötzlich war sie einfach fort.«

»Matthieu, das ist ewig her.« Yves klang nun gönnerhaft.

»Sie hasst uns.«

»Und wenn schon. Ich habe nicht vor, in der *Auberge* einzuchecken.«

Matthieu konnte es nicht glauben. Sie wollten einfach nicht verstehen. »Der Anruf war wohl ein Fehler. Ich dachte, wir könnten …« Er brach ab. »Ich dachte, wir könnten uns mal zusammensetzen. Du, Patrick, Jérôme und ich. Überlegen, was man tun könnte.« Er verschluckte sich fast vor Ärger. »Aber ich scheine der Einzige zu sein, der den Ernst der Lage erkennt.«

Am anderen Ende blieb es still.

»Yves?«

»Hör zu, Matthieu. Jeder von uns hat mittlerweile sein eigenes Leben, seine eigenen Probleme. Es ist Jahre her, seit wir uns das letzte Mal gesehen haben. Ich wüsste wirklich nicht, was ich mit euch zu besprechen hätte.« Yves' Stimme klang nun kühl und distanziert. »Und ich habe tatsächlich keinerlei Interesse daran, uralte Geschichten aufzuwärmen.«

Matthieu kochte vor Zorn. Diese Frau konnte sie alle in große Schwierigkeiten bringen. Yves hatte sich einen Namen als Fotograf und Künstler gemacht. Wenn Estelle redete, konnte er seine Karriere vergessen. Ebenso wie Matthieu selbst. Allerdings könnte Matthieu darüber hinaus auch seine Familie verlieren. Unwiderruflich.

»Danke für deine Offenheit«, erwiderte er sarkastisch, bevor er sich mit knappen Worten von Yves verabschiedete.

Nachdem Matthieu das Gespräch beendet hatte, dachte er darüber nach, welche Optionen ihm blieben. Er ging nicht davon aus, dass Jérôme anders reagieren würde. Daher sparte er sich einen weiteren Anruf. Sollten die drei doch selbst sehen, wie sie dieser arroganten Ziege entgegentraten, wenn er recht behielt.

Matthieu würde eigene Vorkehrungen treffen. Zwar wusste er im Moment noch nicht, wie er vorgehen sollte, aber er würde Estelle Miroux das Feld nicht kampflos überlassen.

Tom hatte sich seine Arbeitstasche über die Schulter gehängt und zwei Holzböcke in der Hand, als er an der *Auberge* klingelte.

Schon im nächsten Moment wurde die Tür geöffnet und der junge Mann, den er gestern kurz kennengelernt hatte, stürmte hinaus.

»Ah, pünktlich wie die Maurer.«

Tom überlegte kurz. »Noah, richtig?«

Der Jugendliche nickte grinsend.

»Wie wär's heute Abend mit einer Partie Fußball unter Nachbarn?«

»Klingt gut. Wann?«

»Gegen sechs? Dann sind die Jungs mit den Hausaufgaben fertig.«

»Alles klar. Dann bis später. Estelle wartet übrigens schon.«

Der Jugendliche nickte noch mal und überquerte die Straße Richtung Stadtmitte.

Tom klopfte an die Holztür. »Estelle?«

Im nächsten Moment ertönte ihre Stimme. »Oui. Kommen Sie bitte herein, ich bin gleich bei Ihnen.«

Tom betrat den Empfangsraum und stellte die Böcke ab. »Bonjour.«

Er drehte sich um und erblickte Estelle Miroux, die sich gerade eine kurze Haarsträhne aus der Stirn strich, während sie den Empfangsraum betrat. »Bonjour«, erwiderte er und zeigte auf seine Arbeitsutensilien. »Da bin ich.«

Sie lächelte. »Ja, ich war mir nicht sicher, ob …« Sie hob entschuldigend ihre Schultern.

»Für gewöhnlich halte ich mich an Zusagen«, erwiderte Tom stirnrunzelnd. »Ich wusste nur nicht, ob Sie schon wach sind.«

Er musterte ihr blasses Gesicht. Das kurze, schwarze Haar umrahmte ihre hohen Wangenknochen. Die stahlblauen Augen sahen ihn prüfend an. ›Eisblaue kalte Augen‹, fielen ihm Carolines Worte wieder ein. Eher himmelblau, schoss es ihm durch den Kopf.

»Machen Sie Witze? Ich bin seit sechs auf den Beinen. Das nächste Gästezimmer ist bereits zur Hälfte gestrichen.«

»Fleißig.« Er grinste. »Die Jungs sind vor einer halben Stunde aus dem Haus gegangen. Und Caroline hat Frühschicht.« Ein verlegenes Schweigen entstand. Tom räusperte sich. »Die *Auberge* ist toll geworden. Sicher hätte Eveline ihre helle Freude daran.«

»Soll ich Ihnen alles zeigen?« Estelle legte ihren Kopf schief.

»Ja, gern. Ich gebe zu, ich bin neugierig.«

Sie bedeutete ihm, ihr zu folgen, und ging durch den Rundbogen in den Wintergarten hinüber. »Voilà!«

Tom drehte sich um die eigene Achse und bewunderte die

breiten Glaselemente. Der Raum wirkte viel größer und heller als vorher.

In dem Wintergarten standen sechs massive dunkle Holztische, die eine gemütliche, ursprüngliche Atmosphäre verbreiteten. Die Stühle waren aus dem gleichen Material gefertigt. Die Zypressen vor den Scheiben schirmten den Raum vor neugierigen Blicken ab. Die Wände waren freigelegt worden, sodass man nun den grauen Sandstein sehen konnte, der sich auch im zweiten Stock an der Außenfassade befand.

»Es sieht …«, Tom suchte nach Worten, »… es sieht toll aus.« Er nickte anerkennend. »Der Sandstein passt viel besser als der weiße Verputz, der zuvor auf den Wänden war.«

»Ja«, stimmte sie ihm zu. »Die Handwerker haben klasse Arbeit geleistet.«

Er musterte die schlanke Frau, die seltsam unnahbar und distanziert wirkte, obwohl sie sich um einen freundlichen Ton zu bemühen schien. Sie war attraktiv, das konnte er nicht leugnen. Die vollen Lippen, die leicht gerundete Nase, diese großen strahlenden Augen. Ja, sie sah verdammt gut aus.

»Alles klar?«

Er spürte ihren Blick auf sich und nickte. »Natürlich. Wollen wir anfangen?«

»Kommen Sie.«

Sie kehrten an den Empfang zurück, bevor Estelle sich der Treppe zuwandte, die ins Obergeschoss führte. Tom nahm sein Werkzeug und folgte ihr.

»Sie haben ja echt ein Händchen für so was«, entfuhr es ihm, als er den renovierten Treppenaufgang betrachtete. Die schwarzen Holzstufen waren überarbeitet worden und bildeten einen interessanten Kontrast zu dem terrakottafarbenen Putz an den Wänden.

Estelle zuckte mit den Achseln und stieg die Treppe weiter hinauf. »Mag sein.«

Als Tom im oberen Flur ankam, stand sie bereits im Türrahmen, der zu einem der Gästezimmer gehörte. »Was muss hier gemacht werden?«

»Die Tür müsste abgeschliffen werden. Der Holzboden, der in den Zimmern verlegt wurde, ist zu hoch.«

Tom trat zu ihr und betrachtete nachdenklich den Übergang des gefliesten Flures zu den Holzdielen in dem Gästezimmer. »Kein Problem«, erwiderte er und öffnete seine Arbeitstasche. Er holte einen Zollstock heraus und vermaß den Höhenunterschied. »Ich schleife die Tür fünfzehn Millimeter ab. Dann können wir sie wieder einhängen.« Als Estelle einen Schritt auf ihn zumachte, stieg ihm ein Hauch ihres Dufts in die Nase.

»Ein Lektor, der Türen abschleift.« Sie lächelte leicht.

»Eine Hotelbesitzerin, die als Innenarchitektin arbeiten könnte«, konterte er amüsiert.

Ihre Miene verfinsterte sich. »Das war tatsächlich immer mein Traumberuf.«

Tom sah sie interessiert an. »Was hat Sie davon abgehalten?«

Estelle presste grimmig ihre Lippen aufeinander und wandte sich ab. »Das Leben«, murmelte sie leise.

Fast hatte er das Gefühl, als zitterte sie. Doch als sie sich im nächsten Moment erneut zu ihm umdrehte, hatte ihr Gesicht wieder diesen unbeteiligten Ausdruck. Er wunderte sich über ihr Verhalten, wollte aber nicht nachhaken. »Ja, das kenne ich«, erwiderte er daher unbekümmert. »Bei mir war es wohl ähnlich.«

Sie zog fragend ihre Augenbrauen hoch und hob ihre Hände, als ob sie ihn auffordern wollte fortzufahren.

Er seufzte. »Ich habe schon immer gern mit Holz gearbeitet.« Tom ließ seine Hand über die ausgehängte Tür gleiten, die an der Flurwand lehnte. »Aber manchmal kommt es eben anders, als man denkt.«

»Was ist geschehen?«

»Eine Bekannte von mir hat ein Manuskript geschrieben. Einen Kriminalroman, genau genommen. Aus Gefälligkeit habe ich den Text gelesen, da sie meine Meinung dazu wissen wollte. Die Idee war toll, die Personen gut ausgearbeitet.« Er machte eine Pause. »Nur sprachlich …« Er verzog seine Lippen. »Na ja, es hakte hier und da noch etwas.«

»Und da haben Sie ihr beim Überarbeiten geholfen?« Estelles Augen, die ihn weiter gebannt fixierten, brachten ihn leicht aus dem Konzept.

Er nickte. »Ich dachte mir nichts dabei, machte entsprechende Anmerkungen an den Stellen, die etwas holprig klangen. Sie änderte alles und reichte die Geschichte bei einem Verlag ein, der Kriminalromane verlegt.«

»Das Manuskript wurde sofort angenommen?« Estelles Gesichtsausdruck spiegelte jetzt ihre Überraschung wider.

Tom lachte. »Ja, mehr noch. Sie bekam einen Vertrag über eine ganze Reihe.«

»Wie kamen Sie ins Spiel?«

Er blickte ihr in die Augen. Dieses Blau … Wieder räusperte er sich. »Nun, der Verlag war ganz angetan von dem Text. Die Lektorin wollte wissen, ob meine Bekannte das Manuskript schon professionell hatte überarbeiten lassen. Dabei fiel dann mein Name. Tja.« Er grinste. »Sie waren so überzeugt von meiner Arbeit, dass sie mir anboten, freiberuflich für sie tätig zu werden. Ich musste nicht lang überlegen. Ich habe zwei weitere Bücher für den Verlag lektoriert. Sozusagen als Generalprobe, um sicherzugehen, dass meine Arbeit an dem besagten Manuskript nicht nur ein Zufallstreffer gewesen war. Aber irgendwie scheine ich eine gewisse Begabung für Sprache zu haben. Und der Job macht mich flexibel. Ich arbeite von zu Hause aus und kann mir meinen Tag selbst einteilen. Es interessiert niemanden, ob ich morgens um acht arbeite oder abends um zehn. Das gibt mir ein gewisses Gefühl von Freiheit, so blöd sich das vielleicht auch anhört.«

Estelle überlegte einen Moment. »Ich finde überhaupt nicht, dass sich das blöd anhört.« Sie kniff ein wenig ihre Augen zusammen. »Ich kann Sie gut verstehen.« Abwesend starrte sie zu dem großen Fenster in dem Gästezimmer. »Manchmal geschehen Dinge im Leben, auf die wir keinen Einfluss haben, die wir aber trotzdem bewältigen müssen.« Jetzt blickte sie ihn wieder eindringlich an. »Manchmal haben Veränderungen etwas Gutes.«

Tom nickte zögernd, da er das Gefühl hatte, dass sie nicht von seinen Entscheidungen sprach. »Sie meinen Ihre Rückkehr nach Argelès?«

Wieder versteinerte ihre Miene. Er wurde aus dieser Frau nicht schlau. Als sie weiter schwieg, drehte er sich achselzuckend um und machte sich daran, die Holzböcke aufzuklappen. »Also los.«

»Ich lasse Sie dann mal allein«, murmelte sie undeutlich hinter ihm, während er die Tür auf die Böcke hievte. »Ich bin im Zimmer nebenan. Falls Sie mich suchen.« Ihre Stimme klang belegt.

Er drehte sich um und nickte ihr kurz zu. Für einen Moment sahen sie sich stumm an.

»Ich mag Männer, die mit ihren Händen arbeiten.«

Sie hatte die Worte leise gesagt, doch Tom hatte sie verstanden. Als sie das Zimmer verließ, blickte er ihr irritiert hinterher.

Estelle beobachtete, wie Tom mit einem Gummihammer vorsichtig auf die schwarze Arbeitsplatte klopfte. Zum wiederholten Mal fiel ihm eine blonde Strähne in die Stirn. Da er keine Hand frei hatte, blies er dagegen.

»So, das hätten wir.« Er richtete sich auf und legte seine Hand auf die Platte. »Passt, wackelt und hat Luft.« Er drehte sich zu ihr um und grinste. »Wie gefällt es Ihnen?«

Estelle trat heran und strich mit einem Zeigefinger über die unregelmäßige Maserung. »Was hätte ich nur ohne Sie getan?« Sie sah Tom ins Gesicht.

Seine Mundwinkel zuckten amüsiert. »Die *Auberge* hätte dann wohl nur kalte Küche anbieten können.«

Sie nickte. »Es sieht toll aus. Ich bin Ihnen wirklich sehr dankbar.«

Tom winkte ab. »Verbuchen Sie es unter Nachbarschaftshilfe.«

Estelle schwieg für einen Moment. Tom Bauvall strahlte Ruhe und Ausgeglichenheit aus, wofür sie ihn normalerweise in die Rubrik ›Langweiler‹ gesteckt hätte. Irgendetwas an ihm faszinierte sie jedoch, obwohl er eigentlich so gar nicht in ihr Beuteschema passte. Gut, er war verheiratet. Das war ein großer Pluspunkt, da er sicherlich nicht auf der Suche nach einer festen Beziehung war. Doch er wirkte überhaupt nicht wie die Abenteurer, die sie in der Vergangenheit getroffen hatte. Tom erschien bodenständig und verantwortungsbewusst. Attribute, die ihn für sie uninteressant wirken lassen müssten. Und doch …

Was sie abschreckte, waren die zwei Kinder. Sie wollte keine Familie zerstören, hatte dies noch nie beabsichtigt. Das Problem war, dass viele Männer ihren Nachwuchs verleugneten, wenn sie auf der Suche nach einer kurzen Affäre waren. Ehering und Babygeschrei machten sich bei potenziellen Geliebten nicht wirklich gut. Doch Estelle spürte, dass Tom seine Familie sehr liebte.

Als sie bemerkte, wie seine braunen Augen sie fixierten, wandte sie verlegen ihren Blick ab.

»Estelle?«

Sie versuchte krampfhaft, nicht daran zu denken, wie sich seine ausgeprägte Rückenmuskulatur unter dem T-Shirt abgezeichnet hatte, während er die Arbeitsplatte anschraubte. »Pardon, ich war gerade in Gedanken.«

»Ich wollte wissen, ob es noch etwas zu tun gibt?«

Sie lachte auf. »Soll das ein Scherz sein? Die Türen der anderen Gästezimmer sind ebenfalls zu lang. Und in meiner Wohnung wartet eine weitere Küchenplatte auf ihre Montage.«

Tom nickte. »Gut, dann lassen Sie uns weitermachen.«

Estelle schüttelte ihren Kopf. »Non, merci. Das reicht für heute.« Sie blickte auf ihre Armbanduhr und verzog das Gesicht. »Sie sind seit mehr als fünf Stunden hier. Ich kann Ihre Zeit auf keinen Fall weiter beanspruchen. Außerdem kommen die Jungs sicher bald nach Hause.«

Tom hob erstaunt die Augenbrauen. »Ich habe gar nicht bemerkt, wie die Zeit verging.« Er kratzte sich am Kinn. »Dann komme ich morgen Vormittag wieder, wenn es Ihnen recht ist.«

Sie überlegte kurz. »Das kann ich unmöglich annehmen.«

Er runzelte die Stirn. »Ich mache das wirklich gern. Es ist eine super Abwechslung zu all den Verbrechen, die ich ständig durchleben muss.«

Estelle überlegte. »Mit Ihrer Erfahrung müssten Sie doch den perfekten Mord begehen können.«

Tom schaute sie kurz irritiert an, bevor er laut auflachte. »Für die perfekten und nicht so perfekten Morde ist bei uns eher Caroline zuständig.«

»Caroline? Lektoriert sie auch Krimis?« Estelle blickte ihn fragend an.

Tom schüttelte den Kopf, während er sein Werkzeug zusammenpackte. »Sie ist Capitaine bei der Police Nationale.« Er deutete mit dem Daumen über seine Schulter. »In Perpignan.«

»Eine Kriminalbeamtin?« Estelle war überrascht.

»Ja.« Er nickte. »Mit Leib und Seele.«

Mit dieser Frau sollte sie sich besser nicht anlegen. Eine Polizistin hätte sicher Mittel und Wege, ihr das Leben zur Hölle zu machen, wenn sie jemals herausbekäme, dass ihre Nachbarin etwas mit ihrem Mann angefangen hätte. Nein, Tom Bauvall musste tabu bleiben. Tatjana hatte recht. Probleme wären vorprogrammiert. Es gab genug andere Männer. Und doch … Estelle betrachtete Toms Hände, als er die Tasche schloss. Wie würden sie sich anfühlen? Auf ihrem Körper? Ihrer Haut? Bei dem Gedanken zuckte sie innerlich zusammen. Was war nur mit ihr los? Sie kannte diesen Mann noch keine vierundzwanzig Stunden.

Als sie seinen abwartenden Blick bemerkte, bedankte sie sich erneut für seine Arbeit. »Ich möchte wirklich nicht, dass Sie Ihre Freizeit für mich opfern.«

Toms Augen musterten sie einen Augenblick lang ruhig und nachdenklich. »Lassen Sie sich doch einfach etwas einfallen, wie Sie sich revanchieren können.« Er zwinkerte ihr vergnügt zu. Flirtete er etwa mit ihr?

Als Estelles Handy zu klingeln begann, angelte sie es erleichtert aus ihrer Hosentasche. Tom machte jedoch keine Anstalten zu gehen, während sie nervös auf das Display starrte und die Nummer von Albert Ardèche erkannte.

»Ich mag nämlich Frauen, die kreativ sind«, raunte er ihr in Anspielung auf ihre vorherigen Worte zu, als er sich zu ihr hinabbeugte. Bevor sie jedoch etwas erwidern konnte, drehte er sich um und verließ die Küche.

Wie vom Donner gerührt, blickte Estelle zurück auf ihr Handy, das weiterhin klingelte. Hatte er tatsächlich versucht, sie anzumachen? Was war mit seiner Frau?

Hastig versuchte sie, ihre Fassung wiederzuerlangen, und strich sich fahrig über ihr Haar, während sie ans Handy ging.

»Estelle Miroux.«

Wie erwartet, meldete sich der Privatdetektiv am anderen Ende. »Bonjour, Madame. Ich wollte Ihnen meine ersten Ergebnisse präsentieren. Passt es bei Ihnen gerade?«

Estelle schloss vorsichtshalber die Küchentür hinter sich, obwohl sie bereits gehört hatte, wie die Eingangstür zugefallen war. »Ich bin ganz Ohr, Monsieur Ardèche.«

Der Detektiv räusperte sich, während sie im Hintergrund Papiergeraschel vernahm. »Alors, dies sind erste Ergebnisse. Ich werde natürlich an der Sache dranbleiben und weitergraben. Aber ich dachte, es könnte nicht schaden, wenn ich Ihnen schon einmal einige Eckpunkte aus dem Leben der vier Personen nenne.«

Estelle verzog verächtlich ihre Lippen. »Ich höre.«

»Über Jérôme Lafayette habe ich bislang das wenigste herausfinden können. Der Mann arbeitet als Chirurg in Perpignan. Er scheint unzählige kurze Affären gehabt zu haben. Mir gegenüber wurde er mehrmals als Weiberheld tituliert. Seit etwa elf Monaten ist er anscheinend sesshaft geworden. Zumindest ist er offiziell mit der Tochter einer einflussreichen Unternehmerfamilie aus Perpignan liiert. Scheint etwas Ernsthaftes zu sein.«

Estelle nickte grimmig. Ja, Jérôme hatte noch nie etwas anbrennen lassen. Und sich in eine reiche Familie einzuschleichen, passte zu ihm. »Was haben Sie noch?«

»Matthieu Clereau«, entgegnete Ardèche. Wieder raschelte Papier. »Er ist Anwalt, wie ich Ihnen gestern bereits mitteilte. Er ist seit sieben Jahren verheiratet mit Michelle Clereau und hat zwei Kinder. Ein eiskalter Geselle. Lebt nur für seinen Job. Sitzt zehn bis zwölf Stunden täglich in seinem Büro in der Kanzlei, in der er angestellt ist.« Der Privatdetektiv machte eine kurze Pause. »Ich habe gehört, dass Clereau eventuell sogar zum Partner ernannt werden soll. Abends sitzt er ebenfalls stundenlang in seinem Büro zu Hause. Ein Typ, der Karriere machen will. Um jeden Preis.« Ardèche ließ seine Worte wirkungsvoll verklingen.

Estelle nickte erneut. Der Ermittler war sein Geld wert. Er hatte in der kurzen Zeit schon eine Menge herausgefunden. »Was ist mit den anderen beiden?«

»Yves Cousteau ist ein bekannter Fotokünstler hier in der Region. Er hat eine eigene Homepage, auf der Sie alle relevanten Daten über ihn nachlesen können.« Wieder machte Ardèche eine Pause. »Eine Information, die Sie dort nicht finden werden, ist, dass er ab und zu einen gewissen Klub in Montpellier besucht.«

»Was ist das für ein Klub?«, hakte Estelle alarmiert nach.

»Ein bekannter Homosexuellentreffpunkt.«

Sie überlegte. Selbst wenn Yves schwul war … Das war heutzutage nicht mal mehr ein Skandälchen wert.

»Kommen wir zu Patrick Dugout.«

»Lassen Sie hören.« Vor Estelles innerem Auge erschien ein hochgewachsener, dunkelhaariger Achtzehnjähriger.

Ardèche räusperte sich. »Sie wissen nichts?«

»Was meinen Sie? Was soll ich wissen?«

Der Detektiv druckste herum. »Sie wissen nichts über Patrick Dugout?«

»Sonst hätte ich Sie wohl kaum beauftragt, mir Informationen über diesen Kerl zu beschaffen«, blaffte Estelle ihn ungehalten an.

»Alors, es ist nämlich so … Patrick Dugout ist mit einer gewissen Emily Miroux liiert. Seit etwa neun Monaten.«

Bei seinen Worten riss es Estelle den Boden unter den Füßen weg. »Non, das kann nicht sein.«

Wieder räusperte sich der Detektiv. »Pardon, Madame, aber meine Informationen sind äußerst gründlich recherchiert. Es gibt mehrere Zeitungsartikel über Veranstaltungen, bei denen Dugout gemeinsam mit Ihrer Schwester gesehen wurde. Es tut mir sehr leid.«

Estelle fasste sich an die Stirn. Nein, das durfte einfach nicht wahr sein. Nicht Emily. Was sollte sie jetzt tun?

Ardèche brachte sich wieder in Erinnerung. »Es gibt Gerüchte, dass Dugout sich mit den falschen Leuten eingelassen hat. Als Politiker ist es keine gute Idee, zu gewissen Personen zu rege Kontakte zu pflegen.«

»Mafia?«, fragte Estelle überrascht nach.

»Möglich«, antwortete Ardèche ausweichend. »Ich weiß noch nichts Genaues. In diesen Kreisen spricht man nicht gern über solche Dinge.«

Estelle schwieg.

»Madame, sind Sie noch dran?« Der Detektiv klang besorgt.

»Ja«, antwortete sie abwesend. »Ja, ich bin noch dran.«

»Ich schicke Ihnen die Informationen per Mail«, erklärte er. »Sobald ich mehr habe, melde ich mich erneut bei Ihnen.«

»Ja, ist gut, Monsieur.« Sie öffnete die Tür zum Wintergarten wieder. »Wirklich gute Arbeit.« Estelle beendete das Gespräch, während ihre Gedanken rasten.

Sie musste dringend mit Emily sprechen. Doch was sollte sie ihr sagen? Die Wahrheit?

Estelle verfluchte sich selbst und ihre Idee, nach Argelès zurückzukehren, ihren Plan, die *Auberge* zu übernehmen. Wäre sie nur in Deutschland geblieben! Doch für diese Einsicht war es jetzt zu spät.

Wütend ballte Estelle ihre Fäuste, während sie die Schwarz-Weiß-Fotografie der Fußgängerzone von Argelès-sur-Mer betrachtete, die sie gerade aufgehängt hatte. Das Bild fügte sich gut in das Zimmer ein.

Auf die Kommode hatte sie eine lavendelfarbene Vase gestellt, in der sie morgen noch ein paar frische weiße Schnittblumen vom Markt arrangieren würde. Der helle Läufer vor dem Doppelbett hatte die gleiche Farbe wie die violette Bettwäsche.

Seit ihrem Telefonat mit Ardèche waren zwei Stunden vergangen, in denen sie das dritte Zimmer fertig gestrichen und den Raum für ihre Gäste hergerichtet hatte, die übermorgen ankamen. Doch Estelles Gedanken kreisten unaufhörlich um Emily. Emily und Patrick. Ausgerechnet!

Sie hatte sich nicht getraut, Ardèche zu fragen, was aus Emily geworden war. Was machte ihre kleine Schwester beruflich? Wo lebte sie? Wie lebte sie? Von allen Männern hatte sie sich ausgerechnet Patrick aussuchen müssen. Estelle spürte, wie sich in ihrem Hinterkopf ein leichter Schmerz ausbreitete. Warum war ihr Vater nicht eingeschritten? Wie konnte er zulassen, dass seine Tochter mit einem Mann wie Patrick …?

Estelle schüttelte frustriert den Kopf. Sie drehte sich um und blickte aus dem frisch geputzten Fenster. Der Garten der Bauvalls war leer. Im Wohnzimmer erblickte sie Tom, der wieder am Schreibtisch saß und Papierstapel um sich herum verstreut hatte. Ein Lektor für Kriminalromane und eine Polizistin. Was für eine explosive Verbindung!

Seine Worte kamen ihr wieder ins Gedächtnis. ›Ich mag nämlich Frauen, die kreativ sind.‹ Was hatte er bloß damit gemeint? Er war verheiratet und hatte zwei Kinder. Zog er ernsthaft in Erwägung, mit ihr …?

Estelle konnte für gewöhnlich nicht mehr viel überraschen. Im Laufe ihres Lebens hatte sie schon die skrupellosesten und gleichzeitig einfallsreichsten Männer kennengelernt. Aber Tom konnte sie sich beim besten Willen nicht als ehebrechenden Draufgänger vorstellen. Nicht, dass er nicht eine extrem starke Anziehungskraft auf sie ausübte, aber seine bodenständige und geerdete Art wollte so gar nicht zu einem Mann passen, der seine Frau belog und seine Kinder abends umarmte, nachdem er gerade das Bett seiner Geliebten verlassen hatte.

»Estelle!« Noahs Stimme riss sie aus ihren Überlegungen.

»Hier oben«, rief sie die Treppe hinunter.

Nur Sekunden später erschien Noahs Kopf mit seinem verwuschelten dunklen Haar im Türrahmen. »Oh, là, là!«

»Gefällt es dir?« Estelle verdrängte ihre düsteren Gedanken, während sie ihren Mund zu einem Lächeln verzog.

»Es sieht klasse aus«, antwortete der Jugendliche begeistert. »Die Farbe ... na ja. Aber alles zusammen wirkt echt gemütlich.«

Gemütlich, das war gut. »Das freut mich. Schau dir mal das Zimmer zwei Türen weiter an. Bin gespannt, was du zu dieser Farbe sagst.«

Noah verschwand. Kurz darauf hörte sie ihn rufen: »Wow, Estelle. Wirklich super.«

Sie schmunzelte und folgte ihm. Ja, die gelbe Farbe ließ den Raum in einem hellen und freundlichen Licht erstrahlen. »Noch sieben Zimmer, dann sind wir fertig.«

Er nickte anerkennend. »Die *Auberge* wird richtig toll. Du kannst echt stolz sein.«

Ihr Gesicht verfinsterte sich. »Da bin ich mir manchmal nicht mehr so sicher.«

Alarmiert blickte Noah sie an und verengte seine Augen. »Was ist? Hast du dich mit dem Schreiner gestritten? Oder willst du wieder jemanden umbringen?« Sein Grinsen nahm den Worten die Schärfe.

Sie schüttelte leicht den Kopf. »Weder noch. Tom hat sehr gute Arbeit geleistet. Er kommt morgen übrigens wieder.«

»Ist doch nett von ihm.« Noah blickte sie fragend an.

»Ich glaube, die Vergangenheit holt mich ein«, murmelte Estelle abwesend, bevor sie dem Jugendlichen in die Augen sah. »Ach, vergiss es.« Sie strich sich eine Strähne aus der Stirn. »Wie war dein Tag?«

»Nett.« Er grinste.

»›Nett‹?« Sie sah ihn mit hochgezogenen Augenbrauen an. »Nett im Sinne von ›erfolgreich bei der Jobsuche‹ oder nett im Sinne von ›es gibt tolle Mädchen in Argelès‹?« Estelle lächelte amüsiert.

»Eher Zweiteres«, murmelte er undeutlich.

Estelle blickte ihn prüfend an. »Das freut mich, Noah. Ehrlich. Wie heißt die Glückliche denn?«

»Virginie.«

»Ein schöner Name«, erwiderte Estelle leise, während sie Noah musterte. Wieder einmal wurde ihr bewusst, dass er inzwischen fast erwachsen war. Es würde nicht mehr lang dauern, bis der Jugendliche seine eigenen Wege ging. Sie hoffte inständig, dass er zulassen würde, dass sie ihn weiter begleiten durfte, wohin auch immer ihn seine Träume und Pläne führen würden.

Er starrte auf den Boden.

»Ich würde sie sehr gern kennenlernen«, merkte sie vorsichtig an.

»Mal sehen. Sie interessiert sich für die *Auberge*.« Noah sah sie wieder an.

»Dann lad sie doch mal hierher ein«, schlug Estelle vor. »Du kannst sie gern herumführen und ihr alles zeigen.«

»Mal sehen«, wiederholte er in unverbindlichem Tonfall.

Estelle nickte schweigend. Nach einigen Augenblicken räusperte sie sich. »Hilfst du mir noch, das Bett richtig hinzustellen?«

»Klar«, stimmte er zu und folgte ihr zurück in das erste Gästezimmer.

Als sie mit dem Raum fertig waren, klingelte es an der Eingangstür.

»Ich gehe in mein Zimmer«, erklärte Noah. »Ich bin um sechs mit Tom und seinen Jungs zum Fußballspielen verabredet.«

Estelle blickte ihn überrascht an. Davon hatte Tom vorhin gar nichts gesagt. Doch sie nickte nur und erwiderte nichts.

Als sie im Erdgeschoss ankam, klingelte es erneut. »Ich komme ja schon.«

Sie öffnete die Tür und erstarrte. Ihr Vater stand vor der *Auberge*. »Papa!«, entfuhr es ihr überrascht.

»Estelle«, erwiderte Pierre Miroux unsicher.

Sie musterte ihn nervös. Obwohl es fast zwanzig Jahre her war, dass sie ihn das letzte Mal gesehen hatte, hatte er sich kaum verändert. Sein schwarzes Haar wurde lediglich von den ersten silbriggrauen Fäden durchzogen, sein braun gebranntes Gesicht war von einigen Falten geprägt. Er hatte die gleichen blauen Augen wie Estelle. Seine sportliche Figur hatte er sich über die Jahre bewahrt.

»Darf ich reinkommen?« Er zeigte mit der Hand hinter sie.

Estelle nickte und trat zur Seite. Während sie ihn beobachtete, sah er sich interessiert in dem neu gestalteten Empfangsraum um.

»Du hattest schon immer einen exzellenten Geschmack.« Er nickte anerkennend.

Sie sah ihn nur stumm an.

»Estelle, ich …« Hilflos hob er die Schultern.

»Was willst du, Papa?«

»Ich hatte gehofft, du kämst uns mal besuchen.« Er hielt inne und blickte sie lange schweigend an. »Nachdem du jetzt die *Auberge* übernommen hast.«

»Ich bin noch nicht einmal zwei Wochen hier«, erwiderte Estelle unwillig und berührte mit ihrer Hand den Tresen.

»Nicht genug Zeit, um deinem Vater Guten Tag zu sagen?« Sein Gesicht spiegelte Enttäuschung wider.

»Emily ist mit Patrick zusammen«, entgegnete Estelle wütend. »Wie konntest du nur …?«

»Estelle«, versuchte Pierre Miroux, seine Tochter zu beschwichtigen. »Emily war damals noch ein Kind.«

»Denkst du, das weiß ich nicht?« Krampfhaft versuchte sie, die Tränen zurückzuhalten, die sich unaufhaltsam ihren Weg bahnten.

»Doch«, gab er zu. »Doch, natürlich. Aber was hätte ich …?«

»Du hättest mit ihr reden müssen. Ihr alles erzählen«, warf Estelle ihm vor. »Mit Oma hast du ja anscheinend auch gesprochen.«

»Mit Oma?« Seine Stimme klang überrascht. »Wie kommst du darauf?«

»Sie hat mir einen Brief geschrieben«, erklärte Estelle ihm unwirsch. »Nein, eigentlich keinen Brief, eher eine Art …« Sie suchte nach dem richtigen Wort. »Eine Art Buch über ihr Leben.«

Ihr Vater nickte. »Ja, davon hat sie mir erzählt. Sie wollte dir einiges erklären. Sie hat jahrelang darauf gewartet, dass du …«

Sie wandte sich ab.

Ihre Oma hatte auf sie gewartet, auf ihre Rückkehr, um persönlich mit ihr zu sprechen. Doch Estelle war zu spät gekommen. Erst als sie von dem Tod ihrer Großmutter erfahren hatte, hatte sie sich dazu entschließen können, in ihre Heimat zurückzukehren.

»Papa, ich weiß nicht …« Sie atmete tief durch.

»Du kannst mir nicht verzeihen«, stellte er nüchtern fest.

Sie schwieg.

»Du warst lange weg, Estelle. Manchmal sollte man die Vergangenheit ruhen lassen.« Seine Stimme klang traurig.

»Manchmal kann man die Vergangenheit nicht ruhen lassen«, erwiderte sie zornig.

»Was wirst du Emily sagen?« Ihr Vater sah sie abwartend an. Sie zuckte mit den Achseln. »Keine Ahnung.«

»Überleg dir gut, was du machst, Estelle. Deine Schwester ist mit Patrick sehr glücklich.«

Sie lachte verächtlich auf. »Glücklich.« Ungläubig schüttelte sie den Kopf. »Natürlich! Und jetzt kommt das schwarze Schaf der Familie und zerstört die heile Idylle.«

»So habe ich das nicht gemeint.«

Sie sah ihm fest in die Augen. »Nein, hast du nicht?« Ihr Rücken verkrampfte sich. »Ist es nicht genau das, was du vor achtzehn Jahren bezweckt hast? Die schöne heile Welt der Miroux zu erhalten? Alles unter der blendenden Oberfläche zu lassen, was nicht in dieses Idyll passt? Ist es nicht so, Papa?« Sie spuckte das letzte Wort mit so viel Verachtung aus, dass es wie eine Beleidigung klang.

Bekümmert schüttelte Pierre Miroux seinen Kopf. »Ich dachte einfach, wir könnten …«

»Was?«, unterbrach sie ihn wütend. »Was könnten wir? So tun, als sei nichts geschehen? Wieder schöne heile Welt spielen?«

»Estelle, bitte …«

Sie verlagerte ihr Gewicht von einem Fuß auf den anderen und verschränkte die Arme. »Ich denke, es ist besser, wenn du jetzt gehst.«

Ihr Vater hob erstaunt seine Augenbrauen und schien zu überlegen, bevor er sich schließlich auf dem Absatz umdrehte und das Hotel ohne ein weiteres Wort verließ.

Estelle rührte sich erst, als die Tür hinter ihm ins Schloss fiel. Verzweifelt versuchte sie, die unsichtbare Last, die ihre Eingeweide zu zerdrücken schien, zu ignorieren. Warum war sie bloß zurückgekehrt? Verfluchtes Argelès! Verfluchte Vergangenheit! Und verfluchte Familie Miroux!

Estelle stand in ihrem Wohnzimmer und beobachtete, wie Tom und seine Söhne hinter dem Ball herrannten, während Noah sich in einem behelfsmäßigen Tor, dessen Pfosten aus zwei Kinderschuhen bestanden, bemühte, ihre Angriffe abzuwehren. Die beiden Jungen kreischten vor Vergnügen. Da Estelle im Dunkeln stand, konnte sie sicher sein, dass sie sie nicht entdeckten.

In ihrem Kopf herrschte ein einziges Chaos. Immer wieder fragte sie sich, ob es nicht ein Fehler gewesen war, nach Argelès zurückzukommen. Was hatte sie sich nur dabei gedacht? Wie sollte sie ihrer Schwester gegenübertreten? Und, noch schlimmer, wie ihrem Schwager in spe? O Gott, was, wenn Emily vorhatte, Patrick zu heiraten! Estelle schnürte sich vor Ekel die Kehle zu. Sie hatte keine Ahnung, wie sie vorgehen sollte. Dass Emily mit Patrick Dugout zusammen war, änderte alles.

Die *Auberge* war natürlich der Hauptgrund für Estelles Rückkehr gewesen. Die Aussicht auf ein eigenes Hotel und darauf, Entscheidungen eigenverantwortlich treffen zu können, ohne sich rechtfertigen zu müssen. Ja, wenn die *Auberge* nicht gewesen wäre, wäre sie wahrscheinlich nicht zurückgekehrt. Aber ihr zweiter Beweggrund hatte in den letzten Monaten immer mehr an Kontur gewonnen. Sie hatte es sich vor achtzehn Jahren geschworen. Sie würde sich rächen.

Estelle hatte lange warten müssen. Ihr halbes Leben. Doch sie spürte, dass jetzt der Zeitpunkt gekommen war, um zu handeln. Und Ardèche würde ihr dabei helfen.

Noah durfte niemals etwas von ihren Plänen erfahren, denn sie war sich ihrer Vorbildfunktion ihm gegenüber nur allzu bewusst. Und diese Geschichte hatte nichts mit ihm zu tun. Das war allein ihre Angelegenheit.

Niemand würde je verstehen, was in jener Nacht in ihr zerstört worden war. Nicht einmal ihr eigener Vater hatte sie unterstützt. Vielleicht, wenn ihre Mutter noch gelebt hätte … Doch Kathrin Miroux war früh verstorben.

Viel zu früh, dachte Estelle bitter, während sie beobachtete, wie Tom und Noah sich auf dem Rasen unterhielten. Noah gestikulierte wild mit seinen Händen. Tom lachte. Sie schienen sich gut zu verstehen.

Das weitläufige Gartengrundstück war in helles Licht getaucht. Vier an der Hauswand angebrachte Außenlampen sorgten mit ihrem Schein für genügend Helligkeit. Das größere der Kinder stieß seinen Bruder gerade zu Boden und stampfte wütend mit dem Fuß auf. Tom näherte sich den beiden und wandte sich mit erhobenen Augenbrauen dem Übeltäter zu.

Sicher war er ein guter Vater, dachte Estelle wehmütig. Er würde seine Söhne bestimmt niemals im Stich lassen. Deshalb durfte sie sich nicht auf seine Spielchen einlassen. Was auch immer er mit seinen Andeutungen vorhin gemeint hatte, sicher hatte sie ihn missverstanden.

Der Mann, der da unten mit seinen Kindern sprach, schien glücklich zu sein. Er machte durch und durch den Eindruck, als ob er mit sich und seinem Leben zufrieden sei. Und auch wenn ihr jetzt wieder sein attraktives Äußeres, sein scharf geschnittenes Profil ins Auge fiel, Estelle durfte sich nicht hinreißen lassen.

Vielleicht sollte sie mit ihrem Umzug nach Frankreich nicht nur die äußeren Rahmenbedingungen in ihrem Leben ändern, sondern auch ihre innere Einstellung. Vielleicht war es endlich an der Zeit, neue Akzente zu setzen.

8

Matthieu öffnete das Fenster und lauschte den Wellen, die an den Felsen brachen. Er fühlte sich völlig leer, obwohl sich die Arbeit auf seinem Schreibtisch stapelte. Michelle war schon vor über einer Stunde schlafen gegangen, doch er war zu unruhig gewesen, um zu Bett zu gehen.

Er schloss für einen Moment die Augen und lauschte auf die Geräusche der dunklen Herbstnacht. Es kühlte gegen Abend schon ziemlich ab. Er fröstelte, da er nur ein kurzärmliges Hemd trug. Doch die Luft fühlte sich frisch an und er hoffte auf ein wenig Klarheit in seinem Gedankenchaos.

Außer den Geräuschen des Meeres war es still. Das Haus stand so weit außerhalb der Stadt, dass die Clereaus nicht einmal die Lichter der nächsten Nachbarn sehen konnten. Die Kinder liebten es, hier draußen zu wohnen. Für Matthieu war der Weg zur Arbeit etwas weiter, doch was tat man nicht alles für die Familie? Und Michelle fühlte sich ebenfalls wohl. Sie liebte das Meer und sie hatten schon vor ihrer Hochzeit des Öfteren davon gesprochen, irgendwann einmal in einem Haus direkt an der Küste zu wohnen. In der Hinsicht konnte er zufrieden sein.

Er war noch keine vierzig und hatte bisher viel in seinem Leben erreicht. Natürlich war das Haus noch nicht abbezahlt, aber er verdiente gut und würde seinen Lebensabend schuldenfrei bestreiten können. Er lachte kurz auf, bevor er wieder das Fenster schloss. Lebensabend! Seine Gedanken wurden wirklich immer wirrer.

Etwas zuversichtlicher setzte er sich zurück an seinen Schreibtisch und schlug erneut den Gesetzestext auf, den er bereits gestern herausgesucht hatte. Während er las, zupfte er abwesend an seiner Unterlippe. Nachdem er am Ende angekommen war, starrte er einen Moment lang ungläubig auf die Seite. Der Fall passte überhaupt nicht.

Matthieu hatte den Verlauf anders in Erinnerung gehabt. Da er kein Strafrechtsanwalt war, bekam er natürlich nicht jede Gesetzesänderung in diesem Bereich mit. Vielleicht sollte er lieber einen Kollegen konsultieren, der sich in der Materie besser auskannte. Aber wie sollte er sein Interesse an diesem Thema begründen? Er könnte etwas von einem Bekannten erzählen, der gerade in Schwierigkeiten steckte. Was aber, wenn sich Estelle Miroux zurückmeldete? Würde er sich nicht zusätzlich verdächtig machen, wenn er Erkundigungen in diese Richtung einholte?

Er seufzte. Morgen würde er bei seinen Kanzleikollegen vorsichtig abtasten, ob jemand einen vertrauenswürdigen Anwalt für Strafrecht kannte. Schließlich konnte es nicht schaden, wenn er endlich wusste, was ihm eventuell bevorstand. Wieder versank er in Grübeleien.

Als es plötzlich an der Fensterscheibe klopfte, schreckte Matthieu hoch. War er etwa eingeschlafen? Er blickte in die Richtung, aus der das Geräusch gekommen war. Die helle Schreibtischlampe blendete ihn, sodass er außerhalb des Raumes nichts erkennen konnte.

Er stand auf und kniff die Augen zusammen. Die Dunkelheit lag wie ein undurchsichtiger Vorhang vor dem Fenster. Hatte er sich das Klopfen vielleicht nur eingebildet? Er schaltete die Lampe aus und lauschte. Doch, da draußen war jemand. Jetzt konnte er den Schatten erkennen, der sich neben der Palme bewegte. Aber wer sollte sich zu so später Stunde in Matthieus Garten aufhalten?

Als die Gestalt einen weiteren Schritt zur Seite machte, wurde sie vom fahlen Licht des Mondes beschienen. Matthieu konnte sie zwar deutlich erkennen, musste aber zweimal hinsehen, bis er begriff, wer da vor ihm stand. Überrascht starrte er hinaus. Was sollte das denn? Um diese Uhrzeit?

Die Person deutete wild gestikulierend in Richtung Haustür.

Matthieu zuckte gleichgültig mit den Achseln und wollte gerade das Fenster öffnen. Doch im nächsten Moment war der Garten wieder leer. Kopfschüttelnd verließ er sein Büro. Es war schon kurz vor elf.

Als er die Haustür aufstieß, steuerte der ungebetene Gast zielstrebig auf den Eingang zu. »Was soll das? Was willst du denn hier?« Matthieu war wütend. »Hast du mal auf die Uhr gesehen?« Er konnte sich beim besten Willen keinen Grund für den Besuch vorstellen.

Das Letzte, was Matthieu Clereau in seinem Leben sah, als das Messer mit voller Härte in seinen Körper eindrang, war ein Gesicht, in dessen Miene offener Hass und unverhohlene Verachtung standen.

Er dachte an Michelle, die wahrscheinlich aus dem Haus ausziehen musste, und er dachte an seine Kinder, die als Halbwaisen aufwachsen würden. Bevor seine Gedanken jedoch bei den Sünden seines Lebens ankommen konnten, wurde es für immer schwarz vor Matthieus Augen.

9

Estelle musterte nachdenklich den dunklen Einband des Notizbuches. Obwohl die Worte ihrer Oma sie gestern zu Tränen gerührt hatten, war heute kaum Zeit gewesen, um weiter darüber nachzudenken. Zu viel stürmte im Moment auf sie ein.

Übermorgen würden die ersten Gäste ankommen. Dann sollte alles perfekt sein. So wie sie Noah verstanden hatte, kannten die Leute bereits das Hotel und ihre Großmutter.

Stammgäste musste man besonders umsorgen. Schließlich waren vor allem sie es, die den Betrieb am Laufen hielten. Und gegen ein wenig Werbung und Weiterempfehlungen war auch nichts einzuwenden.

Estelle gähnte und schaute müde auf die Uhr. Sie saß im Wohnzimmer und hatte auch von hier freie Sicht auf das Haus und den Garten der Bauvalls. Als sie ihren Kopf drehte, erblickte sie Tom, der im gleichen Moment zu ihr hinaufblickte. Da sie die Stehlampe eingeschaltet hatte, konnte er sie genauso gut sehen wie sie ihn.

Er zögerte einen Moment, bevor sich sein Mund zu einem breiten Grinsen verzog. Beiläufig hob er die Hand und winkte.

Estelle wusste nicht, wie sie sich verhalten sollte. Wo war Caroline? Hatte sie wieder Frühschicht und war schon zu Bett gegangen? Es war fast Mitternacht. Sie nickte ihm leicht zu und winkte kurz zurück.

Als Tom sich wieder dem Papierstapel widmete, der neben ihm lag, kehrten auch Estelles Gedanken zu dem Notizbuch zurück.

Sie wusste nicht, was sie von den Lebenserinnerungen ihrer Großmutter halten sollte. Einerseits interessierte es sie natürlich, was Eveline Miroux ihr hinterlassen hatte. Andererseits fürchtete sie sich aber davor, dass das Bild, das sie von ihrer Oma über all die Jahre bewahrt hatte, einen Riss bekommen könnte. Einen Riss, der vielleicht nie wieder zu kitten wäre. Zumindest suggerierten ihr das die ersten Sätze, die ihre Oma niedergeschrieben hatte.

Estelle atmete tief durch und schlug das Buch auf.

Ich wurde Ende der Zwanzigerjahre des letzten Jahrhunderts geboren. Meine Eltern bewirtschafteten einen Hof in der Nähe von Argelès-sur-Mer. Ich war das dritte Kind, nach zwei Söhnen die erste von drei Töchtern. Das Leben damals war anders. Viele würden sagen härter. Aber wir kannten es nur so.

Meine vier Geschwister und ich wuchsen fernab jeder Großstadt auf. Ein Ausflug nach Argelès stellte jedes Mal eine aufregende Abwechslung von unserem Leben in der Abgeschiedenheit dar.

Wenn ich heute zurückdenke, kann ich guten Gewissens behaupten, dass wir glücklich waren. Wir waren nicht reich, hatten aber genug für die ganze Familie. Alle halfen mit, keiner wurde ausgeschlossen. Das Leben bestand aus Arbeit und Schule. Wenn ich nachmittags heimkam, kümmerte ich mich um meine zwei jüngeren Schwestern. Meine Brüder halfen den Eltern auf dem Feld.

Es war eine friedliche Zeit und wir verbrachten eine schöne Kindheit. Mit nackten Füßen durchs feuchte Gras laufen, im nahe gelegenen Weiher baden, auf Bäume klettern und die umliegenden Wälder erkunden. Dinge, die Kinder heutzutage oft nur noch aus Büchern kennen.

Natürlich gab es Existenzängste. Meine Eltern kämpften jeden Tag aufs Neue ums Überleben. Doch wir Kinder hielten das für ganz normal. Dass man sehen muss, wo man bleibt. Dass man nichts für selbstverständlich nehmen kann. Dass jede Woche neue Herausforderungen bereitstehen. Wir hielten stand. Wir taten, was getan werden musste, und nahmen das Leben, wie es kam.

Es sind die schönen Erinnerungen, die einem irgendwann vor Augen führen, was man einmal alles besessen hat. Und damit meine ich nicht die materiellen Dinge. Nein, ich meine die Freiheit, die wir Kinder genossen.

Vielleicht waren diese Jahre die schönsten meines Lebens, geprägt von der Unschuld, die uns in unserer Jugend begleitet. Die Naivität, die einen davor bewahrt, zu früh mit den Schattenseiten dieser Welt in Berührung zu kommen. Hätte ich doch damals nur gewusst, welch hohes Gut diese unbedarfte Zeit darstellte.

Es ist wohl die viel zitierte Weisheit des Alters, die uns später erkennen lässt, was wir in unserem Leben alles verloren haben. Unsere Unschuld, unsere Hoffnung, vielleicht sogar einen Teil unserer selbst.

Als der Krieg ausbrach, war die Idylle schlagartig vorbei. Unser sorgloses Kinderleben endete in dem Moment, als die Deutschen einmarschierten. Meine Eltern versuchten stets, das meiste von uns fernzuhalten. Aber die Anwesenheit der Soldaten blieb uns natürlich nicht verborgen. Dafür waren wir schon zu alt.

Und dann kam irgendwann der Tag, an dem mein Vater uns verlassen musste. Erst hieß es, er müsse nicht an die Front. Meine Mutter hatte schon aufgeatmet, als wenig später doch der Brief mit seinem Einberufungsbefehl ins Haus flatterte.

Die Deutschen nahmen uns alles. Am Ende standen wir nur noch mit einer Kuh und drei Hühnern da.

Meine Mutter sprach ein paar Brocken Deutsch. Weiß der Teufel, wo sie das gelernt hatte. Wenn die Deutschen kamen, diskutierte sie mit Händen und Füßen mit ihnen, bis sie erreicht hatte, was sie wollte.

Deine Urgroßmutter war sehr durchsetzungsstark, Estelle. Es war zu dieser Zeit alles andere als üblich, dass Frauen sich mit der Besatzungsmacht anlegten. Die meisten hatten Angst vor den Nazis und wollten so wenig wie möglich mit ihnen zu tun haben. Ich bin mir sicher, dass es meiner Mutter nicht anders ging. Aber da war dieser unbezwingbare Wille, ihre Familie zu schützen, Böses von uns abzuwenden. Wenn ich daran zurückdenke, wie sie immer wieder unermüdlich versucht hat, Lebensmittel aufzutreiben ... Und sie hatte Erfolg. Wir mussten nie hungern.

Mittlerweile weiß ich, dass es anderen wesentlich schlechter ging als uns. Damals empfand ich das natürlich nicht in dieser Intensität, aber rückblickend weiß ich, dass meine Mutter mehr als einmal ihr Leben aufs Spiel gesetzt hat, indem sie den Deutschen widersprach und versuchte, ihnen ihren Willen aufzuzwingen.

Eines Tages kam der Brief, in dem uns mitgeteilt wurde, dass unser Vater gefallen war. Das änderte alles. Jetzt war meine Mutter keine Ehefrau mehr, jetzt war sie Witwe. Mit fünf Kindern, das älteste sechzehn, das jüngste elf Jahre alt.

Ich erinnere mich noch genau daran, wie der Brief überbracht wurde. Wir wussten sofort, was er bedeutete, als wir den Umschlag erkannten.

Meine Mutter legte das Schreiben ungeöffnet auf den Küchentisch, wandte sich an uns Kinder und erklärte mit fester Stimme: »Jetzt müssen wir alle tapfer sein. Das hätte sich euer Vater gewünscht.«

Es war August und sie schickte uns zum Schwimmen an den Fluss. Meinen beiden Brüdern befahl sie, auf uns Jüngere aufzupassen. Ich weiß nicht, was sie an jenem Nachmittag getan hat. Sie hat es mir nie erzählt.

Als wir abends heimkamen, war der Brief verschwunden und das Abendessen stand wie sonst auch auf dem Tisch. Das Gesicht meiner Mutter zeigte keinerlei Spuren von Tränen oder Trauer. Erst als wir später in unseren Betten lagen, umarmte sie uns stumm und drückte uns lange an sich. Jeden Einzelnen von uns, erst die Jungen, dann uns Mädchen. Sie wollte uns vermitteln, dass alles gut wird, dass das Leben weitergeht.

Und das Leben ging weiter.

Bei der Beerdigung ließ meine Mutter das gesamte Leben unseres Vaters noch einmal Revue passieren. Heute ist das nichts Besonderes mehr, aber damals … Als sie redete, war es mucksmäuschenstill. Jeder war ergriffen von der Wucht ihrer Worte.

Sie hat ihren Mann so sehr geliebt. Doch sie hat sich nie erlaubt, nicht ein einziges Mal, in unserer Gegenwart um ihn zu weinen. Wenn sie merkte, dass wir traurig waren und ihn vermissten, bestärkte sie uns darin, alles rauszulassen. Doch sie selbst – niemals. Ich weiß nicht, wie sie das geschafft hat. Sie war noch so jung damals, keine vierzig. Allein mit fünf Kindern.

Estelle, du hast mich sehr oft an sie erinnert. Auch du machst zu viel mit dir selbst aus. Aus eigener Erfahrung weiß ich, dass es andere Optionen gibt. Man muss nicht immer stark sein. Stärke bedeutet auch, Schwäche zuzulassen.

Der Alltag wurde schwieriger nach dem Tod meines Vaters. Meine Mutter musste sich plötzlich um alles allein kümmern. Natürlich hatte sie das auch getan, als er im Krieg war. Aber zumindest besaß sie damals noch die Gewissheit, dass er zurückkommen und ihr irgendwann wieder beistehen würde.

Als zwei Jahre später endlich Frieden herrschte, standen wir vor dem Nichts. Der Hof warf schon seit Langem viel zu wenig ab, um davon leben zu können. Wir waren auf Spenden angewiesen. Nachbarn halfen sich gegenseitig aus. Wir waren nicht die einzige Familie, die den Vater verloren hatte. Die Frauen versuchten, sich so gut es ging zu unterstützen. Die Solidarität unter den Überlebenden war enorm.

Heute weiß ich, dass es in anderen Städten zu Plünderungen und Schlimmerem kam. Nicht so bei uns. Alle hatten so viel verloren. Das wenige, was uns geblieben war, wurde trotzdem geteilt. Es waren schwierige Monate. Die Leute wussten nicht, was sie tun sollten. Vieles war zerstört worden, musste neu aufgebaut werden.

Unser Hof war glücklicherweise verschont geblieben. Und trotzdem war keinem so wirklich klar, wie es weitergehen sollte. Die Deutschen waren weg und hatten alles, was sie von uns beschlagnahmt hatten, zurückgelassen. Niemand wusste mit dieser Situation umzugehen. Wem gehörte was? Waren die alten Besitzer berechtigt, sich ihr einstiges Eigentum zurückzuholen?

Für einen Neuanfang war es noch zu früh, in dieser Zeit dazwischen. Zwischen Krieg und Frieden. Zwischen Zerstörung und Wiederaufbau. Die Welt, wie wir sie gekannt hatten, lag in Schutt und Asche. Es fehlten Strukturen, verbindliche Anweisungen. Alles war auf null gesetzt. Damals war ich knapp sechzehn Jahre alt.

Estelle schluchzte auf. Davon hatte sie nichts gewusst. Natürlich war ihr klar gewesen, dass ihre Oma aufgrund ihres Alters den Krieg miterlebt haben musste. Aber sie hatte sich nie Gedanken darüber gemacht, wie die Zeit damals gewesen war. Was sie mit den Menschen gemacht hatte, was sie ihnen genommen hatte.

Auch ihr Vater hatte nie mit ihr darüber gesprochen. Er war erst einige Jahre nach dem Krieg geboren, wahrscheinlich war diese Zeit auch für ihn weit weg und bedeutungslos gewesen.

Estelle hatte nicht gewusst, dass ihr Urgroßvater im Krieg gefallen war. Auch ihre Urgroßmutter kannte sie nicht. Irgendwann hatte ihr Vater einmal von seinem Onkel erzählt, der in Perpignan wohnte, aber dass es ihre Oma noch zwei Schwestern und einen weiteren Bruder gehabt hatte, war ihr ebenfalls neu.

Das lag wohl in der Natur der Sache. Wenn man selbst jung war, ging man davon aus, dass die Alten schon immer alt gewesen waren. Man konnte sich nicht vorstellen, dass jeder Mensch, unabhängig davon, ob er fünfzig oder bereits neunzig Jahre lebte, eine Vergangenheit besaß. Eine Kindheit, eine Jugend.

Estelle kannte ihre Oma nur als alte Frau. Als Kind erschienen einem Senioren noch älter. Das Leben war vergänglich. Die Jahrzehnte kamen und gingen. Jede Phase im Leben war von unterschiedlichen Einflüssen geprägt.

Estelle selbst war keine achtzehn mehr. Als Kind hatte sie die *Auberge* geliebt. Damals hatte sie sich nichts Schöneres vorstellen können, als ihrer Oma in der Küche zu helfen, wenn sie das Frühstück für die Gäste zubereitete. Noah erlebte das Hotel jetzt genauso unbeschwert, während Estelle den Betrieb zum Laufen bringen musste, um für ihren Lebensunterhalt aufkommen zu können. Jeder verband seine eigene Geschichte mit der *Auberge.*

Als Estelle wieder aus dem Fenster schaute, erkannte sie, dass das Haus der Bauvalls im Dunkeln lag. Da auch ihr fast die Augen zufielen und es mittlerweile ein Uhr war, klappte sie das Buch zu und beschloss, morgen weiterzulesen.

10

Mittwoch, 27. Oktober

Als sie das Klingeln des Smartphones irgendwo in den hinteren Windungen ihres Gehirns registrierte, hob Caroline Bauvall schlaftrunken den Kopf. Der Wecker zeigte halb fünf an. Ihre Schicht begann heute um acht. Als sie die Nummer des Directeurs erkannte, war sie schlagartig hellwach.

»Bauvall«, hauchte sie leise ins Telefon.

»Bonjour, Capitaine Bauvall«, erklang Laurent Morphes' Stimme. »Es ging gerade ein Notruf in der Zentrale ein.«

»Ein Notruf?«, hakte sie alarmiert nach, während sie sich in ihrem Bett aufsetzte.

»Von einer Frau, die in Argelès-sur-Mer die Tageszeitungen verteilt.« Er schnaufte. »Sie hat einen Mord gemeldet.«

Argelès-sur-Mer. Caroline verstand nicht ganz. Ihr Einsatzgebiet war Perpignan.

»Capitaine Rousseau befindet sich seit vier Tagen mit seiner Frau in Deutschland. Eigentlich sollten seine drei Angestellten die Zeit des Urlaubs allein überbrücken. Doch bei Mord … Ich möchte, dass Sie die Ermittlungen leiten. Sie arbeiten momentan an keinem anderen Fall.«

Caroline presste grimmig die Lippen aufeinander. Sie hatte erst vorgestern mit ihrem Team einen Familienvater ausfindig gemacht, der im Verdacht stand, für mehrere Kindermorde in den letzten Jahren verantwortlich gewesen zu sein. Doch natürlich kannte sie ihren Job. Nach der Festnahme war vor der Festnahme. Sie hatten den Mann samt eindeutigen Beweisen der Staatsanwaltschaft übergeben und damit war ihr Part erledigt.

»Wurde Rousseaus Team schon informiert?«

Caroline kannte den Capitaine flüchtig. Er lebte mit seiner deutschen Frau ebenfalls in Argelès. Erst vor Kurzem hatte er einen spektakulären, Jahre zurückliegenden Vermisstenfall aufgeklärt.

»Die Zentrale hat den Notruf an Officier Dupain weitergeleitet. Der wollte seine beiden Kollegen informieren.«

»Wer ist der Tote?« Caroline war mittlerweile aufgestanden und schloss leise die Tür ihres Schlafzimmers hinter sich.

»Matthieu Clereau«, erwiderte Morphes. »Ein Anwalt. Die Zeitungsausträgerin hat ihn vor wenigen Minuten in seinem Haus gefunden.«

»Gibt es Schusswunden?«

»Er scheint erstochen worden zu sein.«

Caroline nickte, während sie im Bad die Dusche anstellte.

»Fahren Sie zum Tatort und leiten alle notwendigen Schritte ein. Gegen Nachmittag erwarte ich einen ersten Bericht.«

Morphes nannte Caroline noch die Adresse des Opfers, bevor sie das Gespräch beendeten.

Nachdem sie geduscht hatte, stieg sie leise die Treppe hinunter und kochte sich einen Kaffee. Während sie wartete, dass er durchlief, lehnte sie sich an die Arbeitsplatte und starrte in die Dunkelheit hinaus. Matthieu Clereau, der Name sagte ihr nichts. Aber sie unterhielt auch nicht allzu viele Kontakte zu Anwälten.

Aus der Schublade holte sie einen kleinen Block, auf dem sie Tom die Nachricht hinterließ, dass sie eine Mordermittlung übernehmen musste und nicht wusste, wann sie heute nach Hause käme. Er würde die Jungen beaufsichtigen und zur Schule schicken. Wieder einmal war sie dankbar, dass sie sich zumindest darum keine Gedanken machen musste.

Als der Kaffee fertig war, schüttete sie ihn in einen großen Thermobecher. In Gedanken richtete sie sich auf einen langen Arbeitstag mit wenig Pausen ein.

Hastig schnallte Caroline sich ihr Waffenholster um, das sie immer sorgfältig wegschloss, wenn sie heimkam. Nicht auszudenken, was passierte, wenn die Kinder zufällig darauf stießen. Sie nahm ihre Jacke von der Garderobe und verließ leise das Haus.

Matthieu Clereau wohnte am südlichen Ende von Argelès. Um zu der Adresse zu gelangen, musste sie die gesamte Stadt durchqueren. Doch um diese Uhrzeit herrschte kaum Betrieb auf den Straßen. Der Berufsverkehr setzte erst in etwa einer Stunde ein.

Caroline stellte die Lautstärke am Radio etwas höher und versuchte, sich auf ihre anstehende Aufgabe zu konzentrieren. Sie kannte Rousseaus Mitarbeiter nicht näher, doch sie hoffte, dass die Beamten sie akzeptierten. Nicolas Rousseau gehörte in Argelès schon fast zum Inventar. Daher befürchtete sie, dass seine Angestellten wenig begeistert auf ihre Anwesenheit reagieren würden.

Caroline fuhr durch die leeren Straßen, während sie gegen ihre inneren Dämonen ankämpfte. Mit der rechten Hand fasste sie kurz an die Waffe und atmete langsam aus. Sie musste versuchen, ruhig zu bleiben. Schließlich konnte sie nicht jedes Mal auf dem Weg zu einem Tatort in Panik verfallen.

Im nächsten Moment erschienen Louis und Théo vor ihrem inneren Auge. Alles, was sich Caroline für ihre Söhne wünschte, war eine unbeschwerte Kindheit. Ihr war klar, dass ihr Beruf einige Nachteile für die Kinder mit sich brachte. Aber was sollte sie tun?

Sie hatte nichts anderes gelernt. Polizistin war ihr Leben lang ihr Traumberuf gewesen. Und auch wenn ihr nur allzu schmerzlich die Schattenseiten ihres Jobs bewusst waren, konnte sie sich nicht vorstellen, irgendeine andere Tätigkeit auszuüben. Caroline liebte es, Fälle zu lösen, die vielen losen Enden, die sich im Laufe der Ermittlungen ergaben, zu einem großen Ganzen zusammenzuknüpfen, bis auch die letzte Unklarheit verschwunden war. Den Opfern wenigstens ein klein wenig Gerechtigkeit zukommen zu lassen.

Ihr war klar, dass es Angehörige niemals über den Verlust eines geliebten Menschen hinwegtrösten konnte, wenn sie und ihr Team den Täter festnahmen und ihn so lange befragten, bis zumindest ansatzweise ein Motiv aus ihm herausgekitzelt werden konnte. Nichts und niemand würde den Toten wieder zum Leben erwecken. Die Lücke, die er hinterließ, blieb bestehen. Für immer. Doch sie bildete sich ein, dass die Ungewissheit über Tat und Täter, die den gewaltsamen Tod eines Angehörigen begleitete, die Familie des Opfers zu einem gewissen Grad von der so wichtigen Trauer abhielt.

Um wenigstens beginnen zu können, einen solchen Verlust zu verarbeiten, brauchte es Ruhe und einen sicheren Raum, der einen für eine gewisse Zeit vom normalen Leben abschirmte. Der einem Platz ließ, um sich ganz seinen Gefühlen hingeben zu können. Gefühlen der Wut, des Zorns, der Enttäuschung, der Traurigkeit. Eine gesunde Mischung aus all diesen Empfindungen führte einen trauernden Menschen früher oder später ins normale Alltagsleben zurück. Die Erde hörte nicht auf, sich zu drehen.

Caroline trommelte nervös mit ihren Fingern auf das Lenkrad, als sie den Blinker setzte und in den kleinen Weg einbog, der zu dem Anwesen des Anwalts führte. Angestrengt schob sie die düsteren Gedanken beiseite, die sie auf der Strecke hierher befallen hatten.

Das Haus der Familie Clereau lag weit außerhalb der Stadt. Nur schwach leuchtende Straßenlaternen erhellten den schmalen Fahrweg, der zu dem Anwesen führte.

Als Caroline um die Kurve bog, lag die etwa dreißig Meter lange Einfahrt direkt vor ihr. Der Hauseingang war hell erleuchtet, fast wie die Bühne eines Theaters. Sie erblickte den Wagen der Spurensicherung, der hinter zwei anderen Streifenwagen parkte.

Caroline lenkte ihr Fahrzeug an den rechten Wegrand und schaltete den Motor aus. Erneut berührte sie mit der einen Hand ihr Waffenholster, bevor sie ausstieg. Die Haustür befand sich zehn Meter vor ihr. Von Weitem schon erkannte sie eine gekrümmte Gestalt, die im Rahmen lag.

Einen Moment lang verharrte sie und blickte sich suchend um. Die Szene wirkte unwirklich. Kein Geräusch war zu hören außer dem leisen Rauschen der Wellen.

Caroline entdeckte Etienne Muller, den Leiter der Spurensicherung aus Perpignan. Er ging, mit einem Fotoapparat bewaffnet, langsam um das Opfer herum. Von der Gerichtsmedizin schien noch niemand da zu sein.

Aus dem Inneren des Hauses hörte Caroline plötzlich das laute Schluchzen einer Frau. Nachdenklich näherte sie sich dem Gebäude, während sie ihren Blick über die Außenfassade schweifen ließ. Sie wollte sich gar nicht vorstellen, was ein Haus in dieser Lage kostete, quasi direkt an der Küste.

Hinter einem der Streifenwagen traten zwei Polizeibeamte hervor, in denen sie die Mitarbeiter von Nicolas Rousseau erkannte.

»Capitaine«, der Ältere der beiden trat auf Caroline zu und nickte. »Officier Charles Dupain.« Er streckte ihr ganz offiziell seine Hand hin.

Sie erwiderte den Gruß und entgegnete: »Bonjour. Ich bin Capitaine Caroline Bauvall.«

Der andere Beamte nickte. »Ihr Name ist uns bekannt von ...« Er presste seine Lippen aufeinander und schwieg.

Geflissentlich ignorierte sie seine Bemerkung.

»Das ist Officier Armand«, stellte sein älterer Kollege ihn vor.

Caroline sah die beiden Männer schweigend an. Natürlich, sie kannten sie. Was hatte sie auch erwartet? »Directeur Morphes hat mich für die Dauer von Capitaine Rousseaus Abwesenheit mit der Leitung der Ermittlungen beauftragt.«

Charles Dupain nickte. »Darüber wurde ich bereits informiert. Sie können versichert sein, dass wir Sie nach Kräften unterstützen werden.«

Dankbar blickte sie ihn an, während Armand weiter schwieg. »Was wissen wir bis jetzt?« Sie sah den Jüngeren auffordernd an.

»Das Opfer heißt Matthieu Clereau, ein Anwalt aus Argelès. Er lebte hier mit seiner Ehefrau Michelle und den beiden gemeinsamen Kindern. Marie ...«, er räusperte sich,

»... Officier Noir spricht gerade mit Madame Clereau.« Er blickte unsicher zum Eingang. »Marion Didier hat das Opfer gefunden. Sie trägt hier seit Jahren morgens die Tageszeitung aus.«

»Haben Sie schon mit ihr gesprochen?« Caroline betrachtete die Einfahrt, die hinter ihnen lag.

Officier Dupain nickte. »Sie war kurz vor vier hier, wie wohl jeden Morgen. Als sie die Einfahrt hinaufkam – sie verteilt die Zeitungen mit dem Fahrrad – und sich dem Haus näherte, sah sie schon von Weitem, dass die Tür aufstand. Nachdem sie den Toten entdeckt hatte, wählte sie sofort den Notruf.«

Caroline nickte. »Das Anwesen liegt ziemlich weit draußen.« Sie zeigte auf die Außenmauer. »Wie ist der Täter auf das Grundstück gekommen?«

»Das Tor zur Auffahrt steht immer offen.« Armand verzog sein Gesicht.

Caroline runzelte die Stirn. »Bei so einem Gebäude?« Sie konnte es nicht fassen. »Der Mann war Anwalt.«

»Der Briefkasten befindet sich am Hauseingang. Madame Didier hat die Zeitung immer direkt an die Tür gebracht«, erklärte Dupain.

Caroline schüttelte ungläubig den Kopf. »Sehen wir uns das Opfer an.«

Sie trat zur Haustür, die beiden Beamten folgten ihr.

»Bonjour, Capitaine.« Etienne Muller erhob sich und grinste sie an.

»So schnell trifft man sich wieder«, entgegnete Caroline ungerührt.

Erst gestern Nachmittag war sie ihm auf dem Gang in der Zentrale in Perpignan über den Weg gelaufen und hatte sich einige Minuten mit ihm über die aktuellen politischen Entwicklungen in Argelès-sur-Mer unterhalten.

»Allerdings«, stimmte er zu. »Übernehmen Sie hier die Ermittlungen, solange Nic weg ist?«

Sie nickte. »Sind Sie fertig mit ihm?« Sie deutete mit dem Kinn hinter den Spurensicherungsbeamten.

»Oui«, erwiderte er gelassen. »Viel Spaß beim Rätsellösen.«

»›Rätsellösen‹?« Sie sah ihn fragend an, auch die beiden Officiers schienen ganz Ohr zu sein.

»Der Täter hat dem Toten ein Datum eingraviert.« Muller tippte sich an die Stirn. »Hier.«

»Wie bitte?« Sie verzog angeekelt ihren Mund.

»Sehen Sie selbst.« Muller räumte seine Tasche aus dem Weg.

Caroline wechselte einen kurzen Blick mit den beiden Polizisten, bevor sie sich dem Opfer zuwandte. Der Tote lag halb auf der Fußmatte, die sich vor der Haustür befand. Er lag auf dem Rücken, leicht zusammengekrümmt, das Gesicht zur Seite gedreht. »Hat die Zeugin ihn angefasst?« Sie blickte Dupain an.

Er schüttelte den Kopf. »Non, er lag genauso da, als sie ihn fand.«

Caroline ging in die Hocke, um den Mann näher betrachten zu können. Eine Blutlache hatte sich unter seinem Oberkörper gebildet. Er trug eine braune Stoffhose und ein beigefarbenes kurzärmliges Hemd. »Wann kommt Docteur Tuyot?«

»Müsste jeden Moment eintreffen«, erwiderte Armand aus dem Hintergrund.

Dupain beugte sich neben ihr vor. »Sieht übel aus.«

Caroline betrachtete die Hände des Toten. Keine Verletzungsspuren. Clereau schien sich nicht gewehrt zu haben. Wahrscheinlich hatte er seinem Mörder sogar selbst die Tür geöffnet.

In der Höhe des Magens prangte ein dunkelroter Blutfleck auf dem Hemd des Anwalts, der in etwa die Größe zweier Handflächen einnahm.

Carolines Blick wanderte zum Gesicht des Opfers, das überzogen war von getrocknetem Blut. Die Haut auf der Stirn war aufgeritzt. Sie konnte das Datum, von dem Muller gesprochen hatte, deutlich erkennen. Der fünfundzwanzigste Mai vor achtzehn Jahren.

Fragend blickte sie zu Dupain, der nur mit den Achseln zuckte. »Wurde etwas gestohlen?«

»Das klärt Officier Noir gerade mit der Ehefrau.«

Caroline nickte, als ihr plötzlich etwas auffiel. Sie beugte sich noch ein Stück weiter vor und betrachtete die Leiche genauer. Angestrengt versuchte sie, sich das Gesicht ohne die Verletzungen vorzustellen. Doch, ihre Erinnerung hatte sie nicht getäuscht. Sie überlegte kurz.

»Capitaine?«

Sie blickte überrascht auf.

Armand zeigte mit der Hand hinter sich. »Docteur Tuyot ist eingetroffen.«

Als Caroline sich umdrehte, erkannte sie den Wagen der Gerichtsmedizinerin. Sie erhob sich und wartete, bis die Ärztin ausgestiegen war.

»Bonjour, Caroline. Was haben Sie denn diesmal für mich?«

Geraldine Tuyot war bereits über sechzig, dachte aber bekanntermaßen noch lange nicht ans Aufhören. Die gebürtige Pariserin lebte schon seit Jahrzehnten im Süden des Landes und liebte ihren Beruf über alles. Caroline schätzte ihre gründliche Arbeit sehr. Daher war sie froh, dass die Gerichtsmedizinerin heute früh Dienst hatte.

»Bonjour, Geraldine. Am besten sehen Sie es sich selbst an. Vielleicht können Sie uns eine erste Einschätzung des Todeszeitpunktes geben.«

Die Ärztin lächelte leicht. »D'accord, lassen Sie mich ein paar Minuten mit dem Opfer allein. Dann kann ich Ihnen vielleicht schon etwas dazu sagen.«

Caroline nickte und bedeutete den beiden Beamten, ihr zu folgen. Sie entfernten sich einige Meter vom Hauseingang, bevor sie stehen blieben.

Erneut betrachtete die Polizistin die weitläufige Grünfläche, die sich um das Haus erstreckte. »Wie weit geht die Mauer?«

»Das Grundstück grenzt an die Felsküste«, erklärte Fabien Armand. »Die Mauer umzäunt es nur an drei Seiten.«

»Das Tor an der Auffahrt steht offen und hinten ist das Grundstück nicht umfriedet«, fasste Caroline irritiert zusammen. »Von einem Anwalt hätte ich etwas mehr Vernunft erwartet.«

»Das Haus ist mit einer Alarmanlage gesichert.« Dupain blickte auf seinen Notizblock.

»War sie angestellt?«

»Non.« Er schüttelte den Kopf. »Sie war ausgeschaltet.«

»Das spricht neben seiner Kleidung dafür, dass er noch nicht zu Bett gegangen war.« Caroline überlegte.

»Vielleicht hat er den Täter gekannt.« Armand sah sie an.

Die Kommissarin nickte zögernd. »Wäre möglich.«

»Als Anwalt hatte er sicher eine Menge Feinde«, erwiderte Charles Dupain. »Wir sollten überprüfen, an welchen Fällen er gerade arbeitete und wer eine Rechnung mit ihm offen hatte.«

Noch immer zögerte Caroline. Als sie die Blicke der beiden Polizisten auf sich spürte, atmete sie tief durch. »Ich kenne den Mann.«

Dupain kniff überrascht die Augen zusammen. »Sie kennen ihn?«

Sie zog ihre Brauen hoch. »Kennen ist vielleicht zu viel gesagt, aber ich habe ihn schon einmal gesehen.«

»Wo?« Armand sah sie neugierig an.

»Sie werden es nicht glauben.« Sie legte kurz ihren Kopf in

den Nacken. »Er ist vorgestern aus dem Haus meiner Nachbarin gekommen, während sie ihm hinterherrief, dass sie ihn umbringe, wenn er sich noch einmal bei ihr blicken lasse.«

»Wie bitte?« Armands Stimme hatte einen ungläubigen Unterton angenommen. »Ihre Nachbarin hat dem Mann vor achtundvierzig Stunden angedroht, ihn umzubringen, und jetzt liegt er mausetot auf seiner Fußmatte?«

Caroline nickte.

»Wissen Sie, was zwischen den beiden vorgefallen ist?«

»Non. Estelle Miroux betreibt das kleine Hotel am anderen Ende der Stadt, die *Auberge.* Vielleicht haben Sie schon einmal von ihr gehört?«

Dupain nickte, während Armand keine Miene verzog. »Estelle Miroux? Ist das …?« Dupain deutete mit der Hand ein Glas an, das er an die Lippen hob. »Gehört sie zu den Wein-Miroux?«

Caroline nickte. »Oui. Sie ist die Enkelin von Eveline Miroux, der Ehefrau des einstigen Familienoberhaupts, die vor Kurzem verstorben ist.«

Dupain trat ungeduldig von einem Bein auf das andere. »Wir sollten herausfinden, woher sich die beiden kannten.«

Caroline nickte. »Das sollten wir auf jeden Fall. Ich möchte aber noch auf Geraldines erste Einschätzung warten und mit Officier Noir über die Ehefrau sprechen. Sie beide können zum Revier vorfahren und schon einmal Matthieu Clereaus Telefonlisten anfordern.« Sie überlegte kurz. »Die der letzten dreißig Tage. Priorität haben aber die der letzten fünf. Mich interessiert, ob und wie oft er mit Estelle Miroux telefoniert hat.«

»Denken Sie, die beiden …« Armand brach ab.

Caroline schüttelte ihren Kopf. »Estelle ist erst vor knapp zwei Wochen hergezogen. Davor lebte sie im Ausland. Für eine Affäre wäre die Zeit meines Erachtens zu knapp gewesen.«

»Vielleicht kannten sie sich von früher?«

»Möglich. Durchleuchten Sie Matthieu Clereaus Leben. Seine Vergangenheit, seine Finanzen.« Wieder berührte Caroline ihr Waffenholster. Sichtlich irritiert folgte Dupain der Handbewegung, schwieg jedoch. »Wir treffen uns später auf dem Revier.« Sie nickte ihnen kurz zu, bevor sie sich der Gerichtsmedizinerin zuwandte.

»Der Mann liegt dort schon die ganze Nacht«, erklärte die Ärztin, während sie sich von ihren Knien erhob.

Caroline runzelte die Stirn. »Seit wann?«

»Ich schätze, er wurde vor Mitternacht getötet«, erwiderte Docteur Tuyot und sah Caroline ernst an. »Das Datum«, sie deutete auf ihre Stirn, »wurde ihm erst nach seinem Tod eingeritzt.«

Die Kommissarin schüttelte den Kopf.

»Bei der Tatwaffe könnte es sich um ein Brotmesser handeln«, fuhr die Medizinerin ungerührt fort.

»Ein Brotmesser?«

Tuyot nickte.

In dem Moment trat eine schlanke Polizistin aus dem Eingang und sah sich suchend um.

»Entschuldigen Sie mich bitte«, raunte Caroline der Ärztin zu, bevor sie zu der jungen Beamtin ging.

»Ich schicke Ihnen den Autopsiebericht zu«, rief ihr die Gerichtsmedizinerin hinterher. »Nach Argelès?«

Caroline drehte sich um und nickte, während sie gleichzeitig ihren linken Daumen hob. »Officier Noir?«, wandte sie sich dann an die Polizistin.

Die junge Frau nickte. »Wo sind Charles und Fabien?«

»Ich habe die Officiers zurück aufs Revier geschickt«, antwortete Caroline, während sie den prüfenden Blick der Beamtin auf sich spürte. »Ich bin Capitaine Caroline Bauvall und vertrete Capitaine Rousseau.«

Officier Noir sah sie nur stumm an und erwiderte nichts.

»Haben Sie mit der Ehefrau gesprochen?« Caroline konnte der jungen Frau ansehen, dass sie nicht begeistert davon war, dass ihre Kollegen den Tatort bereits verlassen hatten.

»Oui.« Marie Noir nickte langsam und deutete mit dem Kopf zum Haus. »Die Frau ist völlig fertig. Ich habe ihre Schwester angerufen, die sich sofort auf den Weg machen wollte. Allerdings kommt sie aus Narbonne, daher wird es wohl eine Weile dauern, bis sie hier eintrifft.«

Caroline nickte. »Was sagt Madame Clereau?«

Officier Noir zog ein Notizheft hervor und schaute auf ihre Aufzeichnungen. »Sie hat angegeben, dass sie sich gestern gegen halb zehn hingelegt hat. Ihr Ehemann wollte noch ein wenig arbeiten. Sein Büro befindet sich im Erdgeschoss. Auf der Meerseite.«

Homeoffice mit Meerblick, dachte Caroline verächtlich, schämte sich aber im nächsten Moment für ihre Gedanken.

»Der Abend verlief nach ihrer Aussage normal.« Die junge Beamtin schaute kurz auf, bevor sie fortfuhr: »Es kam wohl öfter vor, dass ihr Mann abends noch zu Hause arbeitete.«

»Sie hat ihn also um halb zehn das letzte Mal gesehen?«

Die Beamtin nickte. »Oui. Sie war kurz bei ihm im Büro, um ihm zu sagen, dass sie sich hinlegt.«

Caroline starrte nachdenklich zur Einfahrt. »Und es war alles wie immer? Er hat nicht davon gesprochen, dass er noch Besuch erwartete?«

Noir schüttelte ihren Kopf. »Non.« Sie drehte ihr Heft etwas zur Seite. »Allerdings sagte Madame Clereau, er sei seit ein paar Tagen merkwürdig gewesen.«

»›Merkwürdig‹?« Caroline horchte auf. »Inwiefern?«

»Er hatte viel Arbeit in den letzten Monaten, aber da war wohl noch mehr.« Marie Noir kräuselte ihre Nase. »Er war beim Abendessen gereizt und irgendwie abwesend. ›Mit seinen

Gedanken woanders‹, so drückte Madame Clereau sich aus.«
Die Beamtin nickte zufrieden.

»›Mit seinen Gedanken woanders‹«, wiederholte die Kommissarin leise. Vielleicht bei Estelle Miroux? »Denken Sie, ich kann der Witwe noch ein paar Fragen stellen?« Caroline sah die Beamtin abwartend an.

Noir zuckte mit den Achseln. »Warum nicht?«

»Kommen Sie«, forderte Caroline sie auf.

Als die Frauen das Haus betraten, zeigte die junge Beamtin stumm auf die rechte Seite des Flures.

Caroline folgte ihr. Im Vorbeigehen registrierte sie teure Möbel und hochwertige Fliesen. Die Geschäfte des Anwalts mussten gut gegangen sein. Sie war gespannt, was Dupain und Armand herausfanden, wenn sie die Konten der Familie überprüften.

»Madame Clereau«, sprach Marie Noir die blonde Frau an, die auf einer exklusiven schwarzen Ledercouch saß und sich ein Stofftaschentuch vor ihr vom Weinen gerötetes Gesicht hielt.

Michelle Clereau blickte überrascht auf.

Caroline trat einen Schritt näher. »Madame, es tut mir sehr leid, dass wie Sie erneut behelligen müssen. Aber ich hätte noch ein, zwei Fragen.«

Die Frau sah sie aus verquollenen Augen an und nickte leicht.

»Hatte ihr Mann irgendeine Verbindung zu einem kleinen Hotel hier in der Stadt? Der *Auberge?*«

Die Frau runzelte ihre Stirn. »*Auberge?* Nein, den Namen habe ich noch nie gehört. Was sollte Matthieu mit einem Hotel zu tun haben? Seine Klienten bestanden zum Großteil aus ansässigen Winzern, die seinen Rechtsbeistand benötigten.«

Caroline nickte und dachte nach. »Hat er vielleicht irgendwann einmal den Namen Miroux erwähnt?«

»Meinen Sie die Winzerfamilie?«

Caroline nickte erneut und musterte das erschöpfte Gesicht der Frau, die ihren Kopf schüttelte.

»Non. Als er Anwalt wurde, war ihr Gut ja schon lange verkauft. Was sollte mein Mann mit dieser Familie zu schaffen gehabt haben?«

Caroline ging nicht auf die Frage ein. »Officier Noir wird bei Ihnen bleiben, bis Ihre Schwester eintrifft. Falls wir noch weitere Fragen haben, melden wir uns.« Sie sah der Ehefrau eindringlich in die Augen. »Falls Ihnen noch etwas einfällt – zum Beispiel eine Bemerkung, die Ihr Mann in letzter Zeit gemacht hat über Klienten, die vielleicht unzufrieden mit ihm waren –, irgendetwas, dass uns helfen könnte, seinen Mörder zu finden, dann rufen Sie uns bitte an. Jederzeit.«

Sie gab Madame Clereau ihre Karte und bedeutete Marie Noir, ihr nach draußen zu folgen. Dort erteilte Caroline noch kurz Anweisungen, bevor sie in ihren Wagen stieg und das Anwesen verließ.

11

Estelle blinzelte, als ein Sonnenstrahl sie an der Nase kitzelte. Müde rieb sie sich über die Augen und hob ihren Kopf. Sie blickte auf die Uhr. Kurz nach acht. Hastig setzte sie sich auf. Sie wollte heute Morgen doch auf den Markt.

Fluchend holte sie eine hellblaue Tunika und eine schwarze Leggins aus dem Kleiderschrank. Sie hatte geplant, ein weiteres Zimmer zu streichen. Außerdem wollte Tom später weitere Türen abschleifen. Und morgen kamen die ersten Gäste.

Nachdem sie kurz unter die Dusche gesprungen war, zog sie sich eilig an und richtete ihr Haar. Als sie in den Spiegel blickte, fielen ihr wieder die Erinnerungen ihrer Oma ein. Ihrer Oma, die ebenfalls einmal jung gewesen war. Die ebenfalls Träume und Hoffnungen gehabt hatte, vor langer Zeit. Und deren Jugendjahre von den Entbehrungen des Krieges geprägt gewesen waren.

Fast kam es Estelle vor, als habe eine fremde Person in das schwarze Notizbuch geschrieben. Noch bekam sie die Verbindung zwischen der alten Frau, die sie bis zur Schwelle des Erwachsenwerdens auf ihrem Lebensweg begleitet hatte, und den Erinnerungen, die sie eher einem lebenshungrigen, unbedarften und neugierigen jungen Menschen zuordnen würde, nicht zu fassen.

Leider war ihr Zeitplan für den heutigen Tag wieder sehr straff, denn eigentlich hätte sie sich am liebsten sofort hingesetzt, um weiterzulesen. Estelle seufzte. Es half alles nichts.

Sie stieg die Treppen hinunter und entdeckte Noah, der hinter dem Tresen im Empfangsraum stand. »Guten Morgen«, begrüßte sie ihn überrascht.

»Bonjour, Schlafmütze.« Er grinste, während er ihre Worte von gestern wiederholte.

Schuldbewusst verzog Estelle ihr Gesicht. »Ich habe verschlafen.«

Der Jugendliche tippte auf seine Uhr und nickte ernst. »Das habe ich bemerkt.« Sein Gesicht nahm einen schelmischen Ausdruck an.

»Was ist?« Sie musterte ihn lächelnd.

»Wir haben neue Anfragen«, erklärte er in einem fast singenden Tonfall.

Ungläubig sah sie ihn an. »Wirklich?«

»Oui«, erwiderte er mit erhobenen Augenbrauen.

Estelle trat zu ihm hinter den Tresen. »Ja und?«, wollte sie ungeduldig wissen.

Er presste seine Lippen aufeinander, bevor er antwortete.

»Tja …«, begann er dann gedehnt. »Da wären einmal zwei Anfragen für zwei Doppelzimmer über Weihnachten und Silvester.« Noah machte eine Pause und wartete auf ihre Reaktion.

»Weiter«, forderte sie ihn unwillig auf.

»Und dann hätten wir noch drei Anfragen für Ostern. Zweimal für eine Woche, einmal für zwei Wochen.« Sein Gesicht nahm einen triumphierenden Ausdruck an.

Estelle starrte ungläubig zurück. »Nein!«

Wieder grinste er. »Doch!«

Sie hob ihre Hand und er schlug ein. »Es läuft.«

Er nickte. »Könnte man so sagen.«

»Hast du den Leuten schon geantwortet?« Sie holte ihre Einkaufstasche aus dem Büro.

»Nein«, erwiderte er. »Mache ich gleich.«

Estelle legte ihre Geldbörse in die Tasche. »Ich gehe zum Markt und hole Blumen und einige Lebensmittel.«

»Gut«, erwiderte Noah gedankenverloren, während er sich dem Laptop zuwandte. »Ich antworte noch, dann bin ich in der Stadt verabredet.«

»Mit Virginie?« Estelle lächelte.

»Auch«, entgegnete er ausweichend.

»Bis später.«

Als Estelle den Parkplatz erreichte, erfasste sie eine leichte Unruhe. Aus dem Augenwinkel konnte sie das blaue Leuchten des Meeres erkennen, das zwischen den Häuserreihen hindurchschien. Rasch wandte sie sich ab und ließ ihren Blick über die Stände wandern.

Estelle konnte sich noch genau daran erinnern, wie sie als Kind mit ihrer Oma sonntagsmorgens über den Markt geschlendert war. Sie ließ das rege Treiben auf sich wirken. Der intensive Duft der Gewürze, der feine Hauch des Lavendels, die betörenden Aromen der handgefertigten Seifen. Für Estelle roch es hier nach Heimat. Obwohl sie sich momentan allein wie selten fühlte, spürte sie, dass sie ihr Zuhause wiedergefunden hatte. Doch war es das wirklich wert? Die Menschen, mit denen sie nur unschöne Erinnerungen verband. Das Gefühl, mit ihrer Rückkehr einen Fehler gemacht zu haben.

All die Jahre hatte sie sich in Heidelberg wohlgefühlt. Tatjana war ein fester Bestandteil ihres Alltags gewesen. An Tagen, an denen sie sich nicht persönlich sahen, telefonierten sie zumindest. Und das Kollegenteam im Hotel war nach und nach zu einer Art Ersatzfamilie geworden.

Hier hatte sie nur Noah. Ihr Vater erschien ihr fremder denn je. Und Emily? Noch immer wusste sie nicht, wie sie ihrer Schwester gegenübertreten sollte.

Die Schatten der Vergangenheit drückten wie eine schwere Last auf ihre Schultern. Und Estelle war sich mittlerweile nicht mehr sicher, ob sie diese je würde abschütteln können. Im Moment hegte sie eher die Befürchtung, dass ihre Vergangenheit sie daran hinderte, endlich in der Gegenwart anzukommen.

Estelle holte grübelnd ihren Einkaufszettel hervor und schlenderte zwischen den Ständen hindurch. Während sie ihre Erledigungen besorgte, probierte sie hier ein Stück Pfefferwurst, dort ein Stück getrocknete Papaya. Ließ sich von einem der Händler die Vorzüge eines hochwertigen kaltgepressten Olivenöls erklären, während ihr ein anderer eine perfekt gefälschte goldene Armbanduhr andrehen wollte. Bei einem Stand, der günstige italienische Damenmode verkaufte, blieb sie stehen und betrachtete ein weißes Oberteil mit langen Ärmeln und einem Spitzeneinsatz am Ausschnitt.

»Estelle? Estelle Miroux?« Eine laute Stimme ertönte hinter ihr.

Als Estelle sich umdrehte, erblickte sie eine schlanke Frau mit langen blonden Haaren. Einen Moment lang musste sie überlegen, bevor sie sie erkannte. »Louanne?«

Die Frau nickte heftig und lachte. Während sie ihre Tasche enger an sich presste, kam sie auf Estelle zu und umarmte sie stürmisch.

Überrascht erwiderte Estelle die Begrüßung.

»Ich glaub es einfach nicht.« Louanne schüttelte ihren Kopf. »Estelle Miroux.« Sie legte sich ihre Hand an die Wange. »Wie lange ist es her, dass wir uns zum letzten Mal gesehen haben?«

Estelle musste nicht überlegen. »Achtzehn Jahre«, erwiderte sie leise, während sie ihre ehemals beste Freundin musterte.

Louanne Dargent war genauso schlank, wie sie sie in Erinnerung hatte. Die Haare waren länger als damals und einen Tick heller. Estelle vermutete, dass sie sie gefärbt hatte. Doch das Gesicht, das bereits früher als äußerst attraktiv bezeichnet werden konnte, strahlte mit dem spätherbstlichen Sonnenschein um die Wette. Die Jahre hatten es gut mit Louanne gemeint, sie sah fantastisch aus.

»Achtzehn Jahre«, wiederholte diese nun wehmütig.

»Eine lange Zeit«, ergänzte Estelle.

»Du siehst gut aus, Süße. Die kurzen Haare stehen dir.«

Estelle zog eine Grimasse. »Bei dir scheint die Zeit aber auch stillgestanden zu haben.«

Bescheiden fuhr sich Louanne über ihr glattes Haar. »Man tut, was man kann.«

»Wie geht es dir?« Zu ihrer eigenen Verwunderung freute sich Estelle über das unverhoffte Wiedersehen. Louanne und sie waren während ihrer Jugend unzertrennlich gewesen. Nach ihrem Weggang aus Argelès war der Kontakt jedoch komplett abgebrochen.

»Ganz gut«, entgegnete Louanne lächelnd. »Ich bin gerade frisch geschieden. Du kennst meinen Exmann nicht, er kommt aus Bordeaux. Wir haben zwei Kinder.«

»Das tut mir leid.«

Louanne winkte ab. »Muss es nicht, er war ein Idiot. Die Scheidung war das Beste, was mir in letzter Zeit passiert ist. Und Inès und Valèry, meine Töchter, haben die Trennung ganz gut verkraftet.«

»Trotzdem ...«, setzte Estelle an.

»Alles gut.« Louanne lächelte breit. »Was ist mit dir? Hast du Kinder? Einen Mann?« Die Neugierde stand ihr ins Gesicht geschrieben.

»Weder noch.« Estelle schüttelte bedauernd ihren Kopf. »Aber ich habe die Vormundschaft für den Sohn einer guten Freundin, die vor fünfzehn Jahren leider verstorben ist, übernommen. Noah.«

»Oh.« Louanne schlug die Hand vor den Mund. »Das tut mir sehr leid. Es ist sicher eine schwere Aufgabe, ein fremdes Kind zu erziehen.«

»Ich kannte ihn schon, als er noch ganz klein war. Mittlerweile ist er fast erwachsen«, wiegelte Estelle ab.

»Ja, ich habe auch noch einen großen Sohn. Eduard.«

Estelle sah sie irritiert an.

»Mein Erstgeborener. Er ist sechzehn.« Sie hob wieder ihre Hand an den Mund und spreizte die Finger. »Ein Unfall.« Vergnügt zwinkerte sie.

»Du hast drei Kinder?« Estelle war überrascht. Louanne hatte die Figur einer Siebzehnjährigen.

»Oui.« Die alte Freundin nickte. »Und du wirst nicht erraten, wer Eduards Vater ist.«

Estelle zog ihre Augenbrauen hoch. »Kenne ich ihn?«

»Oui.« Louanne nickte erneut.

»Keine Ahnung.« Gleichgültig zuckte sie mit den Achseln.

»Jérôme.« Louanne blickte sie kokett an. »Sicher erinnerst du dich noch an ihn, oder?«

Bei der Erwähnung des Namens zuckte Estelle unmerklich zurück. Es war, als drücke eine Faust ihren Magen zusammen. »Jérôme Lafayette?« Ihre Stimme glich einem Wimmern.

Louanne, die nichts von Estelles Verfassung zu bemerken schien, nickte. »Damals waren wir doch alle scharf auf ihn. Erinnerst du dich noch an unseren Abschlussabend? Mon dieu, war Jérôme heiß.« Wieder grinste sie. »Und ein paar Monate später …« Ihr Blick verschleierte sich. »Na ja, irgendwie sind wir uns wieder über den Weg gelaufen und da …« Sie brach ab und deutete mit ihrer Hand einen Reißverschluss vor ihrem Mund an.

Estelles Gedanken rasten. Louanne und Jérôme. Emily und Patrick. Was kam wohl noch alles?

Die alte Freundin fuhr unbekümmert fort: »Wo warst du bloß all die Jahre, Estelle? Du warst so plötzlich fort. Ich habe ein paarmal bei deinem Vater angerufen, aber er drückte sich immer so vage aus. Und aus Emily war auch nichts herauszubekommen.« Sie machte eine Pause. »Es war eine klasse Zeit. Damals.«

Estelle nickte und wiederholte monoton: »Ja, es war eine klasse Zeit. Damals.« Sie erzählte Louanne von Heidelberg, von ihrer Ausbildung in dem Hotel, von Silvias Tod und der Erbschaft ihrer Oma.

»Ich wusste es.« Louanne hob ihren Zeigefinger. »Die *Auberge* und du. Ich wusste, dass du irgendwann dieses Hotel übernehmen würdest. Ich hätte darauf wetten können.«

Estelle lächelte. Ja, sie erinnerte sich daran, dass ihre Freundin sie damals immer damit aufgezogen hatte, dass Estelle irgendwann als Hotelchefin enden würde. Sie musste Louanne recht geben. Es waren tolle Zeiten gewesen. Bevor ihr Leben zerstört worden war.

»Hör zu, Estelle, ich muss leider weiter.« Louanne grinste. »Habe gleich Yoga. Aber ich komme die nächsten Tage mal bei dir in der *Auberge* vorbei.«

Estelle nickte. »Klar, ruf einfach an. Ich bin gespannt, was du zu den Umbauarbeiten sagst.«

»Ich auch. Für so was hattest du ja schon immer Talent«, erwiderte Louanne liebevoll.

Estelle zuckte mit den Achseln.

»Dann musst du mir alles von Deutschland erzählen. Und von Noah. Und von der *Auberge.*« Louanne wirkte aufgedreht wie ein kleines Mädchen.

Aber auch Estelle entging die Vertrautheit nicht, die sofort wieder zwischen ihnen zu spüren war. Vielleicht konnten sie ihre Freundschaft wiederbeleben. Fast zwanzig Jahre nach ihrem letzten Aufeinandertreffen. Fast zwanzig Jahre nach der Nacht, die Estelles komplettes Leben auf den Kopf gestellt hatte.

12

Patrick Dugout blickte nachdenklich auf den Aktenstapel, der sich vor ihm auftürmte. Ihm war gerade wieder eingefallen, dass er Emily eigentlich nach ihrer Schwester hatte fragen wollen. Doch sie hatten im Moment beide so viel um die Ohren, dass er es ganz vergessen hatte. Er nahm sich vor, heute Abend daran zu denken. Als er sich müde das Kinn rieb, spürte er die Bartstoppeln.

Morgen stand die nächste Fraktionssitzung an. Außerdem wollte Charlotte sich mit ihm treffen. Termine über Termine. Er seufzte.

Während er lustlos die erste Akte aufschlug, klopfte es an seiner Tür.

»Patrick?« Nathalie, seine Sekretärin, steckte ihren Kopf in sein Büro.

»Hm?«

»Ich habe hier die Post und die aktuellen Meldungen.« Sie näherte sich zögernd seinem Schreibtisch. »Oder soll ich später noch mal kommen?«

Er schüttelte seinen Kopf und schlug das Deckblatt wieder zu. »Nein. Kein Problem. Ich kümmere mich zuerst darum. Diese Sache mit der Schulsanierung …« Er winkte genervt ab. »Die kann warten.«

Nathalie nickte verständnisvoll und übergab ihm den Stapel.

Nachdem er ihr den Stoß abgenommen hatte, wollte er sich wieder seiner Arbeit zuwenden. Die Sekretärin blieb jedoch abwartend vor der Schreibtischplatte stehen.

»Ist noch was?« Er blickte zu ihr auf.

Sie verzog ihr Gesicht. »Stéphane meinte, du solltest dich zuerst um die oberste Meldung kümmern.« Sie hielt einen Moment inne. »Die Todesmeldung.«

Stéphane Cartier war der Bürgermeister von Argelès-sur-Mer. Und obwohl Patrick für die sozialen Ereignisse in der Stadt zuständig war, hatte Stéphane aus unerfindlichen Gründen grundsätzlich als Erster Kenntnis über die Geschehnisse, die Patricks Einflussbereich betrafen.

In seiner Funktion als Gemeinderatsmitglied war es Patrick, der bei runden Geburtstagen die Glückwünsche im Namen des Bürgermeisters überbrachte, der an Beerdigungen teilnahm, wenn der Verstorbene zu Lebzeiten in irgendeiner Verbindung zur Stadtverwaltung oder deren Mitgliedern gestanden hatte, und der zur Geburt oder Hochzeit hochrangiger Einwohner von Argelès kleine Präsente überreichte.

»Stéphane vermutet, dass du den Verstorbenen vielleicht kanntest, da er auf die gleiche Schule ging wie du und dein Alter hatte.«

Patrick zog neugierig seine Augenbrauen hoch. »Ich schaue mir die Meldung gleich an, Nathalie. Vielen Dank.«

Sie nickte, bevor sie leise das Büro verließ.

Nachdem er wieder allein war, überflog er hastig die Absender der Briefe. Soweit er erkennen konnte, war nichts Dringliches dabei. Nur Anfragen von Einwohnern, Vereinen und anderen Institutionen, die ihn oder seine Partei für diverse Entscheidungsfindungen kontaktieren wollten.

Er legte die Post beiseite und blickte auf die beiden Meldungen, die Nathalie ihm hingelegt hatte. Eine Geburt bei einer Familie, von der er noch nie gehört hatte. Hier musste vonseiten der Stadt nichts unternommen werden. Als er sich den zweiten Zettel vornahm, schnappte er überrascht nach Luft. Er starrte sekundenlang auf den Namen, bis die Buchstaben vor seinen Augen zu flimmern begannen. Das konnte doch nicht sein!

Wieder und wieder las er die Zahlen auf dem Papier, doch es änderte sich natürlich nichts an den Fakten. Matthieu war heute Morgen tot in seinem Haus aufgefunden worden. Tot, dachte Patrick schockiert. Ermordet! Aber wer sollte ein Interesse an Matthieu Clereaus Tod haben?

Patrick musste an den Anruf seines alten Freundes denken. Matthieu war ernsthaft besorgt gewesen. Konnten seine Befürchtungen im Zusammenhang mit seinem Tod stehen? War es wirklich möglich, dass …? Nein. Patrick schüttelte seinen Kopf. Ein blöder Zufall. Es musste sich einfach um einen blöden Zufall handeln.

Er überlegte fieberhaft, was er tun sollte. Er hatte Matthieu schon seit Jahren nicht mehr gesehen. Zumindest nicht geplant. Ab und zu war er ihm zufällig auf öffentlichen Veranstaltungen in der Stadt begegnet. Ihm und seiner Familie. Dann hatten sie ein paar belanglose Worte gewechselt. Die Ehefrau kannte Patrick nur vom Sehen.

Er las noch einmal den Zettel, den Nathalie ihm gegeben hatte. Capitaine Caroline Bauvall war mit der Leitung der Mordermittlung betraut. Patrick sagte der Name nichts. Warum kümmerte sich nicht Rousseau um die Angelegenheit?

Entschlossen nahm er den Telefonhörer zur Hand und drückte auf die Kurzwahltaste für Nathalies Anschluss. »Könntest du mich bitte mit Capitaine Caroline Bauvall von der Police Nationale verbinden?«

»Jetzt gleich?«

»Nein, übermorgen«, schnauzte er sie an. »Natürlich jetzt gleich.«

Kopfschüttelnd legte er auf und wartete. Nervös trommelte er mit seinen Fingern auf der obersten Akte herum. Erneut nahm er sich vor, mit Emily zu sprechen. Vielleicht sollte er auch Yves und Jérôme kontaktieren.

Während er darüber grübelte, klingelte auch schon sein Telefon. »Oui?«

»Hallo? Hier Capitaine Bauvall.«

»Ah, Capitaine. Bonjour. Hier spricht Patrick Dugout. Vom …«

»Ich weiß, wer Sie sind, Monsieur«, unterbrach ihn die Beamtin sanft. »Was kann ich für Sie tun?«

Er räusperte sich. »Es geht um Matthieu Clereau.«

Sie schwieg.

»Ich habe gerade die Nachricht von seinem Tod auf meinem Tisch liegen.«

»Es ist richtig, dass Monsieur Clereau heute Morgen ermordet aufgefunden wurde«, erwiderte die Beamtin gedehnt.

Patrick dachte kurz nach. »Können Sie mir sagen, ob es schon …«, er suchte mit Bedacht nach den richtigen Worten, »… ob es schon einen Tatverdächtigen gibt?«

Capitaine Bauvall lachte kurz auf. »Bei allem Respekt, Monsieur Dugout, aber wir haben die Ermittlungen erst vor wenigen Stunden aufgenommen. Hexen können wir leider nicht.«

»Ich verstehe«, erwiderte er, wusste jedoch nicht, wie er weiter vorgehen sollte.

»Kann ich Ihnen sonst noch irgendwie helfen?« Die Beamtin klang ungeduldig.

»Es ist nur … Ich kannte Matthieu. Wir waren zusammen auf der Schule.« Er kam sich wie ein kleiner Junge vor, der seiner Mutter wehleidig die Ohren vollheult.

»Das tut mir sehr leid für Sie«, entgegnete Bauvall nüchtern. »Wann haben Sie ihn denn das letzte Mal getroffen?«

»Oh. Das ist sehr lange her. Matthieu hatte Familie und ich … Ich habe meine Arbeit.« Er lachte gezwungen. »Früher waren wir einmal befreundet. Während unserer Schulzeit.« Warum erzählte er ihr das überhaupt? Grimmig presste er seine Lippen aufeinander.

»Sie haben sich in letzter Zeit nicht mehr gesehen«, stellte Caroline Bauvall in sachlichem Tonfall fest.

»Non, trotzdem war es ein schwerer Schlag, als ich heute Morgen …« Er brach ab.

»Das ist verständlich«, erwiderte sie erneut mit dieser sanften Stimme. »Sollte Ihnen etwas einfallen, was uns weiterhelfen könnte …«

»Ja, ja.« Er schnaufte. »Aber ich glaube nicht, dass ich Ihnen helfen kann.« Wieder machte Patrick eine Pause. »Wäre es vielleicht möglich, mich über … weitere Ermittlungsergebnisse zu informieren?«

»Das ist nicht üblich, Monsieur Dugout. Sobald wir jedoch einen Verdächtigen festnehmen, wird unter anderem auch Monsieur Cartier darüber informiert. Vielleicht könnte er Ihnen …«

»Ja«, erwiderte Patrick hastig. »Ja, das wäre vielleicht möglich.«

Er beendete das Gespräch und verfluchte sich für seine hirnrissige Aktion. Doch was sollte er tun? Abwarten, bis klar war, wer hinter dem Mord steckte? Die Ehefrau kontaktieren? ›Hallo, ich bin Patrick. Ich war vor zwanzig Jahren mit Ihrem Mann befreundet und müsste nun wissen, wer ihn umgebracht hat. Insbesondere, ob Estelle Miroux etwas damit zu tun hatte?‹

Mach es nicht noch schlimmer, als es eh schon ist, Patrick.

Als Anwalt war Matthieu sicher vielen Leuten auf die Füße getreten. Und höchstwahrscheinlich steckte einer dieser kriminellen Zeitgenossen hinter seinem Tod. Der Racheakt eines ehemaligen Klienten, der Matthieu für sein persönliches Unglück verantwortlich machte.

Patrick nickte zufrieden. Ja, sicher durchleuchtete die Polizei das gesamte Umfeld seines ermordeten Freundes und er musste einfach nur einige Tage warten, bis der Täter der Öffentlichkeit präsentiert wurde. Er legte den Zettel beiseite und machte sich daran, den Briefstapel abzuarbeiten, der vor ihm lag.

13

Als Estelle die *Auberge* erreichte, hörte sie schon von Weitem Toms Schleifgerät. Anscheinend hatte er Noah noch angetroffen. Sie hatte sich fest vorgenommen, ihren Nachbarn ab sofort auf Abstand zu halten. Kein zweideutiges Geplänkel, keine Blicke, in die man mehr hineininterpretieren konnte.

Sie packte ihre Einkaufstasche fester und betrat den kleinen gepflasterten Hof vor dem Hotel. Tom stand hinter den beiden Holzböcken, einen Kopfhörer auf den Ohren und eine Schutzbrille im Gesicht. Er trug wieder seine graue Arbeitshose und ein schwarzes T-Shirt. Sie hob die Hand und grüßte ihn.

Als er sie erblickte, stellte er das Schleifgerät ab und trat hinter der Tür hervor, die er auf den Böcken drapiert hatte. »Bonjour, Estelle.« Er grinste. »Noah war so nett, mich schon mal hereinzulassen. Er hat mir gesagt, dass Sie auf den Markt gegangen sind.« Tom hob entschuldigend seine Schultern. »Ich hoffe, es war okay, dass ich …« Er zeigte hinter sich. »Estelle?«

Ihr wurde bewusst, dass sie ihn schon wieder anstarrte. Während er sprach, bildeten sich in seinen Mundwinkeln kleine Grübchen, die sie fasziniert beobachtete.

»Bonjour.« Sie riss sich zusammen und erinnerte sich an ihren Vorsatz. »Nein.« Sie schüttelte den Kopf. »Nein. Es ist in Ordnung. Ich bin Ihnen wirklich sehr dankbar.«

»Wann kommen die Gäste?«

Estelle spürte seinen eindringlichen Blick auf sich. »Morgen«, erwiderte sie kurz angebunden. »Ich …« Sie machte eine unbestimmte Handbewegung, während sie ihren Kopf abwandte. »Ich muss die Lebensmittel verstauen. Anschließend möchte ich ein weiteres Zimmer streichen.«

Tom schien ihren abweisenden Tonfall bemerkt zu haben. Zumindest hielt er kurz inne, bevor er unsicher entgegnete: »Welche Farbe ist diesmal Programm?«

»Hellblau.« Sie nickte ihm erneut kurz zu und drehte sich zur Eingangstür. Bevor sie den Empfangsraum betrat, murmelte sie: »Bitte schreiben Sie mir zeitnah eine Rechnung für die Arbeiten.«

Als Tom schwieg, ging sie in die *Auberge* und räumte die Lebensmittel in den Kühlschrank. Zuletzt nahm sie den kleinen, weißen Blumenstrauß aus der Tasche und brachte ihn in das Gästezimmer mit den violetten Wänden.

Nachdem sie die Vase auf der Anrichte arrangiert hatte,

trat sie drei Schritte zurück und ließ ihren Blick durch das Zimmer wandern. Ja, es sah genauso aus, wie sie es sich vorgestellt hatte. Gemütlich, ein Hauch von Eleganz, aber sehr warm und einladend. Sie hoffte, dass ihre ersten Gäste sich hier wohlfühlen würden.

Estelle eilte kurz in ihre Wohnung, um ihre Kleidung gegen ein altes weißes Hemd und eine noch ältere ausgebleichte Jeans zu tauschen. Nachdem sie sich den Farbeimer und die Pinsel zurechtgelegt hatte, warf sie einen neugierigen Blick in den Flur. Tom schien heute Vormittag schon zwei weitere Türen abgeschliffen zu haben.

Zufrieden kehrte sie in den noch unrenovierten Raum zurück und begann zu streichen. Während sie Stück für Stück vorankam, hörte sie immer wieder auf die Geräusche im Hof. Ihr war klar, dass sie sich Tom gegenüber unmöglich benommen hatte. Aber seine hilfsbereite und zuvorkommende Art war einfach zu viel für sie. Dazu dieses unverschämt sexy Grinsen. Doch nebenan wartete seine Frau, die Polizistin. Sie musste sich diesen Mann unbedingt aus dem Kopf schlagen.

Estelle betrachtete den ersten Wandabschnitt. Das Ergebnis stimmte sie mehr als zufrieden. Das Hellblau wirkte weder kitschig noch babyhaft, stattdessen erinnerte sie die Farbe an den französischen Himmel im Frühling. Wenn die Natur erwachte und die Pflanzen wieder ins Leben zurückfanden. Wenn es noch nicht zu heiß war. Sie legte ihren Kopf schief und versuchte, sich das gesamte Zimmer in dem Blauton vorzustellen. Oder sollte sie nur zwei Seiten farbig streichen und den Rest weiß?

Während sie noch überlegte, hörte Estelle Schritte auf der Treppe. Sie streckte ihren Kopf in den Flur und sah Tom, der die massive Holztür hinauftrug. Schweiß lief ihm den Nacken hinunter. Seine Arm- und Rückenmuskulatur war angespannt und zeichnete sich unter dem Shirt ab. Estelle biss sich auf die Unterlippe, während sie beobachtete, wie er sich mit dem schweren Holz herumquälte. Drei Zimmer weiter stellte er die Tür vorsichtig ab und verschnaufte einen Moment. Bevor sie wieder verschwinden konnte, drehte er den Kopf und entdeckte sie. Ertappt verzog sie das Gesicht.

»Das ist solide Arbeit«, erklärte er ihr. »Die Türen kann man nicht mit den heutigen vergleichen. Durch dieses Holz«, er klopfte vorsichtig dagegen und nickte, »dringt kein Laut.« Wieder verzog er den Mund zu seinem typischen Grinsen. »Ihre Gäste können sich ihrer Privatsphäre absolut sicher sein.« Seine Augen blitzten.

Estelle fasste sich unbewusst an den Hals. Was machte er bloß mit ihr? Er war ein normaler Handwerker, der ihr half, ihr Hotel auf Vordermann zu bringen. Musste sie jetzt bei jeder seiner Bewegungen oder Gesten aufpassen, dass sie nicht den Verstand verlor? Gut, er sah super aus. Sein dichtes Haar fiel ihm wieder vorwitzig in die Stirn.

Estelle, reiß dich zusammen. Der Mann ist verheiratet!

»Ich habe das vorhin ernst gemeint«, begann sie mit belegter Stimme.

Er ließ die Tür los und kam zu ihr. »Warum?« Sein prüfender Blick ließ sie nicht los. »Habe ich etwas Falsches gesagt?«

Sie schüttelte den Kopf und schwieg.

»Estelle?« Er stand jetzt so dicht vor ihr, dass sie sein Aftershave riechen konnte. Doch sie nahm noch etwas anderes wahr. Ihn. Seinen Geruch. Verwirrt trat sie einen Schritt zurück.

Tom wirkte irritiert. »Habe ich irgendetwas falsch gemacht?«

Wieder schüttelte sie ihren Kopf. »Ich …« Sie atmete tief durch. »Nein, es ist wirklich alles in Ordnung. Ich möchte nur nicht …« Als sie eine unbestimmte Handbewegung machte, merkte sie, dass sie immer noch die Farbrolle hielt. Sie spürte, wie ein Farbklecks auf ihrer Wange landete. Estelle schluckte. »Ich möchte einfach nicht, dass ich Ihnen etwas schulde.« Vielleicht hatte sie sich unbeholfen ausgedrückt, aber es war die Wahrheit.

»Sie schulden mir nichts«, entgegnete Tom mit fester Stimme. »Ich habe Ihnen doch bereits gesagt, dass mir die Arbeit Spaß macht. Außerdem ...«, sein Blick wurde verwegener, »... fällt Ihnen vielleicht noch etwas anderes ein, damit wir beide quitt sind.«

Was wollte er nur von ihr? Estelle wurde einfach nicht schlau aus ihm. »Ich muss weiterstreichen«, murmelte sie leise und wollte wieder in das Gästezimmer zurückkehren.

»Moment noch.«

Seine Worte hielten sie zurück. Er trat dichter heran und zog eine Packung Taschentücher aus seiner Hosentasche. Wie gebannt beobachtete Estelle, wie er eins davon herausholte und seine Hand sich ihrem Gesicht näherte. Sie wagte kaum noch zu atmen.

»Nicht bewegen«, raunte Tom leise, während er vorsichtig einen Farbklecks von ihrer Wange entfernte. Fast hätte sie die Augen geschlossen, um seine Nähe noch intensiver spüren zu können. Doch im letzten Moment rief sie sich wieder ihren Vorsatz ins Gedächtnis.

Entschlossen schob Estelle seine Hand beiseite und ignorierte seinen erstaunten Blick. »Ich muss weitermachen.« Sie drehte sich um und verschwand in dem Gästezimmer.

Wenige Augenblicke später hörte sie, wie Tom nebenan mehrmals versuchte, die Tür einzuhängen, bevor sie seine Schritte wieder auf der Treppe vernahm.

Gerade als sie weiterstreichen wollte, klingelte ihr Telefon. Die angezeigte Nummer kam ihr nicht bekannt vor. »Miroux?«

»Estelle, ich bin es.« Am anderen Ende war es einen Moment lang still. »Emily.«

Estelle fasste sich überrascht an die Schläfe. »Mon dieu«, hauchte sie leise in ihr Handy.

»Ich …« Ihre Schwester schwieg erneut. »Ich wusste nicht, ob …« Emily schien genauso nervös zu sein wie sie.

Estelle bemühte sich um eine feste Stimme. »Wie geht es dir?«

»Gut.« Ihre Schwester klang erleichtert. »Und dir?«

»Schätze auch gut.« Estelle überlegte krampfhaft, was sie sagen sollte. Ihre Gefühle drohten sie zu übermannen.

»Du hast mir gefehlt, Estelle.«

Emily hatte leise gesprochen, doch Estelle hatte jedes Wort verstanden. In ihrem Hals bildete sich ein dicker Kloß. »Was machst du?«

»Ich bin Anwältin. Hier in Argelès-sur-Mer.«

Anwältin, das war gut. Estelle nickte zufrieden. Emily hatte ihre Chancen genutzt. Sie hatte einen vernünftigen Job, einen Freund. Estelle verbat sich jedoch schnell, an Patrick Dugout zu denken. Sie freute sich, dass ihre Schwester offensichtlich etwas aus ihrem Leben gemacht hatte.

»Ich habe die *Auberge* übernommen«, hörte Estelle sich im nächsten Moment sagen.

»Ich weiß. Papa hat es mir erzählt.« Wieder schwieg ihre Schwester.

»Du hast mir auch gefehlt, Emily.« Estelle dachte an das kleine Mädchen, das sie vor fast zwanzig Jahren zum letzten Mal gesehen hatte. Mittlerweile war eine erwachsene Frau aus ihm geworden. All die verlorenen Jahre. »Sehr sogar.« Ihre Stimme hatte einen wehmütigen Ton angenommen.

»Ich freue mich sehr, dass du wieder da bist.«

Estelle wusste nichts darauf zu erwidern. »Vielleicht …« Sie stockte. »Vielleicht möchtest du ja mal vorbeikommen?«

»Das wäre schön.«

Sie konnte Emily kaum noch verstehen.

»Oder du kommst mal zu mir?« Sie nannte Estelle sowohl die Adresse ihrer Wohnung als auch die Anschrift der Kanzlei, in der sie arbeitete.

Nachdem sie sich voneinander verabschiedet hatten, lehnte Estelle sich gegen eine der ungestrichenen Wände. Überwältigt von ihren Emotionen, schloss sie für einen Moment die Augen. Ein leises Schluchzen löste sich tief in ihrer Kehle.

»Estelle?«

Genervt erblickte sie Tom im Türrahmen.

»Pardon, ich wollte nicht stören.«

Sie spürte, wie er sie musterte.

»Ist alles in Ordnung?«

»Ja«, entgegnete Estelle unwirsch. »Ja, alles bestens.« Abwartend sah sie ihn an.

»Die Schule hat gerade angerufen. Théo ist hingefallen und hat sich das Knie aufgeschlagen. Ich fürchte, ich muss ihn abholen und zum Kinderarzt bringen.«

Estelle nickte abwesend. Noch immer musste sie an ihre Schwester denken, die für sie nach zwei Jahrzehnten eine Fremde war. »Kein Problem.« Sie nickte ihm zu. »Holen Sie Théo ab.«

»Ich komme morgen wieder«, meinte er.

Sie nickte nur und hob die Hand.

»Meine Sachen lasse ich im Hof stehen«, merkte Tom nüchtern an, bevor er aus ihrem Blickfeld verschwand.

»Ja, machen Sie das«, flüsterte Estelle leise und wandte sich wieder dem Farbeimer zu.

14

Caroline beobachtete die Sonnenstrahlen, die an der Wand gegenüber allmählich nach unten wanderten. Es war später Nachmittag. Sie war müde. Tom hatte angerufen und erklärt, dass er mit Théo beim Arzt gewesen war. Die Wunde hatte allerdings schlimmer ausgesehen, als sie war. Glücklicherweise hatte ihr Jüngster nicht genäht werden müssen. Caroline seufzte, während sie auf den Obduktionsbericht vor sich blickte. Hätte nicht sie sich um ihren Sohn kümmern müssen? Taten Mütter das nicht für gewöhnlich? Sie merkte, dass sie sich wieder selbst fertigmachte.

Erneut ließ Caroline ihren Blick durch den kleinen Raum wandern. Officier Dupain hatte ihr erklärt, sie könne Capitaine Rousseaus Büro benutzen. Anscheinend war er der Meinung, eine Vorgesetzte benötige ein eigenes Zimmer. Sie hatte ihm nicht erzählt, dass sie sich in Perpignan ein Großraumbüro mit zwanzig anderen Beamten teilte.

Geraldine Tuyot hatte ihr vor zwei Stunden den Obduktionsbericht zukommen lassen. Das war selbst für die kompetente Medizinerin schnell. Directeur Morphes hatte Caroline bereits informiert. Matthieu Clereau war am späten Abend des Vortags ermordet worden. Das Datum auf seiner Stirn war ihm, wie vermutet, nach seinem Tod eingeritzt worden. Mit einer Rasierklinge.

Caroline erhob sich, nahm die Akte und verließ das Büro. Sie hatte vor Feierabend noch eine Besprechung anberaumt, um alle auf den neusten Stand zu bringen. Als sie den Konferenzraum betrat, waren die drei Officiers schon anwesend. Dupain unterhielt sich leise mit Armand, während Marie Noir stumm vor sich hinstarrte.

»Alors«, ergriff Caroline das Wort, nachdem sie sich gesetzt hatte. »Ich habe mit Directeur Morphes telefoniert. Er möchte, dass wir uns ausschließlich auf die Ermittlungen im Mordfall Clereau konzentrieren. Laufende Fälle sollen an umliegende Außenstellen abgegeben werden.«

»Ich könnte mich darum kümmern«, warf Dupain bereitwillig ein.

Caroline nickte. »Das wäre sehr nett von Ihnen, Officier.« Sie blickte kurz auf die Akte vor sich und berichtete den Beamten von den Erkenntnissen, die die Gerichtsmedizinerin ihr mitgeteilt hatte.

»Eine Rasierklinge?«, wiederholte Marie Noir kopfschüttelnd. »Das heißt, der Täter hat den Mord geplant.«

»Davon können wir ausgehen.« Caroline kratzte sich am Kinn. »Niemand läuft nachts um elf mit einem Brotmesser und einer Rasierklinge durch die Gegend und sucht sich willkürlich ein Opfer aus. Dafür wäre Clereaus Haus auch zu abgelegen gewesen.«

»Hinter dem Mord steckt etwas Persönliches.« Armand nickte bedächtig.

Caroline stimmte ihm zu.

»Wir haben die Telefondaten aller Anschlüssen angefordert, die Clereau benutzt hat«, erklärte der dienstälteste Officier. »Ich denke, bis morgen liegen uns die Listen vor. Seine Konten haben wir ebenfalls überprüft. Das Haus gehört zu fünfundneunzig Prozent der Bank. Die Raten wurden immer pünktlich bezahlt. Auch ansonsten gibt es keine Auffälligkeiten in den Finanzen der Familie Clereau.«

»Bon, somit ging es augenscheinlich nicht um Geld«, fügte Armand hinzu.

Caroline nickte. »Haben Sie etwas über das eingeritzte Datum herausgefunden?« Sie blickte fragend zu der jungen Polizistin.

Diese nickte zögernd. »Ja und nein.«

»Soll heißen?«

Marie Noir verzog ihr Gesicht. »Hier auf dem Revier wurde am sechsundzwanzigsten Mai vor achtzehn Jahren eine Anzeige aufgegeben.«

Caroline war irritiert. »Bei Clereau wurde der fünfundzwanzigste … vermerkt.«

»Ich weiß.« Noir nickte. »Die Anzeige betraf auch diesen Tag.«

»Was war das für eine Anzeige und in welchem Zusammenhang steht sie mit dem Opfer?«

Die Beamtin zuckte die Achseln. »Ich weiß nicht, ob der Vorfall überhaupt etwas mit Clereau zu tun hatte. Die Akte wurde versiegelt, weil die Person, die die Anzeige aufgegeben hat, zu jenem Zeitpunkt noch minderjährig war.«

Caroline verstand immer noch nicht.

»Diese Anzeige ist das einzig Relevante, was an jenem Tag beziehungsweise am Tag danach und davor in Argelès aktenkundig wurde.«

»Ein Schuss ins Blaue, schätze ich.« Armand lächelte schief.

»Bitte weiten Sie Ihre Recherchen morgen aus. Vielleicht ist im Umfeld von Argelès an jenem Tag etwas vorgefallen, was in einem Zusammenhang mit dem Opfer steht.«

»Clereaus Eltern sind vor einigen Jahren bei einem Autounfall ums Leben gekommen, können uns also leider nicht sagen, was das Opfer damals getan hat.«

»Vielleicht helfen uns seine einstigen Klassenkameraden weiter«, dachte Caroline laut über ihre Möglichkeiten nach. »Matthieu Clereau war zu jenem Zeitpunkt knapp achtzehn Jahre alt.«

»Ich rufe morgen in der Schule an. Sicher gibt es noch Unterlagen darüber, wer mit ihm in einer Klasse war. Eventuell sogar ein Abschlussjahrbuch, aus dem hervorgeht, mit wem er damals befreundet war.« Officier Armand lehnte sich zurück.

»Was ist mit seiner Frau? Vielleicht kennt sie seine Freunde von früher.« Dupain sah fragend in die Runde.

Da fiel Caroline der Anruf von heute Morgen ein. »Patrick Dugout«, erklärte sie.

»Der Politiker?« Armand sah sie zweifelnd an.

In kurzen Sätzen erzählte Caroline von dem seltsamen Telefonat, das sie am Morgen geführt hatte.

»Warum interessiert ihn das?«, fragte Dupain misstrauisch.

Caroline zuckte mit den Achseln. »Angeblich, weil er früher einmal mit ihm befreundet war.« Sie hielt kurz inne. »Clereau war noch keine vierzig. Es kann schon sehr verstörend sein, wenn jemand gewaltsam aus dem Leben gerissen wird, der noch so jung war und den man persönlich gekannt hat.« Sie konnte das Zittern in ihrer Stimme nicht verhindern. Als sie die drei Beamten anschaute, registrierte sie deren betretene Mienen.

Armand räusperte sich. »Vielleicht sollten wir uns diesen Dugout einmal genauer vornehmen.«

Caroline nickte. »Schaden kann es auf keinen Fall. Vielleicht sagt ihm das Datum sogar etwas.«

Armand erklärte, dass er sich gleich morgen früh darum kümmern werde.

»Was ist mit der Anzeige?« Marie Noir sah Caroline fragend an. »Sollen wir sie weiterverfolgen?«

»Die Akte ist versiegelt, sagten Sie?«

»Oui.« Die Beamtin nickte.

»Forschen Sie noch mal nach. Vielleicht können Sie in Erfahrung bringen, um was es ging.« Caroline dachte kurz nach. »Oder wer die Anzeige aufgegeben hat.«

Marie Noir stutzte. »Wer die Anzeige aufgegeben hat, ist bekannt, Capitaine.«

»Und?«

Die Beamtin blickte kurz auf ihre Notizen. »Eine Estelle Miroux«, las sie ab. »Sie ist …«

Caroline starrte Noir ungläubig an. »Ich kenne die Frau.« Das konnte doch nicht sein. Auch den beiden Officiers, denen sie heute Morgen am Tatort von der Drohung ihrer Nachbarin erzählt hatte, war die Fassungslosigkeit ins Gesicht geschrieben.

»Kann mich mal bitte jemand aufklären?« Marie Noir sah ihre Kollegen vorwurfsvoll an.

Caroline ergriff das Wort und berichtete erneut von der Szene, deren Zeugin sie vorgestern in der *Auberge* geworden war.

»Das heißt, Estelle Miroux droht Matthieu Clereau in aller Öffentlichkeit mit dem Tod, zwei Tage später liegt der Mann ermordet in seinem Haus und auf seiner Stirn wurde das Datum von vor fast zwanzig Jahren eingeritzt, auf das sich eine Anzeige besagter Estelle Miroux bezog, die sie einen Tag später bei der hiesigen Police Nationale aufgegeben hat?« Die junge Beamtin hatte die Zusammenhänge auf den Punkt gebracht.

Und auch wenn dadurch noch lange nicht erwiesen war, ob und was Estelle Miroux mit dem Tod von Matthieu Clereau zu tun hatte, war allen klar, dass diese Spur zu offensichtlich war, als dass sie sie hätten ignorieren können.

»Ich werde mit ihr sprechen«, erklärte Caroline grimmig. »Gleich morgen früh. Mal sehen, was Madame Miroux zu all dem zu sagen hat.«

15

Ja, die Zeit nach dem Krieg war merkwürdig. Sie machte etwas mit uns. Wir hatten den Zusammenbruch der Welt erlebt. Was man in den Nachrichten zu sehen bekam, was überall erzählt wurde, war so furchtbar, dass die Menschen sich fragten, wie all dies praktisch vor ihrer Haustür geschehen konnte, ohne dass sie etwas davon mitbekommen hatten. Die Tage nach dem Krieg waren geprägt von grausamen Wahrheiten und traurigen Gewissheiten. Mein Vater war tot. Wir wussten, dass er nicht mehr zurückkommen würde. Wir wussten allerdings nicht, dass das Schicksal unsere Familie ein weiteres Mal auserkoren hatte, um gnadenlos zuzuschlagen.

Ich kann mich noch genau an den Tag erinnern, der mein Leben erneut, aber leider nicht zum letzten Mal aus den Angeln heben sollte. Es war Frühling, ein sonniger Samstag im April. Meine Brüder waren mit Jules, dem besten Freund meines zweitältesten Bruders Maurice, nach Perpignan gefahren, wo nachmittags eine große Kundgebung stattfinden sollte. Ich war mit Maman den ganzen Morgen damit beschäftigt, die Wäsche zu machen, während meine beiden jüngeren Schwestern auf dem Markt im Nachbardorf einkaufen wollten.

Es war natürlich keiner dieser Märkte mit zig Ständen, wie es sie heute überall gibt. Niemand hatte viel, jeder kämpfte ums Überleben. Es hatte sich eingebürgert, dass die Bauern der umliegenden Höfe ihren kleinen Überschuss anboten und untereinander tauschten und verkauften.

Camille und Rose liebten die Abwechslung, die ihnen der wöchentliche Ausflug bot. Dies war für uns Mädchen so ziemlich die einzige Möglichkeit, überhaupt von zu Hause wegzukommen. Damals war es nicht so einfach. Es gab keine Discos oder Klubs wie heute. Aber wir waren jung. Lebenshungrig, neugierig auf die Zukunft und die Liebe. Viele Männer waren gefallen. Die wenigen Überlebenden konnten aus einer ganzen Heerschar junger heiratswilliger Frauen wählen.

Camille und Rose waren nur zwei Jahre jünger als ich. Zwillinge. Bildhübsch, mit langen schwarzen Haaren und Augen, die zu glühen schienen, wenn sie einen ansahen. Ich beneidete sie um ihr Aussehen, das muss ich offen zugeben. Auch wenn ich nicht direkt hässlich war, so fand ich mich eben doch ... ja, gewöhnlich.

Ich sehe es noch vor mir, als wäre es gestern gewesen, wie die beiden aufbrachen. Sie kicherten und alberten herum, während sie langsam aus meinem Blickfeld verschwanden.

Ich wusste, dass sie nicht nur wegen des Marktes ins Dorf wollten. Aber ich fühlte mich nicht gut, da ich gerade eine Grippe überstanden hatte, und entschied mich daher, zu Hause bei Mutter zu bleiben, um ihr zur Hand zu gehen. Wäre ich doch nur mitgegangen! Vielleicht hätte uns das Schicksal dann verschont.

Etwa zwei Stunden, nachdem die beiden aufgebrochen waren, legten Maman und ich eine kurze Pause ein. Wir setzten uns vors Haus und genossen die warme Aprilsonne. Der Winter war lang gewesen, jeder Sonnenstrahl erschien uns wie die Verheißung auf eine bessere Zukunft.

»Hast du bemerkt, wie Jules dich ansieht?«

Ich schaute meine Mutter überrascht an. »Was meinst du?«

»Ach, Eveline.« Sie seufzte. »Du bist eine junge Frau. Jules wird einmal den Hof seiner Eltern erben. Sicher möchte er bald eine Familie gründen.«

Ich sah den Freund meines Bruders vor mir. Sein gedrungener Körperbau, das rundliche Gesicht, die kräftigen Hände. Jules gehörte einfach zu unserem Leben. Er war schon immer da gewesen. Wenn er nicht zu Hause helfen musste, war er mit Maurice und meinem ältesten Bruder unterwegs. Er aß mit uns und übernachtete oft auf dem Hof. Bisher hatte ich mir noch nie ernsthaft Gedanken über ihn gemacht, da er eine Art dritter Bruder für mich war. Dass er andere Gefühle als freundschaftliche für mich hegen könnte, erschien mir vollkommen abwegig.

»Willst du etwa andeuten, dass Jules Foulard Interesse an mir haben könnte?«

Meine Mutter lachte. »Ich will gar nichts andeuten. Ich sehe nur, wie er mit dir umgeht. Wie er dir diese Blicke zuwirft, wenn er denkt, es sähe niemand.«

»›Diese Blicke‹. Du redest ja, als würde er mich anschmachten.« Ich schüttelte den Kopf und streckte meine Beine aus. Meine Mutter hatte noch nie mit mir über Männer gesprochen. Dieses Thema existierte bisher nicht. Bis zu diesem Augenblick.

Jules war nett, keine Frage. Er war auch nicht unansehnlich, aber wenn ich mir vorstellte, mit ihm … Nein, er war ein sehr guter Freund. Nicht weniger, aber auch nicht mehr.

»Das tut er.« Wieder lachte sie.

»Maman!« Ich spielte Empörung vor.

»Glaub mir, Eveline.« Sie nickte. »Er geht anders mit dir um als mit deinen Schwestern.«

Ich blickte in die Ferne. Über die Felder, die unseren Hof umgaben. Gedankenverloren hob ich meinen Kopf und schloss die Augen. Meine Mutter schwieg. Es war eine friedvolle Stille. Nur das Gezirpe der Grillen war zu hören.

»Nein!«

»Nein?«

Als ich wieder die Augen öffnete, ruhte der Blick meiner Mutter auf mir.

»Nein«, bekräftigte ich. »Jules ist …« Ich dachte nach. »Er ist nett. Sympathisch. Verlässlich.«

»›Nett. Sympathisch. Verlässlich.‹« Sie legte andächtig ihren Kopf schief.

»Ich möchte …« Wieder brach ich ab. »Wenn ich jemals heiraten sollte, muss mein zukünftiger Ehemann mich von der ersten Sekunde an begeistern können. Er muss mein Leben zum Leuchten bringen. Er muss mir das Gefühl geben können, ich sei ohne ihn nicht vollkommen.«

Während ich in meinen Träumen schwelgte, schluckte meine Mutter hörbar neben mir. »Das ist …« Jetzt war sie es, die nach Worten suchte. »Du hast hohe Ansprüche, Eveline.«

»Wenn ein Mann dazu nicht in der Lage ist, ist er nicht der Richtige.«

»Vielleicht hast du recht«, erwiderte sie zögerlich. »Vielleicht hast du recht«, wiederholte sie leiser.

»Wie war es mit Papa und dir?« Ich traute mich kaum, ihr in die Augen zu sehen. Seit dem Tod unseres Vaters hatte sie nie auch nur die geringste Gefühlsregung gezeigt, wenn wir von ihm sprachen.

Meine Mutter hob ihren Kopf und sah mich lange an. »Mit ihm war es genauso, wie du eben beschrieben hast.« Sie machte eine Pause. »Dein Vater hat mich vollkommen gemacht.« Ihre Augen glänzten feucht.

Unbeholfen nahm ich ihre Hand und drückte sie leicht. So verharrten wir einen Moment, bis sie sich wieder gefangen hatte. Es war ihr sichtlich unangenehm, dass sie diesen Moment der Schwäche vor mir zugelassen hatte. Sie räusperte sich. »Was machen wir jetzt mit Jules?«

Ich blickte sie verblüfft an, während sie ihren Mund zu einem Lächeln verzog.

»Er wird die Richtige finden. Irgendwann. Ich bin es aber definitiv nicht.«

Sie nickte und wollte gerade etwas erwidern, als ein Motorengeräusch die Stille durchschnitt.

»Wer ist das?« Ich kniff meine Augen zusammen. Es kam nicht allzu oft vor, dass wir motorisierten Besuch bekamen.

Meine Mutter zuckte mit den Achseln und wischte sich die Hände an ihrem Rock ab. Als wir einen Wagen auf dem Feldweg erblickten, der zu unserem Hof führte, erhoben wir uns und überquerten den gepflasterten Platz.

»Die Gendarmerie«, hauchte meine Mutter leise neben mir. »Was wollen die denn hier?«

Wir warteten, bis der Motor des Wagens erstarb und zwei Polizisten ausstiegen. Sie fassten sich andeutungsweise an ihre Mützen und nickten uns leicht zu.

»Madame?« Der Größere der beiden wandte sich direkt an meine Mutter, während der Kleinere mich mit einem kurzen Blick bedachte.

»Wie kann ich Ihnen helfen?« Meine Mutter bemühte sich um Haltung und reckte ihr Kinn vor.

»Es tut uns leid, wir haben keine guten Nachrichten«, begann der Kleinere nun.

Ich bemerkte, wie meine Mutter neben mir leicht schwankte. Doch sie schwieg und wartete. Mein Herz pochte wild, während mich eine dunkle Vorahnung überkam.

»Es geht um Ihre Töchter. Camille und Rose.« Der Polizist fühlte sich sichtlich unwohl, während er sprach.

»Was ist mit ihnen?« Die Stimme meiner Mutter klang seltsam fremd.

»Sie … sie hatten einen Unfall.«

»*Einen Unfall?*«, platzte es nun aus mir heraus. »*Was für einen Unfall? Nun reden Sie schon!*«

»*Eveline*«, ermahnte mich meine Mutter.

»*Es tut uns leid, aber Ihre Töchter sind von einer Landmine getötet worden.*«

Seine Worte klangen, als ob sie aus einem anderen Universum kämen. Von was redete er bloß? Der Krieg war vorbei. Es musste sich um eine Verwechslung handeln.

Ich wusste natürlich, dass es in den letzten Monaten immer wieder zu Unfällen mit unentdeckten Landminen gekommen war. Von zerfetzten Leibern war da die Rede gewesen. Von menschlichen Überresten, die nicht mehr als solche erkennbar waren. Aber doch nicht Camille und Rose!

Ein Schrei unterbrach die unheilvolle Stille. Meine Mutter legte beschützend ihren Arm um mich, als mir bewusst wurde, dass ich es gewesen war, die das ohrenbetäubende Geräusch verursacht hatte.

»*Madame, können wir etwas für Sie tun?*« Der kleinere Polizist sah sie unsicher an.

»*Sie kommen hierher und erzählen mir, dass zwei meiner Kinder tot sind, und wollen wissen, ob Sie etwas für mich tun können?*« Die Stimme meiner Mutter klang gefährlich ruhig. Ihr Arm dagegen, der immer noch um meine Schultern lag, zitterte unaufhörlich.

Die Gesichter meiner Schwestern tauchten vor meinem inneren Auge auf. Im einen Moment lachend und kichernd, im nächsten explodierten ihre Köpfe in tausend Stücke. Meine Knie brachen weg, dann wurde alles schwarz um mich herum.

Tage später, nachdem ich mich wieder von meinem Nervenzusammenbruch erholt hatte, setzte sich meine Mutter eines Abends an mein Bett. Meine Schwestern waren gerade beerdigt worden, meine Brüder saßen unten in der Küche und diskutierten mit Jules lautstark über den Sinn und Unsinn des Krieges.

Maman nahm meine Hand in ihre. »Kannst du dich noch an unser Gespräch erinnern?« Sie brach ab. »Ich habe nachgedacht. Vielleicht ist es manchmal besser, seine Erwartungen etwas herunterzuschrauben.«

Wütend sah ich sie an. »Willst du mich loswerden? Soll ich …« Meine Stimme versagte.

»Nein«, entgegnete sie beschwichtigend. »Ich möchte nur, dass du darüber nachdenkst.« Sie blinzelte. »Manchmal ist das Leben kürzer, als wir uns vorstellen können.«

»Nein«, erwiderte ich trotzig. »Ich warte.«

Sie nickte.

»Camille und Rose hätten nicht gewollt, dass ich mich unglücklich mache.«

Nachdenklich kaute meine Mutter auf ihrer Unterlippe. »Nein, das hätten sie sicher nicht. Ich hoffe, du wirst glücklich, Eveline.«

Nachdem sie gegangen war, lag ich noch lange wach und dachte über ihre Worte nach. Ja, ich wusste mittlerweile, dass ich Jules nicht gleichgültig war. Sein Blick wurde jedes Mal weich und sanft, wenn er mich ansah, das bemerkte ich seit dem Gespräch mit meiner Mutter. Meine Brüder zogen ihn deswegen schon auf. Aber was sollte ich tun? Ich liebte ihn nicht. Ich konnte mir nicht vorstellen, mit ihm glücklich zu werden, wenn ich nicht dasselbe empfand wie er.

Erwartete ich tatsächlich zu viel? Ich wusste es nicht. Aber ich wollte mich nicht damit abfinden. Der Krieg hatte so vielen Menschen die Chance auf ein glückliches Leben brutal genommen. War es nicht meine verdammte Pflicht, das Beste aus meinem zu machen?

Estelle schluckte den Kloß herunter, der sich während des Lesens in ihrer Kehle gebildet hatte. Sie konnte die Worte ihrer Oma kaum ertragen. Erst der Vater, dann zwei ihrer Geschwister. Wie hatte ihre Urgroßmutter mit diesem Verlust nur weiterleben können?

Benommen legte Estelle das Buch zur Seite.

Nachdem sie das himmelblaue Zimmer fertig gestrichen hatte, hatte sie es nicht mehr abwarten können. Noah war noch nicht zurück gewesen. Estelle hatte das Notizbuch ihrer Oma hervorgeholt und sich damit in das kleine Büro im Erdgeschoss verzogen.

Ein Blick auf die Uhr sagte ihr, dass es bereits nach sechs war. Ob Emily noch arbeitete? Und was war mit ihrem Vater? War er überhaupt noch berufstätig? Ihr wurde bewusst, dass sie keine Ahnung von ihrer Familie hatte. Sollte sie Ardèche damit beauftragen, Informationen über sie einzuholen? Mach dich nicht lächerlich, Estelle, rief sie sich im nächsten Moment zur Vernunft. Was würde der Privatdetektiv denken, wenn er ihrer Schwester und ihrem Vater hinterherschnüffeln sollte? Schließlich war es schon schlimm genug, dass sie von ihm hatte erfahren müssen, dass Emily mit Patrick zusammen war.

Sie tigerte in den Empfangsraum zurück. Wenn nur Noah da wäre … Sie sehnte sich danach, mit jemandem zu reden. Obwohl ihr natürlich klar war, dass sie den Teenager weder mit den Geschichten ihrer Oma behelligen konnte noch mit dem Familienchaos der Miroux. Für ihre Probleme war er viel zu jung.

Vielleicht sollte sie mit Louanne sprechen. Die kannte zumindest teilweise die Geschichte von Estelles Familie. Außerdem erzog sie ihre drei Kinder allein. So eine Frau dürfte demzufolge nicht mehr allzu viel erschüttern. Eine Frau, die ihre Scheidung als ›glücklich‹ empfand.

Estelle erschrak, als ihr Handy klingelte. Ein Blick auf das Display verriet ihr, dass es Ardèche war. Sie zögerte, bevor sie den Anruf annahm. Eigentlich war sie gerade nicht in der Stimmung, um sich mit ihrem Vorhaben zu beschäftigen. Andererseits ... Vielleicht hatte der Privatdetektiv neue Erkenntnisse, die ihre Laune erhellen konnten.

»Miroux.«

»Ardèche hier. Madame ...« Er räusperte sich. »Bei Ihrem Auftrag gibt es neue Entwicklungen.«

»Neue Entwicklungen?« Estelle registrierte alarmiert den merkwürdigen Unterton in der Stimme des Ermittlers.

»Es geht um Matthieu Clereau.« Wieder schwieg Ardèche einige Sekunden lang. »Er ist tot.«

Estelles Puls beschleunigte sich, doch sie zwang sich zu Besonnenheit. Es wäre wohl kaum förderlich, wenn sie in dieser Situation in Jubelschreie ausbräche. »Tot?«, wiederholte sie daher nur und bemühte sich um einen unaufgeregten Tonfall.

»Ja«, bestätigte Albert Ardèche gedehnt. »Er wurde gestern Nacht ermordet.«

Ermordet. Estelle ließ die Bedeutung des Wortes auf sich wirken, bevor sie ein schwaches Lächeln unterdrückte.

»Er wurde zu Hause erstochen«, fuhr der Privatdetektiv fort, als klar war, dass sie nichts erwidern würde.

»Was ist denn passiert?« Ihre Stimme klang wie die einer Fremden.

»Ich weiß es nicht genau, Madame.« Er zögerte. »Ein ehemaliger Kollege aus Perpignan hat mir erzählt, dass Clereau wohl an seiner eigenen Haustür erstochen wurde.«

Estelle wusste nichts zu entgegnen.

»Ich bin mir jetzt nicht sicher ...« Wieder räusperte er sich. »Möchten Sie trotzdem, dass ich weitere Informationen über Clereau einhole? Es könnte etwas schwieriger werden, da die Polizei natürlich aufhorcht, wenn nach einem gewaltsamen Tod plötzlich Leute auftauchen, die im Leben des Opfers herumschnüffeln.«

»Hm.«

»Seien Sie versichert, dass ich nach wie vor sehr diskret vorgehe, aber unter diesen Umständen ...« Er ließ den Satz unbeendet.

Estelle überlegte.

»Madame?«

»Ja. Ich bin noch da.« Gedankenverloren malte sie mit ihrem Finger eine Acht auf den Tresen. »Non«, erwiderte sie schließlich. »Non. Streichen Sie Matthieu Clereau von der Liste. Es wird nicht nötig sein, weiter Erkundigungen über ihn einzuholen.« Denn er hat seine gerechte Strafe bekommen, setzte sie in Gedanken hinzu. »Konzentrieren Sie sich auf die anderen drei.«

»Wie Sie wünschen, Madame. Leider bin ich noch nicht wirklich weitergekommen. Jérôme Lafayette hat übrigens einen unehelichen Sohn.« Estelle hörte Papier rascheln. »Eduard. Mit ...«

Louanne Dargent, setzte Estelle im Stillen hinzu.

»Louanne Millier, geborene Dargent. Auch Patrick Dugout hat übrigens ein uneheliches Kind. Eine Tochter.«

Estelle horchte auf.

»Aber das wussten Sie wahrscheinlich schon. Immerhin ist er mit Ihrer Schwester zusammen. Außerdem hat er daraus nie ein Geheimnis gemacht.«

Entgegen Ardèches Annahme hatte Estelle nichts von Patricks Kind gewusst. Sie wunderte sich, dass es Emily nicht störte. Ihre Schwester musste dieses Arschloch tatsächlich lieben.

»Sobald ich mehr habe, melde ich mich wieder.«

»Weiß man schon, wer hinter Clereaus Tod steckt?« Estelle hatte die Frage gestellt, bevor sie darüber nachdenken konnte.

Ardèche schwieg einen Moment lang. »Darüber weiß ich leider nichts, Madame. Bedaure. Aber Clereau war als Anwalt eiskalt, das sagte ich Ihnen bereits. Ich gehe davon aus, dass er jemandem zu sehr auf die Füße getreten ist. So etwas passiert.«

Auch der Privatdetektiv machte nicht den Anschein, als ob ihn Clereaus Tod sonderlich berührte. Warum auch? Für ihn waren die vier Personen, die Estelle ihm genannt hatte, nichts weiter als Unbekannte, auf deren weißen Westen er einige schwarze Flecken finden musste.

16

Tom stand an der Terrassentür und blickte kurz zur *Auberge* hinüber. »Caroline«, versuchte er es erneut und drehte sich wieder zu ihr um.

»Vielleicht sollte ich das alles hinschmeißen«, merkte sie bekümmert an, während sie sich auf ihrem Sessel zusammenkauerte.

»Warum?« Er sah sie fragend an. »Es läuft doch gut.«

»Gut«, sie lachte bitter. »Ich habe heute Morgen fast wieder einen Panikanfall bekommen, als ich zur Arbeit gefahren bin.«

»Setz dich doch nicht so unter Druck«, meinte Tom leise, während er Caroline betrachtete. »Sieh dir Théo an. Er scheint sein Knie komplett vergessen zu haben.« Er deutete mit dem Kinn in Richtung Garten, wo der Junge mit seinem Bruder gerade auf einen alten Olivenbaum kletterte.

Sie lächelte leicht und fuhr sich über ihre Stirn. »Manchmal weiß ich einfach nicht, wofür ich das alles hier tue.«

Er wandte sich wieder schweigend dem Garten zu. Was sollte er darauf erwidern? Er fühlte sich hilflos, wusste nichts zu sagen, um ihr in ihrem Schmerz zu helfen. »Was kann ich tun?« Er hob leicht seine Achseln.

»Nichts, Tom«, wehrte sie ab. »Nichts. Du tust schon genug für mich.« Sie erhob sich und trat neben ihn. Während sie die beiden Jungen beobachteten, schwiegen sie.

Als er bemerkte, wie sie neben ihm leicht zu zittern begann, drehte er sich zu ihr um. »Caroline …«

Sie weinte. Tränen rannen ihr über die Wangen. »Ich schaffe das nicht, Tom.«

»Doch«, widersprach er ihr heftiger als beabsichtigt. »Doch, du schaffst das.«

Sie stand mit hängenden Schultern neben ihm und bot ein Bild des Elends.

Nach einem kurzen Blick auf die Kinder, die im Garten herumgrölten, packte er sie an den Schultern und drehte sie zu sich um. »Du schaffst das, denn du bist eine starke Frau.«

Aus tränenverschleierten Augen blickte sie zu ihm auf.

»Ach, komm …« Tom legte seine Arme um sie und zog sie dicht an sich heran. Während er beruhigend auf sie einredete, entspannte sie sich langsam. Mittlerweile war es draußen dunkel. Tom blickte zur *Auberge* hinüber, in der nur im ersten Stock ein einzelnes Zimmer erleuchtet war.

Caroline folgte seinem Blick. »Wie läuft es mit ihr?« Sie deutete mit dem Kinn auf das Nachbargebäude.

»Was meinst du?« Tom sah sie fragend an.

Sie versuchte sich an einem schiefen Grinsen. »Du weißt, was ich meine.«

»Ach.« Jetzt verzog auch er seinen Mund zu einem Grinsen. »Die Frau mit den eiskalten Augen?«

Sie setzte einen tadelnden Gesichtsausdruck auf. »Sei bitte vorsichtig, Tom.«

Missbilligend sah er sie an. »Übertreibst du nicht ein wenig?«

Caroline schüttelte ihren Kopf, bevor sie sich von ihm löste. »Bitte sei vorsichtig, wenn du ihr hilfst.« Sie hielt kurz inne. »Ich wünschte, ich hätte nicht vorgeschlagen, dass du ihr ein wenig zur Hand gehst.«

»Warum?« Verständnislos blickte er sie an. »Ich schleife lediglich ein paar Türen ab. Keine wirklich anspruchsvolle Arbeit, aber es macht mir Spaß. Du weißt doch, wie schwer mir die Entscheidung damals gefallen ist, als der Verlag angefragt hat.«

»Ja, ich weiß«, stimmte sie widerwillig zu. »Aber …«

»Und im Übrigen«, unterbrach er sie, »ist es ihr selbst unangenehm, dass ich ihr helfe. Sie dringt darauf, dass ich ihr eine Rechnung für die Arbeiten ausstelle.«

»Eine Rechnung?« Caroline schüttelte irritiert den Kopf. »Du bist ihr Nachbar.«

»Eben«, stimmte er zu.

Caroline sah ihn eindringlich an. »Tom, eigentlich dürfte ich dir das gar nicht erzählen, aber …« Wieder deutete sie zu dem kleinen Hotel hinüber.

»Was darfst du mir nicht erzählen? Hat Estelle etwa irgendwelche Leichen im Keller?« Er hatte seine Worte als Scherz gemeint, doch Carolines Gesicht verfinsterte sich schlagartig. »Los, raus mit der Sprache! Was ist los?« Tom trat einen Schritt vom Fenster weg.

»Erinnerst du dich noch an den Typen, der vorgestern aus dem Hotel kam, als wir uns bei Estelle vorgestellt haben?«

»Den Typen, den sie umbringen wollte?« Er grinste wieder.

»Tom, bitte«, ermahnte Caroline ihn. »Genau dieser Mann wurde heute Morgen ermordet auf seiner Fußmatte aufgefunden.«

»Wie bitte?« Er sah sie ungläubig an. »Du machst Witze.«

Caroline schüttelte ihren Kopf. »Leider nicht. Da der hiesige

Capitaine gerade im Urlaub ist, hat Morphes mich mit den Ermittlungen beauftragt.«

»Aber ...« Tom wusste nicht, was er denken sollte. »Aber du glaubst doch nicht ernsthaft, dass Estelle ...?«

Caroline zuckte mit den Achseln. »Irgendetwas stimmt mit ihr nicht.«

Genervt unterbrach er sie: »Ja, ich weiß. Sie hat eiskalte Augen. Das sagtest du bereits mehrfach.«

»Es geht nicht um ihre Augen.« Sie blickte ihn auffordernd an. »Wir haben ernst zu nehmende Hinweise, dass sie in irgendeinem Zusammenhang mit dem Opfer stand.«

»Ja, und?« Gereizt raufte er sich die Haare. »Sie hat ihn gekannt. Das weißt du doch.«

»Es ist mehr als das, Tom.« Sie blickte ihn jetzt ruhig an. »Ich möchte einfach, dass du ein wenig aufpasst.«

Er schüttelte seinen Kopf. Was war nur in Caroline gefahren? Es stimmte, Estelle Miroux hatte stahlblaue Augen. Augen, die seiner Meinung nach die Trauer in ihrer Seele widerspiegelten. Und ja, es stimmte auch, dass diese Frau Geheimnisse mit sich herumtrug. Aber sie war keine Mörderin. Auch wenn er sich auf ihre Stimmungsschwankungen noch keinen Reim machen konnte, so spürte er doch, dass Estelle Miroux unter den unzähligen Schutzschichten, die sie anscheinend im Laufe der Jahre aufgebaut hatte, eine tief verletzte Persönlichkeit verbarg. Eine Persönlichkeit, die ihn unerklärlicherweise magisch anzog. Und von der er fest überzeugt war, dass sie freizulegen ein äußerst lohnenswertes Unterfangen sei. Doch er behielt seine Gedanken für sich, denn er wollte Caroline nicht noch mehr beunruhigen.

17

»Estelle?«

Als sie sich mit dem Buch ihrer Oma in der Hand auf dem Treppenabsatz herumdrehte, erblickte sie im Empfangsraum Noah, der ein junges Mädchen an der Hand hielt. Virginie, vermutete Estelle. Sie stieg die Treppe wieder hinab. »Na, ihr zwei?«

Noah zeigte auf seine Begleiterin. »Das ist Virginie.«

»Salut«, begrüßte Estelle sie, während sie ihr die Hand gab. »Ich bin Estelle.«

»Bonsoir, Madame.«

Sie winkte ab. »Estelle ist völlig ausreichend.«

Das Mädchen lächelte schüchtern. Sie war sehr schlank, für Estelles Geschmack ein wenig zu dürr, und hatte lange schwarze Haare. Ihre dunklen Augen standen einen Tick zu weit auseinander. Noah grinste sie an.

»Ist die Schule schon zu Ende?«

Virginie verzog ihr Gesicht. »Heute ging sie nur bis zwei. Noah hat mich abgeholt ...«

»... und wir waren am Strand«, warf er ein.

»Am Strand?« Zweifelnd blickte Estelle die Teenager an. »Ist es dafür nicht etwas kalt?«

Virginie schüttelte den Kopf. »Überhaupt nicht. Und ich liebe das Meer im Herbst. Es liegt nicht so träge da wie im Sommer. Seine Oberfläche erscheint ... wild und aufgewühlt. Als ob es uns etwas mitteilen möchte.«

Eine Träumerin, dachte Estelle schmunzelnd. Noah hatte Geschmack. Sie wandte sich an ihn. »Heute also kein Fußballturnier bei unseren Nachbarn?«

Er warf Virginie einen kurzen Blick zu. »Eigentlich war

ich mit Tom und den Kids verabredet. Aber der Kleine hat sich in der Schule am Bein verletzt. Außerdem muss sich Tom um Caroline kümmern.« Er machte eine unbestimmte Handbewegung. »Irgend so ein Frauenzeugs …«

»›Frauenzeugs‹?« Estelle zog tadelnd ihre Augenbrauen hoch.

»Ja, anscheinend geht es ihr nicht gut«, erklärte er in gelangweiltem Ton. »Tom hat mich nur kurz angerufen.«

Tom hatte also schon Noahs Handynummer. Estelle war sich nicht sicher, ob sie diese Entwicklung gutheißen konnte.

Virginie, die die ganze Zeit schweigend neben Noah stand, sah sich neugierig in dem Eingangsbereich um. »Das Hotel ist toll geworden.« Sie schaute Estelle an. »Die Außenfassade …« Sie schürzte ihre Lippen. »So gefällt es mir viel besser als vorher.«

»Danke, das ist lieb von dir.« Estelle lächelte.

»Vielleicht …«, Virginie überlegte kurz. »Mein Vater hat öfters Gäste, die sich für einige Tage in Argelès aufhalten. Geschäftlich.« Das letzte Wort hatte sie in abwertendem Ton gesagt. »Vielleicht könnte ich ihm sagen, dass Sie hier Zimmer vermieten.«

Estelle registrierte ihren abwartenden Blick. »Er kann sich die Räumlichkeiten gern anschauen, wenn er möchte.«

»Ich sage es ihm, wenn ich ihn das nächste Mal treffe.«

»Ihre Eltern leben nicht zusammen«, erklärte Noah Estelle, während er seine Freundin liebevoll ansah.

Als sie seinen Blick bemerkte, krampfte sich Estelles Magen zusammen. Er war fast erwachsen, dachte sie wieder einmal wehmütig. »Das tut mir leid«, wandte sie sich an Virginie.

Die winkte nur ab. »Kein Problem. Meine Eltern haben sich getrennt, als ich ein halbes Jahr alt war. Ich kann mich also gar nicht erinnern, die beiden jemals anders als streitend und diskutierend gesehen zu haben.«

»Ihr Vater ist Politiker«, ergänzte Noah grinsend.

»Politiker?«, wiederholte Estelle amüsiert.

»Vielleicht kennen Sie ihn ja sogar. Sie kommen doch aus Argelès. Zumindest hat Noah mir erzählt, dass Sie …«

»Es ist schon sehr lange her, dass ich hier gelebt habe«, erwiderte Estelle zögernd. »Daher glaube ich kaum, dass ich noch viele Leute von früher kenne.«

»Patrick Dugout«, erklärte Virginie. »So heißt mein Vater.«

Estelle wurde blass. Nein! Nicht Patrick! Das konnte doch nicht sein. »Patrick Dugout?«, wiederholte sie ungläubig. Ihre Stimme zitterte.

»Kennst du ihn?« Noah sah sie besorgt an.

Estelle überkam das unangenehme Gefühl, dass gerade sämtliche Luft aus ihren Lungen wich. Für einige Sekunden verschwamm ihr Blickfeld.

»Estelle?«

Verwirrt registrierte sie Virginies Stimme. Was sollte sie bloß tun? Ihre Gedanken rasten und fanden doch zu keinem Ergebnis.

»Ich denke …«, Estelle bemerkte selbst, wie kühl ihre Stimme plötzlich klang, doch sie konnte sich kaum noch beherrschen, »… ich denke, dieses Hotel eignet sich nicht für die Geschäftsfreunde deines Vaters. Tut mir leid.« Sie wich den entgeisterten Blicken der jungen Leute aus. »Und jetzt entschuldigt mich bitte. Ich habe noch zu tun.«

Estelle drehte sich auf dem Absatz um und floh geradezu die Treppe hinauf. In ihrem Rücken spürte sie, wie die beiden Augenpaare ihr folgten. Als sie den ersten Stock erreichte, hörte sie von unten aufgeregtes Gemurmel. Verzweifelt presste sie das Notizbuch ihrer Oma enger an sich. Sie wollte nichts mehr hören. Nichts mehr hören und nichts mehr sehen.

Sie stieg noch eine Etage höher, schloss hastig ihre Wohnung auf und knallte die Tür hinter sich zu. Draußen war es bereits dunkel, doch Estelle schaltete kein Licht an. Sie legte das Buch auf den Esstisch und ging zu der großen Fensterfront im Wohnzimmer. Für einen Moment presste sie ihre Stirn an die kühle Scheibe. Ein tiefes Schluchzen entwich ihrer Kehle. Sie war mit ihren Kräften am Ende.

Estelle konnte einfach nicht glauben, was sich um sie herum abspielte. Matthieu, der sie in ihren eigenen vier Wänden bedrohte. Ihr Vater, der die Vergangenheit einfach unter den Teppich kehren wollte, als sei nichts geschehen. Emily, die ihre Nähe suchte, gleichzeitig aber mit Patrick Dugout zusammen war. Und jetzt auch noch Noah, der sich ausgerechnet in Patricks Tochter verlieben musste. Denn dass er verliebt war, stand außer Frage. Dazu kam die Geschichte ihrer Oma, die Estelle näherging, als sie sich eingestehen wollte. Und natürlich Tom …

Sie blickte zu dem Haus der Bauvalls hinüber. Die beiden Jungen tobten im Garten herum. Im Wohnzimmer brannte Licht. Tom stand mit Caroline an der offenen Terrassentür. Estelle trat einen Schritt zur Seite, doch da sie im Dunkeln stand, war sie sicher, dass die beiden sie nicht sehen konnten. Weinte Caroline? Estelle kniff die Augen zusammen. Im selben Moment drehte Tom sich um und nahm seine Frau in die Arme. Die Szene versetzte Estelle einen leichten Stich. Wieder musste sie an seine Andeutungen denken.

Was spielte dieser Mann nur für ein Spiel? Jetzt konnte sie es deutlich erkennen: Caroline weinte tatsächlich. Was hatte Noah gesagt? Frauenzeugs?

Nach einer halben Ewigkeit blickten die zwei ohne Vorwarnung in ihre Richtung. Instinktiv wich Estelle ein Stück zurück. Caroline redete auf Tom ein, während dieser sie nur stirnrunzelnd ansah. Immer wieder deutete die Beamtin auf das Hotel. Ahnte sie vielleicht etwas? Spürte sie, dass Tom

Gedanken hegte, die er als Ehemann nicht einmal ansatzweise denken sollte? Oder sah Estelle schon Gespenster? Vielleicht unterhielten sie sich nur darüber, welche Konsequenzen der Hotelbetrieb für sie als Nachbarn haben könnte.

Während die Bauvalls weiterdiskutierten, wandte sich Estelle ab und ging ins Bad.

Sie war müde, fühlte sich uralt. Als ob jegliche Lebensenergie aus ihr gewichen war. Sie durfte nicht zulassen, dass Noah sich mit diesem Mädchen abgab. Auf keinen Fall! Estelle musste sich dringend etwas überlegen.

18

Donnerstag, 28. Oktober

»Miroux.« Estelle blickte konzentriert auf die Unterlagen, die vor ihr lagen, während sie sich meldete.

»Tatjana hier. Guten Morgen, Süße.«

»Tatti.« Die Stimme ihrer Freundin ließ Estelle für einen Moment ihre Abrechnung vergessen.

»Alles in Ordnung bei euch?«

Estelle setzte sich seufzend auf ihrem Stuhl zurecht. »Frag besser nicht.«

»Was ist los?«

»Es ist …« Sie stockte, als sie spürte, wie sich die Verzweiflung in ihr erneut aufbäumte. »Ich glaube, es war ein großer Fehler hierherzukommen.«

»Was ist denn passiert?« Tatjanas Stimme klang beunruhigt.

Die Sorge ihrer Freundin umhüllte Estelle wie eine kuschelige Decke, die ihr in kalten Tagen Wärme spendete.

»Ist was mit Noah?«

»Nein«, erwiderte sie leise. »Nicht direkt. Es ist einfach …«

Und dann sprudelte es aus ihr heraus und sie berichtete ihrer Freundin von Matthieus unterschwelliger Drohung, Noahs neuer Freundin, von dem Besuch ihres Vaters, dem Anruf ihrer Schwester und den Verwicklungen, die damit zusammenhingen.

»Hat Emily dir gleich von ihrem Freund erzählt?« Tatjana war so leicht nicht zu täuschen.

Estelle überlegte kurz. »Sie … Nein, ich habe … Ich weiß es von meinem Vater.«

»Du machst doch keine Dummheiten, Estelle?«

Sie konnte sich bildlich vorstellen, wie ihre Freundin die Augen verdrehte. »Was meinst du?«

»Ich weiß nicht genau.« Tatjana lachte kurz auf. »Die Konfrontation mit zweien dieser Mistkerle.«

»Patrick habe ich nicht gesehen.«

»Noch nicht, aber wenn deine Schwester mit ihm zusammen ist …«

»Ich weiß«, gab Estelle zu. »Ich muss mir einfach überlegen, wie ich mich am geschicktesten verhalte.«

Von Ardèche und seinen Nachforschungen erwähnte sie kein Wort. Und auch vom Notizbuch ihrer Oma erzählte Estelle Tatjana nichts, denn sie wusste immer noch nicht, wie sie die Lebensbeichte, die ihr die alte Frau hinterlassen hatte, deuten sollte.

»Was gibt es Neues in Heidelberg?« Estelle wollte im Moment von all dem Chaos nichts mehr wissen.

Tatjana lachte. »Torsten hat mir einen Antrag gemacht.«

»Nein!«, rief Estelle verzückt aus.

Tatjana war seit knapp drei Jahren mit ihrem Freund zusammen, der als Kinderarzt in Dossenheim arbeitete. Estelle wusste, dass ihre Freundin Torsten über alles liebte und sich die ganze Zeit schon gewünscht hatte, dass er sie fragte.

»Wie, wo und wann?«, hakte sie grinsend nach.

»Auf den Knien, bei uns in der Wohnung, gestern Abend«, konterte Tatjana. »Er hat uns ein Drei-Gänge-Menü gekocht und beim Dessert …«

»Beim Dessert«, wiederholte Estelle leise. »Ich freue mich unheimlich für dich.« Sie hielt einen Moment inne. »Für euch.« So verkorkst ihr eigenes Liebesleben war, so sehr gönnte sie es Tatjana, dass sie ihren Traummann gefunden hatte.

Estelle hatte noch nie eine Beziehung gehabt, die sie auch nur annähernd mit der ihrer Freundin hätte vergleichen können. Nach ein oder zwei Treffen war es meist sie, die sich nicht mehr bei den Männern meldete.

Einerseits lag das natürlich an Estelles Einstellung, andererseits waren die Männer, die sie kennenlernte, auch nicht wie Torsten. Irgendwie schaffte sie es immer, sich Typen zu angeln, die genau wie sie nur unverbindlich ein wenig Spaß haben wollten. Typen, die so sehr in sich selbst verliebt waren, dass sie für andere Personen, ganz zu schweigen von einer Frau, keinen Platz in ihrem Leben hatten, wie ihre Freundin immer wieder zu sagen pflegte. Oder eben Männer, die bereits verheiratet und nur auf der Suche nach einem kurzen Abenteuer waren.

Tom Bauvall erschien vor Estelles innerem Auge. Für unverbindlichen Spaß wäre er eigentlich ideal: verheiratet, zwei Kinder. Doch irgendetwas war anders an ihm. Estelle konnte es nicht benennen.

Als ob Tatjana ihre Gedanken lesen könnte, kam postwendend die entsprechende Nachfrage. »Wie läuft es mit dem Nachbarn?«

Estelle musste an ihr unfreundliches Verhalten gestern denken. »Ganz gut«, bemühte sie sich um einen beiläufigen Tonfall. »Tom ist Schreiner und hilft mir bei den restlichen Arbeiten hier im Hotel.«

»Tom also.« Estelle hörte Tatjana lachen.

»Er ist verheiratet.«

Wieder lachte ihre Freundin auf. »Das sagtest du bereits. Bisher hat dich das nie gestört.«

»Aber du ...« Estelle brach verwirrt ab. »Warst nicht du es, die mir abgeraten hat?«

»Und hast du jemals auf mich gehört, Süße? Ich glaube, ich habe dir in der Zeit, in der wir uns kennen, gefühlte hundertmal abgeraten.«

»Tom ist ...«, Estelle suchte nach dem richtigen Wort, »... er ist zu gut für mich. Fürsorglich, verantwortungsbewusst – Attribute, die mich bei einem Mann bisher eher abgeschreckt haben.«

»Er ist nicht zu gut für dich, Estelle«, erwiderte ihre Freundin mit barscher Stimme. »Stell dein Licht nicht schon wieder unter den Scheffel. Du bist eine tolle Frau. Aber er ist eindeutig zu verheiratet für dich.«

Estelle musste über Tatjanas letzten Satz lächeln.

»Irgendwann kommt der richtige Mann für dich. Fürsorglich, verantwortungsbewusst ...«, wiederholte sie Estelles Worte. »Aber auch sexy, charmant und vor allem unverheiratet.«

Estelle spürte, wie ihr Tränen in die Augen stiegen. Tatjana fehlte ihr so sehr. »Ich bin froh, dass du angerufen hast«, raunte sie leise ins Telefon.

»Ich wünschte, ich könnte mich ins Auto setzen und zu dir kommen.«

Das wünschte ich auch, dachte Estelle.

»Aber mein Schreibtisch quillt über.«

»Ich bin ein großes Mädchen«, versuchte sie, ihre Freundin zu beruhigen.

»Aber auch große Mädchen dürfen Schwäche zeigen«, ermahnte Tatjana sie.

»Was mache ich jetzt nur mit Noah?«

»Sprich mit ihm«, riet ihr die Freundin, bevor sie sich voneinander verabschiedeten.

Sprich mit ihm, wiederholte Estelle in Gedanken Tatjanas Worte, als sich die Eingangstür der *Auberge* öffnete. Sie verließ das kleine Büro und trat hinter den Tresen.

Ein älteres Ehepaar, Estelle schätzte die beiden auf über siebzig, stand in der Mitte des Raumes und schaute sich staunend um. Der Mann hatte zwei kleinere Reisetaschen in der Hand.

»Bonjour«, machte Estelle das Pärchen auf sich aufmerksam.

»Ah. Bonjour, Madame.« Der Mann trat vor und reichte ihr die Hand. »Ich bin Bertrand Clément.« Er zeigte auf seine Frau. »Und das ist meine Frau Mathilde.« Er holte einen Ausweis aus seiner Jackentasche und legte ihn auf den Tresen. »Wir haben vor einigen Tagen mit Ihrem Mitarbeiter gesprochen und ein Doppelzimmer reserviert.«

Estelle nickte lächelnd. »Ja, ich bin darüber informiert. Das Zimmer steht für Sie bereit.«

»Jetzt schon?« Der ältere Mann schaute sie freundlich an. »Wir dachten, wir seien viel zu früh. Wir wollten nur fragen, ob wir unser Gepäck schon für ein paar Stunden unterstellen dürfen.«

»Sie sind unsere ersten Gäste nach der Neueröffnung«, erklärte Estelle in feierlichem Ton. »Ich habe Ihr Zimmer bereits gestern hergerichtet.«

Die Frau stellte sich neben ihren Mann und streckte Estelle ebenfalls die Hand hin. »Sie müssen Evelines Enkelin sein. Ihre Großmutter war eine Seele von Mensch.« Sie blickte Estelle lange an. »Wie Sie anscheinend auch.«

»Danke«, murmelte Estelle beschämt.

»Die Renovierung hat dem Gebäude wirklich gutgetan«, fuhr Bertrand Clément fort, der Estelles Rührung nicht zu bemerken schien, während seine Frau sie wissend anlächelte.

»Ich hoffe, Ihr Zimmer gefällt Ihnen ebenfalls.«

»Sicher, sicher«, er winkte ab. »Eveline hat uns oft von Ihnen erzählt. Sie sagte, dass Sie ein großes Talent dafür haben, Räume gemütlich einzurichten, Gebäuden eine Seele zu geben.«

Estelle schaute ihn verwirrt an. Das hatte ihre Oma wildfremden Leuten erzählt?

»Wir haben fast jedes Jahr ein paar Tage in der *Auberge* verbracht«, erklärte Mathilde Clément nun. »Immer Ende Oktober, wenn die meisten Touristen verschwunden waren.«

»Ja, der Herbst ist hier unten eine wunderschöne Jahreszeit«, bestätigte Estelle nickend.

»Das Hotel war fast leer und wir haben mit Eveline abends oft zusammengesessen und Geschichten von früher ausgetauscht.« Monsieur Clément wackelte mit seinem Kopf. »Wie alte Leute eben so sind.«

Seine Frau lächelte wieder.

»Außer natürlich in den letzten Jahren«, merkte er wehmütig an. »Nachdem Eveline das Hotel geschlossen hatte. Daher waren wir sehr froh, als wir von der Wiedereröffnung erfahren haben.«

»Kommen Sie.« Estelle trat hinter dem Tresen hervor und nahm dem älteren Mann die beiden kleinen Reisetaschen ab. »Ich bin gespannt, was Sie zu Ihrem Zimmer sagen.«

Sie ging den beiden voran und stieg die Holztreppe in den ersten Stock hoch, als ihnen Noah entgegenkam.

»Bonjour«, grüßte sie ihn betont freundlich.

Sein Gruß bestand jedoch lediglich aus einem undeutlichen Gemurmel. Den beiden älteren Leuten nickte er kurz zu.

Als er sich widerwillig an ihr vorbeischieben wollte, hielt Estelle kurz inne und drehte sich noch mal zu ihm um. Noah hatte mittlerweile das Erdgeschoss erreicht. »Hast du gleich eine Minute?«, wollte sie auf Deutsch wissen.

Er schüttelte den Kopf, während er sie mit einem merkwürdigen Blick bedachte. »Ich muss weg.« Er deutete mit dem Daumen über seine Schulter. »Bin schon spät dran.«

»Noah, bitte …«, versuchte Estelle es erneut, doch der Teenager hatte sich schon umgedreht und steuerte auf die Eingangstür zu.

»Junge Leute«, meinte Mathilde Clément nachgiebig.

Estelle schaute sie kurz an, erwiderte jedoch nichts, sondern stieg die letzten Stufen hinauf.

»Voilà!« Sie öffnete die Tür des Gästezimmers und ließ dem Ehepaar den Vortritt.

Voller Begeisterung faltete Madame Clément ihre Hände. »Es ist traumhaft!«

Auch ihr Mann nickte anerkennend. »Eveline hatte recht, was Ihr Talent betrifft.«

Estelle bedankte sich bei den beiden. »Ich hoffe, es stört Sie nicht allzu sehr, dass noch ein paar Restarbeiten erledigt werden müssen.«

Monsieur Clément hob seine Hände. »Keine Sorge, Madame. Wir sind die meiste Zeit unterwegs. Sie werden uns kaum bemerken.«

»Ich werde dem Handwerker sagen, dass er nicht zu früh beginnen soll. Und bis zum Nachmittag ist er meist fertig.«

Handwerker, dachte Estelle bitter. Als ob Tom ein gewöhnlicher Handwerker wäre.

»Machen Sie sich keine Umstände«, unterstützte Mathilde Clément ihren Mann. »Wir sind Ihnen so dankbar, dass wir überhaupt schon kommen durften, obwohl Sie noch in den Umbauarbeiten stecken.«

Estelle verabschiedete sich schließlich von dem Ehepaar und kehrte an den Empfang zurück.

Sicher waren nicht alle Gäste so verständnisvoll und zuvorkommend. Doch jetzt freute sie sich erst einmal darüber, die ersten Urlauber beherbergen zu dürfen, noch dazu welche, die ihre Oma gekannt hatten.

Als sie jedoch im nächsten Moment wieder an Noah denken musste, verfinsterte sich ihr Gesicht.

19

Estelle stand in dem kleinen Vorhof der *Auberge* und schnitt die Rosenstöcke. Sie hoffte, dass die Blumen im nächsten Frühjahr einige bunte Farbakzente vor dem kleinen Hotel setzten, wenn ihre Blüte begann.

»Bonjour, Estelle«, ertönte Toms Stimme in ihrem Rücken. Sie ließ die Gartenschere sinken und drehte sich um.

»Schon fleißig bei der Arbeit?« Er verlor keinen Ton über ihre unhöfliche Art gestern.

Sie nickte zögernd. »Bonjour. Ja, es ist einiges zu tun.« Sie deutete mit der Hand um sich.

»Wollen Sie das alles allein bewerkstelligen?« Seine braunen Augen fixierten sie.

Estelle zuckte mit den Achseln. »Ich weiß es noch nicht. Die nächsten Monate wird nicht allzu viel zu tun sein. Wenn die Saison im Frühjahr losgeht ...« Sie ließ den Satz unbeendet.

»Außerdem haben Sie ja dank Noah ein wenig Hilfe«, fuhr Tom fort.

»Nein.« Estelle schüttelte den Kopf. »Noah ist gerade in einer Art Findungsphase. Er weiß noch nicht, was er machen will und ...« Wieder verstummte sie.

Das Interesse, das Tom Bauvall ihr signalisierte, verunsicherte sie. Bisher hatten sich ihre Bekanntschaften nicht allzu sehr für Noah und ihr Verhältnis zueinander interessiert. Die ernsthafte Aufmerksamkeit ihres Nachbarn brachte Estelle völlig aus dem Konzept.

»Ein feiner Kerl, der Junge.« Tom wandte sich ab und holte die beiden Holzböcke hervor, die er gestern in einem kleinen Verschlag auf der anderen Seite des Hofes verstaut hatte.

»Ja.« Estelle nickte. »Ja, das ist er.«

»Was ist eigentlich mit seiner Mutter passiert?«

Estelle wich seinem eindringlichen Blick aus. »Sie ist an Krebs gestorben, als Noah noch ganz klein war.«

Tom nickte verständnisvoll. »Sehr mutig von Ihnen, den Jungen allein großzuziehen.«

»Es war Silvias letzter Wunsch«, murmelte Estelle undeutlich, da sie das Gespräch nicht weiter vertiefen wollte.

Sie dachte an die Szene, die sie gestern beobachtet hatte. Caroline, die weinte, und Tom, der sie im Arm gehalten hatte. Ja, sie konnte sich gut vorstellen, dass er ein Mann war, der einer Frau Halt und Sicherheit gab. Im nächsten Moment verachtete sie sich auch schon für ihre Gedanken.

»Ich muss …« Sie deutete mit der Heckenschere zum Hoteleingang.

Tom musterte sie einen Moment lang, bevor er sein Gesicht bedauernd verzog und schweigend nickte.

Als Estelle den Eingang erreichte, hörte sie, wie zwei Wagentüren vor der *Auberge* zugeschlagen wurden.

»Was machst du denn hier?«

Überrascht drehte sie sich um und sah, wie Tom seine Frau angrinste, die vor ihm stand. Neben ihr erblickte Estelle einen Mann um die fünfzig, der eine Weste mit der Aufschrift *Police Nationale* trug. Caroline hatte eine weiße langärmlige Bluse zu einer schwarzen Jeans kombiniert. Das brünette schulterlange Haar wellte sich um ihr Gesicht.

»Wir möchten mit Estelle sprechen«, sagte die Kommissarin in dem Moment zu Tom und deutete mit dem Kinn Richtung Hotel.

Estelle erschrak. Was wollte die Police Nationale von ihr? »Bonjour«, rief sie in die Richtung der beiden Beamten. »Ich wollte gerade hineingehen.«

Caroline nickte ihrem Mann kurz zu und wandte sich dann an Estelle. »Bonjour, Madame.«

Estelle sah von Caroline zu deren Kollegen.

»Madame Miroux«, begann die Polizistin förmlich. »Ich bin heute in meiner Funktion als Capitaine der Police Nationale hier.« Sie deutete auf den Beamten neben sich. »Das ist mein Kollege, Officier Dupain.«

Der Ältere nickte und murmelte einen undeutlichen Gruß.

»Dürfen wir kurz hereinkommen?«

»Um was geht es denn?« Estelle kniff misstrauisch die Augen zusammen.

Caroline warf einen Blick zurück auf Tom, der neben den Holzböcken stand und die Szene aufmerksam beobachtete. »Das würden wir Ihnen gern unter sechs Augen sagen.«

Estelle zuckte mit den Achseln und betrat das Hotel. »Bitte.«

Die beiden Polizisten folgten ihr in den Empfangsraum.

»Wollen wir uns vielleicht in den Wintergarten setzen?«

Caroline Bauvall nickte schweigend.

Estelle zeigte auf einen Tisch neben der Küchentür. »Möchten Sie etwas trinken?«

Die beiden Beamten verneinten und rückten sich zwei Stühle zurecht. Estelle, die immer noch nicht wusste, was die Police Nationale von ihr wollte, setzte sich ihnen gegenüber.

Caroline Bauvall räusperte sich kurz. »Madame«, begann sie mit ernstem Gesichtsausdruck. »Es geht um Matthieu Clereau.«

Estelle erstarrte innerlich, bemühte sich jedoch, ihre Miene unter Kontrolle zu halten. Sie war nicht sicher, ob es ihr gelang, während sie den prüfenden Blick ihrer Nachbarin auf sich spürte. Sie schwieg.

»Madame?« Caroline beugte sich vor.

»Um was genau geht es?« Estelle ärgerte sich über das Zittern in ihrer Stimme.

»Monsieur Clereau wurde gestern am frühen Morgen ermordet in seinem Haus aufgefunden.« Die Worte des Beamten verklangen bedeutungsvoll im Raum.

»Was hat das mit mir zu tun?« Estelle verschränkte ihre Finger ineinander.

»Sie scheinen nicht überrascht zu sein. Wussten Sie bereits von dem Mord?«

Dupain sah Estelle eindringlich an, während sie stumm seinen Blick erwiderte.

»Als ich vorgestern hier war …«, begann Caroline gedehnt. »Als wir uns bei Ihnen vorgestellt haben, Tom, die Kinder und ich …«

»Ja?« Estelle zog ihre Augenbrauen hoch.

»Sie haben Monsieur Clereau damit gedroht, ihn umzubringen, falls er sich noch mal blicken lässt.«

Was sollte sie dazu sagen? Die Beamtin hatte es schließlich gehört. Auch Tom würde bezeugen können, dass Estelle diese Aussage getätigt hatte. Leugnen wäre also zwecklos. »Das ist richtig«, erwiderte sie daher so gleichgültig, wie es ihr nur möglich war.

Dupain atmete tief durch.

»Warum haben Sie Matthieu Clereau mit dem Tod gedroht?« Caroline intensivierte ihren Blick.

Estelle überlegte. »Ich kannte Matthieu von früher. Es war eine persönliche Sache.«

»›Eine persönliche Sache‹?«, wiederholte Caroline Bauvall mit gefährlich leiser Stimme.

Estelle nickte.

»Madame, der Mord an Monsieur Clereau war ebenfalls eine persönliche Sache.« Dupain beugte sich leicht vor.

Wieder schwieg Estelle.

»D'accord«, lenkte Caroline schließlich ein. »Sagt Ihnen der fünfundzwanzigste Mai vor achtzehn Jahren etwas?« Sie zog ein Notizbuch hervor und schrieb sich etwas auf.

Estelle beobachtete die Beamtin bemüht ungerührt, während sie innerlich um Fassung rang. Was wussten die beiden?

»Nein«, erwiderte sie ruhig. »Das ist sehr lange her.«

»Dann helfen wir Ihrem Gedächtnis ein wenig auf die Sprünge, Madame Miroux«, kam Officier Dupain seiner Kollegin zu Hilfe. »Am Tag danach, am sechsundzwanzigsten Mai desselben Jahres, gaben Sie auf dem Polizeirevier von Argelès-sur-Mer eine Anzeige auf.«

Estelle blickte von ihm zu Caroline.

»Können Sie uns sagen, um was es damals ging, Madame?«

Sie musterte das müde Gesicht der Beamtin. Trotz der Erschöpfung war Caroline Bauvall sehr attraktiv. Die lange Nase verlieh ihr fast etwas Aristokratisches.

»Madame? Haben Sie mich verstanden?«

Estelle nickte mechanisch. »Ja. Ja, ich habe Sie verstanden.« »Und?«

Sie spürte beide Augenpaare auf sich. »Warum schauen Sie nicht einfach in die Akte?« Es war ein gefährliches Spiel, das sie da spielte. Aber warum befragten die Polizeibeamten sie überhaupt, wenn sie schon alles wussten?

Caroline sank in sich zusammen. »Die Akte ist versiegelt, da Sie zum damaligen Zeitpunkt noch minderjährig waren.«

Estelle nickte.

»Madame, es wäre wirklich äußerst hilfreich für unsere Ermittlungen, wenn Sie uns sagen könnten, um was es in der Anzeige ging und ob Matthieu Clereau etwas damit zu tun hatte.«

Sie wussten nichts. Sie hatten keinen Zugriff auf ihre Daten. Entschlossen schüttelte Estelle den Kopf. »Es tut mir leid, dass ich Ihnen in dieser Angelegenheit nicht weiterhelfen kann. Aber sicher haben die Gesetze, die die Versiegelung einer Akte regeln, ihre Berechtigung.«

Carolines Miene verfinsterte sich, während sie Estelle offen ins Gesicht sah. »Hören Sie. Es gibt bestimmte Umstände, die es uns erlauben, auch versiegelte Akten einzusehen. Der offizielle Weg dauert allerdings etwas länger, als wenn Sie uns helfen würden.« Sie warf ihrem Kollegen einen kurzen Blick zu. »Seien Sie jedoch versichert, Madame Miroux, dass wir an unsere Informationen kommen werden. Früher oder später.«

Estelle erwiderte den Blick der Beamtin. »Dann sollten Sie den offiziellen Weg unbedingt einhalten.«

Caroline erhob sich und bedeutete Dupain, ihr zu folgen. Als sie bereits in dem Rundbogen stand, der den Wintergarten vom Empfang trennte, drehte sich Capitaine Bauvall nochmals um. »Es wirkt sich nicht sonderlich positiv auf die weiteren Befragungen aus, wenn uns Zeugen ihre Kooperationsbereitschaft verweigern.« Sie schien einen Moment nachzudenken. Dann fuhr sie fort: »Und eins sollten Sie wissen, Madame. Matthieu Clereau wurde nach seinem Tod das besagte Datum in die Stirn geritzt.« Wieder machte sie eine Pause. »Sobald wir die erforderlichen Informationen haben, werden wir in jedem Fall nochmals auf Sie zukommen. Und falls sich herausstellt, dass Ihre Anzeige, jenen Tag betreffend, in irgendeinem Zusammenhang mit dem Mordopfer steht, sollten Sie für den Zeitraum des Mordes ein wasserdichtes Alibi vorweisen können. Ansonsten sähe es wirklich übel für Sie aus.«

Mit hoch erhobenem Kopf drehte sich die Polizistin um und verließ zusammen mit dem Officier die *Auberge*. Als die Eingangstür geöffnet wurde, drangen die Schleifgeräusche für einen kurzen Moment lauter ins Innere des Gebäudes.

Estelle verharrte in ihrer Position, während die Gedanken ungeordnet durch ihren Kopf jagten. Wie schlimm konnte es noch werden? Das Vernünftigste wäre, das Hotel auf der Stelle zu verkaufen und nach Deutschland zurückzukehren. Doch tief in ihrem Inneren wusste sie, dass es dafür bereits zu spät war. Viel zu spät. Die Schatten ihrer Vergangenheit hatten sie unwiderruflich eingeholt. Ein Zurück gab es für sie nicht mehr.

Wütend ließ sie den Hammer immer wieder auf den Nagel krachen. Die Schläge hallten durch das ganze Hotel, doch Estelle ignorierte den Lärm geflissentlich. Diese blöde Schnepfe! Tauchte hier einfach auf und belästigte sie mit ihren Fragen.

Vielleicht sollte sie sich einen Anwalt nehmen. Einen wie Matthieu. Oder ihre Schwester. Estelle verharrte einen Moment. Sie wusste nicht einmal, welches Fachgebiet Emily bearbeitete. Gereizt hob sie das Bild mit dem Meerblick hoch und hängte es auf.

Sie trat zwei Schritte zurück und betrachtete ihr Werk. Die gelbe Wandfarbe harmonierte hervorragend mit dem spartanischen Strandbild. Nach dem Gespräch mit Caroline Bauvall war ihr nicht mehr nach Streichen zumute gewesen, daher hatte sie sich dazu entschieden, das nächste Zimmer einzurichten. Wer wusste, wann sie es benötigte! Doch die Möbelrückerei hatte sie in keiner Weise entspannt. Im Gegenteil, sie wurde immer unruhiger, je öfter sie sich die Worte der beiden Beamten ins Gedächtnis rief.

Estelle warf einen kurzen Blick auf den Kleiderschrank, bevor sie sich an ihm zu schaffen machte. Natürlich hatte sie keine Chance, das Monstrum auch nur einen Zentimeter vom Fleck zu bewegen. Sie fluchte lautstark. Wo war Noah bloß? Er hatte bereits vor Stunden die *Auberge* verlassen.

Virginie hatte um diese Uhrzeit doch bestimmt noch Schule. Wütend holte sie aus und wollte gerade gegen das Möbelstück treten, als sie ihren Namen hinter sich hörte.

»Estelle? Alles in Ordnung?«

Tom! Der hatte ihr gerade noch gefehlt. Sie hatte gar nicht bemerkt, wie er die nächste Tür die Treppe hinaufgeschleppt hatte.

»Ja, alles bestens«, blaffte sie genervt zurück.

»Oh, là, là! War es so schlimm?«

Estelle sah überrascht auf und verschränkte ihre Arme vor dem Körper. »Sie wissen Bescheid?« Skeptisch beobachtete sie, wie er erst die Tür im Flur abstellte und anschließend das Zimmer betrat, in dem sie sich befand.

Tom hob entschuldigend die Schultern. »Nicht wirklich. Caroline darf natürlich nicht über laufende Ermittlungen reden. Aber sie hat angedeutet, dass …«, er suchte nach den richtigen Worten, »… dass dieser Kerl ermordet wurde, den wir hier vor dem Hotel …« Er zeigte mit dem Daumen Richtung Eingangstür.

Estelle erwiderte nichts, sondern nickte nur leicht.

»Caroline ist wirklich sehr nett.« Er grinste schief. »Aber als Polizistin ist sie knallhart.«

»Ich weiß nicht, was sie von mir will«, entgegnete Estelle immer noch wütend.

»Na ja.« Wieder grinste er. »Sie haben dem Mann gedroht, ihn umzubringen.«

»Und ich kann nicht behaupten, dass ich über seinen Tod besonders traurig bin«, rutschte es ihr frustriert heraus. Als sie ihren Fehler bemerkte, schlug sie erschrocken die Hand vor den Mund.

»Keine Sorge.« Er zwinkerte ihr zu. »Von mir erfährt sie nichts. Wenn Sie der Ansicht sind, der Typ habe den Tod verdient, werden Sie Ihre Gründe dafür haben.«

Estelle betrachtete Tom Bauvall. Er stand nur zwei Schritte von ihr entfernt. Trotz der Schlepperei wirkte er frisch und ausgeruht, wohingegen sie sich fühlte, als habe sie eine Woche lang nicht geschlafen. Seine braunen Augen beobachteten sie aufmerksam. Wieder registrierte sie die beiden Grübchen, die ihr schon einmal aufgefallen waren.

»Vielleicht habe ich ihn umgebracht?« Sie legte ihren Kopf schief und wartete auf seine Reaktion.

»Sie meinen, ich sollte Angst vor Ihnen haben?« Er spielte das Spiel mit.

»Wenn es nach Caroline ginge, sicherlich.« Wie weit konnte sie gehen? Hatte sie sich nicht bereits jetzt zu weit aus dem Fenster gelehnt? Sicher würde er sich nicht gegen seine Frau stellen.

Tom lachte. »Ich denke, ich kann ganz gut auf mich selbst aufpassen.«

Er ruderte zurück. Aber hatte Estelle wirklich etwas anderes erwartet? Enttäuscht wandte sie sich ab und machte sich erneut an dem Kleiderschrank zu schaffen.

Im nächsten Moment war Tom neben ihr und berührte sie leicht an der Schulter. »Warten Sie, Estelle. Ich helfe Ihnen.«

Sie zuckte zurück.

»Pardon«, murmelte er undeutlich. »Aber der Schrank ist doch viel zu schwer für Sie.«

»Lassen Sie mich einfach«, herrschte sie ihn an. »Ich schaffe das schon allein.«

»Warum fällt es Ihnen bloß so schwer, sich helfen zu lassen?« Er trat dichter vor sie und fixierte sie mit seinen Augen. Da der Schrank direkt hinter ihr stand, hatte sie keine Möglichkeit zurückzuweichen.

»Ich …«, stammelte sie hilflos.

Seine Nähe verunsicherte sie völlig. Ihr Herz raste viel zu schnell. Verlegen fasste sie sich an die Stirn. Doch als sie im nächsten Moment an Caroline Bauvall denken musste, klarten ihre Gedanken glücklicherweise auf.

»Bitte machen Sie endlich die Rechnung fertig und lassen mich weiterarbeiten.« Ihre Stimme hatte wieder einen schroffen Unterton angenommen. Estelle hatte einfach keine Lust mehr auf seine Spielchen. Dort die weinende Ehefrau, die er tröstend in den Arm nahm, und hier sie, der er mit aller Macht den Kopf verdrehen wollte.

»Ihnen ist also nichts eingefallen, um sich zu revanchieren?« Tom wich keinen Millimeter zurück. »Schade.«

Sie musste ihren Kopf in den Nacken legen, um ihn ansehen zu können. Wütend kniff Estelle ihre Augen zusammen, als sie seinen amüsierten Gesichtsausdruck bemerkte. »Was wollen Sie?« Die Worte waren heraus, bevor sie nachdenken konnte.

»Kommt darauf an ...« Seine Stimme klang belegt.

Toms Gesicht befand sich keine zwanzig Zentimeter von ihrem entfernt. Was trieb dieser Mann bloß mit ihr?

Estelle rührte sich nicht von der Stelle. Sie spürte seinen warmen Atem auf ihrem Gesicht. Es wäre so leicht, ihre Hand auszustrecken und seine Wange zu berühren. Seine Haut an ihren Fingern zu spüren. Und doch ... Sie traute sich nicht.

Das hier war anders als all ihre früheren Erlebnisse mit Männern. Es würde nur den Bruchteil einer Sekunde brauchen, um ihr Verhältnis zueinander nachhaltig zu ändern. Doch sie musste an Caroline denken, an seine beiden Kinder. Sein Verhalten passte einfach nicht zu ihm.

Er wirkte so vertrauenserweckend. So bodenständig und zuvorkommend. Genau diese Eigenschaften machten bei Tom Bauvall den Reiz für sie aus. Seiten, die sie bisher an keinem Mann geschätzt hatte. Seiten, die ihr bisher in dem Maß nicht begegnet waren.

Sie wollte nicht, dass er für eine Laune, für ein kurzes Vergnügen all seine Prinzipien über Bord warf. Was auch immer zwischen ihnen war, Estelle durfte nicht zulassen, dass sie Toms besondere Anziehung zerstörte, indem sie sich auf ein Abenteuer ohne Zukunft mit ihm einließ.

Während ihre Gedanken sie weiter zögern ließen, erkannte sie in seinen Augen, an seinem Gesichtsausdruck, dass ihm das Gleiche durch den Kopf ging. Ja, es wäre so einfach. Ein einziger Moment der Versuchung …

»Nein!« Estelle schüttelte entschieden den Kopf und entzauberte mit diesem einen Wort den Moment.

Tom wich zurück und fuhr sich sichtlich verwirrt durch sein Gesicht.

Als Estelle sich an ihm vorbeischob, räusperte er sich leise. Entschlossen packte sie die Schrankkanten und zerrte ungeduldig daran herum.

»Ich helfe Ihnen.« Tom Bauvall schien ebenso aufgewühlt zu sein wie sie.

Sie rückten erst den Schrank und anschließend das Bett sowie die beiden Nachttische an die vorgesehenen Stellen, bevor Tom sich wieder der Tür zuwandte, die er noch in ihre Angeln hängen musste.

Estelle dekorierte das Zimmer ohne großen Enthusiasmus, während sie an die vorausgegangene Situation denken musste. Hatte sie nicht schon genug Probleme? Und wie sollte sie bloß seiner Frau das nächste Mal gegenübertreten? Der Frau, deren Mann Estelle mehr begehrte, als sie sich selbst einzugestehen bereit war.

20

Estelle blickte von der blauen Tischdecke mit den filigranen Margeriten zu der gelben mit den lila Lavendelsträußen und verglich in Gedanken die Einrichtung des Wintergartens mit den vor ihr liegenden Farben.

»Kann ich Ihnen helfen, Madame?«

Sie wiegte ihren Kopf hin und her. »Ich bin mir nicht sicher …«

»Für welchen Anlass soll die Tischdecke denn sein?«

Estelle schaute die ältere Verkäuferin an und zögerte. »Für den Frühstücksraum eines Hotels«, erwiderte sie schließlich gedehnt.

»Ein Hotel?« Die Verkäuferin musterte sie.

»Ja«, erklärte Estelle unwillig. »Ich habe die *Auberge* von meiner Großmutter übernommen.«

»Die *Auberge?*« Die Augen der Frau weiteten sich sichtlich überrascht. »Dann sind Sie Evelines Enkelin.«

Estelle nickte.

»Also, ich finde die Lavendeltischdecke authentischer. Regionaler.«

Die Verkäuferin hatte recht. Auch Estelle tendierte zu der gelben Decke. »Haben Sie denn vierzehn Stück davon vorrätig?«

»Ich schaue mal nach«, antwortete die Frau bereitwillig und verschwand im hinteren Teil des kleinen Ladens.

Estelle blieb abwartend stehen.

Nachdem Tom und sie die Möbel des Gästezimmers schweigend verrückt hatten, war ihr Nachbar kurz darauf gegangen, da die Jungs aus der Schule kamen. Weil Noah immer noch nicht aufgetaucht war, hatte sie sich entschieden, einige Besorgungen zu erledigen, da ihr in der *Auberge* die Decke auf den Kopf fiel. Sie war ins Stadtzentrum gelaufen und hatte sich auf die Suche nach den Einrichtungsgegenständen gemacht, die noch fehlten.

»Voilà!« Die Verkäuferin kam mit einem dicken Stoffhaufen über ihrem rechten Arm zurück. »Vierzehnmal der Lavendel!«

Estelle folgte der Frau zur Kasse und bedankte sich für die Hilfe. Nachdem sie bezahlt hatte, nahm sie die große Tragetasche, die die Verkäuferin für sie gepackt hatte, und verließ den Laden. Es war bereits Nachmittag. Unschlüssig blickte sie sich in der engen Gasse um.

Zum Hotel wollte sie noch nicht zurück. Die Cléments hatten ihr mitgeteilt, dass sie den Tag in Perpignan verbringen wollten. Sie würden erst heute Abend zurückkehren. Sicherheitshalber hatte Estelle ihnen geraten, den Zimmerschlüssel mitzunehmen, da sie nicht wusste, wann sie wieder in der *Auberge* wäre.

Während Estelle überlegte, was sie als Nächstes erledigen konnte, kam ihr ein Gedanke. Aber sollte sie wirklich unangemeldet bei Emily auftauchen? Sie zögerte. Die Kanzlei, in der ihre Schwester arbeitete, lag nur zwei Querstraßen entfernt. Doch vielleicht war Emily gerade im Gespräch mit Klienten. Andererseits … Sollte ihre Schwester beschäftigt sein, würde Estelle eben wieder gehen. Entschlossen machte sie sich auf den Weg.

Als sie in die Straße einbog, in der sich die Kanzlei befand, kam ihr ein Mann entgegen, der ihr vage bekannt vorkam. Sein brünettes Haar war kurz geschoren, die dunklen Augen musterten sie, als ob auch er überlege, wer sie war. Während sich die Rädchen in ihrem Gehirn unablässig drehten, spürte sie seinen Blick auf sich.

»Estelle?«

»Eric?« Überrascht blieb sie im Moment des Erkennens stehen.

»Estelle«, wiederholte er ihren Namen und lächelte. »Das ist ja ewig her.«

Sie nickte unsicher. Eric D'Auban war ein ehemaliger Klassenkamerad. Während ihrer gemeinsamen Schulzeit hatten sie jedoch nie denselben Freundeskreis gehabt. Er war ein stiller, in sich gekehrter Jugendlicher gewesen. Gut aussehend, aber nicht übermäßig beliebt. Estelle mochte damals seine zurückhaltende, freundliche Art.

»Ja, ich war lange weg.«

Eric musterte sie interessiert. »Du siehst gut aus. Die kurzen Haare …« Unbeholfen deutete er auf ihren Kopf.

»Merci.« Sie bemühte sich um ein Lächeln.

»Wie geht es dir?« Er trat einen Schritt auf sie zu.

Estelle zuckte mit den Achseln. »Ganz gut.« Sie erzählte ihm vom Tod ihrer Oma und der Übernahme der *Auberge.*

»Ich habe damals die Todesanzeige deiner Großmutter in der Zeitung gesehen.« Abwartend schaute er sie an. »Es ist schön, dass du zurück bist.«

Irritiert erwiderte sie seinen Blick. Sie hatten nie engeren Kontakt gehabt. »Ich bin noch dabei, mich wieder einzugewöhnen«, bemerkte sie unverbindlich.

Er nickte. »Ich fand es sehr schade, als du damals von jetzt auf gleich weggezogen bist.«

Estelles Magen krampfte sich zusammen.

Als sie schwieg, fuhr er fort: »Vielleicht könnten wir demnächst mal zusammen essen gehen. Was meinst du?«

Sie zuckte mit den Achseln. »Mal sehen. Ich habe ziemlich viel zu tun.« Sie hob die Tasche mit ihren Einkäufen an und schenkte Eric ein bemühtes Lachen.

»Hast du Familie?« Sein Blick wurde intensiver.

Estelle schüttelte den Kopf. »Non, ich bin nicht verheiratet.«

»Ich auch nicht«, erwiderte er leise. »An dem Abend unserer Abschlussfeier ...«

Estelles Herz setzte eine Sekunde lang aus. »Eric, es tut mir leid. Aber ich habe gleich noch einen Termin. Vielleicht kommst du einfach mal in der *Auberge* vorbei, wenn ich mehr Zeit habe.«

Ein Lächeln erhellte sein Gesicht. »Das wäre schön. Vielleicht können wir dann ein wenig über alte Zeiten plaudern.«

Sie seufzte innerlich, bemühte sich aber um einen freundlichen Ton. »Ruf vorher an, dann schaue ich, wie es zeitlich passt.«

Eric nickte und streckte ihr seine Hand hin.

Zögernd ergriff Estelle sie und verabschiedete sich hastig. Als sie weiterlief, spürte sie seinen Blick auf ihrem Rücken. Warum tauchte jetzt schon wieder Tom vor ihrem inneren Auge auf?

Genervt sah sie sich um und suchte angestrengt die Adresse, die Emily ihr gestern am Telefon genannt hatte.

Als sie die richtige Hausnummer erblickte, blieb sie für einen Moment vor dem Grundstück stehen. Die Anwaltskanzlei befand sich in einem gelb getünchten Bungalow. Von außen unterschied sich das Haus nicht von den anderen Wohnhäusern in der Straße. Zwei große Palmen umrahmten den großzügigen Eingang.

Estelle näherte sich gerade der Tür, als diese von innen geöffnet wurde und ein älterer Mann aus dem Eingang kam. Sie grüßte ihn und betrat den Empfangsbereich.

Zwei jüngere Frauen, Estelle schätzte sie in Emilys Alter, saßen hinter einer breiten Theke.

»Bonjour. Ich möchte gern zu Emily Miroux.«

»Haben Sie einen Termin?«

Estelle schüttelte den Kopf.

»Um was geht es denn?«

»Ich bin ihre Schwester.«

Die Überraschung auf den Gesichtern der beiden Sekretärinnen war nicht zu übersehen. »Einen Moment bitte«, erwiderte die blonde Angestellte und nahm einen Telefonhörer in die Hand.

Angespannt wandte sich Estelle ab und ließ ihren Blick durch den lichtdurchfluteten Eingangsbereich wandern.

»Ihre Schwester erwartet sie«, erklärte die Rezeptionistin kurz darauf. Als Estelle sich umdrehte, zeigte die Frau einen Flur entlang, der rechts von der Theke begann. »Die dritte Tür links.«

Estelle fasste den Riemen der Tragetasche fester, während sie nervös den Gang durchquerte. Vielleicht war es doch keine so gute Idee gewesen herzukommen. Doch jetzt war es zu spät.

Neben der von der Sekretärin beschriebenen Tür hing ein hellgrünes Schild, auf dem in großen Buchstaben Emilys Name stand. *Emily Miroux – Fachanwältin für Familienrecht.* Familienrecht also, dachte Estelle anerkennend und klopfte.

»Oui!«

Als sie die Tür öffnete, saß ihre Schwester hinter einem breiten Schreibtisch aus dunklem Holz, auf dessen rechter Seite ein hoher Stapel Akten lag.

Als Emily Estelle erblickte, erhob sie sich hastig und strich verlegen über ihren braunen Rock, zu dem sie eine weiße langärmlige Bluse und hohe braune Pumps trug. »Estelle!«

Estelle blieb im Türrahmen stehen, überrascht vom Anblick ihrer jüngeren Schwester. Die elegant gekleidete Frau vor ihr hatte nichts mehr gemein mit dem Mädchen, das Emily in ihren Erinnerungen noch immer war. Ihre Schwester trug ihr hellblondes Haar, das sie von ihrer deutschen Mutter geerbt hatte, kinnlang. Emily hatte eine sportliche Figur und war genauso groß wie Estelle.

Ihr Gesicht verzog sich zu einem warmen Lächeln, als sie auf sie zukam. »Estelle!«, wiederholte sie leise. »Komm doch herein.«

Estelle schluckte. »Salut, Emily.«

Die beiden Schwestern betrachteten sich für einige Sekunden schweigend, bevor die Spannung im Raum nachließ und sie einander unsicher in die Arme fielen.

»Emily«, murmelte Estelle mit tränenerstickter Stimme, während sie ihrer Schwester vorsichtig über das samtweiche Haar strich.

»Du warst so verdammt lang weg«, flüsterte Emily heiser.

»Ich weiß«, erwiderte Estelle berührt. »Ich weiß.«

Nach einer halben Ewigkeit lösten sie sich voneinander. »Möchtest du Platz nehmen?« Ihre Schwester deutete auf eine Sitzgruppe in der hinteren Ecke des Raumes.

Erst jetzt bemerkte Estelle die vollgestellten Regale, die die Wände des Büros fast komplett bedeckten. »Anwältin also.« Sie lächelte, während sie sich in einen der Sessel fallen ließ.

»Das Einzige, was ich immer tun wollte«, entgegnete Emily. »Möchtest du etwas trinken? Ich könnte Thérèse bitten, uns einen Kaffee zu kochen.«

Sie schüttelte ihren Kopf. »Nein, danke. Ich muss gleich wieder zurück.« Sie zögerte. »Ich war nur gerade in der Gegend und dachte …« Unbeholfen hob sie ihre Achseln.

»Ich freue mich, dass du gekommen bist.« Bedauernd schüttelte nun auch Emily ihren Kopf, während sie die schlanken Beine übereinanderschlug.

»Du siehst richtig gut aus«, raunte Estelle. »Seriös und vertrauenserweckend.«

»Danke.« Emily nickte schwach. »Ich hoffe, meine Klienten sehen das genauso.«

Während sie ihre mittlerweile erwachsene Schwester weiterhin ungläubig betrachtete, wurde Estelle bewusst, wie viel

Zeit sie verloren hatten. Zeit, während der sie eigentlich zusammen aufgewachsen wären. Zeit, die sie nie wieder aufholen konnten. Wieder spürte Estelle, wie Tränen in ihr aufstiegen.

»Du weißt gar nicht, wie sehr ich dich vermisst habe. Als du weg warst, von einem auf den anderen Tag ...« Auch Emily versagte die Stimme.

»Es tut mir leid«, erwiderte Estelle kaum hörbar. »So unendlich leid.«

»Was ist damals nur passiert?« Ihre Schwester sah sie prüfend an. »Papa wollte mir nie etwas sagen. Bis heute nicht.«

»Ich musste weg, Emily«, begann Estelle vorsichtig. »Ich ... es ging nicht mehr ... Mamas Tod. Außerdem geschahen Dinge, die ...«

»Es war furchtbar«, erzählte Emily mit trauriger Stimme. »Ich habe Papa kaum noch erreicht. Schon nach Mamas Tod war er ja ... du weißt, wie er damals litt.«

Estelle nickte, während sie sich an die schwere Zeit nach dem frühen Tod ihrer Mutter erinnerte. Ihr Vater war in seiner tiefen Trauer so versunken gewesen, dass er kaum die Kraft gehabt hatte, sich um seine beiden Töchter zu kümmern, die ihn dringend gebraucht hätten. Letztlich war es ihre Großmutter gewesen, die den Enkelinnen den für sie so wichtigen Beistand gewährt hatte.

»Nachdem auch du verschwunden bist, wurde es noch schlimmer.« Emily versank in bedrücktem Schweigen. »All die Jahre.«

Estelle nickte erneut. »Ich hoffe, du kannst mir irgendwann verzeihen. Ich hätte für dich da sein müssen. Immerhin war ich die Ältere.«

Emily schüttelte entschieden ihren Kopf. »Du kannst nichts dafür.« Sie blickte Estelle prüfend an. »Damals ist etwas geschehen.« Es war keine Frage, sondern eine Feststellung.

Estelle wandte den Kopf ab.

»Ich wünschte, du könntest es mir sagen.«

Sie presste ihre Lippen aufeinander und schwieg.

»Ich möchte meine Schwester zurück.« Die Trauer in Emilys Stimme erschütterte Estelle. Was hatte sie ihr mit ihrem Weggang nur angetan? Emily war erst elf Jahre alt gewesen, als Estelle Argelès-sur-Mer in einer Nacht-und-Nebel-Aktion verlassen hatte.

»Ich liebe dich, Emily.« Estelle spürte, wie ihr wieder die Stimme versagte. »Das musst du mir glauben.« Sie beugte sich vor und streckte die Hand aus.

Ihre Schwester ergriff sie bereitwillig. »Vielleicht irgendwann?« Emily hob fragend die Augenbrauen.

Estelle nickte. »Ja.« Sie machte eine Pause. »Ja, vielleicht irgendwann. Ich bin übrigens nicht allein zurückgekommen.« Sie erzählte kurz von Noah und ihrer Vormundschaft für ihn.

Im nächsten Augenblick klopfte es an der Tür. Emily blickte auf ihre Armbanduhr. »Schon so spät.« Sie erhob sich und durchquerte das Büro. Während des Gehens drehte sie sich zu Estelle um und lächelte. »Das wird Patrick sein, mein Freund. Ich habe ihm schon von dir und unserem Telefonat erzählt.«

Estelles Eingeweide krampften sich zusammen, doch sie bemühte sich, Ruhe zu bewahren.

»Du kennst ihn. Aus der Schule«, fuhr ihre Schwester unterdessen fort.

»Chérie«, ertönte eine männliche Stimme, nachdem Emily die Tür geöffnet hatte.

Estelle verknotete ihre Finger und beobachtete angespannt, wie Patrick Dugout das Büro betrat und ihre Schwester in den Arm nahm.

Doch Emily löste sich sofort wieder von ihm und zeigte

in Estelles Richtung. »Ich habe Besuch«, verkündete sie grinsend.

Patrick drehte überrascht den Kopf. Als er Estelle erkannte, versteinerte seine Miene augenblicklich. »Estelle«, grüßte er sie knapp.

»Sieht sie nicht toll aus?«, fuhr Emily unbekümmert fort. Sie schien die Spannung nicht zu bemerken, die in dem Raum entstanden war.

Nervös winkte Estelle ab und stand langsam auf.

»Ihr kennt euch doch noch?« Fragend blickte Emily von Patrick zu Estelle.

Er zuckte mit den Achseln. »Ist lange her.«

Estelle nickte schwach, denn sie wusste nichts zu sagen. Ihr ehemaliger Klassenkamerad sah noch genauso aus wie damals. Er hatte einen leichten Bauchansatz bekommen und seine Haare waren etwas dünner geworden. Aber wenn sie ihm auf der Straße begegnet wäre, hätte sie ihn trotzdem sofort erkannt.

»Ich muss mich kurz frisch machen, aber ich bin gleich zurück«, plapperte Emily fröhlich weiter und wandte sich zur Tür. »Ihr könnt ja in der Zwischenzeit ein paar Anekdoten aus eurer Jugendzeit austauschen.« Sie drehte sich zu Estelle. »Patrick nimmt mich heute Abend zu einer seiner Parteiveranstaltungen mit.«

»Eigentlich wollte ich gerade …« Unsicher zeigte Estelle zur Tür, doch ihre Schwester war bereits verschwunden.

Patrick stand immer noch in der Mitte des Raumes. Estelles Anwesenheit war ihm sichtlich unangenehm. Er räusperte sich. »Wie geht's?«

Estelle lachte verbittert auf. »Das ist jetzt nicht dein Ernst, oder?«

Er verlagerte sein Gewicht vom einen auf den anderen Fuß. »Ich dachte nur …«

»Was?« Sie sah ihn hasserfüllt an. »Was dachtest du? Dass wir ein wenig Small Talk betreiben, bis Emily zurück ist?«

»Was soll das?« Patrick kratzte sich an der Stirn.

Estelle schüttelte ihren Kopf und schwieg. Unschlüssig stand sie vor dem Sessel und dachte nach. Sie konnte die Nähe dieses Mannes kaum ertragen. Ein Würgereiz kroch ihre Kehle hinauf, während sie angestrengt aus dem Fenster starrte.

»Was willst du hier?«

Als Estelle wieder zu Patrick sah, fing sie seinen feindseligen Blick auf. Sie erwiderte nichts.

»Was willst du hier?« Er betonte jedes einzelne Wort.

Wieder schüttelte sie den Kopf. »Matthieu ist tot«, fauchte sie ihn an. »Sein Mörder hat ihm ein Datum eingeritzt.« Sie beobachtete seine Reaktion, doch er verzog keine Miene. »Auf seiner Stirn. Den fünfundzwanzigsten Mai vor achtzehn Jahren. Na, klingelt es bei dir?« Triumphierend registrierte sie, wie er überrascht den Mund öffnete.

»Woher …« Er kniff seine Augen zusammen. »Du lügst.«

»Scheint, dass du nicht allzu gut über die Vorkommnisse in deiner Stadt informiert bist«, entgegnete sie mit zorniger Stimme.

»Was willst du?«, wiederholte Patrick seine Frage ein weiteres Mal.

Während Estelle die Schultern straffte, verzog sie ihr Gesicht.

»Ich bin mit deiner Schwester zusammen«, fuhr er fort.

Sie bemerkte mit Genugtuung die Unsicherheit in seiner Stimme. »Ja, dir ist anscheinend nichts mehr heilig.«

»Ich mache sie glücklich«, setzte Patrick trotzig nach.

»Das bezweifle ich«, erwiderte sie, krampfhaft darum bemüht, nicht völlig die Fassung zu verlieren.

»Was willst du ihr sagen?« Sie spürte seinen prüfenden Blick auf sich.

»Wie wär's mit der Wahrheit?« Herausfordernd stemmte Estelle ihre Hände in die Hüfte.

»Wahrheit«, stieß er verächtlich hervor. »Wessen Wahrheit?«

»Ich vergaß«, konterte sie mit ruhiger Stimme. »Ihr Politiker nehmt es mit der Wahrheit ja nicht so genau. Ihr dreht und wendet die Fakten, wie sie euch am besten in den Kram passen.«

»Warum willst du deine Schwester unglücklich machen?«, versuchte Patrick erneut, zu Estelle durchzudringen.

Wieder lachte sie auf. »Sorg einfach dafür, dass deine Tochter ihre Finger von Noah lässt.«

»Virginie? Was hat sie damit zu tun?« Er runzelte irritiert die Stirn. »Und wer ist Noah?«

Estelle antwortete nicht, sondern steuerte stattdessen auf die Tür zu. Sie beschlich das unangenehme Gefühl, keine Luft mehr zu bekommen, wenn sie auch nur eine Sekunde länger mit Patrick in diesem Zimmer bliebe.

»Denk an Emily. Bitte.« Er stellte sich vor die Tür, um sie aufzuhalten.

Estelle fixierte ihn mit einem zornigen Blick. »Geh mir aus dem Weg, Arschloch.« Wieder stieg Hass in ihr auf. »Und glaub ja nicht, bloß weil du meine Schwester vögelst, wäre alles vergessen.« Sie machte eine bedeutungsvolle Pause. »Nichts ist vergessen, Patrick Dugout. Gar nichts.« Als sie die angelehnte Tür weiter öffnete, erblickte sie Emily, die mit versteinertem Gesichtsausdruck im Flur stand.

»Estelle.« Die Stimme ihrer Schwester klang wie von einem anderen Stern.

Estelle erstarrte. Verdammt, was hatte Emily gehört? Wie lange stand sie schon dort?

»Was soll das?« Emily blickte erst Patrick an, der resigniert seine Schultern hängen ließ, bevor sie ihre Schwester stumm musterte.

»Emily«, begann Estelle verunsichert. »Ich weiß nicht …«

»Ich weiß nicht, was gerade in dich gefahren ist.« Die Stimme ihrer Schwester klang nun kühl und distanziert. Trostsuchend schlang sie die Arme um ihren Oberkörper. »Aber ich liebe Patrick. Was auch immer du für ein Problem mit ihm hast, wenn du meine Beziehung nicht akzeptieren kannst …« Ihre Gesichtszüge verfinsterten sich. Sie löste ihre Arme und zeigte den Gang hinunter.

»Emily …«, versuchte es Estelle ein weiteres Mal.

»Ich habe gehört, wie du ihn genannt hast. Und ich habe gehört, was du über ihn und mich gesagt hast.« Emily streckte trotzig ihr Kinn vor. »Ich habe zwanzig Jahre lang ohne Schwester leben müssen …« Den Rest ließ sie ungesagt, doch Estelle verstand auch so.

Frustriert schob sie sich an Emily vorbei zur Tür hinaus. Als sie sich ein letztes Mal umdrehte, sah sie, wie Patrick seine Lippen zu einem gehässigen Lächeln verzog. »Denk daran«, fuhr sie ihn wütend an, bevor sie überhaupt nachdenken konnte. »Sag Virginie, sie soll Noah in Frieden lassen. Ansonsten …« Sie atmete tief durch und deutete auf ihre Stirn. »Ansonsten solltest du hoffen, dass du nicht wie Matthieu endest.«

Die Worte waren raus, bevor sie es verhindern konnte. Aus dem Augenwinkel sah sie, wie Emily ihren Mund weit aufriss. Doch sie konnte die anklagende Miene ihrer Schwester nicht länger ertragen.

Ohne ein weiteres Wort eilte Estelle den Flur entlang, bevor sie nach einem undeutlich gemurmelten Abschiedsgruß in Richtung der beiden Sekretärinnen die Kanzlei verließ. Erst auf der Straße blieb sie stehen.

Estelle zitterte am ganzen Körper. Was hatte sie getan? Sie hatte sich so gefreut, ihre Schwester wiederzusehen. Und jetzt? Ihr war klar, dass Emily natürlich zu Patrick halten würde. Warum hatte sie sich nur zu dieser blöden Bemerkung hinreißen lassen? Sicher würde ihre Schwester bei ihrem Freund nachhaken, was sie damit gemeint hatte. Warum war sie bloß hergekommen? Was für eine Schnapsidee, unangekündigt aufzukreuzen. Sie ärgerte sich über sich selbst.

Wütend umklammerte sie den Griff der Tragetasche fester und machte sich auf den Weg zurück zur *Auberge*.

21

Als Estelle das Hotel betrat, stand Noah hinter dem Tresen und starrte wie gebannt auf den Bildschirm des Laptops. Sie blieb zögernd stehen und musterte ihn. Als er keine Anstalten machte, etwas zu sagen, räusperte sie sich. »Noah?«

»Hm?« Unwillig verzog er sein Gesicht.

Estelle hielt die große Tragetasche mit den Tischdecken wie einen Schutzschild vor ihren Oberkörper. »Können wir reden?«

»Bin gerade beschäftigt.« Er würdigte sie weiterhin keines Blickes.

»Noah, bitte.« Wie sollte sie bloß anfangen? »Ich habe Tischdecken für den Wintergarten gekauft.«

»Schön.«

»Willst du sie mal sehen?«

Genervt schob er den Laptop beiseite und sah sie ausdruckslos an. »Also?«

Estelle stellte die Tasche auf den Tresen und versuchte vorsichtig, eine der Decken herauszuziehen.

»Estelle?«

Sie blickte zu Noah. »Was? Die Verkäuferin hat vierzehn …«

»Ehrlich gesagt interessieren mich die Tischdecken nicht wirklich«, unterbrach er sie ungeduldig.

Entmutigt ließ sie ihre Hand wieder sinken und überlegte. »Was machst du gerade?«

»Ich chatte mit Tatjana.«

»Tatti?« Estelle war überrascht. »Hat sie dir schon erzählt, dass sie bald heiratet?«

»Ja«, erwiderte Noah tonlos. »Und ich habe sie gerade gefragt, ob sie mir sagen kann, was mit dir los ist.«

»Was hast du?« Estelle sah ihn irritiert an.

»War ein Spaß«, murrte er mit leiser Stimme. Er kam hinter dem Tresen hervor und stellte sich vor sie. »Was ist los mit dir, Estelle?«

Sie kaute auf ihrer Unterlippe. »Was meinst du?« Natürlich wusste sie genau, worauf er hinauswollte.

Vorwurfsvoll verschränkte Noah seine Arme vor der Brust. »Seit wir hier sind …« Er brach ab. »Du bist total anders als in Deutschland. Total uncool.«

»›Uncool‹«, wiederholte Estelle nachdenklich, bevor sie kurz auflachte. »Ich möchte einfach nicht, dass du verletzt wirst.«

»Verletzt?« Noah sah sie ungläubig an. »Virginie verletzt mich nicht. Was hast du denn nur gegen sie?« Er schüttelte frustriert seinen Kopf. »Du kennst sie doch gar nicht. Warum gibst du ihr keine Chance?«

»Ich kenne ihren Vater«, erklärte sie mit Grabesstimme.

»Na und?«

»Ich möchte nicht, dass du mit ihr … Dass du dich mit ihr triffst.« So, jetzt war es raus. Estelle atmete tief durch. Im gleichen Moment verfinsterte sich Noahs Gesichtsausdruck.

»Was soll das?«

»Ich möchte nicht, dass du …«

»Ich habe verstanden, was du gesagt hast.« Er wurde lauter. »Ich werde in ein paar Monaten volljährig. Denkst du wirklich, ich lasse mir von dir vorschreiben, mit wem ich mich treffe und mit wem nicht?«

Estelle presste ihre Lippen aufeinander. »Noah, ich …«

»Nein«, entgegnete er wütend. »Ich will das nicht hören. Du predigst mir doch immer, dass du kein Mutterersatz sein willst, sondern eher …« Er brach kurz ab. »… eher eine Art Freundin. Weil du nicht viel älter bist als ich.«

»Ja, und das meine ich auch so.«

Er trat einen Schritt zurück und hob abwehrend seine Hände. »Nein, Estelle. Nein. Wenn du meine Freundin sein wolltest, würdest du dich Virginie gegenüber nicht so unmöglich verhalten.«

Frustriert ließ sie ihre Schultern hängen. »Ich …«

»Sie dachte, sie habe etwas Falsches gesagt. Sie dachte, du kannst sie nicht leiden, nachdem du die Bemerkung über ihren Vater gemacht hast.« Er fixierte sie mit seinem Blick.

»Es tut mir leid, aber …« Ihre Stimme versagte.

»Aber?«, hakte Noah nach.

»Sie ist nicht gut für dich.« Estelle brachte die Worte kaum über ihre Lippen. Sie wusste, dass sie gerade einen großen Fehler machte, aber sie konnte nicht anders, sah keine Alternative.

Noah lachte. »›Sie ist nicht gut für mich‹?« Er fasste sich in sein dichtes Haar. »Sie ist nicht gut für mich.« Wütend ballte er seine Hand zur Faust. »Du spinnst, Estelle.«

»Noah …«, versuchte sie es erneut, doch er schüttelte wieder seinen Kopf.

»Nein. Ich will das nicht hören.« Jetzt sah er ihr direkt in die Augen. »Erst die Nummer mit diesem Typen hier im Hotel und jetzt auch noch Virginies Vater …« Er suchte vergebens nach Worten und wandte sich ab.

Estelle musterte seinen angespannten Rücken. Sie wusste nichts zu sagen. Ihr war klar, dass er ihr Verhalten nicht verstand. Aber sie konnte ihm nicht erklären, woher ihr Hass kam. Diese unbändige Wut, die bis heute tief in ihr brodelte.

Noah drehte sich wieder zu ihr um. »Ich habe echt keine Ahnung, was in dich gefahren ist. All die Jahre dachte ich, ich hätte es ganz gut getroffen, als meine Mutter verfügt hat, dass du die Vormundschaft für mich übernehmen sollst. Dass du entspannt bist und nicht so oberlehrerhaft wie manch andere Eltern. Dass du tatsächlich eher eine Art ältere Freundin bist, mit der ich durch dick und dünn gehen kann. Aber seit wir umgezogen sind …« Er wirkte mutlos und verunsichert. »Keine Ahnung, welches Problem du mit Argelès hast. Denn mir gefällt es echt klasse hier. Außerdem habe ich einen Praktikumsplatz in einem Restaurant in der Nähe des Hafens. Das wollte ich dir eigentlich schon gestern erzählen, aber dazu kam es ja dann nicht mehr. Weißt du, Estelle, eigentlich könnten wir uns hier ein tolles Leben aufbauen. Aber langsam bekomme ich das Gefühl«, er musterte sie traurig, »dass du dich vor deinem Wegzug aus Argelès mit der halben Stadt angelegt hast.« Er drehte sich hastig um und stürmte zur Treppe. Als er auf der dritten Stufe stand, sah er noch einmal zurück zu ihr. »Und eins kannst du definitiv nicht ändern: Ich werde mich weiterhin mit Virginie treffen.« Er nickte grimmig. »Weil ich sie mag. Und weil sie verdammt cool ist.« Er umklammerte das Holzgeländer und stürmte, zwei Stufen auf einmal nehmend, die Treppe hinauf.

Estelle stand noch immer vor dem Tresen. Wie benommen zog sie den Laptop zu sich, schaltete ihn aus und räumte ihn zur Seite. Als sie die Tasche nahm und damit in den Wintergarten hinüberging, verschwamm ihr Blickfeld. Die Verzweiflung trieb ihr die Tränen in die Augen. Sie wusste nicht mehr ein noch aus.

Eigentlich hatte sie vorgehabt, sich in der Hotelküche eine Kleinigkeit zu essen zu machen, doch der Appetit war ihr vergangen. Galle stieg in ihr hoch. Estelle schaltete das Licht im Frühstücksraum aus und stieg die Treppe hinauf. Die Beleuchtung ließ sie für die Cléments an.

Sie fühlte sich kraftlos und ausgezehrt. Wenn Noah ahnen würde, wie sehr er mit seiner Bemerkung ins Schwarze getroffen hatte.

22

Caroline setzte sich an die Stirnseite des Besprechungstisches und blickte in die Runde. Ihre Mitarbeiter sahen genauso müde und erschöpft aus, wie sie sich fühlte. »Alors.« Sie bemühte sich um ein schwaches Lächeln. »Ich weiß, dass es schon spät ist und wir alle einen langen Tag hinter uns haben, aber ich möchte trotzdem noch kurz die Ergebnisse zusammenfassen und besprechen.« Sie nickte bekräftigend. »Fangen wir an. Umso schneller kommen wir alle nach Hause.« Sie blickte zu Officier Dupain. »Würden Sie kurz unser Gespräch mit Estelle Miroux für Officier Noir und Officier Armand zusammenfassen?«

Der Beamte nickte und erzählte von ihrer Befragung am Morgen.

Officier Noir runzelte die Stirn, nachdem er geendet hatte. »Komische Reaktion, oder? Warum hat sie nicht gesagt, um was es damals gegangen ist?«

»Das ist genau die Frage«, bekräftigte Caroline ihre Mitarbeiterin. »Warum hat sie es uns nicht gesagt?«

»Sie hat gezielt danach gefragt, warum wir nicht selbst in die Akte schauen, und als sie von der Versiegelung erfuhr, hat sie gemauert. Der Mord an Clereau war ihr allerdings bereits bekannt. Sie verbirgt eindeutig etwas«, erklärte nun auch Officier Dupain.

»Aber was?« Armand blickte zu seiner jüngeren Kollegin.

»Gibt es denn überhaupt keine Möglichkeit, diese verdammte Akte einzusehen?«

Caroline mischte sich ein. »Ich spreche mit Morphes. Das Problem an der Sache ist, dass wir nicht einmal wissen, ob diese Anzeige überhaupt mit Clereau zu tun hatte.«

»Nach dieser Reaktion?«, merkte Charles Dupain grimmig an. »Ich bin mir fast sicher, dass die Dame irgendetwas vor uns verheimlicht, das in Zusammenhang mit dem Toten steht.«

»Haben Sie sich noch mal um das Datum gekümmert, den fünfundzwanzigsten Mai?« Caroline blickte ihre Mitarbeiterin fragend an.

Marie Noir nickte. »Ja, ich habe den ganzen Vormittag in allen möglichen Datenbanken gesucht.« Sie zuckte frustriert mit den Achseln. »Nichts.« Die Beamtin überflog ihre Notizen. »Keine Festivitäten, kein Unfall, nichts Außergewöhnliches.« Sie runzelte die Stirn. »An diesem Tag war es ziemlich heiß, das ist alles, was ich herausgefunden habe.« Bedauernd verzog sie ihren Mund.

»Danke, Officier Noir.« Caroline dachte kurz nach. »Was ist mit Patrick Dugout?« Sie sah zu Officier Armand.

»Der war heute leider nicht zu sprechen.«

Caroline zog ihre Augenbrauen hoch.

»Erst saß er angeblich in einer Fraktionssitzung und heute Nachmittag war er nicht mehr im Haus, als ich ein weiteres Mal angerufen habe.« Er blickte seine Kollegen finster an. »Vielleicht sollte ich morgen mal persönlich bei ihm vorbeischauen.«

»Das solltest du allerdings.« Dupain grinste. »Ich habe nämlich heute in der ehemaligen Schule unseres Mordopfers vorbeigeschaut.«

»Und?« Caroline musterte den älteren Beamten, der sich müde über sein Kinn strich.

»Die Dame am Telefon erklärte mir, dass Matthieu Clereau und Patrick Dugout gemeinsam in einer Klasse waren.« Er lächelte weiter geheimnisvoll.

»Dugout hat mir gegenüber erwähnt, dass er Clereau kannte«, sinnierte Caroline nachdenklich. »Seltsam nur, dass Michelle Clereau nichts von dieser Freundschaft wusste.«

»Sie haben vor fast zwanzig Jahren ihren Abschluss gemacht«, gab Marie Noir zu bedenken. »Ich finde es eigentlich nicht so ungewöhnlich, dass sie nichts von den Jugendfreunden ihres Mannes weiß.«

»Für Dugout war die Freundschaft aber wichtig genug, um sich bei uns direkt nach Einzelheiten der Tat zu erkundigen.« Caroline blieb skeptisch.

»Das passt allerdings wirklich nicht ins Bild«, gab die junge Beamtin zu.

»Ich war noch nicht fertig.« Wieder grinste Officier Dupain schief.

»Was haben Sie noch?«

»Auch Estelle Miroux war in der Klasse der beiden Herren.«

Caroline nickte anerkennend. »Gute Arbeit, Officier.«

»Es gibt also eine Verbindung zwischen dem Mordopfer, Estelle Miroux und unserem neugierigen Politiker«, fasste Armand zusammen. »Das ist insofern interessant, als dass Matthieu Clereau am fünfundzwanzigsten Oktober, also vor drei Tagen, ein längeres Telefonat mit Patrick Dugout geführt hat.«

»Jetzt wird es tatsächlich interessant«, erklärte Marie Noir süffisant. »Michelle Clereau weiß angeblich nichts von der Freundschaft ihres Mannes zu Dugout. Dugout jedoch erkundigt sich bei Capitaine Bauvall nach den Einzelheiten des Mordes an einem alten Schulfreund, mit dem er sich angeblich die letzten Jahre kein einziges Mal getroffen hat. Und jetzt haben die beiden vor drei Tagen auch noch telefoniert.

Warum hat Dugout das Telefonat Ihnen gegenüber nicht erwähnt?« Sie blickte Caroline an.

Diese wiegte ihren Kopf vorsichtig hin und her. »Irgendetwas ist nicht schlüssig.«

»Und wie passt Estelle Miroux ins Bild?«, warf Dupain ein.

»Haben Clereau und Dugout in letzter Zeit öfters miteinander telefoniert?«

Armand schüttelte seinen Kopf. »Non. Die Nummer taucht nur ein einziges Mal auf. Ich habe die Listen der letzten dreißig Tage durchgesehen.«

»Ich habe die Daten von Clereaus damaliger Klasse vorliegen«, erklärte Dupain. »Vielleicht sollten wir einige der ehemaligen Mitschüler befragen. Herausfinden, mit wem Clereau damals befreundet war, mit wem er vielleicht noch bis heute Kontakte pflegt. Ob Estelle Miroux während ihrer Schulzeit mit ihm oder Dugout zusammen war …«

»Gute Idee«, merkte Caroline an. »Vielleicht wohnt der eine oder andere noch hier in der Gegend.«

»Zumindest von einem weiß ich es sicher«, fuhr Officier Dupain fort. »Mal abgesehen von Patrick Dugout. Kennt jemand von euch Yves Cousteau?« Er blickte in die Runde. »Den Fotografen?«

Marie Noir nickte zögernd, während Fabien Armand überrascht seinen Mund öffnete.

»Cousteau war ebenfalls mit den dreien in einer Klasse.«

Der Fotograf war Caroline natürlich ein Begriff. Er betrieb mittlerweile eine große Galerie in Montpellier, lebte aber nach wie vor in Argelès-sur-Mer, wo er in regelmäßigen Abständen seine Fotos in kleineren Ausstellungen der Öffentlichkeit zugänglich machte. Eine davon hatte Caroline sogar besucht, auch wenn es schon etwas länger her war.

»Clereau hat auch mit Cousteau telefoniert.«

Caroline blickte Officier Armand genauso überrascht an

wie Charles Dupain und Marie Noir. »Clereau hat mit Cousteau telefoniert?«

»Oui.« Armand nickte. »Aber auch nur ein einziges Mal.« Er suchte in seinen Unterlagen. »Am sechsundzwanzigsten Oktober.«

»Vor zwei Tagen.« Caroline überlegte. »Warum ruft Clereau plötzlich seine alten Klassenkameraden an? Und dann war da noch sein Besuch in der *Auberge.* Eines wissen wir sicher: Estelle Miroux befindet sich erst seit zwei Wochen wieder in Argelès.«

»Clereau ruft alte Freunde an und stattet einer ehemaligen Klassenkameradin einen Besuch ab. Kurz darauf wird er ermordet und der Täter ritzt ihm ein Datum aus seiner Schulzeit auf der Stirn ein.« Officier Noir schüttelte ungläubig den Kopf. »Was ist an jenem Tag nur passiert?«

»Vielleicht sollten wir nochmals in der Schule nachhaken«, schlug Caroline vor. »Die können uns sicher sagen, ob an dem Tag ein Schulfest oder die Verabschiedung des Abschlussjahrganges stattfand.«

»Wäre möglich«, räumte Charles Dupain ein. »Ich kümmere mich gleich morgen darum.«

»Wir sollten auch noch mal mit Michelle Clereau sprechen.« Caroline berichtete den Officiers von ihrer gemeinsamen Befragung der Witwe mit Marie Noir. »Sie wusste nichts über das eingeritzte Datum. Außerdem hat sie uns erneut bestätigt, dass Clereau an jenem Abend keinen Besuch erwartet habe. Seltsam ist, dass er an der Eingangstür angegriffen wurde, da Madame Clereau uns erzählt hat, dass sie die Klingel am Haus immer über Nacht abgeschaltet hatten. An jenem Abend war es sie selbst, die den Ton deaktiviert hatte. Warum also öffnete Clereau die Tür?« Caroline überlegte. »Da die Witwe nichts von Dugout wusste, weiß sie wahrscheinlich auch nichts von dem Telefonat mit Cousteau.«

»Einen Versuch ist es wert«, brachte Marie Noir vorsichtig an.

Caroline blickte auf die Unterlagen, die vor ihr lagen. »Officier Muller hat mir den Bericht der Spurensicherung zukommen lassen. Sie haben keine verwertbaren Spuren gefunden. Nichts. Nur die DNA des Opfers.« Sie runzelte die Stirn. »Auch an der Klingel waren keine Fingerabdrücke. Also hat der Täter entweder nicht geklingelt oder er trug Handschuhe.«

»Handschuhe, ein Brotmesser und eine Rasierklinge«, wiederholte Dupain leise, während er gemächlich den Kopf schüttelte. »Mit was haben wir es hier bloß zu tun?«

»Wohl eher mit wem.« Armand warf ihm einen Seitenblick zu.

»Ich denke, wir können davon ausgehen, dass Opfer und Täter sich kannten. Entweder aus dem privaten Umfeld oder die beiden hatten eine geschäftliche Beziehung.« Caroline schob die Akte beiseite.

»Gegen eine geschäftliche Beziehung spricht das eingeritzte Datum«, widersprach Marie Noir. »Zu jenem Zeitpunkt war Clereau gerade mit der Schule fertig.«

»Also sollten wir unsere Ermittlungen auf die privaten Beziehungen des Toten fokussieren«, stimmte Caroline der jungen Beamtin zu. »Das heißt, wir nehmen fürs Erste seine drei Klassenkameraden ins Visier. Wir müssen wissen, was Clereau von ihnen wollte. Warum er nach so langer Zeit plötzlich den Kontakt zu ihnen suchte.« Sie ließ ihren Blick durch den Raum schweifen. Die Sonne war längst untergegangen. Die Gesichter ihrer Mitarbeiter wirkten abgekämpft und mutlos. »Ich spreche morgen mit Morphes. Wir kümmern uns vorrangig um Patrick Dugout, Yves Cousteau und Estelle Miroux.«

»Was ist mit ihrer Morddrohung?«, warf Armand ein.

Caroline schüttelte frustriert den Kopf. »Ein paar daher-gesagte Worte reichen nicht für einen Haftbefehl.«

»Mich würde brennend interessieren, welche Art von Brotmesser Madame Miroux in ihrem Hotel benutzt«, erwiderte Armand grimmig.

»Einen Durchsuchungsbeschluss bekommen wir genauso wenig genehmigt. Außerdem gehe ich nicht davon aus, dass sie ihren Gästen das Baguette mit einem blutverschmierten Messer schneidet.« Caroline lächelte schwach. Auch sie war erschöpft und wollte nach Hause. »Ich danke Ihnen für die konstruktive Zusammenarbeit. Bonne soirée.« Während sie ihren Mitarbeitern zunickte, erhob sie sich.

23

Estelle knallte frustriert die Wohnungstür hinter sich zu. Als ihr Blick auf die unfertige Küche mit der fehlenden Arbeitsplatte fiel, schlug sie wütend mit der Faust gegen einen der Schränke.

Der ganze Tag war eine einzige Katastrophe gewesen. Erst die Befragung durch ihre Nachbarin. Dann der Zusammenstoß mit Patrick und ihrer Schwester. Und als ob dies nicht schon genug Ärger darstellte, nun auch noch der Streit mit Noah. Ganz zu schweigen von der Situation mit Tom, zu dem sie unbedingt auf Abstand gehen musste, wenn sie sich nicht vollends ins Abseits manövrieren wollte.

Für einen Moment lehnte sie sich gegen den Kühlschrank, bevor sie sich umdrehte, die Tür öffnete und ein Stück Käse und Butter herausholte. Sie atmete tief ein und schnitt das Baguette durch, das sie auf dem Nachhauseweg besorgt hatte. Wütend blickte sie auf das Brotmesser in ihrer Hand. Was sollte sie nur tun?

Estelle beschlich das ungute Gefühl, dass sie gerade dabei war, die Kontrolle über ihr Leben zu verlieren. Sie dachte an Matthieu und das Datum auf seiner Stirn. Seufzend setzte sie sich an den Esstisch und belegte ihr Brot. Während sie kaute, starrte sie müde auf die Tischplatte vor sich.

Wie gern hätte sie gemeinsam mit Noah gegessen. Aber ihr war natürlich klar, dass er im Moment nichts von ihr wissen wollte. Sie blickte zu dem Foto von Silvia und ihm, das auf ihrer Wohnzimmerkommode stand. Auf dem Bild war Noah noch klein.

Estelles Gedanken schweiften ab. Sie musste dringend mit Emily sprechen. Aber was sollte sie ihr sagen? Warum hatte ihr Vater nur zugelassen, dass ihre Schwester sich ausgerechnet auf Patrick einließ? Hätte er nicht frühzeitig eingreifen können? Emily im Groben Estelles Gründe für den Wegzug erklären können? Sie schloss für einen Moment die Augen und legte ihren Kopf in den Nacken.

Als sie kurz darauf das Geschirr in die Spülmaschine stellte, fiel ihr Blick auf das Notizbuch ihrer Oma. Estelle schluckte und fuhr mit der Hand über den schwarzen Einband. Sollte sie sich in ihrer jetzigen Verfassung wirklich noch mit der Lebensgeschichte von Eveline Miroux beschäftigen? In ihrem Kopf herrschte bereits ein heilloses Chaos. Doch die Neugier siegte.

Sie nahm das Buch und ging ins Wohnzimmer hinüber. Als sie aus dem bodentiefen Fenster schaute, sah sie Tom und Caroline, die wild gestikulierend miteinander diskutierten. Tom sah wütend aus, aber auch Caroline wirkte unzufrieden. Tom schüttelte gerade heftig seinen Kopf.

Estelle musterte sein Profil, das blonde Haar, das ihm nachlässig in die Stirn fiel, die gerade Nase und das markante Kinn.

Verärgert riss sie das Fenster auf und klappte die Läden

mit einem lauten Geräusch um. Sie wollte heute nichts mehr von den Bauvalls sehen.

Mit dem Buch setzte sich Estelle in einen der Sessel und blätterte bis zu der Stelle, an der sie gestern aufgehört hatte zu lesen.

Ein paar Monate später zog mein ältester Bruder nach Perpignan. Er hatte das Angebot eines bekannten Malermeisters angenommen und begann bei ihm eine Lehre. Maurice blieb auf dem Hof und unterstützte Maman.

Wir hatten mittlerweile wieder so viel Vieh, dass unsere Existenz gesichert war. Wir konnten überleben.

Jules kam von Zeit zu Zeit vorbei und sah nach uns. Maman meinte zwar, er käme einzig wegen mir, doch das wollte ich damals nicht wahrhaben. Ich sah in ihm weiter nur den besten Freund von Maurice, auch wenn ich es eigentlich hätte besser wissen müssen …

Der Tag, der mein Leben für immer verändern sollte, begann sonnig und heiß. Es war Ende September. Seit Wochen schon warteten wir auf den ersehnten Regen. Es herrschte Dürre.

Ich plante, ins Dorf zu fahren und mir Nylonstrümpfe zu kaufen. Eigentlich wollte Maman mich begleiten, doch kurz vor unserem Aufbruch kam eine Nachbarin vorbei, die um Hilfe in einer persönlichen Angelegenheit bat. Da ich keine Lust auf Beziehungsprobleme und Dorftratsch hatte, verabschiedete ich mich eilig und fuhr allein mit meinem Rad los.

Ich hatte nicht bemerkt, dass der Himmel sich in der Zwischenzeit verdunkelt hatte. Dicke Wolken brauten sich über mir zusammen, während ich die Landstraße entlangfuhr.

Für einen kurzen Moment überlegte ich umzukehren,

bevor der Regen über mich hereinbrechen würde. Doch ich hatte den Hof seit Wochen nicht verlassen. Der Gedanke an einen weiteren langen und arbeitsreichen Tag in der Einöde ließ mich zurückschrecken. Nein, ich musste weg. Nur für diesen einen Tag.

Also fuhr ich weiter, immer wieder den Blick auf die Wolken über mir gerichtet. Bis der erste Tropfen fiel. Dick und kalt, fast wie eine Erlösung.

Innerhalb von Sekunden öffnete der Himmel seine Schleusen und ließ es regnen, als ob er der Erde mit Gewalt all die Feuchtigkeit auf einmal zurückgeben wollte, die er ihr so lange vorenthalten hatte.

Hastig sprang ich vom Rad. Meine Kleidung war bereits völlig durchnässt und klebte wie eine zweite Haut an meinem Körper. Ich legte das Fahrrad an den Straßenrand und ließ meinen Blick nachdenklich über die Felder schweifen. In diesem Moment erfüllte mich plötzlich eine tiefe Ruhe.

Einem inneren Impuls folgend, breitete ich meine Arme aus, den Rücken immer noch der Straße zugewandt, und schloss die Augen. Ich legte den Kopf in den Nacken und gab mich ganz der Empfindung der Tropfen hin, die auf mein Gesicht fielen.

Ich konzentrierte mich auf die allumfassende Nässe, die meinen Körper einhüllte.

Der Hof, meine Mutter, meine toten Schwestern schienen so weit weg, dass es nur noch mich gab. Mich und dieses unendlich beruhigende Gefühl von Freiheit. Freiheit und Frieden.

Ich schrak zusammen, als plötzlich ein Auto hupte. Verärgert drehte ich mich um und musterte den roten Sportwagen, der mit quietschenden Reifen dicht hinter mir gehalten hatte.

»Alles in Ordnung, Mademoiselle?« Der Fahrer öffnete die Wagentür und stieg eilig aus.

Ich kniff meine Augen zusammen, da mir der Regen noch immer über die Stirn lief. »Sind Sie verrückt geworden? Sie haben mich zu Tode erschreckt.« Ich ließ meine Arme sinken und stemmte sie in die Taille.

Der junge Mann verzog sein Gesicht zu einer Grimasse und kam näher. »Pardon, ich dachte nur ...« Unsicher hob er seine Hände.

Er trug ein braunes Sakko zu einer dunkelgrünen Leinenhose. Das dichte schwarze Haar fiel ihm wirr ins Gesicht. Ich musterte ihn. Er hatte schöne Augen.

»Was dachten Sie?«, blaffte ich ihn ungehalten an, denn mein Herz pochte immer noch wie wild.

»Ich dachte ...« Er deutete auf mich. »Wie Sie dastanden ...«

»Es geht Sie nichts an, wie ich dastand.«

»Nein.« Schuldbewusst schüttelte er seinen Kopf. »Sie haben recht. Es geht mich nichts an.«

In dem Moment erinnerte er mich an einen kleinen Jungen, der gerade von seinem Lehrer getadelt worden war. Gegen meinen Willen musste ich lachen.

Er hob seinen Kopf und lächelte ebenfalls. »Ich bin Serge.« Er streckte mir die Hand hin.

»Eveline.« Als ich seine Augen auf mir spürte, wurde mir bewusst, welchen Anblick ich ihm bieten musste. Ich war klatschnass. Noch immer schüttete es in Strömen. Die weiße Bluse klebte fest an meinen Brüsten. Verlegen kreuzte ich die Arme vor dem Oberkörper.

»Ein schöner Name«, erwiderte Serge, während er mein Gesicht weiter fixierte.

Ich zuckte mit den Achseln.

»Kann ich Sie irgendwo hinbringen, Eveline?«

Ich schüttelte den Kopf. »Ihr Wagen ...« Ich deutete auf sein Auto und zögerte. »Ich glaube kaum, dass mein Fahrrad hineinpasst.«

Es war ein teures Modell. Ich hatte noch nie zuvor etwas Ähnliches gesehen. Es gab nur wenige Leute hier in der Gegend, die überhaupt ein Auto besaßen. Und wenn, dann waren es eher Traktoren oder andere Nutzfahrzeuge, die die Bauern bei ihrer Arbeit unterstützten. Ein Sportwagen hier auf dem Land ... Der Mann musste sehr reich sein.

Serge lachte. »Sie haben recht. Der Wagen war ein echter Fehlkauf. Schweineteuer und nicht einmal nützlich, wenn man ihn wirklich braucht.«

Er wirkte sympathisch. Nicht überheblich oder arrogant. Fast bekam ich den Eindruck, dass ihm das unpraktische Auto peinlich war.

»Ich werde mich beschweren.«

Erst jetzt bemerkte ich, dass ich ihn anstarrte und ihm nicht zugehört hatte. Sein Haar klebte ihm mittlerweile genauso am Kopf wie mir meins. Er sah verdammt gut aus. Seine vom Regen ruinierte Kleidung schien ihn in keiner Weise zu stören. Statt in seinen snobistischen Sportwagen zu steigen, stand er mit mir im strömenden Regen auf dieser Landstraße und machte keinerlei Anstalten, sich ins Trockene zu retten.

»Was?« Ich schüttelte mich kurz.

»Ich sagte, ich werde mich beschweren.« Er grinste.

»Aber ich ...«

»Nicht über Sie«, beschwichtigte er mich. »Über den Wagen.« Er deutete mit der Hand über seine Schulter. »Bei einem Auto in dieser Preisklasse sollte man doch davon ausgehen, dass es möglich sein muss, eine schöne Frau wie Sie mit ihrem Fahrrad transportieren zu können.«

Als ich seine Worte vernahm, wandte ich mich verlegen

ab. Mein schulterlanges Haar triefte vor Nässe, mein Rock hing schwer um meine Beine.

»Wir könnten Ihr Fahrrad hierlassen und ich bringe Sie nach Hause«, schlug Serge vor und richtete mein Rad auf.

»Nein«, wehrte ich ab. »Nein, das geht nicht. Ich brauche das Fahrrad.«

»Aber …« Unsicher fuhr er sich durch sein nasses Haar.

»Nein.« Ich schüttelte den Kopf. »Ich muss jetzt gehen.« Die Situation kam mir plötzlich grotesk vor. Absurd und unwirklich. Was tat ich hier? Ich sollte schnellstmöglich nach Hause fahren und mich umziehen. Umständlich entriss ich ihm den Lenker und wollte auf mein Rad steigen. Doch er war schneller.

Serge trat einen Schritt vor und streckte seine Hand aus. Erst dachte ich, er packe mich am Arm, doch dann hielt er inne und ließ seine Hand wieder fallen. »Wo finde ich Sie, Eveline?«

Ich starrte ihn fassungslos an. Wollte er tatsächlich wissen, wo ich wohnte? Ich sah erst an mir hinab, bevor ich ihn musterte.

Er folgte meinem Blick. »Wo finde ich Sie?«

»Ich …« Ich sah ihm in die Augen und verlor mich in dem dunklen Braun, das mich warm und interessiert fixierte.

In diesem Moment spürte ich weder den Regen noch die Kälte, die mir langsam in die Glieder kroch. Ich wusste es. Vor mir stand der Mann, der mein Leben zum Leuchten bringen würde. Ohne den ich nie wieder vollkommen sein sollte. Und ich meinte, in seinen Augen zu erkennen, dass ihm die gleichen Gedanken durch den Kopf gingen.

»Sie wollen wissen, wo Sie mich finden?« Meine Stimme klang belegt.

»Ja, Eveline, das möchte ich.« Er nickte, ohne den Blick von mir zu wenden.

»Sie haben mich bereits gefunden«, erwiderte ich leise und ließ meinen Arm sinken, den ich noch immer vor meinen nassen Oberkörper gehalten hatte.

Sein Blick glitt nach unten, bevor er nickte.

Ich erklärte ihm leise, wo ich wohnte.

Bevor ich mich mit meinem Rad auf den Nachhauseweg machte, gab er mir noch seine Karte. Sein Nachname lautete Miroux, der Mann hieß Serge Miroux. In diesem Augenblick wusste ich, dass nichts mehr so sein würde, wie es einmal war. Heute hatte ich den Mann getroffen, den ich heiraten würde.

Estelle hatte beim Lesen eine Gänsehaut bekommen. Sie klappte das Buch zu und verharrte reglos in ihrem Sessel. Serge Miroux war ihr Opa. Sie konnte sich nicht an ihn erinnern, da er starb, als sie noch ganz klein war.

Die erste Begegnung ihrer Oma mit der Liebe ihres Lebens hatte etwas tief in Estelle berührt. Braune Augen, dachte sie traurig. Auch Tom hatte braune Augen. Warme Augen, die sie magisch anzogen. Ihre Oma hatte mehr Glück gehabt. Serge war nicht verheiratet gewesen.

Eveline Miroux' Leben war von großem Leid geprägt gewesen. Doch dieser unglaubliche Moment des Glücks, als sie ihren zukünftigen Mann kennengelernt hatte, musste etwas in ihr ausgelöst haben. Ein Gefühl, das Estelle in diesem Maße nicht kannte. Wann hatte ein Mann sie selbst dermaßen berührt? Estelle fiel kein einziger ein. Hatte sie tatsächlich noch nie geliebt? Es schien fast so.

Im nächsten Moment tauchte Tom vor ihrem inneren Auge auf. Warum bekam sie diesen Kerl bloß nicht mehr aus ihrem Kopf? Der Mann saß nur knapp fünfzig Meter weiter mit seiner Frau in seinem Wohnzimmer. Also, was wollte sie eigentlich?

Wieder musste Estelle daran denken, wie Tom heute Morgen vor ihr gestanden hatte. An diesen einen Moment, der so vieles hätte ändern können. Was würde ihre Oma ihr wohl raten?

Schmerzlich wurde ihr einmal mehr bewusst, wie sehr sie ihre Großmutter vermisste. Was würde sie sagen, wenn sie wüsste, wofür Estelle Ardèche engagiert hatte?

Plötzlich schämte sie sich. Sie würde den Detektiv morgen anrufen und ihn zurückpfeifen. Was machte sie hier eigentlich? Dachte sie tatsächlich, sie könne die Dämonen der Vergangenheit mit ihrer unüberlegten Aktion besiegen?

Wieder blickte sie auf das Buch. Eveline Miroux hatte in einer harten Welt ihr Glück gefunden. Und Estelle würde sich ebenfalls nicht unterkriegen lassen. Sie hatte ihre Mutter früh verloren. Und durch das schlimmste Ereignis ihres Lebens vor knapp zwanzig Jahren auch ihre Familie und ihre Heimat. Doch Estelle würde nicht länger zulassen, dass ihr zukünftiges Leben von Ereignissen bestimmt wurde, die sie nicht mehr ändern konnte. Die nicht rückgängig zu machen waren. Sie hatte Fehler begangen. Große Fehler. Es war an der Zeit, endlich einiges richtig zu machen.

24

Freitag, 29. Oktober

Estelle starrte das blutverschmierte Messer in ihrer Hand an, bevor ihr Blick zu Matthieus Stirn wanderte. Das Datum prangte gut sichtbar unterhalb des Haaransatzes.

Während sie realisierte, was sie getan hatte, verzogen sich ihre Lippen zu einem diabolischen Grinsen. Endlich war es so weit. Jetzt würde alle Welt erfahren, was man ihr angetan hatte. Das blutverschmierte Datum symbolisierte die Wende in Estelles Leben. Nach jener Nacht war nichts mehr wie vorher. Sie hatte ihre Leichtigkeit verloren. Ihre Leichtigkeit und ihr Urvertrauen in das Gute im Menschen.

»Rache ist keine Lösung.«

Irritiert kniff sie die Augen zu, während die Stimme wieder ertönte.

»Rache ist keine Lösung.«

Frustriert hielt sie sich die Ohren zu, doch der Satz hallte endlos in ihrem Kopf nach. Sie ließ die Hände wieder sinken und drehte sich um.

Vor ihr stand Tom Bauvall, dessen haselnussbraune Augen sie besorgt musterten. Erst jetzt registrierte Estelle, dass er es war, der den mantraartigen Spruch wie ein Papagei wiederholte. Als sie meinte, den Singsang nicht länger ertragen zu können, blickte sie erst auf das Messer, bevor sie ihre linke Hand zur Faust ballte. »Sei ruhig, verdammt noch mal!«, brüllte sie ihn unbeherrscht an. »Sei endlich still!«

Als Tom seine Hand ausstreckte, um sie zu berühren, verschwamm seine Gestalt vor ihren Augen. Im gleichen Moment trat Caroline Bauvall aus dem Hintergrund hervor und zeigte anklagend auf sie.

Hilflos schüttelte Estelle ihren Kopf und fand sich plötzlich in der Mitte einer Menschenansammlung wieder. Während sie sich um ihre eigene Achse drehte, erkannte sie nur undeutlich die Gesichter der Leute, die sie umkreisten. Emily, die an einer Hand Noah hielt, an der anderen Patrick. Die drei lachten hämisch, während Estelle das Gefühl überkam, der Boden unter ihr beginne zu beben. Auch Caroline Bauvall, die neben dem älteren Polizisten stand, verzog ihre Lippen zu einer grotesken Maske. Estelle versuchte krampfhaft, das Gleichgewicht zu halten. Sie hatte Angst umzukippen, konnte sich nur mit Mühe noch auf ihren Beinen halten. Als sie sich weiter umblickte, entdeckte sie Tatjana mit Louanne und Eric, die versuchten, sich durch die Menschenmenge zu kämpfen, um zu ihr zu gelangen.

Estelles Kehle schnürte sich zu und sie fasste sich, nach Luft schnappend, an den Hals.

Während ihr Blick nach oben wanderte, bemerkte sie Tom, der in der Luft zu schweben schien und wieder seine Hand nach ihr ausstreckte. »Lass los, Estelle. Lass los.«

Erst jetzt registrierte sie, dass sie sich an der Küchenplatte festhielt, die neben den Elektrogeräten an der Wand lehnte. Sie wollte ihre Hand lösen, doch es ging nicht. Verzweifelt signalisierte sie Tom, dass sie nicht wegkam, doch er rief ihr nur weiter zu, sie solle loslassen. Ihr Arm fühlte sich wie Gummi an, da sie wie eine Irre zerrte und doch keinen Zentimeter vom Fleck kam.

Als sich eine Gestalt aus der Menge um sie herum löste, hielt sie in ihrer Bewegung inne und bemerkte panisch, wie die Ansammlung auseinanderstob. Ein dunkler Schatten kam langsam auf sie zu.

Estelle wollte fliehen, doch noch immer hing ihre Hand an der Küchenplatte fest. Ihr Herz pochte wie wild, während der Schatten größer und bedrohlicher wurde. Sie saß in der Falle. Niemand würde ihr helfen.

Von irgendwo hörte sie Toms Stimme, der sie erneut aufforderte loszulassen. Doch tief in ihrem Inneren wusste Estelle, dass es zu spät für sie war. Sie konnte nicht loslassen. Nicht mehr. Sie war verloren.

Estelle wachte schweißgebadet auf. Die Ziffern auf ihrem Wecker zeigten an, dass es kurz vor fünf war. Sie starrte in die Dunkelheit und spürte ihren Puls, der sich erst langsam wieder beruhigte.

Ihre Gedanken rasten wild durcheinander. Da ihr klar war,

dass sie nicht mehr würde einschlafen können, schlug sie seufzend die Decke zurück und stand auf.

Estelle fühlte sich wie gerädert, da sie gestern Abend noch lange wach gelegen hatte. Müde trat sie ans Fenster und öffnete die beiden Flügel.

Sie genoss die frische Luft auf ihrem Gesicht, während sie den Geräuschen des frühen Morgens lauschte: den ersten Autos, die ihre Insassen zur Arbeit beförderten, dem leisen Rauschen des Windes. Irgendwo in der Nachbarschaft stritten zwei Katzen lautstark miteinander.

Estelle lehnte ihren Rücken gegen den Fensterrahmen und versuchte, innerlich ein wenig zur Ruhe zu kommen. Sich für den anbrechenden Tag zu wappnen. Das kühle Holz drückte sich durch den dünnen Schlafanzug in ihre Haut.

Auch ihre Oma hatte hier ihre Tage begonnen. Obwohl Estelle sie oft besucht hatte, kam ihr diese Zeit so unendlich weit weg vor, dass sie sich kaum noch an Details erinnern konnte. All das war vorher gewesen. Bevor ihr Leben zerbrochen war. Bevor man ihr die Würde und Unschuld genommen hatte.

Nein, sie durfte sich auf keinen Fall schon wieder von den zurückliegenden Ereignissen runterziehen lassen! Estelle musste nach vorn schauen und sich dringend um die Menschen kümmern, die ihr wichtig waren. Sie ging ins Badezimmer und stellte die Dusche an.

Nachdem sie angezogen war, schnappte sie sich eine Einkaufstasche und verließ ihre Wohnung. Aus Noahs Zimmer war kein Geräusch zu hören. Auch aus dem Zimmer der Cléments drang kein Laut. Das lag wohl tatsächlich an dem massiven, gut verarbeiteten Holz, wie Tom ihr fachmännisch erklärt hatte.

Wieder Tom! Genervt verdrehte sie ihre Augen und öffnete die Eingangstür.

»Bonjour!« Die ältere Zeitungsausträgerin drückte ihr lächelnd die Tageszeitung in die Hand.

Estelle bedankte sich, legte die Zeitung zurück auf den Tresen und schloss die Tür wieder leise hinter sich.

Zwei Querstraßen weiter befand sich eine kleine Bäckerei, in der sie frische Backwaren für die Cléments holen wollte. Sie hatte dem älteren Ehepaar mitgeteilt, dass sie ab sieben Uhr bei ihr frühstücken konnten. Estelle hätte also gut und gerne noch etwas länger schlafen dürfen.

Die Straße war menschenleer. Nur vereinzelt fuhren Autos oder Fahrradfahrer an Estelle vorbei. Die Laternen zauberten mit ihren orangefarbenen Strahlen dunkle Schatten auf den Gehweg.

Fast wie in meinem Traum, dachte Estelle und beschleunigte ihre Schritte. Schon von Weitem konnte sie den Duft frischer Baguettes riechen. Ihr Magen knurrte.

»Bonjour!« Nachdem Estelle den Laden betreten hatte, ließ sie ihren Blick neugierig über die Auslagen wandern. Sie war die einzige Kundin. Während sie noch überlegte, für was sie sich entscheiden sollte, spürte sie den prüfenden Blick der Verkäuferin auf sich.

»Estelle, bist du es?«

Verwirrt blickte sie auf und musterte die Angestellte nachdenklich einige Sekunden lang. »Jeanne Claire?«

Die Frau nickte. »Du kannst dich noch an mich erinnern?« Estelle betrachtete ihre ehemalige Klassenkameradin. Bei näherem Hinsehen erkannte sie vage die Gesichtszüge der Jugendlichen, als die sie Jeanne Claire Monet zum letzten Mal gesehen hatte.

Schon während ihrer Schulzeit war Jeanne Claire eine übergewichtige, aber unauffällige Erscheinung gewesen. Die letzten zwanzig Jahre hatten es nicht gut mit der Bäckereiverkäuferin gemeint. Sie war noch fülliger, als Estelle sie in

Erinnerung hatte. Ihr blondes Haar hatte sie nachlässig zu einem Zopf gebunden. Einige Strähnen hatten sich gelöst und hingen ihr ungepflegt ins Gesicht. Sie trug ein silbernes Brillengestell und einen kleinen Ring in der Nase.

Estelle erinnerte sich daran, dass Jeanne Claire es damals zu Hause nicht leicht gehabt hatte. Ihre Mutter, eine kleine, zierliche, gebrechlich wirkende Frau, war schon während der Schulzeit öfters krank gewesen. Jeanne Claire hatte sich um sie kümmern müssen und dadurch oft im Unterricht gefehlt.

Estelle empfand Mitleid mit ihrer ehemaligen Klassenkameradin. »Natürlich erinnere ich mich an dich. Ich habe nur …«, sie deutete auf die Backwaren, »… ich war so vertieft in euer Angebot, dass ich gar nicht gesehen habe …« Sie hob entschuldigend die Schultern.

»Ich habe dich sofort erkannt«, erwiderte Jeanne Claire leise. »Du siehst gut aus.«

»Danke«, entgegnete Estelle lächelnd. »Du aber auch.« Sie zeigte unbeholfen in Jeanne Claires Richtung.

Die winkte ab.

»Wie geht es dir?« Estelle musterte das teigige Gesicht. »Und deiner Mutter?«

Die Verkäuferin nestelte unsicher an einer Haarsträhne herum. »Mir geht es ganz gut. Meiner Mutter …« Als sie ihren Mund verzog, befürchtete Estelle schon, Jeanne Claire würde gleich losschluchzen, doch sie fing sich wieder. »Na ja, sie war früher schon nicht gesund. Mittlerweile ist sie über siebzig.«

»Du kümmerst dich um sie?« Estelle wollte nicht unhöflich erscheinen.

Jeanne Claire nickte. »Ich wohne mit ihr zusammen.«

»Das ist schön«, bekräftigte Estelle. »Deine Mutter ist dir sicher sehr dankbar.«

Die Verkäuferin zuckte mit den Achseln. »Und du?«

Estelle erzählte ihr kurz vom Tod ihrer Großmutter und dem damit verbundenen Erbe.

»Du warst lange weg.« Jeanne Claires helle Augen fixierten Estelle.

»Ja«, bestätigte sie nur, da sie nicht über die Gründe ihres Wegzugs sprechen wollte. »Jetzt muss ich aber …« Sie deutete über ihre Schulter. »Meine Gäste warten auf ihr Frühstück.«

Bedauernd nickte die ehemalige Schulkameradin und verknotete unsicher ihre dicken Finger ineinander.

Nachdem Estelle ihre Bestellung aufgegeben und bezahlt hatte, wandte sie sich noch einmal an Jeanne Claire: »Komm doch in den nächsten Tagen mal bei mir in der *Auberge* vorbei. Vielleicht interessiert es dich ja, wie das Hotel nach den Umbauarbeiten aussieht.«

Auch wenn sie während ihrer Schulzeit fast keinen Kontakt zu Jeanne Claire gepflegt hatte, freute sie sich in diesem Moment doch über ein bekanntes Gesicht von früher, mit dem sie ausnahmsweise keine schlechten Erinnerungen verband.

Und der einstigen Klassenkameradin schien es ähnlich zu gehen. Als Reaktion auf Estelles Angebot leuchteten ihre Augen auf und ihre Lippen verzogen sich zu einem breiten Grinsen. »Danke, Estelle. Ich komme sehr gern. Vormittags arbeite ich hier, aber nachmittags …«

Estelle registrierte die Freude in der Miene der Bäckereiverkäuferin und nickte. »Schau einfach vorbei, wenn es dir passt. Ich würde mich freuen.«

Jeanne Claire war während ihrer Schulzeit immer eine Außenseiterin gewesen. Sie hatte kaum Freundinnen gehabt und war meist für sich allein geblieben. Estelle vermutete daher, dass sie auch als Erwachsene ein eher isoliertes Leben führte, welches hauptsächlich aus der Pflege ihrer Mutter und ihrem Job hier in der Bäckerei bestand. Ein Besuch in der *Auberge* stellte für die einstige Klassenkameradin sicher eine willkommene Abwechslung dar.

Tom drehte sich auf den Rücken und verschränkte die Arme hinter seinem Kopf. Es war noch früh, er musste Théo und Louis erst in einer halben Stunde wecken. Caroline war bereits zum Revier gefahren. Sie hatte ihm gestern Abend gesagt, dass sie aufgrund der laufenden Mordermittlung Überstunden machen musste und wahrscheinlich auch am Wochenende Dienst hatte.

Caroline! So aufgebracht wie gestern hatte er sie selten erlebt. Sie waren regelrecht in Streit geraten, als er ihr von den Arbeiten in der *Auberge* erzählt hatte. Sie hatte ihm wiederholt nahegelegt, Estelle nicht mehr zu helfen.

Doch Tom war sicher, dass sie überreagierte. Momentan befand sie sich eh in einer äußerst schwierigen Verfassung. Tom wusste nicht, was er von all dem halten sollte. Vielleicht wäre es besser, sie suchte sich einen anderen Job, obwohl er natürlich genau wusste, dass das utopisch war. Caroline war Polizistin mit Leib und Seele. Und sie war verdammt gut in dem, was sie tat. Doch diesmal befand sie sich auf dem Holzweg.

Eine Spülung wurde zwei Räume weiter betätigt. Tom grinste amüsiert. Théo musste jeden Morgen kurz vor dem Aufstehen auf die Toilette. Tom hätte die Uhr danach stellen können!

Seine Gedanken kehrten zu der Nachbarin zurück. Caroline irrte sich. Estelle Miroux war keine Mörderin. Die Vorstellung schien ihm absurd.

Er starrte in die Dunkelheit und dachte an den Moment, als sie ihm gestern so gefährlich nahe gekommen war. In jenem Augenblick hatten ihre Augen ungefiltert die Verletzungen ihrer Seele widergespiegelt. Tom hatte das Gefühl gehabt, in Estelles Innerstes sehen zu können. Unverschleiert und unverstellt. Doch schon im nächsten Moment hatte sie sich wieder im Griff gehabt und die Situation entschärft.

Natürlich hatte er Caroline nichts davon erzählt, da er sie nicht beunruhigen wollte, doch in diesem Bruchteil einer Sekunde war ihm klar geworden, dass Estelle Miroux etwas mit ihm gemacht hatte.

Sie hatte etwas in ihm berührt, was er seitdem nicht mehr vergessen konnte. Und er hatte sich fest vorgenommen, das Rätsel dieser geheimnisvollen Frau zu lösen. Herauszufinden, wie er ihre seelische Last lindern konnte. Denn zu beobachten, wie Estelle Miroux sich selbst quälte, wie sie zwischen vorsichtigem Annähern und sofortigem Rückzug schwankte, wie sie wie eine Kämpferin ständig zum Angriff bereit war, ging ihm näher, als er sich die ersten Tage hatte eingestehen wollen.

Ihr wunderschönes Gesicht mit den großen blauen Augen tauchte in seinen Gedanken auf. Die kurzen schwarzen Haare, die sich vorwitzig über ihren Ohren wellten. Die helle Haut, die wie glatte Seide schimmerte.

Er würde das Geheimnis dieser Frau lüften. Denn darin stimmte er mit Caroline überein: Estelle Miroux verbarg etwas. Doch im Gegensatz zu Caroline war Tom sicher, dass es nichts mit dem Mord an diesem Kerl zu tun hatte. Zumindest nicht direkt. Er vermutete, dass das Rätsel um seine Nachbarin vielmehr in der Vergangenheit seinen Ursprung hatte. Dass es mit ihrem Weggang aus Frankreich zu tun hatte und mit der gestörten Beziehung zu ihrer Familie.

25

»Möchten Sie noch etwas Kaffee?« Estelle lächelte Bertrand Clément freundlich an.

»Gerne.« Der ältere Mann deutete auf seine Tasse. »Alors, diese Croissants sind ja ein Traum.« Er wischte sich einen Krümel vom Kinn.

Mathilde schüttelte amüsiert den Kopf, bevor sie sich an Estelle wandte: »Wir sind Ihnen so dankbar, dass wir einchecken durften.« Ihre Augen funkelten. »Es fühlt sich so richtig an. Wenn wir hierherkommen …« Sie brach ab.

Betrand Clément legte beruhigend eine Hand auf die seiner Frau. »Wir fühlen uns sehr wohl, Estelle.« Er nickte bedächtig. »Wir sind zwar erst eine Nacht hier, aber ich bin davon überzeugt, dass Sie Ihren zukünftigen Gästen eine großartige Herberge bieten werden.«

Estelle blickte ihn gerührt an. »Danke. Es ist sehr lieb, dass Sie das sagen.« Sie dachte einen Moment lang nach. »Ich bin mir nämlich nicht so sicher, ob das hier …« Sie biss sich auf ihre Lippe, als sie verzweifelt spürte, wie sich ein Kloß in ihrer Kehle bildete.

Mathilde Clément, der die Reaktion nicht entgangen war, löste ihre Hand aus der ihres Mannes und berührte Estelle leicht am Unterarm. »Das Leben kann mitunter sehr hart sein. Aber lassen Sie sich eins gesagt sein.« Mathilde Clément blickte versonnen zu ihrem Mann. »Die schönen Seiten überwiegen die schlechten. Sehen Sie uns an: Wir sind beide über siebzig. Das Leben ist endlich.« Sie nickte zögernd. »Leben Sie jeden einzelnen Tag bewusst. Machen Sie, was Ihnen guttut. Sie sind so jung. Sie haben noch sehr viel Leben vor sich.« Sie sah Estelle aus weisen Augen an. »Was auch immer in der Vergangenheit geschehen ist, geben Sie der Gegenwart eine Chance. Lassen Sie nicht zu, dass Sie in vierzig Jahren zurückblicken und all die Dinge bedauern, die nicht geschehen sind, weil Sie sie nicht zugelassen haben.« Sie tätschelte leicht Estelles Handrücken. »Leben Sie.« Wieder nickte sie. »Denn das Leben ist wunderschön. Sie müssen es nur zulassen.«

Lass los, schoss es Estelle durch den Kopf, als ihr in diesem Moment der Traum von letzter Nacht wieder einfiel.

»Meine Frau ist eine Philosophin«, merkte Bertrand Clément amüsiert an.

Mathilde schüttelte ihren Kopf.

»Aber sie hat recht«, fuhr er fort. »Ihre Großmutter war eine sehr starke Frau. Eveline hat einige Schicksalsschläge in ihrem Leben ertragen müssen.«

Estelle nickte, während sie an die Erinnerungen ihrer Oma dachte.

»Aber Sie sind genauso stark. Lassen Sie sich nicht unterkriegen.« Er sah sie aufmunternd an.

Estelle wollte etwas erwidern, doch in dem Moment hörte sie, wie Noah die Treppe herunterkam. »Entschuldigen Sie mich bitte.« Eilig brachte sie die Kaffeekanne in die Küche zurück, bevor sie in den Empfangsbereich eilte, wo Noah gerade dabei war, den Laptop hochzufahren.

Als er sie bemerkte, blickte er nur kurz auf, sagte jedoch nichts.

»Guten Morgen.« Sie presste unwillkürlich ihre Lippen aufeinander.

»Bonjour«, antwortete er lauter als nötig auf Französisch.

Sie blickte verunsichert hinter sich. »Noah …« Sie deutete in Richtung Wintergarten.

Er zuckte mit den Achseln und starrte weiter auf den Bildschirm.

»Ich möchte nicht, dass wir streiten. Dass du denkst, ich …« Estelle brach hilflos ab.

»Dass ich denke, du magst meine Freundin nicht? Dass ich denke, du hast ein Riesenproblem mit den Leuten hier? Und dass ich vielleicht denke, dass gar nicht der Ort das Problem ist?« Er blickte ihr trotzig ins Gesicht.

»So ist es nicht«, erwiderte sie leise auf Deutsch. »Es ist …« Sie legte ihren Kopf in den Nacken und stöhnte innerlich auf. »Es sind Dinge passiert.«

»Dinge? Was für Dinge?« Noahs Miene spiegelte seine Verständnislosigkeit wider.

»Schlimme Dinge«, entgegnete Estelle mit erstickter Stimme. »Vor meinem Weggang.«

»Was hat das mit Virginie zu tun?« Er kniff seine Augen zusammen.

»Nichts«, musste Estelle zugeben. »Aber ihr Vater …«

»Ihr Vater hatte damit zu tun?«

Sie nickte stumm.

»Virginie kann nichts dafür«, erklärte er mit fester Stimme. »Niemand kann etwas für seine Eltern.«

»Du verstehst es nicht.« Estelle war nach Heulen zumute.

»Dann erklär es mir«, forderte Noah sie auf, während er seine Arme vor der Brust verschränkte.

Sie sah zu ihm auf. »Das kann ich nicht«, flüsterte sie kaum hörbar.

Schweigend musterte er sie einige Sekunden lang, bevor er seinen Kopf schüttelte und sich wieder dem Laptop widmete. »Pardon, aber dann kannst du dich auch nicht beschweren, dass ich es nicht verstehe.«

Estelle wusste nicht, was sie tun sollte. Sie hörte im Hintergrund das Gemurmel der Cléments. Ihr war klar, dass die beiden jedes Wort mitangehört haben mussten.

Sie musterte Noah, dessen Gesicht wie versteinert wirkte.

Er war ein attraktiver junger Mann, fiel ihr wieder auf. Geben Sie der Gegenwart eine Chance, schossen ihr die Worte Mathilde Cléments durch den Kopf.

Im Moment hatte Estelle jedoch das Gefühl, dass die Gegenwart ihr jeden Tag neue Herausforderungen auferlegte. Dass nicht sie es war, die der Gegenwart keine Chance gab, sondern dass die Gegenwart Estelle keine Chance gewährte, endlich zu leben. Endlich zu vergessen und nach vorn schauen zu können.

26

Patrick blickte gedankenverloren auf die Ausläufer der Pyrenäen, die er von seinem Bürofenster aus in der Ferne erkennen konnte. Emily hatte ihm gestern Abend ganz schön die Hölle heiß gemacht. Auf dem Nachhauseweg von der Wahlkampfveranstaltung hatte sie unentwegt wissen wollen, was zwischen Estelle und ihm vorgefallen war. Auch wenn sie in der Kanzlei vor ihrer Schwester für ihn Partei ergriffen hatte, wollte sie die Sache nicht auf sich beruhen lassen. Immerhin war Emily Profi genug gewesen, ihm nicht während der Veranstaltung eine Szene zu machen. Doch danach ... Wieder und wieder hatte sie ihn gelöchert. Aber was hätte er ihr sagen sollen?

Noch immer wunderte er sich, dass Estelle ihrer Schwester gegenüber geschwiegen hatte. Patrick hätte ihr ohne Weiteres zugetraut, vor seinen Augen schmutzige Wäsche zu waschen und Emily gegen ihn aufzuhetzen. Was führte diese Frau bloß im Schilde? Dass sie ihn hasste, hatte sie gestern unmissverständlich zum Ausdruck gebracht.

Matthieu schien recht gehabt zu haben. Sie durften Estelle Miroux nicht unterschätzen. Wenn sie zurückgekommen war, um ihnen Ärger zu bereiten … Und was hatte es mit diesem verfluchten Datum auf sich, das Matthieu eingeritzt worden war?

Kopfschüttelnd blickte Patrick zu seinem Schreibtisch, auf dem sich die Akten stapelten. Er wollte sich das Wochenende frei halten, daher musste er heute noch einiges abarbeiten. Doch im Moment hatte er andere Sorgen.

Emily würde nicht lockerlassen. Er hatte ihr irgendwann gestern Nacht erzählt, dass Estelle während ihrer Schulzeit vor vielen Jahren in ihn verliebt gewesen sei, er aber kein Interesse an ihr gehabt hätte. Ihre jetzige Abneigung gegen ihn könne er sich nur mit falsch gelenkter Eifersucht erklären. Doch er hatte Emily angesehen, dass sie ihm diese Räuberpistole nicht abgenommen hatte.

Patrick musste sich dringend überlegen, wie er seine Freundin wieder besänftigen konnte. Außerdem blieb ihm nur zu hoffen, dass Estelle weiterhin ihren Mund hielt. Vielleicht sollte er …

In diesem Moment klopfte es an seinem Büro. Obwohl er sich nicht regte, wurde die Tür eine Sekunde später aufgerissen, und eine attraktive Frau trat entschlossenen Schrittes in Begleitung eines untersetzten Mannes ein.

»Was …?«

»Monieur Dugout?«, wandte sich die Brünette ohne Umschweife an ihn.

Patrick nickte. »Und wer …? Woher …?«

»Ich bin Caroline Bauvall, Capitaine bei der Police Nationale«, unterbrach sie ihn und deutete auf ihren Kollegen, der einige Jahre älter als sie zu sein schien. »Und das ist Officier Armand.«

»Captitaine Bauvall«, wiederholte Patrick irritiert.

»Sie hatten mich vor Kurzem angerufen«, erinnerte ihn die Beamtin.

»Oui«, stimmte er gedehnt zu. »Oui, natürlich.« Er blickte von Caroline Bauvall zu Officier Armand.

»Monsieur Dugout, wir müssen mit Ihnen sprechen. Über Matthieu Clereau.«

Patrick musterte Capitaine Bauvall. Er schätzte sie auf etwa vierzig. Das wellige Haar fiel ihr locker auf die Schultern. Ihre Gesichtszüge hatten etwas Snobistisches. Sie war ihm auf Anhieb unsympathisch.

»Bitte.« Er deutete auf die Stühle vor seinem Schreibtisch. »Ich habe nicht viel Zeit, aber …« Den Rest des Satzes ließ er unausgesprochen.

»Ich fürchte, Sie müssen sich die Zeit nehmen, Monsieur Dugout«, erklärte Bauvall kühl.

»Wir haben gestern mehrmals versucht, Sie telefonisch zu erreichen«, setzte der Officier nach. »Leider vergeblich.«

Patrick nickte und zog eine bedauernde Miene. »Pardon, ich bin sehr beschäftigt. Fraktionssitzung, Wahlkampf …« Er zuckte mit den Achseln.

»Auch wir haben sehr viel zu tun, Monsieur«, entgegnete die Beamtin in strengem Ton, während sie sich setzte.

Patrick rückte seinen Stuhl zurecht und nahm ebenfalls Platz. Einen Moment lang blickte er demonstrativ auf den Aktenstapel auf seinem Schreibtisch, bevor er ihn seufzend zur Seite schob.

Capitaine Bauvall zog unbeeindruckt einen Notizblock aus ihrer Jackentasche. Officier Armand sah sich ungeniert in dem geräumigen Büro um.

Patrick ballte unter der Schreibtischplatte seine Hände zu Fäusten. »Was kann ich für Sie tun?«, bemühte er sich um einen freundlichen Ton.

»Es geht um den Mord an Matthieu Clereau«, wiederholte die Polizistin sachlich. »Sie haben mich direkt nach dem Mord angerufen …«

»Nicht direkt danach«, widersprach Patrick und lächelte schwach.

»Sie haben mich am Morgen nach dem Mord angerufen«, korrigierte Caroline Bauvall, »und sich nach Einzelheiten zu dem Tod von Clereau erkundigt.«

Patrick spürte ihren eindringlichen Blick. Da er nicht wusste, worauf sie hinauswollte, nickte er nur.

»Warum?«

Er konnte an ihrem Gesichtsausdruck nichts erkennen. »Das sagte ich Ihnen bereits«, erklärte Patrick selbstbewusst. »Matthieu war ein sehr guter Freund.«

»Während Ihrer gemeinsamen Schulzeit?«, hakte Bauvall nach.

Er zögerte. »Ja.«

»Wann haben Sie Matthieu Clereau zum letzten Mal gesehen?«

Patrick blickte überrascht zu dem Officier, der sich bisher im Hintergrund gehalten hatte. Er überlegte. »Das kann ich Ihnen nicht genau sagen. Wir hatten uns nicht verabredet oder so. Wahrscheinlich auf irgendeiner Veranstaltung … Es ist schon einige Monate her.«

»Das hört sich nicht unbedingt nach einer intensiven Freundschaft an«, warf die Polizistin beiläufig ein.

Patrick sah sie verwirrt an. »Nein, aber ich sagte Ihnen bereits …«

Sie lächelte. »Ich habe gehört, was Sie sagten. Mich hat nur irritiert, dass Michelle Clereau, der Ehefrau des Opfers, überhaupt nichts von Ihrer Freundschaft bekannt ist.«

Sie blickte ihn freundlich an, doch Patrick beschlich das ungute Gefühl, dass sie auf etwas Bestimmtes hinauswollte. Er wusste jedoch nicht, auf was. »Wie gesagt, unsere Freundschaft war nicht mehr so eng wie früher …«

»Und doch wichtig genug, um sich persönlich über die

näheren Umstände von Clereaus Tod zu informieren.« Bauvall lächelte weiter.

Patrick starrte sie an. »Was wollen Sie eigentlich von mir?«, stieß er heiser hervor.

Die Beamten gingen nicht auf seine Frage ein.

»Was sagt Ihnen der fünfundzwanzigste Mai vor achtzehn Jahren?«

Patrick spürte, wie sein Puls sich beschleunigte, während er fieberhaft versuchte, seine Gesichtszüge unter Kontrolle zu halten. Er fühlte sich in die Enge getrieben. Reglos blickte er den Officier an. »Der fünfundzwanzigste Mai?«, wiederholte er gedehnt.

Die Polizisten nickten.

Er spürte, wie sie ihn prüfend musterten. Patrick tat so, als überlege er. »Ich weiß nicht. Das ist schon sehr lange her«, erklärte er schließlich.

»Sie verbinden mit dem Datum nichts Außergewöhnliches? Vielleicht in Zusammenhang mit Ihrem Schulabschluss?«

Patrick schüttelte seinen Kopf und erwiderte Caroline Bauvalls Blick.

»Wir werden das Datum natürlich auch noch von Ihrer Schule überprüfen lassen. Sicher sind die Daten der Abschlussfeier und sonstiger wichtiger Ereignisse im Archiv festgehalten.« Die Beamtin nickte ihm aufmunternd zu.

Patrick zuckte mit den Achseln. »Matthieu und ich haben in der Tat vor achtzehn Jahren unseren Abschluss gemacht. Allerdings kann ich mich nicht mehr an das genaue Datum der Verabschiedung erinnern.«

»Schade«, erwiderte die Polizistin langsam, bevor sie zu ihrem Kollegen blickte. Der nickte kurz und die beiden erhoben sich. Auch Patrick stand auf, um die Beamten zur Tür zu begleiten.

»Ach, eins noch.« Caroline Bauvall drehte sich nachdenklicher Miene zu ihm um. »Was wollte Clereau eigentlich von Ihnen, als er Sie am Tag vor seinem Tod angerufen hat, wenn Sie jahrelang überhaupt nicht in Kontakt standen?«

Die Frage traf Patrick unvorbereitet. Er zuckte innerlich zusammen und suchte fieberhaft nach einer vernünftig klingenden Erklärung. »Ach, das hatte ich schon fast vergessen.« Er bemühte sich um ein schwaches Lächeln. »Gut, dass Sie mich daran erinnern.« Er nickte. »Matthieu wollte anfragen, ob ich Interesse daran hätte, mich mit ihm und noch ein paar anderen ehemaligen Klassenkameraden um die Organisation unseres zwanzigjährigen Jubiläums zu kümmern.«

Bauvall verengte ihre Augen. »Das Jubiläum wäre erst in mehr als achtzehn Monaten. Ist es nicht etwas früh, um sich darum zu kümmern?«

Patrick zuckte mit den Achseln. »Es war Matthieus Idee.«

»Was haben Sie ihm gesagt?« Auch Armands Gesichtsausdruck war nun kritisch.

»Dass ich keine Zeit habe.« Patrick frohlockte innerlich über seinen Einfall. »Sie sehen ja selbst …« Er drehte sich um und deutete auf seinen vollen Schreibtisch.

»Genau dieser Aspekt wundert mich etwas«, entgegnete Capitaine Bauvall kühl. »Man sollte meinen, dass ein Anwalt, der laut der Aussage seiner Frau rund um die Uhr arbeitete, Wichtigeres zu tun hätte, als sich um eine solche Nebensächlichkeit zu kümmern.«

Patrick zog seine Brauen hoch. »So war Matthieu eben.«

»Ja«, entgegnete Bauvall distanziert. »Anscheinend.« Wieder blickte sie zu Armand. »Er hat nicht zufällig erwähnt, wen er noch ins Boot holen wollte für die Organisation dieses in knapp zwei Jahren anstehenden Jubiläums?«

Patrick verzog seinen Mund. »Nein.« Er schüttelte den Kopf. »Nein, ich glaube nicht, dass er dies mir gegenüber erwähnt hat.«

»Vielleicht Yves Cousteau?« Der Blick der Beamtin wurde eindringlicher.

»Non, bedaure.« Patrick bemühte sich, Unwissenheit vorzutäuschen.

»Merci, Monsieur.« Caroline Bauvall nickte ihm mit finsterem Gesicht zu. »Sie haben uns sehr geholfen.«

27

Als Estelle das Geschirr wegräumte, fiel ihr Ardèche ein. Sie wollte den Privatdetektiv anrufen, um ihren Auftrag zu stornieren.

Gedankenverloren wischte sie den Tisch im Wintergarten ab. Die Cléments planten, heute in die Pyrenäen zu fahren, und hatten angekündigt, erst am späten Nachmittag zurückzukehren. Noah hatte bereits vor wenigen Minuten das Hotel ohne Verabschiedung verlassen.

Sie stellte die Vase mit den frischen Blumen auf den Tisch zurück und ließ die Spülmaschine laufen. Nach ihrem gestrigen Gespräch war Estelle nicht sicher, ob Tom überhaupt noch mal zum Helfen käme. Er hatte sich nach der Möbelrückerei sehr kurz angebunden verabschiedet. Ihr Magen krampfte sich zusammen. Estelle fühlte sich leer und ausgebrannt.

Gereizt zog sie ihr Smartphone aus der Hosentasche und wählte die Nummer des Detektivs, während sie das kleine Büro hinter dem Empfangsbereich betrat. Die Tür lehnte sie an, falls sich ungebetene Gäste in die *Auberge* verirrten.

»Ardèche.«

Estelle räusperte sich. »Bonjour, Monsieur, hier spricht Estelle Miroux. Ich …«

»Ah, Madame Miroux«, unterbrach der Detektiv sie hörbar

erfreut. »Ich wollte mich heute ohnehin noch bei Ihnen melden. Aber ich wusste nicht, ob ich so früh anrufen kann.«

»Ich leite ein Hotel«, merkte Estelle in ruhigem Ton an.

»Stimmt«, entgegnete Albert Ardèche. »Ich vergaß.« Estelle hörte, wie am anderen Ende der Leitung eine Seite umgeblättert wurde. »Es geht um Patrick Dugout.« Er schnaufte kurz durch. »Ich habe endlich einen Informanten aus der Szene gefunden.«

Estelle verschluckte sich fast. »Einen Informanten? Was meinen Sie damit?« Sie kam sich vor wie in einem zweitklassigen Polizeikrimi.

Monsieur Ardèche lachte leise auf. »Leider kann ich noch nicht allzu viel dazu sagen. Aber ich wollte Ihnen auf jeden Fall Bescheid geben, dass Dugout wohl tatsächlich auf seiner blütenweißen Weste einen großen schwarzen Flecken mit sich herumträgt.«

Estelle dachte kurz an ihr eigentliches Vorhaben, die Vergangenheit ruhen zu lassen.

»Es tut mir leid, dass ich noch nichts Konkretes zu berichten habe, aber Befragungen in diesem Milieu müssen mit äußerster Vorsicht durchgeführt werden. Es benötigt einiges an Fingerspitzengefühl, denn wenn man an die Falschen gerät ...« Er ließ den Satz unbeendet.

»Was wollen Sie damit andeuten?« Estelle hielt den Atem an.

»Sie möchten doch Staub aufwirbeln, Madame«, stellte Ardèche in sachlichem Tonfall fest. »Viel Staub.« Er wartete auf ihre Reaktion.

»Ich bin mir nicht sicher«, entgegnete sie ausweichend.

»Bon. Was auch immer Sie mit den Informationen anfangen möchten, die ich Ihnen liefere ...« Wieder lachte der Privatdetektiv. »Bei Patrick Dugout können wir jetzt ansetzen. Clereau ist tot. Cousteau ist schwieriger zu greifen. Und Lafayette ...«

»Eigentlich hatte ich mir überlegt …«, warf Estelle erneut halbherzig ein.

»Dugout unterhält Verbindungen zur Mafia«, erklärte der Detektiv mit triumphierendem Unterton.

»Sind Sie sicher?« Estelle musste an ihre Schwester denken. Sie konnte sich kaum vorstellen, dass Emily als Anwältin etwas von den dunklen Machenschaften ihres Freundes ahnte.

»Oui«, erklärte Ardèche knapp. »Ganz sicher. Ich brauche nur noch entsprechende Beweise, damit ich Ihnen etwas Handfestes geben kann. Mir wurde mehrfach zugetragen, dass Dugout auf der Gehaltsliste von sehr zweifelhaften Personen steht.«

Estelle schluckte. Patrick hatte sich also kaufen lassen. Wirklich wundern tat sie das nicht. Aber wenn es herauskäme …

»Lassen Sie mir noch ein wenig Zeit, Madame, und wir beide können ein wunderbares Skandälchen entfachen.«

›Skandälchen‹, dachte Estelle bitter. Was würde ihre Schwester dazu sagen? Aber hatte sie nicht auf genau so etwas gewartet? Jetzt gab es endlich eine Gelegenheit, um Dugouts Leben so zu zerstören, wie er ihres zerstört hatte. Der eigentliche Grund ihres Anrufes rückte in weite Ferne. Wenn Ardèche wirklich etwas gegen Patrick ausgraben konnte, wenn es handfeste Beweise für sein Fehlverhalten gab, hatte Estelle vielleicht sogar die Chance, Emily von Patricks miesem Charakter zu überzeugen. Sicher würde ihre Schwester nicht akzeptieren, dass ihr Lebensgefährte mit unsauberen Methoden seine Politikerkarriere anschob.

»Madame Miroux?«

»Bleiben Sie an Dugout dran, Monsieur Ardèche. Ein Politiker, der sich mit der Unterwelt eingelassen hat, ist genau das, wonach ich suche.«

»Dachte ich es mir doch«, erwiderte der Privatdetektiv

selbstzufrieden. »Ich melde mich wieder, sobald ich mehr habe.«

Einen Moment lang starrte Estelle ins Leere. Als sie sich dann den Unterlagen auf dem Schreibtisch zuwandte, hörte sie Schritte auf der Treppe. Sie öffnete die Tür, trat hinter den Tresen und erblickte die Cléments.

Estelle lächelte die beiden älteren Gäste an. »Ich wünsche Ihnen viel Spaß bei Ihrem Ausflug. Das Wetter soll gar nicht so schlecht werden. Ein wenig windig, aber trocken.«

Mathilde Clément lächelte. »Das Wetter macht uns nichts, Estelle. Vielen Dank.«

In dem Moment öffnete sich die Eingangstür und Tom trat ein.

»Bonjour«, grüßte er das Ehepaar, bevor er Estelle vergnügt zuzwinkerte. »Estelle.«

Sie nickte leicht, während sie die Augen der Gäste auf sich spürte. »Bonjour, Tom.«

»Sie sind sicher der Handwerker, der Mademoiselle Estelle ein wenig zur Hand geht«, wandte sich Bertrand Clément an Tom. Der nickte grinsend.

»Das passt wunderbar«, merkte Mathilde Clément lächelnd an. »Wir wollten gerade gehen. Das heißt, Sie haben die *Auberge* und Mademoiselle Estelle ganz für sich.«

Toms Grinsen wurde noch breiter. »So, habe ich das?«

Estelle wich seinem eindringlichen Blick aus, während das Ehepaar das Hotel verließ.

Tom wandte sich an sie: »Ich dachte, ich könnte mich heute um Ihre Küche kümmern?«

28

»Cousteau.«

Patrick atmete laut aus. »Yves, hier spricht Patrick Dugout.«
Am anderen Ende der Leitung blieb es still.

»Yves?«, fragte Patrick irritiert nach. Er hörte seinen ehemaligen Klassenkameraden husten.

»Was gibt's?«

Patrick trommelte nervös mit dem Kugelschreiber auf die
Holzplatte seines Schreibtisches. »Ich rufe wegen Matthieu an.«

Yves lachte. »Habt ihr euch abgesprochen?«

»Matthieu ist tot«, erwiderte Patrick tonlos.

»Was?« Yves klang überrascht.

»Er wurde ermordet. Vorgestern. Der Täter hat ihm ein
Datum auf der Stirn eingeritzt. Den fünfundzwanzigsten
Mai. Vor achtzehn Jahren.« Patrick wählte die Holzhammer-
methode, denn sie mussten sich dringend unterhalten, Yves,
Jérôme und er.

»Was redest du denn da? Matthieu hat mich erst vor Kurzem
angerufen.«

»Mich auch«, bestätigte Patrick ruhig. »Und jetzt ist er tot.«

»Aber … Ich meine … Er wollte sich mit uns treffen.«

»Das hat er mir auch gesagt«, erwiderte Patrick ungeduldig.
»Matthieu machte sich große Sorgen. Wegen Estelle. Sie ist
wieder in Argelès-sur-Mer.«

»Denkst du etwa, sie hat …?« Yves hustete erneut.

»Keine Ahnung«, gab Patrick zu. »Ich habe sie gestern getroffen, als sie Emily besucht hat.«

»Ihre Schwester?«

Patrick erzählte knapp von seiner Beziehung zu Estelles
Schwester und dem unschönen Aufeinandertreffen.

Yves schwieg.

»Diese Frau sucht Ärger.« Patrick stand auf und lief ein paar Schritte in seinem Büro auf und ab. »Die Polizei war auch schon bei mir.«

»Bei dir?« Sein ehemaliger Schulfreund lachte heiser. »Warum denn das?«

Patrick berichtete von dem Besuch der beiden Polizeibeamten.

»Dann werden sie bei mir sicher auch noch auftauchen«, erwiderte Yves amüsiert.

»Ich habe ihnen nichts gesagt. Wenn du möchtest, kannst du gern die Version mit dem Jubiläum übernehmen. Selbst wenn sie uns die Geschichte nicht abnehmen, was wollen sie denn machen? Es war schließlich niemand bei Matthieus Telefonaten dabei.«

»Aber wer steckt hinter dem Mord?« Yves hörte sich verunsichert an. »Ob das mit dem Datum Zufall ist?«

»Zufall?« Patrick lachte auf. »Das glaubst du doch wohl selbst nicht! So viele Leute wird es nicht geben, die ihn in Zusammenhang mit diesem Datum umbringen wollten.« Er überlegte. »Oder ist an jenem Tag noch etwas anderes geschehen?«

»Keine Ahnung, was Matthieu damals so getrieben hat«, meinte Yves gereizt. »Aber denkst du wirklich, dass Estelle dahintersteckt?«

»Ich habe keine Ahnung«, musste Patrick notgedrungen zugeben. »Aber die Frage bleibt: Was machen wir jetzt?«

»Das wollte Matthieu auch wissen«, erwiderte Yves. »Aber ich habe hier aktuell echt viel zu tun. Ich muss in den nächsten Tagen dringend eine Ausstellung vorbereiten. Ich wüsste nicht …«

»Vielleicht sollten wir mit ihr reden«, schlug Patrick halbherzig vor. »Nur sie und wir.«

Wieder lachte Yves, doch es klang nicht fröhlich. »Was soll das bringen?«

»Hast du eine bessere Idee?«, blaffte Patrick.

»Allerdings«, erwiderte sein ehemaliger Klassenkamerad. »Wir lassen die Polizei ihre Arbeit machen. Vielleicht klärt sich alles von allein auf. Wir wissen doch gar nicht, was Matthieu an jenem Tag damals alles gemacht hat.«

»Und wenn sie nichts herausfinden?«

»Was erwartest du, Patrick?«

Ja, was erwartete er eigentlich? Was sollte ein Treffen schon bringen? Frustriert gab er daher zu: »Keine Ahnung. Es ist einfach … Ich habe ein verdammt ungutes Gefühl. Erst ruft Matthieu mich nach fast zwanzig Jahren an und wenige Tage später ist er tot. Ermordet.«

»Die ganze Sache ist zwar merkwürdig«, stimmte Yves ihm zu, »aber ich denke, es ist das Beste, wenn wir uns einfach ruhig und unauffällig verhalten. Je bedeckter, desto besser.«

Widerwillig musste Patrick ihm recht geben. Wie würde es aussehen, wenn ein bekannter Politiker sich zu sehr in diese Mordsache verstrickte? Vielleicht war Yves' Einschätzung wirklich nicht so verkehrt. Außerdem hatte er momentan tatsächlich dringendere Dinge zu erledigen. Die Finanzierung der Schulsanierung war immer noch nicht unter Dach und Fach. Seine Partner wollten weitere Zugeständnisse von ihm. Zugeständnisse, die ihn Kopf und Kragen kosten könnten. Wenn Emily jemals von seinen Geldquellen erführe, würde sie ihn auf der Stelle verlassen. Ganz zu schweigen von seinen Wählern. Doch jetzt galt es erst einmal, seiner Freundin den gestrigen Streit mit ihrer Schwester plausibel zu erklären. Patrick dankte Yves für das Gespräch und kehrte seufzend an seinen Schreibtisch zurück.

29

Estelle steckte die Tagesdecken auf dem Bett der Cléments fest und gab den Schnittblumen frisches Wasser. Über ihrem Kopf hörte sie Tom hämmern und bohren. Sein Vorschlag, heute keine Türen abzuschleifen und stattdessen die Arbeitsplatte zu montieren, war ihr entgegengekommen, da sie sich darauf freute, endlich in ihrer Wohnung kochen zu können. Natürlich konnte sie die kleine Küche hinter dem Wintergarten nutzen, aber abends war sie auch froh darüber, etwas Zeit in ihrem eigenen Appartement verbringen zu können.

Noah ging ihr seit gestern aus dem Weg und Estelle hatte keine Ahnung, wie sie sich ihm gegenüber verhalten sollte. Ausgerechnet Patricks Tochter! Sie konnte es immer noch kaum fassen. Wie viele Einwohner hatte Argelès? Estelle war sich nicht sicher, aber dass Noah ausgerechnet mit den Leuten in Verbindung kam, denen sie am liebsten nie wieder begegnet wäre, hatte sie für unwahrscheinlich gehalten.

Da es bereits nach Mittag war und sie die Kundenanfragen schon vor dem Zimmersäubern erledigt hatte, entschied sie sich nachzusehen, wie weit Tom war. Das Hämmern hörte auf, während sie die Treppe zu ihrer Wohnung hinaufstieg.

Als Estelle das Esszimmer betrat, kam Tom gerade aus dem Badezimmer.

Er erblickte sie und hob entschuldigend seine Hände. »Pardon, ich wollte nicht unhöflich sein, aber ich musste auf die Toilette.«

Estelle winkte ab. »Kein Problem, Sie müssen sich nicht entschuldigen.« Sie blickte stirnrunzelnd auf ihre Uhr. »Sie schuften jetzt schon seit über sechs Stunden, da ist es wohl legitim, dass man mal auf Toilette muss.«

Tom grinste. »Das Bad sieht klasse aus. Wie die Gästebäder übrigens auch.«

Estelle bemühte sich um ein schwaches Lächeln. »Ja, die Firma hat super gearbeitet.« Sie nannte ihm den Namen des Sanitärbetriebs.

Tom nickte. »Gute Handwerker. Das sind die besten hier in der Gegend.«

Unschlüssig stand Estelle vor ihm und schwieg.

»Sie haben wirklich Geschmack.« Seine braunen Augen musterten sie voller Wärme.

Sofort bildete sich wieder ein Kloß in ihrem Hals. Sie zuckte mit den Achseln. »Das ist aber so ziemlich das Einzige, was ich habe«, murmelte sie voller Bitterkeit.

Da sie nichts weiter sagte, wandte er sich ab und deutete auf die Arbeitsplatte. »Und, was meinen Sie?«

»Sieht toll aus.« Estelle sah ihn lange an. »Ich bin Ihnen wirklich sehr dankbar.«

»Allerdings bräuchte ich zu guter Letzt noch Ihre filigranen Hände.« Er zwinkerte.

Fragend hob sie ihre Augenbrauen, doch bevor sie etwas erwidern konnte, klingelte ihr Smartphone. »Pardon.« Sie entfernte sich einige Schritte und stellte sich an die große Fensterfront im Wohnzimmer. »Miroux.«

»Estelle, ich bin's.«

Ihr Vater! Sie drehte sich kurz in Toms Richtung und hob die Schultern.

Er winkte ab und griff nach der Wasserflasche, die auf der Arbeitsfläche stand.

»Was gibt es?«

»Estelle, ich … ich weiß nicht, wo ich anfangen soll.«

»Wie wär's mit ganz vorne?«, fragte sie ironisch.

»Wir sollten reden.« Ihr Vater klang nervös.

»Worüber?«

Estelle warf Tom einen verstohlenen Blick zu, als er seine Schraubenzieher einpackte.

»Über … damals.«

»›Damals‹?« Sie lachte.

»Warum kommst du morgen nicht bei uns vorbei?«

Uns? Wen meinte ihr Vater? Hatte er etwa eine Freundin, womöglich sogar eine neue Frau? Doch Estelle wollte nicht nachfragen.

»Ich weiß nicht«, erwiderte sie zögernd. »Ich habe sehr viel zu tun.«

»Ich würde mich sehr freuen, Estelle. All die Jahre … Du hast mir so gefehlt.«

Sie spürte, wie ihre Augen zu brennen begannen. So gefühlsduselig kannte sie ihren Vater gar nicht. Vielleicht … Sie dachte an gestern. An den Traum. An die Lebensbeichte ihrer Oma. Was hatte sie schon zu verlieren?

»D'accord«, erwiderte sie nach einigen Sekunden. »D'accord. Ich komme.«

Nachdem sie eine Uhrzeit vereinbart hatten, beendete Estelle das Gespräch. Unauffällig wischte sie sich über ihre Augen.

»Alles okay?«

Toms Stimme ließ sie zusammenzucken. Sie nickte. »Oui«, erwiderte sie. »Oui, alles in Ordnung.«

»Ihre Hände.« Er zeigte auf Estelles Hand, die noch das Smartphone umklammerte.

»Was?«

»Ich benötige Ihre Hände.«

»Ach so.« Sie erinnerte sich wieder an seine Bemerkung. »Wofür?«

»Kommen Sie.« Tom winkte sie zu sich und deutete auf die Arbeitsplatte. »Hier unten, in der Ecke, befinden sich drei Schrauben, die noch festgezogen werden müssen.« Er hob seine rechte Hand und drehte sie vor ihrem Gesicht. »Aber ich komme mit meiner großen Hand nicht dran.«

Estelle starrte auf seine geraden Finger. Er hatte schöne Hände, schoss es ihr durch den Kopf. Kräftige Männerhände.

»Ich weiß nicht … Ich bin nicht sonderlich firm in solchen Sachen.« Sie verzog ihr Gesicht.

»Sie schaffen das.« Tom setzte sich auf den Boden vor die Küchenzeile und öffnete die Türen des Unterschrankes. »Ich zeige es Ihnen.«

Estelle beobachtete, wie er sich erst an der Schublade unter der Arbeitsplatte festhielt und sich dann vorsichtig in den Schrank hineinschob. »Schauen Sie genau hin.« Seine Stimme klang hohl, während sein kompletter Oberkörper verschwand. »Wenn Sie nach oben schauen, sehen Sie rechts drei kleine Löcher. Dort müssen die Schrauben hinein.« Er robbte wieder nach vorn, bevor er zwei Sekunden später seinen Kopf aus dem Schrank zog und erneut grinste. »Es ist nicht schwer.«

Estelle zog zweifelnd ihre Augenbrauen hoch.

»Ich helfe Ihnen.« Er nickte ihr aufmunternd zu. »Ich hebe Sie und Sie schieben sich einfach in den Schrank hinein, so weit Sie können.«

Estelle ging vor dem Küchenschrank in die Hocke.

Tom fasste sie an den Schultern und drehte sie sanft mit dem Rücken zur Arbeitsplatte. »Achtung, Kopf einziehen!«

Sie versuchte krampfhaft, seine Hände an ihrem Körper zu ignorieren. Unbewusst hielt sie den Atem an und schob sich vorsichtig nach vorne, genau wie sie es bei Tom eben gesehen hatte. »Und jetzt?« Sie lag mit dem Rücken auf dem Schrankboden und konnte nur noch Toms Beine sehen, bis er ebenfalls in die Hocke ging.

»Ich schiebe Sie jetzt ein Stück in den Schrank hinein, okay?« Er sah sie fragend an.

Estelle nickte unsicher. Als sie plötzlich seine Hände auf den Außenseiten ihrer Oberschenkel spürte, fing sie unkontrolliert an zu zittern.

»Alles in Ordnung bei Ihnen?« Toms Stimme klang besorgt.

»Ja«, erwiderte sie leise.

»Ich gebe Ihnen jetzt den Schraubenzieher und die erste Schraube.«

Estelle streckte ihre Hand aus dem Schrank und berührte im nächsten Moment Toms warme Finger.

»Warten Sie, ich leuchte Ihnen.«

Der Strahl einer Taschenlampe erhellte die Ecke, sodass Estelle die Schraube trotz der unglücklichen Position nach zwei Fehlversuchen endlich festziehen konnte.

Mit klopfendem Herzen brachte sie auch die nächsten beiden Schrauben an, während Toms Hände die ganze Zeit auf ihren Oberschenkeln ruhten. Sie bemühte sich, ihre Finger ruhig zu halten, während ihr abwechselnd heiß und kalt wurde.

»Fertig«, verkündete sie schließlich mit wackliger Stimme.

»Geben Sie mir den Schraubenzieher. Ich helfe Ihnen raus.« Tom packte Estelle an ihren Beinen und zog sie langsam aus dem Küchenschrank heraus.

Erst jetzt bemerkte sie, dass ihr der Schweiß über die Stirn lief. Zitternd saß sie auf den Fliesen vor dem offenen Unterschrank.

Tom, der nur wenige Zentimeter entfernt von ihr hockte, betrachtete sie besorgt. »Was ist mit Ihnen?« Er hob seine Hand, um ihre eine feuchte Haarsträhne aus der Stirn zu streichen. Seine Berührung war zurückhaltend und vorsichtig.

Aufgewühlt betrachtete Estelle sein Gesicht, das sich so dicht vor ihrem befand. Ihre Augen suchten unsicher seinen Blick.

»Ist alles okay, Estelle?« Seine Stimme war leise.

Sie schloss ihre Augen und schüttelte den Kopf.

»Was haben Sie?«

Als sie Tom wieder ansah, erkannte sie die Fragen in seinen Augen, die Sorge. Ohne nachzudenken, nahm sie seine Hand in ihre und legte sie sich an die Wange. Augenblicklich wurde seine Miene weicher. Sie hob ihre Hand und fuhr ihm vorsichtig durch sein Haar.

»Estelle«, stieß Tom überrascht hervor.

Doch sie erwiderte nichts, sondern blickte ihn nur weiter unverwandt an. Vorsichtig beugte sie sich vor und berührte mit ihren Lippen seinen Mund, ganz zart und unschuldig.

Im nächsten Moment spürte sie seine Hand in ihrem Nacken, die Wärme, die von seinem Körper ausging. Er roch schwach nach Aftershave, vermischt mit einem Hauch von Schweiß. Sein Duft wirkte elektrisierend auf sie.

Estelle presste ihre Lippen fordernder auf seine, beugte sich vor und drängte sich dichter an ihn.

Nach einem kurzen Moment des Zögerns schlang Tom seine Arme um ihren Oberkörper und zog sie fester an sich. »Estelle«, flüsterte er heiser an ihrem Ohr, während seine Hände über ihren Rücken wanderten.

Sie legte theatralisch den Kopf in den Nacken und stöhnte laut auf. Ungeduldig nestelte sie an seinem Gürtel herum und spürte seine Erregung.

»Warte, Estelle«, bat Tom mit belegter Stimme, während er ihre Hand festhielt. »Oder willst du, dass ich die Beherrschung verliere?«

Sie verzog ihren Mund zu einem vorwitzigen Grinsen. »Ist es nicht das Ziel, die Beherrschung zu verlieren?« Sie bemühte sich um einen verwegenen Blick. »Hier und jetzt?«

Tom sah sie sichtlich erstaunt an. »Ich …«

Estelle ließ ihre Hand über seinen Oberkörper gleiten und zog ihm mit einer ruckartigen Bewegung sein T-Shirt über den Kopf. »Nicht reden, Tom.« Sie fuhr mit ihrem Zeigefinger über seinen Mund. »Reden wird überbewertet.« Dann streifte sie ihre Bluse ab. Mit Genugtuung registrierte sie seinen Blick, der vor Begierde loderte. »Gefalle ich dir?« Sie sah ihn kokett an.

»Du bist wunderschön.« Er streckte seine Hand aus, um sie zu berühren.

Doch Estelle war schneller und umfasste sein Handgelenk. Lächelnd schüttelte sie den Kopf.

Tom atmete tief aus.

Geschickt ließ Estelle ihre Finger in seine Hose wandern.

»Estelle.«

Sie lächelte zufrieden. Er wollte sie. In diesem Moment dachte er weder an seine Frau noch an seine Kinder. Zu oft schon hatte sich Estelle in ähnlichen Situationen befunden. Tom war genauso wie all die anderen. Fast war sie ein wenig enttäuscht darüber, dass er nicht dem hohen Ideal entsprach, das sie von ihm erwartet hatte. Sie zog ihre Hose aus und beugte sich über ihn.

»Estelle.« Tom setzte sich auf und sah sie ernst an. »Was tust du da?«

»Ist es nicht genau das, was du willst?« Wieder bemühte sie sich um einen verführerischen Blick.

»Ja, äh, nein«, stammelte er leise. »Nicht so.«

Estelle blickte ihn irritiert an. »›Nicht so‹?«

»Was ist mit dir?«

In dem Moment beschlich sie das ungute Gefühl, er könne zu tief in ihre Seele sehen. »Was soll mit mir sein?«

Tom strich ihr zärtlich über das Haar und drückte sie auf den Boden. »Wenn ich die Beherrschung verliere, dann nur mit dir gemeinsam«, flüsterte er lächelnd, während er ihr vorsichtig den BH auszog.

Seine Berührungen ließen Estelles Körper erzittern. Was

tat Tom da? Warum ließ er sie nicht machen? Ging es nicht genau darum?

Während Tom seine Hose auszog, hielt er mit seiner Hand ihre Gelenke fest und hinderte sie so daran, weiter ihre Show abzuziehen.

Verunsichert lag Estelle vor ihm und wusste nicht, was sie von der Situation halten sollte. Bisher hatten sich die Männer nicht beschwert, wenn sie den verruchten Vamp gespielt hatte. Warum zog ihre Masche bei Tom nicht?

Im nächsten Moment spürte sie seine Lippen auf ihrem Gesicht. Sachte und leicht wie die Berührung einer Feder. Wieder und wieder bedeckte er ihre Wangen, ihre Nase, ihre Augen mit Küssen, die sie mehr erahnte als spürte. Sie schloss die Lider und hoffte auf einmal, er würde nie damit aufhören.

Während seine Hände ihren Körper hinabwanderten, vergaß Estelle völlig ihr Verführungsspielchen. Statt die einstudierten Gesten an ihm auszuprobieren, fuhr sie ihm mit der Hand über den Rücken und genoss seine warme Haut an ihren Fingerspitzen. Was machte er nur mit ihr?

Estelle wurde schwindlig, ihre Gedanken verflüchtigten sich. Toms Hände waren plötzlich überall. Es schien ihr, als beginne der Boden zu wanken. Sie fühlte sich wie eine Seekranke auf dem offenen Meer. Was war mit ihr los? Ihr Unterleib zog sich sehnsüchtig zusammen. Während Toms Duft sie umhüllte, lockte sein Körper sie immer weiter. Was machte dieser Mann mit ihr?

Estelle konnte keinen klaren Gedanken mehr fassen. Sie fühlte sich schwerelos, fast wie auf einer Wolke. Als sie ihn plötzlich in sich spürte, stand sie in Flammen. Sein Mund ließ nicht von ihrem ab, seine Hände liebkosten ihren ganzen Körper.

Atemlos klammerte sie sich fester an ihn und spürte, wie

sie immer höher stieg. Bis Estelle etwas empfand, was sie noch nie zuvor empfunden hatte – sie verlor die Kontrolle. Die Kontrolle über ihren Körper und über ihre Gedanken.

Toms Bewegungen rissen sie mit wie eine Welle, die über sie hinwegrollte. Ihr Körper erzitterte, während sie laut aufstöhnte. Sie konnte nichts dagegen tun, fühlte sich hilflos und ausgeliefert.

Als das Gefühl abebbte, spürte sie plötzlich den kalten Fliesenboden an ihrem Rücken. Estelle öffnete die Augen und begegnete Toms warmem Blick.

Tom musterte sie liebevoll und küsste sie leicht auf ihre Nasenspitze. »Alles klar?«

Estelle konnte noch immer nicht fassen, was sie gerade erlebt hatte. Tränen stiegen ihr in die Augen. Tränen aufgrund des unfassbaren Glücks, das sie gerade erlebt hatte, aber auch Tränen der Trauer, da ihr bewusst wurde, dass nebenan bereits eine Frau auf Tom wartete.

»Was hast du? Habe ich dir wehgetan?« Sein besorgter Blick krampfte ihr Herz zusammen.

Estelle schüttelte bestimmt den Kopf, bevor sie Tom von sich hinunterstieß.

Er hob erstaunt seine Augenbrauen. »Was ist denn plötzlich los?«

Wütend wischte sie sich die Tränen aus dem Gesicht, bevor sie sich erhob. »Ich möchte, dass du jetzt gehst.« Ihre Stimme klang kalt und distanziert.

»Estelle …« Tom blickte sie einige Sekunden lang sprachlos an, bevor er kopfschüttelnd seine Kleidung zusammensuchte und sich anzog.

Während er seine Schuhe zuband, presste Estelle voller Kummer ihre Kiefer zusammen. »Ich möchte, dass du nicht wieder herkommst.«

Tom blickte überrascht zu ihr auf. »Aber …«

»Bitte geh jetzt«, wiederholte sie. »Geh rüber zu deiner Frau und deinen Kindern.« Sie deutete mit dem Kinn in die Richtung seines Hauses.

Zornig verengte Tom die Augen, während er Estelle entgeistert musterte. »Also deshalb …« Er nickte. »Ein kurzer Fick am Nachmittag mit dem verheirateten Nachbarn. Ganz locker und unverbindlich. Ich verstehe.« Er erhob sich und steuerte hastig auf die Tür zu. Im Flur blieb er stehen und drehte sich noch einmal um. »Schade, dass ich mich so in dir getäuscht habe, Estelle.« Mit einem lauten Knall zog er die Tür hinter sich zu.

Benommen lehnte sich Estelle gegen den Küchenschrank und presste ihre Hand gegen die Stirn. Was hatte sie getan? Und was hatte Tom mit ihr angestellt?

30

»Ich halte Sie auf dem Laufenden, Directeur«, versprach Caroline Laurent Morphes, bevor sie das Gespräch beendete. Frustriert blickte sie auf die Uhr. Es war schon später als vermutet. Seufzend legte sie den Kopf in ihre Hände.

Sie hatte Théo gestern hoch und heilig versprochen, früher nach Hause zu kommen. Er musste für Montag ein Gedicht auswendig lernen und hatte es ihr heute Abend unbedingt aufsagen wollen, weil er es schon gelernt hatte. Sie blickte aufs Telefon. Sollte sie Tom kurz anrufen und ihm sagen, dass sie es nicht schaffte? Caroline würde morgen früh einfach später zur Arbeit fahren und sich Théos Werk vor dem Frühstück anhören.

Sie wählte die heimische Telefonnummer und wartete. Während es am anderen Ende klingelte, fuhr sie mit dem Zeigefinger abwesend über den Riss auf dem Deckel der Akte, die vor ihr lag. Tom nahm nicht ab. Sie überlegte, bevor sie ihr Handy herausholte und ihm eine kurze SMS schickte.

Seufzend erhob Caroline sich und ging hinüber in den Besprechungsraum. Die drei Officiers warteten schon.

Sie nickte ihnen zu, während sie sich setzte. Dann blickte sie ihre Mitarbeiter der Reihe nach an und sagte: »Ich wurde von Directeur Morphes aufgehalten. Er wartet dringend auf Ergebnisse.«

Marie Noir starrte betreten auf die Tischplatte, während Officier Dupain sein Gesicht zu einer Grimasse verzog.

»Was haben wir?« Caroline setzte eine hoffnungsfrohe Miene auf. »Außer einem lügenden Politiker.« Sie berichtete Dupain und Marie Noir in kurzen Sätzen von der Befragung Dugouts.

»Sie denken, er hat nicht die Wahrheit gesagt?« Die junge Beamtin sah Caroline zweifelnd an.

»Was auch immer Matthieu Clereau mit Patrick Dugout besprochen hat, es ging sicher nicht um dieses ominöse Klassenjubiläum«, stimmte Armand seiner Chefin zu.

Caroline nickte.

»Warum sollte er lügen?« Dupain schüttelte seinen Kopf.

»Aus demselben Grund wie Yves Cousteau«, erwiderte Officier Armand, während er Caroline triumphierend ansah.

Sie blickte fragend auf.

»Ich habe Cousteau vor einer halben Stunde endlich erreicht«, erzählte Armand, während er auf seinen Notizblock schaute. »Angeblich hat Matthieu Clereau ihn ebenfalls angerufen, um ihn um Hilfe bei der Organisation des Jubiläums zu bitten.«

Caroline schüttelte fassungslos ihren Kopf. »Das gibt's doch nicht. Die müssen sich abgesprochen haben.« Sie tippte sich leicht an die Stirn. »Ein viel beschäftigter Anwalt, der von seiner Frau als Workaholic beschrieben wird, und ein ebenso gefragter Fotograf.« Sie trommelte mit ihren Fingern auf die Tischplatte. »Nein. Die Sache stinkt zum Himmel.«

»Und wie passt Estelle Miroux ins Bild?«, warf Dupain ein.

»Wahrscheinlich hat Clereau sie auch um Hilfe gebeten, woraufhin Miroux ihm drohte, ihn umzubringen«, merkte Marie Noir ironisch an.

Caroline atmete tief durch und sammelte sich innerlich. »Matthieu Clereau, Yves Cousteau, Patrick Dugout und Estelle Miroux haben vor achtzehn Jahren gemeinsam ihren Schulabschluss absolviert.«

Ihre Mitarbeiter nickten zustimmend.

»Die Frage ist nun: Was ist am fünfundzwanzigsten Mai desselben Jahres geschehen?«

Marie Noir räusperte sich. »Ich habe mich noch mal um Miroux' Anzeige gekümmert, die sie am nächsten Tag erstattet hat.«

»Ja?«

»Sie wurde bereits einen Tag später zurückgezogen.«

Caroline runzelte ihre Stirn. »Miroux hat ihre Anzeige zurückgenommen?«

Officier Noir schüttelte den Kopf. »Nicht Estelle Miroux, sondern ihr Vater, Pierre Miroux.« Sie überflog ihre Notizen. »Ein hohes Tier bei der Banque Nationale in Perpignan.«

»Warum?« Caroline konnte sich keinen Reim darauf machen.

Marie Noir zuckte mit den Achseln. »Einer der Gründe für die Versiegelung. Die Erstatterin war zum damaligen Zeitpunkt minderjährig und die Anzeige selbst wurde zurückgezogen.«

»Wir müssen mit dem Vater sprechen«, bestimmte Caroline ungehalten. »Vielleicht kann er etwas Licht ins Dunkel bringen.«

»Ich habe leider auch keine guten Neuigkeiten«, brachte

Dupain vorsichtig an. »Ich habe heute Vormittag erneut mit der Schule gesprochen. An jenem fünfundzwanzigsten Mai gab es keine offizielle Verabschiedungsfeier.«

»Merde!« Caroline schlug auf die Akte vor sich.

»Aber die Sekretärin meinte, Ende Mai, Anfang Juni fänden immer mal wieder inoffizielle Abschiedspartys statt.«

»Was bedeutet das?« Da Caroline aus Nordfrankreich kam, kannte sie die Gepflogenheiten der hiesigen Schulen nicht.

Marie Noir grinste. »Strandpartys.«

»Strandpartys?« Caroline sah ihre Mitarbeiterin skeptisch an.

»Oui. Sobald die Prüfungen vorbei sind, treffen sich die Jahrgänge am Strand und feiern. Das ist Tradition. Es gibt etwas zu trinken und zu essen. Es wird ein Lagerfeuer angezündet, gesungen, getanzt, Musik gehört. Das Übliche eben.« Sie hob ihre Schultern. »Ich bin zwar einige Jahre jünger als das Mordopfer, aber ich gehe davon aus, dass es damals nicht anders war.«

»Das sind alles reine Spekulationen«, erwiderte Caroline frustriert.

»Ja, aber mehr haben wir im Moment leider nicht«, erklärte Officier Dupain.

»Michelle Clereau weiß übrigens nichts von der Freundschaft ihres Mannes mit Yves Cousteau. Sie kennt den Fotografen überhaupt nicht«, fuhr Marie Noir fort. »Sie hat mich vorhin angerufen, um zu fragen, wann sie die Beerdigung ansetzen könne. Da ich sie eh am Apparat hatte …«

»Das dachte ich mir«, entgegnete Caroline nickend. »Aber warum rief Clereau plötzlich seine alten Klassenkameraden an?«

»Ich habe mir vorhin die Mühe gemacht, die Telefonlisten gründlicher abzugleichen. Erst die Anrufe der letzten Tage, dann die der vergangenen vier Wochen«, berichtete Fabien Armand von seinem Nachmittag.

»Das muss eine Heidenarbeit gewesen sein«, merkte Caroline verblüfft an. »Haben Sie denn wenigstens etwas entdeckt?«

»Ja und nein. Glücklicherweise konnte ich alle Anrufe eindeutig zuordnen. Entweder waren es Klienten, seine Frau oder Bekannte der Kinder. Es tauchen keine Nummern auf, die ungewöhnlich sind oder in den letzten Tagen erstmalig erschienen …«

»Außer Yves Cousteaus und Patrick Dugouts?« Caroline sah ihn fragend an.

Armand nickte. »Außer Cousteaus und Dugouts.«

Einen Augenblick lang herrschte Stille im Raum, da jeder eigenen Gedanken nachhing.

»Ich habe mir noch mal den Bericht der Spurensicherung vorgenommen«, durchbrach Caroline schließlich das Schweigen. »Bevor Matthieu Clereau erstochen wurde, hat er laut der Witwe in seinem Büro gearbeitet.« Sie schaute in die Akte. »Clereau war Anwalt für Arbeits- und Vertragsrecht. Er beriet die großen Winzer der Region.« Sie blickte in die ratlosen Gesichter ihrer Mitarbeiter. »Auf seinem Schreibtisch lag zum Zeitpunkt seines Todes aber ein Fachbuch über Strafrecht.« Sie machte eine kurze Pause. »Aufgeschlagen war das Kapitel über Verjährungsfristen.«

»Der Kerl hatte Dreck am Stecken«, mutmaßte Armand finster. »Und ich wette, was auch immer Clereau getan hat, geschah am fünfundzwanzigsten Mai vor achtzehn Jahren.«

»Er bekam aus irgendeinem Grund Angst, dass er zur Rechenschaft gezogen werden könnte, und schlug nach, wie es sich mit der Verjährungsfrist verhält.« Dupain nickte grimmig.

»Mutmaßungen«, merkte Caroline zögernd an.

»Und auf irgendeine Weise hängen Yves Cousteau, Patrick Dugout und Estelle Miroux ebenfalls mit drin«, fuhr Armand unbeirrt fort.

»Klingt logisch.« Marie Noir nickte.

»Irgendetwas passt noch nicht.« Caroline kniff ihre Augen zusammen und starrte aus dem Fenster. »Was ist mit dieser Anzeige? Wenn Estelle Miroux Matthieu Clereau damals angezeigt hat, warum verheimlicht sie es dann vor uns? Weil ihre Anzeige ihr ein Mordmotiv gibt?«

»Oder die Anzeige hat überhaupt nichts mit dem Mord zu tun«, spekulierte Dupain. »Wir wissen nicht, ob sie sich wirklich gegen Clereau richtete.«

»Nein, das wissen wir nicht«, gab Caroline zu. »Und wir wissen ebenfalls nicht, ob Dugout und Cousteau wissen, was Clereau damals getan hat.«

»Wenn sie es aber wissen, müssen sie auch ahnen, wer sich dafür an Clereau rächen wollte und ihn umgebracht hat«, gab Armand zu bedenken.

»Ja«, stimmte Caroline nachdenklich zu. »Davon sollten wir ausgehen.« Wieder schüttelte sie ihren Kopf. »Irgendetwas passt nicht. Ich kann es nicht genau benennen, aber …«

»Clereau ist tot. Warum sollte Dugout noch für ihn lügen?« Marie Noir sah ihre Kollegen an. »Er steht immerhin in der Öffentlichkeit und hat einen Ruf zu verlieren.«

Dupain lachte. »Ja klar, einen Ruf zu verlieren. Der Typ ist doch durch und durch korrupt.«

Als Armand die fragenden Mienen der beiden Frauen sah, erklärte er geduldig: »Es gibt Gerüchte, dass er sich mit den falschen Leuten eingelassen hat.« Er fuhr sich mit der flachen Hand theatralisch über seine Kehle.

»Mafia?« Marie Noir blickte ihn zweifelnd an. Auch Caroline war skeptisch.

»Gerüchte«, wiederholte Armand lapidar und verzog seinen Mund.

Caroline schlug die Akte vor sich zu und sah bedächtig zu ihren Mitarbeitern. »Es ist schon spät. Machen wir Schluss für heute. Ich habe diese Nacht Bereitschaftsdienst. Ihnen wünsche ich einen schönen Feierabend.«

Es würde schwierig sein, nach den Vorkommnissen der letzten Tage abzuschalten. Doch zu Hause warteten zwei Kinder auf Caroline, die sich nicht für Morde oder falsche Zeugenaussagen interessierten. Théo und Louis brauchten ihre Mutter. Sie wollten ihr von der Schule erzählen, von ihren Freunden und ihrem Alltag. Caroline musste sich endlich zusammenreißen.

Außerdem machte sie sich große Sorgen um Tom. Sie hatten gestern Abend lange im Wohnzimmer gesessen und diskutiert. Noch immer ärgerte sich Caroline über ihre eigene idiotische Idee, dass Tom Estelle im Hotel helfen solle. Die Frau war ihr ganz und gar nicht geheuer mit ihrer distanzierten und rätselhaften Art. Dazu noch ihre undurchsichtige Rolle im Mordfall Clereau. Nein, es passte Caroline überhaupt nicht, dass er jeden Tag dort werkelte.

Tom jedoch hatte sich nicht beirren lassen und daran festgehalten, dass er die Schreinerarbeiten in der *Auberge* wie versprochen beenden werde.

Vielleicht hatte Caroline ja Glück und er war heute schon fertig geworden. Müde verließ sie das Präsidium und ging zu ihrem Wagen.

31

Die Familie Miroux wohnte auf einer Anhöhe außerhalb des Dorfes. Das Anwesen, anders konnte man den Wohnsitz nicht nennen, war von überall zu sehen. Die mondänen Gebäude, die das weitläufige Grundstück umgebende Steinmauer. Der Anblick des Gutes verführte zum Träumen. Was waren das für Menschen, die so lebten? Bisher hatte ich mir darüber nie Gedanken gemacht. Bis zu jenem Vormittag. Bis Serge Miroux mich fragte, wo er mich finden könne.

Als ich klatschnass auf unserem Hof ankam, sah ich mit einem Mal die Welt mit anderen Augen. Ich ließ meinen Blick über das marode Wohnhaus wandern, registrierte den Putz, der an mehreren Stellen abblätterte. Bemerkte das Unkraut, das sich zwischen den Pflastersteinen seinen Weg suchte.

»Eveline! Du bist schon zurück?« Meine Mutter kam aus der Haustür.

Ich zuckte mit den Achseln. »Es regnet«, erklärte ich überflüssigerweise.

»Dann zieh dich schnell um. Du kannst mir mit den Kühen helfen.«

Ich seufzte und ging in mein Zimmer. Immer wieder musste ich an die Begegnung mit Serge Miroux denken. Wie er mit mir gesprochen hatte. Wie er mich angesehen hatte.

Natürlich hatte ich von den Miroux gehört, jeder in der Gegend hatte das. Die Familie betrieb seit über zwei Jahrhunderten das größte Weingut der Region. Ihre Weine wurden bis ins Ausland verkauft. Zumindest hatte das irgendjemand einmal erzählt. Ob ich Serge wohl jemals wiedersehen würde?

Die nächsten Tage schwankte ich zwischen Hoffen und Bangen. Warum sollte ein Mann wie Serge nur einen einzigen weiteren Gedanken an mich verschwenden? Und falls er an mich dachte, dann sicher an die Verrückte, die am Straßenrand klatschnass eine Jesusstatue imitiert hatte. Und doch konnte ich ihn nicht vergessen. Diese Augen, in denen ich mich hätte verlieren können.

Fühlte sich so Liebe an? Nein, Liebe konnte nichts Ein-

seitiges sein. Ich musste an Jules denken. Empfand er so, wenn er an mich dachte?

Drei Tage später – es kam mir vor, als sei eine halbe Ewigkeit seit meiner Begegnung mit Serge vergangen – arbeitete ich auf einem unserer drei kleinen Felder, das ziemlich weit vom Hof entfernt lag. Maman besuchte eine Bekannte im Dorf.

Als ein Auto am Feldrand hielt, unterbrach ich meine Arbeit. Mein Rücken schmerzte. Ich streckte mich kurz, bevor ich erstarrte. Ein roter Sportwagen stand keine dreißig Meter von mir entfernt.

Serge Miroux öffnete die Fahrertür und stieg aus. Unsicher schaute ich mich um. Es war keine Menschenseele zu sehen.

Er schien meinen Blick bemerkt zu haben. »Was ist los? Soll ich mich in Deckung bringen? Lauert irgendwo ein verschmähter Liebhaber im Gebüsch?«

Ich musste lachen. »Nein.« Ich wischte meine Hände an der Schürze ab und ging ihm entgegen.

»Eveline, schön, Sie wiederzusehen.« Serge blieb einen halben Meter vor mir stehen und nickte. Mein Puls beschleunigte sich. Noch nie hatte mich ein Mann auf diese Weise angesehen.

»Wie haben Sie mich gefunden?« Ich bemühte mich, nicht zu aufgeregt zu klingen.

Er zuckte mit den Achseln.

»Ich …« Ich zeigte hinter mich. »Ich muss arbeiten.«

»Kein Problem«, erwiderte er, ohne seinen Blick von mir abzuwenden. »Ich wollte nur kurz vorbeikommen und mich vergewissern, dass Sie sich keine Erkältung zugezogen haben. Von …« Er breitete seine Arme aus, wie ich es getan hatte, als ich bei unserer ersten Begegnung im Regen stand.

Verlegen sah ich zur Seite. »Ich … der Regen …«

Serge ließ die Arme wieder sinken. »Es muss Ihnen nicht peinlich sein.« Sein Blick wurde intensiver. »Wie Sie dastanden … Im ersten Moment dachte ich tatsächlich, ich hätte einen Engel gesehen.«

»Einen Engel? Mit verklebten Haaren und durchweichter Kleidung?«

»Einen wunderschönen, strahlenden Engel«, erwiderte er, ohne auf meine sarkastische Bemerkung einzugehen.

Ich wurde noch nervöser. »Hören Sie …«

»Ich würde Sie gern besser kennenlernen.«

Ich wusste nichts zu erwidern.

»Was meinen Sie?«

Ich zuckte mit den Achseln. »Ich weiß nicht, ich …« *Ich deutete erneut hinter mich.*

»Denken Sie, Sie könnten meine Herkunft vielleicht vergessen?« *Er sah mich fast flehend an.*

»Ihre Herkunft vergessen?« *Ich lachte auf.* »Wie sollte ich die je vergessen können?«

»Ich dachte nur.« *Er legte den Kopf schief.* »Vielleicht können Sie sie dann ignorieren?«

Der Mann hatte Nerven. Der reichste Junggeselle der Gegend bat mich zu vergessen, dass er in einem Haus lebte, das wahrscheinlich fünfmal so groß war wie unser gesamter Hof. Dass er einen Sportwagen fuhr, der mehr gekostet hatte, als ich überhaupt erahnen konnte.

»Wie stellen Sie sich das vor?« *Meine Stimme klang barsch.*

»Ich möchte Sie wirklich gern näher kennenlernen, Eveline.«

Er berührte mich nicht, doch ich wünschte mir in jenem Moment sehnlichst, er täte es.

»Aber nicht als Sohn der Miroux. Sondern als ein Mann,

der einer Frau begegnet ist, die ihn stärker fasziniert, als er sich je hätte erträumen können.«

Ich musste schlucken. Wo hatte Serge nur reden gelernt? Mir wurde ganz schwindlig. »Meine Mutter ...« Ich machte eine unbestimmte Geste.

Er nickte verständnisvoll. »Ich muss leider weiter. Aber ich würde gern ab und zu bei dir vorbeikommen und dich sehen.«

Bei mir vorbeikommen? Was dachte er sich bloß? Meine Mutter bekäme Zustände, wenn sie wüsste, mit wem ich gerade redete.

»Ich finde dich, Eveline. Ich habe meine Wege.«

Ja, das glaubte ich ihm sofort. Ein Mann mit seinen Mitteln.

In den folgenden Wochen tauchte Serge immer wieder zu allen möglichen und unmöglichen Zeiten auf. Aber nie auf unserem Hof, sondern meist, wenn ich allein auf einem der Felder war.

Einmal fing er mich im Dorf ab, als ich auf den Markt wollte. An jenem Tag überredete er mich, zu ihm in den Wagen zu steigen.

Wir fuhren durch die Gegend und redeten. Und reden konnte er. Serge war der gebildetste Mann, der mir je begegnet war. Er war charmant und witzig. Wir lachten oft miteinander. Niemand wusste von unserer, ja, wie soll ich es nennen, Beziehung?

Die erste Zeit blieb er während unserer Treffen auf Abstand zu mir. Er berührte mich nicht, obwohl ich abends in meinem Bett lag und an nichts anderes mehr denken konnte. Ich liebte ihn. Ich war mir sicher, dass Liebe sich genau so anfühlen musste. Wenn ich ihn nur sah, begann mein Herz, wie wild zu klopfen. Jede Faser meines Körpers sehnte sich nach ihm.

Und Serge? Ihm schien es ebenso zu gehen. Zumindest malte er sich unser Leben in den schönsten Farben aus. Er sprach von Kindern, die hoffentlich so aussähen wie ich. Von einem Haus in der Stadt. Doch noch immer hatte er mich nicht geküsst.

Natürlich merkte meine Mutter, dass ich mich verändert hatte. Sie fragte mich ein paarmal, was los sei. Doch ich wollte nicht darüber reden. Noch nicht. Irgendwann hörte sie auf, Fragen zu stellen.

Wenn Serge nicht bei mir war, dachte ich an ihn. Nachts träumte ich von ihm. Mein ganzes Leben drehte sich nur noch um diesen Mann.

Nachdem wir wieder einmal mit seinem Sportwagen durch die Gegend gefahren waren, war es Ende November endlich soweit. Seit Wochen fieberte ich auf diesen Moment hin.

Normalerweise setzte mich Serge an der Einmündung der Hauptstraße ab, wo der Feldweg zu unserem Hof begann. Er wusste, dass ich nicht wollte, dass meine Mutter uns sah, und respektierte meinen Wunsch. An diesem Abend fuhr er jedoch in den Feldweg hinein.

Bevor ich protestieren konnte, brachte er mich mit einer kurzen Handbewegung zum Schweigen. Er folgte dem Weg nicht zu unserem Hof, sondern bog vorher an einer weiteren Gabelung in die entgegengesetzte Richtung ein. Es war bereits dunkel und mein Herz klopfte bis zum Hals. Als er eine Stelle entdeckte, die von einer Gruppe Zypressen umrahmt wurde, stellte er den Motor ab.

Noch heute weiß ich, wie ich mich in jenem Moment gefühlt habe. Wir küssten uns. Zum ersten Mal in meinem Leben küsste ich einen Mann. Es war das Schönste, was ich bis dahin erlebt hatte. Und obwohl ich mir vorher bereits sicher gewesen war, dass ich ihn liebte, verstärkte sich *das Gefühl in diesem Augenblick um das Tausendfache. Ich liebte Serge Miroux. Und er liebte mich. Ich weiß nicht mehr, wie lange wir dasaßen. Wir konnten nicht genug bekommen.*

Danach fiel es mir noch schwerer, ohne ihn zu sein. Ich wusste nicht, was kommen würde. Serge füllte mein Leben aus, er machte mich vollkommen. Es hätte ewig so weitergehen können, wenn … ja, wenn Jules Foulard uns nicht eines Tages zufällig zusammen im Dorf gesehen hätte.

Es war Ende Dezember. Ich hatte an jenem Tag auf dem Markt einige Erledigungen gemacht. Ich war schon auf dem Nachhauseweg, da hielt wieder einmal wie aus dem Nichts der rote Sportwagen neben mir.

Als ich Serge erblickte, stieg ich hastig von meinem Rad und trat an den Straßenrand. Da viele Leute unterwegs waren, begrüßte er mich nicht wie sonst. Kein Kuss, keine Umarmung. Serge wusste, dass ich unsere Beziehung nach wie vor geheim halten wollte. Wir unterhielten uns kurz. Er hatte noch einen Termin in der Stadt und Maman wartete auf die Einkäufe.

Bevor er wieder in seinen Wagen stieg, ergriff Serge vorsichtig meine Hand. »Ich würde gern deine Mutter kennenlernen.« Er hatte leise gesprochen.

Ich erstarrte. Wie stellte er sich das vor? Ich musste an unseren heruntergekommenen Hof denken.

»Ich weiß nicht.«

»Eveline.« Er sah mich eindringlich an. »Es ist mir wichtig. Du bist mir wichtig.«

Ich atmete tief durch. Noch immer hielt er meine Hand in seiner, wollte mich nicht einfach gehen lassen.

Während ich überlegte, was ich sagen sollte, hielt ein Traktor neben uns.

»Eveline!«

Erschrocken drehte ich mich um und sah in Jules' Ge-sicht. Sein Blick wanderte zwischen Serge und mir hin und her, bevor er unsere Hände fixierte.

Ich fühlte mich ertappt und zog verlegen meinen Arm zurück. Serge tippte leicht an seine Mütze.

»Alles in Ordnung?« Jules sah mich misstrauisch an.

»Ja.« Ich nickte und wandte meinen Blick ab. »Ja, Jules. Alles gut.«

Serge sah mich prüfend an.

Nachdem Jules noch einige Augenblicke schweigend neben uns verharrt hatte, ließ er den Motor des Traktors wieder an und fuhr davon.

»Mist«, entfuhr es mir.

»Wer war das?«

»Ein Freund«, erwiderte ich ungehalten.

»Ein Freund oder dein Freund?« Serge kniff die Augen zusammen.

»Ein Bekannter«, entgegnete ich. »Aber ...«

»Er wäre gern mehr.«

Ich zuckte mit den Achseln. Serge konnte ich nichts vormachen. »Sicher erzählt er es jetzt Maurice.«

Er sah mich fragend an.

»Meinem Bruder.«

»Ich möchte wirklich gern deine Familie kennenlernen.«

»Warum?« Ich kickte einen Stein weg. »Sie sind nicht ...«

»Eveline, das ist mir egal.« Er nahm wieder meine Hand und trat dichter zu mir. »Bitte.«

Ich seufzte. »Ich überlege es mir.«

Sichtlich zufrieden verabschiedete Serge sich schließlich von mir und fuhr davon.

Jules erzählte Maurice nichts. Aber er veränderte sich. Ich kann bis heute nicht sagen wie genau. Es waren eher unterschwellige Bemerkungen, die mir zeigten, dass er vor

Eifersucht fast umkam. Mehr als einmal erzählte er, dass die Weinbauern der Gegend eine große Hochzeit ihrer Kinder planten. Obwohl ich den Grund für seine Märchen kannte, verletzten mich seine Ausführungen. Angeblich würden die Miroux mit dem Gedanken spielen, ihr Weingut mit einem anderen zusammenzulegen. Die Tochter dieses Großgrundbesitzers sei äußerst attraktiv und umwerbe den jungen Miroux schon seit Monaten.

Natürlich sprach ich Serge darauf an, der jedes Mal wütender auf meine Fragen reagierte. Aber ich kannte die Kreise eben nicht, in denen er sich bewegte. War es nicht so, dass bei derartigen Arrangements genau abgewogen wurde, wer welchen Nutzen aus einer privaten Verbindung zog?

Jules hörte nicht auf. Er sprach mich nie direkt auf mein Verhältnis zu Serge Miroux an, aber wenn er bei uns war, ließ er immer wieder Bemerkungen fallen, die mich aufs Tiefste verletzten. Zu diesem Zeitpunkt wussten weder Maurice noch meine Mutter von Serge und mir.

Wochen später wurde es Serge zu bunt. Nachdem wir uns wieder einmal gestritten hatten, weil ich ihn nach seinen Frauenbekanntschaften ausfragte, startete er aufgebracht den Wagen und fuhr zu unserem Hof.

»Nein, Serge. Bitte nicht.«

»Doch, Eveline. Mir reicht es. Was glaubt der Kerl eigentlich, wer er ist? Jedes Mal, wenn wir uns sehen, hast du neue Geschichten über meine angeblichen Affären. Es ist genug.«

Da wurde mir klar, dass ich ihn diesmal nicht würde aufhalten können.

Als wir auf unserem Hof ankamen, stand meine Mutter gerade an der Scheune und leerte einen Wassereimer aus. Sie erblickte den Sportwagen und ihre Augen verengten sich.

Serge stieg aus dem Auto. Ich folgte ihm zögernd.

»Eveline?« Maman sah mich unsicher an.

»Madame?« Serge trat näher und streckte ihr die Hand hin. »Ich bin Serge Miroux.«

Meine Mutter schluckte und blickte mich erneut an. »Miroux?«

»Eveline und ich ...«, Serge suchte nach den richtigen Worten, »... wir treffen uns schon eine ganze Weile.«

Maman nickte.

»Ich möchte mich endlich vorstellen, damit Sie wissen, mit wem Ihre Tochter bekannt ist.«

»›Bekannt‹?« Meine Mutter verzog leicht ihr Gesicht.

»Maman ...«, setzte ich an, ohne zu wissen, was ich überhaupt sagen sollte. Am liebsten wäre ich im Erdboden versunken.

Doch wieder einmal überraschte mich meine Mutter. Sie stellte den Eimer zur Seite und lächelte Serge an. »Möchten Sie einen Kaffee, Monsieur?«

»Bitte nur Serge.« Er drehte sich grinsend zu mir um. »Merci, ein Kaffee wäre sehr nett.«

Kopfschüttelnd folgte ich den beiden ins Haus. Im Gegensatz zu meiner Mutter, die ihre Fassung wiedererlangt zu haben schien und sich ungezwungen mit Serge unterhielt, wusste ich vor Verlegenheit nicht, wohin mit mir.

Abends nahm Maman mich zur Seite und führte ein ausführliches Mutter-Tochter-Gespräch mit mir, welches meine Scham noch vergrößerte.

Es dauerte allerdings nicht lange und Serges Besuche bei uns wurden zur Normalität.

Ein paar Wochen später kam er mit einem großen Paket, das er Maman übergab.

»Ein Geschenk?«, wollte sie neugierig wissen.

»Ja, aber nicht ganz uneigennützig.« Er lachte.

Ich beobachtete gespannt, wie meine Mutter den Karton öffnete. Darin war ein Telefonapparat. Ende der Vierzigerjahre des letzten Jahrhunderts hatte praktisch niemand ein Telefon. Außer der Familie Miroux natürlich.

»Das können wir nicht annehmen«, wehrte Maman höflich, aber bestimmt ab.

»Doch, können Sie.«

»Hören Sie, Serge, ich möchte nicht undankbar sein«, begann sie erneut, »aber die Kosten …«

»Ihnen entstehen keine Kosten«, unterbrach er sie sanft. »Die Firma übernimmt sämtliche Gebühren.«

Maman schüttelte wieder den Kopf. »Das geht nicht.«

»Überlegen Sie doch mal«, versuchte Serge, sie zu überzeugen. »Sie sind hier oft ganz allein mit Eveline. Ist es nicht beruhigend zu wissen, dass Sie jederzeit jemanden anrufen könnten, falls …« Er ließ den Satz unbeendet.

Dass unsere Bekannten überhaupt keine Telefone besaßen, erwähnte meine Mutter in diesem Moment nicht. Stattdessen sah sie mich unsicher an.

Ich verzog hilflos mein Gesicht und zuckte mit den Achseln.

»Ich weiß nicht …«

»Bitte.« Serge blickte sie eindringlich an. »Es ist nur ein Leihgerät.«

Sie seufzte. »Na schön.« Maman musste grinsen.

Sogar bei meiner sonst so resoluten Mutter wirkte sein Charme. Ja, ich liebte diesen Kerl.

»Vielen Dank.« Sie berührte ihn leicht am Arm.

Serge rief danach sehr oft bei uns an. Es war so schön, seine Stimme zu hören. Ich glaube, meine Mutter freute sich auch für mich.

Nachdem Serge quasi offiziell mein Freund war, traute sich Jules nie wieder, etwas über ihn oder das ›andere neureiche Pack‹ zu sagen, wie er es nach unserem zufälligen Aufeinandertreffen im Dorf immer wieder getan hatte.

Ich dachte damals, die Fronten seien endlich geklärt und ich könnte mit Serge glücklich werden. Doch ich hatte mich getäuscht. Ich hatte nicht mit der immensen Wut gerechnet, die immer noch in Jules brodelte. Zu diesem Zeitpunkt ahnte ich nicht einmal ansatzweise, welch grausame Seele in ihm schlummerte. Das änderte sich an jenem Abend im April, dem Tag, an dem meine Welt ein weiteres Mal einstürzte.

Estelle atmete tief durch. Sie hatte gehofft, sich durch das Lesen ein wenig ablenken zu können. Doch es hatte nicht funktioniert. Die Liebesgeschichte ihrer Oma und ihres Opas schien so glücklich gewesen zu sein, so rein und authentisch, dass Estelle sich jetzt noch einsamer fühlte.

Ihr Blick wanderte zu den Fliesen vor der Küchenzeile, während sie meinte, Toms Hände auf ihrer Haut zu spüren. Seine Lippen auf ihren. Seinen Körper dicht an ihren gepresst. Wie hatte sie nur zulassen können, in diesem Ausmaß die Kontrolle zu verlieren?

Hatte ihre Oma vor vielen Jahrzehnten ähnlich empfunden? Warum berührte sie die Geschichte von Eveline Miroux dermaßen? Aus den Worten ihrer Großmutter sprach eine unverfälschte und so intensive Liebe, dass es Estelle fast körperlich schmerzte. Wäre Tom ein Mann, mit dem sie sich vollkommen fühlen könnte? Hatte sie das nicht vor wenigen Stunden sogar getan?

Estelle konnte ihr Gefühlschaos kaum in Gedanken fassen. Wenn sie das heute Erlebte erklären sollte, wüsste sie nicht, wie. Noch immer wirkten die Empfindungen so unendlich tief in ihr nach.

Kein Mann vor Tom hatte sie je auf diese Weise berührt.

Nicht körperlich, aber auch nicht in ihrer Seele. Er war nicht der erste Mann, mit dem Estelle Sex gehabt hatte. Aber bisher hatte sie immer eine Rolle gespielt. Sex als Mittel zum Zweck. Um sich begehrt zu fühlen. Und weil er dazugehörte. Keiner ihrer Bekannten hatte sich je über ihr Theater beschwert. Estelle hatte den Männern das Gefühl vermittelt, die Größten zu sein. Alles andere hatte die Kerle nicht interessiert.

Was hatte Tom zu ihr gesagt? Er wolle die Beherrschung nur mit ihr gemeinsam verlieren. Ungläubig schüttelte Estelle ihren Kopf. Warum? Warum war ihm ihr Wohlbefinden überhaupt wichtig?

Bis jetzt verstand sie nicht, was da in der Küche passiert war. Tom Bauvall hatte sie um den Verstand gebracht. Sie wusste nicht, wie er es angestellt hatte, aber es hatte sich so verdammt gut angefühlt. Sie dachte an die Worte ihrer Oma. Wie sie sich nach den Berührungen Serge Miroux' gesehnt hatte, wie glücklich sie gewesen war. Estelle war in jenem Augenblick in der Küche ebenfalls glücklich gewesen. Ein Augenblick, der nur Tom und ihr gehört hatte. Ein Augenblick, in dem die Dämonen der Vergangenheit nicht existiert hatten.

Eine Träne lief ihre Wange hinunter. Estelle ging es plötzlich wie ihrer Großmutter: Sie sehnte sich nach mehr. Sie sehnte sich danach, dass Tom sie ein weiteres Mal berührte, dass er sie erneut in Sphären entführte, die ihr bis heute verschlossen gewesen waren.

Doch sie wusste, dass das nicht passieren würde. Nie mehr. Denn mit jedem Mal, das Tom Bauvall sie die Kontrolle verlieren ließe, würde Estelle noch mehr leiden. Der Mann war verheiratet. Nein, sie musste das Erlebte abhaken. Als wunderschöne Erinnerung an einen außergewöhnlichen Moment. Vielleicht als Beweis dafür, dass das Leben nicht immer dunkel und kalt war. Dass es Sonnenseiten zu entdecken gab. Auch wenn Estelle sich momentan in keiner Weise vorstellen konnte, jemals wieder ähnlich zu empfinden.

Nach den Worten ihrer Oma war sie sich fast sicher, in Tom den Menschen gefunden zu haben, der ihr eigenes Leben vollkommen machen könnte. Wenn er nicht verheiratet wäre. Und wenn er nicht zwei Kinder mit einer anderen Frau hätte.

Verzweifelt schlug sie das Notizbuch zu und schluchzte auf. Ein Blick auf die Uhr verriet ihr, dass es erst kurz nach acht war. Was sollte sie mit dem angebrochenen Abend anfangen?

Die Cléments waren schon vor einer Stunde aus den Pyrenäen zurückgekehrt. Sie hatten Estelle zwischen Tür und Angel erzählt, dass sie am Abend in Argelès essen gehen wollten. Noah hatte sie seit heute Morgen nicht mehr gesehen. Wie sollte es nur mit ihnen weitergehen?

Estelle beschlich erneut das Gefühl, dass ihr Leben gerade stetig den Bach hinunterging. Kurz überlegte sie, Emily anzurufen. Aber was sollte sie ihrer Schwester sagen? Es war Freitagabend, sicher war Patrick bei ihr. Konnte sie Emily die Wahrheit offenbaren? Wie würde sich ihre Schwester fühlen, wenn Estelle ihr erzählte, was vor achtzehn Jahren geschehen war? Fragen über Fragen, auf die sie einfach keine Antworten fand.

Entschlossen stand sie auf und holte ihre Schuhe. Sie musste dringend hier raus, hatte das Gefühl, die Decke falle ihr auf den Kopf. Ein wenig frische Luft würde ihr hoffentlich guttun und die tristen Gedanken vertreiben.

32

»Warum lügst du mich an?« Emilys Stimme klang traurig.

Patrick betrachtete seine Freundin, die mit dem Rücken zu ihm an der Balkontür stand und hinausstarrte. Er stöhnte innerlich auf. Genervt fasste er sich mit Daumen und Zeigefinger an seine Nasenwurzel. »Wie oft willst du mich das noch fragen?« Er bemühte sich, nicht zu verärgert zu klingen.

»Bis du mir die Wahrheit sagst.« Emily drehte sich um und blickte ihn mit finsterer Miene an. »Bis du mir endlich die verfluchte Wahrheit sagst.«

Patrick schüttelte resigniert den Kopf. »Was willst du denn hören?«

Emily beugte sich leicht vor. »Was ich hören will?« Sie schnappte nach Luft, während ihr Gesicht rot anlief. »Du fragst mich tatsächlich, was ich hören will?«

»Ich habe dir erklärt, was meiner Meinung nach der Grund für die Wut deiner Schwester ist. Ich weiß nicht …«

Emily kniff wütend ihre Augen zusammen. »Du bleibst also bei deiner Version. Estelle war vor zwanzig Jahren in dich verliebt und ist bis heute nicht darüber hinweg, dass du kein Interesse an ihr hattest?«

Er zuckte resigniert mit den Achseln. »Ja.«

Emily tippte sich an die Schläfe. »Du tickst nicht richtig, Patrick. Du beleidigst meine Intelligenz.« Sie verlagerte das Gewicht von einem auf den anderen Fuß. »Ich glaube dir nicht.« Ihre Stimme war lauter geworden.

»Was soll ich denn tun?« Patrick hob hilflos seine Arme.

»Estelle hat gedroht, dir könne das Gleiche passieren wie deinem Schulfreund, diesem Matthieu. Du hast mir doch erzählt, dass er ermordet wurde.«

Patrick spürte ihren prüfenden Blick auf sich. »Du weißt doch selbst, dass man manchmal Dinge sagt, die man nicht so meint ...«

»Jetzt nimmst du sie auch noch in Schutz.« Emily verdrehte die Augen.

Da er nichts mehr zu erwidern wusste, machte er zwei Schritte auf seine Freundin zu, doch sie hob sofort abwehrend ihre Hand. »Nein!« Sie schüttelte den Kopf. »Ich kann das nicht. Nicht so!«

»Was willst du, Emily?« Er bemühte sich um einen sanften Ton und blickte sie liebevoll an.

»Ich will, dass du mir vertraust. Dass du mit mir redest. Patrick, ich bin deine Freundin. Ich habe keine Ahnung, was zwischen Estelle und dir vorgefallen ist, aber sie ist meine Schwester und ...«, sie rang nach Worten, während sich ihre Augen mit Tränen füllten, »... und sie hat mir die letzten Jahre so sehr gefehlt. Ich möchte nicht, dass ...«

Wieder versuchte Patrick, sich Emily zu nähern.

Doch sie trat einen Schritt zurück und starrte an ihm vorbei in den Flur hinaus. »Nein, Patrick. So geht es nicht.« Sie drehte sich um und nahm ihre Handtasche von der Couch.

»Was machst du?«

»Ich gehe.« Sie packte den Geldbeutel und ihr Smartphone in die Tasche, während sie ihn weiter ignorierte.

»Aber ...« Er raufte sich die Haare. »Es ist Freitagabend. Wir wollten doch ...«

Emily schüttelte wieder ihren Kopf. »Nein, ich möchte jetzt allein sein.« Sie hängte sich die Tasche über ihre Schulter und verzog enttäuscht das Gesicht. »Wenn du irgendwann der Meinung bist, ich sei eine gleichwertige Partnerin für dich, kannst du dich gern melden. Aber so lange ...« Sie machte eine unbestimmte Handbewegung.

»Emily, bitte ...«, versuchte er es erneut.

Sie ging wortlos an ihm vorbei und nahm im Flur ihre Jacke vom Haken. Patrick beobachtete jede ihrer Bewegungen, doch ihm war klar, dass er sie momentan nicht umstimmen konnte. Drei Sekunden später knallte die Wohnungstür hinter ihr zu.

Was sollte er nur tun? Er liebte Emily und wollte sie nicht verlieren. Doch er konnte ihr nicht von jener Nacht erzählen. Es ging einfach nicht.

Die letzten Jahre hatte er, wie er sich ehrlich eingestehen musste, keinen einzigen Gedanken an den damaligen Vorfall verschwendet. Nachdem die Angelegenheit geklärt gewesen war, hatte er sie abgehakt. Wenige Tage später war Estelle verschwunden. Und er konnte nicht behaupten, dass er darüber besonders traurig gewesen wäre.

Matthieu, Yves und Jérôme war es sicher ähnlich ergangen. Sie hatten sich eine Moralpredigt ihrer Väter anhören müssen, aber das war es auch gewesen.

Und jetzt kam Estelle Miroux aus heiterem Himmel zurück und wärmte diese alte Geschichte wieder auf. Nach all den Jahren!

Patrick trat ans Fenster und erblickte Emily, die sich an ihrem Wagen zu schaffen machte. Sie meinte es ernst, das war ihm klar. Emily war eine Frau mit strengen Prinzipien, die sich nicht mit fadenscheinigen Erklärungen abspeisen ließ. Genau das war es, was er so an ihr liebte. Doch im Moment hatte er keine Ahnung, wie er seine Freundin wieder besänftigen sollte. Ein Strauß Blumen oder ein exklusives Abendessen würden bei ihr auf taube Ohren stoßen. Wahrscheinlich würde er ihre Wut damit sogar nur noch weiter befeuern. Vielleicht sollte er ihr einfach ein paar Tage Ruhe zugestehen. Wenn Patrick Glück hatte, vermisste sie ihn und meldete sich von allein wieder. Wenn allerdings nicht … Den Gedanken wollte er nicht weiterverfolgen.

Seine Karriere verlief momentan mehr als glänzend. Und seine Gönner waren seit heute Morgen auch wieder gut auf ihn zu sprechen.

Mit Emily an seiner Seite könnte er es weit bringen, denn Patrick wusste, wie wichtig es für einen Politiker war, eine vorzeigbare und bestenfalls auch intelligente Ehefrau präsentieren zu können. Emily war nicht nur äußerst attraktiv, sondern noch dazu sehr scharfsinnig. Eine bessere Partnerin konnte er sich überhaupt nicht vorstellen. Nein, er musste um sie kämpfen. Patrick musste es irgendwie schaffen, sie zurückzuerobern, ohne das lästige Thema Estelle Miroux erneut anzuschneiden. Vielleicht sollte er mit Emilys Vater sprechen.

Pierre Miroux war ein sehr vernünftiger Mann. Als Patricks und Matthieus Väter damals mit ihm gesprochen hatten, hatte Miroux sofort erkannt, was das Beste für seine Tochter war, und ohne Verzögerung entsprechend gehandelt. Ja, vielleicht konnte ihm Pierre Miroux helfen. Patrick war sicher, dass Emilys Vater sich darüber freute, dass zumindest seine jüngere Tochter etwas aus ihrem Leben gemacht und noch dazu einen erfolgreichen Mann an ihrer Seite hatte. Das konnte klappen.

Zufrieden setzte er sich auf die Couch und schaltete den Fernseher ein. Heute spielte Montpellier. Gegen einen ruhigen Abend mit Fußball und ein paar Flaschen Bier hatte Patrick nichts einzuwenden. Er würde das Beste aus der Situation machen.

Als er kurz darauf in die Küche ging, klopfte es an seiner Wohnungstür. Emily war zurückgekommen. Irritiert registrierte er, wie sich sein Puls beschleunigte. Sicher hatte sie gemerkt, dass sie überreagiert hatte. Seine Freundin war nicht zu stolz, um ihren Fehler einzusehen.

Er verzog seinen Mund zu einem breiten Grinsen, während

er hastig durch den Flur lief. »Emily!« Er riss die Tür auf und wollte sie schon an sich ziehen, als er erkannte, dass es nicht seine Freundin war, die im Hausflur stand. »Du?« Er kniff die Augen zusammen und musterte überrascht den Besuch.

Im nächsten Augenblick durchfuhr seinen Körper ein brennender Schmerz. Patrick registrierte, dass er sich in allem getäuscht hatte. Das Messer, das in seinem Unterleib steckte, raubte ihm schier den Atem. Verzweifelt drückte er seine Hände gegen das herausquellende Blut.

Patrick wollte um Hilfe schreien, doch als er seinen Mund öffnete, kam kein Ton heraus. Seine Beine sackten weg, während der Gast vor seinen Augen verschwamm. Ihm wurde kurz furchtbar heiß, bevor er vor Kälte unkontrolliert zu zittern begann. Gedanken schossen wie helle Blitze durch seinen Kopf. Emily. Die Nacht vor achtzehn Jahren. Matthieu mit einem Messer im Leib.

Nachdem Patrick klar geworden war, welches Schicksal seinen Jugendfreund ereilt hatte, versank die Welt um ihn herum in endloser Dunkelheit.

33

Samstag, 30. Oktober

Das Summen ihres Handys riss Caroline aus dem Schlaf. »Bauvall.«

»Capitaine Bauvall, bonjour. Lamarré aus der Notrufzentrale hier. Ich habe gerade den Anruf einer völlig aufgelösten jungen Dame entgegengenommen, die mir erklärte, ihr Vater liege tot auf seiner Fußmatte.«

Im nächsten Moment saß Caroline hellwach im Bett. »Tot

auf der Fußmatte?« Sie atmete tief durch. »Sind Sie ganz sicher?«

»Oui, Capitaine. Die Anruferin heißt Virginie Ravallier.«

»Ravallier«, murmelte Caroline vor sich hin, während sie den Namen hektisch aufschrieb. »Adresse?«

Die Sekretärin am anderen Ende nannte ihr die Straße und Hausnummer. »Der Tote heißt Patrick Dugout.«

Bei der Erwähnung des Namens fiel Caroline fast der Stift aus der Hand. »Patrick Dugout?«

»Ja, genau.«

Lamarré teilte ihr noch mit, dass Laurent Morphes parallel informiert wurde und auch die Spurensicherung bereits auf dem Weg sei.

Caroline schlüpfte leise aus dem Schlafzimmer, nachdem sie das Telefonat beendet hatte. Im Bad drehte sie die Dusche auf und legte ihre Stirn an die kalten Fliesen. Ein neuer Tatort. Ein weiterer Toter. Was hatte das nur zu bedeuten? Sie dachte an die arrogante Miene des Politikers, als sie ihn gestern mit Armand befragt hatte. Und jetzt war er tot. Was war bloß geschehen?

Während sie sich einschäumte, zitterten ihre Hände. Nein, nicht schon wieder. Sie war Capitaine bei der Mordkommission der Police Nationale. Caroline konnte doch nicht bei jedem neuen Mord dieselbe Prozedur durchmachen. Wie lange sollte das so weitergehen? Was würde Tom sagen, wenn er davon wüsste?

Für einen kurzen Moment genoss sie das warme Wasser auf ihrem Körper und drängte die aufsteigende Panik zurück, doch bereits im nächsten Augenblick fiel ihr wieder die vor ihr liegende Aufgabe ein. Sie trocknete sich hastig ab und zog sich an.

Als sie in den Flur hinaustrat, lauschte sie in die Stille. Im Haus war es ruhig. Die drei Männer, große wie kleine, schienen noch zu schlafen. Caroline verzichtete auf einen Kaffee und ging zu ihrem Wagen.

Knappe zehn Minuten später bog sie in die Sackgasse ein, in der sich der Wohnkomplex befand, in dem Dugout wohnte. Als Caroline ihren Blick über den Parkplatz vor dem Gebäude schweifen ließ, entdeckte sie den Wagen der Spurensicherung. Dahinter stand ein Fahrzeug der Police Nationale. Lamarré aus der Zentrale hatte mitgedacht und die Officiers informiert.

Caroline fasste an ihr Waffenholster und bemühte sich um Ruhe. Es ist ein ganz normaler Tatort, schwor sie sich wieder und wieder auf die anstehende Situation ein. Wenn irgendjemand mitbekäme, in welcher Verfassung sie sich befand …

Sie stieg aus dem Wagen und überquerte nervös den Platz. Als sie das Treppenhaus betrat, konnte sie schon den schwachen Geruch getrockneten Blutes wahrnehmen. Caroline hastete in den ersten Stock hinauf, wo die halbe Etage mit Absperrband markiert war.

Etienne Muller, der Leiter der Spurensicherung, beugte sich gerade über das Opfer und machte Fotos. Patrick Dugout lag im Flur seiner Wohnung, während sich seine Füße auf einer blauen Matte im Treppenhaus befanden.

Charles Dupain stand dahinter und winkte Caroline zu sich. »Bonjour, Capitaine.«

»Sie waren aber schnell hier«, merkte Caroline verblüfft an.

Dupain zeigte mit der Hand über seine Schulter. »Ich wohne nur zwei Querstraßen entfernt.«

Sie nickte. »Was ist mit den Officiers Noir und Armand?«

»Officier Noir befindet sich mit der Tochter im Wohnzimmer. Armand ist auf dem Weg. Sein Sohn hat heute eigentlich ein Schulfest.« Dupain zog eine Grimasse.

Caroline nickte erneut. Ja, das Privatleben von Polizisten

wurde immer wieder in Mitleidenschaft gezogen. Jeder der Beamten kannte dieses Problem aus eigener Erfahrung. Vielleicht konnten sie den Rest des Tages ohne Armand auskommen. Caroline wusste schließlich, wie wichtig es war, sich auch mal um die Familie kümmern zu können. »Was haben wir?«

»Das Gleiche wie bei Clereau.« Officier Dupain tippte sich auf die Stirn.

»Das gleiche Datum?« Caroline war fassungslos.

Der Officier nickte. »Soweit ich erkennen konnte. Muller ist noch nicht fertig mit ihm.«

Caroline drehte sich um und beobachtete, wie der junge Beamte das Umfeld des Opfers inspizierte. »Bleiben Sie bei ihm«, wies sie Dupain an. »Ich sehe nach Officer Noir und der Tochter.«

»Das Wohnzimmer ist der letzte Raum auf der rechten Seite.«

Caroline nickte und entfernte sich zögernd. Muller war so in seine Arbeit vertieft, dass er ihre Ankunft überhaupt nicht wahrgenommen hatte. Als sie auf das beschriebene Zimmer zusteuerte, hörte sie ein lautes Schluchzen, bevor Marie Noir leise etwas murmelte.

»Bonjour.« Caroline betrat den großzügig geschnittenen Raum und ließ ihren Blick beiläufig über die Einrichtung schweifen.

Ähnlich wie im Haus von Matthieu Clereau konnte sie erkennen, dass Dugout nicht arm gewesen war. Die Möbel aus hellem Massivholz sahen hochwertig und elegant aus. Hier hatte jemand gelebt, der sich um finanzielle Fragen keine Sorgen zu machen brauchte, dachte sie verächtlich.

Officier Noir presste hilflos ihre Lippen aufeinander und zuckte mit den Schultern, während sie Carolines Blick suchte.

»Mademoiselle Ravallier?« Caroline musterte die junge Frau,

die zusammengesunken auf einer hellen Stoffcouch saß, und ging vor ihr in die Hocke. Ein halbes Dutzend Taschentücher lag zerknüllt auf den Polstern.

Dugouts Tochter schien sie nicht gehört zu haben. Caroline wiederholte ihren Namen und als Virginie Ravallier endlich aufsah, stellte sie sich vor.

»Was?« Das Mädchen brach erneut in Schluchzen aus.

Caroline blickte unsicher zu ihrer Mitarbeiterin, die jedoch nur unmerklich den Kopf schüttelte. »D'accord.« Sie erhob sich wieder. »Wir warten auf Docteur Tuyot.« Sie trat dichter an Officier Noir. »Sie soll sich die Kleine ansehen. Mademoiselle Ravallier scheint einen Schock erlitten zu haben«, raunte sie Noir zu. »Bleiben Sie bitte bei ihr. Ich sehe mal nach, wie weit Muller ist.«

In dem Moment ertönte aus dem Hausflur lautes Gezeter. Caroline vernahm eine aufgebrachte Frauenstimme, bevor sie Dupain hörte: »Madame, Sie können hier nicht durch. Das ist ein Tatort.«

»Ein Tatort? Was soll das heißen?« Die Stimme wurde schrill und gellend.

Caroline hastete durch den Flur zurück zum Wohnungseingang und entdeckte Officier Dupain eine Etage unter sich. Eine attraktive blonde Frau mit wütendem Gesicht stand bei ihm.

Als Dupain Caroline sah, winkte er sie erleichtert herunter. »Capitaine, könnten Sie bitte …?« Er deutete mit den Augen auf die Frau neben sich, die seine Geste glücklicherweise nicht mitbekam.

»Würden Sie zu Muller gehen?« Caroline nickte ihm zu, bevor sie sich an die junge Frau wandte, die ihr seltsam bekannt vorkam. »Bonjour, Madame. Würden Sie mir bitte sagen, wer Sie sind?«

Die Frau kniff ihre Augen zusammen. »Wer ich bin?« Sie

schob ihren Unterkiefer trotzig vor. »Was ist denn hier los? Ich wollte zu …« Sie brach ab und besann sich. »Mein Name lautet Emily Miroux. Ich möchte zu meinem Lebensgefährten. Er wohnt in der nächsten Etage. Es muss doch möglich sein, dass Sie mich kurz zu seiner Wohnung durchlassen.«

Emily Miroux! Estelles Schwester. Carolines Magen krampfte sich zusammen. Jetzt wusste sie auch, warum ihr die Frau bekannt vorkam. Sie hatte sie öfter bei Eveline Miroux in der *Auberge* gesehen.

Caroline drehte sich um und erfasste die Situation hinter sich mit einem Blick. Von hier aus war das gelbe Band nicht zu erkennen. »Zu wem möchten Sie denn?« Obwohl sie die Antwort bereits erahnte, hielt sie den Atem an.

»Wie ich sagte, ich will meinen Lebensgefährten besuchen, Patrick Dugout.«

»Würden Sie mich bitte nach unten begleiten?« Caroline packte die Frau leicht am Unterarm und zog sie sanft die Stufen hinunter.

»Was? Warum?« Emily Miroux folgte ihr kopfschüttelnd, während sie sich an ihrer Tasche festklammerte.

Als sie auf dem Parkplatz standen, atmete Caroline langsam aus. »Madame, es tut mir sehr leid, Ihnen diese Nachricht überbringen zu müssen, aber Ihr Lebensgefährte ist tot. Er wurde ermordet. Seine Tochter hat ihn heute Morgen vor seiner Wohnung gefunden.«

»Was?« Emily Miroux' Gesichtszüge entgleisten. Ihre Augen weiteten sich unnatürlich, während sie Caroline ungläubig anstarrte. »Wie meinen Sie das?«

»Ich bin selbst erst vor fünf Minuten hier angekommen. Leider kann ich Ihnen noch nichts sagen, aber …«

»Das kann nicht sein«, hauchte Emily Miroux entsetzt, bevor sie ihre Hand vor den Mund schlug. »Gestern Abend …« Sie brach ab und schüttelte den Kopf.

»Ja?« Caroline horchte auf. »Was war gestern Abend?«

Ihre Schultern sackten herab. »Nein.« Wieder schüttelte die junge Frau ihren Kopf. »Nein, das kann nicht sein.«

»Es tut mir leid, Madame.« Besorgt musterte Caroline das blasse Gesicht von Estelles Schwester. »Aber wann haben Sie Monsieur Dugout das letzte Mal gesehen?«

Emily Miroux blickte sie aus stumpfen Augen an. »Wie meinen Sie das?«

Caroline runzelte die Stirn. »Ich fragte gerade …?«

Emily Miroux nickte hektisch. »Ich habe verstanden, was Sie gesagt haben. Aber …« Wieder verstummte sie und presste eine Faust vor ihren Mund. »Gestern«, flüsterte sie wenig später, während Caroline geduldig wartete.

Schockierte Angehörige reagierten ganz unterschiedlich auf tragische Nachrichten. Es gab kein Patentrezept, wie man schnellstmöglich an Informationen kam. Einige sagten überhaupt nichts mehr und mussten erst mal ihre Fassung wiedererlangen. Andere fingen an, ohne Unterlass zu reden. Als ob sie den Tod des geliebten Menschen ungeschehen machen könnten, wenn sie sich weiter verhielten, als sei nichts geschehen.

»Pardon?«

»Gestern«, wiederholte Emily Miroux noch leiser. »Ich war gestern Abend bei ihm, bis …«

»Bis?« Caroline hob fragend ihre Augenbrauen.

»Bis ich gegangen bin«, raunte Dugouts Lebensgefährtin kaum hörbar. »Wir haben uns gestritten.«

Caroline holte ihren Notizblock heraus und machte einige Anmerkungen. »Wann sind Sie gegangen? Ungefähr?«

Emily verzog ihren Mund. »Gegen acht, denke ich.« Sie stockte. »Ich weiß nicht genau …«

»Sie sagten, sie haben sich gestritten«, fuhr Caroline fort. »Worüber?«

Emily Miroux' Augen füllten sich mit Tränen. »Wegen …«
Wieder verstummte sie.

Caroline zog eine Packung Taschentücher aus ihrer Jacke
und reichte sie der jungen Frau.

Die schneuzte sich die Nase. »Ich kann es einfach nicht
glauben«, schluchzte sie mit tränenerstickter Stimme. »Gestern war er noch da …«

Ja, Caroline kannte dieses Gefühl. Im einen Moment war
alles ganz normal und einen Augenblick später lag die Welt
in Trümmern.

»Madame Miroux«, begann sie behutsam, »Ihr Lebensgefährte ist ermordet worden. Sie können uns jedoch helfen,
seinen Mörder zu fassen. Dafür müssen Sie uns allerdings
alles sagen, was Sie wissen.«

Emily Miroux schaute sie einige Sekunden lang schweigend
an. »Wir haben wegen Estelle gestritten.«

»Wegen Ihrer Schwester?«, hakte Caroline überrascht nach.
Das wurde ja immer besser.

Emily Miroux nickte. Sie schien sich nicht zu wundern,
dass Caroline Estelle kannte.

»Was ist passiert?«

Dugouts Lebensgefährtin seufzte, bevor sie Caroline von
dem Vorfall in ihrer Kanzlei erzählte. Auch den unglaubwürdigen Erklärungsversuch ihres Freundes ließ sie nicht unerwähnt.

»Sie denken, er hat Sie angelogen?« Caroline blickte Emily
Miroux angespannt an. Wieder hatte Estelle Miroux Kontakt
zu dem Mordopfer gehabt. Und wieder hatte sie dem Toten
unterschwellig gedroht.

Emily Miroux nickte.

»Warum?«

Sie zuckte mit den Achseln. »Das weiß ich nicht. Deshalb
haben wir uns ja gestritten.« Die Frau klang verzweifelt.

Caroline bedankte sich bei der Anwältin und gab ihr eine Visitenkarte. Sicher würde sie später noch weitere Fragen haben, aber fürs Erste musste das kurze Gespräch genügen.

Aus dem Augenwinkel hatte Caroline mitbekommen, dass vor einigen Minuten sowohl Officier Armand als auch die Gerichtsmedizinerin Geraldine Tuyot eingetroffen waren. Sie brauchte dringend Fakten. Zu Patrick Dugout, zu Emily und Estelle Miroux und zu allem, was mit dem Mord an dem Politiker zu tun hatte.

Eilig wandte sie sich dem Gebäude zu und winkte Fabien Armand zu sich, der wartend im Hauseingang stand. Bevor sie wieder die Treppe hinaufstieg, wies sie ihn an, Emily Miroux heimzufahren und sie zu fragen, ob er irgendwelche Angehörigen für sie kontaktieren solle.

34

Caroline kehrte in die Wohnung des Mordopfers zurück und begrüßte Docteur Tuyot, die gerade die Wunde auf Dugouts Stirn näher untersuchte.

»Caroline.« Die Gerichtsmedizinerin erhob sich und lächelte schief. »Ein zweiter Toter innerhalb von vier Tagen.«

»Der gleiche Täter?« Caroline zeigte auf ihre eigene Stirn.

Geraldine Tuyot nickte. »Wenn es sich nicht um einen Trittbrettfahrer handelt.«

»Wir haben dieses Detail nicht an die Presse weitergegeben«, erklärte Caroline bestimmt.

»Ich weiß«, entgegnete die Ärztin. »Die Wunden …« Sie machte eine unbestimmte Handbewegung. »Nach der Obduktion kann ich es Ihnen genau sagen, aber es sieht ganz danach aus, dass es sich um die gleiche Waffe handelt.«

»Ein Brotmesser?«

Wieder nickte Tuyot.

»Wie geht es der Tochter?« Caroline betrachtete den toten Politiker, dessen Augen merkwürdig ins Leere starrten.

»Ich habe der jungen Frau ein leichtes Beruhigungsmittel verabreicht. Ihre Mitarbeiterin ist noch bei ihr.«

»Dann schaue ich mal vorbei.«

Die Ärztin widmete sich wieder dem Toten, während Caroline die Wohnung durchquerte. Muller und sein Kollege von der Spurensicherung schienen den Tatort bereits verlassen zu haben.

Als sie in den Wohnraum trat, saß Virginie Ravallier noch immer auf der Couch, während Marie Noir in der Küche stand und gerade ein Glas aus dem Schrank nahm.

»Geht es Ihnen etwas besser?« Caroline setzte sich neben die junge Frau und sah sie aufmunternd an.

Dugouts Tochter nickte langsam.

Caroline blickte kurz zu ihrer Mitarbeiterin, die ihr beruhigend zunickte.

Virginie Ravallier verknotete nervös ihre Hände.

»Können Sie mir erzählen, was heute Morgen passiert ist?«

»Ich wollte kurz bei Papa vorbeischauen. Ich dachte eigentlich, Emily sei bei ihm. Und da ich ihn die ganze Woche noch nicht gesehen hatte ...«

»Sie leben nicht bei Ihrem Vater?« Caroline holte ihren Notizblock heraus.

Die Tochter schüttelte den Kopf. »Nein, meine Eltern sind getrennt. Schon sehr lange. Das ist auch kein Problem für mich. Wir haben uns trotzdem oft getroffen, Papa und ich.« Caroline nickte und wartete geduldig, bis Virginie Ravallier fortfuhr. »Er hatte letzte Woche viel zu tun. Termine, Parteiveranstaltungen ...« Sie machte eine wegwerfende Handbewegung. »Eigentlich war ich mit Noah verabredet.«

»Noah?« Caroline runzelte die Stirn.

»Ja, Noah Gärtner.« Virginie drehte ihren Kopf Richtung Wohnzimmertür. »Er ist …« Sie brach ab und überlegte.

»Ihr Freund?«, hakte Caroline behutsam nach.

Die junge Frau nickte und umklammerte den Tragegriff ihrer Tasche. »Wir kennen uns noch nicht lang. Er kommt aus Deutschland.«

Caroline nickte. »Sie waren also verabredet?«

Wieder nickte Dugouts Tochter. »Aber ich hatte noch etwas Zeit. Daher dachte ich, ich schaue kurz bei Papa vorbei. Als ich geklingelt habe, hat niemand aufgemacht.« Ihre Augen wurden feucht.

Caroline reichte ihr ein Taschentuch. »Sie haben einen Schlüssel?«

»Oui. Papa hat mir letztes Jahr einen gegeben. Er meinte, wenn er mal nicht da sei, könne ich reingehen und auf ihn warten.«

Zumindest schien Dugout ein gutes Verhältnis zu seiner Tochter gepflegt zu haben.

»Ich habe die Haustür aufgeschlossen und bin hochgekommen und da habe ich …« Die junge Frau schluchzte auf.

Beruhigend tätschelte ihr Caroline leicht den Unterarm. »Sie haben mir sehr geholfen, Virginie.« Während sie sich erhob, sah sie zu Marie Noir.

»Ich habe Mademoiselle Ravalliers Mutter informiert. Sie müsste gleich kommen.«

»Merci.« Caroline nickte ihr zu und überlegte. »Wo ist Officier Dupain?«

»Er wollte …« Marie Noir verstummte, als Caroline unauffällig auf Virginie deutete. Die junge Beamtin trat näher. »Er sieht sich etwas in der Wohnung um. Im Moment ist er im Schlafzimmer.«

»Wir müssen dringend mit Yves Cousteau sprechen. Ich lasse mich nicht länger für dumm verkaufen.« Wütend blickte Caroline aus dem Fenster. »Von wegen zwanzigjähriges Jubiläum.«

»Wir wollten auch noch Pierre Miroux befragen«, erinnerte Officier Noir Caroline an die gestrige Besprechung.

Sie nickte. »Das können Sie gleich im Anschluss gemeinsam mit Dupain erledigen.« Sie verzog ihr Gesicht zu einer Grimasse. »Sobald Armand zurück ist, werden wir uns Estelle Miroux vornehmen.«

»Warum das?« Noir sah sie fragend an.

»Ihre Schwester war mit Dugout zusammen. Und Estelle Miroux ist vor ein paar Tagen mit ihm aneinandergerasselt. Im Büro ihrer Schwester.«

Die junge Beamtin sah kurz zu Virginie Ravallier.

Caroline folgte ihrem Blick. Doch Dugouts Tochter tippte versunken auf ihrem Smartphone herum. »Sie scheint ihm unterschwellig gedroht zu haben, dass er aufpassen solle, dass ihm nicht das Gleiche wie Clereau passiere.«

»Wie bitte?« Marie Noir sah Caroline ungläubig an. »Das gibt's doch nicht.«

»Diese Frau hält sich offensichtlich für unantastbar.« Caroline nickte grimmig. »Im Moment kann ich leider noch nicht sagen, was sie für ein Spiel spielt.«

»Ich sage Officier Dupain Bescheid, dass wir zu Pierre Miroux fahren.«

Caroline sah ihrer Mitarbeiterin nach, als diese das Wohnzimmer verließ. Sie würde auf Armand und Virginies Mutter warten und dann auf schnellstem Weg zu Estelle Miroux fahren.

Wieder kochte Wut in ihr hoch. Sie würde heute Abend mit Tom sprechen. Er musste sich von ihrer Nachbarin fernhalten.

Die ganze Sache wurde immer rätselhafter. Was war nur an jenem fünfundzwanzigsten Mai geschehen? Caroline war sicher, dass sie dem Täter einen guten Schritt näher käme, wenn sie wüsste, was die ehemaligen Freunde auf dem Kerbholz hatten.

35

Estelle hatte Kopfschmerzen. Frustriert presste sie ihre Finger gegen die Schläfen.

»Ist Ihnen nicht gut?« Mathilde Clément sah sie besorgt an, während sie ihr Besteck auf den Teller legte.

Überrascht drehte sich Estelle um und bemühte sich um ein Lächeln. »Das Wetter.« Sie deutete durch die Scheibe und trat an den Tisch, an dem das ältere Ehepaar saß. Draußen war der Himmel wolkenverhangen, die Zypressen bogen sich im Wind.

»Ja, heute meint es Petrus nicht gut mit uns.« Bertrand Clément stand auf und streckte seiner Frau die Hand hin.

»Was haben Sie vor?« Estelle blickte die beiden interessiert an.

»Wir werden einen Ruhetag einlegen«, erwiderte Mathilde Clément lächelnd. »Der gestrige Ausflug war doch sehr anstrengend.« Sie zwinkerte. »Wir sind ja nicht mehr die Jüngsten.«

»Wir dachten, wir könnten ein wenig am Strand spazieren gehen«, ergänzte ihr Mann. »Und eine Kleinigkeit in Argelès essen.« Er warf seiner Frau einen liebevollen Blick zu, bei dem sich Estelles Magen zusammenkrampfte. »Mal sehen, was uns sonst noch einfällt.«

»Die Arbeiten im Hotel sind beendet«, erklärte Estelle resolut. »Falls Sie sich tagsüber in der *Auberge* aufhalten möchten …«

Bertrand Clément winkte ab. »Machen Sie sich um uns

keine Sorgen, Estelle. Wir kommen zurecht. Ein bisschen Gehämmer stört uns nicht.«

»Bonne journée«, wünschte sie ihnen, bevor sie das Geschirr in die Küche brachte.

Nachdem sie den Frühstücksraum aufgeräumt hatte, ging sie zum Empfang, um die neusten E-Mail-Anfragen zu bearbeiten. Als sie den Laptop anschaltete, hörte sie Noah die Treppe herunterkommen.

»Nein. – Aber Virginie ... – Das gibt's doch nicht. – Wo bist du? – Jetzt beruhige dich erst mal.« Seine Stimme klang aufgewühlt.

Estelle schaute auf und erschrak, als sie Noahs entsetzte Miene sah.

Er erwiderte ihren Blick, während er vor dem Tresen stehen blieb und weiter sein Smartphone ans Ohr hielt. »Ich komme sofort. – Nein, ich komme.« Er legte auf und schnaufte tief durch. »Scheiße!«

»Was ist?«, fragte Estelle vorsichtig.

Noah wirkte aufgeregt und verunsichert. Er stand mit hängenden Schultern vor ihr und starrte auf den Boden.

»Was ist denn?«, wiederholte Estelle ihre Frage.

Der Teenager sah sie aus stumpfen Augen an. »Virginies Vater ist tot.«

Estelle erstarrte. »Patrick?« Sie dachte sofort an Emily.

»Ja, Patrick«, entgegnete er verärgert. »Zufrieden?«

»Noah!«

»Was?«, blaffte er. »Du konntest ihn doch ganz offensichtlich nicht leiden, also ...«

»Jemanden nicht leiden zu können und ihm den Tod zu wünschen sind aber zwei unterschiedliche Kaliber«, unterbrach ihn Estelle, krampfhaft um Fassung bemüht. »Was ist passiert?«

»Er wurde erstochen. Virginie hat ihn gefunden.«

260

»Erstochen?« Estelle konnte es kaum glauben. »Aber das kann doch nicht sein«, murmelte sie.

»Ich muss zu ihr«, nuschelte Noah undeutlich. »Sie ist …«

»Es tut mir leid.« Estelle sah ihn hilflos an. »Ich weiß nicht …«

»Warum redest du nicht endlich mit mir?« Er schüttelte traurig seinen Kopf. »Immerhin bin ich fast erwachsen.«

»Ich weiß«, gab sie reumütig zu. »Es ist nur …« Sie stockte. »Matthieu ist auch tot.«

Noah sah sie eindringlich an. »Matthieu? Wer ist Matthieu?«

»Der Kerl, der vor einigen Tagen …« Estelle deutete auf die Eingangstür.

»Dem du hinterhergerufen hast, dass du ihn umbringst?«

»Ja, genau der«, meinte sie genervt. »Die Polizei war deshalb schon gestern hier. Unsere Nachbarin.«

»Caroline?« Noah zuckte mit den Achseln. »Aber warum? Sie denkt doch nicht etwa, dass du …?«

Estelle nickte. »Doch, das tut sie. Und wenn jetzt auch noch …« Sie brach ab, als ihr bewusst wurde, was sie in Emilys Büro zu Patrick gesagt hatte. Müde fasste sie sich an die Stirn. Ihr Kopf dröhnte mittlerweile ohne Unterlass.

»Das ist doch Quatsch«, erwiderte Noah unwillig. »Und mit Virginies Vater hattest du schließlich überhaupt nichts am Hut.«

Estelle schwieg.

»Estelle?«

Sie seufzte. »Doch, Noah. Leider ist das alles ein wenig komplizierter.«

»Ich muss los, aber die Zeit für eine Erklärung habe ich noch.« Er verschränkte seine Arme vor der Brust.

»Virginies Vater war mit Emily zusammen. Meiner Schwester.«

Noah sah sie ungläubig an. »Wie bitte?«

Sie nickte, während sie ihre Kiefer aufeinanderpresste.

»Woher weißt du das?«

Sie wandte verlegen den Blick ab, während Ardèche vor ihrem inneren Auge erschien. »Mein Vater hat es mir erzählt. Und Emily hat es bestätigt.«

Fassungslos sah Noah sie an. »Dein Vater und Emily?« Sein Gesicht verfinsterte sich. »Warum erzählst du mir nicht, dass deine Familie hier war?«

Estelle schwieg einen Moment. »Wir haben uns die letzten Tage nicht allzu oft gesehen.« Doch die Ausrede klang selbst in ihren Ohren lasch.

»Ich weiß nicht, was mit dir los ist.« Noahs Gesicht wurde von Enttäuschung überschattet. »Hast du mal überlegt, dass ich deine Familie auch gern kennenlernen würde?« Er lachte bitter auf. »Sicher wissen sie gar nichts von mir.«

»Emily habe ich von dir erzählt«, versuchte Estelle, sich zu rechtfertigen.

Er musterte sie. »Und deinem Vater?«

»Wir haben uns gestritten, als er hier war.«

»Klar, was sonst?« Er schüttelte den Kopf. »Was ist bloß mir dir los?«

In diesem Augenblick fasste Estelle einen Entschluss. »Ich glaube, ich muss dir einiges erklären, Noah. Aber nicht jetzt.« Sie überlegte kurz. »Jetzt solltest du deiner Freundin beistehen. Aber in den nächsten Tagen.« Sie sah ihn hoffnungsvoll an. »Einverstanden?«

Er nickte zögernd. »Einverstanden.«

Estelle trat einen Schritt auf ihn zu und berührte ihn leicht an den Schultern. »Sei für sie da.«

In diesem Augenblick wurde die Eingangstür geöffnet. Estelle und Noah drehten sich gleichzeitig um und erblickten Caroline Bauvall und einen weiteren Polizisten.

»Madame Miroux, wir müssen mit Ihnen sprechen.«

Estelle musterte das erschöpfte Gesicht der Beamtin, während sie augenblicklich an Tom denken musste. An seine Hände auf ihrem Körper, seine Lippen auf ihren.

Nervös wich sie Caroline Bauvalls Blick aus. Ob sie etwas ahnte?

Noah nickte den beiden Polizisten stumm zu und verließ die *Auberge.*

»Können wir?« Capitaine Bauvall blickte Estelle auffordernd an, während sie in Richtung Wintergarten zeigte.

Estelle nickte widerwillig und ging voran. Nachdem sie sich gesetzt hatten, sah sie schweigend von ihrer Nachbarin zu deren Kollegen.

»Das ist Officier Armand«, stellte die Polizistin vor.

Der Beamte nickte leicht.

»Wie kann ich Ihnen helfen?« Estelle blickte die beiden ungeduldig an.

»Gestern Abend wurde Patrick Dugout ermordet«, erklärte Capitaine Bauvall bestimmt. »Der Lebensgefährte Ihrer Schwester.«

»Ich weiß, wer Patrick Dugout ist«, erwiderte Estelle, um Ruhe bemüht.

»Können Sie mir sagen, ob Sie das Opfer persönlich kannten?«

Estelle kniff überrascht die Augen zusammen. Sie blickte Caroline Bauvall offen ins Gesicht. Mit ziemlicher Sicherheit kannte die Beamtin die Antwort. Warum fragte sie also?

Wieder dachte Estelle an Tom. Was hatte sie bloß getan? Caroline war eine sehr schöne Frau. Estelle verstand nicht, warum Tom seine Ehe dermaßen leichtsinnig aufs Spiel setzte.

Als sie sich wieder an die Frage erinnerte, räusperte sie sich. »Ja. Ja, ich kannte Patrick Dugout. Er war mein Klassenkamerad.« Sie hielt inne. »Aber das ist sehr lange her.«

»Wann haben Sie ihn das letzte Mal gesehen?« Officier Armand legte seine Unterarme auf den Tisch.

Estelle blickte auf ihre Hände. »Vorgestern. In der Kanzlei, in der meine Schwester arbeitet.«

Caroline Bauvall nickte. »Haben Sie sich gefreut, einen alten Bekannten nach so langer Zeit wiederzusehen?«

Estelle sah sie an und versuchte einzuschätzen, was die Beamtin wusste. »Patrick Dugout war kein alter Bekannter von mir. Er war nur ein Klassenkamerad.« Sie gab sich größte Mühe, ihre Stimme ruhig zu halten und nicht an die Nacht vor achtzehn Jahren zu denken.

Capitaine Bauvall warf ihrem Kollegen einen Blick zu, den Estelle nicht zu deuten wusste. »Wir haben gehört, dass Sie eine Auseinandersetzung mit ihm hatten, in deren Verlauf Sie ihn warnten, ihm könne dasselbe passieren wie Matthieu Clereau.«

Da Estelle keine Frage erkennen konnte, schwieg sie.

»Madame Miroux, was sagen Sie dazu?«

»Ich gehe davon aus, dass Sie bereits mit meiner Schwester gesprochen haben.« Sie schluckte. »Emily weiß nicht, um was es in unserer Unterhaltung ging.«

»›Unterhaltung‹?« Caroline Bauvall zog demonstrativ ihre Augenbrauen hoch. »Es klang eher so, dass Sie auf Patrick Dugout sehr wütend waren.«

Estelle presste ihre Lippen aufeinander.

»Hängt Ihre Wut vielleicht mit der Anzeige zusammen, die Sie vor achtzehn Jahren erstattet haben?«

Wieder schwieg sie.

»Madame Miroux.« Caroline Bauvall beugte sich vor und verschränkte ihre Finger ineinander. »Ihnen sollte klar sein, dass Sie momentan auf unserer Verdächtigenliste ganz oben stehen.«

»Das ist lächerlich«, rutschte es Estelle heraus.

»›Lächerlich‹?« Capitaine Bauvall verzog verächtlich ihren Mund. »Nun, es ist unsere Arbeit, zwei Morde aufzuklären. Den Begriff ›lächerlich‹ finde ich in diesem Zusammenhang unangemessen.«

»Ich habe weder Matthieu noch Patrick umgebracht«, erwiderte Estelle leise.

Caroline Bauvall musterte sie. »Obwohl Sie es beiden angedroht haben.«

Estelle zuckte mit den Achseln.

»Sicher interessiert es Sie, dass der Täter auf Patrick Dugouts Stirn das gleiche Datum wie bei Matthieu Clereau hinterlassen hat.«

Estelle fröstelte bei den Worten der Beamtin. Sie schlang ihre Finger ineinander, damit die beiden Polizisten das Zittern nicht bemerkten.

»Wenn Sie nicht schuldig sind«, fuhr Caroline Bauvall unbeeindruckt fort, »und ich betone *wenn,* dann würden Sie uns sehr helfen, indem Sie uns verraten könnten, ob an jenem Tag damals eine Schulveranstaltung stattgefunden hat. Wir müssen dringend wissen, wie die beiden Opfer diesen Tag verbracht haben.«

Estelle überlegte fieberhaft. Früher oder später würde die Polizei es herausfinden. Vielleicht wäre es besser, ein wenig Entgegenkommen zu zeigen. Wenn sie andere Klassenkameraden aufspürten …

»Es könnte sein«, begann sie schließlich gedehnt, »dass an jenem Tag eine Abschlussparty stattgefunden hat. Hier am Strand von Argelès.«

»Haben Sie noch das Datum im Kopf?«

Estelle spürte Armands prüfenden Blick. Entschlossen schüttelte sie den Kopf. »Nein, ich bin mir nicht sicher. Aber es wäre möglich. Vielleicht wissen andere aus der Klasse Genaueres.«

Die Stimme der Beamtin klang sanfter, als sie erneut das Wort ergriff. »Madame Miroux, Estelle, wir können Ihnen vielleicht helfen. Möchten Sie uns nicht doch sagen, um was es damals bei Ihrer Anzeige ging?«

Estelle wandte ihren Kopf ab.

»Madame?«

Sie schüttelte leicht ihren Kopf und erwiderte nichts.

Caroline Bauvall seufzte. »Schade, ich dachte …«

»War es das?« Estelle hatte sich wieder gefangen und sah die Beamten ungehalten an.

Die beiden wechselten einen kurzen Blick, bevor sie nickten und sich erhoben.

Estelle führte sie zur Eingangstür.

»Wissen Sie«, setzte Capitaine Bauvall erneut an, »ich hoffe wirklich, dass Tom mit seinen Arbeiten hier bald fertig ist.«

Bei diesen Worten bekam Estelle eine Gänsehaut. Caroline wusste es. Sie meinte, es in den Augen der anderen Frau zu sehen, konnte deren Gedanken aber nicht erahnen. Da sie nichts zu sagen wusste, blieb sie stumm.

»Au revoir, Madame Miroux.« Caroline bedeutete ihrem Kollegen, ihr hinauszufolgen.

Nachdem die beiden die *Auberge* verlassen hatten, ballte Estelle ihre Hände zu Fäusten und presste sie sich auf die Augen. Was war hier los?

Ihre Gedanken rasten. Der fünfundzwanzigste Mai. Das konnte kein Zufall mehr sein! Erst Matthieu und jetzt Patrick. Was war mit Yves und Jérôme?

Wenn Caroline herausbekäme, dass Estelle die vier Männer damals angezeigt hatte, würde man sie sofort verhaften. Rache als Mordmotiv. Das konnte doch alles nicht wahr sein. Estelle musste dringend über ihre nächsten Schritte nachdenken.

Nachdem sie sämtliche Buchungsanfragen beantwortet hatte, fasste Estelle einen Entschluss.

Seit die beiden Polizisten die *Auberge* verlassen hatten, hatte sie ununterbrochen mit sich gehadert. Was sollte sie tun? Obwohl Caroline Bauvall ihr Alibi nicht angesprochen hatte, war Estelle klar, dass dies nur eine Frage der Zeit war. Wahrscheinlich kannten die Beamten Patricks Todeszeitpunkt selbst noch nicht genau. Warum war Emily nicht bei ihm gewesen? Lebten die beiden überhaupt zusammen?

Wieder einmal wurde Estelle bewusst, wie fremd ihr die eigene Familie in den letzten zwei Jahrzehnten geworden war. Bevor sich die Schlinge noch enger um ihren Hals legte, musste sie dringend etwas unternehmen. Sie konnte nicht abwarten, was als Nächstes geschehen würde. Matthieu und Patrick, der fünfundzwanzigste Mai. Diese Parallelen waren einfach zu offensichtlich.

Es war kein Problem gewesen, Yves' Adresse herauszufinden. Mittlerweile war er ein namhafter Fotograf mit eigener Website.

Estelle erhob sich von ihrem Stuhl und schnappte sich die Handtasche. Da auch Noah nicht im Hotel war, schloss sie sorgfältig die Eingangstür ab.

Als sie in ihrem Wagen saß, hielt sie einen Moment lang inne. Sollte sie wirklich …? Doch welche anderen Optionen gab es? Sie musste endlich herausfinden, was hier vor sich ging. Entschlossen startete sie den Motor und fuhr los.

Yves Cousteau wohnte auf einem ehemaligen Bauernhof außerhalb von Argelès-sur-Mer. Estelle musste Richtung Süden fahren. Die Straße führte direkt am Meer entlang. Sie stellte das Radio lauter, damit sie die Geräusche der Wellen nicht hörte, und klammerte sich ans Lenkrad. Der Schweiß stand ihr auf der Stirn, als sie endlich rechts in eine kleine Seitenstraße einbiegen konnte.

Wieder kamen Estelle Zweifel an ihrem Vorhaben. Sie dachte an den Blick, den Caroline Bauvall ihr beim Abschied zugeworfen hatte. Angestrengt versuchte sie, das Chaos in ihrem Kopf zu verdrängen. Es war alles zu viel.

Als sie den Hof vor sich auftauchen sah, reduzierte sie die Geschwindigkeit und näherte sich langsam dem Anwesen. Sie parkte ihren Wagen einige Meter von dem weißen Holzzaun entfernt. Alles sah sehr gepflegt und adrett aus. Yves' Geschäfte schienen gut zu gehen.

Verächtlich stieß Estelle den Atem aus, als ihr Handy klingelte.

»Miroux.«

»Madame Miroux, hier spricht Albert Ardèche.« Der Privatdetektiv hustete. »Wir müssen uns dringend treffen.«

Estelle blickte auf ihre Uhr und überlegte. »Gibt es Neuigkeiten?«

Ardèche räusperte sich lautstark. »Wie man es nimmt.«

»Bon. Ich habe gleich einen Termin, aber danach könnte ich kurz bei Ihnen vorbeikommen.«

»D'accord.« Der Detektiv klang erleichtert. »Ich warte auf Sie.«

Estelle stieg aus dem Wagen und ließ ihren Blick über die Umgebung schweifen. Ob so auch der Hof ausgesehen hatte, auf dem ihre Oma aufgewachsen war? Sie musste an die Beschreibungen ihrer Großmutter denken. An die scheinbare Idylle, die doch in so starkem Kontrast zu der harten Realität von Eveline Miroux' Leben gestanden hatte. Wieder fiel ihr ein, dass sie noch immer nicht herausgefunden hatte, warum ihre Oma sich eine Mitschuld an den Ereignissen vor achtzehn Jahren gegeben hatte.

Estelle ging langsam auf das Tor zu, während sie sich nervös eine Haarsträhne aus der Stirn strich. Ein breiter, mit roten Ziegelsteinen gepflasterter Weg führte zu dem Wohnhaus. Estelle registrierte aus dem Augenwinkel die Bougain-villea-Büsche, die neben dem Weg wuchsen. Um das Haus herum erstreckte sich eine ausgedehnte Rasenfläche, die nur von einigen vereinzelten Korkeichen beschattet wurde.

Das Gebäude selbst machte den gleichen sauberen Eindruck wie das gesamte Grundstück. Der helle orangefarbene Putz schien relativ neu zu sein, die dunklen Fensterläden waren geöffnet.

Zögernd blieb Estelle vor der Tür stehen. Was konnte sie überhaupt sagen? Sie hatte absolut keine Ahnung, wie sie anfangen sollte. Was hatte sie sich nur dabei gedacht, einfach hier aufzukreuzen, ohne Plan, ohne Idee. Als sie schon überlegte, wieder umzukehren, ertönte eine Stimme in ihrem Rücken.

»Madame, pardon, kann ich Ihnen vielleicht helfen?«

Estelle zuckte vor Schreck zusammen, bevor sie sich umdrehte. »Ich …«

Vor ihr stand Yves Cousteau. Er trug eine Brille mit dickem schwarzen Gestell. Sein Haar war ergraut, das Gesicht von einigen feinen Falten durchzogen. Doch ansonsten hatte er sich kaum verändert.

»Estelle?«

Als er näher kam, wich sie einen Schritt zurück.

»Das ist ja eine Überraschung.«

Nachdem sie den ersten Schreck überwunden hatte, reckte sie trotzig ihr Kinn vor.

»Was verschafft mir die Ehre?« Er blickte sie fragend an. »Möchtest du reinkommen?«

Estelle schnappte nach Luft. »Was soll das?«

Yves runzelte die Stirn. »Was meinst du?«

»Denkst du, das ist ein Freundschaftsbesuch?« Sie musterte ihn zornig.

»Wohl kaum. Matthieu meinte …«

»Matthieu?« Estelle rang um Fassung. »Matthieu hat mit dir über mich gesprochen?«

Yves zuckte gleichgültig mit den Achseln.

»Was soll das Ganze?«

»Was meinst du?« Er rückte seine Brille zurecht.

»Erst Matthieu, dann Patrick! Was spielt ihr hier für ein beschissenes Spiel?«

»Spinnst du?« Yves' Gesichtsausdruck verfinsterte sich. »Du bist doch zu mir gekommen! Was willst du überhaupt?«

»Matthieu und Patrick sind tot. Ermordet. Aber das weißt du ja sicher«, brüllte Estelle unbeherrscht los. »Man hat ihnen das verfluchte Datum auf die Stirn geritzt.«

»Was sagst du da?« Yves' Augen weiteten sich ungläubig. »Patrick ist tot?«

»Tu doch nicht so!« Sie kickte wütend einen Stein zur Seite.

»Er hat mich gestern noch angerufen ...« Yves brach nachdenklich ab. »Wann ist er gestorben?«

»Weiß ich nicht«, blaffte Estelle. »Ich bin keine Polizistin.«

»Und man hat ihm auch ...?« Er tippte an seine Stirn.

»Die Polizei denkt, dass ich etwas damit zu tun habe«, ereiferte sich Estelle. »Wegen meiner Anzeige.«

»Die ist doch damals zurückgezogen worden?« Yves sah sie mit versteinerter Miene an. »Nachdem ...«

Sie lachte bitter auf. »Nachdem Patricks und Matthieus Väter meinen unter Druck gesetzt haben.« Hasserfüllt ballte sie ihre Hände zu Fäusten. »Keine Sorge, die Anzeige ist versiegelt. Die Police Nationale weiß nichts von damals.«

»Warum bist du hier? Ich verstehe nicht ganz.« Yves schüttelte unsicher seinen Kopf.

Wieder lachte sie voller Zorn auf. »Wer von euch hat Patrick und Matthieu umgebracht?« Sie trat einen Schritt auf ihn zu. »Du? Oder Jérôme?«

»Du tickst ja nicht richtig.« Yves hob seine Hand.

»Sei vorsichtig, was du sagst.« Sie kam noch einen Schritt näher. »Es gibt Verjährungsfristen und meine ist noch nicht abgelaufen. Vielleicht überlege ich mir, Capitaine Bauvall doch von der Anzeige zu erzählen. Wäre doch interessant, wie ein Richter die Situation heute einschätzen würde, oder?« Sie verzog ihren Mund zu einem freudlosen Grinsen und zeigte mit der Hand auf sein Anwesen. »Ein renommierter Fotograf mit einer solch hässlichen Geschichte. Sicher gäbe es einige Leute, die sich brennend für deine Vergangenheit interessieren würden.«

»Ich habe nichts getan«, erwiderte Yves zögernd. Er kniff seine Augen zusammen. »Hörst du, Estelle? Ich habe damals nichts getan.«

»Natürlich nicht.« Voller Wut schüttelte sie ihren Kopf. »Ich hätte nie aus Argelès verschwinden dürfen.« Sie kochte innerlich, konnte ihren Zorn kaum noch in Zaum halten. »Und ich hätte euch niemals ungeschoren davonkommen lassen dürfen.«

Yves packte sie unvermittelt an ihren Armen. »Estelle, ich habe nichts getan. Ich schwöre es. Ich habe euch nur fotografiert. Ja, gut, das hätte ich nicht tun sollen. Aber sonst habe ich nichts …«

»Lass mich los. Sofort.« Sie spuckte die Worte aus, während sie seine Hände wegschlug. »Und fass mich nie wieder an. Nie wieder!«

»Du bist ja hysterisch.«

»Und du bist ein verdammtes Arschloch. Ihr alle! Du und Jérôme und Matthieu und Patrick.« Sie konnte kaum noch an sich halten, bekam das schreckliche Gefühl, nicht mehr Herr ihrer Sinne zu sein.

Estelle drehte sich um und wollte gehen.

Dabei lief sie geradewegs Caroline Bauvall in die Arme. Im Eifer des Gefechts hatte sie überhaupt nicht mitbekommen, dass ein weiteres Fahrzeug vor dem Zaun geparkt hatte. Erschrocken wich sie zurück.

»Madame Miroux, anscheinend haben wir heute die gleichen Wege.« Die Polizeibeamtin blieb stehen und musterte sie eindringlich. Hinter Capitaine Bauvall erkannte Estelle Officier Armand.

»Nach einem Wiedersehen alter Schulfreunde hat sich Ihre ›Unterhaltung‹ nicht gerade angehört!«, meinte der Beamte.

Estelle blickte zornig zu Yves, der mit ausdrucksloser Miene noch immer an der Tür stand.

Die Beamtin seufzte, während sie ihrem Kollegen bedeutete, ihr zu folgen. »Schweigsam wie immer.«

Während Estelle sich ohne ein weiteres Wort vom Haus entfernte, hörte sie Caroline Bauvall noch fragen, ob Yves einen Moment Zeit für sie habe.

Geschieht dir ganz recht, dachte Estelle schadenfroh und öffnete ihre Autotür.

36

»Schön, dass Sie so schnell kommen konnten.« Albert Ardèche empfing Estelle mit ernstem Gesicht an seiner Haustür.

Sie nickte schweigend und folgte dem Detektiv in sein Büro im Keller. Estelle riss sich zusammen, um nicht weiter über das Gespräch mit Yves nachzudenken.

»Bitte, Madame.« Ardèche zeigte auf den Stuhl vor dem Schreibtisch und wartete, bis sie sich gesetzt hatte.

»Sie haben mich neugierig gemacht«, täuschte Estelle Interesse vor, obwohl sie im Moment überhaupt keine Nerven für Ardèches Nachforschungen hatte.

Der Ältere blickte einen Moment lang auf den blauen Aktendeckel, der vor ihm lag. »Es geht um Patrick Dugout.«

Estelle beugte sich vor.

»Dugout wurde ermordet.« Er beobachtete sie prüfend. »Gestern Abend.«

Sie nickte zögernd. »Ich weiß.«

Ardèche zog seine Augenbrauen hoch. »Warum überrascht mich das nicht?«

»Ich … meine Schwester …«, stammelte sie irritiert.

Er schnaufte und überlegte einen Moment. »Ach ja, Ihre Schwester.« Der Detektiv nickte andächtig, während er Estelle nicht aus den Augen ließ.

Unter seinem Blick rutschte sie nervös auf ihrem Stuhl herum. »Warum wollten Sie mich sehen, Monsieur?«

»Ich möchte nicht, dass Sie mich falsch verstehen, aber …« Ardèche schien nicht zu wissen, wie er anfangen sollte. »Aber die ganze Sache scheint etwas«, er wiegte seinen Kopf hin und her, »heikel zu werden.«

Estelle überlegte. »Was meinen Sie?«

»Madame, Sie kamen vor ein paar Tagen zu mir und erteilten mir den Auftrag, Informationen einzuholen.« Er stützte seine Ellenbogen auf dem Schreibtisch ab und blickte Estelle über seine verschränkten Finger hinweg an. »Schmutzige Details aus dem Leben vierer Männer.«

Estelle nickte, obwohl sie nicht verstand, worauf er hinauswollte.

»Zwei der Herren sind jetzt tot. Nur wenige Tage später. Ermordet auf ein und dieselbe Weise.«

Estelle hob unsicher ihre Schultern. »Ich habe keine Ahnung, was da vorgeht.«

Ardèche sah sie zweifelnd an. »Eigentlich interessiert es mich nicht, wofür meine Klienten die Informationen benötigen, die ich für sie recherchiere. Aber wenn Personen zu Schaden kommen, ermordet werden …« Er verzog keine Miene. »Da hört der Spaß auf.«

Estelle kniff ihre Augen zusammen. »Sie glauben doch nicht, dass ich etwas mit dem Tod dieser Männer zu tun habe?«

»Sie sind sehr wütend auf die vier!«

Estelle war überrascht. Ihre Handflächen wurden feucht. »Wie kommen Sie darauf?«

»Warum sonst sollten Sie diese Informationen benötigen?«

Estelle stockte. »Ich …« Hilflos brach sie ab.

»Ich weiß von der Anzeige«, erklärte Ardèche mit ruhiger Stimme.

Mutlos ließ sie die Schultern hängen. »Woher? Ich meine, die Polizei …« Sie schüttelte ihren Kopf.

»Ich bin nicht die Polizei. Aber ich habe vor langer Zeit einmal zu dem Verein gehört. Daher habe ich meine Quellen.« Der Detektiv schaute sie weiterhin prüfend an. »Es ist mein Job, jede noch so kleine Einzelheit auszugraben. Und da Sie damals die vier Herren angezeigt hatten, über die ich jetzt Erkundigungen einholen sollte …« Er verzog gequält sein Gesicht.

Estelle schwieg schockiert.

Ardèche lehnte sich vor. »Ich kann Ihre Wut sehr gut verstehen, Madame. Glauben Sie mir. Aber ich sehe mich nicht in der Lage, länger für Sie zu arbeiten. Zwei Männer sind tot. Wenn Capitaine Bauvall erfährt, dass ich im Dreck der beiden gewühlt habe …« Er schüttelte bedauernd seinen Kopf. »Ich bin zwar Privatdetektiv und halte mich nicht immer an alle Regeln, aber ich kann mich nicht zum Mitwisser in zwei Mordfällen machen.«

»Ich habe nichts damit zu tun«, brachte Estelle verunsichert vor.

Ardèche nickte bedächtig. »Wie dem auch sei, die Polizei wird früher oder später Ihre Akte öffnen lassen.«

Estelle starrte verzweifelt auf den überladenen Schreibtisch. Der Ermittler hatte recht. Wenn Caroline Bauvall ihre

Akte öffnete und obendrein noch erfuhr, dass sie einen Privatdetektiv beauftragt hatte, um im Leben zweier Mordopfer herumzuschnüffeln …

Es war besser, wenn sie die Sache erst mal auf sich beruhen ließ. Patrick und Matthieu waren tot. Und um Yves und Jérôme konnte sie sich immer noch kümmern, wenn Gras über die Morde gewachsen war. »Ich danke Ihnen für Ihre Offenheit, Monsieur Ardèche.«

Er schüttelte abwehrend den Kopf. »Ich mache Ihnen die Rechnung fertig.« Er öffnete den Aktendeckel und überflog die erste Seite. Dann blickte er wieder Estelle an. »Meine bisherigen Recherchen waren äußerst diskret. Wenn wir die Sache an dieser Stelle abbrechen, denke ich nicht, dass die Polizei Wind von Ihrem Auftrag bekommt.«

Estelle wusste nichts zu erwidern.

»Wir beide kennen uns nicht und sind uns noch nie begegnet.« Er nickte ihr aufmunternd zu. »Richtig?«

»Wenn die Polizei auf Sie …«

»Madame, ich kenne Sie nicht.« Er sah sie eindringlich an. »Verstanden?«

»Merci, Monsieur Ardèche.« Estelle erhob sich.

Auch der Detektiv stand auf. »Passen Sie auf sich auf, Madame Miroux.« Er streckte ihr die Hand hin. »Ich wünsche Ihnen alles Gute. Leben Sie Ihr Leben. Sie können die Vergangenheit nicht mehr ändern.«

Sie nickte ihm zu und verabschiedete sich.

37

»Schau mal. Ich habe einen Frosch gemalt.«

Tom wandte sich vom Wohnzimmerfenster ab und trat hinter Louis. Er musste schmunzeln, denn die aneinandergereihten grünen Kreise mit den angedeuteten Beinen sahen eher wie ein grüner Schneemann aus. »Toll.« Er nickte anerkennend. »Vielleicht malst du ihm noch ein Paar große Glubschaugen.« Tom formte aus Mittelfinger und Daumen einen großen Kreis und hielt ihn vor sein Gesicht.

Louis legte den Kopf schief und schien über den Vorschlag nachzudenken.

»Kann ich das Grün jetzt auch mal haben?«, maulte sein Bruder, der ihm gegenübersaß.

»Non.« Louis schüttelte seinen Kopf, während er den Farbkasten blitzschnell näher zu sich heranzog. »Ich brauche es noch.«

»Mann, das ist gemein!« Théo stampfte wütend mit dem Fuß auf.

Tom atmete tief durch. »Jungs, jetzt beruhigt euch mal. Théo, lass deinen Bruder den Frosch fertig malen, danach bekommst du das Grün, d'accord?« Er sah die beiden an und bemühte sich um ein zuversichtliches Lächeln.

»Aber …«

»Ich brauche das Grün noch länger.«

Tom seufzte. »Wenn ihr euch nicht einigen könnt, müssen wir unsere Malaktion wohl abbrechen.« Er griff nach dem Wasserbecher und machte sich daran, ihn wegzuräumen.

»Nein, wir sind doch noch nicht fertig«, protestierte Théo lautstark.

Und Louis unterstützte seinen Bruder: »Ich beeile mich auch mit dem Grün.«

Tom blickte vom einen zum anderen, bevor er schwach nickte. »Bon. Wenn ihr aufhört zu streiten, dürft ihr weitermalen.« Er wandte sich erneut dem Fenster zu. Draußen war es trüb und windig. Heute machte der Herbst seinem Namen alle Ehre. »Maman ist sicher auch bald daheim.« Er sah auf seine Armbanduhr.

Caroline hatte ihm einen Zettel geschrieben. Sie musste einen neuen Mordfall untersuchen und würde erst am Nachmittag nach Hause kommen. Sobald sie sich um die Kinder kümmern konnte, würde er zur *Auberge* hinübergehen.

Tom blickte zu der renovierten Fassade des Hotels, dem roten Verputz im ersten Stock, dem freigelegten Sandstein im Erdgeschoss. Estelle hatte wirklich einen außergewöhnlichen Geschmack. Jedes einzelne Gästezimmer war ein Schmuckstück geworden. Er war sicher, dass der Betrieb bald brummen würde.

Während er mit halbem Ohr weiter der Unterhaltung der Jungen lauschte, schweiften seine Gedanken ab. Vor seinem inneren Auge tauchten Estelles große blaue Augen auf, ihre hohen Wangenknochen, ihre sinnlichen Lippen. Fast meinte er, ihren Duft zu riechen.

Tom wollte dringend mit ihr reden, obwohl er nicht wusste, wie es mit ihnen weitergehen würde. Für einen winzigen Moment hatte er gestern ihre Fassade durchbrechen können. Er musste an ihre samtweiche Haut denken, ihre kurzen Haare, die sich unter seinen Händen wie Seide angefühlt hatten.

Als die Jungen hinter ihm zu einem weiteren Streit ansetzten, klingelte sein Handy. Genervt drehte Tom sich um und sah die beiden warnend an. Dann hob er ab: »Bauvall.«

»Tom, hier ist Noah.«

Die Stimme seines Nachbarn hörte sich merkwürdig verzerrt an. »Noah«, begrüßte Tom ihn. »Was gibt's?«

»Ich muss leider absagen, heute Abend passt es mir nicht. Das Kicken müssen wir auf einen anderen Tag verschieben.«

Die Verbindung war schlecht, Tom musste sich konzentrieren, um Noah verstehen zu können. Er sah die Kinder an und legte seinen Zeigefinger auf den Mund. Die zwei nickten demütig und widmeten sich wieder ihren Bildern. Er ging in die Küche hinüber. »Schade, aber kann man nicht ändern.«

»Nein. Der Vater meiner Freundin ist gestern gestorben. Virginie ist völlig fertig. Sie braucht mich jetzt.«

»Mon dieu. Das tut mir sehr leid«, erklärte Tom mitfühlend. »Für die Jungen lasse ich mir was einfallen, mach dir keine Sorgen. Die scheinen einen richtigen Narren an dir gefressen zu haben.«

»Ja, ich mag die beiden auch gern«, erwiderte Noah. »Grüß sie von mir. Wir verschieben das Spiel einfach.«

»Kein Problem. Melde dich, wenn du Zeit hast.«

»Ach, und Tom?«

Er lehnte sich gegen den Türrahmen und beobachtete Théo und Louis, die jetzt einträchtig nebeneinandersaßen und gemeinsam ein Bild malten. »Ja?«

»Kann ich dich noch um etwas bitten?« Noah hörte sich unsicher an.

»Klar? Wo brennt's denn?«

Einen Moment lang herrschte Stille in der Leitung. »Estelle.«

Tom runzelte die Stirn. »Was ist denn mit deiner … mit Estelle?«

»Seit wir hier sind … Ich erkenne sie kaum wieder. Früher war sie so cool, locker und entspannt. Aber hier …« Noah brach ab.

»Ich wüsste nicht, was ich da machen sollte«, merkte Tom gedehnt an.

»Du warst doch in letzter Zeit jeden Tag bei ihr drüben. Also hast du sie doch schon ein wenig kennengelernt.« Noahs Stimme klang trotz der schlechten Verbindung aufgewühlt. »Kannst du nicht mal mit ihr reden? So von Erwachsenem zu Erwachsenem.«

Von Erwachsenem zu Erwachsenem, dachte Tom skeptisch.

278

Ja, kennengelernt hatte er Estelle, näher als er sich erträumt hätte.

»Ich glaube nicht, dass sie mit mir …«

»Bitte, Tom«, unterbrach ihn Noah. »Ich weiß nicht, wen ich sonst fragen soll. Irgendetwas stimmt nicht mit ihr. Ich glaube, es hängt mit ihrer Vergangenheit zusammen. Irgendetwas ist geschehen, als sie noch hier gelebt hat. Aber sie spricht mit mir nicht darüber, sondern macht immer nur Andeutungen, die mich nicht weiterbringen.« Noah klang jetzt richtig verzweifelt.

Tom hielt kurz inne und betrachtete Louis und Théo. »D'accord. Ich versuche es. Aber ich kann dir nichts versprechen.«

»Danke, ich bin dir was schuldig.«

Tom grinste. »Wie wär's mit drei Stunden Kinderbetreuung an einem Tag meiner Wahl?«

Noah lachte kurz auf. »Geht klar. Ich melde mich.«

Nachdem er das Telefonat beendet hatte, dachte Tom erneut an Estelle. Diese Frau hatte etwas an sich, das ihn dermaßen faszinierte, dass er fest entschlossen war, ihre Schutzmauer einzureißen. Koste es, was es wolle. Ein weiteres Mal würde er sich nicht einfach abspeisen lassen.

38

»Officier Armand ist nach Hause gegangen«, erklärte Caroline, während sie sich setzte. Da sie nur zu dritt waren, hatte sie Marie Noir und Charles Dupain in ihr kleines Büro gebeten. »Sein Sohn hat heute ein großes Schulfest und ich hielt es nicht für unbedingt nötig, dass er an unserer Besprechung teilnimmt.« Sie blickte zu ihrer jungen Mitarbeiterin. »Würden Sie ihn am Montag auf den aktuellsten Stand bringen?«

Officier Noir nickte. »Natürlich.«

Caroline zog sich die Akte Dugout heran. »Alors, was haben wir?«

Officier Dupain hob nachdenklich seine Augenbrauen. »Zwei Tote, ein dubioses Datum und eine Verdächtige, die wir nicht zu fassen bekommen.«

Marie Noir verzog ihre Lippen zu einem schiefen Lächeln.

Caroline strich sich eine Haarsträhne hinters Ohr, bevor sie ihren Mitarbeitern von dem Gespräch mit Estelle Miroux berichtete.

»Sag ich doch«, merkte Dupain an. »Eine Verdächtige, die wir nicht zu fassen bekommen.«

»Und die wir später bei Yves Cousteau angetroffen haben.« Caroline hielt kurz inne. »Sichtlich aufgebracht.«

»Hat sie etwa schon wieder Drohungen ausgesprochen?«, wollte Marie Noir irritiert wissen.

Caroline schüttelte den Kopf. »Nein. Zumindest haben wir nichts dergleichen mitbekommen. Aber sie war sehr wütend auf Cousteau. Das war nicht zu übersehen.«

»Also ist der Fotograf auch involviert.« Dupain blickte ins Leere. »Warum rückt sie nicht endlich mit der Sprache raus und erzählt uns, was damals passiert ist? Sie war doch diejenige, die die Anzeige erstattet hat.«

»Vielleicht hing sie selbst in der alten Geschichte mit drin. Eventuell war die Anzeige eine Art Selbstschutz. Um straffrei aus der Sache herauszukommen. Oder zumindest mit einem geringeren Strafmaß.«

»Sie denken, sie war mitschuldig?«

»Keine Ahnung«, erwiderte Noir zögernd. »Könnte doch sein. Warum sonst redet sie nicht?«

»Was hat Cousteau dazu gesagt, warum sie bei ihm war?« Dupain sah seine Vorgesetzte fragend an.

Caroline lachte bitter auf. »Nichts Konkretes.« Sie schüttelte frustriert ihren Kopf. »Die wollen uns für dumm verkaufen.«

»Miroux fährt also grundlos bei einem Klassenkameraden vorbei, den sie fast zwanzig Jahre nicht gesehen hat?« Marie Noir zog die Brauen hoch.

»Sagt Cousteau. Aber der Mann lügt. Genau wie Dugout. Allerdings hat er direkt für den Fall vorgebaut, dass wir Patrick Dugouts Telefonlisten überprüfen. Der Politiker hat ihn gestern wohl angerufen.«

»Wegen des Jubiläums?« Marie Noir schüttelte ungläubig ihren Kopf.

Caroline nickte. »Genau deswegen.«

»Hat Cousteau denn keine Angst, dass er der Nächste sein könnte?«

»Vielleicht verbindet er nichts mit dem Datum?«, warf Dupain wenig überzeugt ein.

»Dann ist es Zufall, dass er erst von Clereau vor dessen Tod angerufen wurde und dann von Dugout? Nicht zu vergessen, dass Estelle Miroux persönlich bei ihm aufgetaucht ist.« Caroline verzog ihr Gesicht. »Nein, das kann kein Zufall sein. Die vier haben ganz sicher Dreck am Stecken. Ihr Verhalten …« Sie machte eine unbestimmte Geste.

»Vielleicht ist er unser Täter«, schlug Officier Dupain halbherzig vor.

»Leider nein«, erwiderte Caroline bedauernd. »Er war gestern Abend mit einem Bekannten unterwegs. Name und Telefonnummer habe ich bereits überprüft. Die beiden waren in einer Bar. Auch das wurde mir bestätigt. Damit hat Yves Cousteau ein wasserdichtes Alibi.«

»Im Gegensatz zu Estelle Miroux«, murmelte Marie Noir nachdenklich.

Caroline nickte. »Für einen Haftbefehl haben wir trotzdem zu wenig. Keine Tatwaffe, kein Motiv, nichts.«

»Nur zwei Morddrohungen«, ergänzte Dupain sarkastisch.

»Das reicht leider nicht.« Caroline schlug die Akte auf. »Docteur Tuyot macht den Obduktionsbericht fertig und schickt ihn mir schnellstmöglich zu. Die Spurensicherung hat mir allerdings wenig Hoffnungen gemacht, dass bei ihren Untersuchungen etwas herauskommt.« Sie überflog die erste Seite, bevor sie wieder aufblickte. »Was ist mit den Nachbarn?«

Marie Noir zuckte frustriert mit den Achseln. »Niemand hat etwas mitbekommen.«

»Alle waren zutiefst betroffen, aber keiner wusste etwas Relevantes zu berichten«, erklärte Charles Dupain mutlos. »Viele waren nicht zu Hause.« Er rümpfte die Nase. »Freitagabend.«

Enttäuscht lehnte sich Caroline zurück und warf unauffällig einen Blick auf die Uhr. Es war schon nach drei. Sicher warteten die Jungs bereits auf sie. »Haben Sie mit Pierre Miroux sprechen können?«

»Allerdings.« Dupain nickte grimmig.

Caroline horchte auf. »Und? Konnte er uns weiterhelfen?«

»Mit Sicherheit könnte er«, entgegnete Marie Noir. »Aber er wollte nicht.«

»Er hat nichts gesagt?«

Dupain überlegte kurz. »Seine Tochter Emily war bei ihm, als wir kamen. Officier Armand hatte sie zu ihrem Vater gebracht.«

Caroline nickte schweigend.

»Zuerst war er überaus freundlich«, ergänzte Noir, während sie zu Charles Dupain blickte, der bestätigend nickte. »Aber als die Sprache auf die Anzeige und das eingeritzte Datum kam, ging bei ihm schlagartig der Vorhang zu.«

»Was soll das heißen?« Caroline blickte von Officier Noir zu Dupain.

»Er hat sich nicht mehr dazu geäußert.« Der Beamte zuckte mit den Achseln.

»Aber er war es doch, der die Anzeige zurückgezogen hat.«

»Das haben wir auch angebracht«, entgegnete Marie Noir genervt. »Alles, was er dazu bemerkte, war, dass er das einzig zum Wohle seiner Tochter getan habe.«

»›Zum Wohle seiner Tochter?‹«, wiederholte Caroline und blickte erneut auf die Akte. »Was soll das heißen? Dass sie wirklich mit drinhing?«

»Er meinte noch, seine Tochter sei zum damaligen Zeitpunkt minderjährig gewesen. Daher hätten die Beamten ihm damals versichert, dass die Angelegenheit versiegelt würde und für niemanden mehr einsehbar wäre.«

Caroline musterte das müde Gesicht ihres Mitarbeiters, während er sprach. »Also hilft uns Pierre Miroux auch nicht weiter«, stellte sie nüchtern fest.

»Non«, bestätigte Dupain.

»So kommen wir nicht voran.« Sie überlegte. »Ich muss wissen, um was es in Miroux' Anzeige ging. Vor allem aber, wen sie vor achtzehn Jahren angezeigt hat.«

»Vielleicht könnte Morphes …«, brachte Officier Noir vorsichtig an.

»Ich spreche mit ihm«, entgegnete Caroline entschlossen. »Wir müssen dringend weitere Klassenkameraden ausfindig machen. Vielleicht kann uns von denen jemand helfen.«

»Das alles ist über achtzehn Jahre her.« Dupain klang skeptisch. »Wenn an jenem Datum nicht wirklich etwas Herausragendes geschehen ist, wird sich niemand daran erinnern können.«

Der Einwand war nicht von der Hand zu weisen. Caroline hätte schließlich auch nicht sagen können, was sie an besagtem Tag getan hatte.

»Bon«, schloss sie die Besprechung. »Morgen ist Sonntag.

Ich denke, es ist nicht nötig, dass Sie aufs Revier kommen. Es reicht, wenn ich einige Berichte für Directeur Morphes fertigstelle. Vor Montag passiert hier sowieso nichts.«

»Ich könnte Ihnen helfen«, schlug Marie Noir vor und sah Caroline erwartungsvoll an.

Sie überlegte einen Moment und lächelte. »Haben Sie nichts Besseres mit Ihrem Sonntag anzufangen?«

Noir zuckte mit den Achseln. »Ich dachte, ich könnte Sie unterstützen. Berichte schreiben, das schaffe ich auch.«

Caroline musterte die junge Frau mit den schwarzen Haaren, bevor sie nickte. »Wenn Sie das wirklich möchten.« Sie lächelte. »Ich freue mich über ein wenig Gesellschaft.«

»Dann wünsche ich den Damen frohes Gelingen.« Dupain grinste.

39

Als Estelle vor der *Auberge* parkte, klingelte ihr Handy. Sie blieb im Wagen sitzen. »Miroux.«

»Estelle, ich bin es, Papa.«

»Ich wollte mich demnächst auf den Weg zu dir machen.« Sie nahm die Handtasche vom Beifahrersitz und legte sie auf ihren Schoß.

»Deshalb rufe ich an.« Ihr Vater klang unsicher. »Emily ist hier. Es ist etwas Schreckliches passiert.«

Estelle schloss die Augen. »Ich weiß es schon.«

»Du? Woher?«

»Die Polizei war bei mir.« Ardèche erwähnte sie nicht.

»Wegen deiner Anzeige?« Ihr Vater war lauter geworden.

»Ja, aber warum ...?«

»Sie waren auch hier, Estelle. Eine junge Polizistin mit einem älteren Officier.«

Estelle überlegte. »Was hast du ihnen gesagt?« Sie hielt den Atem an.

»Nichts.« Er klang nun barsch. »Wenn sie die Akte nicht einsehen können, wird das seine Gründe haben.«

»Merci«, raunte sie leise, während ihr Tränen in die Augen traten.

»Was ist denn passiert? Emily hat uns erzählt, dass Patrick und du gestritten habt.«

Wieder ›uns‹, registrierte Estelle. »Er war ein Arschloch.«

»Emily trauert.«

»Es tut mir leid, dass sie diesem Idioten hinterhertrauert, aber ...« Wut stieg in ihr hoch. »Ich habe ihn gehasst, Papa. Aus ganzem Herzen. Ich kann nach wie vor nicht verstehen, wieso du ihr nie erzählt hast ...«

»Wir sollten reden, Estelle.«

»Wie gesagt, ich wollte mich sowieso gleich auf den Weg machen.« Sie öffnete die Fahrertür und stieg aus.

»Nein, nicht heute. Es tut mir leid. Emily ist ... Sie ist sehr aufgebracht.«

»Aufgebracht? Wegen mir?« Estelle meinte, sich verhört zu haben. »Ich glaube es nicht.«

»Estelle, ich frage dich das jetzt nur ein einziges Mal«, erklärte ihr Vater mit ernster Stimme.

Ihr Magen krampfte sich zusammen.

»Hast du etwas mit Patricks Tod zu tun? Die Polizei teilte mir mit, dass Matthieu vor wenigen Tagen auf die gleiche Weise ums Leben kam. Dieses Datum ...«

»Ist das dein Ernst?« Estelle schnappte nach Luft. »Du fragst mich tatsächlich, ob ich zwei Menschen umgebracht habe? Du bist mein Vater!«

»Wer war es dann? Der Tag ...«

»Ich weiß es nicht«, unterbrach sie ihn zornig. »Ich weiß nicht, was hier vor sich geht. Aber wenn mich schon mein eigener Vater verdächtigt, dann …« Sie konnte nicht weitersprechen.

»Bitte beruhige dich, Estelle.«

»Beruhigen?« Sie trat frustriert gegen den Autoreifen. »Ich bereue jede Sekunde, dass ich überhaupt zurückgekommen bin«, raunte sie leise. »Jede verfluchte Sekunde, die ich an diesem Ort verbringen muss.« Sie blickte zu den Palmen hinüber, die das Grundstück der Bauvalls befriedeten. »Warum hat Oma mir nur diesen Klotz am Bein vermacht?«

»Bitte lass uns reden. Morgen.«

»Morgen, ja?« Estelle lachte bitter auf. »Und jetzt sagst du mir gleich noch, dass die Welt dann schon ganz anders aussieht.«

»Nein, das sage ich nicht«, erwiderte ihr Vater mit ruhiger Stimme. »Was passiert ist, ist passiert.« Er zögerte. »Ich habe Fehler gemacht. Es war …« Wieder stockte er. »Lass uns morgen reden.«

Sie nickte resigniert.

»Estelle?«

»Ja«, erwiderte sie traurig. »Lass uns morgen reden.«

»Emily erwähnte, dass du schon seit Langem die Vormundschaft für ein Kind hast.«

»Ja. Noah«, erwiderte sie unwillig.

»Vielleicht möchte er mitkommen.«

»Ich frage ihn«, entgegnete Estelle mutlos, da sie an ihr Gespräch von heute Morgen denken musste. »Er ist übrigens mit Patricks Tochter zusammen.«

»Was?«

»Ja, ein blöder Zufall.«

»Davon hat Emily gar nichts gesagt.«

»Ich denke, sie weiß nichts davon. Noah und Virginie kennen sich noch nicht allzu lang.«

»D'accord. Wir reden morgen.«

Estelle beendete das Gespräch und schloss die Eingangstür auf. »Noah?«

Wie erwartet, bekam sie keine Antwort. Wahrscheinlich würde er bis heute Abend bei Virginie bleiben.

Estelle fühlte sich plötzlich müde und kraftlos. Die Polizei war bei ihrem Vater gewesen. Was hatte das zu bedeuten? Ardèche hatte ihr prophezeit, dass es nur eine Frage der Zeit sei, bis die alte Akte geöffnet würde. Und dann? Ihr Kopf begann zu schmerzen. Sie wollte nicht länger darüber nachdenken. Wie war sie nur in diese ganze Sache hineingeschlittert? Warum hatte Matthieu auch ausgerechnet hier auftauchen müssen, als die Bauvalls sich vorstellen wollten? Verdammt!

Estelle betrat das Büro, um sich ein paar Unterlagen zu holen. Als sie an den Schreibtisch trat, fiel ihr Blick auf das schwarze Notizbuch ihrer Großmutter. Sie musste unbedingt wissen, was die alte Frau mit den Geschehnissen von damals zu tun hatte.

»Estelle?«

Sie drehte sich überrascht um und kehrte an den Tresen zurück. »Jeanne Claire.« Sie lächelte ihre ehemalige Klassenkameradin an, die verloren im Empfangsbereich stand. »Mit dir hatte ich so schnell nicht gerechnet.«

Die blonde Frau zeigte unbeholfen in den Raum. »Ich dachte ... Ich muss heute nicht arbeiten. Du hattest mir ja angeboten ...« Verlegen sah sie zu Boden.

Estelle betrachtete die Bäckereiverkäuferin nachdenklich, bevor sie hinter dem Tresen hervortrat. »Was hältst du von einer Tasse Tee? Ich wollte mir gerade welchen machen. Dann zeige ich dir das Hotel und wir reden ein bisschen über alte Zeiten.«

Etwas Ablenkung würde ihr guttun. Und Jeanne Claire war ein unkomplizierter Mensch. Bei ihr brauchte sie nicht zu befürchten, in tiefschürfende Diskussionen verwickelt zu werden.

Die Miene der blonden Frau hellte sich augenblicklich auf. »Aber nur, wenn du nichts anderes vorhast.«

»Nein«, entgegnete Estelle, während sie wütend an ihren Vater dachte. »Nein, ich habe keine Pläne.«

Nachdem sie in der Küche Teewasser aufgesetzt hatte, zeigte sie Jeanne Claire den Wintergarten und die Gästezimmer im ersten Stock.

Hin und wieder warf ihre ehemalige Schulkameradin eine Frage ein oder bewunderte die Kombination der unterschiedlichen Materialien. Die meiste Zeit redete jedoch Estelle über den Umbau, die Handwerker und die ganze Bürokratie, die sogar mit einem so kleinen Hotelbetrieb wie der *Auberge* einherging.

»Setzen wir uns in den Wintergarten«, schlug Estelle schließlich vor, nachdem sie ihre Führung beendet hatten.

Sie goss Jeanne Claire und sich Tee ein und setzte sich der übergewichtigen Frau gegenüber. »Was hast du all die Jahre getan?« Estelle blickte sie aufmunternd an.

Jeanne Claire zögerte, bevor sie mit den Achseln zuckte. »Im Gegensatz zu dir wahrscheinlich nicht viel.«

Wieder tat sie Estelle leid. Sie schien unzufrieden mit ihrem Leben zu sein. »Ich finde es toll, dass du dich so aufopferungsvoll um deine Mutter kümmerst.«

Jeanne Claires Mundwinkel zuckten. Doch als sie etwas erwidern wollte, wurden sie unterbrochen.

»Estelle?«

Tom! Genervt erwiderte Estelle Jeanne Claires erschrockenen Blick, als ihr Nachbar auch schon im Rundbogen auftauchte.

»Estelle! Ich dachte mir, dass du da bist, weil die Tür offen war.« Er deutete über seine Schulter.

Sie erhob sich zögernd und erklärte mit kühler Stimme: »Ich habe Besuch.«

»Ja, das sehe ich«, erwiderte er zerknirscht. »Pardon. Ich bin Tom Bauvall, Estelles … Nachbar.« Er streckte der Bäckereiverkäuferin seine Hand hin.

Diese blieb sitzen und nickte. »Jeanne Claire Monet.«

»Jeanne Claire ist eine Schulkameradin von früher«, erklärte Estelle hastig.

»Da habt ihr euch sicher viel zu erzählen«, entgegnete Tom und grinste. »Ich bin auch gleich wieder weg.« Er fixierte Estelle mit seinen braunen Augen. »Hast du einen Moment für mich?«

Sie verlagerte ihr Gewicht vom einen auf den anderen Fuß. Ihr Herz krampfte sich zusammen. »Ich … es ist gerade schlecht.« Sie spürte Jeanne Claires neugierigen Blick auf sich.

»Nur eine Minute«, bat Tom sie etwas leiser.

»Bon.« Estelle nickte und wandte sich an ihre frühere Schulkameradin. »Ich bin gleich wieder bei dir.«

Die nickte schweigend und verharrte auf ihrem Stuhl.

»Was willst du hier?«, zischte Estelle wütend, nachdem sie Tom zur Eingangstür gefolgt war.

»Mir dir reden«, erwiderte er ruhig.

Sie musterte sein Gesicht. Die Lippen, die sie gestern geküsst hatten. Seine Augen, in denen sie sich verloren hatte. Sie blinzelte verärgert. »Es geht nicht.« Estelle schüttelte ihren Kopf.

»Was?« Tom sah sie weiter aufmerksam an.

»Du …« Sie hob ihre Hand und zog unbehaglich ihre Schultern hoch. »Es geht nicht.«

»Ich muss mit dir reden.« Seine Hände umfassten sanft ihre Arme, während er sie zwang, ihn anzusehen.

Estelle blickte verunsichert auf seine Finger, deren Wärme ihren Körper durch den dünnen Stoff ihrer Bluse elektrisierte.

»Bitte.«

»Was willst du?«

»Geht doch.« Tom grinste. »Ich hole dich morgen früh ab.«

»Warum?« Sie konnte kaum noch klar denken. Sein Geruch ließ all die Erinnerungen des gestrigen Tages in ihr aufleben.

»Zieh dich warm an«, erklärte er ihr mit fester Stimme. »Es soll stürmisch werden.«

»Was hast du denn vor?« Sie musste sich zwingen, nicht auf seinen Mund zu starren.

»Du wirst schon sehen.«

Zu ihrem Bedauern ließ er sie unvermittelt los und trat einen Schritt zurück. »Was sagt Caroline dazu?« Sie musste ihn wegstoßen, durfte auf keinen Fall erneut die Nähe zulassen, die gestern so plötzlich zwischen ihnen entstanden war.

Doch entgegen ihrer Erwartung zuckte er bei der Erwähnung seiner Frau nicht zusammen, sondern zwinkerte ihr nur amüsiert zu. »Zieh dich warm an, Estelle. Wir sehen uns morgen.« Mit diesen Worten drehte Tom sich um und verließ eilig das Hotel.

Estelle starrte ihm sprachlos hinterher. Der Kerl war ja noch unverfrorener, als sie gedacht hatte. Morgen war Sonntag. Wie sollte er sich da unauffällig von seiner Familie loseisen?

Nachdem sie sich wieder einigermaßen gefangen hatte, kehrte sie zu Jeanne Claire zurück, die sie fragend ansah.

»Tom ist ein Nachbar«, erklärte Estelle mit unbeteiligter Stimme. »Er wollte ...« Sie stockte. »Nichts Wichtiges.«

»Wie war es in Deutschland?« Jeanne Claire lächelte.

Deutschland, ein unverfängliches Thema, dachte Estelle erleichtert und begann, von ihrem Leben und ihrem Alltag in Heidelberg zu erzählen.

40

Estelle, es fällt mir so unendlich schwer, die folgenden Zeilen zu schreiben. Doch ich möchte, dass du alles weißt. Alles. Wenn ich nur daran denke, fühlt es sich an, als ob ich diesen schrecklichen Tag ein weiteres Mal durchlebe. Als ob ich den körperlichen Schmerz noch einmal spüre.

Der Tag, der mein Leben komplett auf den Kopf stellen sollte, begann sonnig und warm. Ein schöner Frühlingstag im April. Der Tag des ersten Dorffestes nach dem Krieg.

Früher hatten wir Kinder immer auf dieses Ereignis hingefiebert, doch während der schlimmsten Jahre, die Frankreich erlebt hat, war niemandem nach Feiern zumute gewesen. Und auch direkt danach kämpften die Menschen mit anderen Sorgen. In diesem Jahr schien die Bevölkerung aber geradezu nach Abwechslung zu dürsten. Die Gassen waren schon Tage zuvor geschmückt worden. Auch wir waren alle von einer merkwürdigen Unruhe erfasst. Sogar Maman hatte verkündet, sich an diesem Abend ein wenig amüsieren zu wollen. Ihr Leben als Witwe war nicht einfach, daher freute es Maurice und mich umso mehr, dass sie sich unters Volk mischen wollte. Mein ältester Bruder hatte seit einigen Monaten eine Freundin in Perpignan, mit der er jede freie Minute verbrachte. Daher würde er nicht mitkommen.

Serge hatte mich schon vor Wochen gefragt, ob ich mit ihm zu dem Fest gehen würde. Mir war klar, dass er die Festivität zum Anlass nehmen wollte, um sich endlich offiziell mit mir zu zeigen. Ein Miroux konnte sich kaum unbemerkt mit einem Mädchen in der Öffentlichkeit bewegen. Jetzt wurde es ernst.

Obwohl ich mich noch immer vor den Folgen fürchtete, die unweigerlich auf mich zukämen, wenn ich mich als Begleitung Serge Miroux' präsentierte, fand ich keinen plausiblen Grund, um dem Fest fernzubleiben. Ich wollte mit Serge feiern, ich wollte mit ihm tanzen. Irgendwann würde sowieso der Zeitpunkt kommen, an dem ich mich entscheiden musste. Serge war sichtlich erleichtert, als ich ihm mitteilte, dass ich sehr gern mit ihm auf das Fest gehen würde.

An jenem Abend wollte er mich eigentlich zu Hause abholen. Doch wieder einmal kam ihm ein wichtiger Termin dazwischen, sodass er sich verspätete. Als er mich anrief, um mir mitzuteilen, dass es noch eine Weile dauern konnte, schlug ich ihm vor, uns auf dem Fest zu treffen. Warum sollte er einen Umweg fahren und mich auf dem abgelegenen Hof abholen? Es war mittlerweile nach sieben und ich hatte bereits vor Stunden mein bestes Kleid hervorgeholt. Ich konnte es kaum noch abwarten, fühlte mich wie ein junges Fohlen, das zum ersten Mal auf die Weide durfte. Widerwillig stimmte er zu und ich machte mich auf den Weg.

Als ich im Dorf ankam, war das Fest bereits in vollem Gange. Der Dorfplatz wimmelte von Menschen, sogar eine Kapelle spielte auf der kleinen Bühne. Ich wurde sofort von der ausgelassenen Stimmung erfasst und entspannte mich endlich ein wenig.

Was konnte schon passieren? Ich ging mit Serge Miroux aus. Er war sicher kein Mann, für den ich mich schämen musste. Ganz im Gegenteil. Die jungen Frauen im Dorf würden sich vor Neid ihre Mäuler zerreißen. Was interessierten mich also die Blicke der Leute?

Ich stellte mein Fahrrad ab und wartete an der vereinbarten Stelle. In einiger Entfernung entdeckte ich Maurice, der mit einer blonden Schönheit am Rand der Bühne stand und grinsend auf sie einredete. Ich schmunzelte. Maman hatte bereits angedeutet, dass Maurice vor wenigen Wochen ein Mädchen kennengelernt hatte. Ich freute mich für ihn, die junge Frau sah nett aus.

Während ich wartete, erblickte ich auch Jules, der mit einigen jungen Männern an einem der Tische saß und immer wieder verstohlen zu mir herübersah. Ich drehte mich unauffällig weg. In dem Augenblick kam Serge auf mich zu. Erleichtert winkte ich ihm.

»Eveline, chérie.« Er nahm meine Hand und legte sie für einen kurzen Moment an seine Wange. Mir war klar, dass Jules uns noch immer beobachtete. Serge schien mein Unbehagen zu spüren. »Was ist?« Er sah mich eindringlich an.

Ich schüttelte den Kopf. »Nichts.« Ich versuchte zu lächeln. »Lass uns tanzen gehen.« Hastig zog ich ihn am Arm in die Menschenmenge.

Serge lachte. »Warte, ich bin doch gerade erst gekommen. Wollen wir nicht etwas essen?«

»Danach«, erwiderte ich und zog ihn weiter Richtung Tanzfläche.

Er seufzte. »Na schön.« Serge nahm mich in seine Arme und begann, sich mit mir im Takt der Musik zu drehen. »Ich wusste gar nicht, dass du so versessen aufs Tanzen bist.«

Ich schwieg und sah ihn nur an.

Ich glaube, wir tanzten die halbe Nacht durch, bis Serge mich irgendwann zur Seite nahm und uns etwas zu trinken besorgte. »Du schaffst mich.« Er schnaufte schwer.

»Was? Du wirst doch nicht schon aufgeben?« Ich grinste ihn verschmitzt an.

Vor einer halben Stunde hatte ich meine Mutter entdeckt, die mit ein paar Frauen aus dem Dorf zusammensaß und sich unterhielt. Sie wirkte entspannt und glücklich. Ich freute mich für sie. Aber auch ich genoss die heitere Atmosphäre und wollte heute Abend an nichts anderes als an Serge und meine Liebe zu ihm denken.

»Ich möchte dich meinen Eltern vorstellen, Eveline.«

Er hatte leise gesprochen, während die Musik im Hintergrund ertönte, doch ich hatte ihn verstanden. Ich erstarrte.

»Was denkst du?« Ich spürte seinen prüfenden Blick auf mir.

»Ich weiß nicht …«

»Jetzt weiß es doch eh jeder.« Er berührte mich leicht am Oberarm.

Ich nickte nachdenklich. Er hatte recht. Die Blicke, die uns beim Tanzen begleitet hatten, waren mir nicht entgangen.

»Eveline, ich liebe dich.« Seine Hand wanderte meinen Arm hinab.

Ich schloss für einen Moment die Augen, weil mir schwindlig wurde. »Ich …«

»Liebst du mich?« Er zog mich näher an sich.

In dem Moment verstummte die Musik und die Stimmen der Menschen um uns herum vibrierten wie ein Bienenschwarm in meinen Ohren.

»Liebst du mich, Eveline?« Seine Augen sahen mich bittend an.

Ich schluckte. »Ja«, erwiderte ich. Natürlich liebte ich ihn. Seit ich ihn kannte, konnte ich an nichts anderes mehr denken. Ich liebte diesen Mann mehr, als ich je würde in Worte fassen können. Doch es fühlte sich seltsam an, es auszusprechen. »Ja, ich liebe dich, Serge.« Meine Stimme klang fest. Mein Herz pochte wie wild.

Er verzog seine Lippen zu einem breiten Lächeln, bevor er mich an sich zog. »Dann bleib bei mir. Für immer.«

Ich ließ meinen Kopf an seine Schulter sinken. Mir war egal, was die Leute sagen würden. Sollten sie doch reden. Ich glaube, ich war in meinem Leben nie glücklicher als in diesem Augenblick.

Nachdem wir uns gestärkt hatten, war es Serge, der mich auf die Fläche vor der Bühne zog. Wir tanzten, als gäbe es kein Morgen.

Maurice hatte mir irgendwann zugeraunt, er übernachte heute nicht zu Hause, und auch Maman schien die fortgeschrittene Stunde nicht zu bemerken.

Irgendwann spürte ich meine Füße kaum noch. »Ich kann nicht mehr«, stöhnte ich an Serges Schulter. Ich war müde und mein Rücken schmerzte.

»Soll ich dich nach Hause bringen?« Er sah mich besorgt an.

»Ich bin doch mit dem Rad da.«

»Ich lasse dich nicht allein heimfahren«, widersprach er bestimmt.

»Das Rad passt nicht in deinen Wagen«, entgegnete ich grinsend.

»Nein, aber ich begleite dich.«

Er ließ sich nicht davon abbringen. Also fuhr er die ganze Strecke im Schneckentempo neben mir her. Wir lachten und alberten übermütig herum. Als wir an der Einmündung ankamen, die zu unserem Hof führte, hielten wir an.

Serge stieg aus und kam zu mir. »Soll ich mitkommen?«

Ich sah die Frage in seinen Augen, aber ich war noch nicht bereit. Obwohl ich mir nichts sehnlicher wünschte, als ihn endlich zu spüren, fühlte ich, dass es noch zu früh war. »Ich …«, stammelte ich und fühlte, wie ich errötete.

»Mach dir keine Gedanken, Eveline.« Er nahm meine Hände in seine. »Ich kann warten. Wir haben das ganze Leben vor uns.«

Ich kam mir kindisch vor. Immerhin kannten wir uns schon seit Monaten. »Ich ... ich habe Angst.«

Er sah mich lange an, bevor er behutsam über mein Haar strich. »Das brauchst du nicht.« Sein Blick war sanft und liebevoll.

In diesem Moment quoll mein Herz über vor Glück und Dankbarkeit. »Ich bin schon sehr gespannt auf deine Eltern.«

Er grinste. »Sie auch auf dich.«

»Sie wissen von mir?« Ich war sprachlos.

Er nickte. »Warum nicht?«, erwiderte er unbekümmert.

»Aber ...«, wieder begann ich zu stottern.

»Mach dir keine Sorgen, chérie. Alles wird sich fügen.«

Hätte ich ihn in jener Nacht doch nur mit mir nach Hause gehen lassen.

Estelle atmete tief aus. Die Worte ihrer Oma ließen sie erzittern. Diese Liebe, die Eveline Miroux für ihren Mann empfunden hatte. Warum musste sie jetzt ausgerechnet wieder an Tom denken?

Estelle war nicht wie ihre Oma. Die Lebensfreude Evelines, die zwischen den Zeilen zu erkennen war, passte nicht zu Estelle. Wie ihre Oma hatte sie zu früh die dunkle Seite des Lebens kennengelernt. Doch im Gegensatz zu ihr war Estelle bis heute nicht in der Lage, sich von den Schatten der Vergangenheit zu lösen.

Als Jeanne Claire aufgebrochen war, hatte es bereits gedämmert. Während die beiden Frauen über die letzten Jahre redeten, war ihnen gar nicht aufgefallen, wie schnell die Zeit verging.

Estelle hatte die einstige Klassenkameradin heute Nachmittag als äußerst angenehme Gesprächspartnerin kennengelernt. Vielseitig interessiert, eine sehr aufmerksame Zuhörerin. Diese Jeanne Claire hatte nichts mit dem umständlich und schwerfällig wirkenden Mädchen von vor zwanzig Jahren gemein gehabt. So konnte man sich täuschen! Man musste sich nur die Mühe machen, hinter die Fassade eines Menschen zu blicken, der nach außen hin träge und langweilig wirkte.

Estelle starrte auf die vollgeschriebenen Seiten. Was sahen die Menschen wohl in ihr, wenn sie sie betrachteten? Was hatte Tom in ihr gesehen, als er sie in seine Arme zog? Sie seufzte.

Estelle erhob sich. Sie hatte Hunger. Noah war immer noch nicht daheim. Wenn er überhaupt nach Hause käme, dachte sie bitter, während sie den Kühlschrank öffnete. Die Auswahl war sehr überschaubar. Aber Estelle war zu faul, um nach unten zu gehen und sich etwas aus der Hotelküche zu holen.

Sie nahm ein Stück Salami und angelte sich das Baguette aus dem Brotkorb. Neugierig schielte sie zu dem Notizbuch. Nein, sie konnte nicht bis morgen warten. Sie musste wissen, was damals passiert war.

Hastig setzte sie sich wieder mit ihrem Teller an den Tisch und zog sich das Buch heran.

Als ich auf dem Hof ankam, lagen das Haus und die Scheune im Dunkeln. Es war Neumond, man sah kaum die eigene Hand vor Augen. Serge war nach Hause gefahren, nachdem ich ihm zum wiederholten Male versichert hatte, dass ich die letzten zweihundert Meter alleine schaffte. Ich war müde und wollte nur noch ins Bett.

Als sich eine Gestalt aus dem Schatten vor der zerfallenen Mauer neben der Haustür löste, zuckte ich erschrocken zusammen.

»Eveline.«

Ich erkannte Jules' Stimme und atmete erleichtert aus.
»Hast du mich erschreckt.«

»Was dachtest du denn, wer ich sei? Miroux?« Seine
Stimme klang schleppend. Er hatte getrunken.

Widerwillig blieb ich stehen. »Was willst du hier?«

Er lachte und kam auf mich zu. »Was ich hier will?«
Sein Tonfall wurde lauter. »Das frage ich mich allerdings
auch.«

»Jules, bitte.« Ich war müde und wollte meine Ruhe
haben.

»›Jules, bitte‹«, äffte er mich nach und blieb dicht vor
mir stehen. Er war anderthalb Köpfe größer als ich. Sein
Atem roch nach Wein. »Stellst du dich bei Miroux auch so
an?« Er legte seine Hände auf meine Schultern.

»Lass das.« Ich versuchte, ihn abzuschütteln.

»Was? Bin ich dir so zuwider?«

»Jules, ich bin wirklich müde«, versuchte ich es erneut.

Er drängte sich dichter an mich. »Ach, komm schon,
Eveline. Ein bisschen Spaß wird doch wohl erlaubt sein.«

»Lass mich.« Panik stieg in mir auf. Maurice würde heute
Nacht nicht nach Hause kommen und Maman amüsierte
sich noch auf dem Fest. Wir waren ganz allein auf dem
Hof. Die nächsten Nachbarn wohnten so weit weg, dass
sie mich nicht hören konnten.

Jules schob mich mit seinem ganzen Körpergewicht ge-
gen die Mauer. Ich wollte mich wehren, hatte aber keine
Chance gegen ihn. Ich saß in der Falle. Der abblätternde
Putz der Wand drückte in meinen Rücken.

»Jules, hör auf.« Ein weiteres Mal versuchte ich, ihn zur
Vernunft zu bringen.

»Hab dich nicht so.« Er keuchte in mein Ohr, während
ich seine Hände auf meinen nackten Oberschenkeln spürte.

Nein, das durfte nicht wahr sein! So weit würde er

nicht gehen. Jules, der mich schon seit unserer Kindheit kannte. Der seit Jahren mit Maurice befreundet war.

»Jules.« Meine Stimme wurde lauter. »Bitte.«

»Lass mich, du verdammte Hure. Wenn Miroux dich in sein Bett zerrt, stellst du dich doch auch nicht so an.«

Verzweifelt versuchte ich weiter, ihn von mir wegzustoßen.

Er packte meine Hände und hielt sie fest, während er begann, an seiner Hose herumzunesteln.

»Nein.« Meine Stimme glich einem Wimmern. »Nein, bitte nicht.«

Er zerrte so lange an meiner Unterwäsche, bis er sie zerrissen hatte.

Ich konnte keinen klaren Gedanken mehr fassen. Die Angst schnürte mir die Kehle zu.

Ein letztes Mal versuchte ich, ihn irgendwie zu erreichen. »Jules, bitte tu das nicht.«

Er hielt kurz inne und starrte mir ins Gesicht. Sein Atem ging schwer, seine Augen waren glasig. »Es wird dir gefallen.« Er grinste hämisch. »Dann weißt du endlich, wie es mit einem richtigen Mann ist.«

Ich schüttelte meinen Kopf. »Nein.« Ich schloss kurz meine Augen. »Ich will nicht.«

»Halt's Maul.« Seine Stimme klang wütend. »Und hab dich nicht so.« Er legte seine rechte Hand auf meinen Mund, während er mit der anderen an meinen Po fasste.

Die Schmerzen, die mich kurz darauf explosionsartig durchfuhren, raubten mir fast den Verstand. Ich will nicht sterben, schoss es mir durch den Kopf. Nicht jetzt und nicht hier.

Ich biss die Zähne zusammen, während Jules grunzte und keuchte. Meine Augen brannten, ich bekam kaum noch Luft.

Als er nach einer gefühlten Ewigkeit endlich von mir

abließ, knickten mir die Beine weg. Kraftlos glitt ich zu Boden.

Jules zog ungerührt seine Hose hoch und spuckte gegen die Mauer. Als er den Hof verließ, hörte ich ihn leise vor sich hinmurmeln, verstand aber nicht, was er sagte.

Ich saß wie versteinert da. Mein Unterleib schien nicht mehr zu mir zu gehören, bestand aus nichts als unsäglichen Schmerzen. Ich fühlte mich wund und beschmutzt. Doch mir fehlte jegliche Energie, mich zu rühren.

Als meine Mutter am frühen Morgen nach Hause kam, fand sie mich in der gleichen Position vor, die ich nach Jules' Verschwinden eingenommen hatte. Sie erfasste die Situation mit einem Blick, ihr war sofort klar, was mir widerfahren war.

Das Wort ›Vergewaltigung‹ kannte ich damals nicht. Doch ich wusste, dass Jules mir das Schlimmste angetan hatte, was ein Mann einer Frau überhaupt antun konnte. Und obwohl es für mich in diesem Moment nicht vorstellbar war, dass das Schicksal noch grausamer zuschlagen konnte, sollten mich die nächsten Wochen eines Besseren belehren.

Nein! Jede Faser in Estelle schrie auf. Nein! Das durfte nicht sein! Das konnte nicht sein! Sie fröstelte am ganzen Körper. Eine eisige Hand schien ihre Eingeweide zusammenzupressen.

Estelle schluchzte auf. Sie hatte das grauenhafte Gefühl, die körperlichen Schmerzen ihrer Oma gerade am eigenen Leib erlebt zu haben.

Wie in Trance stützte sie ihre Ellenbogen auf dem Tisch ab und legte den Kopf in die Handflächen. Sie konnte nicht fassen, was sie da gerade gelesen hatte. Ihre Oma! Ihre liebevolle, fürsorgliche, stets hilfsbereite Oma! Jedes einzelne

Wort war für Estelle wie ein Stich ins Herz gewesen. Und sie hatte keine Möglichkeit mehr, mit Eveline Miroux darüber zu reden. Was sollte sie bloß tun?

Ihr war klar, dass sie in dieser Nacht keinen Schlaf finden würde. Es war einfach zu viel. Estelle begann, hemmungslos zu weinen.

41

Sonntag, 31. Oktober

Estelles Augen brannten, da sie die halbe Nacht geweint hatte. Sie konnte sich nicht erinnern, dass sie sich jemals in ihrem Leben so einsam und hilflos gefühlt hatte. Wieder und wieder musste sie an die furchtbare Schilderung ihrer Großmutter denken. Obwohl die Ereignisse mehr als siebzig Jahre her waren, berührten sie Estelle tief in ihrer Seele. Sie konnte sich noch immer nicht vorstellen, inwiefern ihre Oma Schuld auf sich geladen haben sollte. Bisher sah Estelle sie lediglich in der Opferrolle. Was also meinte ihre Großmutter damit, dass sie der Grund für Estelles Albtraum vor achtzehn Jahren gewesen sei?

Nachdem sie den Cléments eine weitere Portion Rührei serviert hatte, ging sie zurück in die Küche.

»Estelle?«

Nervös strich sie sich eine Strähne aus der Stirn und bemühte sich um einen neutralen Gesichtsausdruck.

Noah erschien in der Tür. »Da bist du ja.«

»Bonjour, möchtest du etwas essen? Oder einen Kaffee?« Sie lächelte leicht.

Noah musterte sie prüfend. »Hast du geweint?« Er deutete auf ihr Gesicht.

»Nein«, erwiderte Estelle eilig. »Nein. Ich …« Sie drehte sich um und holte eine Tasse aus dem Schrank. »Ich hatte etwas im Auge.« Sie wandte sich wieder Noah zu. »Alors, Kaffee?«

»Ja, aber ich habe nicht viel Zeit.«

Estelle nickte. »Wie geht es Virginie?«

Er lachte kurz auf. »Nicht gut, das kannst du dir ja denken. Die Sache ist ganz schön krass.«

»›Krass‹?« Estelle runzelte die Stirn.

»Ja, der Mörder hat ihrem Vater ein Datum in die Stirn geritzt.« Er schüttelte seinen Kopf. »Das ist echt wie in einem Horrorfilm, oder?«

»Ja«, gab Estelle leise zu.

»Was wollte denn Caroline gestern schon wieder von dir?« Noah ging in den Wintergarten und Estelle folgte ihm.

Entschuldigend lächelte sie kurz die Cléments an, sprach aber weiter Deutsch. »Sie denkt, ich habe etwas mit Patricks Tod zu tun.« Sie setzten sich.

Noah riss ungläubig seine Augen auf. »Wie kommt sie denn darauf?«

»Wegen des Streits mit ihm. In Emilys Büro.«

»Hatte er etwas mit der Sache von damals zu tun, die du mir erklären willst?« Noah nippte an seinem Kaffee und beobachtete sie eindringlich.

Estelle schwieg einen Moment, bevor sie nickte. »Ja.« Sie presste ihre Lippen aufeinander. »Ja, das hatte er.«

»O Mann.« Wieder schüttelte er seinen Kopf. »Brauchst du ein Alibi?«

Sie lächelte traurig. »So weit ist es zum Glück noch nicht.«

»Ich könnte sagen, dass wir zur Tatzeit zusammen waren«, schlug er eifrig vor.

»Nein, Noah. Es ist lieb, dass du für mich lügen würdest.« Sie nahm seine Hand und drückte sie. »Aber früher oder später würde unsere Lüge auffliegen. Es ist ...« Sie brach unsicher ab.

»Was?« Er sah sie fragend an.

»Es ist damals viel passiert«, flüsterte sie heiser. »Bevor ich nach Deutschland gegangen bin. Und im Moment beschleicht mich das furchtbare Gefühl, dass mich die Vergangenheit unaufhaltsam einholt.«

»Ich weiß nicht, was ich sagen soll.« Der Jugendliche klang hilflos.

Estelle schüttelte unmerklich ihren Kopf. »Nichts, Noah. Ich bin einfach froh, dass du da bist. Du kannst dir gar nicht vorstellen, wie sehr.« Sie strich ihm sanft über seine Wange. Das hatte sie seit Jahren nicht getan.

Auch Noah schien von der Geste überrascht zu sein. »So melancholisch kenne ich dich überhaupt nicht.«

Estelle verzog bedauernd ihr Gesicht. »Es ist im Moment nicht so leicht.« Sie straffte ihre Schultern. »Aber es wird wieder besser. Ich verspreche es dir.« Sie bemühte sich, zuversichtlich zu klingen, obwohl sie sich im Moment am liebsten allein in ihrer Wohnung eingeschlossen hätte, um nie wieder herauszukommen.

»Ist es okay, wenn ich gleich ...?« Er zeigte zum Empfangsraum.

»Ja.« Sie nickte. »Natürlich. Tom will auch ...« Sie brach verlegen ab.

»Tom?« Noah grinste.

Estelle winkte ab. »Keine Ahnung, was er will. Ist auch unwichtig.«

»Unwichtig also.« Noah trank seinen Kaffee aus und erhob sich. »Dann wünsche ich dir mal viel Spaß bei eurem unwichtigen Zeug.« Er beugte sich zu Estelle herab und küsste sie flüchtig auf die Wange.

»Danke.« Ihr Herz krampfte sich zusammen.

»Bis später.« Er winkte den Cléments zum Abschied zu und verließ den Wintergarten.

»Ach, wenn Kinder erwachsen werden«, sinnierte Mathilde Clément lächelnd.

Estelle stand ebenfalls auf und nickte. In diesem Fall war allerdings nicht Noah, sondern sie das Problem. Aber dass er erwachsen wurde, merkte sie mit jedem Wort, das er von sich gab. Wahrscheinlich verstand er mehr, als Estelle wahrhaben wollte.

»Was haben Sie heute vor?«, wandte sie sich an ihre Gäste.

»Wir fahren nach Sète«, verkündete Clément wichtig.

Seine Frau sah ihn verzückt an. »Nach Sète? Davon hast du mir ja noch gar nichts gesagt.«

Estelle musste schmunzeln.

»Es sollte auch eine Überraschung werden.« Monsieur Clément freute sich sichtlich über seine gelungene Idee. »Mathilde und ich haben uns dort vor über fünfzig Jahren kennengelernt«, erklärte er stolz, während seine Frau ihn selig anlächelte. »An einem stürmischen Tag im Oktober.«

»Was für eine wunderschöne Idee.«

»Was ist denn mit diesem jungen Handwerker?« Mathilde Clément sah sie schelmisch an.

»Wen meinen Sie?«

»Na, den blonden jungen Mann.« Als sie den Blick ihres Mannes auffing, schüttelte sie missbilligend ihren Kopf. »Ja, was? Bloß weil ich alt bin, bin ich noch lange nicht blind.«

»Sie meinen Tom«, vermutete Estelle.

»Ja.« Madame Clément nickte heftig. »Ja, genau den meine ich. Der hat Sie ja mit seinen Augen fast verschlungen.«

»Mathilde«, meinte ihr Mann beschwichtigend. »Misch dich doch nicht in die Angelegenheiten der jungen Leute ein.«

»Mach ich doch nicht«, widersprach sie nachdrücklich.

»Bonjour, Madame.«

Estelle zog fragend ihre Augenbrauen hoch, als Tom mit zwei Helmen in der Hand am Tresen auftauchte. Er trug eine ausgewaschene Jeans und eine braune Lederjacke. Ihr Herzschlag beschleunigte sich, als er sie angrinste und seine Augen aufblitzten.

»Bonjour«, erwiderte sie, während sie versuchte, ihre Fassung wiederzuerlangen. Sofort rief sie sich ins Gedächtnis, dass er verheiratet war. »Ich weiß nicht …«

Was sollte das Ganze überhaupt? Warum machte er nicht mit Caroline und den Kindern einen Sonntagsausflug wie andere Familienväter auch?

Tom schüttelte seinen Kopf und legte den Zeigefinger auf ihre Lippen. »Non. Wir fahren jetzt los und später können wir reden.«

Estelle blickte ihn hilflos an. »Ich …«

»Bist du warm genug angezogen? Es ist ziemlich frisch.«

Sie blickte an sich hinab, musterte die Jeans und den roten Wollpullover. »Wohin fahren wir?«

Tom schüttelte nur seinen Kopf. »Zieh deine Jacke an. Dann können wir los.«

Die Cléments waren bereits nach Sète aufgebrochen. Estelle schloss die Tür ab und folgte Tom zur Garage der Bauvalls. Als er das Tor öffnete, erblickte sie ein schwarzes Motorrad mit silbernem Tank. »Ist das deins?«

»Oui.« Er nickte, während er das Fahrzeug rückwärts aus der Garage bugsierte. »Überrascht?«

Das war sie allerdings. Tom, der immer so bodenständig und geerdet wirkte, und diese Höllenmaschine. Damit hatte Estelle nicht gerechnet. »Ich habe noch nie auf einem Motorrad gesessen.«

»Dann wird es Zeit.« Erneut grinste er und setzte sich auf die Maschine. »Na, komm.« Er schlug mit seiner flachen Hand auf den Sitz hinter sich. »Ich fahre auch ganz vorsichtig. Keine Sorge.« Er reichte ihr einen der Helme.

Zögernd näherte sie sich dem Motorrad und fuhr mit ihrer Hand langsam über die Sitzfläche.

Tom legte seine Hand auf ihre und fixierte Estelle mit seinen Augen. »Vertrau mir.«

Sie hielt inne und erwiderte schweigend seinen Blick. Der Moment hätte ewig dauern können.

Schließlich nickte sie, schob sich den Helm über ihren Kopf und setzte sich vorsichtig hinter ihn.

»Halt dich gut an mir fest.« Nachdem er seinen Helm ebenfalls aufgesetzt hatte, packte er ihre Arme und schlang sie um seinen Bauch.

Als er die Maschine startete, wurde Estelle dichter an seinen Körper gepresst. Sie roch das Leder der Jacke, vermischt mit einem Hauch seines Aftershaves. Sie musste verrückt geworden sein. Was sie hier tat, war ein Spiel mit dem Feuer.

Unauffällig blickte sie zum Haus der Bauvalls, doch die Palmen schirmten die Garageneinfahrt ab. Caroline würde sie nicht sehen können.

Tom fuhr langsam die Straße entlang und als sie auf die Hauptstraße einbogen, entspannte sich Estelle ein klein wenig.

Als sie Argelès-sur-Mer Richtung Süden hinter sich ließen, lockerte Estelle ihren Griff etwas und versuchte, die vorbeirauschende Landschaft in sich aufzunehmen.

Tom folgte der Straße, die die Côte Vermeille entlangführte. Natürlich kannte Estelle die Gegend, die kleinen Orte, die sich an der felsigen Küste bis an die französisch-spanische Grenze zogen. Doch sie war seit Ewigkeiten nicht mehr hier gewesen.

Nachdem sie sich an den Fahrtwind und die neue Sitzposition gewöhnt hatte, genoss sie das Gefühl der Freiheit, das sie plötzlich überkam, während sie der felsigen Steilküste folgten. Die endlosen Weinreben zu ihrer Rechten, die vom Sturm aufgepeitschte Brandung zu ihrer Linken.

Tom war ein umsichtiger Fahrer und durchquerte die Serpentinen in angemessenem Tempo.

Einer inneren Eingebung folgend, rückte Estelle auf dem Sitz ein Stück vor und schmiegte ihren Oberkörper enger an seinen Rücken.

Als Tom ihre Bewegung bemerkte, nahm er für einen kurzen Moment seine Hand vom Lenker und legte sie sanft auf ihren Oberschenkel.

Nachdem sie Collioure und Port-Vendres hinter sich gelassen hatten, drehte sich Tom andeutungsweise zu ihr um. »Wir sind gleich da. Geht es noch?« Er musste gegen den Wind anbrüllen, damit sie ihn verstehen konnte.

Estelle nickte heftig. Ja, es ging noch. Sie hätte ewig weiterfahren können. Die Wärme seines Körpers hatte etwas zutiefst Beruhigendes. Hier gab es nur Tom, sie und das Motorengeräusch. Die *Auberge,* das Notizbuch ihrer Oma und all die Probleme, die in den letzten Tagen so unvermittelt aufgetaucht waren, schienen weit weg zu sein.

Als Tom das Motorrad nach links steuerte, bedauerte Estelle fast, dass ihre Fahrt zu Ende zu sein schien.

»Da wären wir.«

Sie befanden sich auf einem sandigen Platz unweit des Meeres. »Wo sind wir?« Estelle kannte diese Bucht nicht.

Tom setzte seinen Helm ab und nahm ihren auch entgegen. »Da vorn gibt es eine kleine Badebucht. Im Sommer ist hier die Hölle los, aber Ende Oktober …«

»Ich gehe nicht an den Strand«, unterbrach Estelle ihn da panisch.

Tom kniff überrascht seine Augen zusammen und musterte sie. »Ich wollte nicht an den Strand mit dir gehen, sondern …« Er deutete über seine Schulter. »Es gibt dort einen

Wanderweg, der durch die Bucht führt. Wir müssen ihn nur ein kurzes Stück entlanglaufen.« Er holte eine Wolldecke aus dem Topcase, das sich hinter dem Sitz befand. Als er ihren skeptischen Blick bemerkte, seufzte er. »Es wird dir gefallen. Glaub mir.«

»Ich weiß nicht …«

Er klemmte sich die Decke unter den Arm und nahm ihre Hand. »Bitte, Estelle. Vertrau mir.«

Sein Blick ließ sie erschaudern. Was machte er nur mit ihr? Wie benommen nickte sie schließlich und ging schweigend neben ihm den kleinen Pfad zum Strand hinunter. Das Meer war rau und aufgewühlt. Estelle schloss ihre Augen und versuchte fieberhaft, die aufkeimenden Erinnerungen zu verdrängen.

»Alles okay?« Als sie ihre Augen wieder öffnete, bemerkte sie Toms besorgte Miene.

Wieder nickte sie, erwiderte jedoch nichts.

Der Strand war etwa zweihundert Meter lang. Als sie sein Ende erreicht hatten, entdeckte Estelle einen kleinen Weg, der über die Felsen an der Küste entlangführte.

»Es ist einen halben Kilometer von hier entfernt«, erklärte Tom, als er sich zu ihr umdrehte. »Du magst es bestimmt.«

Estelle fühlte sich miserabel. Das Tosen der Wellen, der salzige Geruch, der in der Luft hing, Möwen, die sich von den Böen tragen ließen und über der Küste schwebten. Wie lange war sie nicht mehr am Meer gewesen? Sie wusste es noch auf den Tag genau. Seit über achtzehn Jahren. Am fünfundzwanzigsten Mai. Am Strand von Argelès-sur-Mer. Sie atmete tief aus.

»Hier sind wir.« Tom zeigte auf ein kleines Plateau, das zwischen zwei Felsen rechts vor ihnen auftauchte. »Komm.« Er packte ihre Hand fester und ging langsam voran.

Sie mussten über einige größere Steine klettern, bis sie

den Vorsprung schließlich erreichten. Etwa zwanzig Meter unter ihnen brach sich das Meer an der Steilküste. Aufgrund der Felsen um sie herum war es hier aber überraschend windgeschützt.

Estelle stellte sich vorsichtig an die Klippe und blickte hinunter.

Tom trat neben sie und legte ihr eine Hand auf die Schulter. »Das ist mein Lieblingsplatz. Im Sommer tummeln sich hier die Sonnenanbeter. Aber bei diesem Wetter ist man ganz allein.« Er machte eine Pause. »Allein mit den Naturgewalten. Das Meer und die Wellen …«

Estelle drehte sich zu ihm. »Was machen wir hier, Tom?« Als sie die Wärme in seinem Blick entdeckte, war das Vertrautheitsgefühl, das sie während der Fahrt ergriffen hatte, mit einem Mal verschwunden. Er würde ihr das Herz brechen. Tom löste eine Reaktion in ihr aus, die sie nicht zu deuten wusste.

Er berührte sie an ihren Armen. »Ich muss mit dir reden. Dir einiges erklären.«

Sie nickte traurig.

»Komm.« Er ließ sie los und legte die Decke auf eine Felsformation, die ein wenig an eine Sitzbank erinnerte. »Setz dich.« Wieder tippte er mit seiner Hand neben sich.

Estelle trat von der Klippe zurück und nahm neben Tom Platz, angestrengt auf Abstand zwischen ihnen bedacht.

»Was da vorgestern passiert ist …«, begann er zögernd, während sie unbewusst den Atem anhielt.

Das Herz wurde ihr schwer, als sie sich zwang, es auszusprechen. »Du bist verheiratet«, murmelte sie leise.

»Ja, äh, nein«, entgegnete Tom unsicher.

Estelle sah ihn stirnrunzelnd an. »Was soll das heißen?«

Tom fasste sich an die Schläfe und mied ihren Blick. »Ja, ich bin verheiratet.« Er hielt inne. »Noch.«

»Was meinst du damit?« Estelle verstand nicht, worauf er hinauswollte.

»Ich lebe in Scheidung.« Er schien sichtlich erleichtert, als er die Worte aussprach.

»In Scheidung?« Estelle sah ihn ungläubig an. Caroline und er …

»Ich bin nicht mit Caroline verheiratet«, erklärte er mit fester Stimme. »Sie ist meine Schwester.«

»Deine Schwester?« Fassungslos schüttelte Estelle ihren Kopf. Sie verstand überhaupt nichts mehr. »Aber du hast doch gerade gesagt …«

Tom nahm ihre Hand in seine und blickte Estelle liebevoll an. »Es ist etwas kompliziert. Aber ich würde es dir gern erklären. Die Frage ist nur, möchtest du es überhaupt hören?«

Sie konnte nichts erwidern, da ihr der Kopf schwirrte. Caroline war seine Schwester. Was war mit den Kindern? Sie nickte.

»Meine Nochehefrau Romy und ich haben in Lille gewohnt«, begann Tom zu erzählen. »Bis vor zwei Jahren. Sie ist übrigens die Autorin, von der ich dir erzählt habe. Die mit dem Krimi, den ich lektoriert habe.«

Estelle erinnerte sich an seine Worte. Jetzt schien es ihr fast, als sei es Jahre her, dass sie darüber gesprochen hatten. Was war seitdem alles geschehen?

»Sie ist die Krimiautorin, die durch dein Lektorat einen Verlag gefunden hat?«

›Eine Bekannte‹ hatte er damals gesagt, schoss es ihr durch den Kopf.

»Wenn du so willst, ja.« Abwesend streichelte Tom ihre Hand. »Vor zwei Jahren sind mehrere Dinge gleichzeitig geschehen. Romy meinte, sie müsse mich mit meinem damaligen besten Kumpel betrügen. Als ich die Sache herausbekommen habe, bin ich sofort ausgezogen.« Er räusperte sich.

Estelle musterte ihn von der Seite. Seine Wangenmuskulatur arbeitete unaufhörlich.

»Der Verlag wollte aber, dass wir weiterhin zusammenarbeiten. Daher lektoriere ich immer noch ihre Krimis.« Tom legte den Kopf in den Nacken und blickte in den bewölkten Himmel. »Kurz darauf starb Carolines Mann, Marc.«

Estelle zuckte innerlich zusammen. »Was ist passiert?«

»Marc war Polizist, genau wie Caroline. Eines Tages wurde sie an den Tatort einer Schießerei gerufen. Als sie dort ankam, stellte sich heraus, dass der Getötete ihr Mann war.« Er seufzte schwer. »Ein verdammter Fehler seitens der Einsatzzentrale. Caroline hätte niemals an diesen Tatort kommen dürfen. Als sie erkannte, dass es Marc war …« Seine Stimme brach ab. »Sie hat an Ort und Stelle einen Zusammenbruch erlitten. Es ging ihr sehr schlecht. Die Jungs, ihr Job … Caroline wusste nicht, wie es weitergehen sollte.« Er schüttelte bekümmert den Kopf. »Da mich nichts mehr in Lille hielt, schlug ich ihr vor, zu ihr zu ziehen. Erst mal nur vorübergehend, um zu sehen, wie es läuft. Unsere Eltern sind zu alt, um Caroline zu unterstützen. Und ich brauchte dringend einen Tapetenwechsel.« Wieder hielt er inne und sah zu Estelle. »Was denkst du?«

Sie zuckte mit den Achseln. »Ich weiß nicht, ich dachte die ganze Zeit …«

Tom nickte. »Es war schwierig. Die Jungen vermissen natürlich ihren Vater. Und auch Caroline hat das Ganze bis heute nicht richtig verarbeitet. Sie spricht nicht mit mir darüber, aber ich glaube, sie hat immer noch große Probleme.«

»Es war sicher nicht leicht, allein mit zwei Kindern.«

Tom blickte sie scharf an. »Nein, leicht hatte sie es nicht. Aber wir kommen mittlerweile ganz gut zurecht. Caroline kann weiterarbeiten und für mich ist es schließlich egal, von wo aus ich die Manuskripte lektoriere.«

»Was ist mit deiner Frau?« Estelle wagte kaum, die Frage auszusprechen.

»Es ist nur noch eine Frage der Zeit, bis die Scheidung rechtsgültig wird. Romy hat Angst, ich könne Unterhalt von ihr fordern, weil sie mit ihren Büchern seit einiger Zeit sehr gut verdient. Dabei will ich keinen Cent von dieser Frau.« Seine Stimme klang verärgert. »Wenn es nach mir ginge, wären wir bereits seit Monaten geschieden.«

Estelle wusste nichts zu erwidern.

Tom fasste sie sanft am Kinn und drehte ihren Kopf in seine Richtung. »Romy ist Vergangenheit. Ich hätte nie gedacht, dass ich … dass wir …« Er zögerte, bevor er weitersprach. »Ich würde dich gern besser kennenlernen, Estelle. Viel besser.«

Sie blickte ihn hilflos an. Alles war plötzlich anders. Tom war frei. Er hatte keine Kinder und auch keine Ehefrau, die direkt nebenan wohnte. Estelle war mit der neuen Situation völlig überfordert.

»Was sagst du dazu?« Seine Stimme klang sanft.

»Ich freue mich, das zu hören, Tom. Aber ich …« Sie schluckte.

»Warum vertraust du mir nicht, Estelle? Ich sehe doch, dass etwas nicht stimmt. Erzähl mir, wer dir so wehgetan hat. Bitte.«

Ihre Augen begannen bei seinen Worten zu brennen. Verzweifelt kämpfte sie gegen die Tränen an.

Tom legte seinen Arm um Estelle und zog sie dichter an sich. Vorsichtig hüllte er sie in die Decke ein. »Du kannst mir wirklich vertrauen.«

Sie schluchzte. »Ich weiß.« Sie nickte traurig. »Tom, ich weiß, dass du …« Wütend wischte sie sich die Tränen weg. »Ich weiß, dass du anders bist.«

»›Anders‹?« Er runzelte die Stirn. »Was meinst du damit?«

»Bodenständig, verantwortungsbewusst, geerdet.«

Sein Gesichtsausdruck verfinsterte sich. »Mit anderen Worten: langweilig.«

»Nein.« Estelle schüttelte heftig ihren Kopf. »Nein, ganz und gar nicht.« Sie schluchzte erneut. »Früher hätte ich das vielleicht gedacht, aber ...« Ihre Stimme brach ab. Sie rang um Fassung, bevor sie ihren Kopf hob und in Toms Augen sah. »Du hast mich verzaubert, als wir ... als du ...« Sie nahm seine Hand und strich zärtlich darüber. »So etwas wie mit dir habe ich noch nie erlebt.«

»Warum willst du es dann nicht zulassen?« Tom klang enttäuscht.

»Du kennst mich nicht. Du weißt nicht, was ...«

»Dann lass mich dich kennenlernen, Estelle.« Seine Worte ließen sie erneut erzittern.

Wieder rannen ihr Tränen über die Wangen. »Ich habe Fehler gemacht. Große Fehler ...«

»Fehler kann man wiedergutmachen«, erklärte er mit belegter Stimme. »Jederzeit.«

»Du weißt nicht, wovon ...«

»Doch, Estelle. Ich weiß es.« Er nahm ihre Hand und hauchte einen Kuss auf die Innenfläche. »Ich weiß es.«

Erschrocken starrte sie ihn an. »Was weißt du?«

»Noah«, erklärte er kurz angebunden.

Sie fröstelte und überlegte fieberhaft, was sie erwidern sollte.

»Lass es, Estelle. Es ist völlig egal, was du jetzt sagst.«

»Aber woher ...?« Ihre Gedanken überschlugen sich. All die Jahre war niemand hinter ihr Geheimnis gekommen.

»Noah ist dein Sohn«, bemerkte Tom mit fester Stimme. »Ich habe keine Ahnung, warum du ihn belügst. Was es mit dieser merkwürdigen Geschichte über die angebliche Vormundschaft auf sich hat.« Er schüttelte bekümmert seinen Kopf. »Aber ich bin mir ganz sicher, dass du seine Mutter bist.«

Sie entriss ihm ihre Hand und sprang auf. Aufgewühlt trat sie an den Rand des Felsplateaus und blickte in die weiße Gischt, die bei jeder heranrollenden Welle aufspritzte. Was hatte Tom vorhin gesagt? ›Allein mit den Naturgewalten.‹ Hier konnte man die Kraft des Meeres nicht nur sehen, man konnte sie auch spüren.

Estelles Magen krampfte sich vor Kummer zusammen. Was sollte sie tun? Warum nur war sie hergekommen?

Sie erschrak, als sie plötzlich seine Hand an ihrem Rücken spürte.

»Ist dieser Typ der Vater? Dieser Matthieu? Den du umbringen wolltest, sollte er sich noch mal blicken lassen?«

»Bitte hör auf, Tom.« Estelle blickte weiter aufs Meer hinaus. Einige kleinere Jachten wurden auf den Wellen hin und her geworfen – wie Papierboote in einem Strudel.

»Du liebst ihn wie eine Mutter. Er hat deine Augen, deinen Mund.«

In Estelles Kehle bildete sich ein Kloß. Sie nickte.

»Was ist passiert? Hat der Mistkerl dich sitzen lassen?«

Sie schüttelte den Kopf.

»Hat er jetzt herausgefunden, dass du von ihm schwanger warst?«

In diesem Moment fasste Estelle einen Entschluss, denn sie war mit ihren Kräften am Ende. All die Lügen, all die Täuschungen.

Die letzten Tage hatten ihre gesamte Energie gekostet. Sie fühlte sich um Jahre älter, mutlos, hilflos, ohne den Hauch einer Ahnung, wie es mit ihr weitergehen sollte. Und da war Tom. Tom, der ihr um jeden Preis helfen wollte. Der entgegen ihrer Befürchtung nicht verheiratet war, zumindest nicht mehr lange. Tom, der Gefühle in ihr auslöste, die sie nach wie vor nicht deuten konnte.

Als sie zu sprechen begann, klang ihre Stimme wie die einer

Fremden. Sie blickte weiter auf die Wellen, spürte Toms eindringlichen Blick auf sich. »Ich weiß nicht, ob Matthieu Noahs Vater ist«, gab sie zu. Sie schaute kurz zu Tom auf, sah die Fragen in seinem Gesicht. Sie nickte. »Ich werde es dir erzählen. Alles. Aber ich warne dich, es wird keine schöne Geschichte.«

Als er schwieg, wandte sie ihren Kopf wieder ab und begann. »Am fünfundzwanzigsten Mai vor achtzehn Jahren feierte meine Klasse ihre Abschiedsparty am Strand von Argelès. Es war ein heißer Frühsommertag. Wir waren alle so unglaublich froh, dass wir unsere Prüfungen bestanden hatten. Da ich ziemliche Kopfschmerzen hatte, überlegte ich, die Party sausen zu lassen. Mir war nicht nach Feiern, nach Tanzen und Trinken. Louanne, meine damalige beste Freundin, überredete mich schließlich mitzukommen. Also habe ich zwei Schmerztabletten genommen und bin eben doch hingegangen.

Die Feier begann gegen acht. Einige Jungen aus der Klasse entfachten ein Lagerfeuer und grillten. Zwei Freundinnen hatten Gitarren dabei. Wir aßen, tanzten, sangen und tranken. Es war ein ausgelassener Abend. Alle hatten ihren Spaß. Durch die Tabletten ging es mir besser und ich hatte keine Kopfschmerzen mehr.

Einer der Jungen, er hieß Jérôme Lafayette, umgarnte mich den ganzen Abend. Er war damals wohl das, was man gemeinhin einen Mädchenschwarm nennen würde. Schwarze Locken, dunkler Teint. Sehr attraktiv und charmant. Ich fühlte mich ziemlich geschmeichelt und auch Louanne bemerkte sein Interesse an mir. Sie grinste mich immer wieder an und nickte mir aufmunternd zu. Na ja, es war nicht so, dass ich auf ihn flog, aber eine Augenweide war er schon. Wir flirteten und alberten stundenlang herum. Dabei nahm ich allerdings nicht wahr, wie oft er mein Glas nachfüllte.

Als es schon dunkel war, bestimmt bereits weit nach elf, verließen die Ersten die Party. Auch ich wollte nach Hause, merkte aber, dass ich mich kaum noch auf den Beinen halten konnte.

Louanne forderte mich mehrmals auf, mit ihr zu gehen. Aber Jérôme war wirklich charmant an jenem Abend und bat mich, noch zu bleiben. Ich war betrunken, das war mir klar. Doch es gefiel mir. Ich kicherte und grinste dämlich vor mich hin. Jérôme versicherte Louanne, er würde mich später nach Hause bringen.

Also blieb ich und wir tranken und lachten weiter. Alles fühlte sich so unbeschwert an. Irgendwann bemerkte ich plötzlich, dass wir nur noch zu fünft waren. Jérôme, Matthieu, Yves, Patrick und ich. Das Feuer war längst erloschen. Mir war schwindlig und ich hatte furchtbare Bauchschmerzen. Ich bat Jérôme, mich nach Hause zu bringen, denn ich wollte nur noch in mein Bett.

Er saß neben mir im Sand und rückte immer näher. Natürlich wusste ich, was als Nächstes kommen würde. Ich schüttelte meinen Kopf und sagte, ich sei nicht in der Stimmung. Mir war hundeelend zumute. Außerdem war Jérôme nicht der Typ Mann, mit dem ich mir mehr vorstellen konnte. Er war ein Weiberheld, der es bei keinem Mädchen länger als eine Woche aushielt. Flirten und Spaßhaben war okay, aber weiter wollte ich nicht gehen. Zu jenem Zeitpunkt hatte ich noch keinerlei Erfahrung mit Männern.

Meine Bemerkung interessierte ihn überhaupt nicht. Er packte mein Gesicht und presste grob seine Lippen auf meine. Ich wollte ihn wegstoßen, doch natürlich war er viel stärker als ich. Außerdem hatte mir die Trinkerei jede Kraft geraubt. Er lachte gehässig und meinte, ich solle mich nicht so anstellen. Wir seien doch jetzt unter uns. Erst da bemerkte ich, dass Yves, Matthieu und Patrick schweigend um uns herumsaßen und uns aufmerksam beobachteten. Mir wurde bewusst, dass hier etwas völlig schieflief. Und weit und breit war niemand, der mir hätte helfen können.

Verzweifelt versuchte ich aufzustehen. Mittlerweile war ich so weit, es irgendwie allein nach Hause zu schaffen. Ich wollte nur weg von den vieren. Doch Jérôme war schneller. Er packte mich und stieß mich in den Sand zurück. Als ich in seine Augen sah, erkannte ich sofort, was er vorhatte. Ich blickte zu den anderen dreien in der Hoffnung, dass der Alkohol ihre Sinne nicht allzu sehr benebelt hatte. Dass sie mir helfen würden. Doch ich wurde enttäuscht. Ihre Mienen sprachen Bände. Panik ergriff mich.

Während Jérôme an seiner Hose herumnestelte, zogen die anderen mir brutal Rock und Slip aus und schoben mein T-Shirt hoch. Sie packten meine Arme und drückten sie in den kalten Sand. Einer hielt mir den Mund zu, ein anderer meine Augen. Dann ... vergewaltigten sie mich. Erst Jérôme, dann die anderen drei, einer nach dem anderen. Ich weiß nicht, wie lange und wie oft. Mein Körper bestand irgendwann nur noch aus einem einzigen unbeschreiblichen Schmerz. Ich spürte meine Gliedmaßen nicht mehr, mein Unterleib brannte wie Feuer, mein Kopf schaltete sich aus und ich lag nur noch da und ertrug diese Höllenqualen. Dabei überkam mich immer wieder das Gefühl, ersticken zu müssen. Ich schnappte wie eine Ertrinkende nach Luft, doch schon im nächsten Moment verschlossen sie mir wieder meinen Mund.

Als sie nach einer Ewigkeit endlich von mir abließen, fühlte ich mich beschmutzt und leer. Keiner der vier beachtete mich länger. Sie zogen ihre Hosen hoch und verließen den Strand. Mich ließen sie einfach liegen.

Ich weiß nicht, wie lange ich dort verharrte. Unfähig, mich zu bewegen. Nicht in der Lage, auch nur einen einzigen klaren Gedanken zu fassen. Die Wirkung des verfluchten Alkohols hatte längst nachgelassen. Ich habe absolut keine Ahnung, wie ich in jener Nacht nach Hause kam. Daheim bin ich direkt ins Badezimmer gegangen und habe stundenlang unter der Dusche gestanden.

Als ich am nächsten Morgen aufwachte, war Emily bereits in der Schule und mein Vater auf der Arbeit. Neben dem demütigenden Schamgefühl stieg Wut in mir auf. Ich machte mir die Entscheidung nicht leicht, aber mein Hass auf die vier wurde von Minute zu Minute größer. Sie hatten mir in jener Nacht alles genommen.

Ich habe mir ein Herz gefasst und bin zur Police Nationale gegangen. Eine junge Polizistin hat sich meiner angenommen und ich erzählte ihr, was in der Nacht zuvor vorgefallen war. Sie nahm meine Aussage auf und teilte mir mit, man werde sich sofort darum kümmern. Außerdem schickte sie mich zu einem Frauenarzt, der mich untersuchte. Leider hatte ich bereits alle Beweisspuren abgewaschen. Die Polizistin meinte, das dürfe trotzdem kein Problem sein. Den Tag verbrachte ich wie in Trance.

Als mein Vater nach Hause kam, überlegte ich lange, ob ich ihm erzählen solle, was passiert war. Aufgrund meiner Anzeige würde er ja sowieso in den nächsten Tagen davon erfahren. Ich entschied mich dafür, ihm nicht jedes Detail zu erzählen. In kurzen Sätzen erklärte ich ihm, was passiert war. Natürlich reagierte er geschockt, bekräftigte mich aber in meiner Entscheidung, die vier Männer zur Rechenschaft zu ziehen. Er zögerte nicht einen Moment, obwohl Patricks Vater zum damaligen Zeitpunkt der direkte Vorgesetzte meines Vaters war.

Als Papa am nächsten Tag nach Hause kam, merkte ich sofort, dass irgendetwas geschehen war. Er wich mir aus, konnte mir kaum in die Augen sehen. Nachdem Emily im

Bett lag, bat er mich um ein Gespräch. Er teilte mir knapp mit, er habe meine Anzeige zurückgezogen. Ich konnte es nicht fassen. Ich fühlte mich in der Falle. Wenn ich nur daran dachte, wie die vier sich an meinem Körper zu schaffen gemacht hatten … Ihre Hände auf meiner Haut, ihr Geruch in meiner Nase, ihre Stöße in mir, die Schmerzen, die nicht enden wollten. Ich war sprachlos, wusste nicht, wie ich auf seinen furchtbaren Verrat reagieren sollte. Denn das war es. Ein Verrat an seiner eigenen Tochter. Ein Verrat an allen Grundwerten, die er mir beigebracht hatte. Mir war schwerstes Leid zugefügt worden. Man hatte sich brutal an mir vergangen. Gegen meinen Willen, denn ich hatte laut und deutlich Nein gesagt.

Papa äußerte sich jedoch nicht weiter dazu. Wir drehten uns im Kreis. Er meinte, es sei zu meinem Besten. Eine Gerichtsverhandlung könne für mich nach hinten losgehen. Irgendwann würde ich ihn verstehen.

Als ich merkte, dass ich immer wieder gegen eine Wand rannte, bin ich ohne ein weiteres Wort aufgestanden und in mein Zimmer gegangen.

In jener Nacht habe ich kein Auge zugemacht. Ich erlebte den Abend der Party wieder und wieder in einer Endlosschleife, die sich nicht stoppen ließ. Mein Unterleib rebellierte, meine Eingeweide zogen sich zusammen. Nein, ich konnte die Gewalt, die mir angetan worden war, nicht vergessen. Der Schmerz saß zu tief. Durch die Worte meines Vaters war es, als ob man mir ein zweites Mal meine Würde genommen hätte. Mein Leben lag in Tausenden Scherben vor mir. Ich fühlte mich, als ob ich in einem dunklen Loch säße, in dem das Tageslicht unerreichbar war. Und ich fand keinen Ausweg.

Zwei Tage später packte ich meine Koffer und stieg in den Zug nach Deutschland. Ich nahm mein Sparbuch mit, dessen

Geld eigentlich für meinen Führerschein gedacht war, und beschloss, Argelès zu verlassen. Für immer.

So landete ich in Heidelberg, wo meine Mutter ursprünglich herkam. Die Sprache bereitete mir kaum Probleme. Aber ich wusste nicht, wo ich wohnen sollte. Schließlich kannte ich keine Menschenseele. Da ich noch nicht volljährig war, beschloss ich, mich an das Jugendamt zu wenden. Ich hoffte, dass man mir dort helfen könne.

Die für mich zuständige Sachbearbeiterin hieß Tatjana Hartmann. Sie war nur wenige Jahre älter als ich und erkannte sofort, dass mit mir etwas nicht stimmte. Ich glaube, wir haben drei Stunden lang geredet, und ich habe ihr alles erzählt. Von der Strandparty, der Anzeige, dem Streit mit meinem Vater.

Fürs Erste brachte sie mich in einem Heim für betreute Jugendliche unter. Es war keine Ideallösung, aber ich konnte ein paar Wochen dort bleiben, bekam dreimal am Tag mein Essen und hatte ein Bett zum Schlafen, obwohl ich kurz darauf achtzehn wurde.

Um Jérôme, Patrick, Yves und Matthieu erneut anzuzeigen, fehlte mir damals die Kraft. Tatjana sah regelmäßig nach mir und mit der Zeit freundeten wir uns an.

Fünf Wochen später stellte ich fest, dass ich schwanger war. Mein erster Gedanke war natürlich, dass ich dieses Kind nicht wollte. Ein Kind, dessen Vater ein Vergewaltiger war. Ein Kind, das ich niemals lieben könnte. Ein Kind, das mein Leben oder das, was noch davon übrig war, vollends zerstören würde.

Tatjana unterstützte mich bei allen weiteren Schritten. Sie begleitete mich zur Frauenärztin und schleppte mich zur Familienhelferin. Nach wie vor war ich mir sicher, dass ich dieses Kind nicht bekommen konnte. Bis sie mir kurz darauf Silvia Gärtner vorstellte.

Die beiden kannten sich schon länger. Silvia war Anfang dreißig und arbeitete in einem kleinen Hotel in der Innenstadt. Tatjana berichtete mir von Silvias unerfülltem Kinderwunsch. Ihr Partner hatte ihr mehrfach vorgeschlagen, ein Kind zu adoptieren, aber da die beiden nicht verheiratet waren, war diese Option so gut wie unmöglich. Und dass Silvias Freund nur unregelmäßig einer Arbeit nachging, verbesserte ihre Chancen nicht unbedingt. Sie hatten kaum Rücklagen, um ein Kind finanziell versorgen zu können.

Tatjana schlug mir vor, das Kind anonym auf die Welt zu bringen. ›Anonyme Geburt‹ nennt man das in Deutschland. Werdende Mütter, die ihre Kinder nicht behalten wollen, können so unter ärztlicher Aufsicht gebären, ohne ihren Namen preisgeben zu müssen. Das Ganze spielt sich in einer rechtlichen Grauzone ab. Aber Tatjana saß schließlich an der Schaltstelle. Silvia sicherte mir mehrfach zu, das Kind als ihr eigenes anzunehmen. Um die Fälschung der Geburtsurkunde würde sich Tatjana kümmern, die enge Kontakte zum Standesamt unterhielt.

Nachdem ich mir die Idee einige Tage hatte durch den Kopf gehen lassen, stimmte ich schließlich zu. Silvia und ich trafen uns von da an fast wöchentlich. Sie liebte das Kind schon, bevor es überhaupt auf der Welt war. Auch ihr Freund machte einen netten Eindruck. Ich dachte damals wirklich, die Adoption sei das Beste für das Baby. Die beiden wussten nicht, unter welchen Umständen das Kind gezeugt worden war. Sie nahmen an, ich sei vom Vater des Kindes sitzen gelassen worden.

Irgendwann kam der Tag der Geburt. Es ging alles rasend schnell. Tatjana war die ganze Zeit bei mir. Nachdem das Kind auf der Welt war, brachte man es in einen anderen Raum und Tatti kümmerte sich um alle Formalitäten. Natürlich war es nicht legal, die Geburtsurkunde zu fälschen, doch wir dachten, es sei das Beste. Für das Kind, für mich und für Silvia und ihren Freund.

In der Folgezeit blieb ich weiter mit Silvia in Kontakt. Wir trafen uns oft zu dritt mit Tatjana. Jedes Mal, wenn ich Noah ansah, redete ich mir ein, dass er ein besseres Leben verdient hatte. Was nutzte ihm eine Mutter, die ständig an das schlimmste Erlebnis in ihrem Leben erinnert wurde, wenn sie ihr Kind anblickte?

Die Monate vergingen und Noah entwickelte sich prächtig. Er war ein richtiger Sonnenschein. Silvia erzählte mir, dass in dem Hotel, in dem sie arbeitete, ein Ausbildungsplatz frei sei. Ob ich nicht Interesse hätte? So kam es, dass ich in die Hotelbranche rutschte.

Während meines ersten Ausbildungsjahres wurde Silvia von ihrem Freund verlassen. Das Leben mit Kind war ihm zu anstrengend. Unruhige Nächte, eine Freundin, die sich rund um die Uhr um ein kleines, hilfloses Wesen kümmerte, das war wohl zu viel für ihn. Gott sei Dank hatte Tatjana nur Silvias Namen in die Geburtsurkunde eintragen lassen. Vater unbekannt. Silvia begann, mehr zu arbeiten, während Noah bei einer Tagesmutter untergebracht wurde.

Zwei Jahre später war ich endlich mit meiner Ausbildung fertig und konnte mir eine eigene kleine Wohnung leisten. Davor waren es nur enge WG-Zimmer gewesen. Aber ich hatte mein Leben in Heidelberg, traf mich regelmäßig mit Tatjana oder Silvia und sah Noah aus der Ferne beim Aufwachsen zu.

Irgendwann fiel mir auf, dass ich bisher nicht ein einziges Mal an die Vergewaltigung hatte denken müssen, wenn ich mit dem Kleinen spielte. Er war so ein liebenswertes Kind. Clever und aufgeweckt. Silvia liebte ihn über alles. Wenn ich die beiden zusammen sah, wusste ich, dass ich die richtige Entscheidung getroffen hatte. Für Noah. Und für mich.

Leider verläuft unser Leben nicht immer so, wie wir es gern hätten. Eines Tages rief Tatjana ganz aufgeregt bei mir an und teilte mir mit, dass bei Silvia ein Hirntumor entdeckt worden war. Unsere Freundin hatte in letzter Zeit öfter über Kopfschmerzen geklagt, daran erinnerte ich mich. Aber niemand hatte vermutet, dass etwas wirklich Ernstes dahinterstecken könnte.

Während Silvia unzählige Untersuchungen über sich ergehen lassen musste, kümmerten sich Tatjana und ich abwechselnd um Noah, soweit es unsere Zeit zuließ.

Die Ärzte teilten Silvia schließlich mit, dass der Tumor nicht operabel sei. Eine Chemotherapie könne ihr Leben um einige Monate verlängern, aber das Unausweichliche sei nicht aufzuhalten.

Natürlich war die Diagnose für uns alle ein furchtbarer Schock. Silvia war gerade fünfunddreißig geworden und hatte noch ihr ganzes Leben vor sich. Und was sollte mit Noah passieren? Ihre Eltern waren bereits verstorben und weitere Verwandte hatte sie nicht.

Wieder war es Tatjana, die uns die Idee mit der Vormundschaft vorschlug. Als leibliche Mutter konnte Silvia zu Lebzeiten darüber verfügen, was mit ihrem Sohn nach ihrem Tod geschehen sollte.

Wir haben nächtelang geredet. Silvia und ich, Tatjana und ich, Tatjana und Silvia. Wir saßen an ihrem Krankenbett und zermarterten uns das Hirn. Noah war zu diesem Zeitpunkt drei Jahre alt. Alt genug, um mitzubekommen, dass mit seiner Mutter etwas nicht stimmte.

Letztendlich entschied sich Silvia gegen die Chemotherapie. Die Nebenwirkungen schreckten sie zu sehr ab. Und sie wollte ihre letzten Tage nicht an Schläuche angeschlossen verbringen, kaum noch Herr ihrer Sinne. Ihr körperlicher Zerfall schritt unaufhörlich voran.

Knapp sechs Monate nach der Diagnose starb Silvia. Es war grausam. Noah weinte nächtelang und verlangte nach seiner Mama.

Wieder einmal behielt Tatjana den Überblick und kümmerte sich um all die bürokratischen Hürden, bis die Vormundschaft rechtsgültig war. Jetzt war ich also der Vormund meines eigenen Sohnes. Doch wir hatten die Sache angestoßen, es gab kein Zurück mehr.

Noah kam in den Kindergarten, in die Schule. Irgendwann hatten wir beide uns zusammengerauft und er akzeptierte mich. An Argelès habe ich damals keinen einzigen Gedanken mehr verschwendet. Heidelberg war mein Leben. Heidelberg, das Hotel, meine Arbeit und Noah. Bis meine Oma starb … Bis sich der Notar meldete und mir mitteilte, ich habe die *Auberge* geerbt. Den Rest kennst du.«

Tom hatte schweigend neben Estelle gestanden und ihr zugehört. Als sie die Vergewaltigung schilderte, musste er sich zusammenreißen, um nicht wütend loszubrüllen. Jetzt musterte er sie stumm. Das vom Wind zerzauste Haar, ihre zusammengekniffenen Augen, die angestrengte Miene.

»Was denkst du?«, fragte sie ihn leise, während sie sich zu ihm umdrehte.

Tom schüttelte den Kopf und überlegte. »Ich kann es nicht fassen.« Seine Gedanken überschlugen sich. Obwohl ihm klar gewesen war, dass Estelle Schlimmes in ihrem Leben durchgemacht haben musste, hätte er sich ein solches Ausmaß an Leid niemals vorstellen können.

Estelle nickte. »Ich habe dich gewarnt. Es ist keine schöne Geschichte.«

Da er nichts darauf zu erwidern wusste, trat er einen Schritt auf sie zu und blickte sie nur fragend an. Ihre blauen Augen schimmerten traurig, bevor sie ihren Kopf senkte.

Tom streckte seine Arme aus und zog sie vorsichtig an sich. Während er über ihren Rücken strich, bemerkte er, wie sich ihre verkrampfte Haltung langsam löste. Immer wieder ließ er seine Hände an ihrer Wirbelsäule entlangkreisen. Sie sprachen nicht, sondern standen nur da und lauschten den Wellen, die sich an den Felsen unter ihnen brachen.

Nach einer halben Ewigkeit löste sich Estelle von Tom und blickte ihn ernst an. »Matthieu wurde vor wenigen Tagen ermordet. Und vorgestern Patrick. Patrick Dugout, der Politiker. Du kennst ihn vielleicht.«

Ja, Tom hatte den Namen schon gehört. »Weiß Caroline …?«

»Nein.« Estelle schüttelte ihren Kopf. »Wenn sie herausfindet, was die vier mir damals angetan haben …« Sie verstummte.

»Estelle, du solltest mit ihr reden.« Tom hob ihr Kinn und zwang sie, ihn anzusehen. »Was ist mit den anderen beiden?«

»Ich war gestern bei Yves«, erwiderte sie. »Der Täter hat den Opfern ein Datum eingeritzt. Nicht irgendeins, sondern das Datum der Strandparty.«

»Wie bitte?« Tom sah sie ungläubig an.

Estelle nickte nachdrücklich. »Der fünfundzwanzigste Mai. Ich habe keine Ahnung, was das zu bedeuten hat.«

»Könnte einer der beiden Männer dahinterstecken?«

Estelle zuckte mit den Achseln. »Ich weiß es nicht.«

»Du musst mit der Polizei reden.« Er sah sie eindringlich an.

»Ja, vielleicht«, entgegnete sie ausweichend.

»Was ist mit Noah?«, wollte Tom von ihr wissen.

»Es ist zu spät. Noah denkt, Silvia sei seine Mutter. Wenn er jemals erfährt, dass ich ihn all die Jahre angelogen habe, wenn er wüsste, wie er …« Sie schüttelte ihren Kopf. »Nein.«

»Du liebst ihn.« Tom strich Estelle sanft über ihr zerzaustes Haar.

»Ich liebe ihn mehr als mein eigenes Leben«, erwiderte sie leise.

»Ich möchte dir helfen.« Er küsste sanft ihre Stirn.

42

Yves starrte auf die Fotos, die vor ihm auf dem Schreibtisch lagen. Es war nicht das erste Mal, dass er sie ansah seit damals. Estelles Gesicht blickte ihm mehrfach entgegen. Ihre Hände über dem Kopf, festgehalten von Patrick oder Matthieu. Ihre entblößten Brüste. Jérôme, wie er seinen Unterleib gegen ihren presste. Matthieu mit triumphierender Miene. Patrick, wie er seine Hose aufknöpfte. Jérôme, der das Victoryzeichen in die Kamera zeigte. Und wieder Estelle, mit breit geöffneten Beinen, den Mund auf groteske Weise verzogen. Die Augen angstgeweitet.

Er schob die schlimmsten Aufnahmen zusammen und wandte sich den Fotos zu, die er früher am Abend geschossen hatte. Nachdenklich fuhr er mit seinem Zeigefinger über eine Aufnahme, die Estelle zeigte. Sie saß neben Jérôme, ein Glas Gin in der Hand, und lachte über etwas, das er gerade, wild gestikulierend, erzählte. Sie hatte den Kopf in den Nacken gelegt und wirkte entspannt und heiter.

Es mussten mehr als hundert Aufnahmen sein. Warum hatte er sie heute überhaupt aus der Schublade geholt? Warum hatte er sie vor achtzehn Jahren nicht vernichtet? Hatte er sich damals nicht geschworen, niemals wieder an diese unheilvolle Nacht zu denken?

Estelles Frage fiel ihm ein. ›Wer hat die beiden umgebracht? Du oder Jérôme?‹ Sollte er ihn anrufen? Ihn fragen, ob er von Matthieus und Patricks Tod wusste? Aber was würde Yves das bringen? Und warum sollte Jérôme etwas mit dem

Tod der beiden zu tun haben? Wahrscheinlich hatte er sie ebenfalls seit Ewigkeiten nicht gesehen. Doch das Datum konnte kein Zufall sein!

Yves stand auf und stellte sich an die offene Terrassentür. Es war kalt geworden. Er zog die Strickjacke enger.

Eigentlich musste er seine große Ausstellung in Montpellier vorbereiten. Negative Berichterstattung war das Letzte, was er im Moment gebrauchen konnte. Falls Estelle plauderte … Die Sache lag fast zwanzig Jahre zurück. Vielleicht war es nicht in Ordnung gewesen, was sie getan hatten. Wobei, so beruhigte Yves sich im nächsten Moment, er sich keine Vorwürfe zu machen brauchte, denn er hatte Estelle nicht angerührt. Er hatte lediglich die anderen dabei fotografiert. Sie waren jung gewesen. Und Estelle hatte Jérôme an jenem Abend ganz schön heißgemacht. Letztendlich war sie selbst schuld gewesen. Die anderen Mädchen hatten sich längst auf den Heimweg begeben, aber Estelle … Sie wollte es an jenem Abend wissen. Und was war schon passiert? Seine Kumpels hatten sich ein wenig mit ihr vergnügt.

Als Yves sich umdrehte, fiel sein Blick erneut auf die Fotos. Matthieu und Patrick waren tot. Etwa ein Racheakt? Steckte vielleicht doch Estelle dahinter? Aber hätte sie ihn dann nicht gestern …? Nein, er war sich keiner Schuld bewusst.

Als es an der Haustür klingelte, blickte er überrascht auf seine Uhr. Er erwartete niemanden. Eilig packte Yves die Fotos zusammen und verstaute sie wieder in der untersten Schreibtischschublade, versteckt hinter einem Stapel Rechnungen. Nachdem er sich vergewissert hatte, dass er keine Aufnahme vergessen hatte, ging er zum Eingang. Unruhig schob er seine Brille auf der Nase hoch.

Als Yves die Haustür öffnete, verzog er überrascht das Gesicht. Obwohl er seinen Gast seit Ewigkeiten nicht gesehen hatte, erkannte er ihn auf Anhieb. »Was willst du denn hier?« Er konnte sich absolut nicht vorstellen, was die Person zu ihm geführt hatte.

Im nächsten Moment durchfuhr ein unbeschreiblicher Schmerz seinen Unterleib. Es fühlte sich an, als ob ihm jemand die Eingeweide durchtrennte.

Als Yves sich japsend zusammenkrümmte, registrierte er die große, schwarze Messerklinge, die aus seinem Bauch ragte. Mit letzter Kraft hob er den Kopf und blickte in das Gesicht seines Besuches. In diesem Moment wurde ihm durch den wabernden Nebel seiner schwindenden Gedanken klar, dass er ebenfalls gezeichnet würde. Dass der fünfundzwanzigste Mai vor achtzehn Jahren ihrer aller Schicksal besiegelt hatte.

43

»Es tut mir übrigens sehr leid, was damals mit Ihrem Mann geschehen ist.« Marie Noir blickte vom Schreibtisch auf und verzog bedauernd ihren Mund.

Caroline hielt beim Schreiben inne und schaute zögernd zu ihrer Mitarbeiterin. Die letzten zwei Stunden hatten sie schweigend Berichte verfasst und Protokolle abgeglichen. Caroline atmete tief durch. »Danke, Officier Noir.« Sie nickte, während sie überlegte, ob sie den vorliegenden Bericht heute noch beenden sollte. »Es ist dieser verfluchte Job«, merkte sie schließlich leise an. »Ich liebe und hasse ihn zugleich.«

»Sicher ist es nicht leicht. Mit Ihren Kindern …« Marie Noir brach verlegen ab.

Caroline schüttelte ihren Kopf. »Nein, leicht ist es ganz bestimmt nicht. Aber ich bin sehr dankbar, dass mein Bruder nach Marcs Tod zu uns gezogen ist. Die Jungen brauchen einen Mann im Haus. Ohne Tom ...« Sie zuckte mit den Achseln. »Ohne ihn hätte ich nicht mehr als Polizistin arbeiten können.«

Die junge Beamtin kaute auf ihrem Stift. »Haben Sie denn keine Angst, dass Ihnen Ähnliches ...«

»Doch«, unterbrach Caroline sie hastig. »Doch, bei jedem neuen Einsatz, bei jedem verdammten Tatort, an den ich gerufen werde, hoffe ich, dass ich dort nicht wie Marc auf einen Wahnsinnigen treffe. Dass ich abends wieder zu meinen Kindern nach Hause fahren kann. Dass sie nicht irgendwann als Waisen aufwachsen müssen.« Ihre Stimme klang bitter. »Sie werden es noch merken, Officier Noir. Als Frau müssen Sie mehr leisten als Ihre männlichen Kollegen. Sie müssen flexibler sein, müssen die stärkeren Nerven besitzen und die bessere Aufklärungsquote haben. Nur um zu beweisen, dass Sie gleichwertig sind. Nicht besser, gleichwertig.«

»Nic ist nicht so«, erwiderte Officier Noir, während sie die Akte, die vor ihr lag, zur Seite schob.

»Nein, Capitaine Rousseau ist in Ordnung«, stimmte Caroline zu, während sie an ihren Kollegen dachte, den sie gerade vertrat. »Aber es gibt andere.«

»Ich wollte immer nur Polizistin sein«, erzählte Marie Noir. »Schon im Kindergarten.«

»Ein ungewöhnlicher Berufswunsch für ein Mädchen«, entgegnete Caroline, während sie schwach lächelte. »Aber mir ging es ähnlich. Auch heute kann ich mir keine schönere Aufgabe vorstellen. Obwohl ...« Sie verstummte.

»Obwohl Ihr Mann dabei sein Leben verloren hat.«

Caroline nickte und blickte wehmütig aus dem Fenster. »Manchmal wache ich morgens auf und denke, dass alles nur ein böser Traum war. Dass er gleich ins Schlafzimmer kommt, sich zu mir hinabbeugt und mich küsst.« Sie schüttelte ihren Kopf. »Blöd, oder?«

»Nein, überhaupt nicht. Es ist furchtbar schwer, einen geliebten Menschen gehen zu lassen.«

»Das ist es.« Caroline nickte. »Verdammt, das ist es.«

Als ihr Telefon klingelte, blickte sie stirnrunzelnd aufs Display, bevor sie abnahm. »Police Nationale. Capitaine Bauvall am Apparat.«

»Capitaine, uns wurde ein Mord gemeldet.«

Caroline schloss verzweifelt ihre Augen. Nein, nicht schon wieder. »Was wissen wir?«

»Der Name des Opfers lautet Yves Cousteau. Ein Yannick Chagalle hat den Notruf abgesetzt.«

Caroline meinte, ihren Ohren nicht zu trauen. »Wo?«

Die Telefonistin nannte ihr Cousteaus Adresse. »Spurensicherung und Gerichtsmedizin sind bereits informiert.«

Caroline bedankte sich, bevor sie sich erhob und das Gespräch beendete. »Yves Cousteau ist tot.«

»Der Fotograf?« Marie Noir verzog fassungslos ihr Gesicht.

Caroline nickte. »Wollen wir eine Wette abschließen, was auf seiner Stirn eingeritzt wurde?«

Ihre junge Mitarbeiterin stand auf, nahm die Jacke vom Stuhl und schnallte sich routiniert ihr Waffenholster um. »Da müssen wir nicht wetten. Das darf doch nicht wahr sein.«

»Miroux war gestern ziemlich wütend auf Cousteau«, merkte Caroline an, während sie eilig zum Wagen liefen.

»Wütend genug für einen Mord?«

»Das ist genau die Frage«, erwiderte Caroline grimmig und setzte sich hinter das Steuer.

44

Mit mulmigem Gefühl im Bauch stand Estelle vor der Villa ihres Vaters und ließ den Blick über die frisch renovierte

Fassade schweifen. Vor achtzehn Jahren war der Verputz noch orange gewesen. Jetzt erstrahlten die Wände in einem hellen, weichen Gelbton. Die alte Haustür aus Holz war ebenfalls gegen eine moderne weiße ausgetauscht worden. Auf dem Namensschild stand neben *Miroux* noch *Dugroix,* wie Estelle nervös bemerkte. Ihr Vater lebte tatsächlich nicht mehr allein.

Kathrin Miroux war vor zwanzig Jahren gestorben, was erwartete Estelle? Und doch versetzte es ihr einen Stich, wenn sie sich vorstellte, dass in dem Haus, in dem ihre Eltern jahrelang zufrieden gelebt hatten, nun eine andere wohnte. Dass eine neue Frau ihren Vater glücklich machte. Sei nicht kindisch, schalt Estelle sich im nächsten Moment, zog nervös ihren Rock glatt und klingelte.

Keine fünf Sekunden später wurde die Tür geöffnet und ihr Vater stand vor ihr. »Estelle! Ich freue mich so, dass du da bist.«

»Bonjour, Papa.« Sie nickte.

»Komm rein.« Er trat zur Seite und zeigte hinter sich in den Flur.

Wo früher dunkle Massivholzmöbel gestanden hatten, befand sich jetzt eine weiße Hochglanzgarderobe. Estelle blieb überrascht stehen. »Hat sich ganz schön verändert.«

Pierre Miroux nickte. »Es ist lange her, dass du hier warst.«

Als Estelle in den Flurspiegel blickte, erkannte sie, wie erschöpft und ausgelaugt sie aussah.

Nachdem Tom sie vorhin an der *Auberge* abgesetzt hatte, hatte er ihr erklärt, er müsse nach Hause zu den Jungs, da Caroline noch arbeiten wolle. Estelle vermutete hingegen, dass ihn ihre Geschichte mehr schockiert hatte, als er auf der Klippe hatte zugeben wollen. Sie fürchtete, dass er mit ihrer Tragödie, mit der Vergewaltigung und den damit verbundenen Folgen nicht umzugehen wusste.

»Komm, lass uns in den Wintergarten gehen.« Mit seinen Worten riss ihr Vater sie aus ihren Gedanken.

Schweigend folgte Estelle ihm durch das weitläufige Wohnzimmer, in dem nichts mehr an das Zuhause von vor zwanzig Jahren erinnerte. Ein hochwertiges Ecksofa aus grauem Leder dominierte den ansonsten ebenfalls in Weiß gehaltenen Raum. Ein großer Flachbildfernseher hing an der Mauer gegenüber. Die hellen Küchenmöbel aus Holz waren gegen eine moderne Küchenfront im amerikanischen Stil ausgetauscht worden.

Während Estelle sich umsah, entdeckte sie an der Wand, die zur Gartenseite führte, eine kleine Fotogalerie. Neugierig trat sie näher und betrachtete die einzelnen Aufnahmen. Estelle und Emily vor vielen Jahren mit ihrer Mutter am Strand. Ein Familienfoto von allen vieren, das im Tierpark von Sigean aufgenommen worden war. Estelle und Emily bei einer Sportveranstaltung. Kathrin Miroux als junge Frau vor dem Heidelberger Schloss.

»Stören sie die Fotos nicht?« Estelle deutete auf die Bilder, während sie sich zu ihrem Vater umdrehte.

Er schien für einen kurzen Moment von ihrer Frage überrascht zu sein. »Sie?« Er zögerte. »Sie heißt Monique. Und nein, es stört sie nicht. Kathrin gehört zu meinem Leben. Wird immer zu meinem Leben gehören. Sie ist die Mutter meiner Töchter. Monique akzeptiert das. Sie würde dir gefallen.«

Estelle nickte, erwiderte jedoch nichts.

»Wollen wir uns setzen? Möchtest du einen Kaffee?«

Sie zuckte mit den Achseln, als sie dem fragenden Blick ihres Vaters begegnete. »Gern.« Sie bemühte sich um ein Lächeln. »Ein Kaffee wäre schön.«

»Setz dich doch schon mal. Ich hole ein Tablett.«

Estelle betrat den Wintergarten und blickte hinaus. Ein

grauer Tag, dachte sie wieder, während sie beobachtete, wie sich die Palmenwedel im Wind wiegten.

Der Pool war wegen des bevorstehenden Winters bereits mit einer schwarzen Plane abgedeckt. Estelle musste daran denken, wie Emily und sie früher während der Sommerferien kaum aus dem Wasser zu bekommen waren. Es kam ihr vor wie in einem anderen Leben. Nach all den Erfahrungen der letzten zwei Jahrzehnte war ihr klar geworden, dass Emily und sie eine überaus privilegierte Kindheit genossen hatten. Damals hatte sie ihr Leben für selbstverständlich genommen. Wie jedes Kind. Heute jedoch wusste sie, dass es keineswegs normal war, in einem solchen Luxus aufzuwachsen.

»Ihr wart zwei richtige Wasserratten, Emily und du.«

Estelle hatte gar nicht bemerkt, dass ihr Vater neben sie getreten war. Sie atmete tief durch. »Wie geht es ihr?«

»Nicht gut.« Pierre Miroux seufzte. »Aber ...« Er ließ den Satz unbeendet.

»Patrick war ein Arschloch«, wiederholte sie leise.

»Estelle, deine Schwester weiß nichts ...«

»Ich verstehe immer noch nicht, wie du zulassen konntest, dass sie sich mit diesem Mistkerl eingelassen hat.« Wieder stieg Wut in ihr auf.

»Setz dich. Monique hat Gebäck geholt.« Ihr Vater zeigte auf die hellgrauen Rattanmöbel hinter ihnen.

»Wo ist sie?« Estelle entschied sich für den Sessel, der an der Glasscheibe stand, während ihr Vater auf der Zweisitzercouch Platz nahm.

»Monique? Bei Emily.«

»Ich sollte mit ihr reden«, murmelte Estelle, während sie ihre Kaffeetasse zu sich heranzog.

»Ich weiß nicht«, entgegnete ihr Vater zweifelnd. »Sie ist immer noch ... sauer.«

»Ich muss ihr sagen, was damals passiert ist.« Estelle nippte vorsichtig an dem heißen Getränk und nahm sich ein gelbes Macaron.

»Hältst du das wirklich für eine gute Idee?« Pierre Miroux bediente sich ebenfalls, während er seine Tochter betrachtete. »Du siehst müde aus.«

Estelle zog ihre Brauen hoch. »Dieser Mistkerl hat mich vergewaltigt. Wie konntest du dich nur an einen Tisch mit ihm setzen? In dem Wissen, dass Emily und er ...« Sie ließ den Rest unausgesprochen und schüttelte ihren Kopf.

»Hätte ich ihr das sagen sollen? Als sie ihn mir vorstellte, war es bereits zu spät, Estelle.« Er lehnte sich vor. »Die beiden waren schon einige Monate zusammen, als sie mir von ihm erzählte.«

Estelle schwieg einen Moment lang und dachte nach. »Du hast mich verraten, Papa. Als du die Anzeige zurückgezogen hast. Sie haben mich vergewaltigt!«

Ihr Vater blickte sie betreten an. »Ich weiß.« Er schloss kurz seine Augen. »Estelle, glaub mir: Seit dem Tag, an dem du uns verlassen hast, ist nicht eine Sekunde vergangen, in der ich mein damaliges Verhalten nicht bereut habe.«

Estelle war noch nicht bereit, ihm zu vergeben. »Sie haben mich vergewaltigt«, sprach sie die Worte erneut laut und deutlich aus.

Ihr Vater zuckte zusammen.

»Immer und immer wieder.«

Zögernd streckte er seine Hand aus und berührte sie leicht an ihrem Unterarm. »Ich hoffe, du kannst mir irgendwann verzeihen.«

»Was haben sie zu dir gesagt?« Sie blickte ihn auffordernd an. »Womit haben sie dich damals unter Druck gesetzt?«

Ihr Vater presste seine Kiefer zusammen und starrte in den Garten hinaus.

»Papa! Es ist fast zwanzig Jahre her. Ich muss es endlich wissen. Das bist du mir schuldig. Was haben sie damals gesagt?« Estelle schob entschlossen ihr Kinn vor. Diesmal wollte sie ihn nicht davonkommen lassen.

»Sie hatten Fotos«, erklärte er mit erstickter Stimme.

»Fotos?« Estelle runzelte die Stirn. »Was für Fotos?«

»Von dir«, erwiderte ihr Vater traurig. »Von dir und den … und ihnen.«

»Ich verstehe nicht.« Estelle konnte sich nicht erinnern, dass jemand Bilder gemacht hatte.

»Sie haben sie mir gezeigt und meinten, wenn du die Anzeige nicht zurücknähmest, würden sie die Aufnahmen vor Gericht verwenden.«

»Na und?« Estelle war erbost. »Das hätten sie doch niemals getan. Damit hätten sie sich schließlich selbst belastet. Beweisfotos«, spuckte sie das letzte Wort verächtlich aus.

Ihr Vater schüttelte bekümmert den Kopf. »Nein, das …« Er fuhr sich mit der Hand über sein Gesicht und blickte Estelle aus blauen Augen an. »Das wären keine Beweisfotos gewesen, Estelle.«

Sie kniff ihre Augen zusammen. »Wie meinst du das?«

»Auf den Fotos warst du zu sehen, wie du …« Er machte eine unbestimmte Geste. »Wie du getrunken hast. Ganz offensichtlich warst du …«

»Ich habe Nein gesagt«, brauste Estelle wütend auf. »Ich habe mehrmals laut und deutlich Nein gesagt.« Sie legte ihren Kopf in den Nacken und rang um Fassung. »Ich habe Nein gesagt, Papa.« Eindringlich sah sie ihrem Vater ins Gesicht. »Ich hatte noch nie mit einem Jungen geschlafen. Denkst du wirklich, dass ich …« Ihre Stimme versagte. »Denkst du wirklich, ich hätte mir für mein erstes Mal eine Strandparty mit diesen vier Scheißtypen gewünscht?« Sie sprach leise.

»Nein.« Besorgt schüttelte ihr Vater seinen Kopf. »Nein, natürlich nicht. Aber das Gericht hätte sich nicht dafür interessiert, was ich denke, Estelle.«

Sie nickte. »Was noch?«

Er hob seine Schultern. »Nichts. Die Fotos haben gereicht. Man konnte darauf nicht erkennen, dass du nicht freiwillig mitgemacht hast. Es waren unzählige Aufnahmen von dir. Und von dem, was sie mit dir gemacht haben.« Er atmete schwer.

Estelle überlegte fieberhaft. Was hatte Yves gestern noch behauptet? Er habe nichts getan. War es wirklich möglich, dass er die Fotos geschossen und sie nichts davon mitbekommen hatte? Sie konnte sich nur an die fürchterlichen Schmerzen erinnern.

Hastig verdrängte sie die Gedanken wieder und wechselte abrupt das Thema: »Oma wurde ebenfalls vergewaltigt.«

»Ich weiß«, erklärte ihr Vater zu Estelles Überraschung.

»Du weißt es?«

Er nickte. »Sie hat es mir erzählt, vor einigen Jahren. Sie wollte dir ...«

»Das Notizbuch.« Estelle verzog ihr Gesicht. »Sie hat geschrieben, dass sie mitschuldig sei an dem, was mir passiert ist.«

»Das ist Quatsch«, widersprach ihr Vater sichtlich aufgebracht. »Das habe ich ihr damals schon gesagt, aber ...« Er schüttelte seinen Kopf.

»Ich habe noch nicht die ganze Geschichte gelesen«, erklärte Estelle hilflos. »Ich möchte es von ihr erfahren.«

Wieder nickte er. »Das wäre auch ihr Wunsch gewesen.«

Eine unbehagliche Stille breitete sich aus.

Nach wenigen Minuten sagte ihr Vater mit unsicherer Stimme: »Ich würde mich wirklich freuen, wenn ...«

»Ich kann dir nichts versprechen«, merkte Estelle leise an. »Du hast mir damals sehr wehgetan. Ich hätte mir gewünscht, dass du ...« Sie konnte nicht weiterreden. Aufgewühlt stand sie auf und betrachtete die Bilder ihrer Mutter. »Nachdem Mama gestorben ist ...«

»Ich habe viele Fehler gemacht, Estelle. Das tun Eltern leider.« Auch Pierre Miroux erhob sich. »Aber ich kann nichts mehr rückgängig machen. Ich kann nur versuchen, euch in Zukunft ein besserer Vater zu sein.«

Estelle traten Tränen in die Augen. Eltern machen Fehler. O ja, sie wusste, wie wahr diese Aussage war. »Einen Vater zu haben, wäre schön«, erwiderte sie mit tränenerstickter Stimme.

Pierre Miroux trat neben sie und legte vorsichtig seinen Arm um ihre Schultern. »Was ist mit Noah, deinem Ziehsohn? Wollte er nicht mitkommen?« Aufmerksam musterte er ihr Gesicht.

Estelle, die plötzlich die Liebe in seinem Blick erkannte, stöhnte gequält auf. »Auch ich habe Fehler gemacht, Papa«, flüsterte sie kaum hörbar und drückte ihr Gesicht an seine Schulter. Während sie weinte, hielt ihr Vater sie schweigend fest. Als sie sich von ihm löste, sah sie ihn verzweifelt an. »Hast du noch ein wenig Zeit? Jetzt könnte ich tatsächlich einen Vater brauchen.«

45

Angewidert musterte Caroline Yves Cousteaus Stirn. Der Fotograf lag auf der Seite.

»Ich denke, die Frage, ob wir es hier mit demselben Mörder zu tun haben, können wir uns sparen«, merkte Geraldine Tuyot mit sarkastischem Unterton an.

Caroline schüttelte den Kopf. »Drei Tote innerhalb einer Woche. Ich kann es nicht glauben.«

»Der Obduktionsbericht des zweiten Opfers, diesem Patrick Dugout, ist übrigens fertig. Ich schicke ihn Ihnen morgen zu.« Docteur Tuyot streckte sich und ließ ihren Blick über die Umgebung wandern. »Der Mann wohnte so weit außerhalb ...«

Caroline nickte betrübt. »Zeugen können wir hier wohl vergessen.«

Sie musterte das starre Gesicht des Künstlers. Den Mund zu einer merkwürdigen Miene verzogen, die Haut trotz der Bräune leblos und blass.

Was hatte der Mann in seinen letzten Sekunden gedacht? Hatte er seinen Mörder erkannt? Hatte er nach dem Tod seiner ehemaligen Klassenkameraden geahnt, dass er als Nächstes an der Reihe sein könnte? Gestern hatte er keinerlei Äußerungen in diese Richtung gemacht. Hätten sie ihn unter Polizeischutz stellen müssen?

Caroline fluchte. Morphes würde toben, wenn er davon erfuhr. Drei Tote und keine einzige verwertbare Spur. Nur dieses ominöse Datum.

»Wie lange ist er schon tot?« Caroline deutete mit dem Kinn auf den Fotografen.

Docteur Tuyot überlegte kurz. »Noch nicht lange. Zwei Stunden, vielleicht drei. Länger auf keinen Fall.«

»Sieht so aus, als ob der Täter genauso vorsichtig war wie bei den anderen beiden Malen.«

Caroline drehte sich zu Etienne Muller um und betrachtete den jungen Mann nachdenklich. »Nichts gefunden?«

Er schüttelte bedauernd seinen Kopf. »Bis jetzt nicht.«

»Stellen Sie das Haus auf den Kopf«, ordnete sie voller Entschlossenheit an. »Drehen Sie jeden Notizzettel um, durchsuchen Sie sämtliche Schrankinhalte.« Sie presste wütend ihre Lippen aufeinander. »Wir müssen etwas finden. Irgendetwas.«

Auch bei Matthieu Clereau und Patrick Dugout war bislang nichts Relevantes entdeckt worden.

»Dugout scheint mit der Mafia verbandelt gewesen zu sein«, erklärte Muller mit ruhiger Stimme, während er seine Kamera neu justierte.

Caroline blickte ihn überrascht an. »Wurde etwas gefunden?«

Muller zuckte mit den Achseln. »Ich weiß nichts Genaues, aber ein Kollege, der die Unterlagen sichtet, hat gestern ein paar Bemerkungen in diese Richtung fallen lassen.«

Docteur Tuyot grinste. »Ein Stadtrat mit Mafiaverbindungen.« Sie zog ihre Augenbrauen hoch. »Das wird den Herren Politikern aber gar nicht gefallen.«

Muller erwiderte ihr Grinsen. »Die stecken doch eh alle unter einer Decke.«

Caroline hob ihren Zeigefinger. »Vorsicht, Muller. Sie sollten mit Ihren Aussagen etwas diskreter sein.«

Er zuckte erneut gleichgültig mit den Achseln. »Ist doch wahr.«

»Ich habe nicht gesagt, dass es nicht wahr ist«, verbesserte ihn Caroline. »Aber nicht jede Wahrheit darf ausgesprochen werden.« Sie blickte wieder zu Cousteau. »Leider.«

»Ich sage meinen Leuten, dass sie das Haus durchsuchen sollen. Wenn Cousteau etwas zu verbergen hatte, dann finden wir es.«

»Merci, Officier Muller.« Caroline nickte ihm zu und betrat das Haus.

Im Inneren erkannte man deutlich, dass das Gebäude vor langer Zeit als Bauernhaus gedient hatte. An den Decken konnte man noch die Vorsprünge erkennen, die von eingerissenen und versetzten Wänden zeugten. Cousteau hatte alt und neu stilvoll miteinander kombiniert. Neben modernen Korbsesseln befand sich ein Sofa im Wohnzimmer, dessen

Alter Caroline auf gut und gerne fünfzig bis siebzig Jahre schätzte.

In einem der Sessel saß ein junger attraktiver Mann, der sich gerade lautstark die Nase putzte. Officier Noir hatte an einem großen Schreibtisch Platz genommen und sichtete Unterlagen.

»Bonjour, Monsieur«, grüßte Caroline den Mann, der völlig aufgelöst schluchzte. Sie zog sich einen der Sessel heran. Nachdem sie sich vorgestellt hatte, blickte sie zu ihrer Mitarbeiterin, die hilflos mit den Achseln zuckte. Caroline checkte kurz ihren Notizblock und sagte dann: »Monsieur Chagalle, ich hätte einige Fragen. Denken Sie, Sie könnten mir …«

»Yves ist tot«, hauchte der Mann verzweifelt und sah Caroline aus verweinten Augen an.

Sie nickte abwartend.

»Er lag einfach so da … auf seiner Matte.« Yannick Chagalle fasste sich an die Stirn.

»Wann haben Sie ihn gefunden, Monsieur?«

Chagalle blickte auf seine Uhr. »Vor einer Stunde. Etwas mehr. Siebzig Minuten.«

»In welchem Verhältnis standen Sie zu Yves Cousteau?« Obwohl Caroline die Antwort erahnte, musste sie ihn offiziell fragen.

Der junge Mann starrte auf den Boden, während er seine Knie zusammendrückte. »Yves ist …« Er brach ab und schüttelte den Kopf. »Wir sind …« Chagalle schloss verzweifelt seine Augen. »Wir waren miteinander bekannt«, flüsterte er mit erstickter Stimme.

»Sie befanden sich in einer Beziehung mit dem Opfer?«, hakte Caroline nach.

Chagalle nickte stumm.

»Wie lange kannten Sie sich schon?« Sie musterte das Gesicht des Mannes. Trotz seiner Verzweiflung war er äußerst gut aussehend. Caroline schätzte ihn auf Anfang dreißig.

»Drei Jahre«, murmelte Chagalle kaum hörbar.

»Hat Monsier Cousteau irgendwann in den letzten Tagen von seiner Schulzeit gesprochen? Von ehemaligen Klassenkameraden, die ihn kontaktiert haben? Hat er vielleicht den Namen Miroux erwähnt?« Während sie die Fragen stellte, blickte Caroline zu Marie Noir, die unauffällig ihre Augen verdrehte.

Chagalle überlegte kurz, bevor er seinen Kopf schüttelte. »Nein, ich glaube nicht.«

»Sie glauben nicht?«, hakte Caroline skeptisch nach.

Wieder schüttelte der Mann seinen Kopf. »Sie meinen die Winzerfamilie Miroux? Nein.« Er beugte sich nach vorn. »Wir haben uns in den letzten Tagen nicht allzu häufig gesehen.« Ein schmerzerfüllter Ausdruck legte sich auf sein Gesicht. »Yves bereitete gerade eine große Ausstellung in Montpellier vor.« Er atmete tief durch.

»Kennen Sie Freunde Monsieur Cousteaus aus seiner Schulzeit?«

Chagalle schüttelte erneut seinen Kopf. »Nein. Wir waren gern für uns, hier draußen. Ich habe ein kleines Appartement in Banyuls-sur-Mer. Aber wir trafen uns meist hier bei Yves.«

Caroline nickte verständnisvoll. »Das wären erst einmal alle Fragen, die wir hatten. Falls Ihnen noch etwas einfallen sollte …« Sie reichte ihm ihre Karte.

»Was ist mit seiner Stirn passiert?« Chagalle tippte sich an die Schläfe.

»Wir werden das untersuchen, Monsieur«, antwortete Caroline ausweichend, während sie sich erhob und Marie Noir bedeutete, ihr in den Garten zu folgen. Caroline wollte sich draußen noch ein wenig umschauen, auch wenn sie befürchtete, dass der Täter genauso umsichtig und sorgfältig vorgegangen war wie bei den anderen Morden.

46

Als Estelle nach dem Besuch bei ihrem Vater auf die Straße trat, war sie erleichtert und aufgewühlt zugleich.

Sie hatten den Nachmittag dazu genutzt, sich nach all den Jahren endlich auszusprechen. Estelle hatte ihm von Noah erzählt, von ihrer Lüge und der daraus entstandenen Vormundschaft. Auch sie hatte, ähnlich wie ihr Vater, Fehler gemacht, obwohl sie nur das Beste für ihr Kind im Sinn gehabt hatte.

Sie genoss den Wind in ihrem Gesicht, die salzige Brise, die vom Meer herüberwehte. Vielleicht konnte sie doch einen schwachen Schimmer am Ende des Tunnels erkennen. Vielleicht.

Als sie sich auf den Nachhauseweg machte, klingelte das Smartphone in ihrer Handtasche. Sie nahm ab. »Miroux.«

»Estelle? Hier spricht Louanne. Wir haben uns doch vor ein paar Tagen getroffen.«

Estelle lächelte, als sie die Stimme ihrer besten Freundin aus Schulzeiten hörte. »Louanne, Süße.«

Ihre Freundin räusperte sich. »Es kommt wahrscheinlich ziemlich kurzfristig, aber die Kinder sind heute etwas länger bei ihrem Vater. Der Mistkerl will noch mit den beiden essen gehen. Soll mir recht sein.« Louanne schnaufte verächtlich. »Du hast nicht zufällig Lust, mit mir ein wenig Zeit totzuschlagen?«

Estelle war überrascht. »An was dachtest du denn?«

»Hm. Vielleicht einen schönen Cocktail im *Jour et Nuit?*«

»Gibt es den Laden noch?«

Louanne lachte. »Trotz gefühlter zwanzig Eigentümer-wechsel, ja.«

Estelle dachte kurz nach. Eigentlich war ihr nach den Ge-sprächen mit Tom und ihrem Vater nicht nach weiteren tiefschürfenden Aussprachen. Aber allein in der *Auberge* zu sitzen, schien auch nicht verlockend. Sicher ließ Noah sich wieder nicht blicken. Sie seufzte. Ein wenig Ablenkung konnte nicht schaden.

»Alors, Estelle. Was ist?«

»D'accord«, stimmte sie zu. »Ich komme gerade von mei-nem Vater. In fünf Minuten bin ich da.«

»Gib mir eine Viertelstunde, chérie.«

Nachdem sie das Telefonat beendet hatte, beschloss Estelle, einen kleinen Umweg zu nehmen. Sie schlug die nächste Querstraße ein, die in das belebte Ladenviertel von Argelès führte. An der Kreuzung, die sich kurz vor der Strandpro-menade befand, blieb sie stehen und blickte durch die enge Gasse zum Meer hinüber.

Von hier aus konnte sie den grauen Horizont über den heranrauschenden Wellen erkennen. Der Geruch von Algen und Fisch wehte zu ihr herüber. Sie spürte, wie ihr Körper sich verkrampfte und sie sich zwingen musste, einen Fuß vor den anderen zu setzen. Vielleicht sollte sie die Konfron-tation mit dem Ort ihres schlimmsten Albtraums doch lieber auf einen anderen Tag verschieben. Für heute war es genug. Die schmerzhafte Auseinandersetzung mit der Vergangen-heit hatte sämtliche ihrer Energiereserven erschöpft.

Sie machte sich auf den Weg zu dem ehemaligen In-Café. Dort überflog Estelle die knallbunte Getränkekarte, während sie auf Louanne wartete.

Keine zehn Minuten später eilte ihre Freundin freude-strahlend auf sie zu. Eine kleine, zierliche Frau begleitete sie. Estelle umarmte Louanne und musterte sie anerkennend.

»Du siehst gut aus.« Das lange Haar ihrer Freundin glänzte wie Seide. Sie trug einen violetten, eng geschnittenen Jumpsuit zu weißen geschlossenen Pumps. Estelle kam sich in ihrer Jeans und der rot karierten Bluse wie ein Bauerntrampel vor.

Louanne winkte mit ihrer perfekt manikürten Hand ab. »Äußerlichkeiten. Schönheit ist vergänglich. Es kommt im Leben doch auf ganz andere Dinge an.«

Estelle schluckte. Hatte sie heute nicht den tiefsinnigen Gesprächen abgeschworen?

»Sieh mal, wen ich zufällig gerade getroffen habe.«

Erst jetzt wandte sich Estelle der Brünetten neben Louanne zu. Sie kniff ihre Augen zusammen, als sie sie erkannte. »Véronique?«

»Estelle! Du hast dich kaum verändert.« Véronique Portier lachte, während sie Estelle unverblümt musterte.

»Na ja«, wiegelte die ab. »Achtzehn Jahre …«

»Achtzehn Jahre«, wiederholte die Nachbarin ihrer Eltern andächtig. »Eine lange Zeit.«

»Ich war heute bei Papa.« Estelle strich sich eine Strähne hinters Ohr.

»Sicher hat sich Pierre sehr gefreut, dass du die *Auberge* übernommen hast.«

Véronique Portier musste Mitte vierzig sein, schätzte Estelle. Als sie Argelès-sur-Mer verlassen hatte, hatte Véronique noch mit ihren Eltern in der dreistöckigen Villa nebenan gewohnt.

»Ja«, Estelle nickte. »Es ist noch etwas ungewohnt, nach so langer Zeit wieder hier zu sein.« Sie hielt kurz inne. »Wohnst du noch im Haus deiner Eltern?«

Véronique lächelte. »Meine Eltern sind vor fünf Jahren gestorben. Bei einem Autounfall.«

»Das tut mir leid.« Estelle konnte sich noch gut an das

nette Ehepaar erinnern, das ab und zu auch ihre Eltern besucht hatte. Die Portiers hatten damals ein großes Immobilienbüro in der Stadt unterhalten.

Véronique zuckte mit den Schultern. »Es war ein schwerer Schlag. Mittlerweile lebe ich mit meiner eigenen Familie in dem Haus.«

»Du hast Kinder?«

»Drei Söhne.« Wieder lachte sie. »Und einen Mann.«

Estelle blickte kurz zu Louanne, die sich diskret zurückhielt. Sie kannte Véronique zwar durch die früheren Besuche bei Estelle, aber sonst verband die beiden Frauen nichts miteinander.

Véronique räusperte sich. »Tja, ich muss jetzt auch weiter. Aber ich freue mich, dass wir uns nach so langer Zeit mal wiedergesehen haben.« Sie wandte sich an Louanne. »Danke, dass du mich vorhin an der Ampel angesprochen hast.«

Louanne nickte. »Ich dachte, ihr würdet euch freuen.«

Véronique berührte Estelle am Arm. »Pass auf dich auf. Vielleicht gehen wir mal zusammen einen Kaffee trinken. Was meinst du?«

»Gerne. Du weißt ja, wo du mich finden kannst.« Sie verabschiedete sich von ihrer ehemaligen Nachbarin und folgte Louanne in das Café.

»Hier?« Ihre Freundin zeigte auf einen kleinen runden Tisch an der Fensterfront. Estelle nickte und schob einen Stuhl zurück.

»Also, worauf hast du Lust?« Louanne blickte Estelle über ihre Getränkekarte hinweg an.

Sie zuckte mit den Achseln. »Ich glaube, für Alkohol ist es noch zu früh.«

»Vielleicht ein leichter Weißwein? Ein Miroux?« Louanne grinste, während sie ihr Haar sorgfältig richtete. »Dieser verdammte Wind!«

Estelle wandte ihren Kopf ab und betrachtete das eigene Spiegelbild in der Scheibe. Ihr Haar war ebenfalls zerzaust. Die kurzen Locken wellten sich in alle Richtungen. Gleichgültig sah sie wieder zu ihrer Freundin. »Ein Miroux klingt gut.« Sie bemühte sich um ein Lächeln.

Als sie ihre Bestellung aufgegeben hatten, stützte Louanne ihre Ellenbogen auf dem Tisch ab und legte ihr Kinn auf die Hände. »Ach, ist das schön. Wie in alten Zeiten.«

Estelle nickte halbherzig. »Wir hatten viel Spaß.«

»Allerdings«, erwiderte Louanne. Nachdenklich wickelte sie eine Haarsträhne um ihren Finger. »Hast du das von Patrick gehört?«

Estelle zögerte. »Er wurde ermordet«, entgegnete sie schließlich gedehnt.

»Ich konnte es gar nicht glauben.« Louanne schürzte ihre Lippen und schüttelte den Kopf. »Man munkelt ja allerlei.«

»Matthieu ist auch tot.«

Louannes Augen weiteten sich ungläubig. »Non!«

»Doch. Er wurde ein paar Tage vor Patrick ermordet.«

»Er auch? Das gibt's doch nicht. Zwei Männer, die wir kannten.«

Estelle musterte schweigend das attraktive Gesicht ihrer Freundin.

»Was ist?« Louanne runzelte ihre Stirn.

Sie schüttelte schweigend den Kopf.

»Los, raus mit der Sprache.« Louanne grinste. »Du hast noch den gleichen Gesichtsausdruck wie damals.«

»Was meinst du?«

»Na, wenn dir etwas auf der Seele brennt.«

»Mir brennt nichts auf der Seele«, versuchte Estelle abzuwiegeln.

»Komm schon. Was beschäftigt dich?«

»Du hast ein Kind mit Jérôme«, stellte Estelle ernst fest.

»Ja, und?« Louanne zuckte gleichgültig mit den Achseln. »Eine kurze Verfehlung meinerseits. Du weißt schon, der äußere Schein und so.«

»Jérôme ist ein Arschloch.«

Louanne hielt irritiert inne. »Ja, irgendwie schon«, gab sie widerwillig zu. »Aber er war ein heißer Feger. Damals.« Sie nippte an ihrem Wein. »Gib's zu, du bist seinem Charme doch auch erlegen.« Sie grinste. »Auf der Strandparty damals.«

Estelle erstarrte. »Wie kommst du darauf?«

»Na, an jenem Abend konntest du doch gar nicht genug von ihm bekommen. Ihr beiden habt euch bestens vergnügt.«

»Das denkst du?« Estelle sah Louanne zornig an. »Du, denkst, dass ich scharf auf ihn war?«

»Das hätte ein Blinder gesehen. Du warst total betrunken. Erinnerst du dich nicht mehr? Ich wollte dich nach Hause bringen, aber du hast darauf bestanden, dass Jérôme das macht.«

Estelle nickte nachdenklich. »Ja, so hat es anscheinend gewirkt.« Ihre Gedanken schweiften ab.

»Alle haben das mitbekommen.« Louanne schien die Veränderung in Estelles Miene nicht wahrgenommen zu haben und fuhr unbekümmert fort. »Irgendjemand meinte nach deinem Wegzug sogar, du hättest dich an jenem Abend etwas übernommen mit vier Männern.«

Estelle erstarrte. »Wie bitte?«

Louanne nickte heftig. »Ja. Aber mach dir nichts draus, das war einfach eine blöde Bemerkung!«

»Wer hat das gesagt?«, fragte Estelle mit zitternder Stimme.

Louanne blickte sie verunsichert an.

»Wer hat das gesagt?«

Die einstige Schulfreundin verzog ihr Gesicht. »Keine Ahnung. Irgendjemand. Estelle, das ist ewig her. Wen interessiert denn heute noch das Gerede von damals?«

Ihre Gedanken rasten. Wer konnte gewusst haben, dass sie mit den vier Männern am Strand geblieben war? Soweit sie sich erinnern konnte, waren sie ganz allein gewesen. »Wer, Louanne?«

Ihre Freundin war sichtlich verwirrt. »Ich weiß es nicht mehr. Warum ist das so wichtig?«

Estelle atmete tief durch und nahm einen großen Schluck von ihrem Wein.

»Was ist denn plötzlich los?«

Abwesend betrachtete Estelle Louanne. »Ich war an jenem Abend tatsächlich mit vier Männern am Strand.«

Ihre Freundin schüttelte verwundert ihren Kopf. »Und?«

»Ich wurde vergewaltigt.« Obwohl Estelle diesen Satz heute schon zum wiederholten Male sagte, wurde die Qual, die damit einherging, nicht geringer.

»Was?« Louannes Augen weiteten sich erschrocken.

Estelle nickte und erzählte erneut von jener Nacht, die ihr damaliges Leben komplett zerstört hatte.

»Das kann doch nicht sein.« Louannes Gesicht glich einer Porzellanmaske.

»Glaubst du mir nicht?«

»Doch«, stammelte die Freundin leise. »Doch, natürlich glaube ich dir.« Unruhig folgte sie mit ihrem Zeigefinger der Holzmaserung auf dem Tisch. »Aber ich kann es einfach nicht fassen. Jérôme …« Sie brach ab.

»Ich hasse ihn«, erwiderte Estelle wütend. »Ihn, Patrick, Yves und Matthieu.«

»Ich weiß einfach nicht, was ich sagen soll.« Der Schock war Louanne ins Gesicht geschrieben. »Bist du deshalb … hast du wegen der Party Argelès verlassen?«

»Nicht wegen der Party. Wegen der Vergewaltigung.«

Ihre Freundin streckte die Hand aus und berührte Estelles. »Es tut mir so leid, Süße. Wenn ich gewusst hätte …«

»Du konntest es nicht wissen. Niemand wusste es.« Estelle erzählte von der Anzeige, die ihr Vater einen Tag später zurückgezogen hatte.

Louanne schüttelte ihren Kopf. »Hätte ich dich damals doch nur nach Hause gebracht. Diese Dreckschweine. Jérôme ist ein Vergewaltiger.« Bestürzt blickte sie auf die Tischplatte zwischen ihnen. »Wenn Eduard das wüsste.«

»Ich bin froh, dass ich es dir erzählt habe.«

Estelle meinte es ernst. So schmerzhaft die Auseinandersetzung mit dem Gewaltverbrechen für sie war, das Reden darüber half ihr. Es gab ihr das Gefühl, die Last nicht mehr allein tragen zu müssen. Der Trost, den sie spürte, linderte ihre Qual zumindest ein kleines bisschen.

Vielleicht hatte sie damals einen Fehler gemacht. Vielleicht hätte sie gleich in die Offensive gehen, sich mehr Menschen anvertrauen sollen. Doch für solche Überlegungen war es zu spät.

»Ich auch.« Sanft drückte Louanne Estelles Hand.

Ein weiterer Schritt zurück in ein Leben, das diese Bezeichnung vielleicht irgendwann wieder verdiente. Estelle hoffte, dass sie eines Tages befreit nach vorn schauen könnte. Dass die Vergangenheit irgendwann nur noch einen unliebsamen Teil ihrer Biografie darstellte, anstatt ihr Leben zu dominieren. Irgendwann.

47

Als Tom in die Straße einbog, in der das Haus seiner Schwester stand, lief ihm der Schweiß den Rücken hinunter. Es war bereits dunkel.

Nachdem Caroline am späten Nachmittag heimgekommen war, hatte er kurzerhand beschlossen, laufen zu gehen.

Obwohl er während Estelles Bericht heute Morgen angestrengt versucht hatte, die Fassung zu bewahren, war ihm auf der Rückfahrt nach Argelès bewusst geworden, welche Auswirkungen diese Tat auf Estelle gehabt haben musste. Die Bilder, die sich ihm aufdrängten, hatte er kaum ertragen können. Am liebsten wäre er vom Motorrad gestiegen und hätte seine Wut hinausgebrüllt.

Doch Estelle hatte hinter ihm gesessen, ihr warmer Körper dicht, fast Hilfe suchend gegen seinen gepresst. Der Schmerz, den sie hatte erleiden müssen, hatte ihm fast den Verstand geraubt. Wie konnte jemand einer Frau so etwas Grausames antun? Und dann gleich vier Männer.

Zu Hause angekommen, hatte Estelle sich hastig verabschiedet und war in der *Auberge* verschwunden, während Tom noch minutenlang in der Garage verharrt hatte, allein mit all seinen finsteren Gedanken.

Er legte das rechte Bein auf die kniehohe Mauer und dehnte sich sorgfältig, bevor er die Seite wechselte. Während er zur Haustür ging, warf er einen Blick auf das Hotel, das außer einem einzelnen erleuchteten Fenster im ersten Stock völlig im Dunkeln lag. Wahrscheinlich war das ältere Ehepaar in seinem Gästezimmer. Er seufzte.

»Salut. Wie war es?« Caroline kam gerade aus der Küche und blickte ihn aufmunternd an.

Tom zuckte mit den Achseln. »Okay, schätze ich.«

»Was ist los?« Sie kam näher. »Willst du auch einen Tee?«

Er schüttelte frustriert seinen Kopf. »Non, merci.«

»Wir haben einen dritten Mord.«

Tom blickte die Treppe hinauf. »Wo sind die Jungs?«

Caroline winkte ab. »In ihrem Zimmer. Sie haben den kompletten Fuhrpark aufgebaut.«

Tom nickte. »Ein dritter Mord?«, fragte er seine Schwester, während er eine Flasche Wasser vom Esstisch nahm.

»Ein bekannter Fotograf aus Argelès.« Sie deutete mit dem Kinn Richtung *Auberge.* »Wieder einer ihrer ehemaligen Schulkameraden.«

»Von Estelle?« Tom setzte überrascht die Flasche ab.

»Ja«, entgegnete Caroline ernst.

»Wie heißt er?«

Caroline verzog bedauernd ihr Gesicht. »Tom, du weißt, dass ich …«

»Ja, schon gut.« Er lehnte sich gegen einen der Stühle und betrachtete seine Schwester.

»Bitte sei vorsichtig«, bat sie ihn leise. »Estelle Miroux verbirgt etwas. Drei Morde innerhalb einer Woche und sie ist in den letzten Tagen mit jedem der Opfer aneinandergeraten.«

Tom schüttelte ungläubig den Kopf. »Das ist Unsinn, Caroline. Du denkst doch nicht wirklich, dass Estelle … Sie hat damit ganz sicher nichts zu tun.«

»Dann weißt du mehr als wir«, erwiderte seine Schwester sarkastisch.

»Estelle war mit mir zusammen«, bemerkte Tom bissig. »Sie hat also ein Alibi.«

»Tom, wach auf! Cousteau …« Caroline biss sich auf die Lippe, als sie ihren Fehler bemerkte.

Er musterte sie scharf.

»Der Mord geschah, als ich auf dem Revier saß, Tom«, begann sie erneut. »Du warst zu dieser Zeit bei Louis und Théo. Unsere Nachbarin hat also keineswegs ein Alibi für den Tatzeitpunkt.«

»Estelle war es nicht. Du irrst dich«, merkte er ein weiteres Mal an und stieß sich von der Stuhllehne ab.

»Was findest du nur an ihr?« Caroline schüttelte ihren Kopf. »Diese Frau …«

»Irgendetwas an ihr zieht mich magisch an«, erwiderte er leise.

»Tom, es ist nicht so, dass ich es dir nicht gönne, dass du wieder eine Frau triffst, die dich glücklich macht.« Seine Schwester sah ihn traurig an. »Aber nach all dem Mist mit Romy ... Ich glaube einfach nicht, dass Estelle die Passende ist.«

»Sie ist anders.«

Caroline lachte auf. »Das kannst du laut sagen. Die Frau ist definitiv anders. Und ich bin nach wie vor der Meinung, dass sie etwas vor uns verbirgt. Diese kalten Augen ...«

Er wandte seinen Blick ab.

»Tom?«

Schweigend starrte er in den hell erleuchteten Garten. Die großen Palmen warfen lange Schatten, die sich im Wind rhythmisch über die Rasenfläche bewegten.

»Hat sie dir etwas erzählt?« Caroline trat neben ihn und folgte seinem Blick.

»Sie wird mit dir sprechen«, erklärte Tom mit fester Stimme, während er seiner Schwester wieder ins Gesicht blickte. »Früher oder später.«

»Was soll das heißen?« Caroline runzelte die Stirn. »Wenn sie dir etwas gesagt hat, dann ...«

»Ich bin kein Polizist«, antwortete er bestimmt. »Wenn Estelle mir etwas im Vertrauen mitteilt, werde ich dieses Vertrauen ganz bestimmt nicht missbrauchen.«

»Also wieder ganz der Frauenversteher«, merkte Caroline bitter an. »Falls du es noch nicht bemerkt hast, Tom, ich muss hier drei Morde aufklären. Mein Chef wird toben, wenn ich ihm morgen mitteile, dass wir keine Spuren haben, sondern lediglich Vermutungen, für die uns jedoch handfeste Beweise fehlen.«

»Du bist eine gute Polizistin. Die beste, die ich kenne«, erwiderte Tom mit ruhiger Stimme. »Du wirst den Täter überführen. Früher oder später.«

»Früher oder später«, wiederholte seine Schwester verächtlich und drehte sich wütend um.

Als ihr Diensthandy klingelte, wandte sich Tom zur Treppe. »Ich gehe duschen.« Während er die Stufen hinaufstieg, hörte er, wie Caroline das Gespräch annahm.

»Was haben Sie, Officier Muller? – Fotos? Der Mann war Fotograf. Ich kann daran nichts Außergewöhnliches … – Na, da bin ich aber gespannt. Ja, legen Sie sie mir auf den Schreibtisch. – Gut, bis morgen, Officier. Bonne soirée.«

Tom betrat seufzend das Bad und stellte die Dusche an. Während das heiße Wasser über seinen Körper floss, wanderten seine Gedanken zu Estelle.

Ihr Gesicht, das keinerlei Regung gezeigt hatte, als sie auf dem Felsplateau geredet hatte, tauchte vor ihm auf. Ihre starre Haltung. Die Härte in ihrer Miene.

Estelle hatte eine meterhohe Schutzmauer um sich errichtet und Tom war bewusst, dass es viel Geduld erfordern würde, diese Mauer ins Wanken zu bringen. Er hatte während der letzten Tage einige kleinere Risse entdecken können, durch die ihre Verletzlichkeit und ihr wahres Ich hervorschimmerten. Doch ihm war klar, dass es ein langer Weg werden würde, sollte Estelle ihn überhaupt jemals an sich heranlassen.

Sehnsüchtig musste er an ihre weiche Haut denken, ihre Haare, die ihn am Kinn gekitzelt hatten, und ihm wurde bewusst, dass es kein Zurück mehr für ihn gab. Er war auf dem besten Weg, sich in Estelle Miroux zu verlieben. Und jeden einzelnen Moment, den er investieren musste, um ihr Vertrauen zu gewinnen, um ihr zu zeigen, dass das Leben nicht nur dunkle Seiten bereithielt, würde er genießen.

Er hatte sich in seiner Exfrau getäuscht, die ihn aufs Bitterste hintergangen hatte. Bei Estelle hingegen spürte Tom, dass sie authentisch und verletzlich war. Eine Frau, die viel

Feingefühl und Sensibilität besaß. Die diese Eigenschaften jedoch hinter ihrem Schutzwall verborgen hatte. Er würde ihr helfen, aus diesem Loch herauszukommen. Wenn sie es wollte. Wenn sie ihn wollte.

48

Estelle schloss eilig die Tür, bevor sie ihr klingelndes Smartphone aus der Handtasche angelte. »Noah«, begrüßte sie ihren Sohn, nachdem sie seine Nummer erkannt hatte.

»Hallo Estelle, ich war vorhin in der *Auberge* und habe mir Wechselklamotten geholt. Ich bleibe heute Nacht bei Virginie.«

Sie ließ sich auf einen der Esszimmerstühle fallen und nickte. »Wie geht es ihr?«

»Es geht«, erwiderte Noah. »Ich wollte dir nur sagen, dass ich morgen direkt ins *Poisson bleu* gehe.«

Estelle erinnerte sich an das Praktikum, von dem der Jugendliche ihr vor einigen Tagen erzählt hatte. »Wann kommst du nach Hause?« Sie versuchte, ihre Enttäuschung zu überspielen.

»Kann ich noch nicht sagen«, erwiderte er ausweichend.

»Noah, ich möchte mit dir reden, dir einiges erklären.«

Für ein paar Sekunden blieb es am anderen Ende still, bevor er sich wieder meldete. »Gut, dann versuche ich, morgen Abend in die *Auberge* zu kommen.«

›In die *Auberge*‹, registrierte Estelle traurig, nicht ›nach Hause‹.

Nachdem Noah das Gespräch beendet hatte, legte sie ihren Kopf in den Nacken und starrte an die Decke. Es war ein emotional sehr anstrengender Tag gewesen. Erst Tom, dann ihr Vater.

Estelle erhob sich und trat an das große Wohnzimmerfenster. Bei den Bauvalls waren alle Läden zugeklappt. Sie blickte auf ihre Uhr. Fast zehn.

Louanne und sie hatten noch lange über die Ereignisse von damals gesprochen. Estelle hatte ihrer Freundin die Erschütterung angesehen. Immer wieder hatte Louanne beteuert, wie leid ihr alles täte und dass sie gern für Estelle da gewesen wäre.

Man konnte die Zeit nicht zurückdrehen, dachte sie bitter. Sie hatte Tom gesagt, dass sie nicht wusste, wer Noahs Vater war. Sie hatte ihm aber nicht erzählt, dass der Teenager sich in Patricks Tochter verliebt hatte. Wenn Patrick auch Noahs Vater war …

Estelle schloss die Augen. Wie sollte sie ihrem Sohn nur beibringen, dass sein Vater ein Vergewaltiger war? Durfte man seinem Kind eine solch grausame Wahrheit überhaupt zumuten? War es nicht besser, Noah in dem Glauben zu lassen, seine Mutter sei tot und sein Vater noch vor seiner Geburt abgehauen?

In diesem Moment spürte Estelle die Last der Verantwortung tonnenschwer auf ihren Schultern. Sie hatte keine Ahnung, was sie Noah sagen sollte. Ihr war klar, dass sie mit ihm reden musste, aber inwieweit sie ihm von ihrer Vergangenheit berichten sollte, wusste sie nicht.

Estelle kehrte zum Esszimmertisch zurück und zog das Buch ihrer Oma zu sich heran.

Da heute augenscheinlich der Tag der Geständnisse war, konnte sie sich genauso gut mit dem weiteren Verlauf im Leben von Eveline Miroux beschäftigen.

Sie war noch viel zu aufgewühlt, um jetzt zu schlafen. Daher schlug Estelle das Buch auf und suchte die Stelle, an der sie gestern unterbrochen hatte.

Die Tage nach dem Fest nahm ich in einer Art wabern-
dem Nebel wahr. Die meiste Zeit lag ich im Bett. Maman
kümmerte sich zwar aufopferungsvoll um mich, schien
aber nicht genau zu wissen, wie sie mich aus meinem Loch
herausholen sollte. Jedes Mal, wenn Serge anrief, erzählte
sie ihm etwas von einer hoch ansteckenden Frühjahrsgrippe.
Jules ließ sich seit dem Vorfall nicht mehr bei uns blicken.
Maurice war die meiste Zeit mit seiner neuen Freundin
zusammen, wenn er nicht arbeitete. Er schien nichts von
meinen Seelenqualen zu ahnen.

Nach etwa einer Woche kam meine Mutter zu mir ans
Bett und sah mich ernst an. »Serge kommt später vorbei.«

»Nein.« Ich schüttelte verzweifelt meinen Kopf.

Sie zuckte hilflos mit den Schultern. »Er hat sich nicht
davon abbringen lassen. Er will dich unbedingt sehen und
sagte, es sei ihm egal, wenn er sich anstecke.«

»Maman, du musst verhindern, dass er ...« Meine
Stimme versagte. Ich setzte mich vorsichtig auf.

»Warte, ich helfe dir.« Sie fasste mich am Arm. »Wasch
dich und komm nach unten.«

In jener Nacht hatte meine Mutter mir Wasser erhitzt und
mich angewiesen, mich gründlich zu waschen. Ich glaube,
ich habe zwei Stunden gebraucht, bis ich mich wieder eini-
germaßen sauber gefühlt habe – äußerlich. Innerlich spürte
ich noch immer Jules' Körper. Seine groben Bewegungen,
die schmerzenden Stöße.

»Ich kann nicht.« Ich stöhnte.

»Eveline«, ermahnte sie mich eindringlich. »Serge liebt
dich. Wenn du ...« Jetzt war sie es, deren Stimme brach.
»Du musst jetzt stark sein.«

»Ich kann nicht.«

»Doch«, widersprach sie mir in strengem Tonfall. »Du
kannst. Und du wirst.«

Seufzend erhob ich mich und folgte ihr widerwillig in die Küche. Teilnahmslos ließ ich die Prozedur über mich ergehen und wartete ab, bis sie mich entkleidet und gewaschen hatte. Ich fühlte keinerlei Kraft mehr in mir, war zu schwach, um weiter zu protestieren.

Nachdem ich mich wieder angezogen hatte, musterte meine Mutter mich. »So wird es gehen.«

Kurz darauf klopfte es an der Haustür. Ich hatte große Angst, Serge in die Augen zu blicken, fürchtete, er könne mir ansehen, was geschehen war.

»Eveline, wie geht es dir?« Sein Gesichtsausdruck spiegelte seine große Sorge um mich wider.

»Es geht.«

Er legte seine Hand an meine Wange. »Du hast abgenommen.«

Ich nickte, da ich fürchtete, meine Stimme ließe mich im Stich.

»Was ist passiert?«

Fast war ich versucht, ihm die Wahrheit zu sagen. Mich ihm anzuvertrauen. Doch ich wusste, dass ich ihn dann verlieren würde. »Ich war krank«, erwiderte ich leise.

»Ich weiß«, entgegnete er.

In jenem Moment griff meine Mutter ein und lotste uns in die Küche. Die nächsten zwei Stunden verwickelte sie Serge in ein Gespräch und gab ihm kaum Gelegenheit, mit mir zu reden.

Ich saß wie betäubt neben ihm. Mein Kopf fühlte sich unendlich leer an. Ich glaube, ich sprach an jenem Nachmittag keine zehn Sätze.

Die Wochen vergingen. Wenn ich mich mit Serge traf, fehlte die frühere Leichtigkeit. Es gab für mich jetzt eine Zeit davor und die Zeit danach. Sie schienen nichts mehr miteinander zu tun zu haben.

Ich kam mir vor wie eine Schlafwandlerin. Das Leben zog an mir vorbei, ohne dass ich daran teilnahm. Natürlich merkte Serge, dass etwas nicht stimmte, obwohl ich mich jedes Mal um Normalität bemühte, wenn ich mit ihm zusammen war. Ich wollte ihn nicht verlieren. Doch ich konnte es kaum ertragen, wenn er mich berührte, nach meiner Hand fasste, mich küsste.

Etwa vier Wochen nach dem Fest wurde ich mit einer weiteren furchtbaren Tatsache konfrontiert. Seit Tagen schon war mir schlecht, ich konnte kaum noch mein Essen bei mir behalten. Besorgt beobachtete Maman mein Verhalten. Nach vier Schwangerschaften wusste sie die Anzeichen natürlich zu deuten. Meine Brüste spannten, mein für gewöhnlich fester Bauch wurde schwammig und ich war ständig müde. Als meine Menstruation ein zweites Mal ausblieb, konnte ich die Augen nicht mehr vor der Wahrheit verschließen. Ich war schwanger.

Als ich realisierte, welche Konsequenzen sich aus dieser Tatsache für mich ergaben, meinte ich, keine Luft mehr zu bekommen. Es riss mir den Boden unter den Füßen weg. Mein Leben war zerstört. Meine Träume und Hoffnungen, meine Zukunft mit Serge, dem Mann, den ich über alles liebte … Es war vorbei. Ich war schwanger mit einem Kind, das ich nicht wollte, von einem Mann, der mir aufs Schlimmste Gewalt angetan hatte.

Von diesem Zeitpunkt an ließ ich mich bei Serge verleugnen und bat meine Mutter, seine Anrufe nicht mehr anzunehmen.

Obwohl mein Bauch sich schon leicht wölbte, nahm ich immer weiter ab. Ich konnte einfach nichts essen. Meine Kehle war wie zugeschnürt. Immer öfter überkam mich das furchtbare Gefühl, ich müsse meinen Körper bestrafen für das, was er mir angetan hatte.

Maurice kam nur noch zum Essen auf den Hof. Nach der Arbeit verschwand er ins Dorf und verbrachte die Nacht bei seiner Verlobten.

Wenn mir Jules zufällig über den Weg lief, machte er einen großen Bogen um mich und spuckte abfällig auf den Boden.

Eines Tages stand meine Mutter an der Haustür und winkte mich zu sich.

Ich hatte gerade die Wäsche aufgehängt und rieb mir den schmerzenden Rücken. »Was ist?«

»Komm, ich muss mit dir reden.«

Erschöpft überquerte ich den Hof.

Sie deutete auf die Holzbank neben der Tür.

»Maman, ich muss noch ...« Ich hatte keine Lust, mit ihr zu sprechen, wollte nur meine Ruhe haben.

»Ich habe Serge getroffen. Im Dorf.«

Ich horchte auf, schwieg jedoch.

»Eveline, der Mann liebt dich.«

Ich lachte bitter. »Ich bin schwanger. Von einem anderen.«

»Du kannst nichts dafür.« Sie sah mich von der Seite an.

»Das spielt keine Rolle.« Ich verdrehte die Augen.

»Ich habe eine Idee.« Ich spürte ihre Hand auf meiner Schulter. Als ich nichts erwiderte, seufzte sie. »Es gäbe da eine Möglichkeit.«

»›Eine Möglichkeit‹?« Ich drehte meinen Kopf in ihre Richtung.

Ich hatte schon davon gehört, dass es die Möglichkeit gab, Schwangerschaften, die nicht gewollt waren, zu beenden. Allerdings war das gefährlich. Das Risiko, danach keine Kinder mehr bekommen zu können, war groß. Und viele Frauen starben dabei.

»Ja, du könntest für ein paar Monate fortgehen.« Die Worte schienen meiner Mutter nicht leichtzufallen.

»Fortgehen? Wie meinst du das?« Ich verstand nicht, worauf sie hinauswollte.

»Ich habe diese Bekannte.« Jetzt blickte Maman auf einen Punkt irgendwo am Horizont. »Sie wohnt in einem kleinen Bergdorf in den Pyrenäen. Du könntest dort bleiben, bis ...« Sie brach ab, doch ich wusste, worauf sie hinauswollte.

»Und dann?« Meine Stimme klang höhnisch. »Voilà, hier ist mein Baby. Maman, Serge und ich, wir haben noch nicht ...« Ich stockte verlegen. »Er würde wissen, dass es nicht seins ist.«

»Nein, Eveline. Das meine ich nicht.« Sie atmete tief aus. »Du könntest ...« Sie suchte nach den richtigen Worten. »Das Baby könnte woanders aufwachsen.«

»Woanders?«

»Durch eine Adoption. Bei einem Paar, das sich ein Kind wünscht und selbst keins bekommen kann.«

Ich war überrascht. War das eine Lösung? Konnte ich mir vorstellen, das Baby wegzugeben? Bis jetzt hatte ich mir kaum Gedanken über meine Gefühle für das ungeborene Kind gemacht. Konnte ich ihm eine gute Mutter sein, nach dem, was sein Vater mir angetan hatte? Oder würde ich meinen Hass auf Jules unbewusst auf das Baby übertragen? Hatte es dieses Kind nicht verdient, vorbehaltlos geliebt zu werden? Von Eltern, die nichts von der schrecklichen Tat seines Vaters ahnten? Es könnte eine unbeschwerte Kindheit verbringen, unbelastet von der schweren Schuld, die bei seiner Zeugung begangen wurde.

Und Serge? Er müsste nie etwas von der grausamen Nacht erfahren. Ich könnte nach Hause zurückkehren, sobald das Baby auf der Welt war. Könnte sagen, ich sei auf eine Schule für angehende Hausfrauen gegangen. Ich wusste, dass es solche Einrichtungen gab.

»Was denkst du?«

Maman riss mich aus meinen Gedanken. Ich schwieg.

»Ich helfe dir.« Ihre Stimme klang fest. »Serge liebt dich.«

»Ja, ich weiß«, murmelte ich undeutlich.

»Du könntest morgen fahren.«

»Morgen schon?« Ich zögerte.

»Überlege es dir. Du hast noch dein ganzes Leben vor dir, Eveline. Und glaube mir, ich weiß, wie es sich anfühlt, die Liebe seines Lebens zu verlieren.«

»Was soll ich Serge sagen?«

»Vertrau mir. Ich lasse mir etwas einfallen.«

Ich blickte Maman offen ins Gesicht und sah die Entschlossenheit in ihren Augen. Meine Mutter war eine starke Frau, Estelle. Wie du. Ohne ihren Kampfgeist wäre mein weiteres Leben ganz anders verlaufen.

Wie Maman vorgeschlagen hatte, fuhr ich am nächsten Tag in die Berge und quartierte mich bei Lorraine ein. Sie wusste bereits, was geschehen war. Ich sah es ihrem Blick an, erkannte es an der Art, wie sie mich bei meiner Ankunft musterte.

Erst viel später erfuhr ich, dass Maman schon Wochen zuvor mit ihr Kontakt aufgenommen hatte. Dass sie nur den richtigen Zeitpunkt hatte abwarten wollen, um mich von dieser Option zu überzeugen.

Lorraine ließ mich die meiste Zeit in Ruhe. Da ich keine Menschenseele kannte, war ich fast immer allein und hatte viel Zeit zum Nachdenken.

Ich vermisste Serge. So sehr, dass ich meinte, die Sehnsucht kaum aushalten zu können. Gleichzeitig redete ich mir ein, dass dies die einzige Möglichkeit war, um ihn nicht zu verlieren. Ich musste die nächsten fünf Monate irgendwie überstehen, bis ich ihn wiedersehen konnte.

Meine Mutter schrieb mir in regelmäßigen Abständen

Briefe. Erzählte von der Arbeit auf dem Hof, von der Geburt der Kälbchen, der Ernte auf den Feldern. Nur von Serge schrieb sie nichts. Kein Wort. Ich nehme an, sie wollte mich nicht noch mehr aufwühlen.

Auch ich erwähnte ihn nie, berichtete ihr stattdessen von meinen körperlichen Veränderungen. Dem wachsenden Bauch, dem Wasser in den Beinen und dem größer werdenden Embryo, der mir zunehmend auf die Wirbelsäule drückte.

Meine Gefühle für das Kind wurden immer widersprüchlicher. Ich spürte seine Bewegungen und Tritte. In meinem Körper wuchs ein kleiner Mensch heran, das wurde mir jeden Tag bewusster. Doch ich konnte dieses Baby nicht lieben. Auch das wurde mir immer klarer. Ich projizierte meine Wut, meine Ängste, all die hässlichen Gefühle, die in mir schlummerten, immer stärker auf das Kind. Es war das Wesen, das mein Leben zerstören wollte, das meinem Glück und meiner Zukunft mit Serge im Weg stand.

Heute weiß ich, dass es dem Baby gegenüber nicht fair war, solche Gedanken zu hegen. Aber ich war damals fast selbst noch ein Kind, war völlig überfordert mit der Situation. Mir war es unmöglich, zwischen der Vergewaltigung und dem kleinen Menschen zu differenzieren. Dieses Kind konnte nichts für die Brutalität seines Vaters. Das war mir damals nicht bewusst, heute umso mehr.

Die Wochen vergingen und der Winter kam.

Lorraine kümmerte sich rührend um mich. Sie legte mir Kissen zurecht, wenn ich mich vor Kreuzschmerzen kaum noch rühren konnte, kochte mir Tee, wenn mich wieder einmal das Gefühl überkam, dass mir das Kind die Luft abschnürte. Sie war für mich da und wusste immer, was zu tun war.

Langsam beschlich mich das dumpfe Gefühl, dass ich

nicht die erste ungewollt Schwangere war, die sie betreute. Doch sie sprach nie von anderen Frauen und ich fragte nicht. Ich war dankbar für ihre Hilfe und die Zuversicht, die sie mir ständig zu vermitteln versuchte.

Je näher die Geburt rückte, umso stärker musste ich an Serge denken. Mein Herz schmerzte, wenn ich mir vorstellte, dass er vielleicht längst eine andere an seiner Seite hatte. Warum sollte er warten? Was hatte meine Mutter ihm erzählt? Und würde sie mir in meinem Zustand sagen, wenn er mich längst vergessen hatte?

Da ich die Antwort darauf kannte, lag ich nachts oft wach und malte mir die schlimmsten Szenarien darüber aus, was mich erwartete, wenn ich nach Hause käme.

Ich steigerte mich immer weiter in meine Wahnvorstellungen hinein, bis Lorraine mich eines Tages darauf ansprach. Ich aß kaum noch. Und anscheinend war ich noch schweigsamer als üblich.

Erst zögerte ich, doch dann brach alles aus mir heraus. Ich begann zu schluchzen und erzählte ihr alles. Von meiner ersten Begegnung mit Serge bis zu der furchtbaren Nacht nach dem Dorffest.

Sie hörte mir schweigend zu und unterbrach mich nicht. Lorraine war eine weise Frau. Sie hatte genug Lebenserfahrung, um zu wissen, wie man ein verzweifeltes Mädchen wie mich beruhigte. Allein, dass ich jemandem von meiner Liebe zu Serge, meinen Träumen und Hoffnungen erzählen konnte, half mir.

Kurz darauf war es dann so weit. Mitten in der Nacht wachte ich auf, weil sich mein Unterleib immer wieder krampfhaft zusammenzog. Das Kind kündigte sich an. Lorraine war sofort an meiner Seite und rief die Hebamme, die mich bereits einige Tage zuvor untersucht hatte.

Die Schmerzen waren unbeschreiblich. Mehr als einmal

wünschte ich mir während dieser Stunden zu sterben. Einfach nichts mehr zu spüren. Doch ich schaffte es.

In den frühen Morgenstunden war das Kind da. Damals wusste ich nicht, ob es ein Junge oder ein Mädchen war. Die Hebamme versorgte mich und gab Lorraine noch ein paar Anweisungen, auf was sie achten solle. Dann verschwand sie mit dem Säugling. Ich hatte das Kind nicht einmal zu Gesicht bekommen. Ich wusste nicht, wie es aussah.

Ich war völlig erschöpft und konnte an nichts anderes denken als daran, dass es vorbei war. Dass ich es geschafft hatte. Endlich konnte ich nach Hause zurück. Zurück zu Maman und zu Serge.

Wenn ich heute darüber nachdenke, kommt mir mein Verhalten furchtbar egoistisch vor. Ich habe dem Baby die Mutter vorenthalten. Habe ihm die Liebe und Fürsorge verweigert, die eine Frau für ihre Kinder in sich trägt. Damals hatte ich kein schlechtes Gewissen. Ich wollte nur schnellstens wieder auf die Beine kommen, um mein altes Leben weiterführen zu können. Mit dem Mann, den ich so sehr liebte.

Estelle, ich bin eine alte Frau. Und ich weiß, dass ich damals einen großen Fehler gemacht habe. Ich hätte dieses Kind niemals weggeben dürfen. Aber es ist zu spät. Zu spät für Reue und viel zu spät für Wiedergutmachung.

Durch mein Verhalten habe ich viele Menschen unglücklich gemacht, allen voran dich. Wenn ich auch nur ansatzweise gewusst hätte, welch furchtbares Ereignis ich mit meinem Tun auslösen würde, dann hätte ich mein Leben anders gelebt, hätte mich anders entschieden, anders gehandelt.

Für mich ist es zu spät. Für dich nicht. Lebe dein Leben. Bleibe deinen Prinzipien treu. Estelle, du weißt, was richtig oder falsch ist. Du hättest dich in meiner Situation anders verhalten. Denn du bist stark. Ich war es nicht.

Eine Woche später durfte ich endlich zu meiner Familie zurückkehren, zu Maman und meinen Brüdern. Als ich den Hof betrat, überkam mich vor lauter Glück ein Heulkrampf, wie ich ihn bis dato nie erlebt hatte.

Die Haustür wurde aufgerissen und Serge stürmte auf mich zu. Verschwommen nahm ich meine Mutter hinter ihm wahr, die lächelnd im Türrahmen stehen blieb. Serge riss mich in seine Arme und zog mich dicht an sich. Ja, ich hatte es geschafft. Er liebte mich und hatte auf mich gewartet. Sofort verschwanden all meine Ängste und Befürchtungen. Überglücklich legte ich meine Hand an seine Wange und blickte ihm in die Augen.

»Eveline, tu das nie wieder.«

Erschrocken zog ich meine Brauen hoch.

»Lass mich nie wieder so lange allein.« Er strich mir über den Rücken. »Ich weiß, dass der Besuch dieser Schule wichtig für dich war ...« Er brach ab. »Eigentlich wollte ich noch warten, aber ich kann einfach nicht.« Er rückte ein Stück von mir ab, warf meiner Mutter einen entschuldigenden Blick zu und kniete vor mir nieder. »Eveline, willst du meine Frau werden?«

Estelle, in diesem Moment war ich die glücklichste Frau auf Erden. Einen schöneren Augenblick als diesen gab es nie wieder. All die Entbehrungen der letzten Monate, die Vergewaltigung durch Jules, die Geburt des Kindes, das ich nicht lieben konnte, waren in diesem Moment ganz weit weg. Ich wollte nur noch an meine Zukunft mit Serge denken.

Und ich hatte ein so wundervolles Leben. O ja! Wenn ich zurückblicke, erfüllen unzählige schöne Erinnerungen meine Gedanken. Ich hätte mir keinen besseren Ehemann wünschen können. Serges Eltern waren von Anfang an sehr nett zu mir. Und die Geburt deines Vaters machte unser Glück vollkommen.

Ja, ich hatte ein gutes und erfülltes Leben. Ich fühle keine Verbitterung. Doch ich weiß heute, dass ich damals einen großen Fehler begangen habe. Einen Fehler, den ich bis heute bereue und für den ich bis zu meinem Tod bezahlen werde. Ich habe dich verloren. Meine Ignoranz und mein Egoismus haben dir große Schmerzen verursacht. Und mit dieser Schuld muss ich leben.

All die Jahre wusste ich nicht, weshalb du gegangen bist. Ich dachte, du suchtest die Freiheit, deinen Platz im Leben.

Dass dein Weggang eine Flucht war, gestand mir dein Vater erst sehr viel später. Ich glaube, er versteht bis heute nicht, was er dir mit seinem Handeln angetan hat. Ich war so unglaublich wütend auf ihn, als er mir alles erzählte. Doch was sollte ich sagen? Schließlich bin auch ich nicht unschuldig und habe meinen Beitrag zu deinem Leid geleistet.

Estelle, ich hoffe von ganzem Herzen, dass du dein Glück gefunden hast oder sehr bald finden wirst. Allein das Wissen darum würde meine eigene Qual etwas lindern. Das Schicksal kann so grausam sein. Die Wege, die unser Leben nimmt, sind manchmal unergründlich. Und doch hoffe ich, dass du nicht aufgibst. Dass du dich nicht vor der Welt verschließt.

Als Serge vor etlichen Jahren ganz unerwartet starb, brach meine Welt zusammen. Wir hatten so viele wundervolle Jahre gemeinsam verbracht. Und plötzlich war ich allein. Dein Vater hatte mittlerweile seine eigene Familie gegründet. Meine Mutter lebte schon lange nicht mehr und meine Brüder führten mit ihren Familien ihr eigenes Leben.

Da stand ich nun. Allein mit diesem riesigen Weingut. Dein Vater hatte nie Interesse daran, seine Welt waren die Zahlen und Bilanzen. Was sollte ich also tun? Nicht nur, dass ich die große Liebe meines Lebens betrauerte, ich befand mich auch in der furchtbaren Situation, nicht zu wissen, wie es mit mir weitergehen sollte. Ich war sechsundfünfzig Jahre alt, zu jung, um an etwas wie den Ruhestand zu denken. Mir war klar, dass ich das Weingut allein nicht weiterführen konnte. Alles erinnerte mich an Serge. Es war seine Firma, sein Leben gewesen. Ich musste etwas Eigenes finden. Einen Neuanfang, ein Leben nach Serge. Ein Leben ohne ihn.

Nachdem ich das Weingut glücklicherweise lukrativ verkaufen konnte, erinnerte ich mich an dieses kleine Hotel, das mir immer wieder aufgefallen war, wenn wir durch Argelès spazierten. Ich wusste, dass es seit ein oder zwei Jahren leer stand. Erst zögerte ich noch, doch nachdem ich dutzendmal daran vorbeigefahren war, um es mir näher anzuschauen, gab ich mir einen Ruck. Ich hatte schon so lange davon geträumt, eine kleine Pension zu eröffnen. Serge hatte immer gelacht, wenn ich davon anfing. Mit der Arbeit auf dem Gut wäre das niemals zu vereinbaren gewesen. Doch jetzt … War nicht jetzt der richtige Zeitpunkt gekommen?

Ich setzte mich mit dem Makler in Verbindung und sah mir das Hotel von innen an. Es hatte schon bessere Zeiten gesehen, dass musste ich zugeben. Aber ich habe mich auf den ersten Blick in die Auberge *verliebt. Nachdem ich deinem Vater seinen Anteil am Erbe ausgezahlt hatte, reichte der Rest immer noch für den Kaufpreis und die Renovierungskosten.*

Ich war siebenundfünfzig Jahre alt, als ich die Auberge *eröffnete. Und es war die beste Entscheidung meines Le-*

bens. Die Gäste wurden zu einem festen Bestandteil meines Alltags. Ich liebte meine Arbeit. Ich liebte es, die Zimmer gemütlich herzurichten, wenn neue Besucher kamen. Ich liebte es, die Leute zu bewirten und ihnen unsere schöne Region näherzubringen. Das Hotel war mein neuer Lebensinhalt.

Natürlich sind diese Jahre nicht mit meiner Zeit mit Serge zu vergleichen. Ich hatte keinen Mann mehr, sondern war allein. An anderen Männern hatte ich keinerlei Interesse. Ich war fast vierzig Jahre mit deinem Großvater zusammen. Mehr Liebe passt kaum in ein einziges Leben hinein. Der Alltag fühlte sich anders an, nicht schlechter oder besser, einfach anders.

Die Jahre in der Auberge *möchte ich nicht missen. Die Arbeit hat mich mit viel Freude und Zufriedenheit erfüllt. Und ich weiß, Estelle, dass du diese Arbeit weiterführen kannst. Daher hoffe ich, dass das Hotel dein Leben ebenso bereichert, wie es meines lange Jahre bereichert hat.*

Mittlerweile bin ich weit über achtzig. Ich spüre, dass meine Zeit bald um ist. Der Körper will nicht mehr so wie der Geist. Doch ich möchte nicht gehen, ohne zumindest versucht zu haben, dir zu erklären, welche Umstände zu dem geführt haben, was dir widerfahren ist.

Estelle konnte nicht glauben, was sie da las. Eveline Miroux hatte das gleiche Schicksal erlitten wie sie selbst – schwanger nach einer Vergewaltigung. Lag etwa ein Fluch auf ihrer Familie? Diese Parallelen konnten doch kein Zufall sein! Und wie hing die Nacht vor achtzehn Jahren mit der Entscheidung ihrer Oma zusammen, das Kind wegzugeben?

Estelle konnte einfach keine Verbindung erkennen. Und doch sprach ihre Großmutter ihr aus der Seele. Die Gefühle dem Kind gegenüber. Der ständige Zwiespalt. Auch Estelle hatte sich gegen ihr Baby entschieden. Auch sie hatte sich nicht vorstellen können, ein Kind zu lieben, dessen Vater sie brutal geschändet hatte. Und doch konnte sie es. Estelle liebte Noah mehr als alles auf der Welt. Er war nicht für den Vorfall von damals verantwortlich.

Als plötzlich die Wohnungsklingel läutete, schreckte Estelle hoch. Es war fast elf. Wer klingelte um diese Uhrzeit noch bei ihr?

Sie stand auf und lief zum Wohnzimmerfenster. Nachdem sie den rechten Flügel geöffnet hatte, lehnte sie sich hinaus und blickte in den kleinen Hof vor der *Auberge.*

Überrascht entdeckte sie ihren Nachbarn, der an der Eingangstür stand.

»Tom!«

Er legte den Kopf in den Nacken und schaute nach oben. »Estelle! Darf ich reinkommen?«

Sie zögerte nur zwei Sekunden, bevor sie sich entschied. »Warte.« Sie lief zur Kommode und holte ihren Schlüsselbund. »Achtung, fang!«

Tom fing die Schlüssel und hob grinsend seine Hand.

»Bitte schließ wieder ab, wenn du drinnen bist.« Estelle schloss eilig das Fenster, da es sich draußen bereits empfindlich abgekühlt hatte. Sie blickte kurz in den Spiegel im Flur und zupfte einige Strähnen zurecht, bevor sie die Wohnungstür öffnete.

Keine zwei Minuten später erschien Tom am Treppenaufgang. Estelles Herz fing an zu rasen, als sie ihn sah.

Er streckte ihr die Schlüssel entgegen und verzog leicht sein Gesicht. »Ich hoffe, ich störe nicht.«

Estelle musterte ihn schweigend. Wie gern würde sie ihn jetzt berühren! Doch ihre Geschichte, die traurige Wahrheit ihrer Vergangenheit, stand zwischen ihnen.

»Was willst du, Tom?«, murmelte sie unbeholfen.

Er lachte leise auf. »Da würden mir auf Anhieb eine Menge Dinge einfallen, Estelle.« Er atmete tief durch. »Aber nichts davon wäre hier und jetzt angebracht.«

Ihr Unterleib krampfte sich zusammen. Langsam trat sie einen Schritt zur Seite und ließ ihn eintreten.

Nachdem sie die Tür geschlossen hatte, beobachtete sie, wie Tom erneut das Foto von Noah und Silvia betrachtete. Als er sich zu ihr umdrehte, herrschte verlegenes Schweigen zwischen ihnen.

Estelle räusperte sich. »Möchtest du etwas trinken?«

Er schüttelte seinen Kopf und sah sie weiter unverwandt an.

»Tom, ich …« Hilflos presste sie ihre Kiefer aufeinander. »Ich weiß nicht, wie es weitergehen soll.«

Tom trat so dicht vor sie, dass sie ihren Kopf nach hinten legen musste, um ihn ansehen zu können. »Wovor hast du Angst, Estelle?«

Er berührte sie nicht, doch der Klang seiner Stimme ließ sie erzittern. Verzweifelt schloss sie ihre Augen.

»Sieh mich an, Estelle«, forderte er sie sofort auf. »Wovor hast du Angst?«

»Ich kann nicht …« Sie drehte ihren Kopf zur Seite.

»Wovor?«, wollte er unerbittlich wissen.

Tom beugte sich vor, sodass Estelle jede einzelne seiner Bartstoppeln erkennen konnte. Sein Geruch drang in ihre Nase. Sie konnte sich seiner Anziehungskraft kaum noch entziehen.

»Wovor, Estelle?« Sein Blick wurde sanfter.

Hilflos sah sie ihm in die Augen. Versank darin. Erkannte die Wärme. »Davor, die Kontrolle zu verlieren.« Ihre Schultern sackten kraftlos nach unten.

»Die Kontrolle liegt ganz bei dir«, erklärte Tom leise. »Ich würde dich nie zu etwas zwingen, was du nicht willst. Niemals, Estelle.«

Ihre Augen begannen zu brennen. Sie nickte. »Es ist nur … Ich habe sie bereits verloren. Als wir …« Sie deutete auf die Küchenzeile. »Und ich habe solche Angst.« Ihre Stimme versagte.

»Du musst keine Angst haben«, versuchte Tom, sie zu besänftigen. Obwohl sie seinen Atem auf ihrem Gesicht spürte, fasste er sie immer noch nicht an.

»Doch«, widersprach sie heftig. »Doch. Ich habe Angst. Denn die Kontrolle zu verlieren … mit dir … Das war das Schönste, was ich je erlebt habe.« Ein verzweifeltes Schluchzen entwich ihrer Kehle.

Im nächsten Moment schlang Tom seine Arme um sie und zog sie an sich. »Nicht weinen.« Er wiegte sie sanft hin und her. »Bitte nicht weinen, Estelle.«

Seine Nähe und sein Verständnis ließen sämtliche Dämme in ihr brechen. Tränen rannen über ihre Wangen, während sie sich Hilfe suchend an ihn klammerte.

Als Estelle nach einer halben Ewigkeit ihre Fassung wiedererlangte, blickte sie unsicher zu Tom auf. »Du hast mich verzaubert.«

Sie sah die Skepsis in seinen Augen. »Das sind große Worte, Estelle.«

Sie schüttelte schwach ihren Kopf. »Ich weiß nicht, was da passiert ist, aber …«

Tom ergriff ihre Hand. »Du bist eine wundervolle Frau. Bildhübsch, intelligent, du hast einen tollen Geschmack …« Er ließ seinen Blick durch das Wohnzimmer schweifen. »Aber ich kann nicht zaubern. Ich würde dich einfach furchtbar gern besser kennenlernen.«

Sie schluckte. Er verstand nicht. Frustriert blickte sie auf seine Hand, die ihre noch immer umfasste. »Ich habe noch nie einen Mann wie dich kennengelernt«, begann sie zögernd.

Jetzt war es Tom, der genervt die Augen verdrehte. »Ich

weiß. Ich bin bodenständig, verantwortungsbewusst, blablabla ...«

»Nein«, sie schüttelte ihren Kopf. »Das meine ich nicht.« Sie überlegte. »Ich weiß nicht, wie ich es ausdrücken soll. Du siehst mich. Verstehst du?« Hoffnungsvoll suchte sie seinen Blick. »Das war bei den anderen Männern nicht so.«

Tom grinste. »Das hoffe ich doch.«

Wieder schüttelte Estelle ihren Kopf. »Nein, ich meine, ich habe es genossen, wenn sie mich angeschaut haben ... wenn sie mich berührt haben ... Aber keiner von ihnen hat mich wirklich gesehen. *Ich* wollte nicht gesehen werden. Ich habe lediglich eine Rolle gespielt. Ich dachte, es gehört einfach dazu. Dieses ewige Spiel zwischen Mann und Frau.« Ihre Stimme brach. »Ich hatte noch nie dieses Gefühl ...«

»Du hattest noch nie Spaß beim Sex?« Tom sah sie ungläubig an.

Estelle schüttelte stumm ihren Kopf.

»Mon dieu« murmelte Tom leise an ihrem Ohr, während er sie erneut an sich zog. »Du hast es verdient, glücklich zu sein.«

Seine Worte ließen ihr Herz schneller schlagen. »Das bisher waren alles Idioten.«

»Allerdings«, stimmte er grimmig zu.

»Ich habe niemanden an mich herangelassen, Tom. Die meisten waren verheiratet oder so selbstverliebt, dass ...« Sie merkte, dass sie viel zu schnell sprach.

»Denk nicht mehr daran«, unterbrach er sie ruhig.

Seine warme Hand auf ihrer, sein gleichmäßiger Herzschlag an ihrer Kehle und der beruhigende und gleichzeitig so elektrisierende Tonfall seiner Stimme lösten ein wohliges Kribbeln in ihrem Unterleib aus. Sie rückte ein Stück von ihm ab und sah ihn direkt an. »Verzaubere mich.«

Seine Augen blitzten fast unmerklich auf. »Jetzt?«

Estelle nickte. »Jetzt und hier!«

Tom zögerte. »Ich weiß nicht. Ist es nicht zu …«

Er verstummte, als Estelle mutig ihre Hand an seine Wange legte. Es war keine ihrer einstudierten Gesten und Tom schien zu spüren, wie schwer es ihr fiel, einen Schritt auf ihn zuzugehen. Ohne Schutzmauer und ohne Auffangnetz.

»Willst du mich?« Ihre Frage klang fast schüchtern.

Tom schmiegte seine Wange gegen ihre Handfläche und betrachtete prüfend ihr Gesicht. »Verdammt, Estelle. Natürlich will ich dich.« Seine Stimme war rau.

Erneut spürte sie, wie sehr ihr Körper sich danach sehnte, von Tom berührt zu werden.

»Ich habe Angst, dass du …«

Estelle lächelte verlegen. »Du hast doch eben gesagt, ich soll keine Angst haben.«

Nach einem weiteren Moment des Zögerns legte er seine Hand in ihren Nacken und zog sie an sich. Vorsichtig berührten seine Lippen ihren Mund. Erst tastend, dann gieriger.

Estelle spürte, wie sich ihr Verstand langsam verabschiedete, während sie den Geschmack von Toms Zunge in sich aufnahm. Sie wollte mehr. Sie wollte ihn ganz.

In diesem Moment vergaß Estelle ihren Schutzpanzer und sämtliche Mauern, die sie im Laufe der Jahre um sich herum aufgebaut hatte. Während sie seinen Atem spürte, seinen Geruch wahrnahm, drängte sie sich dichter an ihn und bat ihn stumm, sie zu erlösen.

Seine Hände wanderten besitzergreifend über ihren Oberkörper. Estelle vergaß Zeit und Raum, als er zärtlich ihre Brüste berührte und seine Lippen über ihren Bauch gleiten ließ. »Gefällt es dir?«, raunte Tom heiser in ihr Ohr.

Da ihre Stimme ihr nicht mehr gehorchte, nickte sie nur. Als er sie im nächsten Moment ohne Vorwarnung hochhob, sah sie ihn überrascht an.

»Küche oder Schlafzimmer?« Er zwinkerte grinsend.

Sie musste lächeln. »Schlafzimmer«, flüsterte sie.

»Dann sind wir ja einer Meinung.« Wieder küsste Tom sie.

Estelle unterdrückte ein Stöhnen. Seine Berührungen fühlten sich zu gut an. Sie konnte nicht genug von seinen Händen bekommen.

Im Schlafzimmer ließ er sie vorsichtig auf das Bett sinken. Irritiert sah Estelle ihn an, als er abwartend vor ihr stehen blieb. »Was ist?«

Sekundenlang schaute er nur zu ihr herab, dann schüttelte Tom seinen Kopf. »Du bist so schön.« Er machte eine unbestimmte Handbewegung. »Ich will dir nicht wehtun. Nicht nachdem ...«

Estelles Magen zog sich zusammen. Ohne nachzudenken, begann sie mit zitternden Fingern, ihre Bluse aufzuknöpfen, während sie seinen Blick auf ihrem Oberkörper spürte.

»Verdammt.« Toms Augen suchten ihre.

Estelle sah die Frage darin. Erneut streckte sie ihre Hand nach ihm aus. Er fluchte ein weiteres Mal, ergriff jedoch im nächsten Moment ihre Finger.

»Lass mich die Kontrolle verlieren, Tom. Bitte.«

Sie zog ihn zu sich herab und ließ langsam ihre Finger durch sein dichtes Haar gleiten. Mit leichter Genugtuung bemerkte sie, wie er die Augen schloss und sie enger an sich presste. Ja, er wollte sie. Genau wie Estelle ihn wollte.

Als sie seine Hose öffnete und ihre Hand hineingleiten ließ, entfuhr ihm ein lauter Seufzer. Sein Blick verschleierte sich, während er sie sanft auf die Matratze drückte.

»Was soll ich tun, Estelle?«, flüsterte er an ihrem Ohr.

Hilflos erwiderte sie seinen Blick. »Was du beim letzten Mal auch getan hast.«

Er sah sie einige Sekunden lang schweigend an, bevor er schließlich nickte und sich an ihrer Jeans zu schaffen machte.

Estelle ließ sich zurückfallen und genoss Toms Berührungen, seine rauen Hände auf der Innenseite ihrer Oberschenkel. Seine Lippen auf ihren Brüsten, ihrem Bauch. Als sie meinte, die Anspannung nicht mehr aushalten zu können, zog sie ihn zu sich heran und nickte leicht. Zärtlich ließ Tom seine Finger über ihr Gesicht wandern.

Estelle schloss die Augen und konzentrierte sich ganz auf die Emotionen, die Tom in ihr weckte. Sie fühlte sich aufgewühlt und glücklich zugleich. Ihre Haut kribbelte. Sie wünschte, dieses Gefühl möge nie wieder enden. Während er weiter ihr Gesicht liebkoste, spürte sie, wie sein Unterkörper besitzergreifend gegen ihren drängte. Estelle stöhnte vor Lust auf. Als er sie endlich ausfüllte, traten ihr Tränen in die Augen.

Erschrocken hielt Tom inne und sah sie an. »Habe ich dir wehgetan?«

Estelle schüttelte ihren Kopf, schloss die Augen und drängte ihr Becken fester gegen Toms. »Verzaubere mich.«

Sie zog seinen Kopf wieder zu sich herab und küsste ihn voller Sehnsucht. Während er ihren Kuss erwiderte, drückte er ihre Arme aufs Kissen und stieß langsam in sie hinein.

Estelles Atem beschleunigte sich und sie spürte, wie ihre Muskeln sich immer weiter anspannten. Toms Hände strichen sanft über die Haut ihrer Arme. Bald wusste sie nicht mehr, auf welche Stelle ihres Körpers sie sich konzentrieren sollte. Während Toms Stöße schneller und kräftiger wurden, entriss Estelle ihm ihre Arme und krallte sich an seinem Rücken fest.

Und dann verlor sie erneut die Kontrolle über ihren Körper und schien zu schweben. Ein lautes Stöhnen entfuhr ihrer Kehle.

Als sich ihr Atem wieder normalisierte, hob Tom seinen Kopf und blickte sie fragend an. »Alles in Ordnung?«

Estelle nickte versonnen und berührte sein Haar. »Bleibst du bei mir?«

Er runzelte die Stirn. »Heute Nacht?«

Wieder nickte sie.

»Wenn du möchtest«, erwiderte er leise. »Caroline fährt die Jungs morgen zur Schule, ich könnte also hierbleiben.«

Sie strich über seinen muskulösen Rücken. »Ich bin nicht einfach.«

Er lachte. »Wer ist das schon?«

Estelle atmete tief durch. »Ich hatte noch nie eine Beziehung.«

»Ich weiß.« Tom küsste sie auf ihre Nasenspitze. »Das ist mir egal, Estelle. Die Vergangenheit ist … vergangen.«

»Ich wünschte, es wäre so«, murmelte sie und drehte ihren Kopf zur Seite.

Tom legte sich vorsichtig neben sie und musterte ihr Gesicht. »Du schaffst das.«

Estelle kaute nervös auf ihrer Unterlippe. »Das kann ich dir nicht versprechen.«

Er nickte. »Du schaffst das, da bin ich mir sicher. Diese Hurensöhne werden dich nicht zerstören.«

»Ich weiß nicht, wer Noahs Vater ist.«

»Du könntest es herausfinden, wenn du willst«, erklärte Tom, während er seine Hand an ihre Wange legte.

»Noah ist mit Patricks Tochter zusammen.«

»Was?« Tom sah sie entgeistert an. »Virginie ist Dugouts Tochter?«

»Hat Noah dir das nicht erzählt?« Nun sah Estelle ihn fragend an.

»Non«, erwiderte Tom. »Wir haben bisher nicht über Virginies Familie gesprochen.«

Estelle nickte. »Falls Patrick sein Vater wäre …«

»Du solltest mit Noah sprechen«, schlug Tom erneut vor.

Estelle starrte zum Fenster. »Was sagt deine Schwester hierzu?« Sie zeigte auf ihren nackten Oberkörper.

»Du willst wissen, was Caroline von deinen Brüsten hält?« Er grinste.

Genervt boxte Estelle ihm in die Seite. »Spinner!«

»Sie hat mich gewarnt. Vor einer Dreifachmörderin!«

Überrascht setzte sich Estelle auf. »Dreifach? Was soll das heißen?«

Tom seufzte. »Cousteau ist tot. Dieser Fotograf.«

»Yves?«, rief Estelle entsetzt. »Aber ...« Sie legte ihren Kopf in den Nacken. »Ich war gestern noch bei ihm und habe mit ihm ... habe ihn aufs Übelste beschimpft. Das kann doch nicht sein.«

»Gut, dass Caroline nichts davon weiß.«

Estelle lachte bitter auf. »Sie weiß es. Ich habe sie dort getroffen. Merde!«

Tom nahm sie in die Arme. »Vergiss es einfach. Ich weiß, dass du damit nichts zu tun hast.«

»Sag das mal deiner Schwester«, entgegnete Estelle aufgewühlt, merkte aber, wie sie sich unter Toms Berührung wieder etwas beruhigte.

»Das habe ich schon«, murmelte er undeutlich, während seine Hände tastend über Estelles Seite strichen.

»Was tust du da?« Sie sah ihn aus zusammengekniffenen Augen an.

»Was hältst du von ein paar neuen Zaubertricks?« Tom lächelte sie verwegen an, während er ihre Finger küsste.

49

Montag, 1. November

»Tschüss, ihr zwei!« Caroline küsste Louis und Théo auf die Wange. »Und viel Spaß in der Schule. Heute Nachmittag ist Tom zu Hause.«

»Kannst du uns jetzt jeden Tag zur Schule bringen?« Théo sah sie hoffnungsvoll an.

Caroline strich ihm zärtlich über sein wirres Haar. In diesem Moment wurde ihr wieder einmal bewusst, wie ähnlich er Marc sah. »Du weißt doch, dass ich arbeiten muss, mein Schatz.« Ein Kloß bildete sich in ihrer Kehle.

»Die anderen Kinder werden aber auch von ihren Müttern gebracht«, maulte jetzt auch Louis.

»Ich verspreche euch, dass ich es so oft wie möglich versuche. D'accord?«

Die beiden Jungen nickten und verabschiedeten sich von ihr. Gedankenverloren blickte Caroline ihren Söhnen hinterher, die sich auf dem Weg zum Eingang der Grundschule bereits zu ihren Klassenkameraden gesellten und mit ihnen herumalberten. Jetzt war sie vergessen. Seufzend drehte sie sich um und stieg in ihren Wagen.

Auf dem Weg zum Revier fiel ihr wieder Tom ein. Was fand ihr Bruder bloß an Estelle Miroux?

Als er gestern Abend verkündet hatte, er gehe noch auf ein Glas Wein in die *Auberge,* hatte Caroline ihn nur entgeistert angeschaut. Auch nachdem sie erneut angedeutet hatte, dass ihre Nachbarin irgendetwas mit dieser Mordserie zu tun zu haben schien, war er nicht von seinem Vorhaben abzubringen gewesen. Im Gegenteil, er hatte zum wiederholten Male behauptet, Estelle Miroux habe nichts mit dem Tod der drei Männer zu tun.

Caroline schaltete das Radio leiser. Gut, die Hotelbesitzerin war eine hübsche Frau. Aber sie strahlte eine unheimliche Distanziertheit und Kälte aus. Caroline war der Meinung, dass zu ihrem Bruder eine ganz andere Art Frau passte.

Tom war ein herzensguter, zuvorkommender und verantwortungsbewusster Mensch. Der Typ Mann, den man gemeinhin als ›perfekten Schwiegersohn‹ bezeichnete. Ihr Bruder war ein echter Frauenversteher. Was also wollte er mit jemandem wie Estelle Miroux? Aber vielleicht war Caroline auch einfach nicht die richtige Adresse für Beziehungsratschläge.

Sie bog auf den Parkplatz vor dem Polizeirevier ein und schaltete den Motor aus. Als sie den Empfangsbereich der Wache betrat, saß Catherine Roloit bereits an ihrem Schreibtisch und tippte eifrig.

»Bonjour, Catherine«, grüßte Caroline.

»Bonjour, Capitaine.« Die Sekretärin lächelte, während sie einen großen braunen Umschlag hochhob. »Den hat Muller vorbeigebracht. Mit den besten Grüßen von der Spurensicherung.«

Caroline nickte. »Er hat mich gestern Abend angerufen und mir schon die große Sensation angekündigt.«

Die Sekretärin zuckte mit den Achseln. »Ich habe nicht hineingeschaut.«

Dankend nahm Caroline den Umschlag an sich.

In ihrem Büro öffnete sie ihn angespannt. Ein Stapel Fotografien glitt hinaus, zusammengezurrt mit einem roten Gummiband.

Das oberste Bild zeigte eine junge Estelle Miroux, die neben einem gut aussehenden Teenager saß und ihren Kopf in den Nacken warf. Eine dunkle Vorahnung überkam Caroline, während sie das Gummi löste. Sie drehte das Foto um und starrte fassungslos auf das klein gedruckte, leicht verschwommene Datum. Der fünfundzwanzigste Mai vor achtzehn Jahren.

Sie atmete tief aus. Muller hatte recht gehabt. Diese Fotos waren mehr als brisant. Während sie die anderen Aufnahmen durchsah, wuchs ihre Unruhe von Bild zu Bild. Estelle Miroux mit nacktem Oberkörper. Matthieu Clereau, der sich grinsend über sie beugte. Patrick Dugout, der das Victoryzeichen zeigte, während er Estelle den Mund zuhielt. Ein Unbekannter, der Miroux vergewaltigte. Entsetzt schnappte Caroline nach Luft. Auf der nächsten Aufnahme drückte einer der Männer Miroux' Arme auf den Boden. Sie sah sich das Bild näher an. Der Untergrund war sandig. Die ganze Szene schien sich am Strand abgespielt zu haben. Wieder ein Bild, auf dem ihre Nachbarin gerade ein gefülltes Glas hob. Sie wirkte sichtlich angeheitert. Auf einigen Fotos waren weitere Personen zu sehen. Am Lagerfeuer, beim Tanzen, mit Gläsern in den Händen. Caroline vermutete, dass es sich um Klassenkameraden handelte. Auf der nächsten Aufnahme erneut Miroux mit nacktem Unterleib, ein Männerkörper, der sich gegen ihren presste. Mon dieu, was für ein Albtraum, dachte Caroline schockiert. Jetzt wurde ihr auch klar, um was es in der Anzeige gegangen sein musste, die Estelle Miroux am nächsten Tag erstattet hatte. Sie hatte ihre eigene Vergewaltigung angezeigt. Aber warum war Pierre Miroux einen Tag später zurückgerudert?

Caroline musste dringend Directeur Morphes informieren. Sie brauchte schnellstmöglich Einblick in die versiegelte Akte. Außerdem musste sie wissen, wer der vierte Mann war, der sich an Estelle Miroux vergangen hatte. Cousteau hatte augenscheinlich die Fotos gemacht, er war auf keiner einzigen Aufnahme zu sehen.

Diese Arschlöcher, schoss es Caroline durch den Kopf. War die Gewalttat das Motiv für die Mordserie? Wurden die Männer umgebracht, weil sie vor fast zwanzig Jahren Estelle Miroux auf brutalste Weise geschändet hatten? Hatte ihre Nachbarin Rache genommen? Sie mussten dringend mit Estelle Miroux sprechen.

Wusste Tom etwa von der Sache? Hatte ihre Nachbarin ihm erzählt, was die vier Männer ihr damals angetan hatten? Fragen über Fragen, auf die Caroline schnellstmöglich Antworten finden musste.

50

»Was ist das?« Toms Stimme klang kalt, während er den roten Schnellhefter hochhob.

Estelle, die gerade aus dem Badezimmer kam, wickelte verärgert das Handtuch enger um sich. »Du schnüffelst in meinen Sachen herum?« Sie kniff ihre Augen zusammen.

»Estelle, was ist das?« Tom trat einen Schritt näher.

Sie zögerte. »Das geht dich nichts an.«

Er lachte freudlos auf. »O doch! Ich glaube schon, dass mich das etwas angeht.« Er klopfte mit dem Schnellhefter auf den Esszimmertisch. »Zu deiner Information, der Ordner lag offen auf dem Tisch herum. Wenn du nicht möchtest, dass jemand von *deiner* Schnüffelei erfährt, solltest du die Unterlagen besser wegräumen.«

»Ich habe nicht geschnüffelt«, widersprach Estelle wütend.

»Du nicht, aber …«, er blätterte in den Papieren, »… ein gewisser Monsieur Ardèche.«

»Das geht dich nichts an«, wiederholte Estelle leise. Resigniert wollte sie sich umdrehen und ins Schlafzimmer gehen. Doch Tom war schneller. Er eilte auf sie zu und packte sie an ihren nackten Schultern. Verwirrt sah sie erst auf seine Hände, bevor sie wieder ihn anschaute.

»Was wolltest du mit diesen Informationen?« Tom sah sie eindringlich an.

Estelle wandte stumm ihren Kopf ab.

»Du hast einen Privatdetektiv beauftragt, im Leben dieser Arschlöcher herumzustochern. Warum?«

Sie zuckte hilflos mit den Achseln.

»Estelle«, er zwang sie, ihn anzusehen. »Ich wünsche mir nichts mehr, als dass du mir irgendwann vertraust. Dass du irgendwann weißt, dass du dich auf mich verlassen kannst. Egal, was passiert.« Er atmete tief durch und fuhr sich ungeduldig durch sein Haar. »Mir ist klar, dass das nicht einfach wird, aber ich werde nicht aufgeben. Okay?«

Sie nickte, erwiderte jedoch nichts.

»Aber ich möchte auch, dass *ich* dir vertrauen kann.« Er strich ihr versöhnlich über die Wange. »Ich möchte dir vertrauen, Estelle. Ohne Wenn und Aber.«

Sie nestelte nervös an ihrem Handtuch herum. »Du hast recht«, erwiderte sie schließlich kaum hörbar. »Ich hatte einen Privatdetektiv damit beauftragt, nach Dreck im Leben dieser Idioten zu suchen. Aber die Sache ist beendet.«

»Warum hast du das getan?« Tom blickte sie ernst an.

»Ich wollte ihre Leben zerstören«, murmelte sie undeutlich. »So, wie sie meins zerstört haben.« Ihre Stimme war jetzt voller Hass. »Ich wollte …«

»Du wolltest sie erpressen«, erwiderte er ernüchtert.

Sie nickte.

»Estelle, dir ist klar, dass du momentan für Caroline die Hauptverdächtige Nummer eins bist?« Tom fuhr mit seinen Händen an ihren Oberarmen entlang. »Der einzige Grund, warum du noch nicht verhaftet wurdest, ist wohl, dass ihnen bisher handfeste Beweise fehlen.«

Estelle riss erschrocken ihre Augen auf. »Denkst du etwa auch, dass ich …«

»Nein«, unterbrach er sie barsch. »Nein, natürlich nicht. Aber die Police Nationale interessiert sich nicht dafür, was ich denke, auch wenn meine Schwester für sie arbeitet. Noch dazu, wo ich nicht gerade unparteiisch bin.« Er lächelte schief, während er den oberen Rand ihres Handtuchs packte und sie näher zu sich heranzog. Er beugte sich zu ihr hinab und küsste sie. »Bonjour übrigens erst mal.«

Estelle bemühte sich um ein schwaches Lächeln.

»Lass die Vergangenheit ruhen, chérie.« Tom sah sie liebevoll an. »Ich kann mir denken, wie schwer das alles für dich sein muss. Aber mit solchen Aktionen bringst du dich in Teufels Küche. Denk an Noah. Und an dich.« Wieder grinste er. »Und meinetwegen auch noch an mich, aber lass diese Hurensöhne links liegen.« Er presste seine Kiefer aufeinander. »Drei sind ja mittlerweile sowieso tot.«

»Wurde bei Yves auch …?« Estelle deutete auf ihre Stirn.

Tom zuckte mit den Achseln. »Keine Ahnung. Eigentlich dürfte ich den Namen des dritten Opfers gar nicht wissen, aber Caroline ist er aus Versehen herausgerutscht.«

»Denkst du wirklich, dass die Morde mit der Sache von damals zu tun haben?«

Tom zog seine Augenbrauen hoch. »Ich weiß es nicht, ich bin kein Polizist. Aber mir kommt das alles sehr merkwürdig vor. Warum sollte jemand den dreien ausgerechnet das Datum eingravieren, an dem sie sich an dir vergangen haben?«

»Außer meinem Vater wusste niemand davon. Bis vor wenigen Tagen«, erklärte Estelle nachdenklich.

Lächelnd zupfte Tom erneut an ihrem Handtuch. »Überlass die Detektivarbeit meiner Schwester. Sie ist wirklich gut. Ich wüsste da allerdings etwas anderes …« Er schob ihr Handtuch zur Seite.

Sie wehrte ihn lachend ab. »Die Cléments warten auf ihr Frühstück.«

Tom verzog seinen Mund, verhüllte Estelles Körper aber wieder. »Soll ich Baguette holen, während du dich anziehst?«

Sie sah ihn überrascht an. »Das würdest du für mich tun?«

Er erwiderte ihren Blick und nickte übertrieben. »Ja, das würde ich für dich tun. Also?«

Estelle hauchte ihm einen Kuss auf die Wange und verschwand im Schlafzimmer. »Bis gleich. Und vergiss bitte die Croissants nicht.«

Tom verfolgte kopfschüttelnd, wie sie das Handtuch von ihrem Körper löste und mit großer Geste aufs Bett warf.

Während der Kaffee durchlief, überlegte Estelle, wann sie mit Noah reden sollte. Sie wusste immer noch nicht, wie sie ihm die ganze Geschichte überhaupt beibringen wollte. Seufzend öffnete sie den Kühlschrank und holte Käse und Wurst heraus.

Sie musste dringend Ordnung in ihr Leben bringen. Tom hatte recht. Es fiel ihr schwer, sich zu öffnen, aber wie sollte *er* ihr sonst je vertrauen können?

Estelle war klar, dass noch ein weiter Weg vor ihr lag. Ein sehr weiter. Als sie an die letzte Nacht denken musste, hoffte sie inständig, dass der Weg nicht zu weit werden würde. Für Tom. Sie musste es schaffen. Schon jetzt zog sich ihr Herz sehnsüchtig zusammen, wenn sie nur an ihn dachte. An seine zärtliche Art, seine liebevollen Berührungen. Sie wollte ihn nicht verlieren.

Als sie kurz darauf zwei Hände an ihren Hüften spürte, zuckte sie erschrocken zusammen.

»Ich bin es nur.«

Estelle drehte sich um und blickte in Toms lächelndes Gesicht. Wehmütig verzog sie ihren Mund.

»Hast du mich etwa vermisst?« Er blickte sie prüfend an. Konnte er tatsächlich Gedanken lesen?

Sie erwiderte nichts, sondern schlang schweigend ihre Arme um seinen Nacken und schmiegte sich enger an ihn.

»Oh, là, là!« Sichtlich überrascht erwiderte Tom ihre Umarmung.

»Bitte hab Geduld mit mir.«

Estelle hatte leise gesprochen, doch er nickte. »So viel, wie nötig ist.«

Als sie im Empfangsraum Schritte hörten, lösten sie sich voneinander, bevor Estelle verlegen ihr Haar richtete. Sie verließ die Küche, um die Cléments zu begrüßen.

»Bonjour, Estelle. Wie geht es Ihnen?« Bertrand Clément stützte sich heute auf einen dunkelbraunen Holzgehstock.

Estelle lächelte ihre beiden Gäste an. »So weit ganz gut.«

Während sie dem Ehepaar die Stühle zurechtrückte, betrat Tom hinter ihr den Wintergarten, in der Hand das Tablett mit den Backwaren und dem Geschirr.

»Bonjour«, grüßte ihn Mathilde Clément, während sie Estelle aufmunternd zunickte.

»Bonjour.« Tom richtete ihnen den Tisch her. »Wir kennen uns bereits. Ich bin Tom Bauvall«, er deutete mit dem Daumen über seine Schulter, »der Nachbar.«

»Tom schleift heute die restlichen Türen ab«, ergänzte Estelle entschuldigend, während sie ihm unmerklich zunickte.

»Stimmt, der Handwerker bin ich auch noch.« Er zwinkerte Mathilde Clément grinsend zu.

»Soso.« Die ältere Frau lächelte wissend. »Und Sie frühstücken heute auch hier?« Sie sah Tom aufmerksam an.

»Ich frühstücke mit der Hausherrin.« Lässig legte er seinen Arm um Estelles Schultern. »Was steht bei Ihnen heute auf dem Programm?«

»Ich habe ein wenig Probleme mit meinem Knie«, antwortete Bertrand Clément widerwillig. »Wir sind eben doch nicht mehr die Jüngsten.«

»Wir ruhen uns einfach ein bisschen aus und gehen später auf den Markt«, merkte Madame Clément an, während sie ihrem Mann beruhigend die Hand tätschelte. »Wir sollten nicht jammern über das, was wir nicht mehr tun können, sondern uns lieber darüber freuen, wozu wir noch in der Lage sind.«

Tom wünschte den beiden guten Appetit, bevor er Estelle sanft hinter sich in die Küche zog.

51

Caroline blickte abwartend in die entsetzten Mienen ihrer Mitarbeiter. Auch wenn sie Polizisten waren und tagtäglich mit furchtbaren Taten, skrupellosen Kriminellen und unfassbaren Wahrheiten konfrontiert wurden, waren die Fotos von Estelle Miroux' Vergewaltigung nur schwer zu ertragen.

»Damit hätten wir dann wohl unser Motiv«, erklärte Officier Armand distanziert. »Und ich kann ihr die Taten noch nicht einmal verdenken.«

Caroline blickte zu Marie Noir, die mit versteinerter Miene auf den Boden starrte. »Ich habe gerade mit Directeur Morphes telefoniert. Wir bekommen keinen Haftbefehl gegen Miroux.«

Die Beamten sahen sie verwundert an.

»Nicht ohne einen handfesten Beweis, der Estelle Miroux mit einem der Tatorte in Verbindung bringt.« Caroline schüttelte frustriert ihren Kopf.

»Was ist mit der Anzeige von damals?«, fragte Dupain stirnrunzelnd. »Wir können wohl davon ausgehen, dass Miroux diese vier Mistkerle angezeigt hat.«

Caroline nickte. »Der Directeur kümmert sich darum, dass die Akte endlich geöffnet wird. Im Laufe des Tages dürften wir mehr wissen. Aber ich stimme Ihnen zu, Officier Dupain. In der Anzeige wird es wahrscheinlich um die Mehrfachvergewaltigung gegangen sein.«

»Warum hat ihr Vater sie dann wieder zurückgezogen? Seine Tochter ist vergewaltigt worden!« Aus Marie Noirs Stimme sprach tiefe Verachtung.

Auch Caroline hatte sich diese Frage bereits gestellt, ohne Ergebnis. »Wer ist der vierte Mann?« Sie tippte auf ein Foto, das vor der Tat aufgenommen worden war und Estelle Miroux und den Unbekannten zeigte. »Wenn Miroux weiterhin nicht redet, kontaktieren wir die Schule. Sicher finden wir ihn im Abschlussbuch des Jahrgangs.«

Dupain nickte grimmig.

»Ich habe hier die drei Obduktionsberichte«, fuhr Caroline fort und zeigte auf die Akten. »Docteur Tuyot hat sich gestern noch Cousteau vorgenommen und die Unterlagen zusammengestellt. Es ist jetzt offiziell: Yves Cousteau, Matthieu Clereau und Patrick Dugout sind die Opfer ein und desselben Serienmörders.«

»Als ob wir das nicht vorher schon gewusst hätten«, warf Armand genervt ein.

Caroline blickte ihn einige Sekunden lang schweigend an, bevor sie weitersprach. »Die drei Männer starben eindeutig durch dieselbe Tatwaffe. Die Vorgehensweise der Morde war so ähnlich, dass es keinen Zweifel an einem gemeinsamen Täter gibt.«

»Was ist mit dem Datum?«, warf Marie Noir mit skeptischer Miene ein. »Warum sollte Miroux absichtlich den Verdacht auf sich lenken?«

Charles Dupain lachte auf. »Seit wann denken Mörder rational?«

Officier Noir verzog ihr Gesicht. »Ich weiß nicht.« Sie schüttelte ihren Kopf.

»Wir müssen die Telefonlisten von Cousteau sichten. Vielleicht hat er in den letzten Tagen diesen vierten Mann kontaktiert«, ordnete Caroline an, während sie die Akten überflog. »Sein Lebensgefährte, dieser Chagalle, kannte jedenfalls keinen der früheren Klassenkameraden.«

»Vielleicht ist er ja der Täter«, merkte Marie Noir gedankenversunken an.

»Wer?« Armand sah sie fragend an.

»Na, dieser Unbekannte.« Sie hob eines der Fotos hoch.

»Und warum sollte er die drei umbringen?« Caroline konnte keinen Grund erkennen.

»Vielleicht wollte er unliebsame Zeugen aus dem Weg räumen«, sinnierte die junge Beamtin. »Immerhin ist er der Letzte, der noch lebt.«

»Das wissen wir nicht«, warf Officier Dupain ein. »Also ob er noch lebt, meine ich.«

Caroline nickte nachdenklich. »Nein, das wissen wir nicht. Aber gehen wir mal davon aus, dass er noch lebt.« Sie schaute zu ihrer Mitarbeiterin. »Falls er nicht der Täter ist, könnte er sich in Gefahr befinden.«

»Es sei denn, er ist schon vor Jahren ausgewandert und lebt mittlerweile auf einer einsamen Insel, auf der ihn unser Täter nicht aufspüren kann.« Armand grinste.

»Ich gehe jetzt zu Estelle Miroux. Möchten Sie mitkommen, Officier Noir?« Caroline sah die junge Kollegin fragend an.

»Oui.« Die Beamtin nickte. »Ich bin wirklich gespannt auf ihre Reaktion.«

»Wer von Ihnen kennt sich mit dem Digitalisieren von Fotos aus?« Caroline blickte in die Runde.

Armand meldete sich. »Das könnte ich machen.«

Sie nickte dankbar. »Ziehen Sie die Bilder auf einen Stick und vergrößern Sie sie. Da es sich um Beweismaterial handelt, müssen wir genau wissen, wer auf welchem Foto zu sehen ist. Bei einigen ist dies unschwer erkennbar, aber bei anderen ...« Sie stockte. »Bei vielen Aufnahmen sind die Köpfe abgeschnitten. Wir müssen versuchen, die sichtbaren Gliedmaßen den einzelnen Beteiligten zuzuordnen.«

Armand nickte. »Ich mache mich gleich an die Arbeit.«

»Ich danke Ihnen.« Caroline wandte sich an Dupain. »Bitte kümmern Sie sich derweil um die Telefonlisten. Wenn Sie danach noch Zeit haben, können Sie sich erneut mit der Tatwaffe befassen. Docteur Tuyot hat das Messer ziemlich genau beschrieben. Schauen Sie mal im Internet nach, welche Brotmesser auf die Beschreibung passen. Spätestens, wenn wir eine Festnahme haben ...« Sie ließ den Rest des Satzes unausgesprochen.

Drei Morde und ein Täter, der keine Spuren hinterließ. Alle wussten, dass es schwer werden würde, potenziellen Verdächtigen die Taten nachzuweisen. Ohne Spuren, ohne DNA. Wenn man allerdings die Mordwaffe zweifelsfrei zuordnen könnte ... Caroline nickte ihren Mitarbeitern aufmunternd zu, während sie sich erhob.

52

Nachdem Estelle zwei weitere Gästezimmer vervollständigt hatte, indem sie einige Bilder aufgehängt und Vasen und Kerzen arrangiert hatte, stieg sie die Treppe hinunter, um neu eingegangene Anfragen per E-Mail zu beantworten. Aus dem Hof drangen Schleifgeräusche ins Hotel. Tom arbeitete an der vorletzten Tür.

Während Estelle den Laptop hochfuhr und sich an den

kleinen Schreibtisch setzte, hörte sie, wie der Lärm erstarb und Tom zwei Minuten später umständlich die Eingangstür öffnete. Hastig sprang sie auf, um ihm zu helfen.

Schwer atmend hievte er die Holztür durch den Eingang, während sie ihn besorgt musterte.

»Sicher bist du auch froh, wenn die letzten beiden Türen endlich eingehängt sind.«

Er nickte grinsend und setzte die Last auf dem Boden ab. »Der Verlag hat sich gemeldet. Ich bekomme später zwei neue Manuskripte.«

Estelle lächelte schwach.

»Glaub bloß nicht, dass du mich dann los bist.« Tom zwinkerte ihr zu und umarmte sie.

Als plötzlich die Eingangstür geöffnet wurde, lösten sie sich hastig voneinander. Tom drehte sich um. »Caroline.«

Capitaine Bauvall und eine junge, schlanke Kollegin betraten den Eingangsbereich. Estelle nickte ihrer Nachbarin zu, die jedoch erst einen kurzen Blick mit Tom wechselte, bevor sie sich an Estelle wandte.

»Madame Miroux, das ist meine Mitarbeiterin, Officier Noir.«

Estelle murmelte einen undeutlichen Gruß in die Richtung der jungen Beamtin.

»Wir müssten dringend mit Ihnen reden. Über den fünfundzwanzigsten Mai vor achtzehn Jahren.«

Estelle sah zitternd zu Tom, der die Szene mit erhobenen Augenbrauen verfolgte. Ihre Eingeweide krampften sich zusammen. Sie fühlte sich ertappt, obwohl sie nicht wusste, wobei. Sie erwiderte nichts, sondern nickte nur.

»Wollen wir?« Caroline Bauvall deutete auf den Rundbogen, der in den Wintergarten führte.

»Was ist mit Tom?« Estelle sah ihn erneut Hilfe suchend an. »Oder handelt es sich um ein offizielles Verhör?«

Caroline Bauvall schob genervt ihren Unterkiefer vor. »Nein, Madame, wir haben lediglich ein paar Fragen, bei denen wir auf Ihre Hilfe hoffen.«

»Ich möchte, dass Tom dabei ist.« Estelle hatte ihre Fassung wiedererlangt und straffte nun selbstbewusst die Schultern.

Tom zuckte mit den Achseln.

Capitaine Bauvall zögerte. Sie wechselte einen kurzen Blick mit ihrer Mitarbeiterin, bevor sie schließlich nickte. »Na schön. Ich gehe davon aus, dass er über alles Bescheid weiß.«

Weder Estelle noch Tom erwiderten etwas auf ihre Bemerkung, während sie den Frühstücksraum betraten.

Nachdem sie sich gesetzt hatten, starrte Estelle stumm auf die Tischplatte vor sich, während sie unruhig ihre Finger ineinander verschlang.

»Madame, wir wurden gestern zu einem weiteren Mord gerufen.«

Estelle biss sich auf ihre Lippe.

»Yves Cousteau ist tot«, fuhr Capitaine Bauvall gedehnt fort. »Wir sind uns vor zwei Tagen bei ihm begegnet.«

Estelle nickte.

»Woher kannten Sie Monsieur Cousteau?«

Sie spürte Toms Hand auf ihrem Rücken, während sie schwer schluckte. »Yves und ich besuchten dieselbe Klasse. Vor zwanzig Jahren.«

Die Beamtinnen sahen sie prüfend an. »Sie kannten die drei Mordopfer also aus Ihrer Schulzeit?«

Estelle nickte erneut.

»Was wollten Sie bei Monsieur Cousteau?«

»Mit ihm reden.«

»Worüber?«

Estelle wandte ihren Kopf ab und schwieg.

»Bon. Sprechen wir über den fünfundzwanzigsten Mai vor achtzehn Jahren. Schließlich muss dieses Datum mit einem einschneidenden Ereignis im Leben der drei Opfer verbunden gewesen sein. Auch Cousteau wurde nach seinem Tod gebrandmarkt.«

Estelle blieb stumm.

»Können Sie uns dazu etwas sagen, Madame?« Caroline Bauvall beugte sich erneut vor.

Estelles Herz pochte ihr bis zum Hals. Beinahe hatte sie Angst, die anderen könnten es hören. Schweigend schüttelte sie den Kopf.

»Estelle«, begann Tom, während er sie von der Seite ansah, doch sie ignorierte ihn.

»Alors.« Caroline Bauvall nickte ihrer jungen Mitarbeiterin zu, die daraufhin einen Umschlag aus der Jackentasche fischte. »Vielleicht helfen Ihnen diese Fotos etwas auf die Sprünge.«

»Fotos?« Estelle kniff überrascht ihre Augen zusammen.

Caroline Bauvall nickte langsam. »Oui, Madame. Fotos.« Sie wandte sich an Tom. »Ich denke, es ist besser, wenn du jetzt gehst.«

Estelle bemerkte Toms Zweifel, als er sie ansah. Sie überlegte kurz und nickte dann. »Lass uns bitte allein.«

Er erhob sich und strich ihr sanft über das Haar. »Ich bin oben, falls du mich brauchst.«

Estelle blickte ihm nach, während er in den Empfangsbereich verschwand und die Tür holte, die noch immer am Tresen lehnte. Erst als sie seine Schritte auf der Treppe hörte, wandte sie sich wieder den Beamtinnen zu.

Officier Noir öffnete den Umschlag und holte drei Fotos heraus. Das erste zeigte Jérôme und Estelle am Lagerfeuer.

Estelle beugte sich über die Aufnahme. »Ich wusste nicht, dass …« Sie verstummte, während sie sich selbst betrachtete, ein Glas Gin in der Hand, die Wangen gerötet. Man konnte unschwer erkennen, dass sie mehr als nur angeheitert war.

»Sie wussten nichts von den Bildern?« Officier Noir runzelte ihre Stirn.

Estelle schüttelte den Kopf. »Bis vor Kurzem nicht.«

»›Bis vor Kurzem‹?«

Sie schwieg.

»Wann wurden die Bilder aufgenommen?« Caroline Bauvall tippte auf das Foto.

»Am fünfundzwanzigsten Mai«, erklärte Estelle mit leiser Stimme.

»Vor achtzehn Jahren?«

»Oui.«

Capitaine Bauvall räusperte sich, bevor sie Officier Noir ein Zeichen gab.

Als die Beamtin Estelle die nächste Aufnahme vorlegte, erstarrte sie. Der Boden schien zu wanken. Eine eisige Kälte breitete sich in ihr aus. Entsetzt schloss sie für einen Moment die Augen. »Nein.« Sie legte den Kopf in den Nacken und blickte an die Decke.

»Madame, wir müssen Sie das fragen.« Die Stimme ihrer Nachbarin klang jetzt mitfühlender. »Sind Sie auf diesem Bild zu sehen?«

Estelle nickte stumm, bevor sie langsam den Kopf senkte und erneut das Foto betrachtete. Tränen traten ihr in die Augen. Sie lag im Sand, die Arme hinter ihrem Kopf auf den Boden gedrückt, während Jérôme sich brutal an ihr verging.

»Wer ist der Mann?« Caroline Bauvall klang erschüttert und auch ihre Mitarbeiterin machte einen betroffenen Eindruck.

»Das ist Jérôme. Jérôme Lafayette.« Estelle sackte in sich zusammen und wischte die Tränen unwillig weg.

Officier Noir reichte ihr stumm ein Taschentuch.

»Können Sie uns erzählen, was an jenem Abend geschehen ist?«

Estelle atmete tief durch, bevor sie entschlossen das Foto

umdrehte. Sie sah erst die junge Beamtin an, bevor sie lange den Blick ihrer Nachbarin erwiderte. Dann berichtete sie fast mit denselben Worten, die sie auch bei Tom benutzt hatte, was in der besagten Nacht vor achtzehn Jahren passiert war. Sie hatte eiskalte Hände. Ein weiteres Mal überkam sie das furchtbare Gefühl, dass die Vergangenheit ihre gierigen Finger nach ihr ausstreckte, um sie zu quälen und daran zu hindern, die Gegenwart zu leben. Die beiden Beamtinnen lauschten sichtlich betroffen.

»Warum hat Ihr Vater damals die Anzeige zurückgezogen?« Officier Noir musste sich hörbar um eine feste Stimme bemühen.

Estelle berichtete von dem gestrigen Gespräch mit ihrem Vater und von den Fotos, die ihm Matthieus und Patricks Väter damals vorgelegt hatten. »Er meinte, auf den Bildern sei nicht zu erkennen gewesen, dass ich nicht freiwillig mitgemacht habe.«

Caroline Bauvall nickte verständnisvoll. »Er wollte Sie schützen.«

Estelle lachte höhnisch auf. »›Schützen‹! Ja, so könnte man es natürlich auch sagen.« Sie streckte ihren Rücken durch und sah die beiden Beamtinnen offen an. »Ich würde es eher Verrat nennen.«

»Nach … dieser Sache sind Sie nach Deutschland gegangen«, fuhr Caroline Bauvall fort, ohne auf die Bemerkung einzugehen.

Wieder lachte Estelle freudlos. »Wenige Wochen später stellte ich fest, dass ich schwanger war.« Erneut erzählte sie von Noahs Geburt und Tatjanas Idee mit der Urkundenfälschung.

»Noah weiß also nicht, dass Sie seine Mutter sind.«

Estelle konnte die Ungläubigkeit in Capitaine Bauvalls Miene erkennen. »Nein, er weiß es nicht.« Sie wurde lauter. »Er denkt nach wie vor, Silvia Gärtner sei seine Mutter. Und ich habe keine Ahnung, wie ich ihm nach siebzehn Jahren beibringen soll, dass ich ihn sein Leben lang angelogen habe.« Wut kochte in ihr hoch. »Wie soll ich Noah sagen, dass seine Mutter nicht tot ist, dafür aber eine erbärmliche Lügnerin?«

»Estelle!«

Als sie Toms schockierte Stimme hörte, drehte sie sich erschrocken um – und erblickte Noah im Rundbogen. Sein Gesicht war leichenblass, seine Lippen zitterten. Tom befand sich hinter ihm und schüttelte unmerklich den Kopf.

»Stimmt das?« Noahs Stimme klang seltsam ruhig.

Auch die Beamtinnen hatten sich umgedreht und musterten den jungen Mann betreten.

»Noah!« Verzweifelt sprang Estelle auf und wollte auf ihn zugehen, doch er drehte sich im gleichen Moment um und stürmte auf die Eingangstür zu.

»Noah! Warte!« Sie wollte ihm hinterherlaufen, aber er hatte das Hotel bereits verlassen. Die Tür knallte vor ihrer Nase zu. Aufgeregt riss Estelle sie wieder auf, während sie Tom näher kommen hörte.

Sie hastete hinaus und rannte über den kleinen Innenhof. Als sie auf der Straße ankam, war von dem Jugendlichen nichts mehr zu sehen.

»Merde!«, schrie sie völlig aufgelöst, während Tom hinter sie trat und vorsichtig ihre Schultern berührte. »Verdammt! Ich muss mit Noah reden. Wo ist er nur hin?« Erschöpft stampfte sie mit dem Fuß auf. »Was mache ich denn jetzt bloß?«

Die beiden Beamtinnen traten ebenfalls auf den Hof hinaus. Verzweifelt ging Estelle zurück zur Eingangstür. Ihr Gesicht war tränenüberströmt.

»Madame, wir müssten noch klären, wo Sie sich gestern Nachmittag aufgehalten haben.«

»Aber nicht jetzt«, fuhr Tom barsch dazwischen. »Ihr seht doch, was mit ihr los ist!«

»Nein, nicht jetzt«, beschwichtigte Caroline ihren Bruder, bevor sie sich noch einmal an Estelle wandte. »Reden Sie mit Noah. Bestimmt kommt alles wieder in Ordnung. Wir melden uns.«

Nachdem die beiden Beamtinnen den Hof verlassen hatten, rannte Estelle wie von Sinnen in die *Auberge* zurück und tigerte aufgewühlt durch den Empfangsraum. Ihr Kopf dröhnte und sie zitterte noch immer am ganzen Körper. Sie konnte keinen klaren Gedanken fassen. Wo war Noah hingegangen? Was sollte sie jetzt tun?

»Estelle.«

Sie drehte sich um.

»Wir finden ihn.«

Endlich drang Toms ruhige Stimme in ihr Bewusstsein. »Was hat er gehört?« Verzweifelt blickte sie ihn an. »Wie lange stand er schon da?«

Tom überlegte. »Nicht lange. Ich war im Hof und wollte die letzte Tür abschleifen. Da tauchte er plötzlich auf. Bevor ich überhaupt etwas zu ihm sagen konnte, war er schon an mir vorbei und hatte das Hotel betreten.«

Estelle starrte nachdenklich auf ihre Füße. »Er weiß, dass ich ihn angelogen habe. Dass ich seine Mutter bin.«

Tom nickte mit ernster Miene. »Ja, das hat er gehört.«

Entschlossen betrat sie das kleine Büro und holte einen großen Schlüsselbund aus der Schreibtischschublade.

»Was machst du da?«

»Ich sehe mich in Noahs Zimmer um«, erklärte Estelle mit tränenerstickter Stimme. »Ich muss nachsehen, ob ich vielleicht irgendwo Virginies Adresse finde.«

»Ich helfe dir.« Tom trat auf sie zu und nahm ihr sanft die Schlüssel ab.

Sie stiegen die Treppe hinauf und betraten Noahs Reich. Einen Moment lang drehte sich alles um Estelle herum. Sie streckte ihre Hand aus und stützte sich an der Wand ab, bis der Schwindel nachließ.

»Was hast du?« Tom sah sie besorgt an.

Sie schüttelte den Kopf. »Es geht schon wieder.«

Angespannt ließ sie ihren Blick durch den Raum schweifen. Das Bett war ordentlich gemacht. Der Schreibtisch in der Ecke war mit Blättern übersät. Die linke Tür des Kleiderschranks stand offen. Estelle durchquerte den Raum und schloss sie.

»Wo kann er sein?« Sie überflog das Chaos auf dem Schreibtisch, konnte aber nichts entdecken, was sie weitergebracht hätte. Bei den Papieren handelte es sich um irgendwelche Anmeldeformulare. Estelle hielt sich nicht damit auf, die klein gedruckten Worte zu entziffern.

»Vielleicht hier?«

Sie drehte sich um und folgte Toms Blick. Er stand vor einer großen Pinnwand. Sie stellte sich neben ihn und betrachtete die Zettel, die Noah wahllos mit Magneten befestigt hatte.

Als sie eine kleine Visitenkarte mit einem deformierten blauen Fisch darauf entdeckte, nestelte sie ungeduldig an den Magneten herum. »Da!« Aufgeregt zeigte sie Tom die Karte.

»Was ist das?«

»*Poisson bleu.* So heißt das Restaurant, in dem Noah gerade ein Praktikum absolviert.«

»Stimmt.« Tom nickte. »Davon hat er mir auch erzählt.« Er las die Adresse, die unter dem Restaurantnamen stand. »Das liegt in der Nähe des Hafens. Denkst du, er ist da?«

Estelle zuckte hilflos mit den Schultern. Wieder wurden ihre Augen feucht. »Ich weiß es nicht«, gab sie traurig zu. »Er hat gestern gesagt, er wolle heute direkt dorthin gehen.«

Sie nahm Tom die Karte aus der Hand und drehte sie um.

Ihr wurde bewusst, dass sie sich in den letzten Tagen kaum um ihren Sohn gekümmert hatte. Wenn sie ehrlich war, hielt dieser Zustand schon seit der Rückkehr nach Argelès-sur-Mer an.

In Deutschland hatten sie immer so unglaublich viel miteinander gesprochen, sich gegenseitig von ihrem Leben erzählt, über Noahs Zukunft sinniert. Wo war diese Unbeschwertheit bloß geblieben? Warum war die Nähe, die sie all die Jahre verbunden hatte, hier so abrupt verschwunden? Die *Auberge,* die Begegnungen mit Matthieu und Patrick, aber auch das Wiedersehen mit Emily und ihrem Vater, all das hatte Estelle so sehr in Beschlag genommen, dass Noah komplett untergegangen war. Was war sie für eine lausige Mutter! Wie hatte sie bloß zulassen können, dass sie nicht einmal wusste, wo seine Freundin wohnte?

Erneut suchte sie die Pinnwand ab. Und entdeckte einen kleinen Zettel mit Virginies Namen darauf. Aufgeregt zerrte sie ihn unter dem Magneten hervor. »Virginie Ravallier«, murmelte sie abwesend. Estelle erinnerte sich daran, dass Noahs Freundin erzählt hatte, dass ihre Eltern nie verheiratet gewesen waren.

»Vielleicht ist er bei ihr«, merkte Tom an.

Estelle nickte. »Ja, vielleicht.« Sie wischte sich ein paar Tränen weg. »Hoffentlich.«

»Komm, lass uns gehen.«

Sie sah ihn überrascht an. »Du hilfst mir?«

Kopfschüttelnd musterte er ihr Gesicht. »Was ist das denn für eine Frage?«

»Ich dachte nur … du … ich …«, stammelte Estelle verunsichert.

»Lass uns gehen«, erwiderte Tom seufzend, während er die beiden Adressen an sich nahm und in die Hosentasche steckte.

Als sie an ihrem Wagen ankamen, hob Tom seine Hand und sah Estelle auffordernd an, als sie die Fahrertür öffnen wollte. »Ich fahre«, erklärte er bestimmt.

Dankbar warf sie ihm den Schlüssel zu und ging um ihr Auto herum.

Während der Fahrt blickte sie schweigend aus dem Seitenfenster. Es war früher Nachmittag und die Straßen waren relativ leer. Tom fuhr zügig Richtung Hafen. Heute war es noch windiger als gestern. Estelle beobachtete gedankenverloren eine Reihe Zypressen, die sich unter den starken Böen bogen. Sie fröstelte. In der Eile hatte sie vergessen, eine Jacke anzuziehen.

»Ist dir kalt?« Tom warf ihr einen kurzen Seitenblick zu.

»Es geht«, gab sie kleinlaut zu.

Er schaltete die Heizung an und fasste nach ihrer Hand. »Wir finden ihn, Estelle.«

»Ja«, flüsterte sie. »Und was dann?«

»Dann redest du mit ihm.« Tom blinkte und fuhr zum Jachthafen hinunter.

Estelle blickte auf die Boote, die sich auf den Wellen bewegten. Was hatte sie nur getan? Sie hatte Noah immer nur schützen wollen. Versucht, ihm den bestmöglichen Start ins Leben zu bieten. Und jetzt? Estelle überkam das frustrierende Gefühl, in ihrem Leben alles falsch gemacht zu haben.

»Da ist es.«

Sie blickte auf und musterte das große einstöckige Gebäude. Vor dem Eingang stand eine Skulptur, die einen Fisch darstellte, der zwischen zwei Wellen aus Metall seinen Kopf aus dem Wasser streckte. Sie öffnete die Wagentür.

»Soll ich mitkommen?« Nachdem Tom den Motor ausgestellt hatte, drehte er sich im Sitz zu ihr um und musterte sie prüfend.

Estelle schüttelte den Kopf. »Nein.« Sie berührte ihn kurz

an der Wange. »Nein, das muss ich allein machen.« Sie setzte ein bemühtes Lächeln auf und stieg aus.

Mit jedem Schritt meinte sie, die Last auf ihren Schultern werde schwerer. Was sollte sie sagen?

Sie öffnete die Eingangstür, die überraschend schwer war, und betrat den Gästeraum. Die Stühle standen auf den Tischen, das Licht war gedimmt. Unsicher durchschritt sie das Restaurant. »Salut?«

»Moment, ich bin gleich da.« Die Stimme kam aus der Küche, die sich augenscheinlich hinter der langen, gemauerten Theke befand.

Estelle blieb stehen und wartete. Die Restauranteinrichtung machte auf den ersten Blick einen gemütlichen Eindruck.

»Bonjour, Madame.« Ein etwas untersetzter Mann um die sechzig trat hinter die Theke. »Was kann ich für Sie tun?«

»Ich suche Noah. Ich bin Estelle Miroux, die …«

»Ah.« Der Mann lächelte. »Noah hat schon viel von Ihnen erzählt. Sie sind die neue Besitzerin der *Auberge*. Evelines Enkelin.«

Estelle nickte beklommen. »Ja. Ist Noah hier?«

Der Restaurantbesitzer runzelte die Stirn. »Non, bedaure. Noah ist schon vor über einer Stunde gegangen.« Er schien nachzudenken. »Ich meine mich zu erinnern, dass er sagte, er wolle nach Hause. Unser Herd ist kaputtgegangen. Tja, und ohne Herd keinen Fisch. Auf Sushi stehen wir hier nicht so.« Er grinste. »Daher habe ich Noah freigegeben. Er ist ein fleißiger Junge, das muss ich schon sagen.«

»Der Beste«, murmelte Estelle enttäuscht.

»Ist etwas nicht in Ordnung?« Der Restaurantbesitzer kratzte sich am Kinn und betrachtete Estelle zweifelnd.

Sie schüttelte den Kopf. »Non, es ist alles okay. Merci. Ich müsste nur dringend mit ihm reden und dachte …« Sie machte eine unbestimmte Handbewegung.

»Wenn ich ihn sehe, sage ich ihm, dass er sich bei Ihnen melden soll.« Er nickte ihr aufmunternd zu.

Estelle bedankte sich erneut, bevor sie das Restaurant verließ.

»Nichts?« Tom sah sie fragend an, als sie sich wieder in den Wagen setzte.

Sie berichtete ihm kurz von dem Gespräch mit dem Eigentümer.

»Fahren wir zu Virginie?«

Estelle überlegte kurz, bevor sie nickte. »Hoffentlich kann sie uns weiterhelfen.«

»Vielleicht ist er ja sogar bei ihr.«

Als sie wenig später durch die Stadtmitte fuhren, klingelte Estelles Handy. »Tatjana«, raunte sie, als sie aufs Display sah. Tom runzelte die Stirn. Sie hob ab. »Tatti.«

»Estelle, was ist denn bei euch los?« Die Stimme ihrer Freundin klang aufgebracht.

»Was meinst du?«, fragte Estelle irritiert zurück.

Tom warf ihr einen kurzen Blick zu.

»Was ist mit Noah? Er hat mich eben angerufen und war völlig neben der Spur.«

Estelle fasste sich an die Schläfe. »Er hat aus Versehen erfahren, dass ich ihn belogen habe. Dass ich seine Mutter bin.« Sie schluchzte verzweifelt auf.

»›Aus Versehen‹?« Ihre Freundin schnaufte schwer ins Telefon. »Wie konnte das denn passieren?«

Estelle schloss die Augen und schluckte. »Ich weiß nicht … Es war ein blöder Zufall. Die Polizei wollte mich wegen der Morde befragen.«

»Wegen welcher Morde?«

»Ach, Tatti, das ist alles so furchtbar kompliziert.«

Tom legte Estelle beruhigend seine Hand auf den Oberschenkel. Obwohl er kein Wort verstand, bemerkte er natürlich ihren Gemütszustand.

»Estelle, welche Morde?«

»Lass uns bitte später noch mal telefonieren. Oder morgen.« Sie konnte sich überhaupt nicht mehr konzentrieren. »Ich muss jetzt dringend Noah suchen. Er ist abgehauen und ich weiß nicht, wo er ...«

»Du musst mit ihm reden.« Tatjana klang sehr besorgt. »Es ging ihm wirklich nicht gut. Er hat mich beschimpft, wollte wissen, ob ich auch an dieser Lüge beteiligt sei. Er hat mich überhaupt nicht zu Wort kommen lassen. Du musst ihm alles erklären.« Sie machte eine kurze Pause. »Alles, hörst du?«

»Ja«, erwiderte Estelle leise. »Aber dafür muss ich ihn erst mal finden.«

»Viel Glück, Süße. Halt mich auf dem Laufenden.«

Estelle verabschiedete sich und beendete das Gespräch.

»Wer ist Tatti?«

Sie legte ihre Hand auf Toms, die noch immer auf ihrem Oberschenkel ruhte. »Tatjana. Meine beste Freundin. Aus Deutschland.«

In kurzen Sätzen berichtete sie ihm von Noahs Anruf bei Tatti.

Kurz darauf parkte Tom den Wagen vor einem zweigeschossigen Haus. Sie stiegen aus und gingen zur Tür. Es gab zwei Namensschilder. Virginie wohnte mit ihrer Mutter im Erdgeschoss. Estelle klingelte.

Es dauerte einige Sekunden, bis sie Schritte im Inneren des Gebäudes hörten.

»Oui?« Eine Frau in Estelles Alter mit blondem Kurzhaarschnitt öffnete die Tür.

Sie streckte ihre Hand aus. »Ich bin Estelle Miroux. Noah ist mein ... also, ich bin ...«

»Wir suchen Noah. Ist Virginie da? Wir dachten, vielleicht weiß sie ja, wo er steckt.« Tom lächelte die Frau freundlich an und bemühte sich um Zuversicht. Beiläufig umfasste er Estelles Unterarm, um sie zu beruhigen.

Die Frau schaute auf ihre Armbanduhr. »Non, Virginie ist noch in der Schule. Sie ist …« Sie schüttelte leicht ihren Kopf. »Seit dem Tod ihres Vaters mache ich mir Sorgen um sie.«

»Wir haben davon gehört und möchten Ihnen unser aufrichtiges Beileid aussprechen«, erwiderte Tom, während er Estelles Arm drückte.

Die Frau zuckte mit den Achseln. »Furchtbar, ja. Zwischen mir und Patrick hat es einfach nicht gepasst. Aber für Virginie ist es sehr schlimm. Sie hat ihren Vater vergöttert. Die beiden hatten ein tolles Verhältnis.« Sie blickte wieder zu Estelle. »Emily ist doch Ihre Schwester?«

Estelle nickte. »Ja, aber wir hatten sehr lange keinen Kontakt.«

Die Frau nickte verständnisvoll. »Noah hat Virginie die letzten Tage wirklich sehr geholfen. Er ist ein toller Junge. Und Sie suchen ihn, sagten Sie?«

»Ja«, entgegnete Tom an Estelles Stelle.

»Wenn Sie sich beeilen, erwischen Sie Virginie vielleicht noch an der Schule. Der Unterricht endet in knapp zehn Minuten.« Wieder sah sie auf die Uhr. »Ich weiß nämlich nicht, ob sie danach direkt nach Hause kommt.«

Tom wechselte einen kurzen Blick mit Estelle, bevor er nach der Adresse fragte. Hastig verabschiedeten sie sich.

Wieder hinter dem Steuer meinte Tom: »Vernünftige Frau.«

Estelle blickte aus dem Fenster und beobachtete ein Pärchen, das seinen Hund ausführte. Abwesend nickte sie.

Als sie sechs Minuten später die Schule erreichten, stellte Tom das Auto am Straßenrand ab. »Ich kenne sie nicht. Aber du weißt, wie sie aussieht?«

Estelle nickte, erwiderte jedoch nichts. Ihre Gedanken kreisten um das Gespräch, das sie mit Noah führen musste.

Es würde sehr schwer werden, ihm alles zu erklären. Die Vergewaltigung, die anonyme Geburt, die falsche Geburtsurkunde. Harte Kost für einen Siebzehnjährigen.

»Lass uns aussteigen«, forderte Tom sie behutsam auf und öffnete die Fahrertür.

Ein kalter Wind wehte ihnen entgegen. Estelle fror in ihrer dünnen Bluse.

Als Tom sah, wie sie die Arme eng um ihren Oberkörper schlang, zog er sein Sweatshirt aus und streifte es über ihren Kopf. »Besser?«

Dankbar schaute sie ihn an und rang sich ein schwaches Lächeln ab. »Was ist mit dir?« Sie deutete auf sein T-Shirt.

»Mach dir um mich keine Sorgen.« Er winkte ab.

Als kurz darauf die Schulglocke das Ende des Unterrichts verkündete, öffneten sich die Türen des Haupteingangs und unzählige Schüler stürmten heraus.

Sie musterte die Gesichter der Jugendlichen, die lachend und diskutierend aus dem Gebäude kamen. Einige wirkten erschöpft, andere alberten lautstark herum.

»Da.« Estelle deutete auf eine Gruppe von fünf oder sechs Mädchen, die kichernd die Treppe hinunterliefen. Virginie jedoch lachte nicht, ihr Gesicht wirkte versteinert und starr. »Das ist sie.« Estelle zupfte Tom an seinem T-Shirt. »Die mit den langen schwarzen Haaren, die Dürre.«

Er nickte und fasste Estelle an der Hand. Entschlossen bahnte er ihnen einen Weg durch den Schwarm von Schülern, bis sie endlich vor der Mädchenclique standen.

»Virginie.« Estelle bemühte sich um einen freundlichen Gesichtsausdruck.

Das junge Mädchen blickte sie erstaunt an. »Madame Miroux?«, fragte sie unsicher.

Estelle nickte.

»Was tun Sie hier?«

»Wir möchten dich etwas fragen. Hast du vielleicht einen Moment Zeit für uns?«

Die Schülerin blickte unsicher zu ihren Freundinnen, die Tom unverhohlen musterten.

»Das ist Tom Bauvall, mein … Nachbar«, erklärte Estelle hastig.

Virginie nickte. »Geht ruhig schon mal zur Promenade. Ich komme nach«, sagte sie zu ihren Freundinnen und wandte sich wieder Estelle zu. »Ist etwas mit Noah?«

Estelle blickte betreten zu Boden.

»Das mit deinem Vater tut uns sehr leid, Virginie«, begann Tom, während er dem Mädchen aufmunternd zunickte.

Der Teenager blickte skeptisch zu Estelle.

»Mir tut es auch leid«, murmelte die daraufhin leise.

»Noah war vorhin etwas durcheinander.« Tom sah kurz zu Estelle. »Wir müssten ihn dringend finden. Er ist gegangen und wir wissen leider nicht, wohin.«

Virginie musterte Estelle. »Was ist denn passiert?«

»Es tut mir sehr leid, wie ich mich in der Auberge dir gegenüber verhalten habe. Es war einfach …« Estelle brach unsicher ab. »Aber ich brauche jetzt wirklich deine Hilfe, denn ich mache mir sehr große Sorgen um Noah.« Sie sah die junge Frau flehentlich an. »Hast du eine Idee, wo er sich aufhalten könnte?«

»Hatten Sie Streit?« Virginies Blick blieb wachsam.

Estelle nickte zögernd. »So ähnlich.«

»Es gibt da diese Stelle …«, begann das Mädchen gedehnt.

»Ja?«

»Südlich des Hafens. Etwa einen halben Kilometer Richtung Collioure. Dort wo der Strand endet und in die Felsküste übergeht, gibt es einen Abschnitt, der …« Sie blickte kurz zum Schulgebäude und überlegte. »Soll ich es Ihnen vielleicht zeigen?«

Estelle atmete dankbar aus. »Das wäre toll.«

»Noah liebt diesen Platz am Meer. Er sagt, dort könne er total abschalten und sich ganz seinen Gedanken hingeben«, erklärte Virginie.

Große Worte für einen Siebzehnjährigen, dachte Estelle betreten, schwieg jedoch. Wie wenig sie doch in letzter Zeit von ihrem Sohn mitbekommen hatte.

»Hast du ihm diese Stelle gezeigt?« Tom öffnete den Wagen und ließ die Schülerin hinten einsteigen.

Das Mädchen nickte. »Es ist ein magischer Ort.«

Estelle setzte sich ebenfalls in das Fahrzeug und wartete ungeduldig, bis Tom den Motor gestartet hatte. Hoffentlich lag Virginie mit ihrer Einschätzung richtig. Wenn sie Noah dort auch nicht fanden …

Sie fuhren wieder Richtung Süden, am Hafen vorbei aus Argelès hinaus.

»Wie weit ist es noch?«, wollte Tom wissen, als sie das Ortsschild hinter sich gelassen hatten.

»Wir sind gleich da«, erwiderte Virginie und beugte sich nach vorne, die Hände auf die Vorderlehnen gestützt. »Ein paar Hundert Meter vielleicht noch.«

Tom reduzierte das Tempo und hielt sich dicht am Straßenrand.

»Da vorne«, meldete sich Virginie zwei Minuten später und deutete nach links. »Hinter den Felsen.«

Tom parkte den Wagen und sah Estelle abwartend an. Sie drehte sich zu Virginie um. »Und jetzt?«

»Sie gehen ein paar Schritte an der Straße entlang, dann sehen Sie schon einen kleinen Pfad, der durch die Felsen führt. Dahinter befindet sich eine Art Düne. Dort steht eine größere Felsansammlung, bevor der Strand beginnt. An diesen Felsen sitzen wir oft.«

Estelle nickte schweigend.

»Wir warten hier fünf Minuten«, wandte sich Tom an sie. »Wenn du nicht zurückkommst, gehen wir davon aus, dass du Noah gefunden hast. Dann fahre ich Virginie wieder in die Stadt und komme anschließend zurück.«

»Ich weiß nicht, wie lange …«

»Das ist egal, Estelle«, unterbrach er sie sanft. »Ich warte hier. Ihr nehmt euch die Zeit, die ihr braucht. Wenn ihr so weit seid, fahre ich euch nach Argelès zurück. D'accord?«

Wieder traten Estelle Tränen in die Augen, diesmal nicht aus Sorge um Noah, sondern wegen des unbeschreiblichen Glücksgefühl, das sie während Toms Worten überkam. Sie riss sich jedoch zusammen, da sie sich der Anwesenheit des Teenagers bewusst war.

»D'accord!«, erwiderte sie leise, bevor sie sich umdrehte. »Danke, Virginie. Wenn ich mit Noah gesprochen habe, möchte ich auch gern mit dir reden. Vielleicht bei einem Kaffee in der *Auberge?*«

Das Mädchen nickte fast schüchtern. »Sehr gerne, Madame.«

Als Estelle die Beifahrertür öffnete, wurde sie sofort von einer starken Windböe erfasst. Hastig folgte sie dem schmalen Trampelpfad, der zwischen den Flechten deutlich zu erkennen war. Bevor sie über die Felsen klettern musste, drehte sie sich noch mal um und winkte. Tom hob seine Hand und erwiderte ihren Gruß. Ihr Herz krampfte sich vor Dankbarkeit und Glück zusammen. Im nächsten Moment jedoch konzentrierte sie sich wieder auf den Pfad, der felsig und steil vor ihr lag.

Als der Weg den Blick aufs Meer frei gab, entdeckte Estelle ihn plötzlich. Einsam und reglos saß Noah auf einem der großen Felsen und blickte in die Ferne hinaus. Sein orangefarbener Kapuzenpulli war der einzige Farbtupfer zwischen all dem Grau.

Estelle drehte sich um, konnte von hier aus den Wagen

aber nicht mehr sehen. Sie machte sich daran, den Pfad hinabzusteigen. Der Wind wurde stärker, die Wellen tosten und rauschten.

53

»Er arbeitet in Perpignan«, erklärte Officier Noir, nachdem sie das Telefonat beendet hatte.

»In Perpignan?« Caroline sah ihre Mitarbeiterin an.

»Als Chirurg. Am Saint Christophe.«

Caroline runzelte die Stirn. »Die feine Gesellschaft von Argelès-sur-Mer. Ein Anwalt, ein Politiker, ein Künstler und jetzt auch noch ein Chirurg.« Sie startete den Wagen. »Dann statten wir Monsieur Lafayette mal einen Besuch ab.«

Marie Noir blickte auf ihren Notizblock. »Er gehört übrigens nicht zur feinen Gesellschaft. Oder zumindest seine Eltern nicht.«

»Was hat Officier Dupain herausgefunden?«

»Lafayette scheint aus einem zerrütteten Elternhaus zu kommen. Der Vater, Roland Lafayette, hat mehrere Haftstrafen abgesessen.«

»Weswegen?« Caroline konzentrierte sich weiter auf den Verkehr.

»Häusliche Gewalt, Schlägereien, Trunkenheit am Steuer, schwere Körperverletzung und so weiter und so fort.«

»Und ein Kind aus einem solchen Elternhaus schafft es trotzdem, Chirurg zu werden?« Caroline schüttelte ungläubig ihren Kopf.

»Schlimm, dass man das gleich merkwürdig findet«, entgegnete die junge Beamtin. »Aber Ausnahmen bestätigen eben die Regel.«

»Vielleicht war der Vater das abschreckende Beispiel und

hat dem Sohn deutlich vor Augen gehalten, wie der sein Leben auf keinen Fall verbringen will.«

»Vielleicht.«

»Lafayette senior ist übrigens tot. Er starb bereits vor einigen Jahren.«

»Kein großer Verlust, schätze ich mal«, merkte Caroline sarkastisch an.

»Non, sicher nicht. Allerdings dürfen wir nicht vergessen, dass auch der jüngere Lafayette kein unbeschriebenes Blatt ist.«

»Bei so einem Vater war die Hemmschwelle für den Sohn sicher nicht allzu hoch. Als Miroux an jenem Abend Nein gesagt hat, sind bei ihm wahrscheinlich einige Sicherungen durchgebrannt.«

»Und er hat sie vergewaltigt«, ergänzte Marie Noir leise.

Caroline warf ihr einen kurzen Blick zu. »Zweifellos.«

»Wer wusste von der Vergewaltigung?«

»Die vier Täter«, antwortete Caroline, während sie den Wagen auf den Krankenhausparkplatz steuerte.

»Jérôme Lafayette?« Marie Noir nickte nachdenklich. »Er hätte sogar ein Motiv.«

Caroline nickte grimmig. »Allerdings. Lafayette hat seine Mitwisser beseitigt. Ein Chirurg in seiner Position …« Sie schürzte ihre Lippen. »Die Frage ist nur: Warum ausgerechnet jetzt?«

Die junge Polizistin lächelte boshaft. »Auf diese Frage wüsste ich vielleicht eine Antwort.«

Caroline zog die Augenbrauen hoch.

»Kennen Sie die Richard-Werke?«

»Den Reifenhersteller?«

Marie Noir nickte eifrig. »Officier Dupain hat mir erzählt, dass Lafayette mit der Tochter des Eigentümers verlobt sei. Einen Hochzeitstermin gibt es wohl auch schon.«

»Oh, là, là. Kurz vor der Vermählung mit einer Millionenerbin wären Vergewaltigungsvorwürfe natürlich überhaupt nicht gut.«

»Fragen wir ihn doch einfach.«

Die beiden Polizistinnen stiegen aus und steuerten direkt auf den Empfang in der Eingangshalle zu.

Caroline zeigte ihren Ausweis und verlangte ohne Umschweife nach Docteur Lafayette.

»Ich muss kurz nachsehen.« Die Sekretärin tippte einige Sekunden lang auf der Computertastatur herum, bevor sie Caroline wieder lächelnd ansah. »Sie haben Glück. Docteur Lafayette hat gerade eine Operation beendet. Sicher befindet er sich oben im Ärztezimmer.«

»Wo ist das?«

»Zweiter Stock, den rechten Gang entlang, die vorletzte Tür auf der linken Seite.«

Caroline bedankte sich und raunte ihrer Mitarbeiterin beim Weggehen leise zu: »Da haben wir aber Glück.«

Marie Noir grinste.

Als sie vor dem genannten Zimmer ankamen, ging gerade die Tür auf und eine junge Ärztin kam heraus.

»Pardon, wir möchten mit Docteur Lafayette sprechen.«

Die Frau drehte sich um und rief: »Jérôme! Damenbesuch für dich.« Sie wandte sich wieder an Caroline. »Er kommt sicher gleich.« Sie nickte ihnen zu und eilte dann den Gang entlang.

»Sie wollten mich sprechen?« Ein hochgewachsener schlaksiger Mann mit schütterem Haar und eingefallenen Wangen erschien im Türrahmen.

Die Zeit hatte es nicht gut gemeint mit Jérôme Lafayette, schoss es Caroline durch den Kopf. Vor achtzehn Jahren war er ein gut aussehender junger Mann gewesen. Von seiner einstigen Attraktivität war nicht mehr viel übrig.

Sie räusperte sich. »Docteur Lafayette? Ich bin Capitaine Bauvall von der Police Nationale in Argelès-sur-Mer. Das ist meine Mitarbeiterin, Officier Noir.«

»Police Nationale? Wow!« Er lehnte sich gegen den Türrahmen und verschränkte die Arme vor seiner Brust. »Um was geht es?«

»Können wir irgendwo ungestört sprechen, Docteur?« Caroline sah ihn eindringlich an.

Er zuckte gleichgültig mit den Schultern und zeigte hinter sich. »Der Raum ist momentan leer. Wenn Sie möchten …«

Caroline nickte und betrat das Ärztezimmer.

»Bitte!« Der Chirurg zeigte auf einen runden Tisch, um den ungeordnet fünf Stühle standen. Nachdem sie sich gesetzt hatten, blickte er sie abwartend an. »Also?«

»Es geht um den fünfundzwanzigsten Mai. Vor achtzehn Jahren.« Caroline beobachtete jede Regung im Gesicht des Arztes. Nichts deutete darauf hin, dass er mit dem Datum etwas Konkretes in Verbindung brachte.

»Ja, und? Was hat das mit mir zu tun?«

»An jenem Abend fand die Abschlussparty Ihrer Schulklasse statt«, ergänzte Caroline mit ruhiger Stimme.

Lafayette blinzelte nervös, blieb jedoch stumm.

»Kennen Sie Yves Cousteau, Patrick Dugout und Matthieu Clereau?« Officier Noir verschränkte ihre Hände ineinander, während sie Lafayette fixierte.

»Selbstverständlich. Die drei gingen in meine Klasse. Wir waren damals sehr gut befreundet.«

»Und was ist mit Estelle Miroux? Waren Sie mit ihr auch ›befreundet‹?«

Jérôme Lafayette fasste sich an die Stirn.

»Docteur, Ihre drei ehemaligen Schulkameraden sind tot.«

»Wie bitte?« Der Chirurg riss seine Augen auf. »Was soll das heißen?«

»Sie wurden ermordet.« Caroline beschrieb ihm die Verletzungen auf der Stirn der Opfer.

»Wir haben in Yves Cousteaus Wohnung Fotos gefunden, auf denen zu sehen ist, wie Sie und Ihre ›Schulfreunde‹ Estelle Miroux vergewaltigen.« Caroline bemühte sich weiter um eine ruhige Stimme.

Schweiß bildete sich auf der Oberlippe des Chirurgen. Er blickte nervös durch den Raum. »Ich weiß nicht, wovon Sie sprechen.«

Caroline lachte kurz auf. »Das dachte ich mir schon, Docteur Lafayette. Deshalb habe ich Ihnen eine Aufnahme mitgebracht.« Sie holte das Bild hervor, auf dem er sich gerade an Estelle Miroux verging. Die Angst im Gesicht der Frau war nicht zu übersehen. »Vielleicht hilft das Ihrem Gedächtnis etwas auf die Sprünge.«

Während er auf das Foto schaute, zuckte er unwillkürlich zurück. »Ich werde dazu nichts sagen.«

Caroline nickte bedächtig, während sie aufstand. »Auch damit haben wir gerechnet.« Sie blickte zu Officier Noir. »Ich denke, wir sollten Sie zu uns aufs Revier einladen. Ganz offiziell. Sicher interessiert sich auch Ihre Verlobte für die Vergangenheit ihres zukünftigen Ehemanns.«

»Wollen Sie mir etwa drohen?« Seine Wangen bekamen hektische rote Flecken.

Caroline schüttelte ihren Kopf. »Non, Monsieur.« Sie beugte sich zu ihm hinunter, sodass sich ihr Gesicht nur wenige Zentimeter vor seinem befand. »Ich möchte lediglich drei Morde aufklären.« Sie nannte ihm die Todeszeiträume. »Wo waren Sie zu diesen Zeiten?«

Der Arzt kratzte sich fahrig an der Wange. »Da müsste ich erst in meinem Kalender nachschauen, das weiß ich nicht auswendig. Gestern war ich auf jeden Fall zu Hause, weil ich meinen freien Tag hatte.«

»Mit Ihrer Verlobten?«

Er schüttelte den Kopf. »Sie hält sich aktuell in Paris auf.«

»Paris?« Caroline nickte erneut. »Auch letzte Woche?«

»Sie ist schon seit Mitte Oktober geschäftlich dort.«

»Das heißt, Sie waren gestern allein zu Hause?«

»Ja«, gab er unsicher zu.

»Das ist interessant, Docteur.« Caroline gab Marie Noir ein Zeichen und wandte sich zum Gehen. »Dann hoffe ich für Sie, dass Sie für die anderen Zeitpunkte bessere Alibis haben.«

54

Estelle verharrte einen Moment und blickte auf den Rücken ihres Sohnes. Es tat ihr in der Seele weh, dass Noah so allein dasaß. Und sie war schuld an seinem Kummer. Wieder begannen ihre Augen zu brennen. Doch sie musste sich jetzt zusammenreißen. Noah brauchte keine Mutter, die weinend neben ihm zusammenbrach. Sie fuhr sich über ihr Gesicht und zog kurz an Toms Sweatshirt.

Hier unten war es lauter als an der Straße. Estelle bezweifelte, dass sie mit Noah in Ruhe sprechen konnte. Die Geräusche des aufgewühlten Meeres übertönten alles.

Beherzt kletterte sie über die Felsen und näherte sich ihrem Sohn. Sie formte die Hände vor ihrem Mund zu einem Trichter und rief seinen Namen.

Als Noah sie hörte, schreckte er sichtlich zusammen. Estelle trat näher, während er seinen Kopf umwandte. Aus zusammengekniffenen Augen blickte er zu ihr hoch. »Was machst du hier?«

»Ich wollte mit dir reden«, begann sie vorsichtig, während sie neben ihm in die Hocke ging.

»Den Weg hättest du dir sparen können.« Trotzig presste er seine Lippen aufeinander und starrte wieder auf die Wellen hinaus.

»Nein, hätte ich nicht«, widersprach sie mutig.

Er beachtete sie nicht weiter, sondern zog stattdessen die Kapuze über seinen Kopf.

»Ich gehe hier nicht weg, bis wir beide miteinander gesprochen haben«, erklärte sie mit fester Stimme.

Einige Minuten lang regte er sich nicht.

Estelle versuchte vorsichtig, sich auf den Felsen neben ihm zu setzen.

Schließlich drehte Noah seinen Kopf. »Warum?«

Als sie seinen Blick erwiderte, erkannte sie die Traurigkeit und Hilflosigkeit, die aus seinen Augen sprach. Sie sah, dass er geweint hatte. Sein Kummer tat ihr fast körperlich weh. »Weil ich deine Mutter bin.«

Überrascht blinzelte er, bevor er bitter auflachte. »Das habe ich in der Zwischenzeit auch mitbekommen.«

»Noah.« Estelle streckte ihre Hand aus, um seinen Arm zu umfassen, doch er war schneller und rückte ein Stück von ihr ab. »Bitte. Lass mich dir alles erklären.«

»Ist dieser Typ aus der *Auberge* mein Vater?« Er schob seinen Unterkiefer vor. »Der, den du umbringen wolltest?«

»Bitte, lass es mich erklären.«

»Was?« Noah sah sie mit wutverzerrtem Gesicht an. »Was willst du mir erklären? Dass du mich jahrelang belogen hast? Dass Mama ... Silvia nicht meine Mutter ist? Dass ich um eine Mutter getrauert habe, die nicht ... Ach, vergiss es.« Abwehrend hob er die Hand. Seine Augen wurden feucht.

Estelle bemühte sich krampfhaft darum, die Fassung zu bewahren. Am liebsten hätte sie ihn augenblicklich in ihre Arme gezogen und getröstet. Doch das würde er nicht zulassen.

»Können wir woanders hingehen?«, bat sie eindringlich. »Es gibt so unheimlich viel, was ich dir sagen muss. Aber es ist zu laut hier.« Sie zeigte zum Meer.

Als Noah sie erneut anschaute, liefen ihm Tränen über seine Wangen. Es schien ihm gleichgültig zu sein, dass Estelle sie sah.

»Was, wenn ich es nicht hören will?« Seine Stimme klang trotzig.

»Dann sitzen wir morgen noch hier«, erwiderte sie sanft.

Noah senkte den Blick und schien zu überlegen.

»Bitte hör mir zu, bevor du …« Estelles Stimme versagte. Sie räusperte sich. »Danach kannst du entscheiden, was du machst.«

Als er wieder seinen Kopf hob, erkannte sie, wie verletzt er war. Seine Unsicherheit war unübersehbar. Entschlossen stand sie auf und streckte ihm ihre Hand hin.

Sekundenlang starrte er auf ihre Finger, bevor er langsam seine linke Hand hob und ihre ergriff.

»Komm.«

Nachdem Noah aufgestanden war, musste sie zu ihm aufsehen. Wie erwachsen er war!

»Ein Stück weiter unten ist es windgeschützt«, schlug der Jugendliche mit kühler Stimme vor. »Sicher ist es dort nicht so laut.«

Seine Distanziertheit tat ihr in der Seele weh. Sie erwiderte nichts, sondern bedeutete ihm vorzugehen.

Noah ließ ihre Hand los und drehte sich schweigend um. Frustriert folgte Estelle ihm. Der Wind blies vom Meer her immer stärker. Sie musste aufpassen, dass die Böen sie nicht umwarfen.

Geschickt bahnte sich Noah einen Weg zwischen den Felsen hindurch. Estelle hatte Mühe, hinter ihm herzukommen. Nach etwa hundert Metern machte die Küste eine starke

Kurve. Die Felsen rückten etwas zurück, waren unterbrochen von einigen Korkeichen.

Der Sturm legte sich augenblicklich. Auch von hier aus konnte man das Meer sehen, aber eine größere Felsformation, die sich jetzt seitlich von ihnen befand, bildete einen natürlichen Windschutz.

Noah zeigte auf einen flachen, breiten Stein. »Hier?«

Estelle nickte und setzte sich. Als Noah unschlüssig vor ihr stehen blieb und ihr den Rücken zuwandte, klopfte sie mit der Hand auf die Fläche neben sich. »Bitte setz dich.«

Er drehte sich um und sah sie an, bevor er ihre Hand musterte.

»Bitte«, wiederholte sie leise.

Widerwillig verzog er sein Gesicht, setzte sich aber.

Estelle überlegte kurz. »Ehrlich gesagt weiß ich nicht, wo ich überhaupt anfangen soll.« Sie atmete tief durch. »Aber ich muss dir die Wahrheit sagen.« Sie drehte sich zu ihm und blickte ihren Sohn von der Seite an. »Es fällt mir nicht leicht, dir das zu erzählen. Aber all diese Lügen … Das geht jetzt nicht mehr.«

Noah rümpfte verächtlich seine Nase. »Da bin ich aber gespannt.«

Estelle nickte, während sie wehmütig sein Gesicht betrachtete. Ja, er war ihr Sohn. Wenn sie ihn ansah, verschwendete sie keinen Gedanken an seinen Vater oder die Umstände, unter denen er entstanden war. Wenn sie ihn ansah, füllte sich ihr Herz mit Liebe. Mit unverfälschter, reiner Mutterliebe. Alles andere war unwichtig. Estelle war seine Mutter und sie würde nie wieder zulassen, dass sie der Auslöser für seinen Kummer war. Nie wieder.

Entschlossen begann sie zu erzählen. »Ich war ungefähr so alt wie du jetzt, als …«

Während sie redete, blickte sie ihn weiter unverwandt an.

Sie wollte, dass er ihre Augen sah. Dass er spürte, wie wichtig ihr dieses Gespräch war. Sie erzählte ihm von der Nacht der Strandparty, von ihrem Weggang aus Argelès-sur-Mer, von ihren Überlegungen während der Schwangerschaft. Sie berichtete von ihrer Freundschaft mit Tatjana und Silvia, von der Idee der anonymen Geburt. Schließlich kam sie bei Silvias Erkrankung an. Zwischendurch musste Estelle immer wieder um Fassung ringen, denn die Erinnerungen waren schmerzhaft und aufwühlend. Schließlich erzählte sie Noah von ihrer Oma und der *Auberge*. »Ich dachte, eine Veränderung könne uns guttun. Deshalb habe ich dir vorgeschlagen hierherzuziehen.« Als sie fertig war, nickte sie abschließend. »Jetzt weißt du alles, Noah.«

»Alles!« Seine Stimme klang bitter. »Mein Vater ist ein verdammtes Arschloch, ein verfluchter Vergewaltiger.«

»Er ist nicht dein Vater.« Mit diesem Begriff verband man Worte wie Respekt, Zuneigung, Unterstützung und Liebe. All diese Attribute hatten mit seinem Erzeuger nicht das Geringste zu tun. »Noah, verstehst du? Du hast keinen Vater. Leider.«

»Hattest du Angst, dass ich auch so werden könnte?« Mit gespannter Miene sah er sie an.

Estelle erwiderte seinen Blick offen. »Niemals«, erwiderte sie mit fester Stimme. »Keine Sekunde lang.«

Er senkte seinen Kopf und starrte auf den Boden. »Was, wenn Virginies Vater auch mein …?« Er brach ab.

»Sie ist dir wichtig«, stellte Estelle fest. »Wir könnten euch testen lassen.«

Noah nickte stumm.

»Vielleicht möchtest du wissen, wer dein Vater ist, ganz unabhängig von Virginie.«

Noah zuckte mit den Achseln. Er hob seinen Kopf und blickte Estelle wieder an. »Wie kann es sein, dass du mich nicht hasst? Nachdem, was sie dir …« Seine Augen füllten sich mit Tränen.

Ihr Herz krampfte sich zusammen, als sie seinen Schmerz spürte. »Ich liebe dich über alles, Noah. Ich könnte dich niemals hassen. Schon als ich dich als Baby in meinen Armen hielt, habe ich dich geliebt. Ich bin deine Mutter.« Auch Estelle konnte ihre Tränen kaum noch zurückhalten.

»Aber sie haben …« Er klang verzweifelt.

»Nein, Noah. Sie spielen keine Rolle. Du bist mein Sohn. Das ist alles, was zählt.« Wütend wischte sie sich ein paar Tränen weg. »So viel wie in den vergangenen Tagen habe ich in den letzten zwanzig Jahren nicht geheult.« Sie lächelte schwach. »Ich wünsche mir nichts sehnlicher, als dass du mir irgendwann verzeihen kannst. Dass du mich irgendwann nicht mehr dafür hasst, was ich dir angetan habe. Die Lüge, dass du nicht mein Kind seist, war der größte Fehler meines Lebens.«

Als Estelle nicht länger an sich halten konnte und verzweifelt aufschluchzte, sah Noah sie aus tränenverschleierten Augen an. »Ich …« Seine Stimme zitterte. »Ich hasse dich nicht, Estelle.« Er beugte sich nach vorn und verbarg sein Gesicht in den Armen.

Estelle betrachtete ihn traurig, während der Wind ihre Tränen trocknete. Was hatte sie nur getan? Für ihren Sohn brach gerade eine Welt zusammen und sie war schuld daran. Zaghaft streckte sie ihre Hand aus und berührte leicht seinen Rücken. Er zuckte zurück, während er weiter in seine Hände schluchzte. Estelle kam sich furchtbar hilflos vor, war überfordert damit, ihm Trost zu spenden. Was sollte sie sagen? Gab es etwas Schlimmeres für ein Kind, als zu erfahren, dass es das Ergebnis einer Vergewaltigung war?

Nach einer gefühlten Ewigkeit beruhigte er sich ein wenig und hob langsam wieder seinen Kopf.

Estelle legte vorsichtig ihren Arm um seine Schultern. Diesmal stieß er sie nicht weg. »Ich liebe dich, Noah. Mehr als mein eigenes Leben.«

»Wie kannst du das?« Ungläubig schüttelte er seinen Kopf, bevor er sie offen ansah. »Warum hast du mich nicht abgetrieben?«

Für einen Moment schrak sie zusammen, bevor sie sich wieder fing. »Es ist nicht so, dass ich nicht daran gedacht hätte«, begann sie gedehnt. »Aber du warst in meinem Bauch. Das hätte ich niemals übers Herz gebracht.«

Er sah sie lange an, bevor er fast zufrieden nickte. »Wenigstens bist du jetzt ehrlich«, murmelte er leise.

»Ich verspreche dir, dass ich dich nie wieder anlügen werde.« Sie schloss kurz ihre Augen. »Nie wieder, Noah.«

»Wenn *ich* jetzt Vater würde …«, sinnierte er nachdenklich.

»Heute bin ich schlauer. Damals war ich ja selbst noch ein halbes Kind. Meine Mutter war bereits tot, Emily noch klein. Und mein Vater …« Estelle schüttelte ihren Kopf. »Mein Vater war viel zu sehr mit sich selbst beschäftigt, mit seiner Trauer um meine Mutter.«

»Was war mit deiner Oma?«

Estelle überlegte kurz. »Ich weiß nicht. Obwohl ich immer ein gutes Verhältnis zu ihr hatte …« Sie verstummte. »Nein, es kam mir damals nicht in den Sinn, mit ihr zu reden. Ich konnte einfach nicht.«

»Diese Arschlöcher«, stieß Noah zornig hervor.

Estelle strich ihm beschwichtigend über seinen Nacken. »Vergiss sie.« Sie schluckte. »Versuch es zumindest.«

»Gut, dass sie nicht mehr leben, sonst …«

»Nein, Noah«, ermahnte ihn Estelle mit ruhiger Stimme. »Nein! Rache ist definitiv keine Lösung. Auch wenn ich das selbst lange dachte. Aber solche Gedanken machen einen nur kaputt.«

»Was ist mit diesem Lafayette? Dem, der noch lebt?« Noah sah sie fragend an.

»Keine Ahnung. Er scheint Arzt zu sein.«

»Du könntest ihn ...«

»Nein«, unterbrach sie ihn streng. »Ich möchte die Vergangenheit endlich ruhen lassen. Ein für allemal. Ich kann nicht mehr. All das ...« Sie machte eine unbestimmte Handbewegung. »Es hat mich fast zerstört, mich von den wesentlichen Dingen des Lebens abgehalten.« Estelle schüttelte heftig ihren Kopf. »Nein. Ich möchte endlich leben. Mit dir, Noah.«

Als sie ihren Kopf wandte und zu ihrem Sohn blickte, verzog dieser seine Lippen zu einem schwachen Grinsen.

»Was?« Sie sah ihn irritiert an.

»Na ja, irgendwie cool, so eine junge Mutter zu haben.«

Sie musste schmunzeln. »Cool also?« Gedankenverloren beobachtete sie die herantosenden Wellen, die Schaumkronen, die vom Wind aufgepeitscht wurden.

Als sie weiter seinen Blick auf sich spürte, stieß Estelle ihn belustigt mit dem Ellenbogen an. »Wir schaffen das, oder?«

Er wandte jetzt ebenfalls sein Gesicht ab. »Ich finde es schön hier.«

In diesem Moment quoll Estelles Herz über vor Glück. Sie war zu gerührt, um etwas zu erwidern.

»Aber eins kann ich dir nicht versprechen.«

»Was?«

»Dass ich Mama zu dir sage. Das wäre irgendwie ...« Er suchte nach dem richtigen Ausdruck.

»Merkwürdig?« Sie lächelte ihn an.

»Denke schon.«

55

»Sie glauben also immer noch, dass Estelle Miroux mit den Morden zu tun hat?«

Caroline überlegte kurz, bevor sie nickte. »Wir haben nichts gefunden, was sie entlasten würde.«

»Was ist mit dem Datum?« Officier Armand blickte von Marie Noir zu seiner Vorgesetzten. »Ist das nicht zu offensichtlich?«

»Ich weiß es nicht.« Sie überflog die erste Seite der Akte und runzelte die Stirn. »Ich habe wirklich keine Ahnung.« Genervt schlug sie die Unterlagen zu.

»Die Frage ist doch, ob die Vergewaltigung überhaupt etwas mit den Morden zu tun hat?« Charles Dupain stand auf und trat ans Fenster. Die Dämmerung hatte bereits eingesetzt.

Carolines Mitarbeitern war dieselbe Frustration ins Gesicht geschrieben, die sie auch empfand. »Genau das ist die Frage«, bestätigte sie nun.

»Was ist mit den Korruptionsvorwürfen gegen Dugout?«, warf Dupain vom Fenster her ein. »Könnten die nicht mit seinem Tod in Verbindung stehen?«

Caroline zuckte mit den Achseln. »Was ist dann mit den anderen beiden? Wir haben es hier mit demselben Täter zu tun. Und das Datum?« Sie schüttelte mutlos ihren Kopf. »Non, ich glaube nicht, dass Dugouts Verbindungen etwas mit seinem Tod zu tun haben. In dieser Sache hat übrigens Perpignan übernommen. Da der Beschuldigte tot ist, kann es keine Ermittlungen gegen ihn geben, die Abteilung für organisiertes Verbrechen erhofft sich durch die Sichtung von Dugouts Unterlagen allerdings Einblicke in die Verflechtungen seiner ›Geschäftspartner‹.«

Armand dehnte seinen Nacken. »Ich habe übrigens alle Fotos digitalisiert, aufgelistet und in Kategorien eingeordnet.«

»In Kategorien eingeordnet?«, fragte Officier Noir irritiert nach.

»Na ja«, Armand zuckte mit den Achseln. »Zum Beispiel nach Zeitpunkt – vor der Vergewaltigung, die Vergewaltigung selbst – und nach Namen geordnet, soweit man erkennen konnte, wer auf den Bildern zu sehen war. Der Rest kam in den Ordner *Nicht zuzuordnen.*«

»›Nicht zuzuordnen‹?«, wiederholte seine junge Kollegin neben ihm grinsend.

»Ja, mir ist nichts Besseres eingefallen. Man kann jederzeit noch Kategorien hinzufügen oder umbenennen.«

»Merci, Officier«, beschwichtigte ihn Caroline. »Wir werden uns die Bilder morgen in aller Ruhe anschauen.«

»Was ist mit Lafayette?«, wollte Dupain wissen.

Caroline blickte zu Marie Noir. »Ein merkwürdiger Typ. Aalglatt und absolut unsympathisch.«

»Er hat kein Alibi.«

Caroline nickte. Lafayette hatte ihnen nach einem Blick in seinen Kalender mitgeteilt, dass er während der Mordzeiträume allein zu Hause gewesen sei. Da sie allerdings wie bei Estelle Miroux keinerlei konkrete Hinweise auf eine eventuelle Täterschaft des Chirurgen vorweisen konnten, hatte es Directeur Morphes erneut abgelehnt, einen Haftbefehl zu beantragen.

Dupains Gesichtsausdruck spiegelte seine Zweifel wider. »Aber wieso sollte er ein Brotmesser als Tatwaffe benutzen? Hätte er als Chirurg nicht andere Optionen?«

»Hätte er sicher«, stimmte Caroline ihm zu. »Aber so kommt zumindest niemand auf den Gedanken, der Täter könne medizinische Kenntnisse besitzen. Daher verwendet er vielleicht gezielt ein banales Brotmesser.«

Dupain nickte. »Banal war es übrigens in der Tat. Ich habe mir die Obduktionsberichte nochmals angesehen. Die Länge der Klinge, die Beschaffenheit der Schneide ...« Er runzelte die Stirn. »Die Angaben passen auf etwa zwei Dutzend Brotmesser, die im Internet zu erwerben sind.«

»Also schon wieder eine Sackgasse«, murmelte Caroline enttäuscht.

Dupain nickte. »Ja, leider.«

»Kümmern Sie sich morgen um Lafayette«, forderte sie ihn auf. »Ich möchte alles wissen, was es über den Chirurgen zu erfahren gibt. Er ist immerhin der letzte Überlebende, der über den fünfundzwanzigsten Mai Bescheid weiß.«

»Mal abgesehen von Estelle Miroux und ihrem Vater«, merkte Armand sarkastisch an.

»Abgesehen von den Miroux«, bestätigte Caroline ernst. »Vielleicht recherchieren Sie, Officier Armand, morgen nochmals die Eckdaten im Leben dieser Frau. Officier Noir hat den Bericht über unsere heutige Befragung bereits fertiggestellt. Gehen Sie Miroux' Angaben durch und prüfen Sie sie auf Richtigkeit.«

Armand nickte. »Wird gemacht.«

»Sonst noch was?« Müde blickte Caroline in die Runde.

»Vielleicht eins noch«, meldete sich Fabien Armand erneut zu Wort. »Es sieht so aus, als habe sich Yves Cousteau damals nicht an Estelle Miroux vergangen.«

Caroline blickte ihn überrascht an.

Officier Armand verzog angewidert sein Gesicht. »Er scheint sämtliche Aufnahmen geschossen zu haben. Man kann vielfach erkennen, dass sich bis zu drei Männer gleichzeitig an Estelle Miroux zu schaffen gemacht haben. Aber es waren jedes Mal Patrick Dugout, Matthieu Clereau und Jérôme Lafayette.«

»Selbst wenn dem so sein sollte, hat er zugesehen«, fasste

Marie Noir mit verächtlicher Stimme zusammen. »Er ist genauso schuldig wie die anderen.«

Armand rümpfte die Nase. »Ich wollte ihn nicht in Schutz nehmen. Mon dieu!« Abwehrend hob er seine Hände. »Aber ein Jurist würde wohl zwischen Täter und Komplize unterscheiden.«

»Cousteau hat sich auf jeden Fall mitschuldig gemacht«, erklärte Caroline grimmig. »Falls Madame Miroux die Vergewaltigung noch anzeigen möchte …«

»Wie sieht es mit der Verjährungsfrist aus?«, hakte Charles Dupain nach.

Caroline lachte kurz auf. »Vielleicht erinnern Sie sich, dass auf Clereaus Schreibtisch ein Rechtsratgeber zum Thema Verjährungsfristen im Strafrecht gefunden wurde, obwohl dies nicht sein Fachgebiet war. Sicher wollte er sich schlaumachen, was auf ihn zukommen könnte, falls Miroux doch noch redete.« Sie hielt kurz inne. »Die Verjährungsfrist beträgt zwanzig Jahre. Ich habe mich erkundigt.«

Armand pfiff leise durch die Zähne. »Sie könnte Lafayette also noch anzeigen.«

Caroline nickte. »Vor allem jetzt, wo sie weiß, dass es eine ganze Menge Beweisfotos gibt. Ich schätze, dann könnte der feine Herr Chirurg seine anstehende Hochzeit vergessen, seinen Job und vielleicht sogar seine Approbation verlieren.«

Sie erhob sich und wünschte ihren Mitarbeitern einen schönen Feierabend. Tom hatte vorhin angerufen und ihr mitgeteilt, dass er den ganzen Nachmittag unterwegs sei. Théo und Louis waren nach der Schule zu Freunden mitgegangen. Caroline freute sich darauf, die beiden jetzt abzuholen.

56

Estelle biss hungrig in ihr Baguette. Sie hatte seit dem Frühstück nichts mehr gegessen. Als sie sich auf den Rückweg zur Straße gemacht hatten, hatte es bereits gedämmert. Sie hatte Noah angesehen, dass er das ganze Ausmaß ihrer Erzählung noch nicht erfasst hatte.

Tom hatte wie versprochen am Straßenrand auf sie gewartet. Als Estelle ihn in ihrem Auto erblickte, überkam sie sofort das schlechte Gewissen. Er musste stundenlang dort gesessen haben. Beim Einsteigen bemerkte sie, dass er sein Tablet dabeihatte.

»Ich habe schon mal begonnen, eines der Manuskripte zu lesen«, hatte er sie lächelnd begrüßt, bevor er ihr einen Kuss auf die Wange gehaucht hatte.

Die Geste war so selbstverständlich gewesen, so vertraut, als ob sie sich schon Jahre kannten. Sehnsucht stieg in ihr auf, wenn sie daran dachte.

Nachdem Noah auf der Rückbank Platz genommen hatte, waren sie schweigend nach Argelès zurückgefahren. Jeder von ihnen hing seinen eigenen Gedanken nach. Es war viel geschehen. Ab und zu fasste Tom kurz nach ihrer Hand und nickte ihr aufmunternd zu.

Vor der *Auberge* verabschiedete Noah sich knapp und verschwand im Gebäude.

»Tom«, begann Estelle zögernd. »Was du für mich …«

»Sch.« Er legte ihr seinen Zeigefinger auf die Lippen und schüttelte leicht den Kopf. »Du musst nichts sagen.«

»Ich möchte heute Abend allein sein.« Estelle sah ihn flehend an. »Ich habe noch etwas zu erledigen.«

Er zog sie an sich und küsste sie zärtlich. »Kein Problem.

Ich werde den Abend mit meinen Manuskripten verbringen.« Tom lächelte schelmisch. »Ich könnte dir morgen etwas kochen. Wie wär's?« Er zwinkerte belustigt. »Ich habe gehört, du hast eine tolle Arbeitsplatte in deiner Küche. Und der Boden soll auch nicht zu verachten sein.«

Estelle musste lachen. »Darüber würde ich mich sehr freuen, Tom. Wir könnten Noah und Virginie einladen.«

Er sah sie eindringlich an. »Das wird schon alles, Estelle. Du musst ihm jetzt einfach etwas Zeit lassen. Es ist nicht einfach für ihn.«

»Ich weiß.« Sie nickte traurig. »Ich habe Noah sehr enttäuscht.«

»Nein«, widersprach Tom. »Du warst mit der Situation damals überfordert. Er weiß, dass du ihn liebst. Und das ist alles, was zählt.«

»Du hast recht«, gab sie leise zu. »Danke. Für alles.«

»Wenn du dich noch einmal bei mir bedankst …« Drohend hob er seinen Zeigefinger. »Und jetzt geh. Noah wartet sicher schon.«

Estelle strich ihm noch einmal über seine Wange, bevor sie sich umdrehte und die *Auberge* betrat.

Ihr Sohn stand unschlüssig am Tresen. »Estelle, ich brauche ein wenig Zeit für mich allein«, druckste er kleinlaut herum.

Estelle nickte. »Natürlich, Noah. Wenn irgendetwas ist, wenn du reden willst oder etwas wissen möchtest: Ich bin oben.«

Er nickte.

»Wir schaffen das.« Sie wusste nicht, ob sie mit ihrer Aussage ihn oder sich selbst ermutigen wollte.

Estelle erhob sich und stellte ihr Geschirr in die Spülmaschine. Noah war seit ihrer Rückkehr in seinem Zimmer geblieben. Sie sah auf die Uhr. Es war kurz nach neun. Das emotionale Gespräch mit ihrem Sohn hatte sie völlig erschöpft. Doch sie fühlte sich auch erleichtert. Keine Geheimnisse mehr, keine Lügen.

Sie ging zur Kommode und nahm den Ordner mit Ardèches Unterlagen hoch. Entschlossen riss sie die Seiten heraus und zerknüllte sie. Sie wollte nichts mehr davon wissen. Tom hatte recht. Sie machte sich nur selbst das Leben schwer, wenn sie ihre Rachegedanken nicht endlich hinter sich ließ. Was geschehen war, war geschehen. Nichts und niemand konnte daran etwas ändern. Und Noahs Vorschlag, gegen Jérôme vorzugehen ... Nein, sie wollte nichts mehr von alldem hören.

Als sie gerade den Inhalt des Ordners in den Müll warf, klingelte ihr Smartphone.

»Hier spricht Emily«, erklang unsicher die Stimme ihrer Schwester.

»Emily.« Estelle wusste nicht recht, was sie sagen sollte.

»Ich würde gern mit dir reden. Über Patrick.«

Estelle seufzte. Hatte sie sich nicht gerade geschworen, die Vergangenheit ruhen zu lassen?

»Bist du noch dran?«

Sie stellte sich ans Fenster. Tom saß im Wohnzimmer und las auf dem Tablet. Ein warmer Schauder durchlief ihren Körper. »Ja«, erklärte sie abwesend. »Ja, ich bin noch da.«

»Bitte, Estelle. Ich muss wissen, was da zwischen euch ...«

»D'accord«, stimmte sie hastig zu. »Warum kommst du nicht morgen zum Frühstück in die *Auberge?*«

Sie hörte ihre Schwester erleichtert ausatmen. »Ich glaube, Patrick hat ... Es sieht so aus, als ob er nicht der saubere Politiker war, als der er sich ausgab.«

»Das tut mir leid, Emily.« Estelle meinte es ernst. Es tat ihr in der Seele weh, als sie den Schmerz in der Stimme ihrer Schwester registrierte. Patrick war ein Arschloch gewesen.

Daran änderte auch sein Tod nichts. Aber dass Emily wegen ihm litt und sich quälte, war das Allerletzte, was Estelle wollte. Und dass er korrupt gewesen war, wusste sie schon von Ardèche.

Sie verabredeten, dass Emily gegen zehn in die *Auberge* kommen würde. Bis dahin wären die Cléments mit ihrem Frühstück fertig und die Schwestern ungestört.

Nachdem Estelle das Telefonat beendet hatte, wandte sie sich endlich dem zu, was sie schon den ganzen Tag vorgehabt hatte. Sie wollte die Lebensgeschichte ihrer Oma zu Ende lesen. Noch immer konnte sie sich nicht vorstellen, wie Eveline Miroux' Schicksal mit ihrem eigenen zusammenhing. Sie holte das Buch und setzte sich in einen ihrer Sessel.

Der Vorfall ereignete sich, fünf Tage bevor du gegangen bist, zwei Tage bevor dir das Schlimmste angetan wurde, was man sich überhaupt vorstellen kann.

Ich erinnere mich daran, als wäre es gestern gewesen. Es war später Nachmittag. Ich hatte gerade drei Übernachtungsgäste verabschiedet, die nach Paris zurückreisen wollten. Da stürmte ein junger Mann in die Empfangshalle. Ich stand am Tresen.

»Sind Sie Madame Miroux?« Der Unbekannte beäugte mich misstrauisch. »Eveline Miroux?«

Ich musterte sein attraktives Gesicht und nickte. »Die bin ich.«

Er lachte höhnisch auf, während er mit einer Hand langsam über das Holz des Tresens strich. »Eveline Miroux«, murmelte er leise.

Irritiert beobachtete ich ihn. »Kann ich Ihnen irgendwie behilflich sein?«

Er starrte mich aus glasigen Augen an. Als er sich vorbeugte, roch ich Alkohol in seinem Atem. Sofort erschien

Jules Foulard vor meinem inneren Auge. Sein schwerer Körper, der sich gegen meinen presste. Ich zuckte unmerklich zusammen.

Der Fremde trat einen Schritt zurück und drehte sich um seine eigene Achse. »Schöne Hütte.«

»Monsieur, kann ich …«, begann ich vorsichtig, da mir der Kerl alles andere als geheuer war.

»›Monsieur‹«, wiederholte er in ironischem Tonfall. »›Monsieur‹.« Er verengte seine Augen und ich meinte, einen Anflug von Hass in seinem Blick zu erkennen.

Unauffällig tastete ich unter dem Tresen nach dem Pfefferspray, das dort immer lag.

»Mein Name ist Jérôme Lafayette, du alte Hexe.« Er kam wieder auf mich zu. »Hast du mich verstanden? Jérôme Lafayette.«

Panik ergriff mich. Wo war das verdammte Pfefferspray? Mein Blick wanderte immer wieder zur Eingangstür. Doch ich erwartete für heute keine Gäste mehr.

»Ich bin dein Enkel.«

Als er die Worte ausspuckte, erstarrte ich. Es war, als ob sich eine eisige Hand um mein Herz legte. »Was?« Meine Gedanken rasten.

»Ja«, er nickte selbstgefällig. »Ich bin dein Enkel. Roland Lafayette ist mein Vater.«

Ich atmete tief aus. »Ich kenne Ihren Vater nicht.« Fieberhaft bemühte ich mich, die Fassung zu bewahren.

Wieder lachte der junge Mann auf. »Das solltest du aber. Schließlich hast du ihn auf die Welt gebracht.«

»Sie müssen mich verwechseln.« Meine Stimme glich einem Wimmern.

Er schüttelte den Kopf und stützte sich mit beiden Händen auf dem Tresen ab. Lafayette war mehr als eineinhalb Köpfe größer als ich. Er hob seine rechte Hand und deutete mit dem Zeigefinger auf mich. »Ich habe die Unterlagen gefunden. Du hast vor fünfzig Jahren einen Sohn auf die Welt gebracht und weggegeben.«

»Wovon reden Sie?« Vergeblich versuchte ich, Unwissenheit vorzutäuschen.

»Selbst jetzt leugnest du dein eigenes Fleisch und Blut. Der alte Miroux ist doch längst tot. Was soll dir denn noch passieren? Wahrscheinlich war dir mein Großvater nicht gut genug. Konnte nicht mithalten mit diesem neureichen Arschloch. Da dachtest du, geb' ich das Kind doch einfach weg, erzähle niemandem was davon und setze mich ins gemachte Nest.« Er sah mir eindringlich ins Gesicht. »War es nicht so?« Er machte eine kurze Pause. »Oma?«

Mir wurde bewusst, dass Leugnen zwecklos war. Ich wusste zwar nicht, von welchen Unterlagen er sprach, aber mein Instinkt sagte mir, dass er die Wahrheit sprach.

»Er hat mich vergewaltigt.« Meine Stimme war leise.

Einen Augenblick lang sah mich Jérôme Lafayette überrascht an. Doch dann fing er sich wieder und verzog sein Gesicht zu einer hasserfüllten Fratze. »Vergewaltigt? Jetzt schiebst du die Schuld auch noch anderen in die Schuhe. Weil du nicht genug kriegen konntest, soll mein Großvater der Böse gewesen sein.« Er atmete tief aus. »Du hast das Baby weggegeben. Und in der Geburtsurkunde hast du nicht einmal den Namen des Vaters eingetragen.« Wieder verzog er seine Lippen zu einem gehässigen Grinsen. »Vielleicht weißt du gar nicht, wer mein Großvater ist.«

Er schlug mit der Faust auf den Tresen.

Ich schrak zurück.

»Du verfluchte Hure! Beschuldigst unbescholtene Männer.« Er wurde lauter. »Wegen dir haben sie ihm das angetan. Du bist schuld, dass sie meinen Vater im Waisenhaus misshandelt haben. Dass er zu dem Versager wurde, der er jetzt ist. Dass er nicht in dem tollen Haus auf dem Hügel aufwachsen durfte.« Er meinte das Weingut. »Dass er mit zwanzig anderen Kindern in einem Schlafsaal schlafen musste. Dass er jahrelange Demütigungen und Verletzungen ertragen musste.« Wieder drehte er sich im Kreis und legte kurz den Kopf in den Nacken. »Du bist schuld.« Seine Stimme klang bedrohlich. »Du hast sein Leben zerstört. Meine Kindheit war ein einziger Albtraum. Mit einem Vater, der den Tag mit einem Glas Whisky beginnt. Mit einem Vater, der seine Familie terrorisiert, weil er mit sich selbst unzufrieden ist. Der meine Mutter aus dem Haus getrieben hat.«

Wieder zeigte er auf mich. Während seines Monologs hatte ich den Atem angehalten. Was hatte ich getan?

»Du bist schuld. Du allein.«

Ich zitterte am ganzen Körper. Meine Gedanken waren ein einziges Chaos. Warum gab es Unterlagen über die Geburt? Die Hebamme und Lorraine hatten mir damals zugesichert, dass niemals jemand herausfinden würde, dass ich dieses Kind geboren hatte.

»Was willst du?«

Jérôme lachte erneut auf. »Meinen Anteil. Eine Entschädigung für all die psychischen Qualen, die mein Vater und ich erleiden mussten. Du hast genug Kohle und dein Sohn auch. Nur mein Vater, mein Vater hat nichts.«

»Bitte verlasse dieses Haus.« Meine Stimme klang fest, obwohl ich innerlich bebte. In diesem Augenblick war ich froh, dass Serge tot war. Dass er niemals erfahren würde, welch schwere Schuld ich auf mich geladen hatte.

»Du wirfst mich raus?« Er schob seinen Unterkiefer vor.

»Bitte geh.« Ich hatte das Gefühl, kaum noch Luft zu bekommen, als ob eine schwere Last auf meine Lungen drücke.

»Und wenn nicht?«

»Dann rufe ich die Polizei«, erwiderte ich, um Ruhe bemüht, während ich meine Hand auf den Telefonhörer legte.

Jérôme starrte mich einen Augenblick lang voller Zorn an. Dann nickte er, während er sich langsam umdrehte. »Genauso eingebildet wie Estelle. Aber das werdet ihr bereuen. Verfluchte Miroux-Schlampen.«

Und ich bereue bis heute, Estelle. Als du aus Argelès-sur-Mer weggegangen bist, brach für mich eine Welt zusammen. Auch Emily war am Boden zerstört.

Dein Vater versuchte, sich zusammenzureißen. Er tröstete uns und versuchte, uns zu erklären, dass du nach Kathrins Tod nie wieder wirklich glücklich geworden seist. Dass du woanders versuchen wolltest, ein neues Leben zu beginnen.

Ich machte mir damals große Sorgen. Schließlich warst du erst siebzehn Jahre alt. Doch immer wieder musste ich daran denken, was ich in diesem Alter erlebt hatte. Dass auch ich zu jener Zeit einen Neuanfang gesucht hatte. Eine Möglichkeit, um die alten Erinnerungen zu vergessen.

Mit den Monaten lernte ich schließlich, damit zu leben, dass du nicht mehr da warst. Was blieb mir anderes übrig? Ich kümmerte mich um deinen Vater und Emily, unterstützte sie, wo ich konnte.

Auch Pierre hatte Kathrins Tod noch nicht verwunden. Er war gefangen in seiner Trauer, gelähmt durch den tragischen Verlust. Dieser Umstand ist für mich die einzige akzeptable Entschuldigung für sein fürchterliches Verhalten. Ich kann bis heute nicht glauben, dass er dir damals in den Rücken gefallen ist. Dass er seiner eigenen Tochter weniger glaubte als fremden Kerlen.

Den Grund für deinen Weggang erfuhr ich allerdings

erst sehr viel später. Es ist jetzt, glaube ich, drei oder vier Jahre her. Pierre war schon mit Monique zusammen. Ich war heilfroh, dass dein Vater endlich seine Lebensfreude wiedergefunden hatte. Er war wie ausgewechselt. Emily hatte gerade ihr Jurastudium beendet.

Es war einer dieser Abende, die einem ewig im Gedächtnis bleiben. Monique war auf Studienfahrt, daher hatte mich Pierre allein besucht. Es war Anfang Mai. Wir saßen auf der Terrasse der Auberge *und tranken Rotwein. Pierre war entspannt, wie ich ihn ewig nicht mehr erlebt hatte.*

»Wie lange bleibt Monique in Bordeaux?« Ich musterte das Gesicht meines Sohnes.

»Bis Freitag«, erwiderte er lächelnd.

»Du liebst sie«, stellte ich fest.

Er nickte und blickte versonnen in die Ferne. »Ja«, er zog seine Augenbrauen hoch. »Ja, ich denke, ich liebe sie. Sie ist nicht Kathrin, aber …«

»Nein, Kathrin war einzigartig.« Ich musste an meine verstorbene Schwiegertochter denken. Deine Mutter war eine Seele von Mensch, Estelle. Immer herzlich, immer freundlich.

»Das war sie.«

»Estelle würde Monique mögen.«

Dein Vater sah mich stirnrunzelnd an.

»Sie fehlt mir, Pierre. Ich bin alt. Ich weiß nicht, wie lange …« Ich machte eine unbestimmte Handbewegung.

»Du und Estelle«, er zögerte, »ihr habt euch sehr nahegestanden.«

»Ja. Sie hat mich immer an meine Mutter erinnert. Willensstark, prinzipientreu, oft kompromisslos. Manche Leute würden einen solchen Charakter hart nennen. Doch das war Estelle nicht, genauso wenig wie deine Großmutter.«

Ich musste an einen Vorfall denken, als du noch klein warst.

»Erinnerst du dich noch, als die Kinder in der Schule über Afrika gesprochen haben? Estelle war damals vielleicht neun Jahre alt.«

Pierre lachte. »Ja, ich erinnere mich ganz genau. Als Kathrin einige Tage später Estelles Regenjacke suchte und die Schubladen ihres Kleiderschranks öffnete, ist sie fast ausgeflippt.«

»Ja, unsere Estelle.« Ich schmunzelte.

Du hattest damals tagelang deine Pausenbrote gesammelt, um sie den hungernden Kindern in Afrika zu schicken. Die Brote waren mit Schimmel überzogen, als deine Mutter sie fand. Die Schubladen mussten komplett ausgetauscht werden. Aber niemand konnte dir böse sein. Du hattest es schließlich nur gut gemeint.

»Und weiß du noch, als es diese Gerüchte über die Fischerei der Pirrots gab?« Pierre grinste.

»Als Estelle hörte, dass sie ihren Laden wohl dichtmachen müssten, hat sie über fünfzig Plakate gemalt, auf denen sie für den Fisch der Pirrots Werbung machte. Sie forderte die Leute auf, nur noch dort einzukaufen.« Ich schüttelte amüsiert meinen Kopf.

»Estelle war schon immer sehr ...« Pierre suchte nach Worten.

»... eigen«, vollendete ich seinen Satz. »Sie ist ein tolles Mädchen.« Ich musste schlucken. »War ein tolles Mädchen.« Ich machte eine Pause. »Was ist aus ihr geworden?«

Mein Sohn wandte den Blick ab und schwieg.

»Pierre?« Ich spürte plötzlich, dass etwas nicht stimmte.

»Bitte lass es, Mutter.«

»Nein, Estelle ist meine Enkelin.« Ich wurde wütend. »Was ist damals passiert? Warum ist sie ohne ein Wort gegangen? Es lag nicht nur an Kathrins Tod, oder?«

Er atmete tief aus.

»Pierre?«

Er drehte seinen Kopf und sah mich direkt an. Estelle, ich konnte den Schmerz in seinen Augen sehen. Diesen unvorstellbar bohrenden Schmerz.

»Ich glaube, ich habe damals einen großen Fehler gemacht, Maman.«

Ich erstarrte. »Was meinst du damit? Was hast du denn getan?«

»Nichts«, entgegnete er leise. »Nichts habe ich getan. Das ist es ja gerade.«

»Was ist passiert?« Ich beugte mich vor.

»Einige Tage bevor Estelle weggegangen ist …« Er brach ab und presste seine Lippen fest aufeinander. »Der Abend, an dem sie ihren Abschluss gefeiert hat …«

»Ja?«, fragte ich alarmiert nach.

»Sie hat mir erzählt, dass …« Wieder machte er eine Pause. Ich konnte ihm ansehen, wie schwer es ihm fiel, darüber zu reden.

»Was, Pierre? Was ist damals passiert?«

»Sie haben sie vergewaltigt. Hat sie behauptet.«

Die Worte hingen wie Blei in der Luft. Ich spürte, wie sich meine Kehle zuschnürte. Jules. Jérôme Lafayette, der mich kurz vor Estelles Abschluss aufgesucht hatte. Seine Drohung. Roland, der Säufer, mein ungeliebter Sohn.

»Wer?« Ich brachte kaum ein Wort heraus.

»Spielt das jetzt noch eine Rolle?« Sein Tonfall klang abweisend.

»Wer, Pierre?« Meine Stimme zitterte.

»Ein paar Kerle aus ihrer Klasse.«

»›Ein paar‹?« Ich war wie von Sinnen. »Was soll das heißen, ›ein paar‹?«

»Maman, ich weiß es auch nicht genau.«

»Was ist damals passiert, Pierre? Ich muss es wissen.«

»Estelle redete von vieren.«

»Vier Männer?« Ich bekam kaum noch Luft.

»Ich dachte damals ...« Er wand sich. »Ich dachte, sie hätten einfach etwas zu ausgiebig gefeiert.«

»›Etwas zu ausgiebig gefeiert‹? Was willst du damit sagen?«

»Ich dachte, Estelle hätte freiwillig ...«

Ich schnappte nach Luft. »Deine Tochter erzählt dir, dass sie vergewaltigt wurde, und du denkst, sie habe freiwillig mit vier Männern geschlafen?« Ich konnte kaum noch klar denken.

»Diese Fotos ...« Wieder brach er ab.

Ich schwieg und wartete.

»Estelle hat am nächsten Tag bei der Polizei Anzeige erstattet. Sie erzählte mir erst danach davon. Sie ist auch bei einem Arzt gewesen, der sie untersucht hat.«

»Und dann?« Ich erkannte kaum noch meine eigene Stimme.

»Wenig später tauchten Jacques und Martin in meinem Büro auf.«

»Jacques Dugout, dein ehemaliger Chef?«

»Ja, und Martin Clereau, der damals im Gemeinderat saß.«

Ich nickte. »Was wollten die beiden?«

»Sie zeigten mir Fotos.« Pierre zögerte. »Von Estelle. Und von ihren Söhnen.«

»Wie bitte?«

»Sie haben sie fotografiert, während sie ...« Er schaute zur Seite.

»Sie haben sie fotografiert, während sie sie vergewaltigt haben?«

Er nickte.

»Dreckschweine!«

»Maman, es sah aus, als ob sie freiwillig mitmachte.«

»Nein!« Ich schloss meine Augen. Zu intensiv waren die Erinnerungen an jene Nacht nach dem Dorffest vor all den Jahren. »Nein!«

»Maman, ich dachte damals, ich tue das Richtige. Ich wollte sie nur beschützen.« Er sah mich flehend an. »Das musst du mir glauben.«

Ich legte den Kopf in den Nacken. »Was hast du getan, Pierre?«

»Sie drohten mir, die Fotos bei Gericht vorzulegen. Sie behaupteten, Estelle habe an jenem Abend viel getrunken. Sehr viel. Und sie sei freiwillig mit den Jungen am Strand geblieben.«

»Nein!«

»Ich habe die Anzeige zurückgezogen. Erst akzeptierte es die Polizei mein Vorgehen nicht, da Estelle fast volljährig war. Aber ich habe den Beamten durch einen meiner Kontakte schließlich klarmachen können, dass Estelle sich nur selbst schaden würde, wenn sie weiter an ihrer Behauptung festhielte.«

»Deshalb ist sie weggegangen.«

»Ja.« Pierre nickte.

»Du hast sie verraten.«

»Nein, Mutter. Bitte.«

»Du hast sie verraten. Du hast deine eigene Tochter verraten und aus dem Haus getrieben.«

»Ich dachte, ich tue das Richtige.«

»Aber das hast du nicht.« Ich dachte einen Moment lang nach. »Du hast dich von deinem Vorgesetzten erpressen lassen. Was hat er dir versprochen? Bist du deshalb so schnell in die Geschäftsführung berufen worden?«

Pierre schüttelte den Kopf. »So war es nicht. Sie legten

mir nahe, ich solle an meine Familie denken. An unseren Ruf.«

»Was?« Ich sah meinem Sohn an, dass er mir noch etwas verschwieg.

»Sie erwähnten auch dich.«

»Mich?« Ich ahnte, was nun kommen würde. »Wer waren die Vergewaltiger? Du sprachst von vieren.«

»Patrick Dugout und Matthieu Clereau.«

»Die anderen zwei!« Ich wurde lauter.

»Jérôme Lafayette und Yves Cousteau.«

Jérôme Lafayette. Ich holte tief Luft. Ich hatte ihn damals abgewiesen. Und wenige Tage später vergewaltigte er meine Enkelin. Mon dieu. Was hatte ich bloß getan?

»Mutter?«

»Yves Cousteau sagtest du? Der Künstler?« Ich lachte bitter auf. »Die feine Gesellschaft von Argelès-sur-Mer. Und du hast sie alle davonkommen lassen.«

»Maman, bitte. Sie haben auch dich erwähnt, wollten dich diskreditieren.«

Ich bemerkte seinen fragenden Blick. Ich war müde und erschöpft. Auch ich hatte so unendlich viele Fehler gemacht. Ich seufzte. »Na schön. Vielleicht ist jetzt tatsächlich der richtige Zeitpunkt für die Wahrheit.«

Ich erzählte Pierre an jenem Abend alles. Er erfuhr von der Vergewaltigung und von seinem Halbbruder. Kinder können sich kaum vorstellen, dass Eltern auch einmal jung waren. Dass sie ein Leben vor ihnen hatten, eine Vergangenheit. Dass sie einmal Träume und Hoffnungen hegten, von denen einige sich erfüllten und andere zerplatzten.

Dein Vater hörte mir schweigend zu, während ich redete und redete.

Als ich ihm mein gesamtes Leben offenbart hatte, schwieg

er für einige lange Minuten. Ich konnte ihm die tiefe Erschütterung ansehen, die ihn erfasst hatte.

»Roland Lafayette war der größte Versager von Argelès, Maman. Jeder hier kennt die Familie. Es wundert mich heute noch, dass aus seinem Sohn ein begnadeter Chirurg werden konnte. Lafayette soff wie ein Loch. Seine Frau tauchte regelmäßig mit blauen Flecken auf.«

»Soff? Was soll das heißen? Ist er mittlerweile trocken?« Ich hatte noch nie zuvor von ihm gehört. Bevor sein Sohn bei mir aufgekreuzt war.

Pierre sah mich lange an. »Er ist tot.« Seine Stimme klang ernst. »Er hat sich totgesoffen, wird gemunkelt.«

Ich war schockiert.

Nach der Begegnung mit Jérôme hatte ich mich nicht weiter um ihn gekümmert. Ich wollte das Ganze einfach nur vergessen. Wollte mich auf mein eigenes Leben konzentrieren. Dann bist auch noch du weggegangen, Estelle. Es war einfach zu viel. Aber ich hatte nicht damit gerechnet, dass er … Dass mein Sohn tot war. Ein weiterer bitterer Schicksalsschlag.

Weder Pierre noch ich wissen, wo wir dich finden können. Wir haben beide, jeder auf seine eigene Weise, schwere Schuld auf uns geladen.

Für mich ist es nun leider zu spät. Ich hoffe, für deinen Vater nicht. Was er getan hat, ist furchtbar. Er hat dich verraten, anstatt dir in deinen schwersten Stunden beizustehen. Doch glaub mir, Estelle: Er bereut sein Verhalten zutiefst. Hoffentlich findet ihr beide noch einen Weg zueinander.

Pierre liebt dich. Genau wie ich. Ich hoffe, du kannst mir eines Tages verzeihen.

Deine dich immer liebende Oma

Estelle liefen Tränen über die Wangen. Sie konnte kaum glauben, was sie gerade gelesen hatte. Die Vergewaltigung war nicht aus einer Laune heraus passiert, wie sie all die Jahre angenommen hatte. Jérôme hatte sie ganz bewusst abgefüllt, um Rache zu üben. Rache für sein zerrüttetes Elternhaus, Rache für seine schwere Kindheit, Rache für die entgangenen Chancen. Es war kein Familienfluch gewesen, der hinter den Torturen steckte. Das Motiv für die Estelle angetane Gewalt war schlicht und einfach Rache gewesen. Ein Jugendlicher, der seine Frustration nicht in den Griff bekommen hatte, war zum Täter geworden. Der quälen musste, um sein Selbstwertgefühl aufzupolieren.

Im nächsten Moment schoss ihr die Strandparty durch den Kopf. Wie Jérôme sich an jenem Abend um sie bemüht hatte. Er hatte von Anfang an geplant, sie zu missbrauchen. Dass seine Freunde ihn dabei unterstützten, hatte er nicht wissen können. Wahrscheinlich hätte er die Tat auch allein begangen.

Jérôme Lafayette war eiskalt und berechnend. Estelle war sich jetzt fast sicher, dass er auch der Mörder seiner Klassenkameraden war. Wer sonst sollte ihnen dieses Datum eingeritzt haben? Der Mann schien sich für unantastbar zu halten.

Sie dachte an ihre Oma. Daran, dass sie nie die Gelegenheit bekommen würde, ihr zu sagen, dass sie nichts dafür konnte. Dass allein die vier Mistkerle schuld waren an dem, was sie Estelle angetan hatten.

Wie musste es die letzten Jahre für ihre Oma gewesen sein, mit diesem Wissen zu leben? Allein der Gedanke daran überstieg Estelles Vorstellungskraft.

Nein, nie hätte sie vermutet, dass das, was ihr widerfahren war, so unmittelbar mit dem Leben von Eveline Miroux zusammenhing.

Estelle schlug die Hände vors Gesicht und gab sich ganz ihrer Verzweiflung hin. Sie hatte keine Kraft mehr. Die aufwühlenden Ereignisse des Tages forderten ihren Tribut.

In Estelles Kopf herrschte ein heilloses Durcheinander. Manche Ereignisse erschienen Jahre später in einem völlig anderen Licht. Doch niemand hätte ahnen können, welche Kette von unglücklichen Verwicklungen Eveline Miroux in dem Moment losgetreten hatte, als sie sich dazu entschied, ihr Kind wegzugeben.

57

»Gehst du heute nicht zu ihr?«

Tom hob überrascht seinen Kopf. Müde legte er das Tablet beiseite und schüttelte den Kopf. »Sie braucht ihre Ruhe.«

Caroline nickte zögernd, bevor sie sich auf die Couch gegenüber setzte.

»Was ist?«

»Ihre Geschichte ist uns allen ganz schön an die Nieren gegangen.« Sie zog die Unterschenkel unter ihren Po.

»Hurensöhne«, zischte er durch seine Zähne.

»So eine Gewalttat hinterlässt Spuren, Tom.«

Er presste seine Kiefer zusammen. »Denkst du, das weiß ich nicht?«

Caroline hob beschwichtigend ihre Hände. »Ich meine ja nur …«

»Was? Was meinst du?« Tom blickte seine Schwester abwartend an. »Dass sie durchgedreht ist und diese drei Idioten über den Jordan geschickt hat? Ist es das, was du meinst?« Er wusste, dass er ungerecht war, aber Estelles Vergewaltigung machte ihm mehr zu schaffen, als er sich eingestehen wollte.

»Nein«, erwiderte Caroline mit ruhiger Stimme. »Nein, ich bin mir einfach nicht mehr sicher, ob sie etwas damit zu tun hat.«

»Warum? Weil sie dir leidtut?«

»Bloß weil mir jemand leidtut, heißt das noch lange nicht, dass er kein Mörder sein kann«, erklärte sie ernst.

»Estelle hat nichts getan, Caroline. Verstehst du mich? Nichts!«

»Du bist dir deiner Sache sehr sicher.« Er spürte ihren prüfenden Blick auf sich und wandte seinen Kopf zur Seite. »Sie ist dir sehr wichtig, Tom.«

»Ja, das ist sie«, entgegnete er leise. »Verflucht noch mal, das ist sie.«

»Du wirst es nicht leicht mit ihr haben.« Caroline sah ihn nachdenklich an. »Nach Romy hätte ich …«

»Romy ist Vergangenheit«, unterbrach Tom sie barsch.

Ein verlegenes Schweigen entstand.

»Kommt ihr voran? Mit den Morden, meine ich.«

Caroline schnaufte. »Ich wünschte, wir hätten eine heiße Spur.«

»Ihr tappt im Dunkeln?« Tom veränderte seine Sitzposition und lehnte sich vor.

»Nicht ganz«, gab Caroline zu. »Der letzte der ehemaligen Klassenkameraden könnte etwas damit zu tun haben.«

»Aber ihr habt keine Beweise«, resümierte er trocken.

»Leider nein. Noch nicht.«

»Wann kommt dein Kollege aus seinem Urlaub zurück?«

»In vier Tagen. Ich hoffe, dass wir bis dahin schon etwas weiter sind.« Caroline stand auf und stellte sich ans Fenster. »Hör mal, Tom …«

»Hm?« Er blickte abwartend auf ihren Rücken.

»Estelle und du … wenn das etwas Ernsteres wird …«

Tom erwiderte nichts.

»Wegen Théo und Louis …«

»Was ist mit den beiden?« Er verstand nicht, worauf seine Schwester hinauswollte.

»Na ja, ich möchte nicht …« Caroline fuhr sich unsicher durch ihr Haar. »Wir waren uns beide darüber im Klaren, dass du nur vorübergehend tagsüber die Jungs betreust.«

»Warum? Es läuft doch gut.«

»Estelle möchte sicher nicht, dass du jeden Morgen um sechs zu uns rüberkommst, um auf die Kinder aufzupassen.«

Tom stand auf und stellte sich neben seine Schwester. »Wir kennen uns gerade mal eine Woche, Caroline.«

Sie sah ihn von der Seite an. »Du magst sie, Tom. Sehr. Zwischen euch ist etwas.« Sie berührte ihn leicht am Arm. »Sie braucht dich.«

»Du brauchst mich auch.« Er schüttelte leicht verärgert seinen Kopf.

»Ja, aber anders. Seit Marc tot ist …«

Als sie verstummte, drehte Tom sich zu ihr. »Caroline, ich bin für dich da. Das weißt du. Und was auch immer aus Estelle und mir wird, das kriegen wir schon alles hin. Bitte mach dir keine Sorgen. Ich sehe doch, dass es dir auch nicht gut geht.«

Caroline nickte. »Wenn ich an einen Tatort gerufen werde, drehe ich halb durch vor lauter Panik«, erklärte sie leise. »Ich muss jedes Mal daran denken, dass mir vielleicht das Gleiche passieren könnte wie Marc.«

»Merde, es tut mir so leid.« Er zog seine Schwester an sich und hielt sie fest. »Du solltest mit einem Psychologen sprechen. Wenn deine Kollegen mitbekommen …«

»Ich weiß nicht, ob mir jemand helfen kann«, raunte sie leise. »Er fehlt mir so.«

Tom drückte sie an sich. »Du musst dir Hilfe holen, wenn du weiter in deinem Job arbeiten willst.«

»Ich bin so froh, dass du hier bist.«

»Und ich bleibe auch hier. Solange du mich brauchst.« Tom schob sie ein Stück von sich weg. »Aber versprich mir, dass du mit jemandem redest. Ihr habt doch Leute für solche Fälle.«

Caroline nickte. »Vielleicht hast du recht.«

Er grinste. »Ganz bestimmt habe ich recht.«

»Verfluchter Frauenversteher«. Sie verzog ihre Lippen zu einem schwachen Lächeln.

58

Dienstag, 2. November

Estelle stieg die Treppe zum Empfangsraum hinunter und blieb überrascht stehen, als sie Noah hinter dem Tresen erblickte. Stirnrunzelnd sah sie auf die Uhr. Es war kurz nach sieben.

»Guten Morgen. Bist du aus dem Bett gefallen?«

Noah lächelte schief, als er seinen Kopf hob. »Ich konnte nicht mehr schlafen.«

Estelle nickte verständnisvoll. »Ich auch nicht.« Sie trat neben ihn und legte ihre Hand auf seinen Rücken. »Alles ein bisschen viel im Moment, oder?«

Er zog seine Augenbrauen hoch. »Irgendwie schon.«

»Wann musst du heute zu deinem Praktikum?«

»Gegen elf«, erwiderte er zögernd.

»Emily kommt später. Vielleicht möchtest du sie kennenlernen?«

»Klar.« Seine Miene hellte sich auf. »Schließlich hatte ich noch nie eine Tante.«

Sie verzog bedauernd ihr Gesicht. »Noah, es tut …«

»Schon gut, Estelle.« Der Jugendliche deutete auf den Bildschirm des Laptops. »Der Laden läuft. Seit gestern kamen vier neue Anfragen.«

Sie nickte anerkennend. »Das freut mich. Mal sehen, wie lange ich das allein stemmen kann. Übrigens kommt Tom heute Abend, weil er etwas kochen möchte. Magst du mit Virginie mitessen?«

Noah musterte sie einen Moment lang schweigend, bevor er zu grinsen begann. »Wollt ihr nicht lieber allein sein?«

Estelle wandte verlegen ihren Kopf ab. »Ich würde mich freuen, wenn ihr dazustoßt.«

»Tom ist schwer in Ordnung. Ganz anders als die anderen Typen.« Er fuchtelte mit seinen Händen herum. »Na ja, diese Kerle, mit denen du in Deutschland ...«

Estelle starrte auf den Tresen. »Ich habe viele Fehler gemacht. Sehr viele.«

»Ich mag ihn. Und Caroline ist auch nett.«

»Ich mag ihn auch sehr«, erwiderte Estelle gedankenverloren, während sie an vorletzte Nacht denken musste. Es war das erste Mal gewesen, dass ein Mann bei ihr übernachtet hatte. Und es hatte sich richtig angefühlt. Richtig und einzigartig.

»Du scheinst ihm auch nicht egal zu sein, wenn er schon für dich kochen möchte.«

Sie seufzte. »Manchmal ist das alles nicht so einfach.«

»Apropos einfach: Wegen des Praktikums ...«, begann Noah vorsichtig.

»Ja?« Estelle konzentrierte sich jetzt wieder ganz auf ihren Sohn, der etwas auf dem Herzen zu haben schien.

»Ich glaube, das ist nichts für mich.« Der Teenager zog eine Grimasse.

»Ist etwas passiert?«

Noah schüttelte seinen Kopf. »Nein, alles okay. Wirklich.

Es ist nur … Ich bin erst wenige Tage dort, aber ich kann mir überhaupt nicht vorstellen, mein ganzes Leben in einem Restaurant zu verbringen. Die Küche, diese Gerüche …« Er verlagerte das Gewicht von einem Fuß auf den anderen. »Nein.«

»Dann war das Praktikum doch schon nützlich«, erwiderte Estelle lächelnd. »Du weißt jetzt, was du nicht machen möchtest.«

»Vielleicht …« Er zögerte.

»Ja?« Sie blickte ihn erwartungsvoll an.

»Ich habe mir überlegt, noch mal zur Schule zu gehen. Vielleicht sogar mein Abi zu machen.«

Estelle freute sich über seine Worte. »Ich finde, das ist eine gute Idee.«

»Es läuft hier zwar alles etwas anders als in Deutschland, aber ich dachte, ich könnte bis zum Sommer noch ein wenig an meinen Sprachkenntnissen feilen, damit ich keine Verständigungsprobleme bekomme.« Noah schien sich selbst nicht zu trauen. »Allerdings würde ich dann weiterhin kein Geld verdienen.«

»Du schaffst das, Noah.« Estelle lächelte ihn aufmunternd an. »Du bist ein intelligenter junger Mann. Wenn du dein Abi machen möchtest, klappt es auch. Ich helfe dir dabei. Und wegen der finanziellen Seite brauchst du dir keine Sorgen zu machen. Ich unterstütze dich, soweit ich kann.«

»Virginie fand die Idee auch ganz gut.«

»Sie scheint wirklich clever zu sein.« Estelle griff nach seiner Hand.

»Ich würde auch gern diesen Test machen.«

Ihr Herz krampfte sich zusammen. »Du willst wissen, wer dein Vater ist.«

»Nein.« Der Jugendliche schüttelte seinen Kopf. »Nein, das ist mir wirklich scheißegal. Ich möchte nur Virginie und mich testen lassen. Um herauszufinden, ob sie meine Schwester ist.«

»Du hast viel nachgedacht.« Sie sah ihn von der Seite an. »Letzte Nacht.«

»Ich konnte einfach nicht schlafen.«

»Wir brauchen Zeit, um uns an die neue Situation zu gewöhnen.«

Entschlossen klappte Noah den Laptop zu. »Wie wär's mit Frühstück?«

»Klingt gut«, entgegnete Estelle erleichtert. »Wenn du zum Bäcker gehst, setze ich Kaffee auf. Die Cléments werden auch bald wach sein.«

Noah nickte. »Wird gemacht, Chefin.«

Sie lachte. »Da bevorzuge ich doch Estelle.«

59

Caroline blickte aus ihrem Bürofenster in die Dunkelheit. Officier Dupain durchforstete draußen im Großraumbüro die Archive nach Jérôme Lafayette.

Caroline hatte kein gutes Gefühl bei diesem Fall. Das Datum, das die Opfer auf ihre Stirn eingraviert bekommen hatten, deutete auf eine stark gestörte Täterpsyche hin. Die Morde waren persönlich und racheerfüllt. Caroline wusste aus langjähriger Erfahrung, dass dieser Mörder erst aufhören würde, wenn seine Mission erfüllt war. Oder wenn sie ihn stoppten.

Directeur Morphes hatte ihr gestern klar zu verstehen gegeben, dass er ihr nicht mehr viel Zeit geben würde. Wenn Capitaine Rousseau aus seinem Urlaub zurückkäme und man ihm den Fall übertrüge, wäre das ein schwerer Rückschritt für Carolines berufliche Zukunft.

Sie musste den Täter vorher überführen, auch wenn sie noch immer keine Ahnung hatte, wie sie ohne irgendwelche Spuren die richtige Richtung finden sollte. Vielleicht ergaben Dupains Nachforschungen heute endlich etwas.

Als ihr Computer hochgefahren war, rief sie die Fotos auf, die Officier Armand gestern katalogisiert hatte. Caroline musste sich regelrecht zwingen, die Bilder anzuschauen. Sie kaute nervös auf ihrer Unterlippe, während sie jedes einzelne Bild mehrere Sekunden lang anstarrte.

Estelle und Jérôme Lafayette am Lagerfeuer. Die Fotos wirkten harmlos, Beweise einer feuchtfröhlichen Abschlussfeier eben. Nichts deutete auf die schrecklichen Gewaltszenen hin, die der Party folgen sollten. Es gab auch mehrere Aufnahmen von anderen Klassenkameraden. Alle schienen sich zu amüsieren, wirkten fröhlich und ausgelassen.

Dann öffnete Caroline den Ordner mit dem Titel *Lafayette.* Gleich beim ersten Foto schrak sie zurück. Jérôme Lafayette beugte sich über Estelle Miroux und drückte mit seinen Händen brutal ihre Brüste zusammen. Unbewusst fasste sich Caroline an ihren Oberkörper. Die abgebildete Szene war demütigend und respektlos. Ein Mann, der sich über die Grenze einer Frau hinwegsetzte, ihren Willen klar missachtete.

Wut kochte in ihr hoch, während sie an ihr gestriges Gespräch mit dem Chirurgen denken musste. Ein Mann ohne Gewissen und Moral. Wie hatte es Lafayette nur in eine solche Position geschafft?

Die Fotos wurden brutaler und grausamer. Eindeutige Szenen, die Caroline den Atem raubten.

Es klopfte an ihrer Bürotür.

»Oui?«

Officier Dupain trat ein. »Und, kommen Sie voran?« Er deutete mit dem Kinn auf ihren Bildschirm.

Caroline winkte ab. »Ein einziger Albtraum.«

»Soll ich Ihnen helfen? Zu zweit sehen wir mehr und vielleicht erträgt es sich so besser als allein.«

Dankbar lächelte sie ihn an. »Das ist eine gute Idee. Nehmen Sie sich einen Stuhl und kommen Sie.«

Als er sich neben sie setzte und das Foto auf dem Monitor erblickte, hörte sie seine Kiefer knirschen. »Ich wünschte wirklich, sie würde diesen Drecksack anzeigen.«

Caroline nickte. »Der Gedanke, dass die vier ungeschoren davongekommen sind, macht mich ganz krank.«

»Manchmal ist unser Job einfach nur frustrierend.«

Caroline atmete tief durch und sah sich die nächste Aufnahme an.

»Merde«, hörte sie Dupain neben sich fluchen. Auch sie fühlte sich miserabel.

Caroline konnte es kaum noch ertragen, weiter auf die Fotos zu schauen. Entsetzt hob sie ihre Hand und fuhr sich über das Gesicht, als sie plötzlich etwas entdeckte. Irritiert kniff sie die Augen zusammen. »Halt!« Sie deutete aufgeregt auf den Monitor.

Dupain sah sie stirnrunzelnd an. »Was ist?«

»Da«, sie zeigte auf eine Stelle im Hintergrund des Fotos. »Sehen Sie das? Die Büsche?«

»Ja«, erwiderte der Officier gedehnt.

»Da steht jemand.« Sie beugte sich vor und versuchte, etwas zu erkennen. »Sehen Sie?«

»Wo?« Auch Dupain näherte sich mit seinem Kopf dem Monitor, sodass Caroline fast mit ihm zusammenstieß.

»Da steht jemand«, wiederholte sie hektisch, während sie ihren Oberkörper wieder ein Stück zurücklehnte, um ihrem Mitarbeiter mehr Platz einzuräumen. »Schauen Sie mal ganz genau hin.«

»Sie haben recht«, bestätigte Dupain nach einigen Sekunden.

»Der Schatten dort unter der Straßenlaterne … da steht tatsächlich jemand.«

»Könnte es einer von den vieren sein?«

»Nein.« Dupain schüttelte seinen Kopf. »Sehen Sie doch. Lafayette vergeht sich an ihr. Hier«, er klopfte mit seinem Finger auf den Bildschirm, »sind zwei Hände, die sie festhalten. Und hier«, er zeigte auf eine andere Stelle, »ist eine weitere Hand, die sie in den Sand drückt.«

»Während Cousteau fotografiert«, merkte Caroline finster an.

»Während Cousteau fotografiert«, wiederholte Dupain grimmig.

»Wer steht dann bei der Laterne?« Caroline versuchte erneut, die Umrisse der Gestalt zu fixieren. »Und warum hilft er Estelle Miroux nicht?«

Dupain zuckte mit den Achseln. »Vielleicht denkt er, sie feiern eine Orgie.«

»Vier Männer, die eine Frau festhalten und sich an ihr vergehen?« Sie lachte bitter auf. »Non. Es ist eindeutig erkennbar, dass es sich hier um eine Gewalttat handelt.«

»Warum hilft er dann nicht?«

Sie verzog ihre Lippen. »Vielleicht hat er Angst.«

»Er hätte die Polizei rufen können.«

Caroline nickte. »Das hätte er allerdings.« Sie klickte das nächste Bild an und suchte wieder den Hintergrund ab. »Da!«

Dupain nickte. »Ja, da sieht man es eindeutig.«

»Warum beobachtet jemand ein Verbrechen und tut nichts dagegen?« Ratlos betrachtete Caroline auch die nächsten Bilder.

Auf allen Fotos, auf denen der Hintergrund erkennbar war, sah man die Gestalt an den Büschen stehen. Als sie die kleinformatigen Aufnahmen gestern angeschaut hatten, hatten sie auf die Tat geachtet und auf die einzelnen Männer. Keiner von ihnen war auf die Idee gekommen, nach weiteren Personen zu suchen.

»Armand muss die Aufnahmen vergrößern«, entschied Caroline, während sie weiter wie gebannt auf die Fotos schaute. »Vielleicht kann er sie noch etwas bearbeiten, damit die Auflösung besser wird.«

Da der Officier heute einen Arzttermin hatte, würde er allerdings erst am frühen Nachmittag aufs Revier kommen.

60

Nachdem Estelle das Geschirr der Cléments weggeräumt hatte, setzte sie frischen Kaffee auf. Noah wollte in einer Stunde zum *Poisson bleu* fahren, um mit dem Eigentümer zu reden. Es machte für ihn keinen Sinn mehr, weiter dort zu arbeiten, wenn er bereits entschieden hatte, dass die Gastronomie nichts für ihn war. Estelle hatte ihn in seinem Entschluss bestärkt. Wenn er wirklich im nächsten Sommer wieder die Schule besuchen wollte, war seine Zeit in einem Sprachkurs besser investiert. Sie würde sich gleich morgen erkundigen, welche Angebote es gab.

Als sie hörte, wie die Eingangstür geöffnet wurde, verließ sie die kleine Küche und betrat den Empfangsbereich. Emily stand unschlüssig am Tresen und ließ ihren Blick durch den Raum schweifen.

»Bonjour.« Lächelnd ging Estelle auf ihre Schwester zu, blieb jedoch einen Schritt vor ihr stehen, da sie nicht genau wusste, wie sie sich verhalten sollte. Ihr Vater hatte ihr mitgeteilt, Emily sei immer noch wütend wegen des Streits mit Patrick.

»Bonjour, Estelle.« Emily streckte schüchtern ihre Hand aus und berührte Estelle leicht am Unterarm.

Die Schwestern sahen sich sekundenlang nur schweigend an. Dann öffneten beide gleichzeitig ihren Mund, um etwas zu sagen.

»Emily …«

»Estelle …«

Sie mussten lachen.

»Es tut mir leid.« Estelle verzog ihr Gesicht. »Ich …« Was sollte sie sagen? Dass der tote Verlobte ihrer Schwester ein mieses Schwein gewesen war?

»Estelle, ich muss wissen, was zwischen Patrick und dir vorgefallen ist.« Emily knöpfte ihre Jacke auf. »Ich bekomme langsam das Gefühl, als ob ich ihn überhaupt nicht gekannt hätte.«

»Wollen wir uns in den Wintergarten setzen?« Sie musterte das erschöpfte Gesicht ihrer Schwester, als hinter ihnen erneut die Eingangstür geöffnet wurde.

»Bonjour.« Tom trat grinsend ein. »Ah, du hast Besuch.« Er nickte Emily zu.

»Tom.« Estelles Herzschlag beschleunigte sich, als sie ihn ansah, sein zerzaustes Haar, das ihm ins Gesicht fiel. »Das ist meine Schwester Emily.«

Die lächelte. »Salut!«

»Ich bin Tom. Nett, dich kennenzulernen.« Er streckte ihr die Hand hin, bevor er sich wieder Estelle zuwandte und sie sanft an sich zog.

Überrumpelt von seiner Geste, sah sie ihn überrascht an.

»Wie geht es dir?«

»Wir haben viel geredet.«

Er nickte zufrieden. »Das ist gut. Sehr gut.«

Während Estelle sich der Anwesenheit ihrer Schwester deutlich bewusst war, küsste Tom sie.

»Ich habe Noah für heute Abend eingeladen. Zusammen mit Virginie.«

»D'accord.« Er strich über ihr Haar und sah sie zärtlich an. »Ich wollte noch die letzte Tür abschleifen, aber wenn ich euch störe …« Er sah fragend zu Emily. Die zuckte mit den Achseln.

»Nein«, widersprach Estelle hastig. Sie löste sich von ihm. »Ich wäre dir sehr dankbar, wenn du dich darum kümmern würdest.«

»Rechnung kommt später.« Er zwinkerte ihr belustigt zu.

Verlegen wandte Estelle ihren Blick ab. Sie hatte sich ihm gegenüber einfach unmöglich verhalten!

»Gut, dann gehe ich mal …« Er zeigte zur Treppe und drehte sich um.

Estelle brachte ihre Schwester in den Wintergarten. Nachdem sie zusammen das Geschirr auf den Tisch gestellt hatten, auf dem Estelle bereits Wurst, Käse und Backwaren abgelegt hatte, setzten sie sich.

»Das Hotel ist toll geworden. Oma würde staunen«, merkte Emily lächelnd an.

Estelles Gesicht verfinsterte sich schlagartig, als sie wieder an die Geschichte ihrer Großmutter denken musste. Die Verwicklungen, die Vergewaltigung, Jérôme, der ihre Oma beschimpft hatte.

»Was ist? Habe ich etwas Falsches gesagt?« Emily wirkte bestürzt.

Estelle schüttelte seufzend den Kopf. »Es ist kompliziert.« Sie nahm sich ein Croissant und biss nachdenklich hinein.

»Wegen Patrick?« Emily schenkte ihnen Kaffee ein. »Was hat er getan?«

Estelle blickte ihre Schwester lange an, bevor sie schließlich ihren Kopf abwandte und die Zypressen vor den Scheiben fixierte. »Hast du Zeit? Viel Zeit?«

Emily zog irritiert ihre Augenbrauen hoch. »Ich muss erst in drei Stunden bei Gericht sein.«

Estelle nickte zögernd. »Drei Stunden. Das reicht.«

»Was ist denn nur passiert?«

Sie nahm einen langen Schluck ihres Kaffees und überlegte, wie sie anfangen sollte. »Alors, begonnen hat alles vor achtzehn Jahren. Auf meiner Abschlussfeier am Strand ...«

Estelle redete und redete. All die Jahre hatte sie nie über die Geschehnisse von damals gesprochen. Und jetzt musste sie innerhalb weniger Tage zum wiederholten Male die Ereignisse Revue passieren lassen. Obwohl sie selbst erst seit gestern alle Zusammenhänge kannte, erzählte sie ihrer Schwester auch von dem Notizbuch ihrer Oma. Emily saß ihr die ganze Zeit stocksteif gegenüber und ließ keine Gefühlsregung erkennen.

Als Estelle endlich ihren Monolog beendet hatte, herrschte einige Minuten lang absolute Stille.

Tom war in der Zwischenzeit mit seinen Schleifarbeiten fertig geworden und hatte sich vom Eingang her flüchtig von ihnen verabschiedet. Er schien gemerkt zu haben, dass sie ungestört sein wollten.

»Was denkst du?«, hakte Estelle nach einer gefühlten Ewigkeit vorsichtig nach.

Emily schüttelte schweigend ihren Kopf.

»Es tut mir so leid.«

»Es tut dir leid?« Ihre Schwester schloss einen Moment die Augen. »Was tut dir leid? Diese Arschlöcher ... diese Dreckschweine ...«

Estelle presste ihre Lippen aufeinander und erwiderte nichts.

»Ich wusste nichts von Omas ...« Betreten brach Emily ein Stück Baguette ab und pflückte es auseinander.

»Ich auch nicht«, gab Estelle zu. »Und Papa scheint es auch erst vor ein paar Jahren erfahren zu haben.«

»Warum hat er nichts gesagt wegen Patrick? Ich kann es einfach nicht glauben.«

»Er meinte, es sei zu spät gewesen«, erwiderte Estelle leise. »Patrick und du, ihr wärt schon …«

»Zu spät gewesen? Papa hat gewusst, dass Patrick ein verfluchter Vergewaltiger war.« Sie schüttelte sich. »Ich verstehe nicht, wie er … Erst fällt er dir in den Rücken und lässt diese Idioten ungestraft davonkommen. Und dann sagt er kein Wort zu mir, als ich ihm erzähle, dass ich mich in Patrick verliebt habe. Das gibt es doch nicht. Welcher Vater tut so etwas?«

»Ich habe dir noch nicht alles gesagt«, fuhr Estelle zögernd fort.

»Was kommt denn jetzt noch?« Emily sah ihre Schwester fassungslos an.

»Es geht um Noah …«

»Deinen Ziehsohn?«

»Er ist nicht mein Ziehsohn. Er ist mein leibliches Kind.« Estelle erzählte ihr, wie sie die Schwangerschaft in Deutschland festgestellt hatte und wie Tatjana auf die Idee mit der gefälschten Geburtsurkunde kam.

»Ich habe es ihm gestern gesagt.«

»Gestern?« Emily riss erstaunt ihre Augen auf.

»Deshalb hat Tom eben gefragt …« Entschuldigend zeigte Estelle über ihre Schulter.

»Interessanter Kerl, dieser Tom. Wie lange kennt ihr euch schon?«

»Einige Tage.« Estelle lächelte verlegen.

Emily wirkte überrascht. »Einige Tage? Ich dachte … Ihr habt so vertraut gewirkt.«

»Es ist kompliziert«, erwiderte sie leise.

»Ich fand, es sah gar nicht kompliziert aus.« Wieder lachte ihre Schwester.

Estelle wurde rot.

Emily ergriff ihre Hand und drückte sie. »Was ist?«

Sie zögerte, bevor sie in kurzen Sätzen von ihren bisherigen Männererfahrungen berichtete.

»Dieser Tom scheint doch sehr nett zu sein.«

»Das stimmt«, gab Estelle zu. »Er ist so fürsorglich und verantwortungsbewusst.«

»Was ich von Patrick im Nachhinein absolut nicht sagen kann«, erklärte Emily bitter. »Die Staatsanwaltschaft erhebt schwere Korruptionsvorwürfe gegen ihn. Er soll sich mit der Mafia eingelassen haben.« Ungläubig schüttelte sie ihren Kopf. »Aber nach dem, was du mir erzählt hast, kann mich das auch nicht mehr schocken.«

»Ist das überhaupt noch relevant, jetzt, wo er nicht mehr lebt?«, fragte Estelle verwundert.

»Natürlich kann gegen ihn keine Anklage mehr erhoben werden, aber sie erhoffen sich Einblicke in die Netzwerke bestimmter Personen. Sie stellen gerade sein Büro sowie seine komplette Wohnung auf den Kopf.«

»Gibt es denn neue Erkenntnisse darüber, wer ihn umgebracht hat?«

»Non. Sicher ist nur, dass die drei Männer von demselben Täter ermordet wurden.« Emily legte ihren Kopf schief und fixierte Estelle ernst. »Wenn du nicht meine Schwester wärst, würde ich glatt vermuten, dass du an ihnen Rache geübt hast.« Sie nickte schwach. »Und könnte dir nur dazu gratulieren.«

»Emily, ich …« Estelle schüttelte nachdrücklich ihren Kopf.

»Ich weiß.« Ihre Schwester winkte ab. »Aber überleg dir das mit Jérôme. Du sagtest, es gibt Fotos. Also zeig ihn an. Der Idiot hat es verdient. Er hat dich vergewaltigt.«

Estelle erwiderte nachdenklich ihren Blick. »Ich muss endlich mit der Vergangenheit abschließen. Die Polizei glaubt übrigens tatsächlich, dass ich etwas mit den Morden zu tun habe.«

Emily runzelte ihre Stirn. »Ohne Beweise können die dir gar nichts. Eine mündliche Drohung, mehr haben sie nicht. Das hätte vor keinem Gericht Bestand. Aber wenn du eine gute Anwältin brauchst ...« Sie grinste.

Estelle verzog genervt ihr Gesicht. »Danke, aber lass mal.«

»Strafrecht ist auch nicht wirklich mein Fachgebiet.«

»Estelle, ich gehe jetzt!«

Als sie aufblickte, stand ihr Sohn im Rundbogen. »Noah! Das ist Emily, deine Tante.«

»Ich wollte euch nicht stören.«

Emily erhob sich und trat Noah entgegen. »Salut.« Sie lächelte ihm aufmunternd zu.

»Salut.« Er musterte sie neugierig. »Ihr seht euch überhaupt nicht ähnlich.«

Emily drehte sich zu Estelle um und grinste sie an. »Schneeweißchen und Rosenrot.« Sie unterdrückte ein Glucksen.

»So hat unsere Mutter uns immer genannt«, erklärte Estelle Noah, während sie ebenfalls aufstand.

»Krass, so eine junge Tante.« Der Jugendliche sah Emily anerkennend an.

»›Krass‹?« Sie hob ihre Augenbrauen.

»Ich muss los.«

Bevor Estelle sich von ihm verabschiedete, wünschte sie ihm noch viel Glück für sein Gespräch.

»Ich bin froh, dass wir uns endlich ausgesprochen haben«, erklärte Emily leise, nachdem Noah das Hotel verlassen hatte. »Ich kann zwar immer noch nicht glauben, was Patrick getan hat, aber ich muss jetzt wohl mit dem Wissen leben, dass meine Menschenkenntnis nicht die beste ist.«

»Du konntest es nicht ahnen. Er hat dich getäuscht«, versuchte Estelle, sie zu beschwichtigen.

»Und dich hat er vergewaltigt.« Emilys Stimme klang zornig. »Und Papa ...«

»Auch mit Papa habe ich lang gesprochen. Damals dachte er, er tue das Richtige. Er wollte mich davor bewahren, vor Gericht vorgeführt zu werden.«

»Non«, widersprach Emily heftig. »Er hätte dich unterstützen müssen. Wenn Mama damals noch gelebt hätte …«

»Hat sie aber nicht«, merkte Estelle traurig an. »Er hat einen Fehler gemacht. Das ist ihm mittlerweile bewusst. Aber wir können die Vergangenheit nicht mehr ungeschehen machen. Leider!«

Emily trat auf sie zu und umarmte sie stumm.

In diesem Moment wurde Estelle bewusst, wie sehr sie ihre Familie all die Jahre vermisst hatte. Nichts konnte die Vertrautheit ersetzen, die zwischen Geschwistern, zwischen Eltern und Kindern herrschte.

Sie drückte Emily fester an sich und genoss die beruhigende Nähe ihrer Schwester.

61

»Sehen Sie?« Caroline deutete mit dem Finger auf die Stelle des Fotos, wo der Schatten der Büsche zum Teil vom Schein der Straßenlaterne ausgeleuchtet wurde.

Armand nickte langsam. »Ja«, bestätigte er. »Sie könnten recht haben.«

Caroline rief das nächste Bild auf. »Hier sieht man es noch besser.«

Officier Armand schüttelte den Kopf. »Das gibt's doch nicht.«

»Denken Sie, Sie könnten das Foto so bearbeiten, dass man mehr erkennen kann?« Caroline sah ihren Mitarbeiter von der Seite an.

»Zumindest kann ich es versuchen. Und falls ich wirklich

nicht weiterkommen sollte, geben wir die Bilder an Perpignan weiter. Die haben noch bessere Programme.«

»Bitte versuchen Sie es zunächst«, bat Caroline ihn. »Das geht schneller.«

»Ich gebe mein Bestes. Aber denken Sie wirklich, der Unbekannte hat etwas mit den Morden zu tun?« Armand runzelte die Stirn.

Caroline stand auf und streckte sich. Sie hatte stundenlang vor dem Monitor gekauert und die Fotos durchgesehen. »Ich weiß es nicht«, beantwortete sie die Frage des Officiers. »Aber es wäre schon interessant zu wissen, warum dieser Unbekannte damals nicht eingegriffen hat. Immerhin hat er eine ganze Weile zugeschaut. Das ist unterlassene Hilfeleistung.«

»Ein Spanner?« Angewidert verzog Fabien Armand sein Gesicht.

Caroline zuckte mit den Achseln. »Das wäre natürlich möglich.«

Es klopfte an ihrer Tür. »Oui?«

Officier Dupain trat grinsend ein.

»Sie haben etwas?« Caroline zog neugierig ihre Augenbrauen hoch.

»Allerdings.«

»Holen Sie sich einen Stuhl und setzen Sie sich zu uns«, forderte Caroline ihn auf.

Sie hatte Marie Noir heute freigegeben, da die sie bereits am Sonntag nach Cousteaus Verhaftung unterstützt hatte. Und Caroline war keine Vorgesetzte, die die Gutmütigkeit ihrer Mitarbeiter ausnutzte. Auch Polizisten hatten irgendwann ein Recht auf Freizeit. Da heute zum Großteil Recherchearbeiten anstanden, war sie der Meinung gewesen, sie kämen auch zu dritt zurecht.

»Also?« Caroline wechselte einen kurzen Blick mit Armand,

bevor sie Officier Dupain bedeutete, mit der Sprache herauszurücken.

»Gegen Lafayette wurde zweimal Anzeige wegen Nötigung und Körperverletzung erstattet.«

Caroline runzelte ihre Stirn.

»Beide Vorfälle sind allerdings über zehn Jahre her und kamen nie vor Gericht, weil die Anträge kurz vor der Verhandlung zurückgezogen wurden. Die Anzeigen kamen von Exfreundinnen. Sie behaupten in ihren Aussagen unabhängig voneinander, dass Lafayette mehrfach aggressiv und zudringlich geworden sei.«

»Wie ernst kann man das nehmen?«

»Ziemlich ernst!« Dupain nickte bekräftigend. »Mit einer der Damen habe ich gerade telefoniert. Sie hat mir bestätigt, dass Jérôme Lafayette hochgradig jähzornig und cholerisch ist. Zumindest war er das während ihrer Beziehung.«

»Der Mann ist Chirurg«, warf Armand skeptisch ein.

»Auch Ärzte schlagen ihre Frauen«, merkte Caroline sachlich an.

»Die andere Dame konnte ich leider nicht erreichen, aber für mich hört sich das alles andere als harmlos an.«

Caroline nickte nachdenklich. »Die Morde deuten nicht unbedingt auf einen jähzornigen Täter hin. Sie wurden bis ins kleinste Detail geplant und umgesetzt.« Sie zögerte. »Bis auf den Mord an Matthieu Clereau, dessen Familie sich zum Tatzeitpunkt im Haus befand. Dieses Vorgehen war leichtsinnig.«

Charles Dupain musterte sie. »Lafayette ist nicht dumm, Capitaine.«

»Nein, mit Sicherheit nicht. Sonst hätte er sein Medizinstudium nicht geschafft«, pflichtete Caroline ihm bei, während sie grübelte, wie sie weiter vorgehen sollten. »Wir müssen noch mal mit ihm sprechen. Am besten laden wir ihn offiziell zu einer Vernehmung vor. Die Sache gefällt mir überhaupt nicht. Jähzorn und Intelligenz sind eine sehr gefährliche Kombination.«

»Bis morgen Abend weilt der feine Herr Chirurg auf einer Tagung in Montpellier«, erklärte Dupain, während er auf seine Notizen blickte. »Ich habe mich bereits im Krankenhaus nach seinem Dienstplan erkundigt.«

Caroline blickte ihre Mitarbeiter an. »Wenn wir ernsthaft davon ausgehen, dass Lafayette unser Mann ist, dann dürfte von ihm keine akute Gefahr mehr ausgehen. Die Mittäter von damals sind alle tot.«

»Was ist mit Estelle Miroux?«, warf Armand ein. »Sie könnte ihm noch gefährlich werden.«

»Aber er weiß seit gestern, dass wir die Fotos haben.« Caroline hielt kurz inne. »Warum hat er sie nicht mitgenommen, als er bei Cousteau war?«

»Vielleicht dachte er, die Bilder seien längst vernichtet.«

Caroline blickte Armand an und nickte. Sie rief sich den Bericht der Spurensicherung ins Gedächtnis. »Möglich. Muller hat nicht erwähnt, dass andere Fingerabdrücke als die von Cousteau und seinem Lebensgefährten im Inneren des Hauses gefunden worden wären.«

»Lafayette ist ein mieses Schwein«, warf Officier Dupain grimmig ein.

Caroline sah ihn überrascht an. »Ja, zuzutrauen wären ihm die Morde auf jeden Fall. Aber wir haben leider immer noch keine Beweise.«

Fabien Armand erhob sich. »Ich mache mich jetzt an die Bilder. Sicher dauert das einige Zeit.«

»Wenn Sie es heute nicht mehr schaffen, machen Sie morgen früh weiter.« Caroline blickte auf die Uhr. »Ich muss gegen halb sechs gehen. Mein Bruder hat noch einen Termin.«

Ihre Mitarbeiter nickten.

»Ich bleibe, bis ich was habe«, merkte Armand entschlossen an.

»Melden Sie sich, wenn Sie erfolgreich waren.« Caroline nickte ihm dankbar zu.

62

Estelle verbrachte den ganzen Nachmittag damit, das Hotel herzurichten. Emily war erst um kurz vor eins gegangen. Nach all den furchtbaren Dingen, die ihrer Oma und Estelle widerfahren waren, hatte es einfach gutgetan, mit ihrer jüngeren Schwester noch einige Kindheitserinnerungen auszutauschen und über lustige Gegebenheiten aus besseren Tagen zu lachen.

Am Ende hatte Emily ihr ein weiteres Mal nahegelegt, Jérôme anzuzeigen. Doch Estelle war unschlüssig. Sie wollte heute Abend nach dem Essen, wenn Noah und Virginie gegangen waren, mit Tom darüber sprechen.

Plötzlich schien die Zukunft rosig vor ihr zu liegen. Jeden Tag kamen neue Zimmeranfragen. Zum Frühjahr würde sie eine zusätzliche Kraft als Unterstützung einstellen müssen. Estelle hatte zwar nicht vor, das Essensangebot zu erweitern, doch sie wollte auf Dauer auch nicht jeden Tag um sechs aufstehen, um den Gästen das Frühstück zuzubereiten. Nein, sie würde jemanden suchen, der sie zwei- oder dreimal pro Woche entlasten konnte.

Was hatte Emily gesagt? ›Oma würde staunen.‹ Estelle hoffte inständig, dass es ihrer Großmutter gefallen hätte, wie sie die *Auberge* hatte herrichten lassen. Das Hotel war Eveline Miroux' Lebenstraum gewesen und auch Estelle konnte sich plötzlich gut vorstellen, in diesen Mauern alt zu werden.

Ihre Oma war so ein herzensguter Mensch gewesen. Ob Estelle ebenfalls die Kraft besäße, ihr Leben zu bewältigen? Andere Menschen glücklich zu machen? Noah eine gute Mutter zu sein?

Sie wusste es nicht. Doch sie wollte es zumindest versuchen. Der Anfang war gemacht. Sie hatte sich mit ihrer Familie ausgesprochen, hatte ihre Lügen und Geheimnisse offenbart. Vielleicht konnte auch für sie alles gut werden.

63

Wütend knallte Caroline ihre Bürotür hinter sich zu. Dupain schaute mit verwunderter Miene auf. Officier Armand, der ihr den Rücken zugewandt hatte, drehte sich auf seinem Stuhl um.

»Oh, là, là!« Dupain pfiff durch seine Zähne.

Caroline hob gereizt ihre Hand und schüttelte den Kopf. Sie hielt kurz inne und zählte innerlich bis zehn.

»Was ist passiert?« Dupain musterte sie.

Caroline schloss kurz ihre Augen. »Lafayette ist passiert.«

Ihre Mitarbeiter schauten sie fragend an.

»Maurice Richard, millionenschwerer Vorstandsvorsitzender der Richard-Werke und Vater von Laure Richard, ihres Zeichen Verlobte des werten Monsieur Lafayette, hat Morphes die Hölle heißgemacht.«

»Wie das?« Armand rollte auf seinem Stuhl näher.

Caroline fasste sich müde an ihre Schläfe. »Das Krankenhaus hat Lafayette anscheinend darüber informiert, dass die Police Nationale sich nach seinem Dienstplan erkundigt hat.« Während sie Officier Dupain einen kurzen Blick zuwarf, verzog sie ihr Gesicht. Der Beamte schnaufte laut aus. »Der nette Herr hat auf seiner Tagung nichts anderes zu tun, als seinen Schwiegervater in spe zu kontaktieren und ihm vorzujammern, dass er von uns gegängelt werde.«

»Sicher hat er ihm aber nicht gesagt, was er mit Estelle Miroux angestellt hat«, merkte Fabien Armand in sarkastischem Ton an.

Caroline nickte. »Sicher nicht, da haben Sie recht.«

»Und jetzt?«

Caroline blickte wieder zu Charles Dupain, der seine Stirn runzelte. »Morphes hat uns untersagt, Lafayette offiziell vorzuladen.« Sie seufzte.

»Was?«, riefen Armand und Dupain im Chor aus.

Während Caroline erneut nickte, schien es ihr, als sei sie innerhalb der letzten Minuten um mindestens zehn Jahre gealtert. Sie fühlte sich ausgelaugt und erschöpft. »Richard kennt jemanden im Innenministerium, der wiederum jemanden kennt, mit dem der Directeur per Du ist und so weiter und so fort …«

»Verfluchter Drecksack«, warf Officier Dupain aufgebracht in den Raum.

»Was jetzt?« Armand schaute Caroline irritiert an.

Sie zuckte mit den Achseln. »Ich habe keine Ahnung. Ich weiß nicht, wie wir ermitteln sollen, wenn …« Sie verstummte. »Merde!« Genervt rückte sie ihre Handtasche zurecht. »Pardon, aber ich muss jetzt gehen.« Caroline hob entschuldigend ihre Hände.

»Ich bin auch gleich so weit.« Dupain blickte zu seinem Kollegen.

Officier Armand schüttelte den Kopf. »Ich mache hier noch weiter.«

Caroline nickte. »Rufen Sie mich an, wenn Sie etwas haben.« Dann verabschiedete sie sich resigniert von ihren Mitarbeitern.

64

»Tom!« Estelle trat zur Seite, um ihn in ihre Wohnung eintreten zu lassen.

Er stellte den Weidenkorb auf der Küchenplatte ab und drehte sich lächelnd zu ihr um. »Du hast mir gefehlt.«

»Du mir auch«, flüsterte Estelle leise, während sie einen Schritt auf ihn zuging.

Tom zog sie an sich. Als er ihren Körper an seinen presste, sog er zufrieden ihren Duft ein. »Du riechst gut.« Während Estelle zu ihm aufblickte, registrierte er, dass sie entspannter als gestern wirkte. »War es schön mit deiner Schwester?« Behutsam ließ er seine Finger durch ihr seidiges schwarzes Haar gleiten.

Estelle nickte. »Wir haben viel geredet.«

»Siehst du? Ich habe dir doch gesagt, dass sich alles irgendwie regelt.« Als sein Blick wieder auf den Korb fiel, löste Tom sich von ihr. »So, jetzt musst du mich aber arbeiten lassen.«

»›Arbeiten‹?« Sie runzelte die Stirn.

»Kochen«, er deutete auf die Küchenzeile. »Du erinnerst dich?« Tom sah sie amüsiert an.

»Ich habe Noah gesagt, sie sollen um halb acht hochkommen«, erwiderte Estelle, während sie auf ihre Uhr blickte. »Ist das zu früh?«

»Non«, entgegnete Tom, während er den Korb ausräumte. »Halb acht ist perfekt.«

»Was gibt es denn?« Estelle stellte sich neben ihn und beobachtete, wie er das Hühnchen und das Gemüse auf die Küchenplatte legte.

»Zitronenhuhn mit Gemüsesalat!« Er drehte sich zu ihr

um. »Oder bist du etwa Vegetarierin, Veganerin oder sonst eine merkwürdige Essensverweigerin?«

Estelle musste lachen. Sie schüttelte ihren Kopf. »Zitronenhuhn mit Gemüsesalat hört sich fantastisch an.«

»Es hört sich nicht nur fantastisch an, es schmeckt auch so«, behauptete er selbstbewusst, während er die Schränke und Schubladen öffnete, um ein Holzbrett und ein Messer zu suchen.

»Soll ich dir bei irgendetwas helfen?«

Tom sah sie liebevoll an, strich ihr kurz über ihre Wange und schüttelte leicht den Kopf. »Non, du …«

In dem Moment klingelte Estelles Smartphone. Sie verzog ihr Gesicht und ging zur Wohnzimmerkommode hinüber, um das Gespräch anzunehmen. Tom folgte ihr mit seinem Blick.

»Miroux.«

Tom widmete sich der Paprika und schnitt sie sorgfältig in dünne Streifen.

»Louanne, salut! – Ja, aber … – Was?«

Estelles Ton ließ ihn aufhorchen. Er hielt inne.

»Bist du ganz sicher?« Sie schüttelte ihren Kopf. »Ich verstehe das nicht. Ich kann mich gar nicht mehr erinnern, dass sie … – Nein. – Nein, natürlich glaube ich dir. – Ich … ich weiß nur nicht, was ich davon halten soll.« Estelle nickte. »Ja, vielleicht sollte ich das tun.«

Tom musterte sie besorgt. Estelle schien aufgewühlt und verunsichert zu sein. Wer war am Telefon? Und was hatte sie Estelle erzählt? Nachdenklich blickte er auf das Messer in seiner Hand.

»D'accord. Das werde ich. – Ja, danke für … – Okay. Bis bald.«

Während Estelle sich verabschiedete, schob Tom die Paprika zur Seite und wartete geduldig.

Sekundenlang starrte sie reglos auf das Handy in ihrer Hand.

»Alles in Ordnung?« Er wollte auf sie zugehen, doch sie hob abwehrend die Hände. Ihre Miene wirkte verstört.

»Ja«, sie nickte langsam. »Nein. Ich weiß es nicht.«

»Möchtest du mit mir reden?«, fragte Tom vorsichtig.

Estelle schüttelte den Kopf und presste ihre Lippen aufeinander.

Er schnaufte. »Bon! Ich kümmere mich jetzt um das Abendessen und du ruhst dich ein wenig aus.« Tom holte das restliche Gemüse aus dem Korb und begann, alles klein zu schneiden.

Aus dem Augenwinkel registrierte er, wie Estelle ins Wohnzimmer hinüberging und sich an das große Panoramafenster stellte. Gedankenverloren starrte sie in die Dunkelheit. Ihr Rücken zitterte leicht.

Tom wäre gern zu ihr gegangen, um sie in den Arm zu nehmen, um ihr eine Schulter zum Anlehnen zu bieten. Doch da sie ihm signalisiert hatte, dass sie nicht über das Telefonat sprechen wollte, ließ er sie in Ruhe. Wenn sie ihn brauchte, wusste sie, wo sie ihn fand.

Als er gerade die Zitrone ausdrückte, stellte sie sich unschlüssig hinter ihn. »Tom?«

Er drehte sich um. »Ja?«

»Ich muss noch mal kurz weg.«

»Jetzt?« Er sah sie skeptisch an.

»Ja.« Estelle nickte. »Ich muss da etwas klären.«

»Kann ich dir helfen? Soll ich mitkommen?«

»Nein«, erwiderte sie in entschlossenem Tonfall. »Nein, das muss ich allein erledigen.«

»Wo gehst du hin?« Er fuhr mit seiner Hand sanft über ihren Oberarm.

»Ich bin kurz bei Jeanne Claire. Du kennst sie«, entgegnete Estelle sichtlich aufgewühlt. »Ich muss dringend mit ihr reden.«

Tom nickte. »D'accord. Aber vergiss nicht: Um halb acht gibt es Essen!«

Sie lächelte. »Bis dahin bin ich wieder da.« Bevor sie ihre Wohnung verließ, hauchte sie ihm einen schüchternen Kuss auf die Wange.

Unschlüssig schaute Tom Estelle nach, als die Tür hinter ihr ins Schloss fiel. Er hatte ein ungutes Gefühl.

65

Das Haus der Monets lag am Ende einer schmalen Sackgasse. Im Erdgeschoss brannte nur hinter einem Fenster Licht, während der Rest im Dunkeln lag.

Zutiefst beunruhigt stieg Estelle aus ihrem Wagen und ließ den Blick über das abgewohnte Gebäude schweifen. Im orangefarbenen Schein der Straßenlaterne wirkte es heruntergekommen und vernachlässigt.

Hier fehlte eine umfassende Renovierung, dachte Estelle, während sie den Kiesweg entlangging. Der Putz bröckelte an mehreren Stellen ab, die Büsche wucherten wild im Vorgarten. Ein Fensterladen hing schief in den Angeln. Wieder kam Mitleid mit ihrer ehemaligen Klassenkameradin in ihr auf. Doch schon im nächsten Moment musste sie an Louannes Worte denken.

Sie näherte sich der Haustür und tastete im Dunkeln nach der Klingel, bis sie fündig wurde. Es dauerte fast zwei Minuten, bis Estelle schwere Schritte hinter der Tür hörte und durch das Milchglas wahrnahm, wie ein Licht angeschaltet wurde. Nervös umfasste sie ihre Tasche fester.

Die Tür öffnete sich und Jeanne Claire erschien. »Estelle! Was machst du denn hier?« Die Überraschung war ihr deutlich anzusehen.

Estelle bemühte sich um ein Lächeln. »Es tut mir leid, dass ich einfach so bei dir hereinplatze, aber … Hast du vielleicht einen Moment Zeit?«

Jeanne Claires Gesicht zuckte leicht. Nach einem kurzen Zögern nickte sie schließlich.

»Ich möchte aber wirklich nicht stören.« Estelle musterte ihre korpulente Klassenkameradin.

»Nein, schon gut. Ich habe … ich koche nur gerade. Komm herein.« Unbeholfen bewegte sich Jeanne Claire zur Seite, um Estelle eintreten zu lassen.

Im Inneren des Hauses musste seit Jahren nichts gemacht worden sein. Dunkelbraune, kleinformatige Fliesen bedeckten den Flurboden, an der Wand standen altmodische Möbel aus den Siebzigern. Estelle bemühte sich, sich ihr Erstaunen nicht anmerken zu lassen. Selbst ihre Oma war moderner eingerichtet gewesen.

»Ich habe einen Topf auf dem Herd. Komm mit!« Jeanne Claire führte sie weiter in die Wohnung.

Als sie an der Tür zum Wohnzimmer vorbeikamen, warf Estelle einen kurzen Blick hinein.

In der Ecke befand sich ein zerschlissenes grasgrünes Sofa, abgewohnte Möbel standen vor einer Tapete, die irgendwann einmal vielleicht braun gewesen war, jetzt aber nur noch fleckig und trist wirkte.

Die bedrückende Trostlosigkeit, die das ganze Gebäude ausstrahlte, ließ Estelle für einen kurzen Moment an ihrem Vorhaben zweifeln. Jeanne Claire war eine bemitleidenswerte, zutiefst einsame Frau. Sollte sie ihren Kummer wirklich noch vergrößern?

»Um was geht es denn?« Die alte Klassenkameradin betrat die kleine Küche und hob den Deckel von dem Topf, der sich auf dem Herd befand. Es roch nach Zwiebelsuppe.

Die Küche wirkte genauso heruntergekommen wie die anderen Räume. Estelle stellte sich hinter Jeanne Claire und betrachtete deren bulligen Rücken.

Als sie sich räusperte, drehte sich ihre einstige Mitschülerin um. »Es geht um … die Strandparty.«

Jeanne Claires Gesicht zeigte keinerlei Regung.

»Damals, vor achtzehn Jahren. Nach unserem Abschluss.«

Die dicke Frau schwieg weiter.

Verunsichert verlagerte Estelle ihr Gewicht auf das andere Bein. »Louanne hat mich vorhin angerufen.« Sie spürte Jeanne Claires durchdringenden Blick auf sich und wusste nicht, wie sie weiter vorgehen sollte. »Du warst doch damals auch auf der Party?« Sie musterte den Nasenring ihrer ehemaligen Mitschülerin. Die erwiderte nichts. »Ich … also, ehrlich gesagt weiß ich nicht genau, ob du …«

»Ich hatte dich angerufen.« Jeanne Claires Stimme klang freundlich.

Estelle nickte irritiert. »Stimmt! Ich erinnere mich.«

Auch Jeanne Claire bewegte langsam ihren Kopf. »Aber du wolltest nicht mit mir auf die Party gehen.«

»Wie kommst du darauf?« Stirnrunzelnd sah Estelle sie an.

»Du hast am Telefon gesagt, du würdest nicht hingehen. Aber dann warst du doch dort.«

Wieder nickte Estelle. »Ja, du hast recht. An jenem Nachmittag hatte ich starke Kopfschmerzen. Eigentlich wollte ich auch nicht gehen, aber Louanne …« Sie hob ihre Schultern. »Du kennst ja Louanne. Sie hat mich überredet, doch mitzukommen, deshalb …«

»Louanne, ja.« Jeanne Claire fixierte sie weiter.

Estelle fühlte sich plötzlich merkwürdig unwohl. Unsicher sah sie sich um. »Wo ist deine Mutter?«

»Oben.« Ihre einstige Mitschülerin zeigte mit dem Kinn zur Decke.

Die Zimmer im Obergeschoss hatten im Dunkeln gelegen,

fiel Estelle beklommen ein. Aber vielleicht schlief Jeanne Claires Mutter einfach schon.

»Hast du …« Sie stockte verunsichert. »Wie lange warst du damals auf der Feier?«

Abrupt drehte Jeanne Claire sich um, sodass Estelle sich wieder mit ihrem Rücken begnügen musste. »Du erinnerst dich nicht.« Der Stimme fehlte jegliche Emotion.

»Woran?«, fragte Estelle verwirrt nach. »Woran sollte ich mich erinnern?«

»Daran, was damals geschehen ist.«

»Was meinst du?« Die Wendung des Gesprächs gefiel ihr nicht, doch sie wollte wissen, was ihre einstige Klassenkameradin andeutete.

»Die Beleidigungen dieser Idioten.«

Estelle zögerte, bevor sie ihre Frage wiederholte: »Was meinst du?«

Ihre ehemalige Mitschülerin lachte auf. »Du weißt nichts mehr.« Langsam drehte sie sich wieder um.

Als Estelle das Messer in Jeanne Claires Hand entdeckte, schreckte sie angstvoll zurück, stieß mit ihrem Rücken jedoch nur gegen die Mauer. Sie befand sich in der Falle, denn ihre einstige Klassenkameradin stand vor der Küchentür. »Nimm das Messer runter.« Vielleicht handelte es sich nur um einen schlechten Scherz.

Wieder lachte die andere. »Hast du Angst, Estelle?«

»Was soll das?«

Jeanne Claire nickte langsam, während sie ihre dicken Arme hob. »Ich wollte mit euch feiern damals«, begann sie mit rauer Stimme. »Aber Yves, dieser schwule Idiot, Patrick, Jérôme und Matthieu …« Sie spuckte verächtlich auf den Küchenboden. »Sie haben mich verhöhnt. Verhöhnt, beleidigt und gedemütigt.«

»Ich … kann mich nicht daran erinnern.«

Wieder lachte ihre frühere Mitschülerin auf. »Nein, natürlich kannst du dich nicht erinnern. Du hast dich ja diesem widerlichen Schönling Jérôme an den Hals geworfen. Anstatt mich …« Sie winkte ab. »Ach, vergiss es.«

»Ich habe nicht mitbekommen, was sie zu dir gesagt haben«, erwiderte Estelle leise. »Das musst du mir glauben.«

»Muss ich das?« Jeanne Claire hob die Hand, in der sie das Messer hielt, und fuchtelte damit vor Estelles Gesicht herum.

»Warum tust du das?«, flüsterte Estelle mit erstickter Stimme. Eiseskälte breitete sich in ihr aus.

»Was?« Jeanne Claire beugte sich vor und hauchte ihr ins Gesicht. »Was tue ich denn?«

Estelle schüttelte ihren Kopf.

»Anstatt diese Typen in ihre Schranken zu verweisen, hast du wie eine Irre mit ihnen herumgevögelt«, keifte Jeanne Claire ohne Vorwarnung.

Estelle schnappte panisch nach Luft. »Ich habe nicht …«

»Was?« Die einstige Klassenkameradin verzog ihr Gesicht zu einer hässlichen Fratze. »Was hast du nicht? Ich habe euch doch gesehen.«

»Sie haben mich vergewaltigt.«

Jeanne Claire legte ihren Kopf in den Nacken und lachte kehlig auf. »Vergewaltigt?« Sie schob ihr speckiges Kinn vor. »Ich habe euch gesehen.«

»Warum hast du mir dann nicht geholfen?« Estelle war klar, dass sie sich in großer Gefahr befand. Dass sie die Situation nicht mehr unter Kontrolle hatte. Dass sie Jeanne Claire völlig falsch eingeschätzt hatte.

»Ich *dir* helfen?« Die ehemalige Mitschülerin ließ das Messer wieder sinken und berührte damit Estelles Bauch. »Du hast *mir* nicht geholfen.«

»Ich habe nichts davon mitbekommen, Jeanne Claire. Wirklich.« Verzweifelt registrierte Estelle die Gleichgültigkeit im

Blick ihrer ehemaligen Klassenkameradin. »Wenn ich gewusst hätte, was die vier zu dir …«

»Dann hättest du mir auch nicht geholfen«, unterbrach Jeanne Claire sie wütend. »Nie wurde ich zu Festen eingeladen. Keiner von euch wollte mich dabeihaben. Keiner! Oder hast du mich jemals gefragt, ob ich etwas mit euch unternehmen möchte?«

Estelle schüttelte ihren Kopf. Sie wusste nicht, wie sie reagieren sollte.

Was war hier nur los? Was sollte sie tun? Sie verstand nicht, wieso ihre Schulkameradin dermaßen überreagierte. Wenn Jeanne Claire jetzt durchdrehte …

Fieberhaft bemühte sich Estelle darum, Ruhe zu bewahren. Noch immer spürte sie die Mauer in ihrem Rücken.

»Können wir das bitte vernünftig besprechen?« Estelle sah Jeanne Claire flehend an. »Bitte!«

Doch die schüttelte den Kopf. »Matthieu, Patrick und Yves waren auch sehr überrascht, als sie mich plötzlich gesehen haben. Als sie endlich kapiert haben.«

Entsetzt zuckte Estelle zusammen. Hatte Jeanne Claire die drei umgebracht? Aber warum? Das konnte doch nicht sein! »Bitte lass uns Ruhe bewahren«, versuchte sie erneut, die Situation zu entschärfen. »Wir könnten …«

»Nein, Estelle. Es ist zu spät. Eigentlich sollte erst Jérôme dran glauben. Aber da du heute Abend zu mir gekommen bist …«

Im nächsten Moment ging alles rasend schnell. Als Estelle erkannte, wie die einstige Mitschülerin mit dem Messer ausholte, wollte sie sie panisch zur Seite stoßen, um sich an ihr vorbeizudrücken. Doch sie hatte Jeanne Claires Kraft unterschätzt.

Während sich die schwere Frau mit voller Wucht gegen sie warf, rammte sie Estelle in Sekundenschnelle das Messer in die rechte Seite. Ein brennender Schmerz durchzuckte Estelles Körper, während sie reflexartig ihre Handtasche fallen ließ.

Erschrocken schaute sie an sich hinab und registrierte, wie sich ein dunkelroter Blutfleck an ihrer Taille ausbreitete. Verzweifelt presste sie ihre Hände auf die Stelle, wo sie die Wunde vermutete.

Doch Estelle konnte nicht verhindern, dass ihr im nächsten Moment die Knie wegsackten. Unsanft landete sie auf dem harten Fliesenboden. Vor Schmerz schrie sie auf. Ihr Blickfeld verschwamm.

66

»So langsam bekomme ich Hunger.« Noah erhob sich und trat an den Ofen. Ein angenehmer Zitronengeruch durchströmte die ganze Wohnung.

Tom sah auf die Uhr. Es war kurz vor halb neun. »Wenn Estelle nicht bald kommt, zerfällt das Hühnchen.«

»Ich rufe sie noch mal an«, erklärte Noah entschlossen.

Virginie saß still auf ihrem Stuhl und starrte auf den gedeckten Tisch.

»Wieder nur die Mailbox«, maulte Noah genervt und steckte das Handy weg. »Was hat sie denn gesagt?«

Tom sah ihn nachdenklich an. »Sie wollte etwas mit ihrer Schulfreundin besprechen.«

»Während du für sie kochst?« Noah schüttelte empört seinen Kopf.

»Estelle hat hier noch einiges zu klären.« Er musterte Estelles Sohn. »Sie war lange weg.«

Der Jugendliche zog seine Augenbrauen hoch. »So langsam verstehe ich, warum sie auf dich steht.« Er grinste.

»Ich mag deine Mutter, Noah. Daraus mache ich auch kein Geheimnis. Und ich hoffe sehr, dass es ihr ähnlich geht«, sagte Tom ernst.

»Vielleicht ist Estelle etwas zugestoßen. Ein Autounfall?«, meldete sich Virginie schüchtern zu Wort.

»Hätte sich dann nicht schon jemand bei uns gemeldet? Sie hat ihre Handtasche dabei.«

Tom sah erneut auf die Uhr. Estelle hatte schon vor einer Stunde zurück sein wollen. Wo war sie bloß? Sie wusste doch, dass er und die beiden Jugendlichen auf sie warteten. Und warum ging sie nicht an ihr Telefon?

Aber er wollte vermeiden, Noah zu beunruhigen. Daher bemühte er sich um einen zuversichtlichen Ton: »Alors, wenn sie nicht gleich auftaucht, fangen wir allein an.« Er zuckte demonstrativ gleichgültig mit den Achseln. »Wer zu spät kommt …«

In diesem Moment klingelte es.

Tom eilte zur Wohnungstür und drückte auf den Öffner. »Na endlich. Wahrscheinlich hat sie ihren Schlüssel vergessen.« Er ließ seinen Blick über die Kommode schweifen, sah jedoch keinen Schlüsselbund.

Er öffnete die Tür und trat in den Gang. »Caroline«, entfuhr es ihm überrascht, als er seine Schwester die Treppenstufen hinaufkommen sah. »Was machst du denn hier? Ist was mit den Kindern?«

Caroline schüttelte den Kopf, während sie näher kam. »Tut mir leid, dass ich euch störe. Aber ich muss dringend mit Estelle sprechen.«

»Was ist los?« Besorgt sah Tom seine Schwester an.

Sie schüttelte irritiert den Kopf. »Ich würde Estelle gern etwas zeigen.«

»Sie ist nicht da.« Er ließ Caroline eintreten und schloss die Tür hinter ihr.

Sie nickte Noah und Virginie zu, bevor sie sich wieder zu Tom umwandte. »Was soll das heißen?«

Er zuckte mit den Schultern. »Sie ist um kurz nach sechs gegangen, weil sie dringend mit einer Klassenkameradin reden wollte.«

»Mit einer Klassenkameradin?«, wiederholte Caroline misstrauisch.

»Ja, warum?« Tom spürte, dass etwas nicht stimmte.

»Aber sie wusste doch, dass du für sie kochst.« Seine Schwester stemmte ihre Hand in die Hüfte.

»Sie sagte, sie sei um halb acht zurück.«

Caroline stockte. »Jetzt ist es halb neun. Ich habe extra gewartet, bis die Jungs im Bett waren.« Sie überlegte. »Vielleicht solltest du sie anrufen.«

»Sie geht nicht dran«, antwortete Noah an Toms Stelle.

Carolines Miene verfinsterte sich.

»Was ist los?« Tom sah seine Schwester beschwörend an. »Habt ihr eine neue Spur?«

Sie wand sich. »Ich weiß es nicht.« Unsicher blickte sie zu Virginie.

»Soll ich draußen warten?« Noahs Freundin sah verlegen von Caroline zu Noah, doch der schüttelte seinen Kopf.

»Virginie weiß Bescheid«, meinte der Jugendliche zu Caroline.

»Es geht um die Nacht vor achtzehn Jahren«, sagte Toms Schwester gedehnt.

»Was ist damit?« Tom spürte, wie sich die Härchen auf seinen Armen aufstellten. Irgendetwas stimmte hier ganz und gar nicht. Warum rückte seine Schwester nicht endlich mit der Sprache raus? »Caroline, wenn du etwas weißt …« Er fuhr sich durch sein Haar. »Wir können Estelle nicht erreichen. Es gab drei Morde. Befürchtest du, dass sie sich in Gefahr befindet?«

»Ich weiß nicht. Ich denke eigentlich nicht.« Sie wirkte nicht überzeugt.

»Bitte sprich mit uns.«

Caroline seufzte und holte ihr Smartphone hervor. »Das hat mir mein Kollege vor einer Stunde geschickt.« Sie hielt Tom das Handy hin.

Noah sprang auf, umrundete den Tisch und stellte sich neugierig dazu.

Tom blickte angespannt auf das Display. »Was ist das?«

»Das ist der Hintergrund auf einem der Fotos, die gemacht wurden, als Estelle ...« Den Rest ließ Caroline unausgesprochen.

Tom runzelte verdutzt die Stirn. »Und was macht diese Jeanne Claire da?«

Seine Schwester sah ihn entgeistert an. »Du kennst die Frau?«

Tom tippte auf das Bild. »Ja, das ist die Schulkameradin, mit der Estelle unbedingt heute noch sprechen wollte.«

Caroline hielt sich das Display dichter vor die Augen und nickte. »Ich dachte ... Wir sind davon ausgegangen, dass es sich bei der Gestalt um einen Mann handelt. Die Statur und der Körperbau ...«

Tom schüttelte entschieden den Kopf. »Nein, das ist sie. Ich bin mir ziemlich sicher. Die blonden Haare, die bulligen Schultern.« Er blickte ein weiteres Mal auf das Bild. »Woher hast du das?«

»Cousteau, das dritte Mordopfer, hat die Aufnahmen gemacht. Diese Jeanne Claire scheint damals alles beobachtet zu haben.«

Ungläubig sah Tom seine Schwester an. »Warum hat sie Estelle dann nicht geholfen?«

Caroline lachte kurz auf. »Ja, warum? Das frage ich mich auch.«

Sie schwiegen einen Moment lang und hingen ihren Gedanken nach.

»Was ist mit dem Datum?«, fragte Tom, als ihm plötzlich einfiel, was Estelle von den Morden erzählt hatte. »Außer Estelle und diesen Hurensöhnen wusste also noch eine weitere Person von den damaligen Ereignissen.«

»Und Estelle ist jetzt bei ihr. Wo wohnt Jeanne Claire?«

Er zuckte mit den Achseln. »Keine Ahnung.«

»Weißt du ihren Nachnamen?«

Tom spürte den eindringlichen Blick seiner Schwester auf sich. Er fasste sich an die Nasenwurzel und überlegte kurz. »Irgendetwas Berühmtes«, murmelte er, während sich seine Gedanken überschlugen.

Estelle hatte sie ihm vorgestellt, mit Vor- und Nachnamen. Angst breitete sich in seinen Eingeweiden aus. Warum konnte er sich bloß nicht an diesen verfluchten Namen erinnern?

»Tom?« Caroline fixierte ihn besorgt

»Ich hab's gleich«, knurrte er grimmig, während er unruhig durch die Wohnung tigerte. Als sein Blick auf das große Bild über dem Sofa fiel, das ein schier endloses Sonnenblumenfeld zeigte, fiel es ihm plötzlich wieder ein. Ein Maler! »Monet«, platzte es aus ihm heraus. »Sie heißt Jeanne Claire Monet!«

»Das ist doch ein Anfang.« Caroline blickte die beiden Teenager an. »Ich suche jetzt sofort die Adresse dieser Frau raus.« Sie sah zu Tom. »Dann fahren wir beide hin und vergewissern uns, dass alles in Ordnung ist.« Wieder blickte sie zu Noah und Virginie. »Könntet ihr vielleicht zu uns rübergehen? Die Jungs sind allein. Sie schlafen zwar, aber ...« Sie biss sich auf die Unterlippe.

»Ich halte die Stellung«, bot die Jugendliche sofort an, bevor sie kurz Noahs Arm berührte. »Geh du ruhig mit.«

Unsicher sah der junge Mann zu Tom.

»Bestimmt ist alles in Ordnung«, bemühte der sich um Zuversicht, obwohl er insgeheim befürchtete, dass Estelle sich in großer Gefahr befand. Er war sicher, dass hier irgendetwas nicht stimmte. Warum war sie bloß immer noch nicht zurück?

»Aber du kannst gern mitkommen, oder?« Fragend sah Tom zu Caroline.

Seine Schwester nickte. »Dann los.« Sie öffnete die Wohnungstür und trat in den Flur hinaus.

67

Als Estelle vorsichtig die linke Hand von der Wunde nahm, waren ihre Finger blutverschmiert. Behutsam tastete sie den Boden neben sich ab.

Ihr Schädel dröhnte, als ob ein Presslufthammer ohne Unterlass auf ihre Kopfdecke donnerte. Als sie vorhin das Gleichgewicht verloren hatte, war sie mit ihrer rechten Schläfe ungebremst auf die Küchenfliesen gefallen.

Benommen blinzelte sie in die Dunkelheit. Wo war Jeanne Claire? Und warum war das Licht in der Küche aus? Erneut versuchte sie angestrengt, ihren Mund zu öffnen. Doch sie fühlte sich matt und kraftlos. »Jea...«

Erschöpft schloss Estelle ihre Augen. Durch die Kopfschmerzen konnte sie kaum noch klar denken.

Als ihr wieder einfiel, was ihre ehemalige Klassenkameradin getan hatte, presste sie die Hand erneut gegen die noch immer blutende Wunde. Wo war bloß ihre Tasche? Vielleicht konnte sie irgendwie an ihr Handy kommen, um Hilfe zu rufen.

Mit letzter Kraft versuchte Estelle, ihren Kopf ein kleines

Stück anzuheben. Doch der Raum lag in völliger Dunkelheit und sie konnte nichts erkennen.

Verzweifelt nahm sie ein weiteres Mal die Hand von ihrer schmerzenden Taille und bemühte sich, einige Zentimeter über den kalten Boden zu robben.

Schon im nächsten Moment ließ ihr Wille sie jedoch im Stich und ihr Kopf sackte auf die Fliesen zurück. Sie blinzelte, als ihre Augen zu brennen begannen.

Tom! Wie spät war es? Wie lange lag sie schon hier? Sie hatte keine Kraft mehr, ihren Arm mit der Uhr zu heben. Außerdem war es sowieso zu dunkel, um etwas erkennen zu können.

Ganz vorsichtig rollte sie sich auf den Rücken und verharrte reglos in dieser Position. Was sollte sie tun? Ihr Körper wurde von einer erbarmungslosen Kälte durchströmt.

Estelle war klar, dass der hohe Blutverlust irgendwann dazu führen würde, dass sie endgültig das Bewusstsein verlor. Wann würden Tom und Noah merken, dass etwas nicht stimmte? Oder würden sie annehmen, dass sie sich mit einer früheren Freundin verquatscht hatte? Bitte nicht, betete Estelle inständig. Bitte, sie wollte noch nicht sterben! Nicht jetzt und nicht hier! Aber was sollte sie tun, wenn Jeanne Claire zurückkäme?

Fast hätte sie innerlich gelacht. Sie lag hier niedergestochen und wartete geduldig, während die Lebensgeister aus ihrem Körper flossen. Was also hatte sie der korpulenten Frau noch entgegenzusetzen? Wenn sie ein weiteres Mal zustach ...

Tränen rannen über Estelles Gesicht.

Was hatte Jeanne Claire nur getan? Und wo war ihre Mutter? Wenn sie mitbekommen würde, was sich hier abgespielt hatte ... Vielleicht könnte sie ihre Tochter zur Vernunft bringen.

Doch eigentlich wusste Estelle, dass sich ihre Hoffnung nicht erfüllen würde. Jeanne Claires Mutter war schon immer krank gewesen. Als sie vor dem Haus geparkt hatte, war das Obergeschoss völlig dunkel gewesen, obwohl ihre ehemalige Klassenkameradin behauptet hatte, ihre Mutter sei oben. Wahrscheinlich schlief sie und bekam überhaupt nichts mit. Zumindest nicht rechtzeitig, nicht bevor …

Estelle spürte, wie ihre rechte Körperhälfte langsam taub wurde. Der Schmerz der Stichverletzung strahlte mittlerweile bis in ihre Gliedmaßen. Ihr rechter Arm erschlaffte und gab die blutende Wunde frei.

Panisch versuchte sie, mit ihrer linken Hand fester zuzudrücken, doch der andauernde Blutverlust forderte seinen Tribut. Estelle hatte einfach keine Kraft mehr. Sie ließ ihre Hände sinken und schloss die Augen.

Wenige Augenblicke später, sie wusste nicht, ob sie kurz ohnmächtig geworden oder einfach nur weggedämmert war, hörte Estelle Schritte auf der Treppe.

Als direkt über ihr schleppende Bewegungen zu hören waren, beruhigte sich ihre Atmung etwas. Jeanne Claire befand sich im Obergeschoss. Vielleicht wurde ihr doch noch bewusst, was sie angerichtet hatte. Vielleicht würde sie sogar einen Krankenwagen rufen. Wieder keimte ein Funken Hoffnung in Estelle auf.

Im nächsten Moment jedoch rief sie sich zur Räson. Ihre ehemalige Klassenkameradin hatte drei Männer umgebracht, ohne irgendwelche Spuren zu hinterlassen. Sie hatte beobachtet, wie Estelle brutal vergewaltigt worden war, und nichts unternommen. Und jetzt hatte sie sie ohne jede Vorwarnung niedergestochen. Von dieser Frau brauchte sie kein Mitgefühl zu erwarten.

Eine tiefe Mutlosigkeit übermannte Estelle. Sie konzentrierte sich ganz auf ihren Körper, spürte das regelmäßige Schlagen ihres Herzens, das pulsierende Pochen der Wunde, den hämmernden Schmerz in ihrem Kopf.

In diesem Augenblick wurde ihr bewusst, dass sie sterben würde. Dass sie ohne Hilfe in wenigen Minuten erst das Bewusstsein und dann ihr Leben verlieren würde. Dass die zart aufkeimende Hoffnung, die sie in den letzten Tagen gehegt hatte, sich nicht mehr erfüllen würde.

Aus der ersten Etage drang ein gurgelndes Geräusch nach unten. Was machte Jeanne Claire da oben? Estelle riss ihre Augen auf, konnte in der Dunkelheit aber nach wie vor nichts erkennen.

Unfähig, sich auch nur einen Millimeter von der Stelle zu bewegen, harrte sie aus und gab sich schließlich doch wieder der beruhigenden Müdigkeit hin, die ihren Verstand langsam lähmte.

Plötzlich war ihr gleichgültig, was Jeanne Claire tat. Und es war ihr gleichgültig, ob sie sie jetzt sofort umbrachte oder langsam verbluten ließ. Estelle fühlte sich leicht, als läge sie auf einer Wolke. Der Schmerz wäre gleich vorbei. Fast freute sie sich darauf, endlich nichts mehr zu fühlen. Nicht mehr zu sein.

Grausam und abrupt riss die Türklingel sie aus ihren Träumen. Hektische Schritte erklangen auf der Treppe. Murmelte da jemand leise vor sich hin?

Estelle war sich nicht mehr sicher, was Traum und was Realität war. Die Wolke, auf der sie sich befand, wurde größer und weicher. Sie musste sich nur hineinfallen lassen. Irgendwo klopfte es an die Scheibe. Befand sich jemand vor dem Fenster? Es war ihr egal.

Ein schmerzerfüllter Schrei durchschnitt die Stille.

In weiter Ferne hörte Estelle Glas klirren. Wieder Schritte auf dem Boden, schnell und hektisch. Sie stammten von mehr als einer Person. Hatte Jeanne Claire Besuch bekommen? War das Tom? Fast meinte Estelle, sie hörte ihn nach ihr rufen.

Alles Einbildung.

Ihr Körper sehnte sich immer stärker nach Erlösung. Nur noch ein winzig kleiner Sprung. Und sie würde springen, denn sie wollte nicht mehr zurück. Sie wollte die Schmerzen nicht mehr spüren, wollte die furchtbaren Erinnerungen nie wieder durchleben. Sie wollte vergessen. Vergessen und aufhören zu existieren.

»Mama! Mama!« Ein Wort, das plötzlich durch den Nebel schallte. Ein Wort, das sie so sehr berührte, dass ihr Körper sich unvermittelt gegen den letzten Sprung zu wehren begann.

Als Estelle im nächsten Moment die Wärme vertrauter Hände auf ihrem Hals spürte, wusste sie, dass alles gut werden würde. Dass sie nicht springen würde. Dass ihre Zeit noch nicht gekommen war. Und dass sie kämpfen würde. Die Welt um sie herum versank in tröstlicher Dunkelheit.

68

»Impasse de Montpellier 13.« Caroline schloss das Programm und fuhr den Computer herunter. »Jeanne Claire und Constance Monet.«

»Die Mutter?« Tom sah seine Schwester im fahlen Licht der Notbeleuchtung des Reviers fragend an.

Caroline nickte. »Komm, Noah wartet draußen.«

Nachdem sie wieder in das Einsatzfahrzeug gestiegen waren, startete Caroline den Motor.

»Du kennst die Adresse?« Tom musterte sie von der Seite.

»Die Sackgasse befindet sich kurz vor dem nördlichen Ortsausgang. Richtung St. Cyprien, linker Hand Richtung *Intermarché.*«

»D'accord. Die Gegend kenne ich. Nicht gerade die erste Adresse von Argelès.«

Der Jugendliche, der hinter Caroline auf der Rückbank saß, wischte sich verstohlen über seine Augen. Tom beobachtete aus dem Augenwinkel, wie Estelles Sohn hastig den Kopf abwandte.

»Noah, wir gehen erst mal davon aus, dass der Akku des Handys deiner Mutter leer ist und sie deshalb nicht ans Telefon geht.«

Caroline wusste mal wieder, wie man Kinder beruhigte, dachte Tom dankbar.

»Es ist viertel vor zehn«, erwiderte Noah heftig. »Sie wollte schon vor über zwei Stunden daheim sein.«

»Vielleicht hat sie einfach die Zeit vergessen«, versuchte Tom, seiner Schwester zur Hilfe zu eilen.

»Nein, nicht Estelle. Das Essen mit dir, mit uns ... das war ihr wirklich wichtig.«

Tom knirschte nervös mit dem Kiefer. Noah hatte recht. Es sah Estelle nicht ähnlich, sich derart zu verspäten, ohne Bescheid zu sagen.

»Da vorne ist es.« Caroline zeigte auf die Kreuzung etwa hundert Meter vor ihnen. Sie blinkte links und ordnete sich auf der inneren Spur ein. Während sie an der roten Ampel warteten, drehte sie sich kurz zu Noah um. »Wir sehen nach, ob der Wagen deiner Mutter vor dem Haus steht. Momentan haben wir keine Anhaltspunkte dafür, dass etwas nicht stimmt.«

Der Jugendliche murrte.

Tom starrte besorgt aus dem Seitenfenster. Als Polizistin hatte Caroline ihre Anweisungen. Er hingegen ...

Wenn es auch nur den geringsten Hinweis darauf gab, dass in dem Haus der Monets etwas nicht mit rechten Dingen zuging, dass Estelle sich womöglich in Gefahr befände, würde er nicht zögern, sich den Anordnungen seiner Schwester zu widersetzen. Vor Noah wollte er jedoch nicht mit ihr darüber diskutieren.

»Ihr bleibt im Wagen«, wies Caroline sie im nächsten Moment mit ernster Stimme an, während die Ampel auf Grün umsprang. »Wenn Gefahr im Verzug ist, muss ich Verstärkung anfordern.«

Tom registrierte mit Besorgnis, wie Estelles Sohn weiter stur aus dem Fenster blickte. »Noah?«

»Hm?« Der Jugendliche klang genervt.

»Hast du Caroline verstanden?« Tom drehte sich auf seinem Sitz um.

»Ja, habe ich«, murmelte Noah leise.

»D'accord. Das dritte Haus auf der rechten Seite ist es. Seht ihr die Hausnummer?« Caroline schaltete die Wagenlichter aus und rollte langsam auf den Gehsteig.

»Da drüben steht Estelles Auto.« Aufgeregt deutete Noah auf die linke Straßenseite.

»Im Haus brennt kein Licht«, stellte Tom beunruhigt fest, während er sich am Türgriff festhielt.

»Ich sehe nach«, entschied Caroline, nachdem sie einige Sekunden reglos auf das Haus der Monets gestarrt hatten.

»Ich komme mit«, erklärte Tom sofort.

»Ich auch«, schloss sich Noah an.

»Non«, widersprach Caroline. »Das geht nicht. Und das wisst ihr.«

»Ich steige aus und sehe mich ein wenig um.« Tom öffnete die Beifahrertür, während Noah in der nächsten Sekunde ebenfalls aus dem Wagen stieg.

Caroline zog fluchend ihre Waffe aus dem Holster und schloss leise die Fahrertür.

Zu dritt näherten sie sich im matten Schein der Straßenlaterne der Haustür.

»Sollen wir klingeln?«, flüsterte Noah.

»Irgendetwas stimmt hier nicht.« Caroline hob die Waffe und kniff angestrengt ihre Augen zusammen. »Warum liegt das ganze Haus im Dunkeln, wenn Estelle zu Besuch ist?«

»Mir reicht's. Ich klingle jetzt.« Im nächsten Moment läutete Noah die Türglocke. Der hohe Ton durchschnitt gellend die Stille.

Verärgert drehte sich Caroline zu ihm um. »Hatten wir nicht eine Abmachung, verdammt?«

»Meine Mutter ist da drin«, entgegnete der Jugendliche patzig. »Auf was sollen wir denn warten?«

Tom wechselte einen kurzen Blick mit seiner Schwester und schüttelte unmerklich den Kopf. Sie lauschten, konnten jedoch kein Geräusch hinter der Tür vernehmen.

»Wo sind sie?«, murmelte Caroline.

»Ich sehe hinten nach«, verkündete Tom gereizt, nachdem niemand die Tür öffnete und nirgendwo im Haus Licht eingeschaltet wurde. »Ich muss jetzt wissen, was da los ist.«

Er gab sich forscher, als ihm zumute war. Wenn Estelle etwas zugestoßen war … Sie war ihm in den letzten Tagen nähergekommen, als er erwartet hätte. Trotz der kurzen Zeit, die sie sich erst kannten, berührte sie einen Teil in ihm, der viel zu lang vernachlässigt worden war. Nein, ihr durfte nichts geschehen.

»Warte, Tom.« Carolines Stimme ließ ihn kurz innehalten. Er drehte sich um und musterte sie schweigend. »Ich komme mit.«

Sie bedeutete Noah, ihnen zu folgen. Leise umrundeten sie das zweistöckige Gebäude, doch auch auf der Rückseite des Hauses lagen alle Fenster im Dunkeln. Kein Geräusch war zu hören.

»Ihr wartet.« Caroline hob ihre Hand und schob Tom und Noah ein Stück zur Seite.

»Nein«, widersprach Tom mit scharfem Unterton. »Hier stimmt etwas ganz und gar nicht. Wenn Estelle unsere Hilfe braucht ...«

Ohne sich darum zu scheren, dass man ihn aus dem Inneren des Hauses sehen konnte, trat er vor das breite Wohnzimmerfenster und drückte sein Gesicht gegen die Scheibe, um etwas erkennen zu können. Er schirmte seine Augen mit den Händen ab, sodass er vom Licht der Straßenlaternen nicht geblendet wurde. Angestrengt starrte er in den dunklen Raum.

»Da liegt jemand«, stieß Tom hervor, als er zwei Füße entdeckte, die hinter der Couch hervorlugten. »Caroline, komm her.« Sein Herzschlag beschleunigte sich. Fieberhaft bemühte er sich, nicht in Panik zu verfallen.

»Wo?« Auch Noah presste sein Gesicht gegen das Fensterglas und atmete schwer.

»Merde«, entfuhr es Tom, bevor er sich suchend umschaute.

»Was hast du vor?«, fragte Caroline misstrauisch, während sie ihr Handy hervorzog.

Da entdeckte Tom am rechten Rand der Terrasse eine kleine Mauer aus losen Backsteinen. Er trat darauf zu und versuchte, einen der Steine herauszustemmen.

»Ich brauche Verstärkung«, erklärte seine Schwester im gleichen Moment am Telefon, bevor sie die Adresse der Monets durchgab. »Mindestens ein Verletzter. – Ja, einen Krankenwagen. – Bitte schicken Sie mir außerdem einen Streifenwagen. – Ja, ich warte auf die Beamten. – Und rufen Sie Muller an.«

Endlich hatte Tom den Backstein so weit gelockert, dass er ihn herauslösen konnte.

»Was machst du da?« Caroline klang beunruhigt.

»Ich gehe jetzt rein«, erwiderte er grimmig.

»Ich komme mit«, schloss sich Noah erneut an.

»Nein«, Tom schüttelte den Kopf. »Du bleibst hier.«

Der Jugendliche verengte seine Augen. »Sie ist meine Mutter, Tom.«

»Ihr bleibt beide draußen.« Caroline stellte sich hinter sie. »Ihr könnt nicht einfach …«

Tom hob den Stein und schmetterte ihn mit voller Wucht gegen die Fensterscheibe, die klirrte und in Tausende kleine Stücke zerbrach.

»Verflucht.« Caroline umfasste die Waffe fester, stieß ihn zur Seite und stieg vorsichtig durch das zerbrochene Glas. Spitze Scherben umrahmten die entstandene Öffnung. An einer Ecke blieb sie hängen und riss sich die Jacke auf.

Hastig entfernte Tom den Stoff von der zersprungenen Scheibe und folgte seiner Schwester ins Innere des Hauses. Dicht hinter sich hörte er das Knirschen von Schuhen auf den zerbrochenen Scherben. Noah war keinen Meter von ihm entfernt.

Eilig hastete Caroline an dem Sofa vorbei und stöhnte erschrocken auf.

Als Tom erkannte, wer hinter der Couch lag, schrak er ebenfalls zusammen. Jeanne Claire Monet lag auf dem Rücken. Eine lange Messerklinge ragte aus ihrem Unterleib. Als Noah hinter sie trat, hörte Tom, wie der Jugendliche laut schluckte.

»Wer ist das?«

»Estelles Schulfreundin«, erwiderte Tom leise.

Caroline bückte sich und fasste der korpulenten Frau routiniert an den Hals.

»Ich suche Estelle«, presste Tom hervor und ließ seinen Blick hastig durch den Raum schweifen.

»Sei vorsichtig. Wir wissen nicht, wer sich noch im Haus aufhält.«

Das war ihm im Moment egal. Nachdem er festgestellt

hatte, dass sich in dem Raum niemand sonst befand, verließ er das Wohnzimmer und sah sich im Flur um.

Als sein Blick auf die schmale Küchentür fiel, stieg ihm der Geruch frischer Zwiebeln in die Nase. Auf dem Boden konnte Tom schemenhaft etwas Dunkles erkennen. Estelle, schoss es ihm sofort durch den Kopf.

Er durchquerte den Gang und näherte sich dem Türrahmen. Dann erkannte er sie. Estelle lag genau wie Jeanne Claire auf dem Rücken, die Hände seitlich von ihrem Körper gestreckt, die Augen geschlossen.

»Mon dieu! Estelle!« Tom blieb fast das Herz stehen, als er sie so reglos sah.

Er bückte sich und fasste vorsichtig an ihren Hals. Unter seinen Fingern konnte er ganz leicht ihren Puls spüren. Erleichtert atmete er aus. Sie lebte.

Tom erhob sich und tastete ungeduldig nach dem Lichtschalter. Im hellen Schein der Küchenlampe erkannte er, dass Estelle schwer verletzt war. Ein großer Blutfleck prangte an ihrer Taille.

Tom zog seine Jacke und sein Sweatshirt aus. Er hörte Schritte, die sich näherten.

»Mama! Mama!« Noah tauchte hinter ihm auf.

»Sie lebt«, raunte Tom ihm zu, während er mit beiden Händen das Sweatshirt fest auf die Wunde drückte. »Sie lebt.« Er wusste nicht, ob er Noah beruhigen wollte oder sich selbst. Wahrscheinlich beides.

Estelles Sohn ging neben ihm in die Hocke. Während Tom weiter versuchte, die Blutung zu stoppen, strich Noah seiner Mutter liebevoll über ihre Wange.

»Estelle, bleib bei uns. Bitte bleib bei uns«, wiederholte Tom leise.

»Sie braucht einen Arzt, verdammt«, flüsterte der Jugendliche ängstlich.

»Der Krankenwagen ist unterwegs«, versuchte Tom, Estelles Sohn zu beschwichtigen. »Sie schafft es.« Er schloss kurz die Augen und rang selbst um Fassung. »Sie ist stark. Sie wird es schaffen.«

Caroline erschien im Türrahmen. »Ist sie …?«

Tom blickte zu seiner Schwester auf. »Sie lebt.« Irritiert registrierte er ihre entsetzte Miene. »Was ist los?«

»Die Mutter …« Sie deutete mit der Hand nach oben. »Sie ist …«

Tom sah besorgt zu Noah, der noch immer leise auf Estelle einredete.

»Sie hat erst ihre Mutter umgebracht, bevor sie …« Resigniert schüttelte Caroline den Kopf.

»Was ist mit ihr?« Tom deutete mit dem Kinn Richtung Wohnzimmer.

»Sie lebt. Ihr Puls ist schwach, aber sie lebt.« Caroline nickte ihm zu. »Ich gehe rüber und bleibe bei ihr. Kümmert ihr euch um Estelle. Die Krankenwagen müssten gleich da sein.«

Kurz nachdem seine Schwester die kleine Küche wieder verlassen hatte, ertönte in der Ferne das Martinshorn der sich nähernden Rettungsfahrzeuge.

69

Donnerstag, 4. November

»Wie geht es Ihnen?« Caroline Bauvall zog sich einen Stuhl heran und setzte sich neben das Krankenbett.

Estelle blinzelte schläfrig. Als sie versuchte, sich aufzurichten, fuhr ein ziehender Schmerz durch ihre rechte Körperhälfte. »Ah!« Stöhnend fasste sie an den dicken Verband, der ihren kompletten Bauch bedeckte.

Die Beamtin erhob sich. »Soll ich Ihnen helfen?«

Estelle schüttelte ihren Kopf, während sie sich vorsichtig nach oben schob.

Geduldig wartete Caroline Bauvall, bis Estelle eine bequeme Position gefunden hatte, in der sie etwas aufrechter saß.

»Ich danke Ihnen, dass Sie mit mir sprechen. Der Arzt meinte …« Die Beamtin verzog missbilligend ihr Gesicht.

»Es geht schon«, unterbrach Estelle sie. »Ich … ich habe keine Ahnung, was da gestern …« Sie hob verunsichert die Hand.

»Vorgestern«, verbesserte Capitaine Bauvall sie.

»Vorgestern?« Estelle versuchte, sich zu konzentrieren. »Welcher Tag ist heute?«

»Der vierte November. Donnerstag. Sie haben den gestrigen Tag komplett verschlafen.«

Ungläubig schüttelte Estelle ihren Kopf. »Aber das kann doch nicht sein …«

Sie musste an die *Auberge* denken. Die Cléments hatten bis zum dritten November gebucht. Estelle verstand nicht, wie sie so lange hatte schlafen können.

»Sie haben sehr viel Blut verloren«, erklärte Capitaine Bauvall ernst. »Wenn wir etwas später gekommen wären …« Sie ließ den Satz unbeendet.

Estelle drückte ihren Kopf tiefer ins Kissen. Sie schluckte. »Was ist denn nur passiert? Ich verstehe das alles nicht.«

Ihre Nachbarin nickte. »Warum sind Sie vorgestern Abend zu Jeanne Claire Monet gefahren? Tom sagte, Sie hätten einen Anruf bekommen, der Sie ziemlich verwirrt zu haben schien.«

Estelle versuchte, sich zu erinnern. Die Schmerzmittel vernebelten noch immer ihren Verstand. »Ich habe einen Anruf bekommen. Als Tom für uns gekocht hat«, erzählte sie schleppend und lächelte leicht. »Zitronenhuhn mit Gemüsesalat.«

Auch Caroline lächelte und nickte ihr aufmunternd zu.

»Louanne hat angerufen. Sie sagte …« Estelle fasste sich an ihre Schläfe und schloss einen Moment die Augen. »Sie sagte, es sei Jeanne Claire gewesen, die nach der Party herumposaunt habe, vier Männer seien wohl zu viel für mich gewesen. Dass ich deshalb nach Deutschland gegangen sei.«

Caroline verengte ihre Augen. »Sie wussten, dass jemand die Vergewaltigung beobachtet hat?«

»Non.« Estelle schüttelte energisch ihren Kopf. »Non, das wusste ich nicht. An jenem Abend …« Hilflos ließ sie ihre Hand wieder sinken und blinzelte.

»Wer ist Louanne?«, fragte Caroline behutsam.

»Meine beste Freundin«, erwiderte Estelle leise. »Meine damalige beste Freundin«, verbesserte sie sich im nächsten Moment. »Als sie mir sagte, dass Jeanne Claire …« Sie atmete tief durch. »Ich wollte nur mit ihr reden. Sie fragen, was sie damals mitbekommen hat. Und warum sie mir nicht geholfen hat.«

»Was geschah, als Sie Jeanne Claire Monet damit konfrontiert haben?«

Wieder musste Estelle nachdenken. Ihr Besuch schien eine Ewigkeit her zu sein. Einige Minuten überlegte sie angestrengt, wie es zu dem Messerangriff gekommen war. Dann erklärte sie langsam: »Sie war sehr aufgebracht. Meinte, ich hätte ihr an jenem Abend helfen müssen. Irgendetwas …« Sie stockte. »Irgendetwas muss auf der Party zwischen ihr und Yves, Patrick, Jérôme und Matthieu vorgefallen sein. Sie war sehr wütend, als sie davon erzählte.« Estelle schüttelte ihren Kopf. »Mir hat sie vorgeworfen, dass ich nicht mit ihr auf die Party hätte gehen wollen.« Sie berichtete erneut von ihren Kopfschmerzen an jenem Tag und Louannes Überredungskünsten.

»Konnten Sie herausfinden, warum sie Ihnen nicht geholfen

hat?« Caroline beugte sich auf ihrem Stuhl vor und strich sanft über die Bettdecke.

»Sie behauptete, ich habe freiwillig ...« Schmerzerfüllt verzog sie ihr Gesicht. Tränen traten ihr in die Augen.

Caroline Bauvall nahm Estelles Hand und drückte sie leicht. »Bitte beruhigen Sie sich. Es ist egal, was diese Frau gesagt hat.«

Estelle schluchzte laut auf und umklammerte Hilfe suchend die Hand der Beamtin. Caroline Bauvall strich ihr mit der anderen Hand sanft über den Arm.

»Was hat sie Ihnen erzählt?« Estelle blickte die Beamtin aus tränenverschleierten Augen an. »Warum hat sie das getan?« Sie angelte sich ein Taschentuch vom Nachttisch und löste ihre andere Hand aus Capitaine Bauvalls. Nachdem sie sich die Nase geputzt hatte, wischte sie auch die Tränen weg und sah ihre Nachbarin an. »Sie hat behauptet, sie habe Yves, Matthieu und Patrick umgebracht.« Abwartend betrachtete sie Toms Schwester.

Caroline wich ihrem Blick aus.

»Bitte sagen Sie mir, was sie Ihnen erzählt hat. Ich muss es wissen.«

Die Beamtin schnaufte, bevor sie ihre Schultern straffte und sich wieder aufrecht hinsetzte. »Nichts, Estelle. Sie hat uns nichts erzählt. Jeanne Claire Monet ist vorgestern auf dem Weg ins Krankenhaus verstorben.«

Estelle kniff überrascht ihre Augen zusammen. »Was? Auf dem Weg ins Krankenhaus? Aber ...« Sie ließ ihren Blick durchs Zimmer wandern. »Aber wieso?«

»Wir haben im Haus der Monets das Brotmesser gefunden.« Caroline machte eine Pause. »Die Tatwaffe, mit der Ihre drei Klassenkameraden ermordet wurden.«

»Nein«, flüsterte Estelle.

»Doch, sie hat die drei wohl tatsächlich umgebracht. Ein

DNA-Abgleich steht noch aus, aber wir sind fest davon überzeugt, dass die Blutreste auf dem Messer den drei Opfern zugeordnet werden können.«

»Aber warum?« Estelle schüttelte den Kopf. »Ich verstehe das nicht. Und warum ist sie tot?«

»Jeanne Claire Monet hat erst ihre Mutter getötet, die sich im Obergeschoss befand und höchstwahrscheinlich schlief.« Auch Caroline sah man die Erschütterung an. »Constance Monet war dement. Schon seit einigen Jahren. Die Tochter hat sie fast rund um die Uhr gepflegt.«

»Sie hat ihre Mutter umgebracht?« Entsetzt schlug Estelle ihre Hand vor den Mund, bereute die abrupte Bewegung aber schon im nächsten Moment, als ihr erneut ein stechender Schmerz durch den Körper fuhr.

»Leider ja. Anschließend hat sie sich selbst getötet.«

»Nein!«, rief Estelle aus.

Sie konnte nicht glauben, was die Polizistin ihr erzählte. Geschockt erinnerte sie sich an den Besuch ihrer Klassenkameradin vor wenigen Tagen, bei dem sie über alte Zeiten gesprochen hatten. Jeanne Claires scheinbar ehrliches Interesse an der *Auberge*. Wie hatte sich Estelle bloß so in ihr täuschen können?

»Jeanne Claire Monet war eine sehr einsame Frau«, fuhr Caroline Bauvall mit ruhiger Stimme fort. »Wir haben Dutzende Tagebücher in dem Haus gefunden. Es wird Monate dauern, sie alle zu prüfen. Wir konnten bisher lediglich vereinzelte Abschnitte lesen. Die Ereignisse vom Abend des fünfundzwanzigsten Mais, Ihrer Abschlussparty, wurden von Monet in allen Details geschildert. Die drei Opfer und Lafayette scheinen sich ihr gegenüber sehr verletzend verhalten zu haben. Zumindest wenn man ihren Aufzeichnungen Glauben schenken will. Stabile Menschen werden durch solche Erlebnisse nicht zu Mördern, aber Jeanne Claire Monet …« Caroline verzog traurig ihr Gesicht. »Sie wollte sich an jenem Abend umbringen. Ertränken. Stattdessen hat sie sich damals aber geschworen, sich an Ihnen allen zu rächen. Für ihr verpfuschtes Leben. Für ihre seelischen Qualen. Erst Ihre Rückkehr nach Argelès hat sie wohl letztendlich auf die Idee gebracht. Wenn Sie vorgestern nicht zu ihr gefahren wären, hätte Monet versucht, auch Jérôme Lafayette umzubringen. In den Tagebucheinträgen der letzten Tage fanden wir Überlegungen, beim letzten Mord Indizien auszulegen, die Sie unter Verdacht stellen sollten.«

»Sie wollte mich ins Gefängnis bringen?«

Caroline zuckte mit den Achseln. »Zumindest hatte sie es sich überlegt.« Sie machte eine Pause, bevor sie Estelle direkt ins Gesicht sah. »Fast hätte sie es ja auch geschafft. Zuerst waren wir ziemlich sicher, dass Sie etwas mit Clereaus Tod zu tun haben. Als dann noch die anderen beiden starben …« Erneut drückte sie Estelles Hand. »Es tut mir sehr leid.«

Estelle nickte, bevor sie erschöpft die Augen schloss. »Warum hat sie sich umgebracht?«, flüsterte sie leise.

Caroline hob hilflos ihre Hände. »Das werden wir wohl nicht mehr erfahren. Ich vermute, ihr Leben erschien ihr einfach nicht lebenswert. Sie scheint nicht viele soziale Kontakte gehabt zu haben. Wie gesagt, sie war sehr einsam. Und die Belastung durch die Krankheit ihrer Mutter …«

»Trotzdem …«

Caroline räusperte sich. »Tom und Noah sitzen draußen und können es kaum erwarten, Sie zu sehen.« Zögernd erhob sie sich. »Tom hat …« Sie wandte kurz ihren Blick ab, bevor sie Estelle erneut ansah. »Seine Exfrau …« Sie suchte vergeblich nach Worten.

»Ich gebe mir Mühe«, unterbrach Estelle sie leise. »Ich mag ihn wirklich sehr.«

Caroline lächelte. »Tun Sie ihm nicht weh.«

Als die Beamtin die Tür öffnete, stürmte Noah ins Zimmer, dicht gefolgt von Tom, der seine Schwester kurz umarmte, bevor sie den Raum verließ.

»Du hast uns vielleicht einen Schrecken eingejagt!« Noah trat ans Bett und beugte sich zu Estelle herab. Vorsichtig küsste er sie auf die Wange, bevor er sich auf den Stuhl setzte, den Caroline am Bett platziert hatte.

Tom stellte sich neben Noah und musterte Estelle ebenfalls besorgt.

Sie sah vom einen zum anderen und bemühte sich um ein Lächeln.

Tom streckte seinen Arm aus und strich ihr eine Haarsträhne aus der Stirn. »Wie geht es dir?«

»Es ging mir schon besser.«

»Du hast verdammtes Glück gehabt«, erklärte Tom, während er sie unverwandt ansah.

»Ihr habt mich gerettet«, raunte Estelle und griff nach Noahs Hand. »Ich habe geträumt, dass du ...« Ihre Stimme versagte. »Ich dachte, du hättest mich gerufen.«

»Das habe ich«, bestätigte er in bestimmtem Ton. »Das war kein Traum.«

Estelle schüttelte den Kopf. »Nein«, liebevoll sah sie ihren Sohn an. »Ich habe geträumt, dass du ...« Ihre Augen wurden feucht. »Ich habe das Wort ›Mama‹ gehört. Und in dem Moment wusste ich, dass ich hier noch gebraucht werde. Dass ich nicht einfach gehen kann. Ich weiß natürlich ... Du hast ja gesagt, dass du mich nicht so nennen möchtest, und das kann ich auch verstehen nach allem.«

Noah lief eine Träne über seine Wange. »Das war kein Traum. Mama, ich *habe* dich gerufen.«

Estelle bekam eine Gänsehaut, als sie das Wort erneut aus seinem Mund hörte. Ihr Herz zog sich vor Glück zusammen. »Noah ...«

Ihr Sohn legte seinen Kopf vorsichtig auf ihren Oberkörper und begann zu schluchzen. Hilflos sah sie zu Tom, der sie anlächelte. ›Mama.‹ Ihr war all die Jahre nicht klar gewesen, wie sehr sie sich danach gesehnt hatte. Sie liebte Noah über alles. Und sie wollte ab sofort versuchen, die beste Mutter zu sein, die ein Sohn sich nur wünschen konnte.

Tom setzte sich sachte auf die Bettkante und fuhr ihr liebevoll über den Handrücken. »Alles wird gut. Du wirst sehen.«

»Sie hat …« Estelles Stimme versagte.

Tom schüttelte unmerklich seinen Kopf und deutete mit dem Kinn zu Noah, der sich noch immer an sie schmiegte. »Das ist nicht mehr wichtig. Nichts davon. Es ist vorbei.«

Dankbar erwiderte sie seinen Blick. Tom hatte recht. Mal wieder. Es war unwichtig, was Jeanne Claire getan hatte. Sie konnte ihr nicht mehr schaden. Estelle hatte ihren Angriff überlebt. Jetzt galt es, endlich nach vorne zu schauen, die Vergangenheit hinter sich zu lassen. Sich um die Gegenwart zu kümmern und die Menschen, die ihr wichtig waren, hinter ihre Schutzmauer blicken zu lassen.

»Was ist mit den Cléments?«, fiel ihr im nächsten Moment siedend heiß ein.

»Sie sind gestern nach unserem weltbesten Frühstück wohlbehalten nach Hause abgereist. Übrigens sollen wir dir ganz herzliche Grüße und gute Besserung von den beiden ausrichten. Außerdem haben sie direkt für nächstes Jahr reserviert.« Tom grinste.

Estelle sah ihn ungläubig an, während Noah sich aufrichtete und sich über das Gesicht fuhr.

»Du hast dich um ihr Frühstück gekümmert?«

»Ich konnte deine Gäste doch nicht hungrig abreisen lassen. Noah hat mir geholfen.«

Kopfschüttelnd betrachtete Estelle die beiden abwechselnd. »Ich weiß nicht, wie ich …«

»Setz es einfach mit auf die Rechnung«, frotzelte Tom, während Noah ihn in die Seite boxte.

»Danke«, hauchte Estelle kaum hörbar. »Du bist ...«

Noah hielt sich demonstrativ die Ohren zu. »Ich gehe ja schon.«

»Nein«, widersprach Estelle bittend. »Nein, ich möchte nicht, dass du gehst.«

»Aber ich will euch nicht stören.« Der Teenager ließ sich auf den Stuhl zurücksinken.

»Du störst nicht.« Sie sah über ihren Sohn hinweg zu Tom, der ihren Blick lächelnd erwiderte.

»Nein, du störst nicht, Noah«, wiederholte Tom. »Deine Mutter und ich haben schließlich alle Zeit der Welt.«

Epilog

Samstag, 10. Juni

»Bonne anniversaire, chérie.«

Estelle spürte Toms warmen Atem in ihrem Nacken. Sie blinzelte in die Dunkelheit und drehte sich schläfrig um. »Wie spät ist es?«

»Halb fünf.« Er küsste sie sanft und zog sie an sich.

»Halb fünf?«, wiederholte Estelle entsetzt. »Frühstück gibt es ab halb acht. Warum weckst du mich so früh? Es reicht doch, wenn wir ...«

Erneut bedeckte er ihren Mund mit seinen Lippen.

Genüsslich drängte sie sich an ihn und ließ ihre Hände über seinen Rücken wandern.

»Non.« Tom schüttelte seinen Kopf und schob sie ein Stück von sich weg.

Obwohl sie nichts erkennen konnte, hörte Estelle sein

Schmunzeln. »Warum weckst du mich dann so früh?«, schmollte sie.

Tom drehte sich kurz um und schaltete die Nachttischlampe neben dem Bett ein. Als er sie wieder ansah, zog er lächelnd seine Augenbrauen hoch. »Überraschung!«

Estelle verdrehte die Augen. »Eine sehr frühe Überraschung. Eigentlich ist es noch mitten in der Nacht.«

»Bon, wir haben keine Zeit. Wir müssen um halb sechs dort sein.«

»Dort?« Irritiert beobachtete sie, wie er aufstand und seine Boxershorts auszog. »Wo ist ›dort‹?«

Erneut blickte Tom sie an und grinste.

Genervt warf sie ihre Decke zurück und schwang ihre Füße aus dem Bett.

Tom war vor zwei Monaten bei ihr eingezogen. Caroline hatte seit Kurzem ein Au-pair-Mädchen aus Finnland, das sich morgens um Théo und Louis kümmerte, wenn sie zur Arbeit musste. Nachmittags waren die Jungs oft bei Estelle und Tom in der *Auberge* oder spielten mit Noah Fußball. Estelle genoss die Nähe zu Tom jeden Tag ein bisschen mehr, die Zweisamkeit, die ihr den Halt und die Geborgenheit gab, auf die sie ihr Leben lang gewartet hatte.

Doch jetzt war sie gereizt. Das Hotel war voll belegt und sie hatte keine Ahnung, was Tom vorhatte. Estelle wusste nur, dass ihre sechzehn Gäste in drei Stunden frühstücken wollten.

»Du machst dich jetzt fertig und ich koche in der Zwischenzeit Kaffee«, befahl Tom in amüsiertem Ton, während er ihr seine Hand reichte und sie hochzog. »Um fünf Uhr ist Abfahrt.«

»Ich dachte, ich hätte Geburtstag«, maulte Estelle kopfschüttelnd, während sie ins Bad ging.

Als sie frisch geduscht und angezogen in die Küche zu

rückkehrte, stand Tom bereits in Lederjacke und Jeans an der Kaffeemaschine und verstaute die Thermoskanne in einer kleinen schwarzen Tasche.

»Ich wäre dann so weit.« Schmollend verzog Estelle ihren Mund, während sie demonstrativ auf die Uhr sah.

Tom legte die Tasche ab und zog Estelle an sich. »Weißt du noch? Hier hat alles begonnen.« Er deutete auf die Arbeitsplatte.

Estelle erwiderte verträumt seinen Blick. »Damals dachte ich, du seist verheiratet. Mit Caroline.« Jetzt kam ihr die Vermutung absurd vor.

Er nickte und legte seine Hand an ihre Wange. »Glücklicherweise bin ich nicht mehr verheiratet.«

Estelle schloss ihre Augen. Sie liebte Tom. Er war das Beste, was ihr passieren konnte. Ein Mann, der mit beiden Beinen auf dem Boden stand. Der immer den Überblick behielt und nie die Nerven verlor. Der sie nahm, wie sie war, und der ihr das Gefühl gab, etwas ganz Besonderes zu sein.

»Wir müssen los«, flüsterte er leise in ihr Ohr.

Notgedrungen löste sie sich von ihm und zog ihre Jacke über, da es um diese Uhrzeit noch kühl war.

Vor dem Hotel holte Tom das Motorrad aus dem Unterstand und reichte Estelle ihren Helm. Lächelnd startete er den Motor und wartete, bis sie sich hinter ihn gesetzt hatte. Es war noch stockdunkel. Auf den Straßen herrschte kaum Verkehr.

Tom bog auf die Hauptstraße ein, die am Hafen vorbei Richtung Süden führte.

Während er fuhr, schmiegte sich Estelle an seinen Rücken und genoss den Fahrtwind, der ihr wie schon beim ersten Mal, als Tom mit ihr an die Felsküste gefahren war, ein Gefühl von Freiheit und Glück vermittelte. Und glücklich war sie. Wahrscheinlich so glücklich wie nie zuvor in ihrem Leben.

Noah würde nach den Sommerferien auf das ansässige Lycée gehen. Vor drei Wochen hatte er die Nachricht bekommen, dass er die Aufnahmeprüfung bestanden hatte. Zu ihrer aller Erleichterung hatte ein DNA-Test ergeben, dass er und Virginie nicht miteinander verwandt waren.

In zwei Monaten würde der Prozess gegen Jérôme beginnen. Nach nächtelangen Diskussionen mit Tom und Caroline hatte sich Estelle schließlich doch dazu durchgerungen, ihn anzuzeigen. Auch ihr Vater und Emily hatten ihr geraten, die Sache gerichtlich abzuschließen und nicht auf sich beruhen zu lassen. Jérômes Verlobung mit Mademoiselle Richard gehörte seit dem Tag, an dem publik wurde, dass man gegen ihn ermittelte, der Vergangenheit an. Der Mann, der Estelle geschändet hatte, würde seine gerechte Strafe erhalten. Die Fotos waren ein eindeutiges Beweismittel, das auch der beste Anwalt der Welt nicht widerlegen konnte. Bilder sprachen ihre eigene Sprache.

Als sie erkannte, dass Tom auf den Parkplatz abbog, wo sie auch bei ihrem ersten Ausflug im Oktober letzten Jahres gehalten hatten, verdrängte Estelle die düsteren Gedanken. Sie wollte den anbrechenden Tag genießen. Ihren Tag. Der Platz war leer, sie waren die Einzigen, die so früh am Morgen herkamen.

»Da wären wir.« Tom nahm den Helm ab und nickte ihr aufmunternd zu.

»Was machen wir hier?« Estelle schaute sich suchend um.

Tom trat auf sie zu und holte zwei Taschenlampen hervor.

»Was soll ich damit?« Sie sah ihn skeptisch an.

»Vielleicht ist dir aufgefallen, dass es noch dunkel ist?«

Estelle schüttelte den Kopf. »Willst du mit mir zu den Klippen gehen?«

Tom sah sie eindringlich an. »Nein. Ich möchte mit dir an den Strand gehen.«

Entsetzt wich sie einen Schritt zurück. »Nein, Tom. Ich gehe nicht an den Strand. Das weißt du doch. Warum …?«

Er umfasste ihre Hand. »Estelle, ich möchte mit dir an den Strand gehen. Und ich verspreche dir, es wird dir nichts passieren. Ich bin bei dir. Ich kenne da eine kleine Bucht hinter den Klippen. Dort will ich mit dir hin.«

Estelle atmete tief durch und schüttelte ihren Kopf. »Ich schaffe das nicht …«

»Bitte.« Sie spürte seinen flehenden Blick auf sich. »Du bist eine starke Frau.«

Einen Moment lang starrte sie verwirrt auf den Boden und überlegte. Tom wollte ihr so gern helfen. Was hatte sie zu verlieren? Wenn sie es nicht aushalten konnte, würde sie ihn bitten, wieder zu gehen. »Wenn ich es nicht schaffe …«, begann sie zögernd.

»… dann verlassen wir die Bucht sofort wieder. Versprochen.« Er schaltete die Taschenlampen ein. »Wir müssen den Pfad an den Klippen entlang. Direkt dahinter liegt die Bucht.« Tom griff nach ihrer Hand und drückte sie.

Schweigend nahmen sie denselben Weg wie vor acht Monaten. Es war windstill, das Meer lag glatt wie ein Spiegel neben ihnen.

Ganz langsam setzte die Morgendämmerung ein, während sie die Klippen überquerten.

Nachdem sie die Felsen hinter sich gelassen hatten, zeigte Tom mit dem Strahl seiner Taschenlampe Richtung Wasser. »Dort ist es. Da unten. Komm!« Er packte ihre Hand fester und ging langsam voran.

Estelles Herz pochte wie wild. Sie war nicht sicher, ob sie es wirklich schaffen würde. Fieberhaft versuchte sie, nicht an die Nacht vor neunzehn Jahren zu denken. Versuchte, sich nur auf Tom und die Gegenwart zu konzentrieren.

»Hier!« Er deutete auf eine kleine Sandbucht, die sich vor

ihnen erstreckte. Aufmunternd nickte er ihr zu. »Gleich geht es los.«

Estelle runzelte die Stirn. Was meinte er? Neugierig beobachtete sie, wie er eine Decke aus der Tasche holte und diese im Sand ausbreitete. »Voilà!« Er zog Estelle neben sich und zeigte auf den Boden.

Sie sah sich immer noch skeptisch um. Die Felsen im Hintergrund, dieser kleine idyllische Strandabschnitt, die sanft gekräuselte Oberfläche des Meeres. Ihr Herzschlag beruhigte sich langsam etwas.

Als sie sich wenig später zu Tom auf die Decke setzte, wusste Estelle, was er gemeint hatte. Dicht über dem Meer färbte sich der Horizont langsam orange.

Erst war nur ein dünnes filigranes Band zu sehen, doch bereits wenige Augenblicke später wurde der Streifen breiter und nahm ein intensiveres Rot an. Fasziniert betrachtete Estelle das spektakuläre Farbspiel. Tom wollte ihr den Sonnenaufgang zeigen.

»Gefällt es dir?«, flüsterte er ihr leise ins Ohr.

»Es ist wunderschön«, entgegnete sie mit erstickter Stimme. »Du bist einfach wundervoll.«

Tom legte seinen Arm um ihre Schultern und zog sie dichter an sich. »Es wird bald Sommer. Und ich möchte mit dir an den Strand gehen, Estelle. Niemand tut dir mehr etwas. Ich liebe das Meer.« Er drehte ihren Kopf zu sich und sah sie an. »Und ich liebe dich.«

Tränen traten ihr in die Augen. »Ich liebe dich auch.«

Er lächelte. »Ich dachte, vielleicht könnten wir uns einen Hund kaufen und ein wenig Familie spielen. Was meinst du?«

Das Herz pochte ihr bis zum Hals. ›Familie spielen‹. Estelle musste an ihren Arztbesuch vor vier Tagen denken. Unauffällig legte sie sich die Hand auf den Bauch. Es würde keines Hundes bedürfen, damit Tom und sie bald Familie spielen konnten. Doch darüber wollte sie jetzt nicht sprechen. Heute wollte sie den Tag mit ihm allein genießen. Das kleine Wesen, das in ihrem Körper heranwuchs, würde seine Eltern noch früh genug in Beschlag nehmen. Heute war ihr Tag. Und morgen würde sie dem Mann, den sie liebte, ihr kleines Geheimnis verraten.

Während sie das Farbspiel am Horizont bewunderte, nickte sie. »Ja. ›Familie spielen‹ hört sich gut an.« Sie tastete nach Toms Hand. »Verdammt gut sogar.«

Danksagung

Die Idee zu *Im Angesicht der Wahrheit* setzte sich bei meinem ersten Aufenthalt in Argelès-sur-Mer fest, als ich das Gästehaus entdeckte, welches letztendlich zum Vorbild für die *Auberge* wurde. Ich verliebte mich auf Anhieb in das kleine Hotel und ging meiner Familie während unseres gesamten Urlaubs damit auf die Nerven. Wenn wir daran vorbeifuhren, hieß es von meinen Kindern nur noch: »Ach, da steht das schöne Hotel von Mama!« Ja, ich gebe es zu: Die Idee, ein kleines Hotel in Südfrankreich zu führen, finde ich durchaus reizvoll und interessant. Aus unterschiedlichen Gründen werde ich meine Träumereien jedoch Träumereien sein lassen.

Ein Jahr später drängte sich das Hotel erneut in meine Gedanken. Wieder machte ich Urlaub in Argelès-sur-Mer und diesmal dachte ich konkret, dieses Gebäude habe es mehr als verdient, im Mittelpunkt einer spannenden Geschichte zu stehen. Erneut nervte ich meine Familie, denn das Hotel musste aus allen möglichen Perspektiven fotografiert werden. Geschrieben habe ich *Im Angesicht der Wahrheit* dann ein Jahr später – unter anderem während eines weiteren Aufenthalts in Südfrankreich.

Mit dieser kleinen Entstehungsgeschichte wollte ich Ihnen aufzeigen, dass der Weg von einer ersten Idee bis zum gedruckten Buch lang sein kann, zeitlich gesehen, aber auch gedanklich.

Deshalb möchte ich an dieser Stelle allen Menschen danken, die mich dabei begleitet und dazu beigetragen haben, dass ein kleines, heimeliges Hotel in Argelès-sur-Mer zum Mittelpunkt eines Kriminalromans werden konnte.

Liebe Leserinnen und Leser, Ihnen danke ich von ganzem Herzen, dass Sie sich auf *Im Angesicht der Wahrheit* eingelassen haben. Im besten Fall berührte Sie die Geschichte beim Lesen genauso, wie sie es bei mir während des Schreibens geschafft hat.

Ihre Rückmeldungen sind es, die mich immer wieder aufs Neue motivieren, die vielzähligen Handlungsstränge, die in meinem Kopf entstehen, hinauszulassen und auf Papier zu bringen.

Weiterhin danke ich meiner wundervollen Familie, die mich einmal mehr in jeder Entstehungsphase des Buches auf eine Art und Weise unterstützt hat, ohne die dieses zeitaufwendige Hobby überhaupt nicht möglich wäre. Ihr seid die Besten! Ich danke meinem Mann Christian, der mir den Rücken freihält, sobald mich eine Geschichte wieder so packt, dass sie einfach niedergeschrieben werden muss. Meiner Tochter, die jede meiner Buchveröffentlichungen mit überraschenden und berührenden Aktionen begleitet, sodass es mir jedes Mal schier die Sprache verschlägt. Meinem Sohn, der schon mit den Füßen scharrt und ungeduldig auf den Tag wartet, an dem er endlich meine Bücher lesen darf.

Ich danke meinen Eltern für ihre Unterstützung und ihren Zuspruch. Was sie alles für mich getan haben, kann und möchte ich an dieser Stelle nicht aufführen. Nur so viel: Vieles weiß man erst zu schätzen, wenn man selbst Kinder hat.

Ich danke meiner lieben Freundin und Testleserin Claudia Hugo, mit der ich wieder einmal die wesentlichen Aspekte der Geschichte im wahrsten Sinne des Wortes ›durchgekaut‹ habe. Bei einem guten Essen bespricht es sich einfach schöner.

Ganz besonders danken möchte ich dem wundervollen Team von Grafit: Ulrike Rodi, der besten Verlegerin überhaupt (ich weiß, ich wiederhole mich). Aletta Wieczorek, meiner großartigen Lektorin, die mir aufs Neue dabei geholfen hat, mein Manuskript in eine hoffentlich spannende Geschichte zu verwandeln. Gudrun Stegemann und Alex Knobbe, die einfach immer für mich da sind, wenn ich wieder einmal ein Anliegen habe.

Liebe Leserinnen und Leser, Ihnen danke ich noch einmal an dieser Stelle, dass Sie bis zum Schluss durchgehalten haben!

Herzliche Grüße
Ihre Silke Ziegler

Ein weiterer Südfrankreich-Krimi

Silke Ziegler

Im Schatten des Sommers
Spurensuche im Roussillon

ISBN 978-3-89425-481-0
Auch als E-Book erhältlich

Ihre Familie ist vor über zwanzig Jahren verschwunden. Nun wird Sophia von der Vergangenheit eingeholt.

Sophia Mildner erhält einen Anruf der französischen Polizei. Bei einem Autounfall ist ein bislang nicht identifizierter Mann schwer verletzt worden. Er hat tiefe Schnittwunden am Oberkörper und trägt ein altes Foto bei sich – die Frau darauf ist niemand anderes als Sophias Mutter. Nach über zwei Jahrzehnten hat sich damit eine Spur ergeben, die das ungeklärte Verschwinden von Sophias Familie aufklären könnte.

Sie bricht an die südfranzösische Küste auf – und gerät sofort mit dem ermittelnden Polizisten Nicolas Rousseau aneinander. Dabei verbindet die beiden mehr, als sie ahnen …

»Ein leichter Sommerkrimi zum Mitfiebern, der immer ein bisschen zwischen Spannung und Romantik schwebt. Genau das Richtige für einen Urlaub im Süden!« Eva Hüppen, www.leser-welt.de

»Ein packender Krimi mit einer bewegenden Liebesgeschichte.« Eva Fritz, ekz-Informationsdienst

»Es bleibt überraschend bis zum Schluss.« Düsseldorfer Lesefreunde

»Ein spannender Romantik-Krimi, den man erst wieder aus der Hand legt, wenn er zu Ende gelesen ist.« Glaube und Leben

»Superspannend! Superemotional! Garantiert genialer Lesespaß!« Ute Spangenmacher, www.bookola.de

Romantik-Thrill vom Feinsten

Silke Ziegler
Die Nacht der tausend Lichter
ISBN 978-3-89425-488-9
Auch als E-Book erhältlich

Einmal im Jahr gibt es ein Fest,
einmal im Jahr gibt es einen grausamen Mord

Ein ermordeter Verlobter, sie selbst hochschwanger – in Sina Engels
Leben passt gerade nichts zusammen. Doch als in Weinheim an der
Bergstraße das größte Sommerfest der Region näher rückt, muss das
Privatleben der Kommissarin zurückstehen. Denn seit zwei Jahren
treibt ein Serienmörder auf der Kerwe sein Unwesen. Die Polizei
arbeitet mit Hochdruck, um ein weiteres Opfer zu verhindern.

Da wird Sina ausgerechnet der ehemalige Kollege ihres Verlobten
zur Seite gestellt. Matthias Sommer ist charmant und intelligent,
doch Sina ist alles andere als gut auf ihn zu sprechen. Können die
beiden sich zusammenraufen, um den Mörder rechtzeitig
zu stoppen?

Hochspannung mit Gefühl!

grafit

Mörderische Bretagne

Eva Bernier
Im Zeichen der Triskele
ISBN 978-3-89425-483-4
Auch als E-Book erhältlich

Düstere Geheimnisse und bretonische Legenden

Lézardrieux, eine kleine Gemeinde in der Bretagne. An einem stürmischen Morgen wird die Leiche eines deutschen Geschäftsmanns am Strand angespült – mit einer verstörenden Wunde auf der Stirn: Dem Toten wurde ein Hakenkreuz eingeritzt.

Gendarm Robert Le Clech, nach einigen Jahren im Ausland auf eigenen Wunsch in seine bretonische Heimat zurückversetzt, kommt bei den Ermittlungen nur mühsam voran. Weder seine Kollegen noch die Dorfbewohner sind ihm eine Hilfe. Zudem sagen mehrere Zeugen aus, ›Ankou‹, den Todesboten der bretonischen Mythologie, gesehen zu haben. Aberglaube oder Sinnestäuschung? Dann wird an einem zweiten Tatort die Triskele, ein altes keltisches Zeichen entdeckt – was geht hier vor?

»Wer ... auf übertriebene Action verzichten kann ... wird hier nicht enttäuscht.« Silke Schröder, hallo-buch.de

»In ihrem Debüt erzählt die gebürtige Französin von Mystik und Sagen, die an der bretonischen Küste lebendig sind, und davon, wie ein charmanter Gendarm diesen Fall mit viel Fingerspitzengefühl löst.« Brigitte Lindner, Expuls

»Ein wunderbarer, echter und solider Krimi.« Martina Wirthwein, amazon.de

»Im Zeichen der Triskele ist ein wunderbares Stück Bretagne – auch für die Reise im Kopf.« Ulli Wagner, SR3 Saarlandwelle

Noch mehr Spannung mit Gefühl

Stefanie Ross

Das Schweigen von Brodersby

Ein Landarzt-Krimi

ISBN 978-3-89425-490-2
Auch als E-Book erhältlich

Ein charismatischer Landarzt,
ein idyllisches Dorf,
kauzige Einwohner und
mysteriöse Todesfälle

Der ehemalige KSK-Soldat Jan Storm übernimmt auf der
Suche nach einem Neuanfang die Landarztpraxis in Brodersby,
einer idyllischen Gemeinde zwischen Schlei und Ostsee. Denn
nach einem traumatischen Afghanistaneinsatz will er nur noch
vergessen – und der kleine Ort scheint ihm meilenweit entfernt
von Schusswunden, Explosionen und Toten.

Als er erfährt, dass sein kerngesunder Vorgänger unter myste-
riösen Umständen verstarb, und weitere Dorfbewohner plötzlich
zusammenbrechen, beschließt er, der Sache auf den Grund zu
gehen. Doch damit bringt er nicht nur sich, sondern auch
Arzthelferin Lena in tödliche Gefahr – denn seine Gegner
haben ihn längst im Visier …

Gegen Mitfiebern gibt es kein Rezept!

grafit

Möchten Sie regelmäßig über neue spannende
Geschichten informiert werden?

Dann abonnieren Sie unseren Newsletter,
wir halten Sie auf dem Laufenden!

www.grafit.de